Janet MacLeod Trotter
Der Traum von Assam

4

TINTE & FEDER

Das Buch

Eine entschlossene junge Frau, eine Ära, die zu Ende geht, und der Mut zur großen Liebe: das ergreifende Finale der epischen Familiensaga von Bestsellerautorin Janet MacLeod Trotter!

Assam, Indien 1947: Viele Jahre hat Libby vom Wiedersehen mit ihrem Vater und der Rückkehr auf die Teeplantage ihrer Kindheit geträumt. Doch nun, am Ende der Tage britischer Herrschaft, erlebt Libby das Land ganz anders, als sie es in Erinnerung hatte. Alte Gewissheiten zerbrechen und im Sturm der Veränderung kommen sorgsam gehütete Familiengeheimnisse ans Licht. Als ihr Herz dem charismatischen Ghulam zufliegt, der für Indiens Einheit kämpft, ist Libby zerrissen zwischen ihrer Herkunft und ihrer Liebe. Sie weiß, dass sie ihren eigenen Weg finden muss – wie das Land, in dem sie geboren wurde.

Unterdessen versucht Libbys Cousine Adela verzweifelt, den Fehler ihrer Jugend wiedergutzumachen. Sie reist nach England, um den Jungen zu finden, den sie vor vielen Jahren zur Adoption freigegeben hat. Und droht dabei alles zu verlieren, was ihr Leben ausmacht.

Die Autorin

Die britische Autorin Janet MacLeod Trotter hat bereits vierundzwanzig Bücher veröffentlicht, darunter neunzehn historische Familienromane. Ihr Debüt »The Hungry Hills« wurde für den Sunday Times Young Writer of the Year Award nominiert, während »Das Mädchen aus Assam« auf der Longlist der RNA Romantic Novel of the Year stand und Amazon-Top-Ten-Bestseller war. Auch auf Russisch, Französisch und Italienisch wurde der Roman zum Bestseller. Mehr über Janet und ihre Romane erfahren Sie auf www.janetmacleodtrotter.com.

JANET MACLEOD TROTTER

DER TRAUM *von* ASSAM

Roman

Aus dem Englischen von Maike Claußnitzer

TINTE & FEDER

Die englische Ausgabe erschien 2018 unter dem Titel
»The Secrets of the Tea Garden« bei Lake Union Publishing, Seattle.

Deutsche Erstveröffentlichung bei
Tinte & Feder, Amazon Media EU S.à r.l.
38, avenue John F. Kennedy, L-1855 Luxembourg
August 2021

Die Übersetzung dieses Buches wurde durch Amazon Crossing ermöglicht.

Umschlaggestaltung: semper smile, München, www.sempersmile.de
Umschlagmotiv: © Richard Jenkins; © Ihnatovich Maryia / Shutterstock;
© Aaron Amat / Shutterstock;
© brillenstimmer / Shutterstock; © Bariskina / Shutterstock;
© oradige59 / Shutterstock;
© DK Arts / Shutterstock; © Madlen / Shutterstock;
© 1000 Words / Shutterstock;
© javarman / Shutterstock; © njaj / Shutterstock; © Apexphotos / Getty;
© Rahul Raveendran / EyeEm / Getty; © Instants / Getty; /
© matthew rowland-jones / Alamy;
© Dean Jones / Alamy; © Valentyn Volkov / Alamy
Lektorat: Diana Schaumlöffel
Korrektorat: Manuela Tiller/DRSVS
Gedruckt durch:
Amazon Distribution GmbH, Amazonstraße 1, 04347 Leipzig /
Canon Deutschland Business Services GmbH, Ferdinand-Jühlke-Straße 7,
99095 Erfurt /
CPI books GmbH, Birkstraße 10, 25917 Leck

ISBN: 978-2-49670-676-5

www.tinte-feder.de

Dieser Roman ist den Menschen des indischen Subkontinents gewidmet, die die Ereignisse von 1947 durchlebt haben. Als Nachfahrin der Briten in Indien möchte ich mich von Herzen dafür entschuldigen, dass Indien damals geteilt wurde. Außerdem zum Gedenken an meinen Großvater, Robert Maclagan Gorrie.

Der Roman enthält eine Reihe von anglo-indischen Begriffen und Ausdrücken. Im hinteren Teil des Buches werden diese erläutert.

Prolog

Oxford Estates, Assam, 1899

Durch die offene Bürotür sah James Robson den *chaprassi* barfuß auf dem staubigen Pfad herbeieilen. James sackte das Herz in die Hose. Bestimmt wurde er schon wieder ins Dunsapie Cottage zu seinem Vorgesetzten, Logan, bestellt.

»Von Logan Sahib«, verkündete der schwitzende Bote und hielt ihm einen Zettel hin.

James fluchte leise und nahm ihn. Der *chaprassi* blieb stehen, um auf eine Antwort zu warten, und keuchte, noch völlig außer Atem nach dem raschen Lauf in der Hitze.

»Sag dem *burra sahib*, dass ich gleich komme«, befahl James und gab ihm mit einem Wink zu verstehen, dass er sich entfernen sollte. Der Bote verbeugte sich und rannte davon.

Seufzend wandte James sich an seinen bebrillten jungen Schreiber. »Wir müssen die Zahlen später zu Ende durchgehen. Sorg dafür, dass sie in einer Stunde wieder für mich bereitliegen.«

Anant Ram nickte. James holte tief Luft, setzte sich schwungvoll seinen *sola topee* aufs dunkle, drahtige Haar und verließ das Teegartenbüro. Die Hitze des späten Nachmittags schlug ihm entgegen. Einen Moment lang blendeten ihn die weiß getünchten Wände der nahen Manufakturgebäude. Jenseits der gepflegten Rasenflächen vor dem Büro erstreckten sich schimmernde, smaragdgrüne Teesträucher über die Hügel bis zum flirrenden Horizont. James verwarf die Idee, noch kurz nachzusehen, wie das Trocknen der Teeblätter aus der neuesten Ernte voranging. Logan bestellte ihn bereits zum dritten Mal in dieser Woche in seinen Bungalow, und James ging ihm schon aus dem Weg, seit sein Vorgesetzter letzte Woche aus dem Urlaub zurückgekehrt war. Diesmal musste er seiner Aufforderung Folge leisten. Der leitende Verwalter war kein geduldiger Mann.

Wie schön waren doch die letzten sechs Monate ohne den trinkfreudigen schottischen Weiberhelden gewesen! James hatte seinen vierten Winter in Assam genossen. Er war auf die Jagd gegangen und hatte geangelt. In der Weihnachtswoche waren die Pferderennen und die Geselligkeit im Club ungetrübt von Logans sarkastischen Bemerkungen und seinem flegelhaften Auftreten geblieben. James trank nicht viel, aber er unterhielt sich gern mit den anderen Verwaltern in Ausbildung auf den Oxford Estates über Sport, besonders mit dem liebenswürdigen Reggie Percy-Barratt. Reggie begeisterte sich genauso für Hunde und die Jagd, und obwohl sie eine Stunde zu Pferd voneinander entfernt lebten, war er James' nächster Nachbar.

James wurde flau im Magen, während er binnen weniger Minuten zu Logans Haus ritt. Jetzt würde es wieder mit den zotigen Bemerkungen losgehen: Logan würde James provozieren, ihn herausfordern, sich an den Teepflückerinnen zu vergreifen und im Club bei Trinkspielen mitzumachen. Aber James würde sich nicht unter Druck setzen lassen, etwas zu tun, das er nicht wollte. Er war zwar erst zweiundzwanzig, aber er war ein Robson, und er würde jedem die Stirn bieten.

Doch als er vor den Stufen zum Dunsapie Cottage abstieg, einem für einen leitenden Verwalter bescheidenen Bungalow mit breiter Veranda und rotem Blechdach, hämmerte James' Herz. Der Schweiß ließ sein Hemd an seinem Rücken kleben. Er holte tief Luft, straffte die breiten Schultern und stieg die Stufen hinauf.

»Ah, Robson, endlich!«, rief eine Stimme von der schattigen Veranda. Bill Logan, ein schlanker, gut aussehender Mann Anfang vierzig, lümmelte in einem Rattanliegestuhl. Er machte sich nicht die Mühe, sich zu erheben, um James zu begrüßen.

»Sir«, antwortete James mit einem Nicken. »Willkommen zurück.«

»Setzen Sie sich«, befahl Logan. Er schnippte mit den Fingern nach einem wartenden Diener. »Whisky mit Soda für den Sahib.«

»Ich muss noch arbeiten«, wandte James ein. »Vielleicht nur ein *nimbu pani* …«

»Unsinn, was wollen Sie mit dem Zitronengesöff?«, schnitt Logan ihm das Wort ab. »Es gibt etwas zu feiern. Ihr Vater würde sich für Ihr mangelndes Stehvermögen schämen. *Feste arbeiten, aber noch fester feiern.* Das hat James Robson senior mir immer geraten.«

James überspielte seine Verärgerung. Sein ganzes junges Leben lang hatte James schon Ehrfurcht vor seinem Vater und wusste, dass er niemals ein genauso guter Teepflanzer oder Geschäftsmann werden würde. Aber es wurmte ihn, dass Logan ihn ständig darauf hinwies, dass er keine so eindrucksvolle Persönlichkeit wie sein Vater war.

»Na gut, dann einen kleinen«, sagte James und zwang sich zu einem Lächeln.

Was gibt es denn schon zu feiern?, fragte er sich. Er machte sich auf eine Flut von Kritik gefasst, aber vielleicht war Logan in besserer Laune von seiner Schottlandreise zurückgekehrt. Wollte sein Vorgesetzter ihn etwa befördern? Er musste doch gehört haben, wie eifrig James seine Pflichten auf der riesigen Teeplantage erfüllte.

Die Oxford Estates, deren Vorstand in Newcastle in England saß, gehörten zu den größten Teeplantagen südlich des Brahmaputra. In den Auktionshäusern von London und Kalkutta waren ihre Tees für ihren vollmundigen Geschmack bekannt. James war ehrgeizig und ungeduldig. Es wurde höchste Zeit, dass er zum stellvertretenden Verwalter befördert wurde. Er wandte doppelt so viel Zeit und Mühe wie die anderen Auszubildenden auf, und seine Gesundheit war robuster. Reggie war viel anfälliger für Fieber als er, und der junge Bradley musste sich wegen seiner heftigen Kopfschmerzen immer wieder tagelang krankmelden.

James saß da, umklammerte sein Glas und wartete auf die gute Nachricht.

»Ich habe mich verlobt und werde bald heiraten«, verkündete Logan. Ein eitles Lächeln breitete sich auf seinem schmalen, schnurrbärtigen Gesicht aus.

James gaffte ihn mit offenem Mund an. Damit hatte er nicht gerechnet. Logan war ein eingefleischter Junggeselle, der seine sexuellen Bedürfnisse befriedigte, indem er sich an jungen Frauen vergriff, die aus den *Zeilen* der Teepflücker stammten – den in Reihen errichteten Hütten der Einheimischen. Soweit James wusste, hatte Logan nie einer Frau aus der europäischen Gemeinde in Indien den Hof gemacht. Er war sogar zum Objekt von Klatsch und Tratsch unter den Frauen im Club geworden, weil er einen Bastardsohn mit seiner eingeborenen Lieblingsmätresse gezeugt hatte und den beiden schamlos gestattete, auf seinem Anwesen zu wohnen. James, dem die Behandlung der jungen Teepflückerin peinlich war, versuchte es zu vermeiden, sich in Gespräche über den Skandal ziehen zu lassen.

»H… herzlichen Glückwunsch, Sir«, stotterte James jetzt. »Das sind wunderbare Neuigkeiten.«

»Nicht wahr? Sie ist eine richtige Schönheit – natürlich blond – und erst einundzwanzig.«

Logan schnippte noch einmal mit den Fingern und befahl dem Diener, eine Fotografie aus dem Wohnzimmer zu holen, und zwar ein bisschen plötzlich.

»Sie freut sich schon sehr darauf, Mrs Logan zu werden und nach Indien zu ziehen.« Logans Lächeln ging in ein selbstgefälliges Grinsen über. »Und wer könnte es ihr verdenken?« Er machte eine ausladende Handbewegung. »Sie wird Herrin über all das hier sein, mit einem Haus voller Diener und einem Leben in Müßiggang, fern von aller Kritik ihrer dominanten Schwester in Edinburgh. Sie wird nur noch mir gegenüber Verpflichtungen haben.«

James trank einen Schluck, um ein bisschen Zeit zu gewinnen, seine Reaktion unter Kontrolle zu bringen. Was Logan seiner armen Braut zu bieten hatte, war alles andere als ein Palast: Die Einrichtung war spartanisch, und im Monsun regnete es durchs Dach. Aber aus James' Sicht hatte es einen großen Vorteil, wenn Logan heiratete: Dann konnte er keinen Ärger mehr mit den Teepflückerinnen machen. Sobald eine Mrs Logan im Dunsapie Cottage lebte, würde der tyrannische Verwalter keine Frauen aus den Zeilen mehr in sein Bett befehlen können.

Als hätte er seine Gedanken gelesen, lachte Logan auf. »Ja, Robson, meine Tage des *Pflückens* von Teearbeiterinnen sind gezählt. Im Dezember bin ich dann schon mit der reizenden Jessie Anderson verheiratet.« Er reichte James die Fotografie im Elfenbeinrahmen, die der Diener geholt hatte. »Sehen Sie sich meine Braut an.«

James verbarg seine Überraschung. Die junge Frau war *wirklich* schön. In einem Sommerkleid, das ihre gute Figur zur Geltung brachte, und mit locker hochgestecktem blondem Haar erwiderte sie seinen Blick gelassen und fast amüsiert. James spürte, wie sich sein Herzschlag beschleunigte. Mit einem anerkennenden Nicken reichte er die Fotografie schnell an Logan zurück. Insgeheim hatte er Mitleid mit Jessie Anderson, weil sie solch einen abscheulichen Mann heiratete.

»Miss Anderson möchte im Himalaja heiraten – sie liebt Schnee –, deshalb habe ich ihr Murree im Pandschab vorgeschlagen.«

»Liegt Darjeeling nicht näher?«, meinte James.

»Ja, durchaus, aber Jessies elende ältere Schwester besteht darauf, mit ihr nach Indien zu reisen und an ihrer Hochzeit teilzunehmen. Ich lasse die Hexe nicht einmal in die Nähe der Oxford Estates. Amy Anderson ist eine dieser unnatürlichen Frauen, die über Politik reden und finden, dass Mädels ihr eigenes Geld verdienen sollten. Sie hat schlechten Einfluss auf Jessie. Nein, Murree ist genau das Richtige für uns. Außerdem haben sie dort irgendwelche Kirchenbekanntschaften. Nach einer Woche in den Bergen schicke ich Amy Anderson dann zurück nach Bombay und bringe Jessie hierher auf die Oxford Estates.«

»Ich freue mich sehr für Sie, Sir.« James stürzte seinen Drink hinunter. Er konnte es gar nicht abwarten zu gehen. »Wollten Sie noch etwas Geschäftliches mit mir besprechen, bevor ich aufbreche?«

Logan reagierte verwirrt auf den plötzlichen Themenwechsel. »Geschäftliches?«

»Ich muss zurück in die Manufaktur …«

»Ach ja, es gibt wirklich etwas Geschäftliches, um dass Sie sich für mich kümmern müssen.«

Logan leerte sein großes Whiskyglas, trat an die Balustrade und brüllte: »Komm her, du Gör!«

Sekunden später ertönten aus Richtung der Dienerquartiere ein Quietschen und eilige Schritte. Ein kleiner Junge kam um die Ecke gesaust, gefolgt von einer Eingeborenen, die ihn einzufangen versuchte.

Logans Geliebte und sein Kind. Der Junge rannte die Stufen herauf und erreichte Logan, bevor seine Mutter ihn an sich ziehen konnte. Mit einem entzückten Kichern stürzte er sich auf die Knie des Verwalters. Logan zerzauste ihm das hellbraune Haar.

»Kleiner Schlingel!«

James warf der Teepflückerin einen verlegenen Blick zu, aber das Mädchen hatte sich den Schleier vors Gesicht gezogen und starrte zu Boden.

»Geh zu deiner Mutter!«, befahl Logan dem Jungen und stieß ihn weg. »Aruna, nimm das Gör.«

Aruna griff nach ihrem Sohn. Der Dreijährige brach in Protestgeschrei aus, aber sie hielt ihn gut fest und beruhigte ihn mit leisen Worten.

Logan wandte sich an James. »Mögen Sie Kinder, Robson?«

James zuckte die Schultern. »Nicht besonders.«

»So ein Pech«, sagte Logan. »Ich hatte gehofft, Sie würden das Gör bei sich aufnehmen.«

James starrte ihn ungläubig an.

»Na, ich kann den Jungen doch wohl kaum behalten, wenn ich bald ein verheirateter Mann bin«, sagte sein Vorgesetzter. »Wie um alles in der Welt sollte ich ihn Miss Anderson erklären?« Er warf einen Blick auf das Mädchen und das Kind. »Aber ich schenke Ihnen Aruna gleich mit. Sie kann Ihr Bett oben in Cheviot View wärmen. Sie ist sehr fügsam.« Er klatschte in die Hände. »Aruna, zeig Robson Sahib dein Gesicht!«

Erschüttert sah James zu, wie Logan auf sie zutrat und ihr den Schleier vom Kopf riss. James hatte nie sehr auf ihr Äußeres geachtet – sie hatte das runde, rotwangige Gesicht einer Bergbewohnerin –, und jetzt starrte sie aus tränenfeuchten braunen Augen zu ihm hoch. Eine Welle des Ekels brach über James herein, als er an den Vorschlag seines Vorgesetzten dachte, dass er diese unglückliche Frau zu seinem eigenen Spielzeug machen sollte.

»Sie scherzen doch sicher, Sir«, sagte James, um die Situation so schnell wie möglich zu entschärfen und Aruna ihre Würde zu lassen. »Ich kann diese Frau oder ihren Sohn beim besten Willen nicht in meinem Haushalt aufnehmen. Sie ist Teepflückerin. Das würde zu Unmut in meiner Dienerschaft führen.«

»Was sind Sie doch für ein prüder Kerl, Robson«, meinte Logan verächtlich. »Ihr Vater war in seiner Jugend heißblütiger.«

James zügelte seinen Zorn. »Ich bin mir sicher, dass sie viel glücklicher damit wäre, in die Zeilen zurückzukehren und unter ihresgleichen zu leben.«

James wusste nicht, ob das Mädchen seine Worte verstand. Sie sah nervös von einem zum anderen. Der grauäugige Junge beobachtete alles interessiert. Er hatte den Daumen in den Mund gesteckt. James wand sich. Er wäre lieber an jedem anderen Ort als ausgerechnet hier gewesen. Warum hatte sein Chef sich für ihn und nicht für Reggie oder Bradley entschieden? Dann kam James der Gedanke, dass Logan ihn noch weniger als die anderen mochte, weil er der Sohn des großen James Robson senior war, den alle auf den Oxford Estates und darüber hinaus bewunderten. Obwohl James' Vater jetzt wieder in England lebte, konnte Logan seinen Neid und seine Gehässigkeit nicht in Zaum halten.

James wartete verkrampft, während der ältere Mann über seine Worte nachdachte.

»Na ja, wenn Sie sie nicht nehmen, Robson«, sagte Logan, »dann muss Aruna eben in die Zeilen zurück.«

Unerwartete Erleichterung brach über James herein. Aruna würde sicherer sein, wenn sie wieder in den Arbeiterunterkünften und damit weit von seinem Vorgesetzten entfernt war.

»Sie bringen sie jetzt sofort dorthin«, befahl Logan.

»Jetzt, Sir?«, fragte James überrascht.

»Ja, jetzt.« Logan bedachte ihn mit einem stahlharten Blick. Die Leutseligkeit, die er noch vor wenigen Momenten an den Tag gelegt hatte, war verschwunden. »Und dann schaffen Sie das Gör weg.«

James glaubte, sich verhört zu haben. »W… wegschaffen?«

»Ja, Sie haben mich schon verstanden«, blaffte Logan. »Ich kann doch nicht zulassen, dass ein Halb-und-Halb-Bastard vor der Nase meiner jungen Frau aufwächst.«

James zuckte zusammen. »Miss Anderson wird wohl kaum erfahren …«

»Sie wissen doch, wie viele Leute im Club eine lose Zunge haben«, unterbrach Logan ihn. »Irgendeine Klatschbase wird es ihr erzählen. Außerdem will ich nicht, dass er hierbleibt. Wenn Sie ihn oben in Cheviot View nicht haben wollen, dann müssen Sie ihn in ein Waisenhaus oder etwas in der Art bringen, wo man sich um seinesgleichen kümmert.«

»Aber er ist kein Waisenkind«, stieß James hervor. »Er hat eine Mutter und …«

»Das ist ein Befehl!«, bellte Logan. »Wenn Sie in der Sache meinem Willen zuwiderhandeln, mache ich Ihnen das Leben auf den Oxford Estates zur Hölle.«

James erschrak. Sein kaltschnäuziger Chef drohte ihm damit, seine Zukunft in den Teegärten der Oxford Estates zu ruinieren – und das alles nur wegen einer erbärmlichen Teepflückerin und ihres Halbblutsohns. Plötzlich wurde er wütend. Wenn Logan sich doch nur ein bisschen zurückgehalten hätte und wie die anderen Junggesellen häufiger reiten gegangen wäre, als seinen niederen Begierden nachzugeben, dann wäre es nie zu dieser Situation gekommen. Logan war schnell damit bei der Hand, andere für ihr Fehlverhalten zu verdammen. Er hatte dafür gesorgt, dass man einen Teepflanzer von einer kleinen Plantage in Belguri in den Bergen, Jock Belhaven, seine halb indische Frau und ihre eurasischen Töchter aus dem Club ausgeschlossen hatte.

James war drauf und dran, sich zu weigern, als Logan halb einlenkte.

»Hören Sie zu, Robson, es geht mir doch nur darum, Miss Anderson nicht zu kränken. Sie sind ein anständiger junger Mann. Sie wollen doch sicher nicht, dass die *burra memsahib* in Verlegenheit oder gar in eine unerträgliche Situation gerät, nicht wahr? Sie sehen doch schon an ihrem Foto, was für ein süßes, unschuldiges Ding sie ist.« Er blickte James unverwandt in die Augen. »Tun Sie mir den Gefallen, dann sorge ich dafür, dass Sie auf der nächsten Vorstandssitzung als stellvertretender Verwalter empfohlen werden.«

James verbiss sich eine aufmüpfige Retourkutsche. Vor Ekel drehte sich ihm fast der Magen um, als er nickte und sich abwandte. Er schob die perplexe Aruna, die immer noch ihr Kind umklammert hielt, vor sich her und führte sie fort vom Dunsapie Cottage.

***

Aruna schien sich klaglos in ihr Schicksal zu fügen. Sie zog wieder in die Zeilen und setzte ihre Arbeit in den Teegärten fort. Sunil Ram, der alte *punkah-wallah* aus dem Dunsapie Cottage, besuchte sie und brachte Leckerbissen für sie und den Jungen mit. Das wusste James, weil er ihn dort eines Morgens antraf, als er kam, um den Jungen wegzubringen. Oberhalb der Reihen einfacher Hütten war die Luft vom Rauch der offenen Feuer und von Kochdünsten geschwängert.

Das Gör hockte neben Sunil Ram und lachte, als der alte Mann Chapati mit ihm teilte. Als Aruna den jungen Unterverwalter sah, eilte sie auf ihren Sohn zu und zog ihn eng an sich. James zuckte vor dem Trotz in ihren dunklen Augen zurück – vor ihrer inbrünstigen Mutterliebe. Seine Entschlossenheit schwand, und er ging wieder.

James schob es vor sich her, etwas wegen des Jungen zu unternehmen. Er hoffte, dass Logan die Sache einfach unter den Tisch fallen lassen und seinem Sohn erlauben würde, unter den Teepflanzern aufzuwachsen. Aber eines Tages fand der Junge auf der Suche nach seinem Vater den Weg zurück zum Dunsapie Cottage. Logan bestellte James zu sich.

»Das darf nicht noch einmal passieren, Robson. Nehmen Sie sich sofort ein paar Tage frei und reisen Sie nach Shillong. Das Waisenhaus wird für das Gör das Beste sein. Dort bekommt der Junge Schulbildung und eine christliche Erziehung. Ein besseres Leben als hier. Das will ich für ihn. Habe ich mich deutlich ausgedrückt?«

James fand den Mann verachtenswert. Jetzt versuchte Logan seine Entscheidung, seinen Sohn hinauszuwerfen, auch noch mit christlicher Nächstenliebe zu rechtfertigen. Dieser Heuchler! James sah sich nach dem Jungen um. Er saß auf der Veranda neben Sunil Ram und half dem alten Mann, an dem Strick zu ziehen, mit dem man den *punkah* bediente. James rief nach ihm.

»Komm her, Junge, *jaldi* – hopp! Möchtest du gern auf einem Pferd reiten?« James wieherte und tat so, als würde er im Sattel sitzen.

Das Gör kam bereitwillig zu ihm und grinste breit.

* * *

Unter den Teearbeitern musste sich alles schnell herumgesprochen haben, denn James hatte kaum die Zeit gehabt, ein Pferd und einen zweirädrigen Wagen bereitzustellen und seinen Diener Aslam mit Proviant für die Reise kommen zu lassen, als Aruna auch schon aufs Gelände der Manufaktur gestürmt kam. Beim Anblick ihres Sohns, der oben auf dem Kutschbock bei Aslam saß, stürzte sie vorwärts und versuchte, den Jungen zu packen. *Das Gör* lachte und hielt alles für ein Spiel. Aber Aruna schrie und klammerte sich an seinem Bein fest. Er begann zu wimmern.

»Er muss mit mir kommen«, sagte James auf Hindi. Sie schien es nicht zu verstehen. James hatte keine Ahnung, welche Stammessprache sie sprach. Er nahm die Zügel und schnalzte.

»Aus dem Weg!«, befahl er. »Zieht sie beiseite, bevor sie noch niedergetrampelt wird.«

Männer aus der Manufaktur griffen rasch ein, um Aruna zurückzureißen. Ihre Verzweiflungsschreie durchschnitten die Luft und sorgten dafür, dass eine Schar Papageien kreischend aus den Bäumen aufflog.

»Es tut mir leid!«, rief James über seine Schulter. Aber seine Worte wurden von Arunas Schreien und dem Weinen des Jungen übertönt. Aslam hielt das verstörte Kind gut fest und versuchte, es zu beruhigen.

James trieb das Pferd an. Sie nahmen Fahrt auf und wirbelten eine erstickende Staubwolke auf. Der Junge rief immer wieder nach seiner Mutter, bis James ihm zuschrie, dass er still sein sollte. *Das Gör* brach in eine wahre Tränenflut aus. Aslam zog den verzweifelten Jungen eng an sich. James knirschte mit den Zähnen. Noch aus mehreren Kilometern Entfernung meinte er, das verzweifelte Schluchzen der Mutter zu hören. Aber er wusste, dass er sich das nur einbildete.

* * *

James war seit dem Erdbeben vor zwei Jahren nicht mehr in Shillong gewesen. Eine ganze Bergflanke voller Gebäude schien einfach verschwunden zu sein. Der Basar der Eingeborenen bestand nur noch aus einem Flickwerk provisorischer Stände und Hütten, die aus Planen und wiederverwendeten Holzstücken zusammengezimmert waren. Den Gebäuden der Regierung und des Militärs war es besser ergangen – oder man hatte sie einfach schneller wiederaufgebaut.

Als er nach dem Weg zum Waisenhaus fragte, erfuhr er, dass es zwei gab: eines, das von katholischen Nonnen geleitet wurde, und eines der Baptistenmissionare. Aus einer Laune heraus entschied er sich für die Nonnen. Sie würden doch sicher freundlich zu dem Jungen sein?

Die junge Schwester, die zum Tor kam, sah wie eine Eurasierin aus. Sie beäugte James misstrauisch, während er seine fadenscheinige Geschichte stammelte. Ihr Blick verriet ihm, dass sie glaubte, dass das Kind seines war.

»T… tot, leider. Beide Eltern«, log James. »Sie hätten gewollt, dass er in ein gutes christliches Heim wie dieses kommt, Schwester.«

Sie musterte den Jungen, der vor ihr stand und inbrünstig am Daumen lutschte. Aslam hielt seine andere Hand fest. Sogar in James' Augen wirkte das Kind erschöpft und todunglücklich. Die Nonne zögerte kurz, bat sie aber dann aufs Gelände.

»Wir können nicht bleiben«, protestierte James in heller Panik. »Wir möchten den Jungen nur in gute Hände übergeben und dann wieder abfahren.«

Der tadelnde Gesichtsausdruck der Nonne sorgte dafür, dass James sich vor Verlegenheit wand. »Wir können Sie doch nicht wieder wegschicken, ohne Ihnen eine Erfrischung angeboten zu haben«, entgegnete sie. »Und Ihren Diener auch nicht. Ich bin Schwester Placid.«

Widerwillig folgte James der Nonne nach drinnen und bedeutete Aslam und dem Jungen mitzukommen. Schwester Placid führte sie in einen düsteren Flur. Sie ließ James bei dem Jungen und nahm Aslam mit in die Küche. Das Warten schien endlos zu dauern. *Das Gör* war ungewohnt still. James wollte etwas Aufmunterndes sagen, aber auch ihm fehlten die Worte. Ihm ging Arunas verzweifeltes Weinen einfach nicht aus dem Kopf, und er verfluchte sich dafür, dass er sich von Logan hatte manipulieren lassen, ihm bei dieser schmutzigen Angelegenheit zu helfen.

Schwester Placid kehrte mit Aslam zurück. Sie trug zwei Gläser Mangosaft auf einem Tablett. James nahm sich eines. Sie bot dem Jungen an, sich neben sie auf einen Hocker zu setzen, und half ihm mit dem Getränk.

»Wie heißt du, mein Kleiner?«, fragte die Schwester in freundlichem Ton.

Er saß da und starrte misstrauisch zu ihr hoch. Sie wandte sich wieder an James.

»Wie lautet sein Name, und welche Eingeborenensprache spricht er?«, erkundigte sie sich.

James kannte die Antwort auf beide Fragen nicht. Er konnte ja schlecht zugeben, dass der Junge unter der verächtlichen

Bezeichnung *das Gör* bekannt war. Deshalb suchte er nach einem passenden katholischen Namen, der ihr gefallen würde. Ein örtlicher Heiliger aus der Grafschaft in Großbritannien, aus der er stammte, kam ihm in den Sinn: Sankt Aidan von Lindisfarne.

»Aidan«, sagte er. »Der Junge heißt Aidan, und er versteht Englisch. Das ist alles, was ich über ihn weiß. Man hat ihn auf unsere Plantage gebracht.«

»Er ist Brite.« Es war eher eine Feststellung als eine Frage.

»Ich … ich glaube, sein Vater war Schotte«, brachte James stotternd hervor und verfluchte sich gleich darauf dafür, das verraten zu haben. Bevor sie ihm noch weitere Fragen stellen konnte, trank er seinen Saft aus und stellte das Glas ab. »Jetzt muss ich aber wirklich los.«

»Aber Sie müssen erst mit der Mutter Oberin darüber sprechen, wenn Sie den Jungen hierlassen wollen.«

»Tut mir leid, ich habe keine Zeit mehr.« James durchwühlte seine Taschen, zog alles Bargeld heraus, das er bei sich hatte, und reichte es ihr. »Das hier ist eine Spende an den Konvent.«

»Danke, Mr Robson«, sagte die Nonne mit eisigem Blick.

James wurde rot, als er seinen Namen aus ihrem Mund hörte. Dieses hinterhältige Weibsstück musste Aslam ausgefragt haben. Was hatte sein Diener sonst noch ausgeplaudert? Er legte dem Jungen die Hand kurz auf den Kopf.

»Also, Aidan, sei jetzt ein braver Junge und tu alles, was die Schwester von dir verlangt!«

Aslam sagte etwas Aufmunterndes in einer anderen Sprache, vielleicht im Dialekt des Jungen. Die Augen des Kleinen füllten sich mit Tränen, aber er blieb stumm.

James wandte sich schnell ab. »Komm schon!«, zischte er Aslam zu und marschierte zurück Richtung Klosterpforte. Sie gingen durchs Tor, und der *chowkidar* schloss hinter ihnen ab.

Als er wieder in die Kutsche stieg, warf James einen Blick zurück aufs Waisenhaus, aber die Stufen vor der Pforte waren leer. Nonne und Junge waren ihnen nicht gefolgt, um ihnen nachzusehen. James hatte einen Bleiklumpen im Bauch, als er das Pferd in den Trab trieb. Er wartete darauf, dass sich Erleichterung in ihm breitmachte, aber sie stellte sich einfach nicht ein.

1

Herbert's Café, Newcastle, England, August 1946

Als Libby Robson hörte, wie ein Mann ihren Namen rief, drehte sie sich um. Vor Überraschung ließ sie fast ihr Tablett voller gebrauchter Teetassen fallen. George Brewis!

»Sieh an, sieh an«, sagte George und pfiff anerkennend, »du bist ja zu einer wahren Schönheit herangewachsen.«

Libby lachte. Ihr stieg unter seinem bewundernden Blick die Röte ins Gesicht. »Und du bist immer noch ein schamloser Schmeichler, George Brewis!«

»Kein Wort davon war gelogen.« Er grinste. »Du siehst großartig aus.«

Libby wusste, dass sie verschwitzt und zerzaust sein musste. Es war spät an einem heißen Samstagnachmittag, und im Café war es stickig, obwohl es mittlerweile leer war und sie gleich schließen würden. Das Tablett fühlte sich in ihren Händen rutschig an. Wenn sie geahnt hätte, dass George aus heiterem Himmel auftauchen würde, hätte sie unter der altmodischen Schürze statt ihrer Tuchhose ein Kleid getragen, Lippenstift aufgelegt und sich das dunkelrote Haar gebürstet, statt es sich mit einem Gummi zurückzubinden.

George strotzte vor Gesundheit. Sein hübsches Gesicht war rotwangig – auch wenn er vielleicht ein paar Fältchen rund um die Augen hatte – und sein blondes Haar und sein Schnurrbart waren gut geschnitten. Sie erinnerte sich, wie sie als junges Mädchen für ihn geschwärmt hatte, und hätte gleich wieder damit anfangen können.

Libby fand ihre Stimme wieder. »Ich dachte, du bist jetzt in Kalkutta und arbeitest bei Strachan?«

Er zog eine Augenbraue hoch. »Du bist gut informiert.«

»Deine Cousine Adela schreibt mir regelmäßig.«

»Ach so! Sie ist auch diejenige, die mir gesagt hat, dass du jetzt hier aushilfst. Die Familie ist wirklich sehr dankbar, dass du Lexy hier an deinen freien Tagen unter die Arme greifst.«

»Es macht mir nichts aus. Am Samstag habe ich sonst nicht viel zu tun.«

»Dann sind die jungen Männer hier wohl nicht ganz auf Zack«, bemerkte er augenzwinkernd.

Libby bekam Schmetterlinge im Bauch. Bestimmt war er nicht extra ihretwegen hergekommen, aber sie freute sich unglaublich über seinen Besuch.

»Bist du für längere Zeit aus Indien zurück?«, fragte sie und versuchte, beiläufig zu klingen, obwohl ihr Herz raste.

»Nein, nur lange genug, um ein paar Familienangelegenheiten in Ordnung zu bringen.«

Enttäuschung machte sich in Libby breit. Sie hatte George seit drei Jahren nicht gesehen. Damals hatte er sich zum Fleet Air Arm gemeldet, der Luftwaffenabteilung der Marine. Dennoch hatte sie oft an ihn gedacht. Libby war verschossen in George, seit sie ihn während des Kriegs bei einer Weihnachtsfeier in Herbert's Café kennengelernt hatte. Er hatte sie mit Aufmerksamkeit und Komplimenten überschüttet. Sie war eine linkische Fünfzehnjährige gewesen, George zwölf Jahre älter. Aber er hatte alle mit seinen übermütigen Gesangseinlagen und seiner unbeschwerten Art aufgemuntert. Als Libby dann achtzehn gewesen war, hatte er ihr das Herz gebrochen, als er sich freiwillig gemeldet, überstürzt eine Bardame namens Joan geheiratet und ein Kind gezeugt hatte.

Aber Libby war zu Ohren gekommen, dass er Eheprobleme hatte. Bevor sie sich selbst davon abhalten konnte, fragte sie auch schon: »Reist Joan diesmal mit dir nach Indien?«

»Nein.« Er sah sie unverwandt an. »Meine Frau hat etwas mit einem anderen Mann. Ich bin zu Hause, um mich scheiden zu lassen.«

»Oh. Ich verstehe. Das tut mir leid.«

»Das muss es nicht. Wir hatten nie ein echtes Eheleben, weil ich mit dem Fleet Air Arm im Osten war und sie … Na, sagen wir es einfach so: Wir wollen jetzt ein ganz unterschiedliches Leben.«

Genau in dem Augenblick kam Lexy, die Geschäftsführerin, keuchend aus der Küche gestapft. Ein Aufschrei entfuhr ihr: »Na, wenn das nicht mein Lieblingsjunge ist! Wie geht es dir, George, mein Süßer?«

»Ich konnte doch nicht wieder aus Newcastle abreisen, ohne das Herbert's und meine Lieblingsmädels zu besuchen«, sagte George und küsste sie auf die Wange.

Lexys aufgedunsenes, stark geschminktes Gesicht verzog sich zu einem entzückten Lächeln. »Du bleibst doch auf ein Stück Kuchen?«, schnaufte sie. »Ich will hören, was es bei dir Neues gibt.« Sie fasste sich an die Brust.

»Setz dich hin, Lexy«, wies Libby sie an. »Ich hole George einen Tee, während ihr plaudert.«

Lexy sank dankbar auf einen Stuhl und bedeutete George, sich zu ihr zu gesellen. Libby überließ die beiden ihrem Gespräch, eilte in die Küche, stellte das Tablett ab und wischte sich mit der langen Rüschenschürze den Schweiß von der Stirn. Sie hatte keine Ahnung, warum Lexy immer noch darauf bestand, dass sie die unbequemen Dinger trugen. Vielleicht erinnerten die Schürzen sie an die Blütezeit des Cafés, als sie noch jung und bei guter Gesundheit gewesen war. Lexy war mittlerweile eine Frau über sechzig, die es auf der Brust hatte und nur noch mühsam gehen konnte.

Doreen, Lexys rotwangige, lockenköpfige Großnichte, war gerade beim Abwasch. »Du bist ja ganz aufgeregt. Lass mich raten, Clark Gable ist gerade hereinspaziert gekommen!«

Libby lachte. »Fast so gut: George Brewis in einem weißen Leinenanzug und mit Kölnisch Wasser parfümiert.«

»Brewis? Ist der verwandt mit dieser Jane, die hier früher gearbeitet hat?«

»Ja, sie sind Geschwister. Ihre Tante Clarrie hat das Café gegründet.«

»Ach, das ist doch die, die schon seit Jahren in Indien lebt. Tante Lexy spricht immer von Clarrie Robson, als wäre sie eine Königin. Schade, dass sie nie wieder hergekommen ist – das Café würde vielleicht nicht so den Bach runtergehen, wenn sie geblieben wäre.«

»Daran ist aber nicht Tante Clarrie schuld«, sagte Libby und lud die Tassen ab, damit Doreen sie spülen konnte. »Sie hatte alle Hände voll damit zu tun, ihren Teegarten in Belguri zu führen. Ihre Schwester, Olive Brewis – Georges Mutter –, sollte eigentlich die Leitung des Cafés übernehmen, aber sie hatte nie Interesse daran.«

»Ach ja«, sagte Doreen. »Mrs Brewis ist doch diese komische Kruke, die nie aus dem Haus geht, oder?«

»So scheint es.« Libby belud das Tablett neu und warf einen Blick in den Schankraum hinüber. George brachte Lexy so zum Lachen, dass sie husten musste.

»Libby, gibst du mir dieses Wochenende noch einmal Unterricht im Maschinenschreiben?«, fragte Doreen und klapperte in der Spüle mit dem Geschirr.

Libby zögerte. Was würde George wohl machen? Er hatte Lexy gegenüber angedeutet, dass er Newcastle bald wieder verlassen würde, aber vielleicht würde Libby Gelegenheit haben, ihn noch einmal zu sehen, bevor er abreiste? Sie sehnte sich nach ein bisschen Aufregung in ihrem Leben. Das letzte Jahr war so langweilig gewesen, weil sie wieder zu Hause bei ihrer Mutter lebte. War es falsch, den Krieg zu vermissen? Sie hatte nie so viel Spaß gehabt wie in der Zeit, als sie als Land Girl gearbeitet hatte.

»Können wir damit bis nächste Woche warten?«, schlug Libby vor. »Ich komme vorbei, wenn ich in der Bank Feierabend habe. Vielleicht Dienstag?«

»Großartig.« Doreen strahlte über das verschwitzte, runde Gesicht. »Eines Tages möchte ich auch im Büro arbeiten, so wie du. Mit einem Leben als ewige Tellerwäscherin gebe ich mich nicht zufrieden.«

»Gut so«, stimmte Libby ihr mit einem Lächeln zu. »Du kannst alles erreichen, wenn du es nur genug willst.«

Libby selbst hingegen konnte es kaum erwarten, aus dem Büro wegzukommen. Mit einundzwanzig wollte sie mehr vom Leben, als unter der Fuchtel männlicher Manager zu stehen, die allesamt weniger im Kopf hatten als sie.

Libby schob sich ein paar Haarsträhnen, die sich aus ihrer Frisur gelöst hatten, hinter die Ohren und leckte sich die vollen, trockenen Lippen. Dann hob sie das Teetablett hoch und ging in den Schankraum zurück.

* * *

Libby hatte kaum Gelegenheit, auch nur ein Wort einzuwerfen, weil Lexy in Erinnerungen schwelgte und sich in allen Einzelheiten über die gute alte Zeit vor dem Ersten Weltkrieg ausließ, als Clarrie das Herbert's zum besten Teesalon von ganz

Newcastle gemacht hatte, obwohl es in einem Arbeiterviertel nahe am Fluss lag.

»Und Olive hat die hübschen Bilder gemalt, um sie an die Wände zu hängen und alles ganz ägyptisch aussehen zu lassen. Ach, das waren schöne Zeiten! Deine Mam malt jetzt gar nicht mehr, oder, George?«

»Seit ich ganz klein war, habe ich sie nicht mehr zum Pinsel greifen sehen«, sagte George bedauernd.

»Unsere Libby ist eine richtige Künstlerin«, bemerkte Lexy.

Libby errötete. »Ich zeichne Karikaturen. Ich bin keine Künstlerin.«

»Sieh dir die an, George.« Lexy zeigte auf eine Tintenzeichnung an der Wand neben ihnen. »Das sind die Kellnerinnen und ich beim Victory Tea – wie Königinnen herausgeputzt mit Kronen auf dem Kopf. Das Bild bringt mich immer zum Lachen, und wie.«

George grinste. »Königin Lexy – perfekt getroffen. Du bist wirklich ein talentiertes Mädel, Libby.«

Libby errötete noch tiefer, weil sie sich über das Kompliment und die Wärme in seinem Blick so freute. George zwinkerte ihr zu und wandte sich dann wieder an Lexy. »Ich wünschte, Mam würde noch Interesse an Kunst oder irgendetwas außerhalb des Hauses zeigen. Das Einzige, was ihr noch ein Lächeln entlockt, ist meine Tochter Bonnie.«

»Ja«, antwortete Lexy schwer atmend, »wenigstens hat sie ein Enkelkind. Nimmst du die Kleine mit nach Indien?«

George schüttelte den Kopf. »Sie bleibt bei ihrer Mam Joan.« Er trank seinen Tee aus und stand auf.

Libby war frustriert, dass ihr nicht mehr Zeit mit ihm blieb. Sie verfluchte sich dafür, in seiner Gegenwart immer so schüchtern zu sein. Sie fühlte sich wieder wie als Fünfzehnjährige. Als George seinen Hut aufsetzte, raffte Libby allen Mut zusammen und platzte heraus: »Hättest du Lust, vorbeizukommen und Mutter zu besuchen? Mein jüngerer Bruder, Mungo, ist über den Sommer auch zu Hause. Erinnerst du dich noch, wie du zu Weihnachten einmal mit ihm mit Kochlöffeln Musik gemacht hast?«

George lachte. »Wirklich? Das haben wir getan?«

Libby erinnerte sich so lebhaft daran, dass es sie erstaunte, dass es George entfallen war. Vielleicht sah er ihrem Gesichtsausdruck die Enttäuschung an, denn spontan fragte er: »Möchtest du nach der Arbeit etwas trinken gehen?«

Libby riss ihre dunkelblauen Augen auf. »Ja, sehr gern.«

»Gut.« Er grinste.

»Warum gehst du nicht gleich los, Süße?«, schlug Lexy vor. »Doreen und ich können den Abwasch allein erledigen. Es kommt ja doch niemand mehr.«

Libby zögerte. Sie sah, wie erschöpft Lexy in der Hitze wirkte. Die Frau war zu alt und krank, um das Café zu führen. Libby würde ihrer Verwandten Adela davon schreiben müssen. Obwohl sie weit entfernt in Indien waren, mussten Adela und ihre Mutter Clarrie die Dinge in die Hand nehmen, sonst würde das Café bald schließen.

»Nein, geh nach oben und leg dich hin, Lexy. Ich brauche nicht lange, um Doreen zu helfen«, sagte Libby. Sie wandte sich an George. »Was hältst du davon, auch die Ärmel hochzukrempeln? Dann können wir schneller ausgehen und etwas trinken.«

Einen Moment lang wirkte er schockiert. Dann warf er den Kopf in den Nacken und lachte – wie sie sein ansteckendes Lachen doch liebte! – und zog sein Jackett aus.

»Aber nur, weil du es bist, Libby Robson«, sagte er. »In Kalkutta würde es nie so weit kommen.«

Lexy rollte die Augen. »Sie ist eben eine echte Robson durch und durch«, lachte sie. »Das Mädel kann jeden dazu bringen, alles Mögliche zu tun.«

»Bestimmt«, pflichtete George ihr bei und musterte Libby aufmerksam.

* * *

Doreen lieh Libby ein Kleid, damit sie nicht erst nach Hause nach South Gosforth fahren musste, um sich umzuziehen. In der Wohnung über dem Café, die Doreen sich mit Lexy teilte, zwängte Libby sich in das geblümte Kleidchen. Die kurzen Ärmel schnitten in ihre rundlicheren Arme ein. Doreen steckte den tiefen Ausschnitt mit einer Brosche zusammen.

»Damit dein Busen nicht herausquillt«, kicherte das Mädchen. »Aber deine Hüften füllen den Rock schön aus. Ich wünschte, ich hätte eine Figur wie deine.«

»Danke, Doreen«, sagte Libby. »Du bist viel diplomatischer als Mutter; sie nennt mich ›kräftig‹ und meint, dass ich zu viele von Lexys Pasteten esse.«

»Na, ich würde jedenfalls gern so aussehen wie du. Nach dir drehen sich alle Jungs um.«

»Nun rede nicht so einen Unsinn!« Libby lachte ungläubig.

»Es stimmt aber. Dieser George Brewis kann den Blick kaum von dir wenden.«

»Hör auf«, prustete Libby. »Er ist nur höflich zu einer alten Freundin der Familie, das ist alles.«

Aber ihr zitterten die Hände, als sie sich die welligen Haare bürstete und roten Lippenstift auftrug, der ihre vollen Lippen betonte. Als sie ins Café zu dem wartenden George hinunterging, versuchte sie, ihre schnelle Atmung zu beruhigen, und hoffte, dass man ihr die Aufregung nicht ansah.

* * *

George und Libby spazierten durch den Park. Sie gingen dicht nebeneinander, ohne sich zu berühren, während sie einander gegenseitig auf den neuesten Stand brachten. Libby erzählte mit Feuereifer von ihrer Zeit in der Women's Land Army auf einem

Bauernhof in Northumberland und davon, dass ihr älterer Bruder Jamie jetzt Arzt war und ihr jüngerer Bruder Mungo an der Universität in Durham studierte.

»Meine Brüder sind glücklich, und Mutter ist froh, in ihrer Nähe zu sein. Aber das ist nicht das Leben, das ich will.«

»Was willst du denn?«, fragte George und nahm ihren Ellbogen, um sie zu einer Bank zu führen.

Libby seufzte frustriert. »Der Krieg ist seit über einem Jahr vorbei. Ich hätte gedacht, wir wären längst wieder in Assam, um bei Dad zu sein, oder er würde wenigstens Urlaub nehmen, um uns zu besuchen. Aber nichts dergleichen passiert. Ich will, dass wir wieder eine Familie sind. Doch Mutter lässt sich eine Ausrede nach der anderen einfallen, um nicht hinzufahren. Es ist, als wollte sie Dad gar nicht sehen.«

»Die lange Trennung von deinem Vater belastet dich sicher sehr«, sagte George mitfühlend. »Wann hast du ihn zuletzt gesehen?«

Libby brannten vor Ergriffenheit die Augen. »Vor elf Jahren.« Jedes Mal, wenn sie an ihren Vater dachte, sehnte sie sich so sehr nach ihm, dass es wehtat. Er war in ihrer Erinnerung überlebensgroß: ein stattlicher Mann mit dröhnender Stimme und lautem Lachen, den sie als Kind vergöttert hatte. »Ich vermisse ihn so sehr.« Sie sah George an. »Hast du ihn gesehen, während du in Indien warst?«

George schüttelte den Kopf. »Ich war noch nicht in Assam, aber ich hoffe, bald einmal dort hinaufzureisen.« Er legte die Hand auf ihre und drückte sie. Ihr Pulsschlag beschleunigte sich. »Und wenn ich das tue, denke ich daran, James Robson zu sagen, dass das hübscheste Mädchen von Newcastle sich nach ihm sehnt.«

»Danke.« Libby lächelte und sah ihm in die blauen Augen. »Tut mir leid, ich rede die ganze Zeit und lasse dich gar kein Wort über dich selbst sagen.«

Die Art, wie George sie betrachtete, löste ein Kribbeln in ihr aus. Unverhofft zog er sie auf die Beine und bot ihr seinen Arm. »Komm, süßes Mädel, gehen wir etwas trinken, ja?«

***

Zwei Cocktails später begann George über seine kleine Tochter Bonnie zu sprechen.

»Weißt du, sie ist nicht von mir.«

Der Schock ließ einen Ruck durch Libby gehen. Sie hatte gewusst, dass er die blonde Joan überstürzt geheiratet hatte und das Baby kurz darauf zur Welt gekommen war, aber in Kriegszeiten waren solche Fehltritte weitverbreitet gewesen.

»Oh?« Libby wusste nicht, was sie sagen sollte.

»Joan hatte eine Affäre mit einem Marineoffizier, während ich fort war. Ich habe sie nur aus Mitleid geheiratet – es kam mir nicht fair vor, das kleine Kind vaterlos zu lassen, weißt du?«

»Das war sehr ritterlich von dir.«

George zuckte die Schultern und schenkte ihr sein entwaffnendes Lächeln. »Ich habe nun einmal ein Herz für Mädels.«

»Wirst du sie nicht vermissen?«, fragte Libby.

»Was, Joan?«

»Nein, deine Tochter, Bonnie.«

Kurz sah George bedauernd drein. »Ich habe die Kleine nie wirklich kennengelernt – für sie bin ich nur ein Fremder. Jedenfalls«, fuhr er fort und setzte wieder eine tapfere Miene auf, »hat Joan vor, den Mann zu heiraten, mit dem sie jetzt zusammen ist, sodass Bonnie einen neuen Dad bekommt. Er wirkt wie ein netter Bursche. Er ist Stallmeister in irgendeinem feinen Herrenhaus oben im Tyne Valley. Ich wünsche ihnen alles Gute.«

Danach wurden Joan und Bonnie nicht mehr erwähnt. Sie unterhielten sich über Alltägliches und tauschten

Kriegsanekdoten aus. Libby bekam einen Lachanfall, als George seine Kameraden und ihre Eskapaden schilderte, und er schien sich genauso über ihre Geschichten aus ihrer Zeit als Land Girl zu amüsieren. Er gab ihr das Gefühl, als spielte niemand sonst im Raum eine Rolle. Danach nahm George sie mit in ein Tanzlokal, und sie wiegten sich inmitten der Menge. Es erregte Libby, dass George sie eng an sich zog. Der Moschusduft seines glatt rasierten Kinns war berauschend. Sie konnte ihr Glück kaum fassen, dass George so unerwartet wieder in ihr Leben getreten war. Es war lange her, dass sie so viel Spaß gehabt hatte oder wie eine erwachsene Frau behandelt worden war.

Seit sie wieder zu Hause wohnte, sorgte ihre Mutter Tilly dafür, dass sie sich wie ein kleines Mädchen fühlte, weil sie Libby ständig kritisierte und viel Aufhebens um alles machte. Es war, als hätte es die zwei Jahre in der Land Army, in denen Libby ein unabhängiges Leben geführt und hart gearbeitet hatte, nie gegeben. Bevor sie mit George aufgebrochen war, hatte sie zu Hause angerufen, um ihrer Mutter Bescheid zu geben, dass es später werden würde. Zum Glück war ihr Bruder Mungo ans Telefon gegangen. Sie wusste, dass ihre Mutter sie einem endlosen Verhör darüber unterziehen würde, wo sie gewesen war und ob George nun verheiratet war oder nicht, aber das war ihr egal. Dieser Abend war es wert, und sie wollte nicht, dass er endete.

Kurz vor Mitternacht brachte George sie nach Hause. Sie gingen Arm in Arm.

Auf der Türschwelle löste er sich von ihr und sagte: »Ich wünsche dir alles Gute, Mädel.«

Libby wurde schwer ums Herz. Plötzlich hatte sie panische Angst, weil dieser magische Abend vorbei war. »Sehen wir uns noch mal, bevor du abreist?«

Er zögerte. »Ich schaue vorbei, wenn ich kann.« Er schenkte ihr ein breites Lächeln und berührte ihre glühende Wange.

»Vielleicht könnten wir uns in Kalkutta treffen – wenn du eines Tages zurück nach Assam reist.«

»Ja, gern.« Libby lebte auf.

»Dann versprich mir, mich dort zu besuchen.« George fischte eine Visitenkarte mit seiner Adresse aus der Tasche. »Wir werden so richtig unseren Spaß haben.« Er beugte sich vor und küsste sie auf die Wange.

Berauscht vom Tanzen und von dem ungewohnten Alkohol lachte Libby kehlig auf. »George, ich bin nicht deine Schwester.«

George grinste überrascht, zog sie an sich und küsste sie fest auf die Lippen. Libbys Herz klopfte vor Aufregung. Sie legte ihm die Arme um den Hals und erwiderte seinen Kuss voller Begeisterung. Viel zu schnell löste er sich von ihr.

»Komm nach Kalkutta, süßes Mädel«, sagte er im Zurücktreten. »Dann amüsieren wir uns noch ein bisschen mehr.« Gleich darauf schlenderte er auch schon in die Nacht davon, pfiff vor sich hin und ließ Libby mit ihrer Sehnsucht nach einer weiteren Umarmung allein.

* * *

In der Nacht fand Libby kaum Schlaf. In ihrem kleinen Zimmer, das nach hinten hinausging, war es heiß, aber sie schlief lieber dort, als sich ein größeres Schlafzimmer mit ihrer Mitbewohnerin und Freundin Josey teilen zu müssen, die Kette rauchte und schnarchte. Libbys Gedanken überschlugen sich.

Was hatte der Abend mit George zu bedeuten? War er wirklich gekommen, um sie zu besuchen, oder war es nur ein glücklicher Zufall, dass er sie heute im Café angetroffen hatte? Vielleicht hatte er sie nur aus einer Laune heraus dazu eingeladen, mit ihm auszugehen, aber er schien es zu genießen, mit ihr zusammen zu sein. Es war sein Vorschlag gewesen, den Abend in die Länge zu ziehen und noch dieses Tanzlokal aufzusuchen.

An seiner Seite fühlte sie sich lebendiger als sonst und begehrt. Aber George war bekannt dafür, ein Frauenheld zu sein, also war sie besser vorsichtig. Er war einfach nur freundlich. Aber dieser Kuss … Wie wünschte sie sich doch, er hätte länger angehalten! Es war, wie an einem köstlichen Eis zu lecken, das einem dann plötzlich weggenommen wurde. Er hatte ihr mit dem Kuss bestimmt etwas sagen wollen. Sie schmolz innerlich dahin, wenn sie auch nur daran dachte.

Libby warf die Bettdecke von sich und lag nackt und schwitzend in dem stickigen Zimmer. Sie erinnerte sich daran, dass es auch in Indien so heiß wie hier gewesen war. Aber in ihrem Kinderzimmer in Cheviot View hatte ein elektrischer Ventilator an der Decke die schwüle Luft aufgewirbelt. Sie erinnerte sich, dass ihre Mutter darauf bestanden hatte, die Ventilatoren einbauen zu lassen.

James, die punkah-wallahs *taugen nichts, sie schlafen bei der Arbeit ein. Wir werden alle noch in dieser Hitze sterben.* Als die Worte aus ferner Vergangenheit Libby wieder einfielen, kam Heimweh nach Assam in ihr auf. Nirgendwo sonst hatte sie sich je ganz zu Hause gefühlt – weder im Internat noch hier in Newcastle oder auf dem Bauernhof. Keiner dieser Orte war für sie etwas anderes als ein Zuhause auf Zeit gewesen. In ihrem eisigen Schlafsaal in der Schule hatte Libby sich oft mit Erinnerungen daran in den Schlaf gewiegt, wie sie mit ihrem Vater durch den Dschungel ritt, während er aus vollem Hals *The British Grenadiers* sang und ihr aufmunternd zurief, dass sie die Hacken unten halten sollte. Ihr Leben war in Indien viel abwechslungsreicher und aufregender gewesen als in Großbritannien. Sie musste sich noch mehr anstrengen, ihre Mutter zu überreden, dorthin zurückzukehren.

Libby grollte ihrer Mutter dafür, dass sie es ihrem Vater zum Vorwurf machte, dass er keinen Urlaub nahm und nach England kam, um sie zu besuchen. Wie Libby immer wieder betonte, war es für ihren Vater viel schwieriger, seine Arbeit auf der Teeplantage zu unterbrechen, als es für Tilly gewesen wäre, ihre ehrenamtliche Tätigkeit aufzugeben. Im Stillen war aber auch Libby enttäuscht, dass ihr Vater sie nicht besucht hatte. Bestimmt wollte er sie doch so unbedingt wiedersehen wie sie ihn? Er hatte während des Kriegs so hart gearbeitet, um die Oxford Estates am Laufen zu halten, und sich eine Pause mehr als verdient. Es war so typisch für ihren Vater, darauf zu verzichten, um einfach weiterzurackern und tapfer seine Pflicht zu erfüllen.

Libby seufzte frustriert und breitete die Arme aus. Sie war genauso schlimm wie ihre Eltern, wenn es darum ging, sich Ausreden einfallen zu lassen. Sie wusste, dass ihr Hauptgrund dafür, sich nicht gegen ihre Mutter durchzusetzen und einfach allein nach Indien zu fahren, ihre Sorge um Lexy und das Café war. Die warmherzige Lexy war für sie wie eine Ersatzgroßmutter; ihre eigentlichen Großeltern hatte Libby nie kennengelernt. Aber mehr noch: Lexy war ihr in ihren schwierigen Jugendjahren auch eine gute Freundin und Vertraute gewesen. Der bodenständigen Frau aus Tyneside konnte sie Dinge anvertrauen, die sie ihrer Mutter gegenüber nie im Leben geäußert hätte. Sie durfte die arme Lexy nicht im Stich lassen. Allein mit Doreen und ein paar Teilzeitkellnerinnen konnte sie das Café nicht führen.

Libby half nicht nur in ihrer Freizeit aus, sondern übernahm auch die Buchhaltung und die Warenbestellung. Sie versuchte dafür zu sorgen, dass ihre Rationen so lange wie möglich ausreichten. Lexy hatte ihr erzählt, dass Jane Brewis, Georges Schwester, kompetent die Geschäfte geführt hatte, bevor der Kriegsdienst sie nach Yorkshire verschlagen hatte. Jane war nie zurückgekehrt; sie war dort sesshaft geworden und hatte geheiratet. Joan, Georges getrennt von ihm lebende Frau, hatte im letzten Kriegsjahr kurz ausgeholfen, aber Lexy sagte, dass Joan zu unzuverlässig gewesen war. *Die ist eine richtige Tagträumerin. Glaubt, dass sie etwas Besseres ist als wir anderen, dabei ist sie doch nur ein faules Mädel.*

Bei Libbys Rückkehr nach Newcastle war Lexy rührend dankbar für ihr Hilfsangebot gewesen. Libby wusste, dass sie im Café festsitzen würde, solange sie ihre Verwandte Adela und deren Familie nicht aufforderte, die Dinge in die Hand zu nehmen. Das Café gehörte schließlich nicht Libbys Zweig der Familie Robson, sondern Adelas. Sie musste ihr unbedingt schreiben, dass sie herkommen sollte, um sich um das Herbert's zu kümmern. Vielleicht würde es das Beste sein, das Café zu schließen, sofern sie irgendwie für Lexys Zukunft sorgen konnten.

Aber was, wenn Adela und ihr Mann Sam Jackman in Indien glücklich waren und sich dort gerade eine gemeinsame Zukunft aufbauten? Libby hätte ein schlechtes Gewissen gehabt, Adela zu zwingen, gegen ihren Willen nach Newcastle zurückzukehren. Großbritannien war derzeit ein trostloses, vom Krieg ausgelaugtes Land. Die Rationierungen waren strenger denn je, und ganze Familien hausten noch in provisorischen Hütten aus Fertigbauteilen, weil es an Wohnraum mangelte. Die Situation der Briten in Indien wurde zwar immer unberechenbarer, weil alles auf eine größere Unabhängigkeit der Inder zusteuerte, aber es war immer noch ein Land voller Möglichkeiten, in dem man ein schönes Leben führen konnte – George war der beste Beweis dafür. Doch Adela und ihre Mutter Clarrie mussten erfahren, wie heruntergewirtschaftet das Café mittlerweile war. Lexy sollte die Bürde nicht länger allein tragen müssen.

Libby schloss die Augen und malte sich aus, sich mit George in Kalkutta zu treffen. Sie würden in seinem Club Tennis spielen und in einem der großen Hotels tanzen gehen. Er würde sie in die Arme nehmen und sie wieder küssen, diesmal ausdauernder. Begehren durchströmte Libby.

Ihre Entschlossenheit kehrte zurück: Sie würde Adela schreiben und ihr mitteilen, dass sie sich entscheiden musste, ob sie zurückkommen und das Herbert's retten oder aber endgültig schließen wollte. Auf jeden Fall würde es Libby dann freistehen, sich zu überlegen, was sie selbst wollte. Wenn ihre Mutter sich weigerte, wieder nach Assam zurückzukehren, und ihr Vater seinerseits nicht bereit war, nach England zu reisen, sollte sie, Libby, dann auf eigene Faust ins Land ihrer Geburt, nach Indien, fahren?

2

Newcastle, Ende Januar 1947

Libby schloss die Vordertür des Reihenhauses in South Gosforth auf, trat sich die Stiefel ab und schüttelte Schnee von der alten Armeejacke, die ein früherer Freund ihr geschenkt hatte. Draußen war die Luft klirrend kalt. Der Bürgersteig war noch gefährlich glatt, weil sich darauf rußgeschwärzter Schnee häufte, der einfach nicht schmelzen wollte. Sie war bis auf die Knochen durchgefroren. Plötzlich entdeckte sie die schäbigen Koffer, mit denen der schmale Flur zugestellt war. Stimmen und Gelächter drangen durch die offene Tür des Wohnzimmers. Libbys Herz setzte einen Schlag aus. Waren Adela und Sam endlich hier?

»*Koi hai*!«, rief sie. Ein Grinsen breitete sich auf ihrem Gesicht mit den rosigen Wangen aus.

»Sprich Englisch, Liebes!«, rief ihre Mutter Tilly zur Antwort. »Wir haben Besuch.«

Libby hörte ihrer Mutter die Aufregung an. Sie nahm ihre Wollmütze ab, sodass ihr das dunkelrote Haar wie ein Wasserfall über die Schultern fiel, und eilte ins Wohnzimmer. Ihre Mutter und ihre Freundin Josey hatten ihre gewohnten Plätze in den abgewetzten Sesseln eingenommen. Auf dem Sofa dagegen saßen eine hübsche, dunkelhaarige junge Frau und ein sonnengebräunter Mann mit schmalem Gesicht.

»Adela!«, quietschte Libby und stürzte sich auf die zierliche Frau, die aufstand, um sie zu begrüßen. Sie fielen sich in die Arme und lachten. »Warum hast du nicht Bescheid gesagt, dass du heute ankommst? Ich hätte dich vom Bahnhof abgeholt. Wie lange bist du schon hier? Wir dachten, du wärst erst nächste Woche wieder in England, nicht wahr, Mutter?«

»Nun lass das arme Mädchen doch auch einmal zu Wort kommen«, tadelte Tilly sie.

»Tut mir leid«, sagte Libby mit einem kehligen Auflachen, »ich freue mich nur so, dich zu sehen.«

»Wir freuen uns auch.« Adela lächelte und strich sich das dunkle, wellige Haar aus der Stirn. »Wir haben von Marseille aus den Zug genommen, um uns ein paar Tage auf dem Schiff zu ersparen.« Sie drehte sich um und winkte den Mann heran, der sich sofort erhoben hatte, als Libby ins Zimmer gekommen war. Er war so hochgewachsen, dass sein schütteres blondes Haar den Schirm der Deckenlampe streifte. »Das hier ist mein Mann Sam.«

Sam beugte sich vor und packte Libbys Hand in einem Griff wie ein Schraubstock.

»Ich freue mich sehr, dich endlich kennenzulernen, Libby. Du bist sogar noch hübscher, als Adela dich beschrieben hat.«

Libby lachte erfreut. »Und es ist mir eine Ehre, den Kriegshelden der Indian Air Force kennenzulernen. Laut Mutter hast du die Japaner mehr oder minder im Alleingang aus Burma verjagt.«

»Oh, jetzt übertreibst du aber«, protestierte Tilly. »So etwas habe ich nie gesagt. Aber wir sind sehr stolz auf dich, Sam.«

Sam lachte. »Ich habe nur ein bisschen Proviant hinter den feindlichen Linien abgeworfen. Andere sind viel größere Risiken eingegangen.«

»Das stimmt nicht«, sagte Adela, legte ihm den Arm um die Taille und zog ihn an sich. »Du hast monatelang jeden Tag dein Leben aufs Spiel gesetzt. Ich bin einfach nur dankbar, dass der Krieg vorbei ist und ich dich unbeschadet wiederhabe.«

Sam küsste sie von oben auf den Kopf. »Ich auch.«

Ihre liebevollen Gesten rührten Libby. Es war nicht zu übersehen, wie sehr die beiden einander vergötterten. Sie konnte sich nicht daran erinnern, dass ihre Eltern jemals einen solch innigen Umgang miteinander gepflegt hatten.

»Was gibt es Neues von Dad?«, fragte Libby eifrig. »Habt ihr ihn gesehen, bevor ihr Indien verlassen habt? Er hat seit Weihnachten nicht mehr geschrieben. Hat er vor, herzukommen?«

»Hör auf, der armen Adela so zuzusetzen!«, sagte Tilly. »Deinem Vater geht es gut.«

»Woher willst du das wissen?«, fragte Libby spitz. »Du hast ihn auch nicht mehr gesehen, seit du kurz vor dem Krieg hergereist bist, um uns zu besuchen – und das ist mittlerweile über sieben Jahre her.«

Tilly seufzte. »Fang gar nicht erst damit an.«

Adela lächelte ihr aufmunternd zu und antwortete: »Wir haben deinen Dad zu Weihnachten gesehen. Wir haben das Fest gemeinsam mit meiner Mutter und meinem Bruder in Belguri verbracht. James war ein bisschen erschöpft – er arbeitet auf den Oxford Estates immer noch sehr hart –, aber guten Mutes. Die frische Bergluft war für ihn die beste Medizin.«

Ungeduldig seufzte Tilly noch einmal. »James waren seine Arbeit und die Oxford Estates immer wichtiger als die Familie – schon in der Anfangszeit. Er ist fast siebzig, aber er glaubt, dass er immer noch das Arbeitspensum eines Vierzigjährigen bewältigen kann.«

Bei der Erwähnung des Alters ihres Vaters wurde Libby flau vor Angst. Sie wollte nicht, dass er alterte. Vor ihrem inneren

Auge sah sie ihn immer noch als den kraftstrotzenden, unverwüstlichen Mann mit dem roten Gesicht, der sie schwungvoll umarmte und sich in ihrer Kindheit ihre Hingabe verdient hatte. Aber sie hatte ihn nicht mehr gesehen, seit sie elf gewesen war und ihre Eltern das letzte Mal gemeinsam in England gewesen waren. Sie hatte vom Internat eine zusätzliche Woche Ferien bekommen. So hatte die Familie einen kalten Winterurlaub am Meer in St Abbs verbringen können. Dann war der Zweite Weltkrieg ausgebrochen, und die Familie war jahrelang unfreiwillig getrennt gewesen. Ihr Vater war draußen in Indien geblieben, während sie hier mit ihrer Mutter und ihren Brüdern in Großbritannien festgesessen hatte.

Jetzt war Libby fast zweiundzwanzig. Würde ihr Vater sie überhaupt wiedererkennen? Er hatte ihr Erwachsenwerden verpasst, und sie hatte es vermisst, dass er sie gegen den Rest der Familie unterstützte. Ihre beiden Brüder hatten früher immer gemeinsam gegen sie Front gemacht, um sie zu ärgern, während ihre Mutter ständig an ihr herumnörgelte und die Jungen immer bevorzugte. Aber Libby war sich sicher, dass ihr Vater und sie im Handumdrehen zu ihrem einstigen engen Verhältnis zurückfinden würden.

Tilly bedeutete ihren Gästen, wieder Platz zu nehmen. »Mein Mann sollte zugeben, dass er alt ist. Es wird Zeit, dass er sich zur Ruhe setzt und nach Hause kommt«, sagte sie unverblümt.

»Hierher?«, fragte Libby verächtlich und zwängte sich neben Adela auf das Sofa. »Kannst du dir vorstellen, dass Dad in ein Haus ohne Garten zieht, wo er keinen Platz für seine Pferde und Hunde hat? Er ist einfach kein Stadtmensch.«

»Wir könnten uns etwas Größeres leisten, wenn er nicht zwei Haushalte Tausende Kilometer voneinander entfernt führen würde«, erwiderte Tilly. »Ich hätte so gern ein Haus in Jesmond. In dem Stadtteil bin ich aufgewachsen.«

»Aber Assam ist sein Zuhause«, beharrte Libby. »Es ist auch noch *unser* Zuhause.«

»Unfug«, entgegnete ihre Mutter. »Du lebst schon nicht mehr dort, seit du acht warst. Und deine Brüder vermissen es nicht.«

»Jedenfalls betrachte *ich* Cheviot View und Indien immer noch als meine Heimat«, verkündete Libby trotzig.

Tilly schnalzte gereizt mit der Zunge. »Früher oder später muss dein Vater zurückkommen – gerade jetzt, da die Briten Indien endlich den Indern zurückgeben. Nicht wahr, Adela?«

Adela seufzte. »Die Teepflanzer sprechen im Moment über nichts anderes. Mutter ist unentschlossen. Sie würde den Teegarten in Belguri wirklich gern weiterführen, um ihn in ein paar Jahren an meinen Bruder Harry zu übergeben. Und dein Mann versteht nicht, warum die Briten nicht für immer bleiben können.«

»Das hat James gesagt?«, rief Tilly.

Adela nickte. »Nicht die Beamten oder die Armee natürlich. Aber er glaubt, dass die Inder weiterhin wollen, dass die britischen *boxwallahs* dabei helfen, die Plantagen zu führen, und Geld in Tee investieren.«

»Bis zur vollständigen Unabhängigkeit dauert es ja vielleicht auch noch mehrere Jahre«, fügte Sam hinzu.

»Siehst du, Mutter«, triumphierte Libby. »Unser Leben in Indien muss nicht unbedingt vorbei sein.«

Das rundliche Gesicht ihrer Mutter wirkte nervös. »Aber Adela, du und Sam, ihr habt euch doch entschlossen fortzugehen«, hob sie hervor.

Libby bemerkte, wie ein Blick zwischen Adela und Sam hin- und herging. Plötzlich plagten sie Schuldgefühle, weil sie die beiden gezwungen hatte herzukommen, indem sie sich über den Zustand des Herbert's beschwert hatte. Sam legte seiner Frau den Arm um die Schultern.

»Wir wollen einen Neuanfang wagen«, sagte er. »Die Mission, für die ich vor dem Krieg gearbeitet habe, hat aufgegeben, und Adela möchte nicht dauerhaft in Belguri wohnen.«

»Ich liebe den Teegarten«, erklärte Adela, »aber ich bin nicht so wie Mutter. Sie lebt und atmet Tee. Ich brauche die Lichter der Großstadt.«

»Ganz meine Meinung«, pflichtete Tilly ihr bei. »Clarrie ist die bemerkenswerteste Frau, die ich kenne. Ich weiß nicht, wie sie es schafft, Belguri ganz allein zu führen.«

»Sie hat gute Angestellte, und mein kleiner Bruder entwickelt sich zu einem sehr tüchtigen Teepflanzer, obwohl er erst dreizehn ist«, sagte Adela. »Außerdem kommt James immer noch ziemlich oft von den Oxford Estates herüber, um zu helfen.«

Eine peinliche Gesprächspause trat ein. Besorgnis überkam Libby. Sie musterte ihre Mutter, um zu sehen, ob sie Anzeichen von Eifersucht zeigte. Machte Tilly sich keine Gedanken darüber, dass ihr Mann so viel Zeit in den Bergen bei Clarrie Robson in Belguri verbrachte? Adelas Mutter war verwitwet, seit ihr Mann Wesley bei einem tragischen Jagdunfall vor Kriegsausbruch von einem Tiger zerfleischt worden war. Libby wusste von Adela, wie sehr Clarrie und Wesley aneinander gehangen hatten.

Aber Clarrie war jetzt schon seit acht Jahren allein und nach einem kürzlich aufgenommenen Foto zu urteilen, das Adela Libby geschickt hatte, eine attraktive Frau mittleren Alters. Außerdem war der Altersunterschied zwischen Clarrie und James geringer als der zwischen ihm und Tilly: Libbys Mutter war halb so alt gewesen wie ihr Vater, als sie ihn geheiratet hatte und nach Indien gezogen war. Libby behagte es nicht, dass ihr Vater nicht nur die Weihnachtsfeiertage, sondern all seine Freizeit bei der zupackenden Clarrie verbrachte. Die vertraute Enttäuschung über Tilly stieg in Libby auf. Ihre Mutter war an allem schuld, weil sie ihre Rückkehr nach Indien und zu ihrem Mann immer weiter hinauszögerte.

Sam brach das Schweigen. »Ich hoffe, hier ein Fotogeschäft zu eröffnen.«

»Wie interessant!«, sagte Josey rasch. Sie war bisher hinter ihrem Schleier aus Zigarettenrauch still gewesen. Tillys Freundin hatte die graue Blässe einer Raucherin und nikotinfleckige Finger, aber Libby musste zugeben, dass Josey in ihrem bunten Pullover und mit ihren mit einem Seidenschal zurückgebundenen Haaren auch mit achtunddreißig Jahren noch eine gewisse bohemehafte Eleganz verkörperte. »Ich habe Kontakte zu einer Lokalzeitung, die dir vielleicht Aufträge erteilen könnte.«

»Danke«, sagte Sam mit einem breiten Lächeln.

»Das wäre sehr freundlich«, setzte Adela hinzu. »Und ich habe Mutter versprochen, dass ich mich um Herbert's Café kümmere. Danke, Libby, dass du uns darauf aufmerksam gemacht hast, dass Lexy nicht mehr zurechtkommt.«

»Ich wollte euch keine Sorgen bereiten, aber es muss etwas unternommen werden«, erklärte Libby. »Die arme Lexy kann keine fünf Schritte mehr gehen, ohne sich hinsetzen zu müssen. Sie hat es so schlimm auf der Brust, dass sie röchelt. Ich helfe ihr schon, so viel ich kann, aber ich habe ja auch noch meinen langweiligen Bürojob.«

»Du hast Glück, überhaupt eine Stelle zu haben, Süße«, bemerkte Josey und drückte ihre Zigarette in einem Messingaschenbecher aus.

»Man muss sich eben etwas anstrengen, Josey«, entgegnete Libby. Verärgerung blitzte in ihren dunkelblauen Augen auf. Ihrer Ansicht nach hatte ihre Mitbewohnerin sich seit dem Ende des Kriegs nicht bemüht, eine bezahlte Arbeit zu finden oder im Haushalt zu helfen. Sie lebte mietfrei bei ihnen, und es war Libby, die genug verdiente, um Joseys Whisky und ihre Zigaretten zu bezahlen.

»Du bist in stumpfsinniger Büroarbeit viel besser als ich«, meinte Josey und steckte sich eine frische Zigarette an.

»In jeder Arbeit«, murmelte Libby.

»Also wirklich, ihr beiden«, lachte Tilly. »Wir wollen uns doch nicht vor unseren Gästen zanken.«

»Trittst du immer noch im People's Theatre auf, Josey?«, fragte Adela.

»Inzwischen führe ich häufiger Regie«, erwiderte Josey.

»Wir würden uns gern eines deiner Stücke ansehen, nicht wahr, Sam?«

»Unbedingt«, stimmte Sam zu. »Ich habe so viel über das Theater gehört und freue mich schon die ganze Zeit darauf, die Familie und Adelas Freunde kennenzulernen.«

»Und dann hast du ja natürlich auch noch deine eigene Mutter in Cullercoats, Sam«, sagte Tilly. »Bestimmt sehnst du dich nach der langen Zeit danach, sie wiederzusehen.«

Libby hatte den Eindruck, dass Sam kurz zusammenzuckte, aber er zwang sich zu einem Lächeln. »Meine Adoptivmutter«, verbesserte er. »Ja, ich habe vor, Mrs Jackman zu besuchen.«

Adela drückte ihrem Mann die Hand. »Das wird Sam tun, wenn er bereit dazu ist. Es ist so lieb von dir, uns hier aufzunehmen, Tilly. Wir sind dir sehr dankbar und bleiben auch nicht länger, als wir willkommen sind. Sobald wir eine eigene Wohnung gefunden haben …«

Tilly unterbrach sie: »Ihr bleibt, solange ihr wollt. Libby ist schon auf den Dachboden gezogen, also könnt ihr das Doppelbett haben.«

»Wir dürfen Libby doch nicht aus ihrem eigenen Zimmer verdrängen«, wandte Adela ein.

»Das macht ihr nichts aus«, behauptete Tilly. »Und ihr Turteltäubchen braucht es mehr als sie.«

Libby rollte die Augen und sah Adela an. »Ich muss mich für meine Mutter entschuldigen. Und ich überlasse euch mehr als gern das Schlafzimmer hinten. Es ist einfach wunderbar, dich wiederzusehen.«

Adela lachte. Ihre grünbraunen Augen funkelten vor Fröhlichkeit. »Ich freue mich auch so, euch alle zu sehen. Ich habe das typische Robson-Geplänkel vermisst.«

»Und du hast uns unsagbar gefehlt, liebes Mädchen«, sagte Tilly. Ihre tiefliegenden, haselnussbraunen Augen glänzten plötzlich vor Tränen. »Du warst für mich immer wie eine zweite Tochter.«

Libbys Herz zog sich zusammen. Ihre Mutter hatte ihre Vorliebe für Adela nie verhehlt, obwohl diese noch nicht einmal eine Blutsverwandte von Tilly war. Adela und Libby waren über ihre Robson-Väter verwandt: Wesley war James' Neffe gewesen. Aber Libby hatte Adela schon immer heiß und innig geliebt. Sie war nicht nur eine glamouröse Unterhaltungskünstlerin, die während des Kriegs bei der Truppenbetreuung aufgetreten war, sondern auch warmherzig und humorvoll. Libby konnte Adela einfach nicht grollen, aber es schmerzte sie, dass nichts, was sie selbst tat, ihrer Mutter je zu gefallen schien. Sie hatte schon längst aufgegeben, um Tillys Anerkennung zu kämpfen.

»Habt ihr denn Briefe aus Indien mitgebracht?«, fragte Libby hoffnungsvoll. Der mitleidige Ausdruck, der über Adelas hübsches Gesicht huschte, ließ ihr mulmig werden.

»Dein Vater lässt liebe Grüße ausrichten«, sagte sie.

»Aber geschrieben hat er nicht?«

»Er schickt Tee«, ergänzte Sam, »nicht wahr, Schatz?«

»Ja, natürlich.« Adela stand auf.

»Mach dir darum jetzt keine Gedanken«, bat Tilly. »Ich möchte alles über eure Reise nach Hause hören. Habt ihr eure *sola topees* nach Suez ins Meer geworfen?«

Adela lachte und berührte liebevoll Libbys zerzaustes Haar, bevor sie zur Tür ging. »Ja. Das Meer war übersät von ihnen.

Das Schiff war rappelvoll. Wir hatten Glück, überhaupt noch eine Fahrkarte zu bekommen.«

»Alle sehen jetzt zu, dass sie Indien verlassen können«, sagte Tilly mit einem Blick auf Libby. »Bei all den Gewaltausbrüchen dort überrascht mich das nicht.«

Adela eilte in den Flur und kehrte mit einem großen Lackkästchen zurück, das sie auf einen niedrigen Intarsientisch aus Indien stellte.

»An das Kästchen erinnere ich mich!« Libby lächelte. »Tante Clarrie hat ihre Briefe darin aufbewahrt, damit sie im Monsun nicht schimmeln.«

»Dass du das noch weißt!«, sagte Adela.

»Aber natürlich.«

»Mein Liebling, du warst doch noch ein kleines Kind, als du zuletzt Clarrie besucht hast«, rief Tilly ihr ins Gedächtnis.

»All meine Erinnerungen an Belguri sind klar wie Fotografien«, beharrte Libby.

»Mutter hat gesagt, dass ich das Kästchen haben darf«, erklärte Adela. »Ich wollte etwas haben, das mich an z… zu Hause erinnert.«

Libby hörte das Stocken in Adelas Stimme. Sie nahm Adelas Hand, drückte sie und sagte: »Es ist schön, so ein Erinnerungsstück zu haben.«

Adela kamen die Tränen, und Libby wurde klar, wie schwer es ihrer Verwandten gefallen sein musste, Indien zu verlassen, obwohl Sam behauptete, dass sie einen Neuanfang in Großbritannien wagen wollten.

Sam stand schnell auf und öffnete das Kästchen. »Ich koche uns Tee.«

»Kommt nicht infrage!«, empörte sich Tilly. »Du bist unser Gast und noch dazu ein Mann. Setz dich wieder, Sam!«

»Ich koche den Tee mit ihm«, bot Libby an, weil sie ahnte, dass Sam etwas zu tun brauchte. Sie spürte die aufgestaute

Energie in seinem schlaksigen Körper. Er musste auf die vierzig zugehen, aber nach allem, was sie gehört hatte, war er ein Mann, der sich immer noch gern in freier Natur aufhielt. Bevor er Pilot geworden war, war er erst Kapitän auf einem Flussschiff gewesen und hatte dann ein Nomadenleben als Missionar geführt, um Obstbäume im Himalaja zu pflanzen.

Während die anderen Frauen sich unterhielten, führte Libby Sam in die Küche hinten im Haus. Ihre Köchin hatte ein großes Tablett mit einem Teeservice und einem Teller voller Ingwerkekse bereitgestellt. Libby machte sich daran, es wieder abzuräumen.

»Das hier schreit nach dem besten Porzellan.« Sie nickte zu einem hölzernen Geschirrschrank hinüber. »Holst du es bitte vom obersten Brett, Sam?«

Während er sich darum kümmerte, begann Libby, die silberne Teekanne vorzuwärmen, Sie öffnete eines der Teepäckchen und gab mit einem kleinen Löffel die schwarzgrünen getrockneten Blätter in die Kanne.

»Das sieht ganz anders aus als das Zeug, das wir zu trinken gewohnt sind«, sagte sie mit einem ironischen Lächeln. »Ihr gewöhnt euch besser schnell an die Rationierung.«

»Immer noch?«, fragte Sam.

»Meine Güte, ja«, bestätigte Libby. »Es ist schlimmer als während des Kriegs. Die Amerikaner schicken uns Pakete mit Lebensmitteln. Ich hoffe um Dads willen, dass er in Indien bleiben kann. Er wäre hier kreuzunglücklich.«

Sam widersprach ihr nicht. Stattdessen erkundigte er sich nach ihr und ihrer Arbeit.

»Gegen Kriegsende habe ich einen Schreibmaschinenkurs belegt, und jetzt arbeite ich bei einer Bank im Schreibbüro. Ich kann besser rechnen als der Bankdirektor, aber eine Direktorin werden sie niemals einstellen. Es ist alles sehr altmodisch. Also reiße ich nur meine Stunden ab und tue nicht mehr als das. Ich verbringe meine Freizeit damit, in Herbert's Café auszuhelfen – du weißt doch sicher alles über den Teesalon, den Adelas Mutter früher geführt hat?«

Sam nickte. »Was für ein Beruf würde dir denn wirklich gefallen?«, fragte er.

Libby zuckte die Schultern. »Ich habe keine Ahnung. Ich vermisse es wohl einfach, Land Girl zu sein. Es war sehr harte Arbeit, aber wir hatten viel zu lachen.«

Sam lächelte. »So war es auch bei der Air Force. Man wird mit Leuten zusammengeworfen, die man sonst vielleicht nie kennenlernen würde, und freundet sich mit ihnen an, weil man aufeinander angewiesen ist. Und niemand sonst kann je ganz nachvollziehen, was man zusammen durchgemacht hat. So war es auch für Adela bei der ENSA.« Libby sah, dass sein Gesichtsausdruck weicher wurde. »Ich weiß, dass ihre Unterhaltungstruppe großen Entbehrungen und Gefahren ausgesetzt war, aber das würde sie nie zugeben. Sie hat mir nur von den lustigen Erlebnissen auf Tournee erzählt.«

»Ja, genau so ist es«, stimmte Libby zu. »Während des Kriegs war das Leben so denkwürdig und intensiv. Meine Freundinnen haben mir damals die Welt bedeutet. Jetzt ist alles ein bisschen trostlos.«

Als der Tee fertig war, bestand Sam darauf, das Tablett zu tragen. Als sie durch den Flur zurückgingen, fragte Sam: »Wo sind deine Land-Army-Freundinnen jetzt?«

»Zwei sind verheiratet und wohnen unten im Süden. Eine ist mit einem G. I. nach Amerika gegangen. Seitdem habe ich nichts mehr von ihr gehört. Und meine beste Freundin ist Köchin in einem Schloss in den Highlands. Ich kann mir nicht vorstellen, wie sie die Stelle bekommen hat – sie hat fürchterlich gekocht.«

Sam lachte amüsiert.

»Worüber lacht ihr beiden da?«, fragte Tilly, als sie zurück ins Wohnzimmer kamen. »Meine Güte – das beste Porzellan der

Watsons! Meine Mutter hat es geliebt, aber ich finde es immer so mühsam, mit diesen zarten Tassen zu hantieren.«

»Dads Tee wird aus ihnen besser schmecken«, sagte Libby.

»Stell das Tablett einfach hier neben mir ab, Sam«, forderte Tilly. »Ich schenke ein. Libby, reich die Kekse herum. Pass dabei mit deinen hübschen Zähnen gut auf, Adela. Die Köchin tut ihr Bestes, aber normalerweise sind sie steinhart.«

Tilly begann, Milch in die Tassen zu gießen.

»Ich möchte meinen bitte schwarz trinken, Mutter«, sagte Libby.

»Du trinkst ihn doch sonst nie schwarz«, wandte Tilly ein.

»Es ist ein besonderer Tee«, entgegnete Libby. »Ich möchte ihn so genießen, wie ich ihn in Erinnerung habe.«

Libby sah zu, wie Tilly den goldgelben Tee in die Porzellantassen goss, und half, sie zu verteilen. Sie nahm ihre und atmete den Duft des Dampfs ein. Der Tee roch nach Mango und Papaya. Libby schloss die Augen und nippte daran. Sofort beschwor der Geschmack die Hitze und die leuchtenden Farben des Teegartens herauf – nicht die drückende Schwüle des Monsuns auf den Oxford Estates, sondern das Spiel von Licht und Schatten und die blühenden Rankpflanzen an Clarries Haus in Belguri.

Libby hörte den übermütigen Gesang der Vögel und sah die schimmernden Teesträucher unter den Kronen der Teakholzbäume. Vor ihrem inneren Auge beugte Clarrie sich über die Verandabrüstung. Ihre Haut hob sich zart gebräunt von ihrem weißen Kleid ab. Sie lachte zusammen mit Libbys Mutter. Also war Tilly irgendwann *doch* glücklich in Indien gewesen. Libby versuchte, die Erinnerung festzuhalten, aber sie löste sich so schnell auf, wie sie zu ihr zurückgekehrt war, wie der Hauch von Holzrauch, der aus dem Schornstein des Plantagenbungalows aufstieg.

»Der Tee schmeckt nach Belguri«, sagte Libby, öffnete die Augen und lächelte Adela an.

»Ja, nicht wahr?«, pflichtete Adela ihr bei und erwiderte ihr Lächeln.

»Sam«, fragte Josey, und es klang wie Bühnenflüstern, »denkst du auch so mystisch über Tee?«

Sam lachte. »Eigentlich nicht. Ich muss gestehen, dass ich lieber Kaffee trinke.«

»Ich auch!«, sagte Josey entzückt.

»Stört es dich, wenn ich rauche?«, fragte Sam Tilly, obwohl die Luft schon von Joseys Zigarettenrauch geschwängert war.

»Nur zu«, antwortete Tilly.

Josey bot ihm eine Zigarette an, aber Sam fischte ein zerdrücktes Päckchen indischer *bidis* aus der Tasche. »Nimm doch eine von meinen.«

»Die sehen illegal aus«, bemerkte Josey.

»Oh, nicht diese schrecklichen Dinger!«, rief Tilly. »Sie stinken fürchterlich, und du wirst sie nicht mögen.«

Josey zwinkerte Sam zu und nahm eine. Im nächsten Augenblick füllte sich das Zimmer mit dem durchdringenden Geruch ihrer kleinen braunen Zigaretten.

»Das erinnert mich an Cheviot View«, sagte Libby und atmete tief ein. »Daran, wie die Diener nach Einbruch der Dunkelheit auf der Veranda sitzen und zusammen rauchen.«

»Möchtest du auch eine?«, fragte Sam.

»Oh, Liebling, nicht!«, schrie Tilly. »Das ist alles andere als damenhaft.«

Libby rollte die Augen und griff nach der angebotenen Zigarette. Sam zögerte, als wollte er keine weiteren Reibereien zwischen Mutter und Tochter auslösen.

»Was würde dein Vater dazu sagen?«, sagte Tilly vorwurfsvoll.

Libby riss der Geduldsfaden. »Ich habe keine Ahnung – und du auch nicht, weil wir ihn seit Jahren nicht gesehen haben.«

»Ihm wäre es nicht recht«, beharrte Tilly unversöhnlich.

»Vielleicht nicht«, erwiderte Libby, »aber du kannst nicht mehr für ihn sprechen. Ich bin es leid, dass du mir sagst, was Dad wollen würde oder nicht – als ob es dir überhaupt wichtig wäre.«

»Sprich nicht in diesem Ton mit mir«, schimpfte Tilly und lief rot an.

»Dann sprich du auch nicht mit mir, als wäre ich noch ein Kind!«

»Reg dich ab, Süße«, mahnte Josey.

»Red nicht so von oben herab mit mir, Josey«, gab Libby zurück. »Dich betrifft das alles nicht.«

»Oh doch, wenn du schon wieder deiner Mutter Kummer machst. Und du bringst unsere Gäste in Verlegenheit.«

»Nicht deine Gäste«, sagte Libby mit blitzenden Augen. »Sie sind meine Verwandten. Und Adela ist es gewohnt, mitzuerleben, wie meine Mutter über mich herzieht.«

»Hör auf, solch ein Theater zu machen!«, zischte Tilly.

Libby stand auf. Ihr Herz hämmerte vor Gefühlsbewegung. »Adela, Sam, es tut mir leid, wenn ich eine Szene gemacht habe. Ich kann euch gar nicht sagen, wie sehr ich mich darauf gefreut habe, dass ihr herkommt. Aber ich wünsche mir von ganzem Herzen, dass Dad mit euch gekommen wäre. Ich kann nicht so tun, als wäre es anders. Ich vermisse ihn so sehr.«

Adela streckte schnell den Arm aus, packte Libbys Hand und zog sie wieder neben sich. »Dafür habe ich Verständnis, wirklich. Ich vermisse meinen Dad noch immer jeden Tag. Aber deiner ist am Leben, und du wirst ihn *bestimmt* wiedersehen.«

Libby umklammerte Adelas Hand. Ihre Verwandte war so mutig. Sie war jünger gewesen als Libby heute, als sie ihren Vater verloren hatte. Sie hatte den entsetzlichen Tigerangriff sogar miterlebt und Wesley in den Armen gehalten, als er gestorben war. Wie hatte sie sich nur je davon erholt? Aber Adela strahlte innere Kraft und Lebenslust aus. Wenn sie in der

Nähe war, fühlte Libby sich stärker und tapferer, das war schon immer so gewesen. In diesem Moment war Libby plötzlich wild entschlossen. Es war offensichtlich, was sie tun musste – ja schon vor Monaten getan hätte, wenn sie sich nicht verpflichtet gefühlt hätte, Lexy zu helfen.

»Es gibt nur eine Möglichkeit, um sicherzustellen, dass ich Dad wiedersehe.« Sie wandte sich ihrer Mutter zu. »Und das ist, nach Indien zu reisen.«

Tillys Gesichtsausdruck spiegelte eine Mischung aus Gereiztheit und Panik wider. »Liebling, das ist jetzt viel zu gefährlich. Die Unruhen und Morde. Dein Vater wird damit nicht einverstanden sein.«

»Oh doch«, widersprach Libby. »Auf seiner Weihnachtskarte stand, dass er sich danach sehnt, mich wiederzusehen.«

Tilly wandte sich Hilfe suchend an Adela. »Liebes Mädchen, sag ihr, dass das eine lächerliche Idee ist. In Indien ist doch alles viel zu sehr aus den Fugen geraten, nicht wahr? Es ist einfach nicht sicher.«

Libby sah Adelas gequälter Miene an, dass sie in diesem Streit nicht Partei ergreifen wollte.

»Für die Briten ist es nicht unsicher«, beharrte Libby.

»Woher willst du das denn wissen?«, fragte Tilly ungläubig.

»Ich lese auch Zeitungen, Mutter.«

»Die falschen!«, rief Tilly.

»Ich gebe ja zu«, räumte Libby ein, »dass es zu einigen schrecklichen Gräueltaten gekommen ist. Aber das war Gewalt unter Indern – Hindus, die gegen Muslime kämpfen. Wir Briten mögen ja vielleicht all die Zwistigkeiten ausgelöst haben, aber es ist nicht unser Blut, das jetzt vergossen wird.«

Unerwartet meldete sich Sam zu Wort. »Es trifft zu, dass es zu entsetzlichen Vorfällen gekommen ist. In Kalkutta hat es letzten Sommer furchtbare Gewaltexzesse gegeben. Aber Libby hat recht: Es waren Gräueltaten unter Indern. Die verschiedenen

Volksgruppen und religiösen Gemeinschaften ringen um die Macht in einem künftigen Indien, und das schürt leider Angst voreinander.«

»Genau das meine ich ja«, sagte Tilly aufgeregt. »In den Zeitungen steht, dass im Land wohl bald Anarchie herrschen wird.«

»Aber«, fuhr Sam fort, »der Hass zielt nicht mehr auf uns Briten ab. Sie wissen, dass wir abziehen.«

»Was willst du damit sagen?«, fragte Tilly.

»Dass ich nicht glaube, dass es zu gefährlich für Libby – oder überhaupt irgendjemanden von euch – wäre, Indien zu besuchen. Den Briten dort geschieht nichts.«

Triumphgefühl durchzuckte Libby. Sie hätte Adelas freundlichen Mann gern umarmt, weil er sich für sie einsetzte.

»Hör auf Sam, Mutter!«, rief sie. »Wir sollten beide hinreisen.« Sie bedachte Tilly mit einem flehentlichen Blick. »Komm mit, *bitte*. Dad braucht dich.«

Tillys rundes Gesicht erschlaffte. Libby vermochte den Ausdruck ihrer Augen nicht zu deuten; war das Verärgerung oder ein schlechtes Gewissen?

Ihre Mutter wich ihrem Blick aus. »Hier werde ich noch mehr gebraucht. Die Jungen können nicht auf mich verzichten …«

»Jamie ist jetzt fertiger Arzt und kommt nur dann und wann übers Wochenende nach Hause«, protestierte Libby.

»Aber Mungo ist noch so jung«, wandte Tilly ein. »Vielleicht nach seinem Universitätsabschluss …«

Libby schluckte ihre Enttäuschung hinunter. Tilly würde die Jungen immer bevorzugen. Sie grub sich die Fingernägel in die Handflächen, damit man ihr ihre Gefühlsaufwallung nicht anmerkte.

»Ganz gleich, wie du dich entscheidest«, verkündete Libby, »ich kehre jedenfalls nach Indien zurück – und zu Dad.«

3

Als sie unter einem Haufen von Decken und Mänteln auf dem Feldbett in der eiskalten Dachkammer lag, hörte Libby im Raum unter sich Stimmengemurmel von Adela und Sam. In ihr gedämpftes Gespräch mischten sich immer wieder Sams tiefes Lachen und Adelas unterdrücktes Kichern.

Libby hatte ein schlechtes Gewissen, weil sie vorhin den Streit vom Zaun gebrochen hatte. Warum hatte sie sich von ihrer Mutter und Josey provozieren lassen? Normalerweise ließ sie Tillys tadelnde Bemerkungen an sich abprallen und zahlte Josey ihre Kritik einfach mit gleicher Münze heim. Ihr Haushalt funktionierte ganz gut, weil Libby meist bei der Arbeit, Josey im Theater und Tilly mit ihren ehrenamtlichen Tätigkeiten für den Women's Voluntary Service und die Kirche beschäftigt war. Sie hatten eine Teilzeitköchin und ein Dienstmädchen, das täglich vorbeikam, um zu putzen, zu waschen und zu bügeln. Wenn Mungo von der Universität in Durham zurückkehrte, war Tilly am glücklichsten. An den Tagen nach seiner Abreise versuchte Josey immer, Tilly aufzumuntern, indem sie mit ihr ins Theater ging oder ihr laut aus einem ihrer Lieblingsromane vorlas, während Libby ihrer Mutter aus dem Weg ging, indem sie bis spätabends in Herbert's Café blieb und sich um die Buchhaltung kümmerte.

Aber heute Abend war etwas in Libby zerbrochen. Adela nach über drei Jahren wiederzusehen, hatte ihr Heimweh nach Indien und ihrem Vater neu angefacht. Es hatte sie mit der Heftigkeit und Plötzlichkeit eines Monsununwetters überkommen. Nur ein Schluck von dem duftenden Tee und der Geruch hatten ihr klargemacht, dass sie sich immer noch so sehr danach sehnte, nach Assam zurückzukehren, wie sie es als Kind getan hatte. Aus ihrem Elternhaus Cheviot View auf den Oxford Estates gerissen und in ein spartanisches Internat in Northumberland verfrachtet, hatte die achtjährige Libby ihre Gefühle unterdrückt – und sie dann an ihrer Mutter ausgelassen, die sie dort abgeliefert hatte.

Den Schock, sich in der strengen Anstalt mit ihren roten Ziegelmauern, starren Regeln und eiskalten Schlafsälen wiederzufinden, hatte Libby nie ganz verwunden. Sie hatte ständig Ärger bekommen, weil sie außerhalb des Schulgeländes auf Entdeckungstour gegangen war und im Unterricht widersprochen hatte. Sie hatte flehentliche Briefe nach Hause geschrieben und ihren Vater gebeten, zu kommen und sie zu holen. Schließlich hatte sie sich damit getröstet, so viel von dem faden Schulessen in sich hineinzustopfen, wie sie durfte. All ihr Taschengeld hatte sie am Schulkiosk für Süßigkeiten und Brause ausgegeben.

Als ihre Mutter Libbys erstes Schulfoto bekommen hatte, hatte sie sich Sorgen gemacht, dass ihre Tochter zu dick wurde, und von der Schule verlangt, ihr den Zugang zum Kiosk zu verwehren. Libby hatte andere Wege gefunden, ihre Vorliebe für Süßigkeiten zu befriedigen. Im Austausch gegen Toffees und Lakritzstangen hatte sie anderen Mädchen die Hausaufgaben gemacht und sie in Mathe abschreiben lassen.

Zu Libbys Glück war eine junge, engagierte Lehrerin an die Schule gekommen und hatte das Potenzial des unglücklichen, rebellischen Mädchens erkannt. Miss MacGregor hatte als Schülerin zur Suffragettenbewegung gehört und Libby und ihre Freundinnen mit Anekdoten über Protestmärsche und Zusammenstöße mit der Polizei unterhalten. Sie hatte sie in Geschichte unterrichtet und dabei ein gerüttelt Maß an antiimperialistischen politischen Botschaften einfließen lassen. Nach einiger Zeit hatte Libby sie vergöttert.

Es war Miss MacGregor gewesen, die Libby überredet hatte, weiter auf der Schule zu bleiben, bis sie siebzehn geworden war, und Abschlüsse zu erwerben, die sie für eine Berufstätigkeit qualifizierten. Sie hatte in Libby gerechten Zorn auf Missstände und den Ehrgeiz, die Welt zu verbessern, geweckt. Tilly hatte sich beschwert, Miss MacGregor habe dafür gesorgt, dass es nun unerträglich sei, mit Libby zusammenzuleben, und ihre Brüder hatten sie gnadenlos damit aufgezogen, dass sie angeblich in die charismatische Lehrerin *verschossen* war.

Libby kuschelte sich tiefer in ihr Bettzeug und versuchte, sich aufzuwärmen. Das Gespräch im Zimmer unter ihr war zum Erliegen gekommen. Dann hörte sie es: das verräterische Quietschen des Metallbetts und seiner alten Federn. Adela und Sam schliefen miteinander. Eine heiße Welle der Verlegenheit und des Neids brach über Libby herein. Sie hatte ihre Jungfräulichkeit auf genau dem Bett an einen polnischen Flüchtling verloren, der während des Kriegs bei ihnen einquartiert gewesen war. Sie war siebzehn gewesen, Stefan kaum älter. Sie waren beide unerfahren, aber enthusiastisch gewesen und hatten die Gelegenheit genutzt zu experimentieren, als Tilly unterwegs gewesen war, um ehrenamtlich im Genesungsheim des WVS zu arbeiten.

Stefan mit den blauen Augen war später abgereist, um eine Ausbildung zum Armeemechaniker zu machen, und hatte ihr noch gelegentlich Postkarten aus Nordafrika geschickt. Als sie mit achtzehn der Land Army beigetreten war, war ihre sporadische Korrespondenz nach und nach zum Erliegen gekommen.

Libby zog sich eine der Decken über die Ohren und versuchte, die Geräusche des Liebesspiels zu überhören, die von unten heraufdrangen. Adela und Sam hatten vielleicht Glück! Libby hatte Stefan nie geliebt, aber er hatte in ihr den Appetit auf Sex geweckt. Ihre Mutter wäre schockiert gewesen, wenn sie von Libbys kurzer, aber feuriger Affäre mit einem gut aussehenden, dunkeläugigen italienischen Kriegsgefangenen gewusst hätte, der als Erntehelfer auf den Bauernhof in Northumberland gekommen war, auf dem Libby 1944 als Neunzehnjährige gearbeitet hatte. Tilly hätte behauptet, das wäre Fraternisieren mit dem Feind, aber Libby hatte sich überzeugt, dass Lorenzo nicht mit den Faschisten sympathisierte. Am Ende des Erntefests hatten sie auf die Kommunisten und auf die sozialistische Internationale getrunken, bevor sie sich in den Heuschober geschlichen hatten. Dort hatte sie ihm gestattet, sie zu verführen.

Für eine Weile hatte sie Lorenzo leidenschaftlich geliebt, aber bei Kriegsende war er in aller Eile nach Italien zurückgekehrt – und, wie sie erfahren hatte, zu einer wartenden Ehefrau.

Jetzt war Libby vollkommen wach. Sie rieb sich die kalten Zehen und dachte über ihre neue Entschlossenheit nach, nach Indien zurückzukehren. Sei ehrlich, auch wenn es wehtut, sagte sie sich. Sie war nicht nur erpicht darauf, ihren Vater und die Teeplantage wiederzusehen. Auch Kalkutta zog sie an. Besser gesagt: der hübsche, blonde, lebenslustige George Brewis. Sie hatte den Kuss auf der Türschwelle noch Tausend Mal durchlebt.

Während sie schlaflos in der Dachkammer lag, fragte Libby sich, wen George Brewis seitdem wohl schon geküsst hatte. Sie hatte nicht wieder von ihm gehört. Lächerlich, sich Hoffnungen auf eine Romanze mit George zu machen; er war ein Mann von Welt, und sie musste in seinen Augen unreif und provinziell wirken. Er hatte bestimmt keine Ahnung, wie leidenschaftlich sie ihn als junges Mädchen von Weitem angehimmelt hatte – oder wie viel ihr dieser Kuss neulich bedeutet hatte.

Ruhelos wälzte Libby sich im Bett. Die Geräusche unten verklangen. Bestimmt schlief das liebende Ehepaar jetzt zufrieden und eng umschlungen ein. Libby seufzte. Sie setzte sich auf, schaltete die Nachttischlampe ein und griff nach ihrem Skizzenblock. Wann immer etwas sie aufregte, dann beruhigte es ihre nervösen Gedanken, auf einem Block herumzukritzeln und witzige Figuren zu erschaffen. Es war eine Strategie, die sie auf dem Internat entdeckt hatte.

Trotz ihrer tauben Finger zeichnete Libby schnell eine Karikatur von George und sich beim Tanzen. Sie überbetonte seine Schultern und seine blonde Haartolle, verpasste sich selbst große Füße und Lippen, die eher wie ein Entenschnabel aussahen. Sie lachte leise, legte den Skizzenblock weg und schaltete das Licht aus.

4

Newcastle, Februar 1947

»Was, wenn dein Vater nicht sofort nach Kalkutta kommen kann, um dich abzuholen?«, sorgte sich Tilly.

»Ich wohne doch dort bei Onkel Johnny und Tante Helena«, hob Libby hervor. »Adela sagt, sie leben in einem sehr sicheren Stadtteil – Alipur. Dort hat es überhaupt keine Unruhen gegeben.«

»Vermutlich kann ich mich darauf verlassen, dass mein Bruder Johnny ein Auge auf dich hat«, räumte Tilly ein, »und Helena ist mir immer wie ein vernünftiger Mensch vorgekommen.«

Libby drehte sich um und zwinkerte Adela zu. Es war Adelas kluger Vorschlag gewesen, dass Libby die letzten paar Wochen der kalten Jahreszeit in Kalkutta bei Tillys älterem Bruder Johnny, einem Armeearzt im Ruhestand, und seiner Frau Helena verbringen sollte. Tilly hatte immer zu ihrem großen Bruder aufgeschaut. Sobald er zurückgeschrieben und Libby voller Begeisterung eingeladen hatte, bei ihnen zu wohnen, hatte Tillys Widerstand gegen die *Indien-Eskapade* ihrer Tochter nachgelassen.

Vorbehalte hatte sie allerdings nach wie vor. »Du versprichst mir aber doch, dass du nicht allein in der Stadt herumstromerst oder dich in irgendetwas Politisches hineinziehen lässt?«

»Natürlich tue ich so etwas nicht«, versicherte Libby.

»Und auch, dass du Helena nicht mit deinen antikolonialistischen Ansichten verärgerst. Du weißt doch, sie stammt aus einer *pukka* Armeefamilie – sie leben schon seit mehreren Generationen in Indien. Ich kann mir nur zu gut vorstellen, wie du vom Leder ziehst …«

»Ich verärgere Helena nicht, versprochen. Ich werde eine wohlanständige kleine Memsahib sein.«

»Und sag ja nicht so etwas«, ermahnte Tilly sie, »mit deinem frechen Grinsen. Sonst denken die Leute noch, dass du dich über sie lustig machst.«

Libby setzte eine gespielt schockierte Miene auf. »Verknöcherte kolonialistische Memsahibs im imperialen, kapitalistischen Kalkutta – worüber sollte ich mich da schon lustig machen?«

»Adela, sprich mit ihr«, flehte Tilly.

»Es hat keinen Sinn, mich darum zu bitten«, sagte Adela. »Unser Zweig der Robsons war nie *pukka*, zumindest aus britischer Sicht.«

Tilly sah sie peinlich berührt an. »Das ist doch längst vergessen.«

Adela lachte trocken. »Leider nein. Manche Leute im Pflanzerclub schneiden meine Mutter und mich in der Rennwoche zu Weihnachten immer noch.«

»Das ist bloß Stutenbissigkeit«, behauptete Tilly in dem Versuch, alles wegzuerklären. »Einige der Teepflanzerfrauen waren immer neidisch auf Clarrie, weil sie schöner und klüger als die anderen ist.«

Libby reagierte empört. »Du weißt doch, dass das nicht der Grund dafür ist, Mutter. Es ist reiner rassistischer Snobismus. Sie mögen Clarrie nicht, weil sie Viertelinderin ist. Sie sind kleinlich und gehässig – die schlimmste Art von Britishers.«

»Schon gut, schon gut«, ruderte Tilly nervös und errötend zurück. »Adela möchte davon bestimmt nichts hören. Und es nützt doch nichts, sich Leute zum Feind zu machen, die diese Ansichten vertreten, und seien sie auch noch so widerwärtig. Sie sind jetzt zu alt, sich noch zu ändern. Und benutz nicht diesen Ausdruck *Britishers* – das klingt nach den Leuten der Quit-India-Bewegung. Damit verärgerst du nur deinen Vater und deinen Onkel.«

»Na gut, dann eben keine Britishers«, sagte Libby. »Nur imperialistische, bornierte Memsahibs der allerübelsten Sorte.«

Tilly rollte die Augen in Libbys Richtung, und Adela begann zu lachen.

* * *

Sie beschlossen, dass Libby nach Indien fliegen sollte, um noch vor Anbruch der heißen Jahreszeit einzutreffen, ohne nach der Ankunft in Bombay einer langen, gefahrvollen Zugreise durch die indischen Ebenen bis nach Bengalen ausgesetzt zu sein. Tilly malte sich alle möglichen Risiken aus – in die Luft gesprengte Züge, Raubüberfälle mit vorgehaltenem Messer, ganz zu schweigen davon, dass Libby in Ausschreitungen hineingeraten, an Typhus erkranken oder von einem tollwütigen Bahnhofshund gebissen werden konnte. Sie bestand darauf, dass ihre Tochter zum Flughafen Dum Dum in Kalkutta flog.

Nachdem Tilly sich damit abgefunden hatte, dass Libby es sich nicht anders überlegen, sondern wirklich nach Indien reisen würde, beschäftigte sie sich damit, alles zu arrangieren.

»Du musst neue Kleider haben«, beharrte sie. »In den Clubs von Kalkutta kannst du dich beim besten Willen nicht in so einem alten Hemdkleid oder – Gott behüte! – einer Hose sehen lassen.«

Josey nahm sie mit ins Theater und überredete die Gewandmeisterin, dabei zu helfen, ein paar Kleider von vor dem Krieg zu ändern.

»Grün ist deine Farbe, Süße«, sagte Josey. »In dem hier wirst du umwerfend aussehen.« Sie hielt ein Abendkleid aus Satin hoch. »Kannst du dir vorstellen, dass ich das früher einmal getragen habe?«

»Ja, ich erinnere mich daran«, sagte Libby. »Du hast so glamourös darin ausgesehen.«

Josey lachte kehlig. »Als du noch jünger warst, hast du mich gemocht, oder?«

»Ich mag dich immer noch«, antwortete Libby.

»Lügnerin«, grinste Josey.

»Ich würde niemals lügen. Ich habe dich damals nur noch mehr gemocht als heute«, konterte Libby und versetzte Josey einen spielerischen Rippenstoß. »Du warst freundlich zu mir. Ich weiß noch, dass ich damals gern in deine Bude eingezogen wäre, um mit all den exzentrischen Frauen zusammenzuleben. Ich war begeistert davon, dass du getan hast, was du wolltest, und immer ausgesprochen hast, was du gedacht hast. Ich habe nie verstanden, warum du stattdessen bei uns eingezogen bist. Wir sind alle so langweilig.«

Josey zündete sich eine Zigarette an. »Ich habe meine Bude verloren, als ich der ENSA beigetreten bin. Deine Mutter war so lieb, mich aufzunehmen, wann immer ich in der Gegend war. Nach einer Weile war ich dann einfach bei euch zu Hause.«

Libby nahm Joseys Zigarette, zog daran, stieß den Rauch aus und reichte sie zurück. »Du magst Mutter sehr, nicht wahr?«

»Natürlich.« Josey musterte sie durch den Rauch hindurch. »Warum fragst du?«

»Du könntest sie überreden, wieder nach Indien zurückzukehren.«

»Das ist dir doch schon nicht gelungen.«

»Nein, aber auf dich würde sie hören, Josey. Früher oder später muss sie Dad gegenübertreten.«

Josey zupfte einen Tabakkrümel von ihrer Zunge. »Das habe ich ihr auch schon gesagt. Ich stehe ihr nicht im Weg, wenn es das ist, was du meinst.«

»Wirklich nicht?«

»Nein, wirklich nicht«, bekräftigte Josey. »Tilly hat Angst davor zurückzukehren. Sie hat die Oxford Estates als *grünes Gefängnis* beschrieben. Sie ist in heller Panik, dass sie vielleicht nie wieder von dort wegkommt, wenn sie erst einmal dort ist.«

Libby verkrampfte sich innerlich. »Das ist lächerlich. Du lässt es ja klingen, als wäre Dad ein Kerkermeister. Sie müssen nur wieder ein bisschen Zeit miteinander verbringen. Es ist die jahrelange Trennung, die schlecht für ihre Ehe ist – nicht Indien.«

Josey drückte ihre Zigarette aus. »Vielleicht ist das doch eher ein Gespräch, das du mit deinem Vater führen solltest.«

Libby fasste das als Kritik an James dafür auf, dass er nach Kriegsende nicht nach England gereist war, um Tilly zu besuchen. Aber er hatte immer noch seine Arbeit zu erledigen, während Tilly keine solche Ausrede hatte. Aus Libbys Sicht war ihre Mutter im Unrecht.

Josey berührte sanft ihren Arm. »Komm schon, Süße. Lass uns dieses Kleid für dich abstecken. Es wird deine hübschen Kurven zur Geltung bringen. In den Ballsälen von Kalkutta werden sie gar nicht wissen, wie ihnen geschieht.«

* * *

Ein paar Tage vor Libbys Abreise gingen sie und Adela in die Wohnung über Herbert's Café, um den Abend mit Lexy zu verbringen. Doreen war mit einer Freundin im Kino. Sie hatte sich mit Libbys Plänen, so bald abzureisen, nur abgefunden, weil Adela versprochen hatte, ihr weitere Schreibmaschinenstunden zu bezahlen.

»Oh, Lexy, wenn ich mit dir hier sitze, ist es wieder ganz so wie früher«, sagte Adela mit einem melancholischen Lächeln. »Alles ist noch so wie damals – sogar das braune Sofa und die Vorhänge in Grün und Gold.«

»Erinnerst du dich noch, wie wir Weihnachten einmal alle hier auf dem Boden geschlafen haben?«, fiel Libby in das Schwelgen in Erinnerungen mit ein. »Als du und Lexy zu Mutter gesagt habt, dass es zu gefährlich sei, bei Verdunklung mit uns nach Hause zu gehen. Ich habe die Nacht so genossen. Es war sehr gemütlich, vor dem Kamin zu kampieren.«

»Ja«, lachte Lexy, »und du hast so hübsch und glücklich ausgesehen, als du zusammen mit George gesungen hast. Ich habe damals schon erkannt, dass du zu einer Schönheit heranwachsen würdest.«

Libby fasste sich an die brennenden Wangen. »Nun rede doch nicht so einen Unsinn.«

»Es stimmt aber«, pflichtete Adela Lexy bei. »Willst du Kontakt zu George aufnehmen, wenn du in Kalkutta bist?«

Freudige Erregung überfiel Libby. Sie gestand: »Das würde ich gern.«

»Aber vergewissere dich bloß, dass er nicht einem anderen Mädel den Hof macht«, warnte Lexy sie. »Ich liebe den Burschen heiß und innig, aber treu ist er nicht.«

»Nicht so untreu wie seine Frau«, konterte Libby. »George sagt, dass Bonnie nicht sein Baby ist – dass Joan schon eine Affäre hatte, bevor sie verheiratet waren.« Libby sah die beiden anderen Frauen einen Blick tauschen. »Wusstet ihr das?«, fragte sie überrascht. »Ihr wusstet es, nicht wahr?«

»Ja«, gestand Adela. »Ich habe George dafür bewundert, dass er das Baby als seines anerkannt hat – trotz allem, was Joan getan hatte. Sie hätte die Schande nicht ertragen, nicht verheiratet zu sein.«

»Sie hat ihn in die Falle gelockt«, befand Libby.

»Wenigstens durfte sie ihr Baby behalten«, antwortete Adela.

»Warum hat sie nicht den echten Vater geheiratet?«, wollte Libby wissen. »Statt Georges Gutmütigkeit auszunutzen?«

»Vielleicht konnte oder wollte der Bursche sie nicht heiraten«, meinte Lexy. »Oder er ist im Krieg gefallen. Damals herrschte Krieg, schon vergessen? Und sie brauchte einen Ring am Finger.«

»Warum?«, fragte Libby. »Wenn ich sie gewesen wäre, hätte ich das Baby einfach allein bekommen und mich nicht darum geschert, wer sich über mich das Maul zerreißt, statt einen Mann, der mich nicht liebt, zu zwingen, mich zu heiraten.«

Adela und Lexy verstummten. Libby sah, wie sie schon wieder einen verständnisinnigen Blick tauschten. Sie fragte sich, was das zu bedeuten hatte, und hoffte, dass sie sich nicht zu ungeniert geäußert hatte.

Als Adela das Schweigen brach, zitterte ihre Stimme seltsam. »Darf ich eine von deinen Zigaretten haben, Lexy?«

Lexy reichte ihr das Päckchen und die Streichholzschachtel. Libby sah zu, wie Adela sich die Zigarette anzündete und tief inhalierte. Sie hatte eigentlich gedacht, dass ihre Verwandte das Rauchen aufgegeben hätte.

»Habe ich etwas gesagt, was dich stört?«, fragte Libby. »Ich habe George keinen Vorwurf gemacht – alles andere als das.«

»Nein«, behauptete Adela und drückte die Zigarette sofort wieder aus.

Zu Libbys Entsetzen kamen Adela unvermittelt die Tränen. Libby sprang aus ihrem Sessel auf und eilte zu ihr hinüber, um einen Arm um sie zu legen.

»Es tut mir leid. Sag mir, was ich falsch gemacht habe. Ich trete ständig ins Fettnäpfchen.«

Daraufhin war Adela völlig in Tränen aufgelöst. Schockiert umarmte Libby sie noch enger. Adelas Schultern fühlten sich knochig und zerbrechlich an. Sie zitterte am ganzen Leib. Libby ließ zu, dass Adela sich in ihr Haar ausweinte; es störte sie nicht, aber es machte ihr sehr wohl etwas aus, Adela in solch einem Zustand zu sehen. Sie hatte ein furchtbar schlechtes Gewissen, weil offensichtlich etwas, das sie geäußert hatte, Adela in Tränen hatte ausbrechen lassen. So oft war es Adela gewesen, die Libby getröstet hatte, aber nie andersherum.

Adela bemühte sich, mit dem Weinen aufzuhören. Sie löste sich von Libby, griff in ihre Rocktasche, zog ein großes Herrentaschentuch – bestimmt eines von Sam – daraus hervor und putzte sich die Nase.

»Entschuldigt bitte«, sagte Adela unter Tränen. »Ich weiß auch nicht, was mich überkommen hat. Nach meinem Abschied von Indien und Mutter bin ich immer noch etwas gefühlsduselig.«

Lexy hustete röchelnd. »Erzähl es ihr, Süße«, riet sie sanft. »Libby ist kein Kind mehr – sie ist eine Frau von Welt. Sie weiß Bescheid über Männer, die einem das Blaue vom Himmel versprechen und einen dann im Stich lassen.«

Libby errötete tief. Sie erinnerte sich, wie sie sich vor anderthalb Jahren, als Lorenzo ihr das Herz gebrochen hatte, alles bei der mitfühlenden Lexy von der Seele geredet hatte. Sie setzte sich auf den Boden zu Adelas Füßen und beobachtete, wie die dunkelhaarige Frau mit ihren Emotionen rang. Ihr schmales, hübsches Gesicht wirkte gequält. Libby wurde klar, dass ihr Leid nichts mit George oder Joan zu tun hatte, sondern viel privater war.

»Du weißt, dass du mir vertrauen kannst«, sagte Libby. »Ich erzähle nichts weiter. Aber sag es mir nur, wenn du wirklich möchtest.«

»Komm schon«, ermunterte Lexy sie. »Geteiltes Leid ist halbes Leid. Libby ist nicht engstirnig. Sie wird dich nicht verurteilen.«

Adela wischte sich noch einmal die Nase. Sie saß da und hielt das Taschentuch umklammert, als spendete es ihr Kraft. Libby glaubte schon fast, dass sie doch nichts sagen würde.

Aber unvermittelt begann Adela: »Als ich achtzehn war, hatte ich eine Affäre mit einem Mann in Indien und bin schwanger geworden. Er hat von der Schwangerschaft nie erfahren. Als ich es bemerkt habe, war ich schon in Großbritannien und musste zunächst allein damit klarkommen. Allerdings war ich dank Lexy nicht lange auf mich allein gestellt.«

Die Enthüllung brachte Libby vollkommen aus der Fassung. Adela *schwanger*? Und was für ein Mann in Indien?

»Oh, Adela, du Arme!«, entfuhr es Libby. »Wie um alles in der Welt hast du das geschafft?«

Adela schluckte schwer, bevor sie fortfuhr: »Es war ein paar Monate vor Kriegsausbruch. Damals lebte ich bei Tante Olive, aber als sie davon erfuhr, sagte sie, ich müsse gehen.«

»Sie hat dich hinausgeworfen?«, rief Libby. »Wie schrecklich!«

»Lexy hat mir eine Unterkunft für die Zeit bis zur Geburt des Babys verschafft.«

Libby starrte sie mit offenem Mund an. Sie durchforstete ihre Erinnerungen. Das musste gewesen sein, als sie selbst vierzehn gewesen war und ständig auf das Internat geschimpft hatte.

»Ich weiß noch, wie enttäuscht ich war, als du damals in den Weihnachtsferien nicht zu Besuch gekommen bist«, sagte Libby. »Die Jungs und ich mussten über die Feiertage nach Dunbar zu Tante Mona fahren. Während ich mir die ganze Zeit selbst leidgetan habe, musstest du mit dieser fürchterlichen Situation fertigwerden. Ich wünschte, ich hätte es gewusst. Alle haben erzählt, du würdest in Edinburgh in einem Weihnachtsmärchen auftreten.«

Adela nickte. Ihr stiegen schon wieder Tränen in die Augen. »Aber das stimmte nicht. Ich habe bei Freundinnen von Lexy in Cullercoats gelebt, sehr zurückgezogen, damit niemand von meinem peinlichen Geheimnis erfuhr. Die Frauen waren sehr freundlich und haben sich gut um mich gekümmert. Es war ein sicherer kleiner Zufluchtsort. Ich kann mir nicht vorstellen, was ich ohne sie getan hätte.«

Libby spannte sich innerlich an. Sie wagte kaum, die Frage zu stellen. »Und das Baby …? Was ist aus ihm geworden?«

Adela zitterte das Kinn, als sie antwortete: »Ich habe einen Sohn bekommen. Einen schönen Jungen. Ich habe ihn weggegeben – zur Adoption freigegeben. Ich wollte einfach alles hinter mir haben und vergessen. Ich war noch so jung. Ich hatte ja keine Ahnung. Aber seitdem denke ich jeden Tag an ihn.«

Erneut liefen Adela Tränen über die Wangen. Sie drückte das Taschentuch in der geballten Faust zusammen. Libby streckte rasch die Hand aus und legte sie tröstend auf Adelas.

»Also hast du es dem Vater nie gesagt?«, fragte sie.

Adela schüttelte den Kopf, zu aufgewühlt, um weiterzusprechen.

Lexy antwortete an ihrer Stelle. »Das hätte keinen Unterschied gemacht. Der Bursche hat ihr vorgespielt, sie könnten Mann und Frau werden, aber er hätte sie niemals heiraten können.«

Libby hätte gern gefragt, wer der Vater war, aber sie wollte Adela nicht noch mehr aufregen, als sie es schon getan hatte.

»Und Sam?«, erkundigte sie sich. »Hast du ihm …«

»Sam weiß alles«, schnitt Lexy ihr das Wort ab. »Er weiß Bescheid über das Kind und das, was Adela durchgemacht hat.«

Erst jetzt wurde Libby klar, wie taktlos ihre Äußerungen darüber, ein uneheliches Kind zu bekommen und einfach dreist allen die Stirn zu bieten, geklungen haben mussten. Vor dem Krieg wäre es für ein Mädchen aus der Mittelschicht wie Adela undenkbar gewesen, als ledige Mutter zu leben und ihr Baby zu behalten.

»Es tut mir leid, dass ich vorhin so dumme Bemerkungen über Joan und all das gemacht habe.«

»Du konntest es doch nicht wissen, Süße«, sagte Lexy mit freundlicher Miene.

»Wer weiß noch davon?«, fragte Libby.

Adela fand ihre Stimme wieder. »Mutter weiß es – und außer Tante Olive noch ein paar Leute hier. Ich habe es Josey anvertraut, bevor ich zurück nach Indien gegangen bin, und Joan Brewis hat es herausgefunden.«

»Georges Frau?« Libby war verblüfft.

»Ja. Sie hat mich an der Küste gesehen, unmittelbar bevor ich das Baby bekommen habe. Aber soweit ich weiß, hat sie nie jemandem davon erzählt. Josey auch nicht.« Adela warf Libby einen nervösen Blick zu. »Deiner Mutter habe ich es nie gesagt, und es wäre mir auch lieber, wenn sie es nie erfährt.«

»Es muss schwer für Josey sein, die ganze Zeit solch ein Geheimnis vor Mutter zu bewahren«, vermutete Libby. »Sie sind die besten Freundinnen.«

»Vielleicht ist es falsch von mir«, sagte Adela, »aber Tilly wäre über all das schockiert, und es hat keinen Zweck, sie in Aufregung zu stürzen.«

»Das stimmt«, pflichtete Libby ihr bei. »Sie ist der letzte Mensch, dem ich etwas über meine Herzensangelegenheiten anvertrauen würde. Deshalb komme ich damit ja immer zu Lexy gerannt.« Sie sah die ältere Frau mit einem Lächeln voller Zuneigung an.

»Ich weiß auch nicht, was ich ohne Lexy getan hätte«, gestand Adela. »Sie ist ein ganz besonderer Mensch.«

»Nun hört schon auf, ihr beiden«, protestierte Lexy, »sonst werd ich so aufgeblasen, dass ich morgen nicht mehr durch die Tür passe.«

»Es stimmt aber.« Adela lächelte wehmütig. »Und du weißt nicht, wie tröstlich es für mich ist, hier bei dir zu sein – bei jemandem, der meinen Sohn gekannt und sich um ihn gekümmert hat.«

Libby schämte sich. Sie hatte Adela gezwungen, nach Newcastle zurückzukehren, an einen Ort, der bestimmt viele unglückliche Erinnerungen an ihre Schwangerschaft und daran, wie sie eine uneheliche Geburt hatte verstecken müssen, heraufbeschwor.

»Es tut mir leid, dass ich dich verletzt habe«, sagte Libby. »Und wenn ich etwas über diese scheußliche Situation gewusst hätte, dann hätte ich nie vorgeschlagen, dass du wegen des Cafés zurückkehrst und auch noch Sam herschleifst.«

»Nein, du hast das Richtige getan«, beteuerte Adela. »Wir wären früher oder später ohnehin zurückgekehrt, aber Sams Schwester Sophie war sehr unglücklich bei der Vorstellung, dass wir so weit von ihr wegziehen. Sie und Sam stehen sich sehr nahe.«

»Aber es muss doch schwer für dich sein, wieder in Newcastle zu sein?«, fragte Libby. »An solch eine unglückliche Zeit erinnert zu werden. Stürzt hier nicht alles wieder auf dich ein?«

Adela sah sie verwirrt aus ihren grünbraunen Augen an. »Die Erinnerungen müssen ja nicht erst zurückkehren. Ich habe nie aufgehört, an meinen Jungen zu denken – nie! Deshalb sind wir doch zurückgekommen: um zu versuchen, ihn zu finden. Ich lebe in der Hoffnung, dass John Wesley vielleicht noch immer in einem Heim in der Gegend ist, sodass ich ihn für mich zurückfordern kann.«

Libby war völlig fassungslos. Meinte Adela es tatsächlich ernst, dass sie ein uneheliches Kind, das sie vor Jahren weggegeben hatte, aufspüren wollte?

»Und Sam ist dafür?«

»Natürlich«, sagte Adela. »Ich könnte es doch gar nicht tun, wenn er es nicht auch wollte.«

»Du hast einen großartigen Ehemann«, sagte Libby voller Bewunderung.

»Ich weiß.« Zum ersten Mal seit ihrem Geständnis lächelte Adela breit. »Sam ist mein Fels in der Brandung. Ich habe noch nie jemanden so sehr geliebt – bis auf mein Baby.«

»Aber du hast doch gesagt, dass du John …?«

»John Wesley.«

»Dass du ihn zur Adoption freigegeben hast«, hob Libby hervor. »Lebt er dann nicht jetzt bei einer anderen Familie?«

Sie sah, wie Schmerz Adelas Gesicht durchzuckte, und hatte sofort ein schlechtes Gewissen, weil sie die Adoption erwähnt hatte. »Selbst das Wissen, dass es so ist, wäre noch besser, als mir gar nicht vorstellen zu können, was aus ihm geworden ist. Das Problem ist, dass ich es nicht weiß. Und es ist durchaus möglich, dass er niemals für eine Adoption ausgewählt worden ist.«

»Warum denn nicht?«, fragte Libby sanft. »Du hast doch gesagt, dass er ein schöner Junge ist.«

Adela wandte den Blick ab. Es war Lexy, die antwortete: »Es war vielleicht nicht ganz so einfach, das Kind unterzubringen.«

»Warum nicht?«, wiederholte Libby verwirrt.

»Weil er farbig ist«, sagte Lexy. »Nicht sehr; aber er war nicht so weiß wie du oder ich. Und du weißt ja, dass manche Leute da Vorurteile haben.«

Libby errötete. Ihr war gar nicht in den Sinn gekommen, dass der Vater kein Brite sein könnte.

Adela begegnete ihrem Blick mit einem Anflug von Trotz. »John Wesleys Vater ist Inder. Er stammt aus Gulgat in der Nähe von Belguri.«

»Wo Sophie und Rafi wohnen?«, fragte Libby erstaunt.

Adela nickte.

Lexy setzte hinzu: »Und nicht einfach nur irgendein Inder. Der Vater des Kindes ist ein indischer Prinz – Sanjay, so heißt er.«

Libby starrte Adela mit offenem Mund an. Das klang wie etwas aus einem Hollywoodfilm: unglückliche Liebende im exotischen Indien. Aber das hier war das echte Leben. Sie sah an dem tiefen Schmerz in Adelas Augen, wie sehr sie sich noch immer schämte und wie verletzt sie war. Während Libby sich als Vierzehnjährige über kleinliche Schulregeln aufgeregt hatte, war das Leben ihrer Verwandten von einem traumatischen Ereignis nach dem anderen überschattet gewesen. Sie erinnerte sich, dass Adela wenige Wochen vor ihrer Rückkehr nach Newcastle 1938 ihren Vater verloren hatte. Im Vergleich dazu kam Libby sich unreif vor. Sie bezweifelte, dass sie in so jungen Jahren derart viel hätte bewältigen können.

Doch noch etwas gab Libby zu denken: Gulgat? Dann kam ihr die Erkenntnis. Adelas Vater Wesley war bei einem Jagdunfall in Gulgat ums Leben gekommen. Hatte Adela zur selben Zeit ihre Affäre mit diesem Sanjay gehabt? Hatte Wesley davon gewusst? Adela war später in jenem Sommer mit Tilly auf einem Schiff nach England gereist. Damals hatte man Libby angewiesen, Adelas Vater nicht zu erwähnen, um ihr nicht wehzutun, obwohl alle gewusst hatten, dass sie nach Newcastle gekommen war, um ihre Trauer um ihn zu überwinden. Libby war entzückt gewesen, Adela hier zu haben. Über das Wiedersehen mit ihr hatte sie sich mehr gefreut als über das mit ihrer eigenen Mutter. Vielleicht hatte nicht nur der Verlust ihres Vaters Adela nach Newcastle geführt, sondern auch der Wunsch, einer unglücklichen Liaison zu entkommen.

Wie auch immer die Wahrheit aussah, Libby hatte großes Mitleid mit Adela. Sie würde sie nie verurteilen. Es hätte ihr, Libby, genauso leicht passieren können, durch ihre Affäre mit Lorenzo schwanger zu werden. Sie wusste, wie es war, einen gut aussehenden Mann leidenschaftlich zu lieben und all seinen verführerischen Worten und falschen Versprechungen Glauben zu schenken.

Libby blieb sitzen und hielt Adelas Hand weiter fest. Mit der freien Hand streichelte Adela Libbys zerzaustes Haar. Niemand sprach. Lexy stemmte sich aus ihrem Sessel hoch und ging die Teekanne auffüllen. Zwischen den drei Frauen herrschte eine Vertrautheit – ein starkes Gemeinschaftsgefühl –, die keine von ihnen mit belanglosen Worten zerstören wollte. Libby war gerührt, dass Adela ihr das Geheimnis offenbart hatte und dass beide Frauen ihr vertrauten und auf Augenhöhe mit ihr umgingen.

Libby fragte sich, ob sie je Freundinnen finden würde, die ihr so am Herzen lagen wie Adela und Lexy, wenn sie nach Indien zurückkehrte. Kurz hatte sie ein schlechtes Gefühl bei dem, was ihr bevorstand, aber es verging schnell wieder. Sie kam schließlich schon allein zurecht, seit sie acht Jahre alt gewesen war. Libby war es gewohnt, neue Freundschaften zu schließen, um die schmerzliche Lücke zu füllen, die die Abwesenheit ihrer Familie in ihr hinterlassen hatte.

Irgendwo in Indien warteten neue Freundinnen auf sie – und auch ihr geliebter Vater, den sie von Herzen vermisste.

* * *

Am Tag der Abreise, Mitte Februar, war der Himmel grau und es herrschte feuchtkaltes, Wetter. Libbys Brüder, Jamie und Mungo, waren gekommen, um sich im höhlenartigen Hauptbahnhof von ihr zu verabschieden. Auch Tilly, Josey, Adela und Sam waren da. Libby hatte sich früher am Morgen unter Tränen von Lexy verabschiedet. Keine von ihnen beiden wusste, ob oder wann sie die andere wiedersehen würde.

»Ich bin noch nicht bereit fürs Grab«, hatte Lexy geröchelt. »Du kommst vorher noch zurück, Süße. Pass gut auf dich auf, und fall nicht auf den ersten hübschen Burschen herein, der dir Komplimente macht! Du hast einen netten Mann verdient, der dich gut behandelt, Süße.«

Jetzt wappnete Libby sich für die hastigeren Abschiede auf dem überfüllten Bahnsteig. Jamie achtete darauf, dass ihr Gepäck in den Zug nach London geladen wurde, während Tilly Libby bemutterte, ihr nicht vorhandene Rußflecken aus dem Mantel rieb und ihren keck aufgesetzten schwarzen Hut zurechtrückte.

»Man könnte ja denken, dass ich wieder ins Internat muss«, scherzte Libby und rollte die Augen. Sie versuchte, die nervösen Fragen ihrer Mutter zu beantworten, ohne sich ihre Gereiztheit anmerken zu lassen.

»Ja, ich nehme ein Taxi zum Flughafen. Nein, ich spreche nicht mit fremden Männern.«

»Und du schickst ein Telegramm, sobald du in Kalkutta ankommst«, befahl Tilly. »Und grüß Johnny und Helena ganz herzlich von mir, ja?«

»Soll ich ihnen sagen, dass du bald nachkommst?«, fragte Libby herausfordernd. »Dann kannst du ihnen deine Grüße persönlich ausrichten.«

»Liebling, bitte versuch, dich zu benehmen«, sagte Tilly, ohne auf die Frage einzugehen.

Dann drängelten sich Libbys Brüder zu ihr durch und küssten sie schüchtern auf die Wange. Die anderen folgten. Adela umarmte sie fest.

»Grüß meine Mutter lieb von mir, wenn du nach Belguri kommst«, sagte Adela. »Und sei glücklich.«

Sie tauschten einen wissenden Blick. »Dir viel Glück bei allem, was du hier unternimmst«, antwortete Libby verständnisinnig. Sie senkte die Stimme und fügte hinzu: »Ich hoffe, du findest, was du suchst.« Plötzlich brannten ihr die Augen vor Tränen der Rührung.

»Beeil dich und steig in den Zug«, rief Tilly, »sonst verpasst du ihn noch!«

Einen Moment lang sahen Libby und Tilly einander an und zögerten. Mit einem Schlag überkam Libby ein Gefühl, das sie zuletzt als überforderte Achtjährige gehabt hatte: Sie spürte das ganze Ausmaß der Trennung von ihrer Mutter. Einen kurzen Augenblick lang erinnerte sie sich, wie herzzerreißend das damals gewesen war. Eben noch hatte sie sich schluchzend an ihre Mutter geklammert, aber dann hatten Tillys rundliche, nach Lavendel duftende Arme sie auch schon von sich geschoben.

Libby rang darum, ihre Stimme am Zittern zu hindern. »Auf Wiedersehen, Mutter.«

Sie wollte die Arme um den Hals ihrer Mutter legen und sie an sich ziehen. Aber sie wusste, dass das Tilly nur peinlich gewesen wäre. Stattdessen beugte Libby sich vor und küsste ihre Mutter auf die Wange. Tilly lächelte geistesabwesend und tätschelte Libby sanft die Schulter.

»Geh schon, Liebling. Sei brav!«

Libby schluckte die Tränen hinunter und ärgerte sich über sich selbst, weil es sie störte, dass ihre Mutter anscheinend gar nicht traurig über ihre Abreise war. Sie wandte sich ab und stieg die Stufen in den Zug hinauf. Der Schaffner schlug die Tür zu. Libby zog das Fenster herunter und beugte sich hinaus, als der Zug aus dem Bahnhof rangierte.

Die anderen wünschten ihr im Chor viel Glück und gute Reise. Sie grinste und winkte zurück. Sam, der Längste von allen, reckte seinen Hut zum Abschied hoch. Das war das Letzte, was sie deutlich sah, bevor sie von der Rauchfahne der Lokomotive verschluckt wurden.

Libby wartete, bis sie das Fenster geschlossen hatte und nicht mehr gesehen werden konnte, bevor sie ihren Tränen nachgab. Sie spürte den vertrauten Abschiedsschmerz darüber, von ihrer Familie getrennt zu sein. Doch als sie alle gemeinsam dort hatte stehen sehen, war ihr klar geworden, dass sie ohne ihren Vater unvollständig waren. Er war das unverzichtbare Herz der Familie.

Libby tröstete sich mit dem Gedanken, dass sie endlich unterwegs war, um wieder mit ihm vereint zu werden. Das war der erste Schritt dazu, die Familie wieder zusammenzuführen.

* * *

Adela stand auf dem Bahnsteig und sah dem Zug nach. Sie durchlebte ein Wechselbad der Gefühle: freudige Aufregung, weil Libby in ein neues Abenteuer aufbrach, und Angst, dass sie in Indien vielleicht nicht finden würde, wonach sie sich so verzweifelt sehnte – Vaterliebe, die noch so stark war wie in ihrer Kindheit. Adela machte sich Sorgen, dass Libby Indien dank ihrer nostalgischen Erinnerungen durch eine rosarote Brille sah. Sie versuchte, sich nicht anmerken zu lassen, wie traurig sie über Libbys Abreise war. Sie hatte kein Recht, sie hierzubehalten. Aber in den wenigen kurzen Wochen, die sie miteinander verbracht hatten, war Adela von ihrer jungen Verwandten beeindruckt gewesen.

Libby war reifer, als ihr Alter es vermuten ließ: tüchtig, warmherzig, immer noch so direkt wie eh und je, aber voller Intuition und Einfühlungsvermögen. Sie war in den Kriegsjahren so schnell erwachsen geworden. Und sie war völlig arglos: Libby schien sich gar nicht bewusst zu sein, wie attraktiv sie mit ihren dunkelblauen Augen, ihrem glänzenden tiefroten Haar und ihrem sinnlichen Körper war. Adela wünschte, Tilly wäre in der Lage, Libbys gute Eigenschaften zu sehen, aber Mutter und Tochter schienen bei sich gegenseitig das Schlimmste hervorzulocken.

Sam legte ihr den Arm um die Schultern und drückte sie an sich.

»Sie schafft das schon«, sagte er tröstend. »Libby hat doppelt so viel gesunden Menschenverstand wie jeder von uns anderen – und einen Haufen Mut.«

Adela lächelte zu ihm hoch und nickte. Sie sah sich um und wollte auch Tilly ein mitfühlendes Lächeln schicken. Aber Tilly wandte sich schon ab.

»Natürlich musst du über Nacht bleiben, mein Schatz«, sagte sie gerade zu Mungo. »Jamie kann dich morgen zurück nach Durham fahren …«

Unvermittelt empfand Adela ein Verlustgefühl. Das lag nicht nur an Libbys Abreise. Einen Moment lang fragte sie sich, ob sie, wenn sie John Wesley hätte behalten können, auch so unbeirrbar von ihrem Sohn besessen gewesen wäre wie Tilly von ihren beiden.

5

Kalkutta, Indien, Februar 1947

Als das Dakota-Flugzeug über dem sumpfigen Ganges-Delta in den Sinkflug ging, war Libby gebannt von der Aussicht. Tropische grüne Felder und Dschungel waren von Seen und Kanälen durchzogen, die im Licht der untergehenden Sonne schimmerten. Siedlungen schmiegten sich an die Ufer, und strohgedeckte Hütten lugten zwischen Mango- und Palmenhainen hervor.

Auf der letzten Etappe ihrer dreitägigen Reise hatte Libbys Flugzeug in Karatschi am Arabischen Meer abgehoben und war über die unwirtlichen braunen Ebenen hinweggeflogen. Als Libby jetzt nach unten sah, brandete der Überfluss dieser wasserreichen Provinz auf ihre Sinne ein. Sie entdeckte einen schwarzen Ochsen, der an einem Entwässerungsgraben entlang nach Hause getrieben wurde, und einen weißen Kirchturm, der durchs grüne Blätterdach ragte.

Dann neigte sich das Flugzeug, und sie sah in der Ferne ein dichtes Gewirr von Dächern, das halb unter einer Dunstglocke verborgen lag: Kalkutta. Libbys Magen schlug Purzelbäume. So hatte sie die Stadt noch nie gesehen, wie ein als Kinderspielzeug gedachtes Miniaturmodell, mit Flachdachhäusern und einer Bahnlinie, die Felder durchschnitt. Vor vierzehn Jahren war sie per Zug nach Bombay auf ihre lange Reise ins Exil aufgebrochen. Jetzt sah sie aus der Vogelperspektive den breiten, braunen Fluss Hugli, geformt wie ein Hundebein und mit vor Anker liegenden Schiffen übersät. Dahinter erstreckte sich ein Wald aus Kränen und Fabrikschloten.

Staunend hielt sie den Atem an, als das bis dahin triste Flussdelta plötzlich vom Abendlicht vergoldet wurde und die Schiffe zu funkeln begannen. Die Sonne stand tief über dem Horizont – eine pulsierende Scheibe von der Farbe einer Blutorange – und versank dann abrupt. Als das Flugzeug landete, war der Himmel schon dunkelviolett, und die ersten Lichter flackernder Lampe durchdrangen die sich vertiefende Dunkelheit.

Libbys Onkel, Dr. Johnny Watson, und seine Frau Helena waren da, um sie abzuholen. Sie erkannte ihren Onkel sofort. Er hatte den gleichen schlaksigen Gang und das breite Lächeln wie ihr Bruder Jamie und tiefliegende haselnussbraune Augen wie ihre Mutter. Sie erinnerte sich, dass er vor langer Zeit auf einem Zeltausflug in der Nähe von Belguri freundlich und humorvoll gewesen war. Damals hatte er noch dunkle Haare gehabt. Jetzt war er grau meliert. Helena – die seinerzeit nicht mit beim Zelten gewesen war – war drall und kräftig. Sie trug einen plissierten lilafarbenen Rock und ein farblich passendes Twinset. Auf ihrem ordentlich frisierten, dauergewellten grauen Haar saß ein steifer Strohhut.

»Meine Liebe, du siehst erschöpft aus!«, begrüßte Helena sie und schüttelte ihr die Hand, ohne den Handschuh auszuziehen. »Das Auto wartet, und das Essen ist fertig, sobald wir nach Hause kommen. Du musst Hunger haben.«

»Ich bin zu aufgeregt, um hungrig zu sein«, gestand Libby lächelnd. »Aber nun, da du es erwähnst …«

»Gut«, sagte ihre Tante. »Du siehst wie ein Mädchen aus, das gern isst. Das gefällt mir.« Sie wandte sich ab, um einen Gepäckträger zu rufen, der Libbys Koffer transportieren sollte.

Johnny küsste Libby auf die Wange. »Sind die Flüge gut verlaufen?«, fragte er.

Während sie Helena folgten, plapperte Libby über ihre Reise drauflos – die Zwischenstationen auf Malta, in Kairo und in Basra – und erzählte, wie aufregend es für sie gewesen war, Kalkutta aus der Luft zu sehen. Johnny reagierte mit einem tiefen, amüsierten Lachen, das sie ebenfalls an Jamie erinnerte.

Sobald sie das Flughafengebäude verlassen hatten, spürte Libby, dass die laue Abendluft sie einhüllte wie ein weicher Schal.

Ein Sikh-Chauffeur mit scharlachrotem Turban hielt Helena und Libby die Tür zur Rückbank auf der Beifahrerseite auf, während Johnny vorn einstieg. Libby versuchte, den Blick des Fahrers aufzufangen, um ihm zu danken, aber er starrte entschlossen über ihren Kopf hinweg.

»Auf dem schnellsten Weg nach Hause!«, befahl Helena. Sie beugte sich zu Libby. »Wir wollen es nicht riskieren, nach Einbruch der Dunkelheit durchs Zentrum von Kalkutta zu fahren. Es gibt immer noch Unruhen – ständig Messerstechereien. Ganz entsetzlich.«

»Kein Grund zur Sorge, Libby«, mischte Johnny sich ein und warf mit einem tröstenden Lächeln einen Blick über seine Schulter. »So schlimm ist die Lage nun auch wieder nicht.«

»Aber es ist das Beste, vorsichtig zu sein«, beharrte Helena. »Geh nie unbegleitet aus, ganz gleich zu welcher Tageszeit. Aber ich bin mir sicher, dass deine Mutter dich vorgewarnt hat.«

»Nicht direkt«, sagte Libby.

»Wie geht es Tilly?«, wollte Johnny wissen.

»Gut, danke. Sie lässt euch beide herzlich grüßen.«

»Wie schade, dass sie nicht mit dir hergekommen ist«, sagte Helena. »Armer James. Es geht einfach nicht, so lange ohne Frau in Indien zu sein. Vor allem dann nicht, wenn man auf einer Teeplantage festsitzt. Das tut einer Ehe nicht gut.«

»Es ist ja nun wohl kaum Tillys Schuld, dass der Krieg ausgebrochen ist, als sie gerade zu Hause war, Schatz«, gab Johnny zu bedenken.

»An ihrer Stelle«, meinte Helena, »wäre ich sofort auf ein Schiff nach Indien gegangen und hätte auch die Kinder mitgenommen.«

Libby wurde flau im Magen. »Ich wünschte, das hätte sie getan.«

Helena streckte die Hand aus und tätschelte ihr den Arm. »Das verstehe ich. Aber jetzt bist du ja hier. Ich wette, dein Vater ist vollauf begeistert.«

Libby lächelte. »Ich habe einen ganz reizenden Brief von ihm bekommen, bevor ich Newcastle verlassen habe. Er schreibt, wie sehr er sich freut, dass ich komme.«

»Gut«, sagte Helena. »Solange wir nur die Zeit haben, dich erst einmal hier zu verwöhnen. Dein Onkel bekommt seine Familie so selten zu sehen.«

»Dad hofft, rechtzeitig zu meinem Geburtstag nächsten Monat hier zu sein, und nimmt mich dann mit hinauf nach Assam. Ich bin schon so aufgeregt.«

»Bravo«, sagte Johnny. »Das heißt, dass wir eine Party für dich geben können.«

»Oh ja, lass uns das tun!«, stimmte Helena zu. »Wir hatten ja nie eine Tochter, um die wir viel Aufhebens machen konnten. Wir werden dich ordentlich feiern.«

»Das ist sehr freundlich von euch«, erwiderte Libby völlig überwältigt. Sie wusste, dass ihr Onkel und ihre Tante nie eigene Kinder gehabt hatten. Aber ihre Mutter hatte immer gesagt, dass Helena Pferde mehr zu lieben schien als Kinder.

Libby wandte den Kopf, um aus dem Fenster zu sehen, als sie an Reihen windschiefer Hütten vorbeifuhren und einem Wasserbüffel auswichen. Sie kurbelte das Fenster herunter und atmete tief ein. Der Geruch von Indien, den sie fast vergessen hatte – Dungfeuer, Kerosin, die buttrigen Kochdünste, Tiere – war plötzlich wieder liebenswert vertraut. Sie spürte, dass ihr die Tränen kamen.

Als sie die Ausläufer der Innenstadt erreichten und mehr Betrieb auf den Straßen herrschte, sagte Helena: »Es ist besser, wenn du das Fenster jetzt wieder hinaufkurbelst, Liebes.«

Libby wusste nicht, ob ihre Tante etwas gegen den Geruch einzuwenden hatte oder ob sie befürchtete, dass jemand das Auto angreifen würde.

Sie fuhren am Rand der Innenstadt entlang, und Johnny wies auf Sehenswürdigkeiten hin, die in der Dunkelheit nicht deutlich auszumachen waren: den Friedhof Park Street Cemetery, den Turm der St Paul's Cathedral und das Presidency General Hospital. Libby reckte den Hals, um etwas zu erkennen.

»Dort arbeitet eine Schulfreundin meiner Verwandten Adela als Krankenschwester«, erklärte sie. »Adela hat mir gesagt, dass ich sie einmal besuchen soll.«

»Wie schön«, meinte Johnny. »Das musst du unbedingt tun.«

»Wie heißt sie denn?«, fragte Helena. »Vielleicht kennen wir ihre Familie.«

»Flowers Dunlop.«

»Aha«, sagte Helena. »Eisenbahnerfamilie, nicht wahr?«

Libby war überrascht. »Ja. Ich glaube, ihr Vater war Stationsvorsteher. Er ist wegen seiner schlechten Gesundheit verfrüht in den Ruhestand gegangen. Wie erstaunlich, dass ihr sie kennt.«

»Nein, das tun wir nicht«, sagte Helena sofort. »Es liegt am Namen des Mädchens – klingt nach einer Halb-und-Halb.«

»Halb-und-Halb?«

»Deine Tante will damit ausdrücken, dass Adelas Freundin wahrscheinlich Anglo-Inderin ist«, erklärte Johnny.

»Von denen werden viele Krankenschwestern«, setzte Helena hinzu. »Die Mädchen sind meist fleißig; einige der Jungen sind weniger gut darin, sich anzustrengen – genießen das Lotterleben zu sehr.«

Libby war verärgert. »Vielleicht hatten sie ja auch einfach nie die Möglichkeiten, die die Briten für selbstverständlich halten? Meine Lehrerin, Miss MacGregor, hat erzählt, dass Anglo-Inder jahrelang nicht für die Behörden arbeiten oder über das untere Management hinauskommen durften.«

»Davon weiß ich nichts«, behauptete Helena und schürzte die Lippen.

Johnny griff rasch ein: »Während des Kriegs waren sie ganz wunderbar. Sie haben dem Empire große Loyalität erwiesen.«

»Das stimmt«, räumte Helena ein. »Sie haben sich schon immer für britischer als die Briten gehalten. Aber die meisten wären völlig fehl am Platz, wenn sie tatsächlich nach Großbritannien gingen. Sie würden sich überhaupt nicht einfügen.«

Libby fragte: »Aber wäre es für dich nicht genauso, Tante Helena? Mutter sagt, dass deine Familie schon vor dem Sepoy-Aufstand in Indien gelebt hat. Bist du also nicht auch Anglo-Inderin?«

»Ganz gewiss nicht«, gab Helena zurück. »Wir sind durch und durch britisch. Zwischen meiner Familie und den Eurasiern, die – na, du weißt schon – indisches Blut in den Adern haben, liegen Welten.«

Libby kannte den Unterschied genau, aber der Ärger über die Einstellung ihrer Tante hatte sie dazu getrieben, Helena zu provozieren. Sie fragte sich, was der indische Chauffeur von der beiläufigen rassistischen Bemerkung hielt. Sie musste ihre

Zunge hüten, wenn sie sich die nächsten vier Wochen über nicht mit ihrer Tante zerstreiten wollte.

Am besten erwähnte sie gar nicht, dass Adela und Sam sie auch bestürmt hatten, sich bei einer anderen guten Freundin von ihnen zu melden, Dr. Fatima Khan. Sie war nicht nur Inderin, sondern hatte auch noch einen berüchtigten Bruder, der als Terrorist im Gefängnis gesessen hatte. Ein weiterer Bruder, Rafi, war mit Sams Schwester Sophie verheiratet. Libby war sich nicht sicher, ob Helena viel von Sophie hielt, obwohl diese entfernt mit Johnny verwandt war. Libby wollte lieber noch abwarten, bevor sie Dr. Khan erwähnte.

»Ich würde auch gern einen Freund der Familie von zu Hause treffen«, sagte Libby. »Er arbeitet bei Strachan.«

»Oh«, sagte Helena und lebte auf, »wir kennen Leute bei Strachan.«

»George Brewis. Ich habe seine Visitenkarte«, erklärte Libby. »Wenn er in der Stadt ist, wohnt er in der Harrington Street.«

»Ach ja, da teilt er sich bestimmt eine Junggesellenbude mit anderen jungen unverheirateten Männern«, sagte Helena. »Nahe beim Saturday Club, um Sport zu treiben, und nicht weit von Chowringhee, um sich dort ins Nachtleben zu stürzen. Woher kennst du ihn?«

»Er ist ein Cousin von Adela von der Seite ihrer Mutter her – Clarries Neffe.« Dann fragte Libby sich, ob Helena Clarrie Robson ablehnte, weil auch diese Anglo-Inderin war. Sie wollte nicht, dass Helena schon voreingenommen gegen George war, bevor sie ihn auch nur kennenlernte. Es war auch das Beste, Helenas Annahme, dass George Junggeselle war, nicht zu korrigieren. Sie wäre vielleicht dagegen, dass Libby sich mit einem verheirateten Mann traf, auch wenn er bald geschieden sein würde.

»Er war während des Kriegs beim Fleet Air Arm«, fuhr Libby fort. »Hat über Burma gekämpft. Dabei hat er sich in Indien verliebt und beschlossen, hier draußen Karriere zu machen.«

»Gute Entscheidung«, meinte Johnny. »Ist er Olives Sohn?«

»Ja, genau«, antwortete Libby. »Kennst du George?«

»Nein«, sagte Johnny, »aber ich habe Olive kennengelernt. Sie war eher schüchtern und nervös. Ganz und gar nicht wie ihre ältere Schwester Clarrie. Mit Clarrie kann man Pferde stehlen. Sie war eine wunderbare Stiefmutter für meinen besten Freund Will …«

Libby sah dem Gesicht ihres Onkels den Kummer an. Ihre Mutter hatte oft von dem munteren Will Stock erzählt, der kurz nach dem Ende des Ersten Weltkriegs ums Leben gekommen war. Will und Johnny waren als Jungen befreundet gewesen, und Johnnys Schwestern hatten seinen Freund allesamt vergöttert.

»Ach, genug von Clarrie Robson geredet«, mischte Helena sich ein. »Libby, Liebes, du musst deinen jungen Mann nach New House einladen, damit wir ihn kennenlernen können.«

Libby spürte, wie sich freudige Erregung in ihr zusammenbraute, als Helena George als ihren jungen Mann bezeichnete. Würde er erfreut oder entsetzt sein, in die Rolle ihres Verehrers gedrängt zu werden? Sie konnte es nicht abwarten, ihn wiederzusehen.

»Du kannst gern alle einladen, mit denen du dich in Kalkutta anfreundest«, sagte Johnny. »Fühl dich bei uns einfach wie zu Hause.«

»Danke«, sagte Libby mit einem dankbaren Lächeln und dachte daran zurück, wie sehr ihre Brüder und sie in ihren lang vergangenen Kindheitstagen ihren liebenswürdigen Onkel gemocht hatten.

* * *

Vogelgeschrei weckte Libby. Im Zimmer war es dank der geschlossenen Fensterläden dunkel, und einen Moment lang fragte sie sich, in welchem Hotel sie lag. Dann brach die Freude wie eine Sturzflut über sie herein, als ihr klar wurde, dass sie nicht mehr unterwegs, sondern wieder auf indischem Boden war. Schnell stand sie auf, entriegelte die Läden und öffnete das Flügelfenster. Kühle, milde Luft hüllte sie ein.

Der Garten lag größtenteils im Schatten. Der perlmuttfarbene Sonnenaufgang verriet ihr, dass es noch sehr früh sein musste. Riesige Krähen krächzten laut in den nahen Bäumen, und ein Schwarm grüner Papageien rauschte über sie hinweg und verschwand im dunklen Laub.

Libby zog sich in aller Eile an und schlich auf Zehenspitzen in den düsteren Flur der Erdgeschosswohnung, als die große Standuhr gerade die halbe Stunde schlug. Es war halb sechs.

Ein schlaftrunkener *chowkidar* kam eilig auf die Beine und öffnete ihr die Haustür. Die gepflegten Rasenflächen und Blumenbeete funkelten vor Tau, als das Licht der Morgendämmerung sich allmählich über ihnen ausbreitete. Libby zog die Schuhe aus und ging barfuß die Stufen hinab und über das Gras. Sie genoss es, die kühle Feuchtigkeit unter ihren Sohlen zu spüren. Jenseits der Gartenmauer hörte sie, wie Kalkutta erwachte: das leise Klingeln der Glocke einer Rikscha, das Knarren eines Ochsenkarrens und das Knallen der Peitsche des Fuhrmanns. Aus weiter Ferne drang das Tuten eines Schiffshorns; zwei Männer, die sie nicht sehen konnte, liefen vorbei und plauderten auf Bengali.

Sie atmete tief ein. Am gegenüberliegenden Ende des Gartens drehte sie sich um und betrachtete das Haus der Watsons. Trotz seines Namens New House wirkte das quadratische, zweistöckige Gebäude mit seiner Säulenfassade, seinen Balkonen und seinem abblätternden Stuck viktorianisch. Johnny hatte erläutert, dass Helenas Familie es *New House* getauft hatte, als sie vor einer Generation von ihrem alten Zuhause in Baliganj hergezogen war, einfach, weil es für sie neu gewesen war.

Da es jetzt für ein Ehepaar im Ruhestand und Helenas alten Vater zu groß war, vermieteten sie das Obergeschoss an eine Jutemühlenfirma. Libby saß eine Weile auf einer feuchten Bank und genoss den Chor der Vögel in der Baumkrone über ihr. War das eine Pappelfeige oder ein Banyanbaum? Libby konnte sich nicht erinnern. Nach einer Weile roch sie Kochdünste aus den Dienerquartieren hinter dem Haus. Neugierig, was sie wohl zubereiteten, ging sie um das Gebäude herum. Als sie dicht an der Veranda vorbeikam, hörte sie ein seltsames Grunzen. Ein verblüffender Anblick ließ Libby stocksteif innehalten: Im Schatten machte ein dürrer, beinahe nackter alter Mann Liegestütze.

Sie unterdrückte ein Aufkeuchen, aber er schien ihre Anwesenheit gar nicht zu bemerken. Bis auf ein paar weiße Haarbüschel war er kahlköpfig, und seine runzlige Haut war fast gelb. Da sie ihn für einen der Diener hielt, wich Libby zurück. Dann setzte er sich auf und rief schrill mit Upper-Class-Akzent: »Ranjan, bring mir mein Handtuch!«

Schockiert erkannte Libby, dass das hier Helenas weit über achtzigjähriger Vater, Colonel Swinson, sein musste. Sie zog sich für ein paar Minuten in den Schatten eines Baums zurück, bis ein Diener den Colonel von der Hüfte an abwärts in ein weißes Handtuch gehüllt hatte. Dann wagte sie sich wieder hervor.

»Guten Morgen!«, rief Libby. »Colonel Swinson, nicht wahr?«

Er spähte über das Verandageländer. »Ja, und wer zum Teufel sind Sie?«

»Libby Robson, Dr. Watsons Nichte.« Sie lächelte zu ihm empor.

Er starrte sie verblüfft an. »Nie von Ihnen gehört. Sollte ich Sie kennen?«

Libby lächelte amüsiert. »Vermutlich nicht. Ich bin erst gestern Abend angekommen. Ich bin für einen Monat hier.«

»Warum hat mir das niemand erzählt?«

Libby konnte sich vorstellen, dass Helena ihm wiederholt gesagt hatte, dass sie einen Gast aus England haben würden, aber ihre Tante hatte sie vorgewarnt, dass der Colonel sehr vergesslich war.

»Vielleicht sollte ich eine Überraschung sein«, antwortete Libby.

Er brummte und wandte sich ab. Libby wollte schon weitergehen, als der alte Mann ihr zurief: »Mögen Sie Kedgeree?«

»Ich liebe es«, sagte Libby.

»Dann kommen Sie und frühstücken um halb sieben mit mir auf der Veranda«, befahl er. »Lassen Sie mir Zeit, mein kaltes Bad zu nehmen.«

»Danke«, erwiderte Libby. »Ich komme gern.«

Eine halbe Stunde später war Libby wieder auf der Veranda und saß an einem kleinen Tisch Helenas Vater gegenüber. Sie aßen ein ziemlich trockenes Kedgeree aus Reis, Fisch und hart gekochten Eiern. Der Morgensonnenschein zauberte Licht und Schatten in den Garten, und ein Diener stand mit einem Palmwedel neben ihnen, um alle hungrigen Vögel zu verscheuchen.

Colonel Swinson aß gemächlich und kaute mit seinen abgenutzten Zähnen beharrlich den zu weich gekochten Fisch. Aber seine Langsamkeit machte Libby nichts aus. Sie genoss seine weitschweifigen Ausführungen zwischen den einzelnen Bissen.

»Ich bin gleich nach dem Sepoy-Aufstand geboren, wissen Sie? Mein Vater war bei den Bengal Lancers. Mama war die schönste Frau von ganz Kalkutta. Das hat Papa jedenfalls gesagt. Der Fisch ist ein Barramundi – kommt aus der Flussmündung. Der Koch mag ihn nicht – findet, dass er vom Meerwasser verschmutzt ist. Mag lieber Flussfisch. Kann ihn verdammt noch mal nicht richtig zubereiten, das steht fest.« Er machte eine Pause, um eine Gräte herauszuziehen, die zwischen seinen Zähnen hängen geblieben war.

»Sind Sie hier, um einen Ehemann zu finden?«, fragte er unvermittelt.

Libby verschluckte sich fast an ihrem Tee. »Nein.«

»Warum nicht?«

»Ich bin hier, um meinen Vater zu besuchen. Wir haben uns seit vor dem Krieg nicht mehr gesehen.«

»Ach so. Na, er wird schon einen Mann für Sie finden. Bei welchem Regiment ist er?«

»Er ist nicht bei der Armee«, erklärte Libby. »Er ist Teepflanzer.«

»Tee, wie?« Der Colonel dachte gründlich darüber nach. »Lassen Sie es sich nicht bieten, dass er Sie mit irgendeinem *box-wallah* draußen auf dem Land verheiratet. Da würden Sie ein Hundeleben führen. Sie brauchen einen Jungen von der Armee. Meine Tochter Helena hat einen Arzt von den Gurkhas geheiratet. Sie führt ein großartiges Leben.«

»Ja, sie ist mit meinem Onkel Johnny verheiratet.«

Der Colonel sah sie überrascht an. Libby fragte sich, ob er schon vergessen hatte, wer sie war.

»Äh, ja, ein Armeeoffizier ist das Richtige für Sie – so, wie Sie aussehen, sind Sie doch der athletische Typ und gern im Freien. Helena findet schon den passenden Mann für Sie.«

»Das hat wohl kaum einen Zweck«, sagte Libby. »In einem Jahr oder so werden die britischen Offiziere doch abziehen müssen, nicht wahr? Die Art von Leben wird vorbei sein.«

Er runzelte die Stirn, die Gabel auf halbem Weg zu seinem Mund. »Abziehen? Warum sollten wir denn abziehen? Die Briten haben die Indische Armee zu etwas gemacht, worum uns die ganze Welt beneidet. Wir haben die loyalsten Männer und die Crème de la Crème des Offizierskorps.« Er schüttelte den

Kopf, als hätte sie etwas völlig Undenkbares gesagt. »Abziehen, so weit kommt es noch.«

Libby beschloss, nicht zu widersprechen. Stattdessen fragte sie ihn: »Waren Sie je in Assam?«

»Ach, Assam! Als junger Mann war ich dort auf der Jagd. Wunderbar für Großwild. Einmal habe ich einen Bären geschossen – und natürlich Tiger.«

Während er von längst vergangenen Tagen schwärmte, schweiften Libbys Gedanken zurück in ihre Kindheit dort. Warum fand der Colonel, dass es ein Hundeleben sein würde, mit einem Teepflanzer verheiratet zu sein? Sie hatte den Verdacht, dass es nur das übliche britische Vorurteil gegen Männer im Geschäftsleben im Vergleich zu denen in Uniform war. Dennoch überkam sie ein Hauch von Unbehagen. Ihre Mutter hätte Colonel Swinson wahrscheinlich zugestimmt.

»Barramundi – das ist eine Art Barsch«, sagte der Colonel. »Kann ihn einfach nicht kochen. Kommt aus Goa.«

»Der Fisch kommt aus Goa?«, fragte Libby verwirrt.

Er musterte sie prüfend aus wässrigen blauen Augen. Dann brüllte er vor Lachen. »Nicht der Fisch – der Koch!«

Libby kicherte über das Missverständnis. »Das ergibt schon mehr Sinn.«

»Helena mag ihn, weil er Christ ist«, erklärte der Colonel, »und deshalb bereit ist, Schweinefleisch anzufassen. Aber er ist ein verdammter Taugenichts von einem Koch.«

Eine Stunde später, während der alte Mann auf einem Stück kaltem Toast herumkaute, entdeckte Johnny sie.

»Also hast du meine entzückende Nichte schon kennengelernt?«, schrie er seinem Schwiegervater ins Ohr.

»Deine Nichte, hm? Hübsches junges Ding.« Er nickte. »Wird keine Schwierigkeiten haben, einen passenden Offizier zum Heiraten zu finden.«

Johnny und Libby tauschten belustigte Blicke.

»Nun, ich weiß nicht, wie es mit einem Ehemann aussieht«, sagte Johnny »aber deine Tante Helena hat für dich einen Tag voller Besichtigungen aller möglichen Sehenswürdigkeiten geplant. Und du musst vielleicht noch einmal frühstücken.« Er sah sie entschuldigend an. »Meine Frau sitzt im Esszimmer an einem Tisch, der unter Speck und Eiern fast zusammenbricht.«

Libby wischte sich den Mund mit ihrer Serviette ab und stand grinsend auf. »Nach sieben Jahren Rationierung klingt ein zweites Frühstück wie der Himmel auf Erden.«

* * *

Die nächsten paar Tage waren eine hektische Folge von Besichtigungen und Einkaufstouren mit Helena neben Treffen mit den Freunden der Watsons. Zunächst genoss Libby es, dass Helena ihr Kalkutta zeigte. Ihre Tante, die darauf bestand, dass sie überallhin gefahren wurden, hatte Freude daran, ihr die imposanten Kolonialgebäude zu zeigen, die rund um den Dalhousie Square und am Rande des riesigen Parks, der als Maidan bekannt war, lagen. Als sie die Old Court House Street entlangfuhren, wies Helena sie auf das Government House und auf die alten Prachtvillen an der Esplanade hin. Dann fuhren sie weiter die Red Road entlang zu dem riesigen, blendend weißen Victoria Memorial am anderen Ende des Maidan.

Als Libby darum bat, auszusteigen, um sich die Kunstgalerie im Victoria Memorial anzusehen, stimmte Helena widerwillig zu. Ihre Tante fand, dass die meisten Künstler überschätzt wurden, und ließ Libby nur wenig Zeit, sich umzusehen.

Helena konnte sich mehr dafür begeistern, sie durch die St Paul's Cathedral mit ihren militärischen Fahnen zu führen und ihr dann die imposanten Gräber und Katafalke des britischen Friedhofs in der Park Street zu zeigen. Auf dem uralten Friedhof sagte Helena mit einer ausladenden Handbewegung: »Hier ist die ganze Geschichte des britischen Indien versammelt. Sieh dir nur die Namen und Daten an. So viele Mühen und Opfer.«

In Libby rief das dicht gedrängte Gewirr von Grabsteinen und Obelisken Klaustrophobie hervor, und diese sehr sichtbare Erinnerung an Großbritanniens imperialistische Vergangenheit war ihr unangenehm.

»Ich finde, das hier ist ein ziemlich deprimierender Ort«, sagte sie. »Ich interessiere mich mehr für die Lebenden.«

Helena verstand das so, dass Libby gern Einkaufen gehen wollte.

»Du brauchst ein paar anständige Sommerkleider«, befand ihre Tante. »Ich kann nicht fassen, dass deine Mutter dich mit so wenig Garderobe hergeschickt hat. Und es gehört sich wirklich nicht, Hosen zu tragen.«

Helena wies ihren Chauffeur an, sie in der Chowringhee Street abzusetzen, einer breiten Durchgangsstraße voller Läden, Hotels und Restaurants. Auf den von Arkaden gesäumten Bürgersteigen drängten sich fliegende Händler. Überfüllte Straßenbahnen wankten ratternd die Straßenmitte entlang und ließen ihre Glocken ertönen. Ein Schauer der Erinnerung durchlief Libby: Hier war sie schon einmal gewesen. Ihre Mutter hatte ihre seltenen Ausflüge in die Großstadt genossen, um Kleidung zu kaufen und ins Theater zu gehen. Libby erinnerte sich, wie fasziniert sie damals von zwei Jungen auf dem breiten Bürgersteig gewesen war, die mithilfe eines schmuddeligen Bettlakens einen Zaubertrick vorgeführt hatten, bei dem einer von ihnen scheinbar schwebte.

Bevor sie herausfinden konnte, wo genau das gewesen sein mochte, führte ihre Tante sie schon in ein prächtiges Kaufhaus, dessen Portiers, die sie respektvoll grüßten, in makellos weiße Uniformen gekleidet waren.

Trotz Libbys Protest bestand Helena darauf, ihr drei altmodische Sommerkleider mit passenden Handschuhen, zwei brave hochgeschlossene Blusen, einen Sonnenschirm, eine weiße Handtasche und zwei Paar Pumps zu kaufen.

»Mit hohen Absätzen komme ich nicht so gut zurecht«, wandte Libby ein.

»Du kannst doch nicht weiter in diesen schrecklichen alten Sportschuhen durch die Gegend schlurfen, Liebes«, sagte Helena. »Bewahr sie fürs Tennis auf.«

Als sie wieder in den hellen Sonnenschein zu ihrem wartenden Chauffeur gelangten, warf Libby einen sehnsüchtigen Blick die Straße hinauf, dorthin, wo Chowringhee in das Gewirr des Zentrums von Kalkutta überging. Wie sehnte sie sich doch danach, die Gässchen und Basare zu erkunden, die ins Gewimmel der Stadt führten.

»Könnten wir morgen vielleicht in den Hogg Market gehen?«, schlug sie vor.

»Meine Güte, nein!«, wehrte Helena schockiert ab. »Dahin gehe ich nie.«

»Aber dort wird doch alles verkauft, oder? Bestimmt musst du doch einiges dort besorgen?«

»Ich schicke die Diener mit einer Einkaufsliste hin.« Helena führte sie eilig zum Auto. »Morgen sind deine Visitenkarten fertig. Wir verbringen den Vormittag damit, sie abzugeben, dann kannst du später ein paar Besuche machen.«

Sofort besserte sich Libbys Laune: Morgen konnte sie endlich Kontakt zu George aufnehmen.

* * *

Nach ein paar Tagen war Libby Helenas ständige Bemerkungen über die Faulheit der Bengalen, die Korruption der Stadtverwaltung und den Klatsch über Kalkuttas europäische Gesellschaft leid. Aber sie ertrug alles bereitwillig, weil sie sich an Tillys mahnende Worte erinnerte, ihre Tante nicht zu verärgern. Ihre Lieblingsbeschäftigung war, im Maidan reiten zu gehen.

»Warum hast du mir nicht gleich gesagt, dass du gern reitest?«, hatte Helena an Libbys zweitem Tag in Kalkutta ausgerufen.

»Ich bin nicht sehr geübt«, hatte Libby gestanden, »aber einige meiner schönsten Erinnerungen sind die an frühmorgendliche Ausritte mit meinem Dad in den Teegärten – nur wir beide allein. Und ich habe es geliebt, den alten Pferden auf dem Bauernhof, auf dem ich im Krieg gearbeitet habe, etwas Bewegung zu verschaffen.«

Eines Nachmittags ging Johnny mit ihnen in die Eden Gardens – einen anderen, schön gestalteten Park im Stadtzentrum –, um ein Cricketspiel zu sehen. Libby trug eines der matronenhaften Kleider, die Helena ihr gekauft hatte. Sie versuchte, ihre Figur zu betonen, indem sie einen breiten Gürtel dazu umlegte. Libby hielt Ausschau nach George und hoffte, ihn zu Gesicht zu bekommen. Aber nachdem sie ihre Visitenkarte in seinem Quartier in der Harrington Street abgegeben hatte, hatte er sich frustrierenderweise nicht gemeldet.

»Nicht sehr höflich von deinem jungen Mann«, hatte Helena bemerkt.

»Ich nehme an, dass George aus beruflichen Gründen nicht in der Stadt ist«, hatte Johnny mit einem tröstenden Lächeln gemeint.

»Ja, das ist mehr als wahrscheinlich«, hatte Libby ihm zugestimmt. Nur sich selbst gegenüber gestand sie die heftige Enttäuschung ein, die sie darüber verspürte, dass George keinen Kontakt zu ihr aufnahm.

Jeden Tag organisierte Helena für Libby die Teilnahme an Teepartys oder Abendessen, entweder im New House oder in den Häusern von Freunden der Watsons. Es handelte sich überwiegend um ehemalige Armeeangehörige oder

Geschäftsleute. Fast alle waren mittleren Alters, und keine der Frauen schien je einer Arbeit nachgegangen zu sein, abgesehen von der Haushaltsführung und Ehrenämtern im Krieg. Libby ertappte sich dabei, sie mit ihrer Mutter zu vergleichen. Tilly fand wenigstens ihre Tätigkeit außerhalb des Hauses wichtiger als den Haushalt. Helena und eine der anderen Frauen engagierten sich bei den Pfadfinderinnen, aber Helenas übrige Freundinnen schienen ihre Tage nur mit Geselligkeit, Bridgespielen oder Tennis in ihren Clubs zu verbringen – und damit, in Erinnerungen an ihre Armeezeiten in verschiedenen, über ganz Indien verteilten Garnisonen zu schwelgen.

Ein Paar im Ruhestand, die Percy-Barratts, kannte Libby noch aus Assam. Reggie hatte mit ihrem Vater auf den Oxford Estates zusammengearbeitet, und seine Frau Muriel war die *burra memsahib* im Teepflanzerclub gewesen. Libby erinnerte sich daran, dass sie ein ziemlicher Drache mit ständig mürrischer Miene gewesen war. Alle Kinder hatten sich vor ihr in Acht genommen. Aber als sie ihnen wiederbegegnete, bat Libby die beiden, von den alten Zeiten zu erzählen, weil sie sich dafür interessierte, ihre Erinnerungen an ihre Eltern zu hören. Die schmalgesichtige Muriel, die mittlerweile weißhaarig war, zog immer noch missbilligend die Mundwinkel herab, wenn ihr etwas nicht gefiel.

»Ich habe deine Mutter unter meine Fittiche genommen, als sie damals nach Indien gezogen ist«, sagte Muriel Percy-Barratt. »Sie war ein richtiges Stadtmädchen, überhaupt nicht für das Leben in den *mofusil* geeignet. Ich musste ein ziemlich ernstes Wort mit ihr reden, das kann ich dir sagen. Für deinen Vater hatte ich immer eine Schwäche – mit ihm sind wir schon ein Leben lang befreundet, seit er und Reggie als junge Männer ins Unternehmen eingetreten sind.«

»Ein Leben lang befreundet«, wiederholte ihr Mann. »Ich könnte dir da so einige Geschichten erzählen.«

Aber zu Libbys Enttäuschung tat er es nicht. Muriel dominierte das Gespräch.

»Wann kommt deine Mutter denn wieder nach Indien?«, fragte sie.

»Bald, hoffe ich«, antwortete Libby.

»Dein Vater ist in Cheviot View schrecklich einsam. Ich glaube, die Kriegsjahre haben ihren Tribut von seiner Gesundheit gefordert. Als wir ihn das letzte Mal getroffen haben, sah er fürchterlich aus.« Muriels düsterer Blick weckte mit einem Schlag Besorgnis in Libby. »Natürlich hätte er gar nicht so lange allein gelassen werden sollen. Der arme James. Aber wenn Tilly tatsächlich vorhat, wieder herzukommen, ist das eine gute Neuigkeit.«

»Wirklich eine gute Neuigkeit«, bestätigte Reggie.

Libby ärgerte sich über die Kritik an ihrer Mutter, obwohl sie im Großen und Ganzen der gleichen Meinung war.

»Mutter hat den Krieg damit verbracht, sich um meine Brüder und mich zu kümmern«, antwortete sie, unfähig, ihre Zunge im Zaum zu halten. »Ich glaube, sie hatte es in Großbritannien schwerer als ihr alle in Indien – sogar schwerer als die Teepflanzer.«

Danach ignorierte Muriel sie und unterhielt sich mit Helena darüber, ob sie sich für die heiße Jahreszeit ein Cottage in Darjeeling teilen sollten. Libby blieb mit ihren Sorgen um die Gesundheit ihres Vaters allein, kam aber zu dem Schluss, dass die spitzzüngige Muriel bestimmt übertrieben hatte.

* * *

Am Sonntag entschied sich Libby, mit ihrem Onkel Johnny in die presbyterianische Kirche am Wellesley Square zu gehen, statt Helena in die St Paul's Cathedral zu begleiten.

»Aber beeilt euch danach«, mahnte Helena. »Wir gehen nach der Kirche immer mit Papa zum Sonntagslunch in den Club. Er hasst es, zu spät zu kommen.«

Libby, die es die ganze Woche lang genossen hatte, mit dem geistesabwesenden Colonel auf der Veranda zu frühstücken, bezweifelte, dass der alte Mann überhaupt bemerken würde, ob er zu spät zum Mittagessen kam oder nicht. Aber um ihre Tante bei Laune zu halten, versprach sie, dass sie pünktlich sein würden.

Libby empfand es als Wohltat, etwa eine Stunde allein in Gesellschaft ihres freundlichen Onkels zu verbringen. Johnny hatte dem Chauffeur Kiran wie üblich am Sonntag freigegeben und lenkte das Auto selbst. In der Duff Scottish Church stellte Libby überrascht fest, dass die Europäer in der Gemeinde gegenüber Indern und Anglo-Indern in der Unterzahl waren. Viele der Frauen trugen adrette europäische Kleidung, und die Männer hatten Sommeranzüge oder dunkelblaue Blazer an.

»Ich bin lieber hier als in der prächtigen St Andrew's am Dalhousie Square«, flüsterte Johnny. »Hier ist es wahrscheinlicher, dass ich einem meiner alten Gurkhas über den Weg laufe.«

Nachdem der Gottesdienst vorbei war, ließ ihr Onkel sich nicht lange bitten, einen Umweg durch die Straßen im Zentrum von Kalkutta zu unternehmen.

Auf dem Platz vor dem Hogg Market rief Libby: »Hier war ich schon einmal! Ich erkenne den Uhrturm wieder. Dad hat mich mit hergenommen, da bin ich mir sicher. Ich glaube, er war auf der Suche nach jemandem, der seine Taschenuhr reparieren konnte.«

»Die Uhr ist eine berühmte Sehenswürdigkeit und ein beliebter Treffpunkt«, sagte Johnny.

»Können wir haltmachen und einen Tee mit Milch trinken, Onkel Johnny?«

»Von einem Chai-Stand?«, fragte er überrascht.

»Ja. Dad und ich haben immer welchen getrunken, wenn wir zusammen in der Stadt waren. Mutter wollte mich nichts von Straßenständen trinken oder essen lassen, also war es immer eine besondere Delikatesse und ein Geheimnis, das ich mit Dad teilte.«

Sofort fuhr ihr Onkel an den Straßenrand. »Na, dann ist es jetzt auch unser kleines Geheimnis vor deiner Tante Helena.«

Libby war fasziniert von der Umgebung. Obwohl die Markthalle geschlossen war, wimmelte es auf den Straßen ringsum von Rikschas, in denen ältere Männer oder Frauen in bunten Saris fuhren. Männer in weißen *lungis* oder karierten Sarongs schlenderten über den Bürgersteig und machten einen Bogen um die dort hockenden Händler, die ihre Waren anpriesen: »*Paan, bidis,* Chai!«

Der *chai-wallah* schenkte ihnen ein zahnloses Grinsen, als er dampfenden Tee aus großer Höhe in kleine Steinguttassen goss. Libby nippte an dem heißen, süßen Getränk, das mit Milch und einem scharfen Gewürz, vermutlich Ingwer, aufgekocht worden war. Einen Moment lang war sie wieder ein kleines Mädchen, stand im schützenden Schatten ihres hochgewachsenen, kraftstrotzenden Vaters und genoss eine verbotene Kostprobe des indischen Straßenlebens. Ihre Augen brannten vor Tränen. Würde sie je wieder das gleiche enge Verhältnis wie damals zu ihrem geliebten Vater haben? Sie konnte es kaum abwarten, ihn wiederzusehen, aber zugleich machte sie sich Sorgen, dass sie sich in den vergangenen Jahren, die immerhin ihr halbes Leben ausmachten, zu sehr auseinanderentwickelt hatten.

Auch Muriels Worte machten ihr zu schaffen. Konnte es wirklich sein, dass es mit der Gesundheit ihres Vaters bergab ging? Libby weigerte sich zu glauben, dass ein derart vitaler, starker Mann mit dem Leben auf der Plantage nicht mehr zurechtkam. Es war ein gesundes Dasein an der frischen Luft, und die harte Arbeit hatte ihrem Vater nie geschadet. Sie durfte sich nicht mit Muriels düsteren Bemerkungen quälen. Die Frau hatte all das nur gesagt, um Tilly schlechtzumachen.

»Ich habe deinen Vater immer gemocht«, bemerkte Johnny, als hätte er ihre Gedanken gelesen. »Ich sehe es als mein Verdienst an, dass er deine Mutter geheiratet hat.«

»Wirklich?« Libby war erstaunt.

»Ich habe James Robson in Shillong kennengelernt, als ich in den Zwanzigerjahren dort stationiert war. Ich habe ihm einen Zahn gezogen.« Johnny grinste. »Und im Gegenzug hat er mich auf die Jagd mitgenommen. Ich hatte so ein Gefühl, dass er gut mit Tilly auskommen würde, deshalb habe ich ihn gebeten, meiner Familie ein paar von meinen Hochzeitsfotos mitzubringen, weil er bald Urlaub bekommen sollte. Das Nächste, was ich von ihm gehört habe, war dann schon, dass meine Schwester ihn heiraten und nach Indien ziehen wollte. Du kannst dir vorstellen, wie sehr mich das gefreut hat!«

»War Mutter damals glücklich?«, fragte Libby.

Johnny nickte. »Oh ja, ich glaube schon. Indien war zweifelsohne nach dem Leben in Newcastle ein ziemlicher Schock, aber bald hatte sie Jamie, und nach ihren Briefen zu urteilen, waren die beiden hingebungsvolle Eltern.«

»Die Tatsache, dass sie drei gemeinsame Kinder bekommen haben, muss doch wohl heißen, dass sie glücklich miteinander waren, nicht wahr?«, überlegte Libby laut.

»Natürlich. Die wenigen Male, die wir uns getroffen haben, habt ihr auf mich wie die ideale Familie gewirkt, übermütig und voller Lebensfreude – besonders du, Libby.«

Libby lächelte. »War ich so?«

»Ja. Helena und ich waren ein bisschen neidisch auf Tilly und James«, gestand Johnny. »Wir hätten gern Kinder gehabt.«

Libby sah einen Anflug von Bedauern über das Gesicht ihres Onkels huschen.

»Es tut mir leid, dass ihr keine bekommen habt«, sagte sie.

Johnny trank seinen Tee aus. »Wir hatten dennoch ein sehr gutes Leben in Indien«, erwiderte er. »Das würde ich um nichts auf der Welt eintauschen.«

»Wollt ihr eigentlich bleiben?«, fragte Libby. »In Indien, meine ich, wenn die Unabhängigkeit kommt?«

Ihr Onkel sah sich um, als hätte er Angst, belauscht zu werden.

»Es steht noch nicht fest, wann es so weit ist«, antwortete er. »Vielleicht bleiben uns bis dahin noch ein paar Jahre.«

»In Großbritannien geht das Gerücht, dass es sehr bald so weit sein wird«, sagte Libby.

Der Tonfall ihres Onkels wurde schärfer. »Die Entscheidung überlasse ich deiner Tante. Ich würde mich sehr gern in Northumberland oder in den Borders zur Ruhe setzen und meine Tage mit Angeln verbringen, aber für Helena und ihren Vater ist es anders. Ich bin mir zum Beispiel nicht sicher, ob sie das Klima vertragen würden.«

»Ich glaube, das Wetter wäre das geringste Problem«, sagte Libby offen. »Ich kann mir nicht vorstellen, dass Tante Helena den Ruhestand in einem Cottage auf dem Lande ohne Diener oder den Club genießen würde. Und all ihre Freundinnen sind hier.«

Johnny seufzte. »Einige von ihnen reden schon darüber, ob sie nicht doch in die Heimat ziehen sollten.«

»Aber England ist eigentlich nicht ihre Heimat, nicht wahr?«, beharrte Libby. »Nicht für Menschen, die nie dort gelebt haben. Ich kann dir gar nicht sagen, was für ein Schock es für mich war, als Achtjährige in England zu landen. Stell dir nur vor, wie es für jemanden in Colonel Swinsons Alter wäre!«

»Wir würden uns gut um ihn kümmern«, entgegnete Johnny ein wenig trotzig.

»Das weiß ich doch, Onkel Johnny«, versicherte Libby. »Aber sein Zuhause ist hier. Außerdem macht solch eine koloniale

Geisteshaltung wie seine sich heutzutage in Großbritannien nicht mehr gut – und das finde ich auch richtig.«

»Tilly hat mich schon vorgewarnt, dass du eine kleine Sozialistin bist«, sagte er mit einem ironischen Lächeln. »Was würdest du also mit einem alten *koi hai* wie meinem Schwiegervater machen?«

Libby zögerte nicht. »Ihn hierbleiben lassen, damit er seinen Lebensabend auf seiner Veranda mit Blick auf seinen tropischen Garten genießen kann.«

»Also bist du nach Indien zurückgekommen, um zu bleiben?«, fragte Johnny. »Trotz der Ungewissheit?«

»Ja, das hoffe ich«, antwortete Libby. »Das hier ist mein Land, und ich liebe es.«

Ihr Onkel legte ihr eine Hand auf die Schulter. »Du klingst wie James«, meinte er lächelnd. »Genauso willensstark und tapfer.«

Sie stellten ihre leeren Steinguttassen auf dem Stapel neben dem Stand des *chai-wallah* ab und gingen zurück zum Auto. Als sie die Free School Street entlangfuhren, fragte Libby ihren Onkel: »Könnten wir die Hamilton Road suchen? Ich glaube, sie geht von der Park Street ab. Ich möchte dort gern eine Visitenkarte abgeben.«

»Natürlich«, sagte Johnny. »Hast du vergessen, neulich mit deiner Tante dort vorbeizugehen?«

»Nicht direkt«, gestand Libby. »Ich dachte, sie wäre nicht damit einverstanden.«

»Oh? Wer wohnt denn dort?«

»Dr. Fatima Khan. Sie ist eine gute Freundin von Adela und Sam aus ihrer Zeit in Simla. Mittlerweile arbeitet sie im Eden Hospital.«

Johnny nickte. »Ach so, im Frauenkrankenhaus.« Er warf einen kurzen Blick auf sie, während er den Wagen durch den Verkehr lenkte. »Aber ich finde, du bist ein wenig ungerecht zu Helena. Sie hat nicht so viele Vorurteile gegen Inder, wie du meinst – vor allem nicht gegen gebildete.«

»Die hätte sie vielleicht doch«, sagte Libby, »wenn sie wüsste, dass Dr. Khans Bruder auch dort lebt und dass er für antibritische Aktivitäten im Gefängnis gesessen hat. Laut Adela hat Ghulam Khan das Auto des Gouverneurs des Pandschab in Brand gesteckt, als er erst achtzehn war.«

»Guter Gott!«, rief Johnny.

»Sam sagt, dass er inzwischen viel ruhiger geworden ist, aber ich glaube, er ist immer noch ein kleiner Kommunist«, erklärte Libby.

»Also möchtest du ihn wohl unbedingt kennenlernen?«, vermutete Johnny.

Libby errötete. »Er klingt wirklich interessant, aber es ist Dr. Khan, mit der ich mich gern anfreunden würde. Adela und Sam bewundern und mögen sie beide sehr. Und Sams Schwester ist mit Rafi Khan verheiratet, einem von Fatimas anderen Brüdern.«

»Ach, die Familie also!«, sagte Johnny, als es ihm dämmerte. »Die, in die Sophie eingeheiratet hat?«

»Ja.« Libby sah, dass ihr Onkel die Stirn runzelte. »Also habe ich recht: Tante Helena hätte etwas dagegen?«

»Nun, sie hat keine sehr hohe Meinung mehr von Sophie, seit sie Rafi geheiratet hat«, räumte Johnny ein. »Helena hatte eine Schwäche für Sophies ersten Mann, Tam Telfer, einen Forstbeamten. Sie fand es ungehörig, dass Sophie Tam verlassen hat und Muslima geworden ist, um Rafi zu heiraten.«

»Ich fand es sehr tapfer von ihr, das zu tun«, antwortete Libby. »Und Mutter hat immer gesagt, dass Tam Sophie alles andere als gut behandelt hat.«

»Das könnte sein«, seufzte Johnny. »Ich konnte mich für Telfer nie so erwärmen wie Helena. Wenn du mich fragst, war er ein ziemlich vorlauter und arroganter Typ.«

Während sie die breite Park Street mit ihren Läden und Büros entlangfuhren, hielten sie beide nach der Abzweigung der Hamilton Road Ausschau. Je weiter sie nach Osten gelangten, desto stärker wichen die prestigeträchtigen, hochherrschaftlichen Gebäude heruntergekommeneren Wohnhäusern.

»Ich glaube, hier ist es«, sagte Johnny und bog in eine schmale Straße auf der Nordseite ab. Hohe Wohnblocks mit abblätterndem Putz und sonnengebleichten Fensterläden standen einander in der staubigen, unebenen Gasse gegenüber. Das Auto rumpelte die Seitenstraße entlang.

»Amelia Buildings«, sagte Libby und zeigte auf das Gebäude. »Dort wohnen die Khans.«

Johnny parkte den Wagen. »Ich komme mit«, sagte er mit Nachdruck und stieg aus.

Sie schoben eine schwere Holztür auf und gingen ins Haus. An einem kleinen Tisch in dem dunklen Flur saß ein magerer Mann in einem *lungi* und einer ausgeblichenen Armeejacke. Er nahm eilig Haltung an und fragte, ob er ihnen helfen könne. Hinter ihm sah Libby eine Reihe von Fächern, in denen Post für die verschiedenen Wohnungen lag.

»Ich möchte das hier bitte für Dr. Khan abgeben.« Sie reichte ihm den Umschlag mit ihrem Brief und ihrer Visitenkarte.

Johnny gab ihm ein paar Annas. »Sorgen Sie dafür, dass die Ärztin ihn unverzüglich bekommt.«

Der Mann nahm den Umschlag, verbeugte sich und versicherte ihnen, dass er sich darum kümmern würde.

»Danke«, sagte Libby, als sie sich abwandte und zurück hinaus in den hellen Sonnenschein ging.

* * *

»Warum habt ihr so lange gebraucht?«, wollte Helena wissen. »Ich wette, ihr habt euch auf den Kirchenstufen verplaudert.«

»Wir hatten einen wunderbaren Morgen«, erwiderte Libby, entschlossen, geduldiger als bisher mit ihrer Tante zu sein. »Haben wir später vielleicht die Chance, Tennis zu spielen? Ich gehe für alle Fälle meine Sportsachen und meine Schuhe holen.«

Johnny fuhr sie zum Tollygunge Club, einem weitläufigen kolonialen Gebäude inmitten einer üppigen Grünanlage. Dort herrschte Hochbetrieb: Britische Familien machten sich an Tischen unter freiem Himmel über ihr Mittagessen her, bedient von einer Armee adrett gekleideter Diener.

Zu Libbys Entsetzen winkten die Percy-Barratts sie zu sich heran.

»Kommt doch zu uns!«, rief Muriel und wies schon einen Kellner an, noch mehr Gedecke an ihrem Tisch aufzutragen.

Sie verbrachten die nächste Stunde damit, sich durch ein üppiges Mahl aus Linsensuppe, Fisch in weißer Sauce, mildem Hähnchencurry und warmem Schokoladenkuchen mit Vanillecreme zu arbeiten. Libby hörte nur mit halbem Ohr zu, wie die Frauen über Leute tratschten, die sie nicht kannte: über Krankheiten und Familienverhältnisse, Neuigkeiten von britischen Freunden, die ihren Ruhestand in der Heimat verbrachten, und unlängst Verstorbene. Die Männer redeten über Cricket und Pferderennen.

Alle waren vom Mittagessen zu satt, um Tennis spielen zu wollen. Sie dösten unter Zeitungen oder blätterten im Schatten Zeitschriften durch.

Erpicht darauf, dieser Gesellschaft zu entkommen, unternahm Libby einen Spaziergang. Sie schlenderte durch eine schöne Oase aus Rasenflächen und Bäumen, die an einen englischen Garten an einem heißen Sommertag erinnerte. Es erschien ihr unglaublich, dass nur fünf oder sechs Kilometer entfernt eine geschäftige indische Stadt lag und dass es Gewalt und Unruhen in Kalkutta gegeben hatte. Niemand schien darüber sprechen zu wollen.

Libby fragte sich, ob die Chance bestand, dass ihr Vater sie schon früher als im März abholen würde, oder ob sie allein nach Assam hinaufreisen konnte. Wenn George nicht in Kalkutta war, dann wurde ihr bei dem Gedanken das Herz schwer, noch drei Wochen ständig den Percy-Barratts und ihresgleichen über den Weg zu laufen.

Aber Libby verspürte einen Hauch von Triumphgefühl über ihren Versuch, Kontakt zu Dr. Fatima Khan aufzunehmen. Sie wollte aus indischer Sicht etwas über die Umbrüche des letzten Jahres seit den britischen Nachkriegswahlen hören – und über die zunehmenden Unstimmigkeiten zwischen Hindus und Muslimen, was die Zukunft Indiens betraf. In Großbritannien hatte sie mehr über die sich verschärfende politische Krise in Indien gehört als seit ihrer Ankunft im Land.

Sie wusste alles über die Forderungen der Muslimliga nach einem eigenen Staat unter dem Namen Pakistan und ihre Befürchtungen, dass ein vereintes Indien unter der Kongresspartei zu einer dauerhaften Dominanz der Hindus führen würde. Aber vor allem warf man Jinnah, dem Anführer der Liga, vor, gegen die Hindus Ressentiments geschürt zu haben, die sich im letzten Sommer in den Morden in Kalkutta Bahn gebrochen hatten. Die Gewalt hatte sich bis ins ländliche Ostbengalen ausgebreitet und war erst zum Erliegen gekommen, als der charismatische Anführer der Kongresspartei, Gandhi, eine Weile bei den verängstigten Dorfbewohnern gelebt und die Situation beruhigt hatte.

Was dachten Muslime wie die Khans? Die Watsons und ihre Freunde erwähnten die Spannungen zwischen den einzelnen Bevölkerungsgruppen kaum. Sie sprachen nur über die schrumpfende Zahl von Briten im Behördendienst und darüber, welche ihrer Bekannten sich auf Stellen in anderen Teilen des Empires bewarben. Libby war entschlossen, aus der britischen Enklave auszubrechen und selbst herauszufinden, was vorging.

6

Libby war überglücklich, als zwei Tage später mit der Post eine Einladung von Fatima Khan zum Nachmittagstee kam. Das linderte ein wenig ihre Enttäuschung darüber, dass sie immer noch nichts von George gehört hatte.

»Von wem ist der Brief?«, fragte Helena neugierig. »Von deinem jungen Mann?«

»Nein, er ist von einer Freundin von Adela – einer Ärztin«, sagte Libby. »Sie lädt mich für morgen zum Tee ein.«

»Kiran kann dich hinfahren und wieder abholen.«

»Das ist sehr freundlich«, sagte Libby, »aber ich habe mich entschieden, schon vorher in die Stadt zu fahren und mir noch einmal die Kunstgalerie anzusehen. Diesmal bringe ich meinen Skizzenblock mit. Ich nehme dann die Straßenbahn zum Maidan.«

»Aber doch sicher nicht allein?« Helena wirkte besorgt. »Dein Onkel kann dich begleiten.«

»Mir passiert schon nichts«, sagte Libby fest. »Und ich nehme mir eine Rikscha in die Hamilton Road.«

Als ihre Tante protestierte, mischte Johnny sich ein. »Libby kann auf sich selbst aufpassen, Schatz. Sie ist es gewohnt, unabhängig zu sein, und in ihrem Alter braucht sie doch wohl nicht mehr unsere Erlaubnis, um das Haus zu verlassen, nicht wahr?«

»Vermutlich nicht«, räumte Helena zweifelnd ein. »Aber du ziehst doch eines deiner schönen neuen Kleider an, nicht wahr, Liebes?«

* * *

Libbys Herzschlag beschleunigte sich vor Aufregung, als sie die Treppe in den Amelia Buildings hinaufstieg. Der *chowkidar* hatte ihr gesagt, dass Dr. Khan ganz oben, im vierten Stock, lebte. Der Wohnblock musste einst sehr gefragt gewesen sein: Er hatte marmorne Säulen am Eingang und große Bogenfenster. Aber die Bodenfliesen waren rissig, und einige der kunstvollen Fensterläden hingen schief in den verrosteten Angeln. Ein durchdringender Geruch nach Kochdünsten lag im Treppenhaus, als Libby, je zwei Stufen auf einmal nehmend, zu Dr. Khans Wohnung hinaufstieg.

Eine kleine, dunkelhäutige Frau öffnete ihr die Tür, als sie klopfte. Hinter der Tür befand sich ein ausgeblichener grüner Vorhang, den die Haushälterin beiseitezog, während sie Libby in ein weitläufiges, luftiges Zimmer mit hoher Decke winkte. Als sie ein Schuhregal gleich neben der Tür sah, zog Libby ihre neuen Pumps aus.

»Miss Robson.« Eine hübsche, bebrillte Frau, die Ende dreißig zu sein schien, trat mit ausgestreckter Hand auf sie zu. Sie trug ein wadenlanges, sandfarbenes Kleid und einen hauchzarten, cremefarbenen Schal. »Willkommen. Ich bin Fatima. Und Sie müssen sich doch nicht die Schuhe ausziehen.«

Libby schüttelte ihr lächelnd die Hand. »Sie bringen meine Füße ohnehin um. Tante Helena hat darauf bestanden, sie zu kaufen. Und bitte nenn mich doch Libby.« Sie griff in ihre neue Handtasche und zog eine Dose daraus hervor. »Die sind für dich – schottische Toffees. Adela hat gesagt, dass du sie bestimmt magst.«

Fatima rief: »Wie freundlich! Ich liebe Toffees, seit mein Bruder Rafi mir einmal welche aus Schottland mitgebracht hat, als ich noch ein Mädchen war. Ich muss sie vor Ghulam verstecken, sonst isst er sie alle allein. Er ist eine furchtbare Naschkatze.«

»Ist dein Bruder auch hier?«, fragte Libby.

»Er ist noch bei der Arbeit«, erklärte Fatima. »Er ist Journalist bei der Zeitung *The Statesman*. Vielleicht lernst du ihn ein andermal kennen.«

»Ja, das würde mich freuen«, sagte Libby und verspürte eine gewisse Enttäuschung. Ghulam Khan klang nach einem Mann, der interessante Ansichten über die derzeitige Situation vertrat.

»Bitte komm und nimm Platz. Hast du Appetit auf Tee?«

»Danke, ja.«

»Dann wird Sitara ihn gleich servieren.«

Fatima wandte sich an die Dienerin, reichte ihr die Toffeedose und sagte etwas in einer Sprache, die Libby nicht verstand. Vielleicht war es Pandschabi, da die Familie Khan aus Lahore stammte. Adela hatte Libby von Fatimas treuer Haushälterin Sitara erzählt, einer Hinduwitwe, die die Ärztin vor Jahren von der Straße gerettet hatte.

Libby sah sich im Zimmer um. Es war weiß getüncht und einfach mit Tischen und Stühlen, zwei Rattansesseln mit blauen Polstern und einem mit Papieren überhäuften Schreibtisch eingerichtet. Daneben standen ein langes Bücherregal und ein weiterer Stapel Bücher, an dem eine Röntgenaufnahme lehnte. Der Raum roch nach Sandelholz. Ein Teil des gebohnerten Bodens war mit einem blau und golden gemusterten Perserteppich bedeckt.

Libby setzte sich in einen der Rattansessel und zog ein bestrumpftes Bein unter sich. Es war eine Angewohnheit, die sie seit ihren Internatszeiten hatte und die ihrer Mutter auf die Nerven ging, aber Tilly war ja nicht hier und konnte sie nicht ausschimpfen. Libby fragte sich, was ihre Mutter wohl davon gehalten hätte, dass sie eine Inderin zu Hause besuchte, und kam zu dem Schluss, dass Tilly nichts dagegen gehabt hätte. Sie war sich weniger sicher, wie ihr Vater darüber gedacht hätte; sie kannte seine Ansichten über alle möglichen Dinge eigentlich gar nicht.

Während sie auf den Tee warteten, stellte Fatima Libby mit ruhiger, leiser Stimme eine Frage nach der anderen. Wie war ihre Reise gewesen? Was hatte sie in Kalkutta bisher unternommen? Was gab es Neues bei Adela und Sam? Wie ging es Libbys Mutter, ihren Brüdern und ihrem Vater? Libby war überrascht, wie viel die Ärztin über ihre Familie wusste. Adela musste ihr von ihnen allen erzählt haben.

Sitara trug ein Tablett herein, auf dem sich Leckerbissen türmten: mit Gurke und Tomate belegte Sandwiches, ein Madeirakuchen aus saftigem Biskuitteig, eine Auswahl indischer Süßigkeiten und die Toffees, die in einer hübschen, blau glasierten Schale zur Schau gestellt wurden. Dann holte die Dienerin ein zweites Tablett mit einem Teeservice und einer großen Teekanne aus Porzellan, die schön mit grünen und gelben Vögeln bemalt war.

Libby machte sich mit Begeisterung über alles her. Die indischen Süßigkeiten schmeckten nach üppigem, cremigem Fudge. Nach der Zuckerrationierung in Großbritannien war Libby so viel Süßes auf einmal nicht gewohnt, und ihr wurde fast übel. Aber Fatima drängte sie, noch mehr zu essen.

Während sie Tee tranken, hörte Libby Schritte auf der Treppe zur Wohnung. Dann schwang die Tür auf und ein vierschrötiger, dunkelhaariger Mann in zerknittertem Leinenanzug kam durch den Vorhang gestürmt.

»Sie ziehen ab!«, schrie er. »Es ist gerade verkündet worden. Die Brit…«

Er entdeckte Libby und blieb schlagartig stehen. Sein Gesicht verriet Überraschung.

»Das hier ist Miss Libby Robson«, stellte Fatima sie vor. »Eine Verwandte von Adela Robson. Libby, das hier ist mein Bruder Ghulam.«

Libby stand auf. »Wie geht es Ihnen?« Sie lächelte, streckte die Hand aus und wünschte, sie hätte ihre Schuhe doch anbehalten, um kultivierter zu wirken.

Ghulam zögerte. Seine Miene wirkte plötzlich misstrauisch. Die freudige Erregung war verschwunden.

»Miss Robson«, sagte er mit einem Nicken und schüttelte ihr kurz die Hand.

Libby befürchtete, dass er sie in ihrem adretten Kleid und ihrer Strickjacke für eine typische Memsahib halten würde. Sie wollte, dass er sie mochte.

»Über meine Mutter bin ich entfernt mit Ihrer Schwägerin Sophie verwandt.«

Er bedachte sie mit einem seltsamen Blick. »Ach ja, die glamouröse Sophie.«

»Sophie und Rafi waren sehr freundlich zu mir, als ich noch ein Kind war«, erwiderte Libby, »und wir hatten viel Spaß mit ihnen.«

»Ja«, sagte er, »mein Bruder war schon immer lieber in Gesellschaft von Sahibs als unter seinesgleichen.«

Libby errötete angesichts seines sarkastischen Tonfalls.

»Ghulam, du weißt, dass das unfair ist«, schimpfte Fatima. »Rafi ist uns beiden ein loyaler Bruder – und er arbeitet für einen Radscha, nicht für die Briten.«

Ghulam schnaufte aufgebracht. »Indische Fürsten sind sogar noch schlimmer. Wenn die Unabhängigkeit kommt, dann werden die Radschas entweder in die moderne Welt mitgeschleift, oder sie haben ihren Reichtum verwirkt.« Er warf Libby einen spöttischen Blick zu. »Bitte nehmen Sie doch wieder Platz. Ich wollte Ihre Teeparty nicht unterbrechen.«

»Setz dich zu uns«, forderte Fatima ihn auf, »dann kannst du uns auch erzählen, warum du in solcher Eile früher als sonst nach Hause gekommen bist.«

Ghulam warf sein Jackett ab und setzte sich verkehrt herum auf einen der harten Holzstühle. Seine weiten Hemdsärmel waren aufgekrempelt und ließen behaarte, muskulöse Arme sehen. Sein breites Gesicht wurde wieder lebhaft.

»Die Nachricht ist gerade aus London eingetroffen – die Britishers übergeben spätestens nächstes Jahr alles an uns.« Er lächelte triumphierend. »Es passiert wirklich.«

Fatima schnappte aufgeregt nach Luft. »Bist du dir sicher? Wann genau?«

»Spätestens im nächsten Juni«, sagte Ghulam. »Sogar nach der Wahl habe ich eigentlich nie geglaubt, dass sie uns wirklich die Unabhängigkeit gewähren würden. Aber jetzt müssen sie – der Druck auf sie, abzuziehen, ist einfach zu groß.«

»Herzlichen Glückwunsch«, sagte Libby, »das freut mich. Ich habe nie daran gezweifelt, dass die Regierung Attlee ihr Versprechen halten würde.«

Ghulam musterte sie prüfend. »Sie sind also eine Anhängerin der sozialistischen Labour-Regierung, Miss Robson?«

»Aus vollster Überzeugung«, bestätigte Libby. »Ich hätte für sie gestimmt, aber bei den Wahlen war ich noch nicht ganz einundzwanzig.«

Sie spürte, wie ihre Wangen unter seinem abschätzenden Blick heißer wurden, und wünschte, sie hätte ihr Alter nicht erwähnt. Es ließ sie unreif klingen, obwohl sie sich viel älter fühlte. Ghulam schien Ende dreißig oder Anfang vierzig zu sein. Sie konnte sich nicht recht entscheiden, ob sie ihn gut aussehend fand oder nicht. Er hatte ein kantiges Kinn, und irgendwann war seine Nase einmal gebrochen gewesen, aber er hatte berückend gelbgrüne Augen unter dichten, dunklen Brauen, und sein Mund wirkte sinnlich. Er drückte sich gewählt aus und hatte eine tiefe Stimme. Libby erinnerte sich, dass Adela ihr erzählt hatte, dass sie einmal Zeugin geworden war, wie er vor dem Krieg auf einer politischen Demonstration in Simla eine ganze Menschenmenge mit seiner Redegabe in seinen Bann gezogen hatte.

»Wir hoffen auch auf eine fortschrittliche Regierung in Indien«, sagte er, »wenn die Britishers erst fort sind.«

Er sah ihr weiter in die Augen, während er sich vorbeugte, eine der indischen Süßigkeiten nahm und sie sich komplett in den Mund schob.

»Nicht alle von uns haben vor zu gehen«, sagte Libby. »Ich bin gerade erst zurückgekehrt. Mein Vater glaubt, dass die Teepflanzer auch weiter gebraucht werden.«

»Meint er etwa, dass wir Inder unfähig sind, unsere eigenen Teegärten zu führen? Wir erledigen doch ohnehin schon all die harte Arbeit.«

»So denkt er bestimmt nicht«, entgegnete Libby. »Er bildet gerade einen sehr fähigen Unterverwalter, Manzur, dazu aus, seinen Platz einzunehmen.«

»Aber vermutlich nicht seinen Platz in der Geschäftsleitung«, bemerkte Ghulam mit einem verächtlichen Blick. »Die Britishers werden versuchen, sich so lange wie möglich an ihren Reichtum zu klammern. Aber es wird der Tag kommen, an dem die Firmensitze der großen Unternehmen – Tee, Jute und Öl – in Indien sein müssen, nicht in London oder Dundee. Indien muss die Kontrolle über seine Rohstoffe und den Handel übernehmen. Für Männer wie Ihren Vater gibt es hier auf die Dauer keine Zukunft.«

»Nun, ich glaube, da irren Sie sich.« Libby spürte, wie ihr Gesicht vor Verärgerung noch heißer wurde. »Und auch ich plane hierzubleiben.«

Er sah skeptisch drein. »Und was zu tun, Miss Robson?«

Libby fiel keine Antwort ein. Sie hatte nicht wirklich darüber hinausgedacht, nach Indien zurückzukehren und ihren Vater wiederzusehen.

Als sie nichts sagte, lächelte Ghulam herablassend. »Meinen Sie nicht, dass Sie die Britisher-Clubs ziemlich langweilig und leer finden werden, wenn Ihre Mit-Memsahibs sich nach England zurückgezogen haben?«

Libby konterte: »Diese Clubs sind ohnehin nicht besonders interessant, ob nun voller Memsahibs oder nicht. Ich werde sie nicht vermissen.«

»Gute Antwort«, meinte Fatima mit einem verlegenen Lächeln. »Lass dich nicht von meinem Bruder provozieren. Er ist schrecklich, wenn er auf seinem hohen Ross sitzt.« Sie warf Ghulam einen warnenden Blick zu und ergänzte: »Ich bin mir sicher, dass Libby etwas Nützliches zu tun finden wird. Es wird großer Bedarf an fortschrittlich denkenden Frauen im neuen Indien bestehen.«

Ghulam griff nach einem Bonbon aus der Schale.

»Ah, echte schottische Toffees!«, sagte er mit einer kindlichen Freude, die Libby überraschte. »Außer Cricket sind die das Beste, was je aus Großbritannien gekommen ist.« Er wickelte das Toffee aus und schob es sich in den Mund.

Libby nippte an ihrem Tee und beobachtete ihn argwöhnisch, während er kaute. Seine Kiefer mussten sich anstrengen, um das Toffee weich zu bekommen. Sie spürte einen tiefen Zorn in Ghulam; bestimmt war er dagegen, dass seine Schwester eine der Britishers, die er verabscheute, in ihr gemeinsames Zuhause eingeladen hatte. Dennoch hatten Sam und Adela voller Sympathie und Bewunderung von ihm gesprochen, also musste er zu ihnen freundlich gewesen sein. Sie blieb beharrlich.

»Sind Sie für die Kongresspartei oder für die Muslimliga?«, fragte sie.

Ghulam zog eine Augenbraue hoch. »Da hat aber jemand seine Hausaufgaben gemacht.«

Fatima warf ein: »Ich bin für die Kongresspartei. Ich will ein vereintes Indien.«

»Weder noch«, sagte Ghulam. »Als radikaler Sozialist finde ich es verdächtig, wie die Kongresspartei den militanten Hindus um den Bart geht, um ihre Unterstützung zu gewinnen. Es ist ein gefährliches Spiel. Das neue Indien muss säkular sein. Ich habe für die Kommunisten gestimmt.«

»Also ist hier niemand einer Meinung mit der Muslimliga?«, hakte Libby nach.

»Nein«, erwiderte Ghulam. »Ich habe Verständnis für ihre Befürchtungen, bin aber nicht für ihre Forderungen. Den Pandschab und Bengalen von Indien abzutrennen, wie sie es vorschlägt, wäre eine Katastrophe. Indien muss ein vereintes Land bleiben.«

»Aber Ihre Schwester und Sie sind Muslime«, gab Libby zu bedenken, »und wären hier in der Minderheit. Macht Ihnen das keine Sorgen?«

Seine Augen funkelten. »Zuallererst sind wir Inder. Wir haben genau dasselbe Recht, hier zu leben, wie alle anderen. Die Religion sollte dabei keine Rolle spielen.«

»Nicht alle in unserer Familie sind dieser Meinung«, wandte Fatima ein. Ihr Gesichtsausdruck war mit einem Mal düster. »Unser Vater ist im Pandschab Mitglied der Muslimliga.«

Ghulams Urteil war vernichtend: »Er hängt sein Fähnchen nur nach dem Wind in Lahore, um sicherzustellen, dass nichts sein Geschäft schädigt. Er ist genau wie Jinnah – er genießt die angenehmen Dinge im Leben viel zu sehr, um fromm zu sein.«

»So solltest du nicht über unseren Vater reden«, tadelte Fatima ihn.

Ghulam konterte trocken: »Ich bin mir sicher, dass das nichts gegen das ist, was er im Laufe der Jahre über mich gesagt hat.«

»Besucht ihr eure Familie in Lahore nicht mehr?«, erkundigte sich Libby bei Fatima.

Die Ärztin schüttelte den Kopf. »Ich bin kurz nach Hause gefahren, als unsere Mutter unmittelbar vor dem Krieg gestorben ist, aber seitdem nicht mehr. Meine Verwandten hatten nie Verständnis dafür, dass ich lieber Ärztin werden als heiraten wollte. Rafi war der Einzige, der mir immer den Rücken gestärkt hat – und er ist auch der Einzige, zu dem Ghulam und ich noch Kontakt haben.«

»Die Familie ist nicht so wichtig wie die Genossen«, sagte Ghulam. »Wenn die Britishers einen ins Gefängnis werfen, erkennt man seine wahren Freunde.«

Libby bedachte ihn mit einem prüfenden Blick. »Aber Adela hat erzählt, es seien Rafi und der Radscha von Gulgat gewesen, die Ihre Entlassung aus dem Gefängnis erwirkt hätten«, erwiderte sie und war schadenfroh, als sie ihn leicht erröten sah.

»Ich wäre ohnehin bald entlassen worden«, antwortete er und wich ihrem Blick aus. »Aber ich zähle Rafi zu meinen Freunden.«

»Obwohl er mit den *sahib-log* fraternisiert?« Libby konnte es einfach nicht lassen, ihn zu provozieren.

»Damit wird es bald vorbei sein«, prophezeite Ghulam mit blitzenden Augen, »und Rafi wird seinen Teil für das neue Indien tun müssen – es sei denn, seine Frau nimmt ihn mit zurück nach Schottland.«

»Ich kann mir nicht vorstellen, dass Sophie das beabsichtigt«, meinte Libby. »Sie hat dort keine Verwandten mehr. Und hat Sophie nicht genauso das Recht, in Indien zu bleiben, wie Rafi oder Sie? Sie ist hier geboren und hat ihr gesamtes bisheriges Erwachsenenleben hier verbracht.«

»Natürlich hat sie Anspruch darauf«, versicherte Fatima. »Sie ist Rafis Frau.«

Ghulam seufzte gereizt. »Es spielt keine Rolle, was eine Handvoll Britishers und privilegierte Inder denken oder tun«, sagte er. »Es sind die Millionen einfacher Inder, deren Stimmen gehört werden müssen.« Er schwang sich von seinem Stuhl und stand auf. »Wissen Sie, welche Bedingungen die meisten Arbeiter in Kalkutta Tag ein, Tag aus ertragen? Zum Beispiel die Männer in den Jutemühlen? Sie kommen vom Lande her, um Arbeit zu finden – aber selbst, wenn sie sich den ganzen Tag abrackern, verdienen sie nie genug, um die hohen Mieten bezahlen oder ihre Familien ernähren zu können. Das ist das Erbe, das ihr Britishers uns hinterlasst. Darüber sollten die Kongresspartei und die Liga reden – darüber, Indien zu einer weniger ungleichen Gesellschaft zu machen –, statt sich gegeneinander zu wenden und die Beute aufzuteilen!«

Er steckte die Hände in die Taschen und schritt zum Fenster.

»Da stimme ich Ihnen zu«, sagte Libby.

»Wirklich?« Er wirkte verstört über ihre Antwort und starrte zwischen den halb offen stehenden Fensterläden hinaus ins Freie, als gäbe es unten etwas Wichtiges zu sehen.

»Ja«, versicherte sie eifrig, »ich bin auch überzeugt davon, dass man gegen Ungerechtigkeit kämpfen sollte.«

Er drehte sich um und sah sie an. Sein markantes Gesicht lag halb im Schatten.

»Schließt das auch die Teepflückerinnen Ihres Vaters ein?«, fragte er herausfordernd.

»Wie meinen Sie das?«

»Ich war auf einigen Teeplantagen und habe die Arbeitsbedingungen dort gesehen«, entgegnete Ghulam. »Die Pflückerinnen werden wie Sklavinnen behandelt. Sie hausen in Hütten, in denen die Britishers nicht einmal ihren Hund halten würden, und arbeiten bis zum Umfallen.« Er marschierte quer durchs Zimmer zurück und sah unverwandt auf sie herab.

»Wir sind auf die Plantagen gegangen, um die Pflückerinnen zur Gründung einer Gewerkschaft zu bewegen, aber Männer wie Ihr Vater haben uns fortgejagt.«

Libby war sprachlos. Sie hatte keine Ahnung, wie die Teearbeiterinnen lebten; sie war in Cheviot View noch ein Kind gewesen. Fußten ihre kostbaren Erinnerungen an Assam auf einer Illusion? War das Leben dort nur für die Briten idyllisch?

»Ich war erst acht, als ich fortgegangen bin«, räumte sie ein. »Zu klein, um über solche Dinge Bescheid zu wissen.«

»In der Tat«, entgegnete Ghulam mit höhnischem Blick. »Sie haben eine privilegierte Schulbildung erhalten – auf Kosten all der Frauen, die auf den Plantagen Ihres Vaters schuften. Haben deren Kinder nicht auch eine gute Schulbildung verdient?«

»Natürlich …«

»Sie bekommen aber keine«, fuhr er sie an. »Das britische Empire ist auf dem Rücken der Leute gebaut, die unterdrückt und ausgebeutet werden, aber nicht in den Genuss der Früchte ihrer Arbeit kommen.«

»Ich bin nicht für den britischen Kolonialismus«, beharrte Libby. Ihr Herz hämmerte.

»Aber dennoch profitieren Sie davon«, warf er ihr vor. »Ihre Schulbildung und Ihre schönen Prinzipien haben alle ihren Preis, und es sind die Arbeiter Ihres Vaters, die dafür bezahlen.«

»Es reicht jetzt, Ghulam«, ging Fatima dazwischen. »Libby ist unser Gast.«

Libby stand auf. Sie war plötzlich fuchsteufelswild. »Und was ist mit Ihrer privilegierten Schulbildung?«, fragte sie Ghulam anklagend. »Hat das Bauunternehmen Ihrer Familie nicht von all den Aufträgen profitiert, die die Briten ihm im Laufe der Jahre erteilt haben?«

»Mit der Firma meines Vaters habe ich nichts zu tun«, gab Ghulam hitzig zurück. »All dem habe ich im Alter von achtzehn

Jahren den Rücken gekehrt. Ich habe mein Leben dem Kampf gegen die Kolonialherrschaft geweiht, habe dafür sogar im Gefängnis gesessen und bin von meiner Familie verstoßen worden. So ist der Kampf gegen Ungerechtigkeit für einen Inder – es geht dabei nicht nur um schöne Worte und Schuldebatten.«

»Sie glauben, dass ich bloß eine verwöhnte kleine Memsahib wie alle anderen bin, nicht wahr?« Sie starrte ihn böse an. »Es kommt Ihnen ja auch zupass, anzunehmen, dass wir alle gleich sind – allesamt Ihre Feinde –, aber das sind wir nicht. Was wollen Sie machen, wenn Sie nicht mehr den Briten die Schuld an allen Missständen geben können, Mr Khan? Es sind nicht die Briten, die die Wohnhäuser von Hindus in Brand stecken oder Muslime abschlachten, nicht wahr? Die Inder sind auch in gewissem Maße verantwortlich für die Gewalt und dafür, dass keine politische Einigung erzielt wird – die Labour-Politiker in London haben sich doch wenigstens darum bemüht.«

Sie wandte sich an Fatima. »Danke, dass du mich eingeladen hast. Ich habe mich wirklich gefreut, dich kennenzulernen, aber ich glaube, ich gehe jetzt besser. Es tut mir sehr leid, solch einen Ärger verursacht zu haben.«

Auch Fatima erhob sich mit gequälter Miene. »Bitte gib dir nicht die Schuld daran. Es ist Ghulam, der sich entschuldigen sollte.«

Libby warf ihm einen prüfenden Blick zu, aber er blieb stumm. Sein Gesichtsausdruck war aufgebracht. Libby ergriff ihre Handtasche. »Nein, er hat ein Recht auf seine Meinung – wie ich auf meine.«

Sie ging zur Tür. Fatima sagte: »Ghulam wird dich zu deiner Sicherheit zu einem Taxi begleiten.«

»Das ist nicht nötig«, antwortete Libby steif.

Ghulam folgte ihr. »Bitte gestatten Sie es mir, Miss Robson.«

»Du kommst doch wieder vorbei, ja?«, bat Fatima, während Ghulam Libby die Tür aufhielt.

Libby nickte, während sie schwungvoll ihre Pumps anzog. »Vielen Dank, Fatima.«

Sie stieg die Treppe hinab. Ghulam trabte mürrisch neben ihr her. Ihr Herz klopfte heftig. Sie konnte ihren Zorn kaum unterdrücken. Welches Recht hatte er, ihr Vorhaltungen zu machen, obwohl er nichts über sie wusste? Er war genauso vorurteilsbeladen und engstirnig wie die Leute, über die er schimpfte. Sie hatte keine Ahnung, warum Sam und Adela ihn mochten. In ihren Augen war Ghulam Khan unhöflich und arrogant.

Sobald sie die Straße erreichten, winkte Libby eine Rikscha heran.

»Lassen Sie mich ein Taxi holen«, schlug Ghulam vor.

»Das ist nicht nötig«, sagte sie mit einem eisigen Blick. Sie konnte es kaum ertragen, ihn anzusehen. »Ich kann auf mich selbst aufpassen. Und machen Sie sich keine Sorgen – ich bringe Sie nicht in Verlegenheit, indem ich noch einmal herkomme. Ihre Schwester wollte nur höflich sein.«

»Miss Robson«, setzte er erneut an. »Ich hätte nicht …«

Aber sie war schon dabei, in die Rikscha zu steigen. Libby konnte es nicht abwarten, von hier wegzukommen und sich von Ghulam zu entfernen. Während der *rickshaw-wallah* sie die holprige Gasse entlangzog und zwei Jungen in *dhotis* auswich, die einen überladenen Karren in die entgegengesetzte Richtung schleiften, klammerte sie sich an den Seiten des Gefährts fest. Ihre Augen brannten vor Tränen der Wut.

* * *

Ghulam blieb auf der Straße stehen und sah Libbys Rikscha nach, bis sie im Verkehr und im Gewimmel der Passanten verschwand. Er zog ein zerdrücktes Päckchen Zigaretten aus der Brusttasche seines Hemds und suchte nach Streichhölzern. Als ihm klar wurde, dass sie in dem Jackett steckten, das er oben gelassen hatte, seufzte er frustriert. Er steckte die Zigaretten wieder ein und fuhr sich mit einem gereizten Aufstöhnen durchs dichte Haar.

Diese Frau trieb ihn zur Weißglut! Ihre Bemerkungen über sein altes Leben in Lahore hatten ihn besonders aufgebracht. Es stimmte, dass er in den Genuss einer elitären Bildung am Aitchison College gekommen war, aber er hatte sich gegen ein privilegiertes Leben entschieden. Statt Jura zu studieren, wie sein Vater es von ihm erwartet hatte, war er dem Free Hindustan Movement beigetreten und aus seinem Elternhaus geworfen worden.

Libby Robson hatte keine Ahnung, welche Opfer er gebracht hatte, um den Weg zu gehen, den er eingeschlagen hatte: fünf Jahre Gefängnis. Danach hatte er von der Hand in den Mund gelebt, während er quer durchs Land gereist war und den Widerstand gegen die Kolonialherrschaft geschürt hatte. Er war den Behörden immer einen Schritt voraus gewesen. Erst bei Kriegsausbruch hatte er sich auf einen zeitlich begrenzten Waffenstillstand in seiner Revolte gegen die Briten eingelassen. Kommunisten und Sozialisten wie er waren sich einig, dass das größere Übel, das ihnen allen drohte, der Faschismus war. Also hatten sie während der Kriegsanstrengungen kooperiert. Ghulam dachte verbittert daran, wie Freunde in der Kongresspartei deshalb über ihn hergezogen hatten und wie er das Vertrauen einiger Genossen verloren hatte, die ihm am Herzen lagen – besonders in einem Fall war das für ihn heute noch schmerzlich.

Für eine Weile hatte er der Politik den Rücken gekehrt. Als vor vier Jahren die entsetzliche Hungersnot über Bengalen hereingebrochen war, hatte Ghulam sich mit aller Kraft dafür eingesetzt, den Verhungernden zu helfen. Es war ein hoffnungsloses Unterfangen gewesen. Als Fatima in Kalkutta eingetroffen war, hatte sie ihn ausgelaugt und entmutigt vorgefunden. Wenn seine treusorgende Schwester nicht gewesen wäre, hätte er sich vielleicht selbst in ein frühes Grab gebracht. Durch Freunde von ihr hatte er seine Teilzeitstelle bei der Zeitung ergattert.

Ghulam sah zur Wohnung im obersten Stockwerk empor. Eine Welle der Reue überkam ihn, weil er Fatimas Teeparty ruiniert hatte. Sie gönnte sich so selten Momente der Entspannung von ihrer anstrengenden Arbeit im Krankenhaus. Was war nur in ihn gefahren?

Auch die Robson-Frau hatte seinen Zorn nicht verdient. In ihrem adretten Kleid und mit ihrem Strohhut hatte sie auf ihn wie eine dieser Missionarinnen auf einem Weltverbesserungskreuzzug gewirkt, die es zwar gut meinten, aber zugleich gönnerhaft waren. War es ihr Beharren darauf gewesen, wie er für ein Ende der Kolonialherrschaft zu sein, das er so lästig gefunden hatte? Oder hatte die Tatsache, dass sie ihn aus diesen dunkelblauen Augen so betrachtet hatte, als ob sie etwas an ihm auszusetzen fand, ihn so provoziert, dass er unhöflich geworden war?

Er wandte sich ab und kehrte zu den Amelia Buildings zurück. Er würde keine Britisher-Frau über sich richten lassen, die halb so alt war wie er, aber glaubte, Indien besser zu kennen als er.

»Sei verflucht!«, schimpfte er leise, während er die Treppe hinaufstieg. Ghulam war sich nicht sicher, ob seine Worte dem Mädchen oder ihm selbst galten. Jetzt würde er seiner enttäuschten Schwester sein unverständliches Verhalten erklären müssen.

7

Newcastle, Anfang März 1947

Adela nahm Sams Hand und drückte sie. Sie standen vor dem Kurzwarengeschäft in Cullercoats, das Sams Adoptivmutter Mrs Jackman gehörte. Auf einem Schild stand: *Geschlossen*. Es war ein rauer Sonntagnachmittag ohne Sonnenschein; der Wind an der Küste war heftig und das Meer von einem aufgewühlten Stahlgrau.

Eine Flut von Gefühlen brach über Adela herein, als sie sich daran erinnerte, wie sie vor über acht Jahren hochschwanger hier das erste Mal gestanden hatte und hin- und hergerissen gewesen war: Sollte sie in den Laden gehen und sich Sams Mutter, zu der er keinen Kontakt mehr hatte, vorstellen oder nicht? Der Mut hatte sie damals verlassen. Sie hatte Angst davor gehabt, sich in Sams Leben einzumischen. Sam war so verbittert darüber gewesen, dass seine Mutter ihn in Assam zurückgelassen hatte, als er noch ein kleiner Junge gewesen war.

Aber später, als Adela schon selbst Mutter gewesen war und die Qual der Trennung von ihrem Kind erlebt hatte, war sie Mrs Jackman besuchen gegangen. Sie erinnerte sich noch, wie Sams Mutter vor Schock und Erleichterung fast zusammengebrochen war, als sie etwas von ihrem Sohn gehört hatte. Wenn Marjory Jackman nicht gewesen wäre, hätte Sam nie erfahren, dass seine leiblichen Eltern die Logans waren, und wäre auch nicht mit seiner lang verlorenen Schwester Sophie wiedervereint worden.

Obwohl Sam eine Korrespondenz mit seiner Mutter begonnen hatte, wusste Adela, dass die heutige Begegnung ihm viel abverlangen würde. Sie waren schon seit gut einem Monat in Newcastle, aber Sam hatte es bis jetzt vor sich hergeschoben, nach Cullercoats zu fahren.

»Je länger du es hinauszögerst, desto schlimmer wird es«, hatte Adela am Ende gesagt, als sie die Geduld verloren hatte. »Lass mich alles organisieren, wenn du es schon nicht tun willst.«

Also waren sie jetzt hier. Zum ersten Mal seit über dreißig Jahren würden Sam und seine Mutter sich wieder von Angesicht zu Angesicht gegenüberstehen.

Adela spürte, dass seine große Hand in ihrer zitterte. Obwohl ihr hochgewachsener, athletischer Mann äußerlich stark und beherrscht wirkte, wusste sie, dass er sich innerlich wie der verwirrte kleine Junge fühlte, dessen Mutter davongelaufen war und ihn im Stich gelassen hatte. Sein gut aussehendes Gesicht war angespannt. Er runzelte die Stirn.

»Sie hat dich lieb«, versuchte Adela, ihm Mut zu machen, trat vor und betätigte die Klingel der Wohnung im Obergeschoss. »Für sie ist es genauso schwer.«

Marjory Jackman musste schon nach ihnen Ausschau gehalten haben, denn sie öffnete umgehend die Tür. Sie war weniger rundlich, als Adela sie in Erinnerung hatte, und ihr zu einem ordentlichen Knoten aufgestecktes Haar war jetzt vollkommen silbern. Sie trug ein gut geschnittenes lilafarbenes Kleid, das vor zwanzig Jahren hochmodisch gewesen sein musste.

»Adela! Sam!«, rief Marjory Jackman und breitete die Arme aus. In ihren Augen standen Tränen. »Sam, du bist ja so groß geworden!«

Es war eine lächerliche Bemerkung gegenüber einem Mann, der auf die vierzig zuging, aber Adela empfand dabei tiefes Mitgefühl. All die Jahre über musste diese Frau versucht haben, sich auszumalen, wie Sam als Erwachsener aussah, doch vor ihrem inneren Auge war er bestimmt für immer der dünne, grinsende Siebenjährige geblieben, als den sie ihn zuletzt gesehen hatte.

Genauso war es für Adela. Ihr Sohn war jetzt acht, aber für sie war er immer noch der Säugling mit den leuchtenden Augen und dem weichen dunklen Haar, der zufrieden an ihrer Brust nuckelte.

Zu überwältigt, um etwas zu sagen, ignorierte Sam den Versuch der Frau, ihn zu umarmen, und streckte ihr die Hand hin. Seine Mutter machte ein langes Gesicht, aber sie schüttelte ihm die Hand und hielt sie länger fest, als es üblich war.

Adela gab ihr einen Kuss auf die Wange. »Es ist wunderschön, dich wiederzusehen.«

Marjory Jackmans Kinn zitterte. »Ich habe mich so darauf gefreut, meine Liebe.«

»Wir uns auch«, sagte Adela voller Mitgefühl mit der Frau. »Nicht wahr, Sam?«

Sam nickte und schluckte schwer. Er starrte seine Mutter an, als versuchte er, etwas Vertrautes an ihr zu entdecken.

»Bitte«, sagte Marjory und gewann ihre Beherrschung zu einem gewissen Grad zurück, »kommt doch herein. Was für ein fürchterliches Wetter wir doch haben. Nach Indien kommt es euch sicher eiskalt vor. Ich habe schon Teewasser aufgesetzt.«

Sie eilte voran die steile Treppe hinauf. »Zieh bitte die Haustür hinter dir zu, Sam, mein Schatz.«

Adela schenkte Sam ein aufmunterndes Lächeln. Zum ersten Mal, seit sie in Cullercoats waren, erwiderte er es.

Marjory Jackman musste ihre Lebensmittelkarten aufgespart haben, denn der Teewagen, den sie in das ordentliche, hell erleuchtete Wohnzimmer rollte, ächzte unter Sandwiches, Pasteten und Kuchen. Sam folgte ihr zurück in die Küche und bot ihr an, ihr beim Teekochen zu helfen. Er ignorierte ihr halbherziges Ablehnen und ging daran, kochendes Wasser aus dem dampfenden Kessel in die bereitstehende Teekanne zu gießen. Adela sah von der Türschwelle aus zu. Sie spürte, dass Sam angespannt war und sich abreagieren musste, indem er etwas tat. In der kleinen Wohnung kam er ihr vor wie ein Tier im Käfig. Sie fragte sich, ob Marjory ihm erlauben würde zu rauchen.

Nachdem der Tee aufgegossen war, bat Marjory Adela und Sam, auf dem chintzbezogenen Sofa Platz zu nehmen. Hellgrüne Plastiktabletts waren mit Klammern an den Armlehnen befestigt. Adela nahm an, dass sie hier ihre Teetassen und Teller abstellen sollten. Marjory nötigte Sam, sich seinen Teller mit Leckerbissen vollzuhäufen.

»Ich habe deine Lieblingspastete mit Speck und Eiern gebacken«, sagte sie mit einem nervösen Lächeln. »Und nimm doch noch ein Stück Ingwerkuchen. Den hast du immer gemocht.«

Sam fügte sich. Sie sprachen über belanglose Dinge – oder vielmehr tat Marjory das, während Sam und Adela aßen. Sie erging sich in ausufernden Bemerkungen über den langen Schneewinter, den sie hatte ertragen müssen, und die Überlegungen, ihren Laden an jemanden zu verpachten, der jünger war.

»Ist es dir schon gelungen, Arbeit zu finden, Sam?«, erkundigte sie sich.

Er schluckte und nickte. »Ich fotografiere ein bisschen für eine Lokalzeitung. Nicht viel – nur eine Handvoll Hochzeiten –, aber es ist ein Anfang.«

»Du bist Fotograf«, hauchte seine Mutter. »Das ist großartig.«

»Sam hilft mir auch im Café«, warf Adela ein.

»Bei Reparaturen«, ergänzte Sam, »und bei den Renovierungen.«

»Es wird ein hartes Stück Arbeit, das Café am Laufen zu halten«, sagte Adela. »Es ist ziemlich heruntergewirtschaftet. Lexy hat es nach besten Kräften über den Krieg gerettet, aber jetzt muss viel getan werden.«

»Mit ein bisschen harter Arbeit schaffen wir das schon«, versprach Sam und lächelte seine Frau an. »Im Laufe des Frühlings werde ich den Kleingarten des Cafés wieder in Schuss bringen.«

»Das ist Sams Idee.« Adela erwiderte sein Lächeln. »Seit Kriegsende ist der Garten völlig überwuchert und vernachlässigt, aber mein Mann hat einen grünen Daumen und wird ihn wieder zum Leben erwecken. Meine Mutter hat dort in den Anfangsjahren viel für ihren Teesalon angebaut.«

»Darin bist du bestimmt gut, Sam«, sagte Marjory Jackman. »Ich war stolz, als ich erfahren habe, dass du vor dem Krieg Obstgärten für die Eingeborenen angelegt hast.«

Sie nötigte ihm noch mehr Kuchen auf und beobachtete ihn genau, um festzustellen, ob es ihm schmeckte.

Adela sagte: »Es ist alles köstlich. Ich glaube, ich sollte dich für das Café um deine Rezepte bitten. Jetzt, da unsere Geschäftsführerin Lexy im Ruhestand ist, bin ich für die Speisekarte zuständig.«

»Ich könnte ein paar Pasteten und Kuchen für euch backen«, bot Marjory sofort an.

»Meine Güte, so habe ich das nicht gemeint«, ruderte Adela zurück. »Du hast doch dein eigenes Geschäft zu führen.«

»Ich wickele den Laden allmählich ab. Mein Augenlicht ist inzwischen nicht mehr gut genug für Handarbeiten. Aber ich habe immer gern gekocht.«

»Das ist sehr freundlich von dir, aber du würdest damit eine erhebliche Verpflichtung eingehen«, mahnte Adela sie zur Vorsicht.

»Ich bin gesund und munter«, beteuerte Marjory beherzt, »und ich würde euch nur zu gern helfen.«

Adela sah Sam an. »Vielleicht könnten wir in Ruhe über dein freundliches Angebot nachdenken und dir dann Bescheid sagen?«

»Natürlich, Liebes.«

Sam sagte: »Es ist Adelas Entscheidung – sie führt das Regiment. Aber ich kann mich dafür verbürgen, dass sie eine gute Chefin ist.« Er grinste und strich seiner Frau voller Zuneigung über die Wange.

Adela sah, dass Marjory plötzlich Tränen zurückhalten musste.

»Ich freue mich so sehr, dass ihr zurückgekommen seid, um hier zu leben«, sagte sie. »Ich weiß, dass es sehr seltsam für dich sein muss, Sam, da du doch immer in Indien gelebt hast. Aber ich bin so dankbar. Ich hätte nie gedacht, dass ich jemals Gelegenheit haben würde, dich wiederzusehen. Ich weiß, dass ich es nicht verdient habe.« Sie tastete nach ihrem Taschentuch und tupfte sich die Augen ab, die ihr übergingen. Adela eilte sofort zu ihr und nahm sie in den Arm.

»Bitte reg dich nicht auf. Sam weiß ja jetzt, dass du ihn eigentlich gern mitgenommen hättest, dass sein Vater es aber nicht zulassen wollte.«

»Ich weiß«, erwiderte Marjory, »aber die Schuldgefühle werde ich nie überwinden.« Sie sah Sam gequält an. »Du warst für mich das Kostbarste überhaupt, und doch konnte ich es nicht ertragen, auch nur eine Minute länger in Indien zu bleiben – oder vielmehr bei deinem Vater. Wir haben nie gut zueinander gepasst, aber das war auch nicht seine Schuld. Es war wie ein Fieber, das ich nicht kontrollieren konnte. Ich musste fort. Aber ich hätte um deinetwillen bleiben sollen. Du armer Junge! Es bricht mir das Herz, wenn ich daran denke, was du durchgemacht haben musst. Was du von deiner Mutter gehalten haben musst.«

Sie brach schluchzend zusammen. Adela hielt sie im Arm. Sie sah Sam an und erkannte an seinem gequälten Gesichtsausdruck, dass widerstreitende Gefühle in ihm tobten. Sie wusste, dass er noch immer zornig auf seine Adoptivmutter war, weil sie ihm nicht gesagt hatte, dass sie abreisen würde. Aber sie wusste auch, was für ein mitfühlender und liebevoller Mann er war. Sam war unfähig, jemandem für immer zu grollen. Es wühlte Adela auf, dass jahrelang dieses Missverständnis zwischen Mutter und Sohn bestanden hatte. Umso entschlossener war sie, keine Zeit mehr zu verlieren und bald auf die Suche nach ihrem eigenen Sohn zu gehen.

Sam stand auf und trat zu seiner Mutter. Er ging vor ihr in die Hocke, nahm ihr sanft das Taschentuch ab und wischte ihr die Tränen aus dem Gesicht.

»Ich habe dich wirklich vermisst«, sagte er mit heiserer Stimme. »Aber ich war auf dem Schiff bei Dad in Indien glücklich. Denk nicht, dass ich ein unzufriedener Junge war, der das Leben nicht genossen hat – denn so war es nicht.«

Er umfasste ihre Hände. »Aber das Tapferste, was du je getan hast, war, Adela den Schal und das Armband zu schicken, mit deren Hilfe ich meine Schwester ausfindig machen konnte und vom Schicksal meiner leiblichen Eltern erfahren habe. Meine wunderbare große Schwester Sophie, die ich sehr liebe. Wenn du sie kennen würdest, dann würdest du sie auch sofort ins Herz schließen. Ich werde dir immer dankbar dafür sein, dass du das getan hast.« Er zögerte und setzte dann hinzu: »Danke, Mam.«

Marjory schluchzte auf. »Du hast mich schon nicht mehr Mam genannt, seit du ganz klein warst!« Sie schlang die Arme um ihn und küsste ihn von oben auf den Kopf.

Adela blinzelte ihre eigenen Tränen fort. Dann begrub Sam den Kopf im Schoß seiner Mutter und weinte.

»Oh, mein süßer Junge«, sagte Marjory zärtlich und streichelte ihm den Kopf.

Die drei hielten einander fest, während Sam seinen Tränen freien Lauf ließ.

8

Kalkutta, März 1947

Als George Brewis unverhofft vor der Tür der Watsons stand und einen riesigen Blumenstrauß für Helena sowie eine Einladung zum Abendessen für Libby mitbrachte, gab Libby schnell ihren Plan auf, Kalkutta vorzeitig zu verlassen. Sein plötzliches Erscheinen versetzte sie in freudige Erregung. George war beruflich in Dhaka gewesen und hatte ihre Nachricht gerade erst bekommen.

»Natürlich möchte ich sehr gern mit dir essen gehen!«, sagte sie eifrig zu.

»Gut«, antwortete er und zwinkerte ihr zu. »Dann hole ich dich um sieben ab, und wir gehen erst einmal in den Club, um Cocktails zu trinken.«

Wie freute sie sich doch, ihn zu sehen! Ihr ging das Herz auf, als sie sein hübsches, rotwangiges Gesicht sah, das sie unter seinem *topee* angrinste. Sie nahm sich mehr Zeit als sonst, um sich ausgehfein zu machen. Sie entschied sich für ein rot-schwarz gemustertes Kleid mit herzförmigem Ausschnitt. Es war eines der Kleider, die Josey ihr vor ihrer Abreise aus Newcastle überlassen hatte. Sie steckte sich ihr dunkelrotes Haar zu einem lockeren Knoten hoch und trug Make-up auf. Libby starrte ihr Bild im Spiegel an und hoffte, dass sie kultiviert genug für den weltgewandten George aussah.

Die Frisur brachte ihr ovales Gesicht zur Geltung, und der rote Lippenstift betonte ihre vollen Lippen. Aber die dunklen Ringe unter ihren Augen verrieten, dass sie seit ihrem katastrophalen Besuch bei den Khans eine Reihe schlafloser Nächte hinter sich hatte. Die Begegnung mit dem Aktivisten Ghulam hatte sie erschüttert. Sie war wütend darauf, dass er ihre Meinung einfach so abgetan hatte, und ärgerte sich über seine Feindseligkeit ihr und ihrem Vater gegenüber. Wie konnte er es wagen, über sie zu richten?

Sie hatte sich gerächt, indem sie eine Karikatur von Ghulam gezeichnet hatte: Seine breiten Schultern und sein Oberkörper nahmen auf dem Bild Tigergestalt an, und sein Gesicht spähte zähnefletschend und verzerrt zwischen den Gitterstäben eines Käfigs hindurch. Der Käfig stand offen, aber er wollte nicht herauskommen. Eine junge Frau, die eine Hose trug, warf ihren *topee* weg und sagte: *Na gut, dann bleib doch drinnen und schmoll über die Britishers, wenn du möchtest. Ich gehe zu einer Freiheitsfeier am Unabhängigkeitstag.*

Während sie sich im Bett gewälzt hatte, weil es zu heiß war, um zu schlafen, hatte Libby sich gefragt, warum Ghulams Ablehnung ihr so viel ausmachte. Vielleicht lag es daran, dass sie sich schon seit der Zeit, als sie noch die eifrige Schülerin ihrer radikalen Geschichtslehrerin Miss MacGregor gewesen war, für aufgeklärt und auf der Seite der Unterdrückten stehend hielt. In Großbritannien galt Libby als fortschrittliche junge Frau, die ihren eigenen Kopf hatte. Sie hatte gedacht, es wäre in Indien genauso. Aber ihre erste Chance, in Indien Freunde zu finden, hatte sie vertan. Fatima hatte sich die ganze Woche nicht gemeldet. In Ghulam Khans Augen würde Libby immer eine privilegierte weiße Frau bleiben; eine der *sahib-log*, die sein Volk seit zweihundert Jahren unterdrückten und entrechteten.

Vielleicht hatte er recht und sie hätte ihre Koffer packen und eine Schiffspassage nach Großbritannien buchen sollen. Vielleicht war das hier doch nicht ihr Land. Seit der Nachricht, dass die Briten innerhalb eines Jahres die Macht abtreten würden, hatten sich die Gesprächsthemen in den Wohnzimmern von Kalkutta abrupt verändert. Nun ging es nicht mehr um Sport und Filme, sondern darum, wie lange man noch in Bengalen bleiben sollte. Ständig gingen Anrufe bei Reedereien und Fluggesellschaften ein, um für den Sommer Reisen in die Heimat zu buchen, nur für den Fall, dass sich wieder Unruhen zusammenbrauten.

»Ich werde jedenfalls nicht weglaufen«, sagte Libby jetzt und zeigte ihrem Spiegelbild stur einen Schmollmund. »Ich bleibe in Indien – das lasse ich mir von keinem Menschen verbieten.«

George ging mit ihr in den Saturday Club in der Nähe seiner Bude. Sie tranken mit einigen seiner Junggesellenfreunde Pink Gin, bevor sie mit ein paar anderen im Firpo's Essen gingen. Libby wusste, dass es eines der beliebtesten Restaurants in Kalkutta war. Tagsüber servierte man dort ein deftiges Mittagessen: den Eintopf Scotch Broth, Pastete mit Steak und Nierchen. Auch der Nachmittagstee war üppig. Abends kamen Fünf-Gänge-Menüs auf den Tisch. Libby hatte gehört, dass es dort auch ein temperamentvolles Orchester und eine große Tanzfläche mit Schwingboden gab. Sie hoffte, dass George sie zum Tanz führen würde. Kronleuchter funkelten, und Ventilatoren surrten im großen Speisesaal, der vor Gesprächen und Gelächter widerhallte. Leicht angeheitert vom Pink Gin ließ Libby sich von der glitzernden Pracht verführen.

Erst war sie enttäuscht gewesen, dass sie nicht wie erwartet allein mit George essen würde, aber seine Freunde erwiesen sich als lebhafte gemischte Runde aus jungen Leuten. Mehrere der

Frauen waren offensichtlich Anglo-Inderinnen, und zwei der Männer trugen Sikh-Turbane. Libby schwelgte aufs Neue in dem Gefühl, ein Abenteuer zu erleben.

»Das hier ist Flowers Dunlop, eine Freundin von Adela«, stellte George sie einer zierlichen Frau vor, die ein hautenges silberfarbenes Kleid trug. Ihr glänzendes dunkles Haar war zu einer kurzen Dauerwelle frisiert. Sie hatte große dunkle Augen und lächelte Libby freundlich an.

Libby fühlte sich plump, als sie Flowers' schmale Hand schüttelte.

»Oh, Adela hat voller Zuneigung von dir gesprochen. Du bist doch Krankenschwester, oder?«

»Ja«, bestätigte Flowers, »im Presidency General Hospital. Gefällt es dir in Kalkutta?«

»Ja«, erwiderte Libby, »zumindest teilweise. Ich wollte mich eigentlich schon längst bei dir melden – Adela hat mir geraten, das zu tun. Es tut mir leid, dass ich bis jetzt noch nicht dazu gekommen bin.«

»Das muss es nicht«, sagte Flowers. »Du hattest sicher viel um die Ohren. Aber du kannst uns sehr gern besuchen. Mein Vater möchte dich unbedingt kennenlernen. Er stammt auch aus einer Teepflanzerfamilie.«

»Aus welcher denn?«, erkundigte sich Libby neugierig.

Flowers wedelte mit der Hand. »Oh, das weiß ich nicht so genau. Da musst du ihn selbst fragen. Ihr Teegarten lag in Assam.« Sie hakte sich bei Libby ein, als wären sie alte Freundinnen. »Komm, setzen wir uns doch nebeneinander. Dann kannst du mir alles über dich erzählen.«

* * *

Libby wurde noch mehrfach von George und seinen Freunden zum Abendessen und zum Tanzen eingeladen. Manchmal tanzten sie im Wintergarten des Grand Hotels. Sonst gingen sie ins Firpo's, um im überfüllten Ballsaal einen Quickstepp oder einen Tango aufs Parkett zu legen. Libby liebte es, wenn George sie zum letzten Walzer aufforderte; sie fand es berauschend, wenn er sie eng an sich gezogen hielt und sie spürte, wie sein Kinn ihre Wange streifte.

»Ich bin froh, dass du nach Kalkutta gekommen bist, bezaubernde Libby«, flüsterte er ihr ins Ohr.

»Ich freue mich auch«, sagte sie mit einem verträumten Lächeln.

Obwohl sie enttäuscht war, dass George an keinem ihrer gemeinsamen Abende versuchte, sie zu küssen, nahm sie an, dass es nur eine Frage der Zeit war.

Libby ging auch mit George auf Tennispartys oder zum Schwimmen im Saturday Club, wenn er Feierabend hatte. Er lud sie zu einer langen, alkoholseligen Dinnerparty in seiner Junggesellenbude ein. Die Fete weitete sich bis aufs Flachdach aus und endete damit, dass sie alle barfuß zum Klang eines alten Aufziehgrammofons tanzten.

Auch Flowers und ihre Krankenschwesternfreundinnen waren fast immer dabei. Flowers war eine wunderbare Tänzerin, aber sie erlaubte nie einem der Männer, sie allein mit Beschlag zu belegen. Libby wusste nicht recht, ob Adelas alte Schulfreundin es auf irgendeinen Mann im Besonderen abgesehen hatte, und hoffte nur, dass es nicht George war.

Der extrovertierte George war freundlich zu allen und gewöhnlich derjenige, der zu den Partys einlud, aber Libby redete sich gern ein, dass er ihr gegenüber besonders aufmerksam und liebevoll war. Ein paar Mal traf sie sich auch mit ihm zum Mittagessen und genoss es, ihn für sich allein zu haben. Sie plauderten über ihre Familien und Neuigkeiten aus Newcastle.

»Adela und Sam scheinen sich ganz gut einzuleben«, sagte Libby eines Tages beim Mittagessen. Das Wetter war heiß – ein

Vorgeschmack auf die hohen Temperaturen, die jetzt, da es Mitte März war, bevorstanden. Sie war dankbar, im luftigen Speisesaal des Firpo's unter den elektrischen Ventilatoren zu sitzen. »Sam hat endlich seine Mutter wiedergesehen – also die Frau, die ihn als Baby adoptiert hat. Adela sagt, dass sie gut mit ihr auskommen und vielleicht irgendwann bei Mrs Jackman einziehen. Adela glaubt, dass sie eine sehr einsame Frau ist – und überglücklich, wieder Kontakt zu Sam zu haben.«

»Und Herbert's Café?«, fragte George. »Hat Adela es vor der Pleite gerettet?«

»So wie es sich anhört, tut sie ihr Bestes«, meinte Libby. »Mrs Jackman hilft ihr beim Kochen.« Sie brach ab und musterte ihn.

»Was hat dieser Blick zu bedeuten?«, wollte George wissen.

»Adela sagt, dass sie Joan überredet hat, vorbeizukommen und beim Kellnern zu helfen«, antwortete Libby. »Hörst du überhaupt noch etwas von ihr?«

»Von Joan?«, fragte George überrascht. »Nein, warum sollte ich?«

»Berichtet sie dir nicht, wie Bonnie sich entwickelt?«

George zögerte, eine Gabel voll Wurst und Kartoffelbrei auf halbem Weg zu seinem Mund. »Bonnie ist ja nicht mein Kind«, sagte er, »also muss ich auch nichts darüber wissen, oder?«

Libby fühlte sich unbehaglich. Sie hätte Verständnis dafür gehabt, wenn George verbittert über Joans Untreue gewesen wäre, aber seine Gleichgültigkeit kam ihr seltsam vor – vielleicht nicht, was Joan anging, aber doch in Bezug auf die dreijährige Bonnie. Goerge hatte schließlich selbst erzählt, wie sehr seine Mutter Olive das Kind anhimmelte. Auch Adela mochte die Kleine und sagte, dass sie ein richtiger Sonnenschein wäre. Libby fragte sich, ob es Adela ein Trost war, Joans Tochter um sich zu haben und verwöhnen zu können, oder ob das nur dafür sorgte, dass sie sich umso mehr nach ihrem verlorenen Kind sehnte. Aber empfand George wirklich keinerlei Zuneigung für Bonnie? Oder tat er nur so, als würde sie ihn nicht kümmern, damit er in Indien ein neues Leben ohne emotionale Bindungen in der Heimat anfangen konnte?

Sie sah zu, wie er mit gewohntem Appetit weiteraß. George tat alles voller Begeisterung und Hingabe: Das zählte zu den Eigenschaften, die sie an ihm mochte. Libby beschloss, Bonnie nicht wieder zu erwähnen. Seltsam, wie unterschiedlich Menschen sein konnten: Adela war um die halbe Welt gereist, um zu versuchen, ihr uneheliches Kind wiederzufinden, während George nichts für das Kind zu empfinden schien, das er während des Kriegs angenommen hatte.

Nachdem er seinen Teller leer gegessen hatte, beugte George sich über den Tisch zu ihr und nahm ihre Hand.

»Genug von Newcastle geredet«, sagte er und schenkte ihr einen dieser entwaffnenden Blicke aus seinen blauen Augen. »Ich habe dir doch versprochen, dass wir in Kalkutta Spaß haben würden, nicht wahr?«

»Das hast du.« Libby lächelte. »Und wir haben doch auch Spaß.«

»Großartig.« Er grinste. »Na, wann möchtest du das nächste Mal tanzen gehen, hübsches Mädel?«

* * *

Der Augenblick, in dem George sie endlich küsste, kam für Libby überraschend. Nach jedem Abendessen mit Tanz hatte Libby gehofft, dass George sie in die Arme nehmen und ihr einen Gutenachtkuss geben würde, aber es waren immer andere dabei gewesen, die sich mit ihnen ein Taxi geteilt und Libby in Alipur als Erste abgesetzt hatten.

Eines Sonntagnachmittags, nach einem Picknick im Botanischen Garten, schlenderten George und Libby davon, um sich den See anzusehen, während ihre Freunde im Schatten dösten. Libby begann über das zu reden, was sie gerade beschäftigte: die Unheil verkündenden Gerüchte, dass es im Pandschab zu Gewaltausbrüchen kam.

»Meinst du, dass es wirklich stimmen kann, dass Hunderte von Hindus in der Nähe von Rawalpindi massakriert worden sind?«, fragte sie. »Oder ist das nur Panikmache? Ich weiß, dass Rawalpindi über tausendsechshundert Kilometer entfernt ist, aber die Unruhen könnten sich doch auch bis nach Bengalen ausbreiten, nicht wahr? Es klingt zu schrecklich. War es hier letzten Sommer auch so furchtbar?«

»Zum Glück war ich einen Großteil des Augusts über in England«, meinte George.

»Ach ja, natürlich«, sagte Libby und dachte zurück. »Da sind wir uns ja wiederbegegnet.«

Vielleicht war es die plötzliche Erinnerung an ihren gemeinsamen Abend in Newcastle, die George dazu brachte, oder womöglich wollte er auch nur, dass sie nicht weiter über die düsteren Nachrichten nachgrübelte. Jedenfalls packte er sie im nächsten Moment an der Hand und zog sie hinter das dichte Blattwerk einer Weide. Er legte ihr Kinn schief, beugte sich zu ihr und presste inbrünstig den Mund auf ihren. Vor Erstaunen ging ein Ruck durch Libbys Herz, aber dann erwiderte sie voller Enthusiasmus seinen Kuss. Sein Schnurrbart roch nach Curry und Kölnisch Wasser, und er schmeckte nach Bier, als seine Zunge ihren Mund erkundete.

»Oh, Mädel«, murmelte er, als er Luft holte, »du schmeckst noch genauso gut, wie ich dich in Erinnerung habe.«

Libby unterdrückte ihre Heiterkeit. Er ließ es ja klingen, als wäre sie eine Pastete mit Steak und Nierchen! Er drückte sie an den Stamm des Baums und küsste sie noch einmal. Libbys Herz hämmerte. War er angetrunken?

»Brewis!«, rief eine Stimme aus ein paar Metern Entfernung. »Brewis, wo bist du abgeblieben?« Es war Eddy Carter, einer von Georges Mitbewohnern aus der Harrington Street. »Wir wollen jetzt Krocket spielen und brauchen dich, damit wir genug Leute haben.«

George und Libby lösten sich voneinander. Er verdrehte die Augen.

»Fortsetzung folgt«, versprach er mit einem verschwörerischen Grinsen.

Libby konnte nichts erwidern. Ihre Gefühle waren eine Mischung aus Erregung und Enttäuschung – und etwas, das sie nicht ganz benennen konnte. Wie weit wären sie gegangen, wenn Eddy sie nicht unterbrochen hätte?

Libby, deren Herz immer noch heftig schlug, hatte keine Ahnung, wie es George gelang, Krocket zu spielen und dabei seine üblichen Frotzeleien von sich zu geben, als wäre unter der Weide nichts geschehen. Sie fing ein paar Mal seinen Blick auf, und er zwinkerte ihr unmerklich zu, aber abgesehen davon schenkte er ihr keine besondere Aufmerksamkeit mehr.

Sie bemerkte, dass Flowers sie während des Spiels musterte, und ahnte, dass Adelas Freundin gesehen haben musste, wie sie gemeinsam weggegangen waren. Libby versuchte, unter Flowers' prüfendem Blick nicht zu erröten. Hatte Flowers etwa Eddy Carter auf die Suche nach George geschickt, weil sie eifersüchtig war und nicht wollte, dass er mit Libby Zeit allein verbrachte?

Gegen Ende des Nachmittags, als Libby in Alipur abgesetzt wurde, sagte Flowers zu ihr: »Dienstag habe ich frei. Komm doch zum Mittagessen vorbei. Du hast meinen Vater immer noch nicht kennengelernt.«

Libby bekam ein schlechtes Gewissen deswegen; sie war zu besessen von George gewesen und hatte versucht, sich so oft wie möglich mit ihm zu treffen.

»Danke, sehr gern«, sagte sie zu.

George brachte sie zum Tor von New House. »Ich muss diese Woche weg«, erklärte er ihr.

Libby erschrak. »Wie lange denn?«

»Zehn Tage, aber ich bin rechtzeitig zu deinem Geburtstag zurück, versprochen.«

Warum hatte er ihr das nicht schon früher gesagt? Zehn Tage kamen ihr wie eine Ewigkeit vor.

Er grinste. »Und vielleicht können wir bald einen Abend allein zu zweit arrangieren?«

Libby lächelte und nickte. Er beugte sich vor und gab ihr einen Kuss auf die Wange. »Tu nichts, was ich nicht auch tun würde, solange ich nicht da bin«, sagte er.

Sie beobachtete, wie er zurück zum wartenden Auto eilte und neben Flowers einstieg. Eifersucht durchzuckte Libby. Die beiden winkten. Sie hob ihre Hand zu einem Abschiedsgruß und sah ihnen nach, bis das Auto außer Sicht war. Georges leidenschaftliches Verhalten unter der Weide hatte sie ermutigt, aber jetzt wusste sie nicht mehr, was es zu bedeuten hatte. Wollte George nun, dass sie sein Mädchen wurde, oder nicht?

* * *

Flowers wohnte in der geschäftigen Sudder Street hinter dem Hogg Market. Libby fuhr mit dem Taxi dorthin. Seit George es übernommen hatte, ihr gesellschaftliches Leben zu organisieren, machte ihre Tante Helena kein Theater mehr, wenn Libby sich allein aus dem Haus wagte. Der Taxifahrer hupte, während er sich einen Weg um Ochsenkarren, Träger, fliegende Händler, Kühe, räudige Hunde, Schuhputzerjungen und Rikschas herum suchte. Als Libby ausstieg, waren das Geschrei der Straßenverkäufer, das Hupen und das Gekrächze der Vögel, die nach etwas zu fressen suchten, ohrenbetäubend.

Der Wohnblock, in dem Flowers mit ihren Eltern lebte, lag etwas zurückversetzt vom Bürgersteig hinter einem hohen schmiedeeisernen Tor und einem staubigen Hof mit einem Banyanbaum voller tschilpender Spatzen. Flowers hielt schon nach Libby Ausschau.

»Wir wohnen im zweiten Stock. Ich hoffe, du hast Hunger.« Flowers grinste. »Mum hat genug Essen für eine kleine Armee besorgt.«

Während die Wohnräume der Khans spartanisch eingerichtet waren, war das Wohnzimmer der Dunlops mit dunklen, schweren Mahagonimöbeln vollgestellt. Kunstvolle Beistelltische fanden kaum Platz neben hochlehnigen Polstersesseln, einer Chaiselongue, einer Anrichte, einem Esstisch mit Stühlen und einem Harmonium. Die Wände waren mit alten Drucken, die Ansichten von Kalkutta zeigten, goldgerahmten Spiegeln und Leuchtern bedeckt, die früher Öllampen gehalten haben mussten. Die verblasste Tapete war grün gestreift. Dort, wo keine Möbel standen, lagen rote Daris auf dem Parkettboden.

Eine kleine, freundlich wirkende Frau begrüßte Libby. »Ich bin Flowers' Mutter – willkommen in unserem Zuhause! Wir freuen uns ja so, Sie kennenzulernen. Nennen Sie mich Winnie.« Sie trug ein geblümtes Hemdkleid und hatte sich die dunklen Haare mit Schildpattkämmen hochgesteckt.

Flowers' Vater ruhte in einem Rattanliegesessel. Obwohl er kahlköpfig war, wirkte er viel jünger, als Libby ihn sich vorgestellt hatte. Allerdings hatten die meisten ihrer Altersgenossinnen Väter, die jünger als ihr eigener waren. Mr Dunlop sah auch nicht wie ein Anglo-Inder aus; er hatte eine blasse Haut, einen kurzen Schnurrbart und helle Augen unter buschigen Brauen. Flowers hatte ihren dunklen Teint ganz offensichtlich von ihrer Mutter geerbt.

»Wie geht es Ihnen, Miss Robson?« Er griff nach seinen Krücken, und Libby sah sofort, dass er nur ein Bein hatte.

»Bitte stehen Sie nicht auf, Mr Dunlop«, bat sie und durchquerte rasch das Zimmer, um ihm die Hand zu schütteln. »Es freut mich sehr, Sie kennenzulernen.«

Er strahlte. »Das Vergnügen ist ganz auf meiner Seite.«

Flowers versuchte, ihrem Vater zum Esstisch zu helfen, aber er quittierte ihre Bemühungen mit einem ungeduldigen »Ich schaffe das schon«. Er bedeutete Libby, sich neben ihn zu setzen. Libby konnte sich vorstellen, dass es für einen Mann in seinem Alter – er konnte noch nicht älter als fünfzig sein – eine Prüfung sein musste, gezwungenermaßen im Ruhestand zu sein.

Das Mittagessen war ein Vier-Gänge-Menü aus Mulligatawny Soup – einer Currysuppe –, Hühnerleber auf Toast, gebratenem Fisch mit Remoulade, Kartoffelpüree und Kohl und zum krönenden Abschluss einem rosafarbenen Mandelpudding mit gedämpften Äpfeln. Sie spülten die Köstlichkeiten mit selbst gemachter Limonade aus geeisten Krügen hinunter.

Die ganze Zeit über stellte Mr Dunlop Libby Fragen über das Leben in Assam und schwelgte in Erinnerungen an seine Jahre in der Eisenbahnerkolonie in Srimangal in Ostbengalen, wo er einmal Stationsvorsteher gewesen war.

»Dort waren wir am glücklichsten, nicht wahr, Winnie? Alles ist den Bach heruntergegangen, als ich während des Kriegs nach Kalkutta versetzt worden bin. Ich habe zu spät erkannt, dass ich Diabetes habe – so habe ich mein Bein verloren.«

»So schlecht ist es hier doch gar nicht, Danny, Liebster«, sagte Winnie. »Man kann mehr unternehmen als auf dem Land, und wir haben Verwandte hier.«

»Deine Familie«, murmelte er.

Libby sah Flowers die Augen rollen und versuchte, Mr Dunlop von dem Gedanken an sein eingeschränktes Leben hier in Kalkutta abzulenken.

»Flowers hat mir erzählt, dass Sie auch aus einer Teepflanzerfamilie in Assam stammen«, sagte sie. »Ich kenne keine Dunlops. Wo ungefähr in Assam?«

Danny Dunlop zuckte bedauernd die Schultern. »Keine Ahnung. Wissen Sie, meine Eltern sind jung gestorben, und ich bin in einem Waisenhaus aufgewachsen. Damals sind sehr viele Pflanzer Krankheiten zum Opfer gefallen. Das Klima ist sehr belastend. Aber das muss ich Ihnen ja nicht sagen. Man hat mir immer gesagt, dass sie Briten waren und dass mein Vater aus Schottland stammte. Aber das ist angesichts meines Namens ja auch offensichtlich, nicht wahr? Dunlop ist schottisch.«

Flowers ergänzte: »Dad hat sich immer gewünscht, eines Tages zurückzukehren und Nachforschungen zu unserer Familie anzustellen, nicht wahr, Dad?«

»Die Reise wäre zu viel für dich«, wandte Winnie besorgt ein.

»Da hast du wohl recht«, sagte er seufzend. »Aber ich wäre gern noch einmal nach Shillong zurückgekehrt, um den Ort wiederzusehen, an dem ich geboren bin.«

»Shillong?« Libby sah Flowers an. »Seid Adela und du nicht auch dort zur Schule gegangen?«

»Ja, für kurze Zeit waren wir beide dort«, sagte Flowers. »Adela ist weggelaufen und später nach Simla gegangen, aber sie war die beste Freundin, die ich auf dem Internat hatte. Die anderen Mädchen haben Anglo-Inderinnen wie uns nicht gut behandelt.«

»Du bist genauso sehr Britin wie sie!«, protestierte Mr Dunlop. »Sie hatten kein Recht, so unfreundlich zu sein.«

»Und es hat auch nicht geholfen, dass Mum in einem Sari zum Schuljahresabschluss erschienen ist«, bemerkte Flowers.

»Das habe ich nur ein einziges Mal getan«, sagte Winnie, »und ich habe doppelt so elegant ausgesehen wie diese pferdegesichtigen Soldatenehefrauen.«

»Bestimmt«, pflichtete Libby ihr bei.

Winnie reckte stolz das Kinn. »Meine Familie kann ihre Wurzeln bis zu den ersten Europäern in Indien zurückverfolgen – Thomaschristen –, aber viele der Briten, die erst viel später hergekommen sind, sehen hochnäsig auf uns herab, als wären wir nicht besser als die Unberührbaren.«

»Libbys Familie ist nicht so«, versicherte Flowers.

»Tut mir leid, Sie habe ich nicht gemeint, Libby«, beteuerte Winnie rasch.

»Aber Mum hat recht, was den Snobismus uns gegenüber betrifft. Das ist etwas, womit wir schon immer leben mussten, aber langsam nimmt es ein besorgniserregendes Ausmaß an. Was soll nun aus uns werden, wenn die Briten die Macht an die Inder übergeben? Wir arbeiten seit Generationen für die britischen Kolonialherren, aber es gibt keine Garantie, dass unsere Arbeitsplätze auch in Zukunft noch sicher sein werden.«

»Wir kehren nach Großbritannien zurück«, sagte Danny Dunlop mit Nachdruck. »Es ist auch unsere Heimat.«

Winnie nahm kein Blatt vor den Mund. »Das könnten wir uns niemals leisten – und es ist auch nicht unsere Heimat.«

»Meine aber doch!«, protestierte er. »Wenn mein Vater nicht so jung gestorben wäre, dann wäre ich auf einer Teeplantage aufgewachsen wie Libby.«

»Reg dich nicht auf, Dad«, bat Flowers. »Ich hätte es gar nicht erwähnen sollen.«

»Es tut mir auch leid«, entschuldigte sich Winnie bei ihrem Mann. »Du hast mich nur mit deinem Gerede darüber, nach England zu gehen, nervös gemacht. Ich finde, wir Anglo-Inder sollten zusammenhalten und hier das Beste aus unserer Situation machen. Ganz besondere Inder im neuen Indien werden.«

Danny wurde laut: »Die Inder halten von uns Anglo-Indern noch weniger als die Briten – sie hassen uns dafür, dass wir während des Kriegs unsere patriotische Pflicht erfüllt haben. Also rechne ja nicht mit einer Sonderbehandlung durch Nehru und seine Kongresspartei-*wallahs.*«

»Was willst du tun, Flowers?«, erkundigte Libby sich.

Die junge Frau zuckte die Schultern.

»Flowers könnte auch in der Heimat eine gute Stelle als Krankenschwester bekommen«, antwortete ihr Vater an ihrer Stelle.

»Aber wohin sollten wir gehen?«, fragte Flowers.

»Adela würde uns helfen, eine Wohnung in Newcastle zu finden«, meinte ihr Vater. »Und das Klima würde mir besser bekommen. Dort könnte ich meinen Ruhestand genießen. Cricket sehen und am Meer leben. Andere Eisenbahner finden, um mit ihnen einen *chota peg* im Club zu nehmen. Nach Dunlop-Verwandten suchen.«

Winnie schüttelte ungläubig den Kopf. »Was für andere Dunlops? Sie wohnen dort bestimmt nicht alle gemeinsam in einer Kolonie wie eine Eisenbahnerfamilie hier.«

»Ich finde sie schon«, verkündete er voller Überzeugung.

Libby fragte sich, wie oft sich die Dunlops wohl über ihre Zukunft stritten. Ihr war nicht klar gewesen, wie besonders schwierig und ungewiss die Lage für die Familie war, die zwischen allen Stühlen saß; die Halb-und-Halbs, wie Helena sie unfreundlich nannte, waren weder als echte Briten noch als richtige Inder akzeptiert.

Flowers wirkte verlegen. »Ich habe Libby nicht eingeladen, damit sie solch eine Kabbelei in der Familie mitbekommt. Sprechen wir doch lieber von etwas anderem. Wann fährst du hinauf nach Assam, Libby?«

»In etwa einer Woche – nach meinem Geburtstag, wenn mein Vater nach Kalkutta kommt.« Libby lächelte.

»Du hast ein Glück. Ich habe die Stadt schon seit zwei Jahren nicht mehr verlassen«, seufzte Flowers. »Während des Kriegs war ich Krankenschwester in Assam.«

»Meine Tochter war an der Front in Burma«, erklärte Mr Dunlop stolz, »und hat unsere Jungs versorgt.«

»Ja, davon hat Adela mir erzählt«, erwiderte Libby. »Du warst viel tapferer als ich. Land Girl zu sein, war zwar harte Arbeit, aber ich habe nie in Gefahr geschwebt.«

»Wir waren viel zu beschäftigt, um an die Gefahr zu denken«, sagte Flowers mit einem bedauernden Lächeln, »aber die Bedingungen waren wirklich nicht gerade wie im Ritz.«

Am Ende stand Libby auf, um zu gehen, und wandte sich an Winnie. »Danke für dieses wunderbare Mittagessen. Es hat mich wirklich sehr gefreut, Sie und Mr Dunlop kennenzulernen.«

»Sie müssen uns unbedingt noch einmal besuchen, bevor Sie Kalkutta verlassen«, sagte Winnie. »Jetzt wissen Sie ja, wo wir wohnen. Bitte kommen Sie gern jederzeit einfach vorbei.«

»Ja«, pflichtete Danny ihr bei, »das müssen Sie tun. Ich würde so gern noch einmal über Assam plaudern.«

»Danke, sehr gern«, sagte Libby, gerührt über ihre Wärme. »Ich hoffe, Sie kommen alle auf meine Geburtstagsparty. Meine Tante und mein Onkel bestehen darauf, eine auszurichten.«

Die Dunlops wirkten überwältigt. Flowers antwortete für sie: »Sehr gern!«

»Dann habe ich Gelegenheit, die Gastfreundschaft hier zumindest ein wenig zu erwidern, bevor ich Kalkutta verlasse«, meinte Libby. »Alle waren so freundlich und großzügig. Und Sie können meinen Vater kennenlernen.«

»Unsere Väter könnten sich über Shillong unterhalten, nicht wahr?« Flowers lächelte. »Das wäre fast so gut wie ein Besuch dort, nicht wahr, Dad?«

Aber das schien Danny Dunlop traurig zu machen. »Wie sehr ich mir doch wünschte, bis Shillong mit Ihnen reisen zu können und meine alte Schule noch ein letztes Mal zu sehen.«

Erschrocken sah Libby, dass dem Mann die Tränen kamen. Vielleicht war es doch keine gute Idee gewesen, ihn zu besuchen und alte Erinnerungen an Assam zu wecken.

Plötzlich legte Flowers Libby eine Hand auf den Arm und fragte: »Vielleicht könnte ich doch mit dir bis Shillong reisen? Dann könnte ich Dads alte Schule für ihn besuchen und herausfinden, ob es dort Informationen über unsere Familie gibt.«

»Was für eine großartige Idee!«, rief Mr Dunlop.

Libby war wie vom Donner gerührt. Sie freute sich darauf, mit ihrem Vater zu reisen und ihn ganz für sich allein zu haben. Sie hatte sich sogar in Tagträumen ergangen, dass George sich zu ihnen gesellen und mit nach Assam reisen würde, um die Gegend kennenzulernen. Flowers passte nicht in den Plan. »Aber deine Arbeit! Wäre es nicht schwierig, so kurzfristig Urlaub zu nehmen?«

»Mir steht ohnehin noch welcher zu. Ich nehme mir sonst nie frei. Aber wenn du lieber nicht möchtest, dass ich mitkomme …«

»Nein, so habe ich das nicht gemeint«, antwortete Libby hastig und bekam ein schlechtes Gewissen für ihre egoistischen Gedanken. »Es würde großen Spaß machen, dich mit dabeizuhaben.«

»Und du könntest Adelas Mutter in Belguri besuchen«, schlug Flowers' Vater vor. »Das liegt nicht weit von Shillong entfernt. Adela hat dich doch ständig dorthin eingeladen.«

»Weiter als nach Shillong wollte ich eigentlich gar nicht fahren«, sagte Flowers.

»Clarrie Robson würde sich aber bestimmt darüber freuen«, erwiderte Libby. »Wenn du mehr als nur ein paar Tage Urlaub nehmen kannst, musst du auch ein bisschen Zeit bei uns in Assam verbringen.«

»Was wird dein Vater denn dazu sagen?«, fragte Flowers.

»Der fragt sich wahrscheinlich ohnehin schon, wie er mich beschäftigt halten soll, während er bei der Arbeit ist.«

Flowers' hübsches Gesicht erhellte sich. »Dann liebend gern.«

»Gut«, sagte Libby, »ich schreibe ihm und teile es ihm mit.«

Als sie die Wohnung verließ, fragte Libby sich, warum sie die spontane Idee unterstützt hatte. Sie kannte Flowers nicht gut und hatte keine Ahnung, wie ihr Vater darauf reagieren würde, sie als Hausgast zu haben.

Flowers begleitete sie aus dem Gebäude. Am Eingang hielt sie Libby auf, indem sie ihr noch einmal die Hand auf den Arm legte. »Es tut mir leid, dass ich mich einfach selbst eingeladen habe. Wir müssen das nicht unbedingt tun. Ich dachte nur, es würde Dad bei Laune halten, wenn ich verspreche, mich über seine Familie zu informieren. Diese ganze Sache mit der Unabhängigkeit … Früher haben er und Mum sich nie über irgendetwas gestritten, aber sie werden sich einfach nicht einig, was die Zukunft angeht. Niemand von uns weiß wirklich, was wir tun oder denken sollen – ich am wenigsten von allen.«

Mitgefühl durchströmte Libby. Plötzlich schämte sie sich, dass sie so gezögert hatte, Flowers nach Shillong mitzunehmen.

»Natürlich müssen wir das machen. Ich arrangiere alles mit Dad.«

»Bist du dir sicher?«

»Ja, bin ich.«

»Danke.« Flowers schenkte ihr ein vorsichtiges Lächeln. Sie ließ die Hand weiter auf Libbys Arm ruhen. »Da ist noch etwas, das ich mit dir besprechen möchte, solange wir allein sind. Es geht um George.«

Libby spannte sich innerlich an. »So?«

»Ich glaube, du empfindest etwas für ihn. Habe ich recht?«

Libby errötete. »Warum fragst du? Empfindest du das Gleiche?«

Flowers riss die dunklen Augen auf. »Ich?« Sie lachte verlegen. »George ist sehr attraktiv und eine nette Gesellschaft, aber ich betrachte ihn nicht als potenziellen Ehemann.«

Libby spürte eine Welle der Erleichterung. »Oh, ich dachte, das tätest du vielleicht.«

Flowers schüttelte den Kopf. »Aber du solltest dir auch keine Hoffnungen machen, Libby.«

»Warum nicht? Seine Scheidung ist doch jetzt bald durch, und es macht mir nichts aus, dass er schon einmal verheiratet war.«

Flowers bedachte sie mit einem mitleidigen Blick. »Lass dich nicht von ihm an der Nase herumführen. Er mag verheiratete Frauen, die nichts Festes wollen, sondern nur eine Affäre.«

Libby war fassungslos. »Das glaube ich dir nicht! George ist ein Gentleman. Er würde nie …«

»George ist charmant, aber ein Frauenheld. Er hat etwas mit einer Frau in Dhaka. Ernst ist es ihm mit ihr sicher nicht, weil es ihm nur um Spaß geht, nicht um eine neue Ehe. Ich dachte, das solltest du wissen.«

»Hör auf!« Libby riss sich von ihr los. »Er ist beruflich dort.«

»Ja, ist er«, stimmte Flowers zu, »aber er bleibt auch länger dort, um sie zu sehen.«

»Woher willst du das denn wissen?«

»Eddy hat es mir erzählt. Ich habe ihn gebeten, ein Auge auf dich zu haben. Ich will nicht erleben, dass du verletzt wirst.«

Libby war wie vor den Kopf geschlagen. Ihr fehlten die Worte. Sie eilte davon. Flowers folgte ihr. »Es tut mir leid.«

Libby winkte zum Abschied und floh mit brennenden Wangen zu einer wartenden Rikscha.

9

Libby kehrte nicht auf direktem Weg nach Alipur zurück. Sie ging im spätnachmittäglichen Sonnenschein durch den Maidan spazieren. Indische Familien machten Picknick, und Jungen spielten Cricket. Sie kam an einem heiligen Mann vorbei, der im Schatten einer Kassie schlafend auf einem einfachen Stoffstück lag.

Was Flowers ihr erzählt hatte, schockierte sie. Konnte man ihr glauben? Vielleicht warnte Flowers sie nur vor George, um ihn für sich allein haben zu können. Dann schämte Libby sich für den Gedanken. Flowers hatte ihr bisher nichts als Freundschaft erwiesen. Außerdem schien sie sich nicht besonders für George zu interessieren. Sie hielt alle jungen Männer aus seiner Junggesellenunterkunft auf Abstand. Lag das daran, dass Flowers sich unsicher über ihre gesellschaftliche Stellung war? Obwohl die Leute seit dem Krieg einen ungezwungeneren gemischten Umgang pflegten, bekam Flowers vielleicht im Schatten der Unabhängigkeit stärker denn je zu spüren, dass sie Anglo-Inderin war.

Libby dachte wieder daran, wie George sie unter der Weide geküsst hatte. Warum hatte er das getan, wenn er eine Affäre mit einer anderen Frau hatte? Sie musste zugeben, dass er bei dem Mittagessen viel Bier getrunken hatte und dass er seit der kurzen Umarmung in Newcastle im Vorjahr nur dieses eine Mal versucht hatte, sie zu küssen. Aber damals war sie diejenige gewesen, die auf dem Kuss bestanden hatte. Eine Welle der Verlegenheit brach über Libby herein.

Vielleicht hatte ihre Umarmung neulich George gar nichts bedeutet. Hatte er sie abgesehen von diesem einen spontanen Moment überhaupt ermuntert, abgesehen davon, dass er sie zum geselligen Beisammensein eingeladen hatte? Eigentlich nicht, musste Libby sich eingestehen. Sie war nur eine von mehreren jungen Frauen, die immer an seinen Dinnerpartys mit Tanz teilnahmen. Aber sie hatte das Gefühl gehabt, für ihn etwas Besonderes zu sein. Schlagartig war Libby wütend. Wenn er eine Liaison mit einer verheirateten Frau hatte, dann hatte er kein Recht, gleichzeitig ihr Hoffnungen zu machen.

Libby nahm die Straßenbahn zurück nach Alipur. Als sie in New House ankam, hatte sie sich entschieden, kein Urteil über George zu fällen, bis sie ihn wiedergesehen und mit dem konfrontiert hatte, was sie erfahren hatte.

»Hattest du ein schönes Mittagessen bei den Dunlops?«, begrüßte Onkel Johnny sie und unterbrach sein Gespräch mit dem *mali*, als sie den Garten durchquerte.

»Ja, sie waren überaus freundlich zu mir«, sagte Libby. »Ich habe sie zu meiner Geburtstagsfeier eingeladen. Das ist dir doch hoffentlich recht?«

»Natürlich – lad gern ein, wen du möchtest. Hast du noch Platz im Bauch für ein bisschen Tee?«, fragte er. »Ich setze mich jetzt zum Colonel auf die Veranda.«

»Nein danke, ich bekomme nichts mehr runter«, wehrte Libby lächelnd ab. »Aber ich geselle mich gern zu euch beiden.«

»Übrigens ist ein Brief für dich gekommen. Er liegt auf dem Tisch im Flur.«

Libbys Herz tat einen Sprung. Vielleicht war er ja von George. Sie sehnte sich nach der Versicherung, dass er nur geschäftlich in Dhaka war und sich darauf freute, sie bei seiner Rückkehr zu sehen – und sich nur mit ihr allein zu verabreden. Möglicherweise hatte Eddy Flowers in die Irre geführt; vielleicht wollte ja Eddy Flowers für sich haben?

Sie eilte ins Haus und öffnete den Brief. Die Handschrift kam ihr nicht bekannt vor.

Liebe Miss Robson,

meine Schwester Fatima macht mir seit letzter Woche heftige Vorwürfe für meine Unhöflichkeit Ihnen gegenüber. Sie waren ihr Gast, und ich war der Eindringling. Ich muss mich dafür entschuldigen, die Teeparty ruiniert und Sie und Fatima beide verärgert zu haben. Es gibt keine Entschuldigung für mein Verhalten, abgesehen vielleicht davon, dass mir die Nachricht von Attlees Proklamation zu Kopfe gestiegen war.

Bitte verzeihen Sie mir die unbedachten Dinge, die ich zu Ihnen gesagt habe – vor allem meine unfreundlichen Bemerkungen über Ihren Vater im Besonderen und Memsahibs allgemein. Sie sind offensichtlich keine Britisher-Frau wie alle anderen, und da ich jetzt die Zeit hatte, meinen Hitzkopf wieder etwas abkühlen zu lassen, muss ich zugeben, dass mich Ihre Kenntnisse der indischen Politik und Ihre Sympathie für die Sozialisten mehr als nur ein wenig beeindruckt haben.

So, nun habe ich meine Entschuldigung vorgetragen, und Sie nehmen sie hoffentlich an, und sei es nur als gute Genossin. Wenn Sie Interesse daran haben, die andere Seite von Kalkutta zu sehen – abseits der langweiligen Clubs und Wohnzimmer der Reichen –, dann stelle ich mich hiermit gern als Ihr Stadtführer zur Verfügung. Sie können mich im Redaktionsbüro am Chowringhee Square erreichen. Ich habe durchaus Verständnis dafür, wenn Sie es lieber nicht möchten. Aber bitten besuchen Sie Fatima, bevor Sie nach Assam abreisen, sonst werde ich den Rest des Jahres über bei meiner Schwester in Ungnade sein.

Ihr Genosse

Ghulam Khan

Libby war erstaunt. Sie las den Brief noch einmal und versuchte, ihre Heiterkeit über seinen unterschwelligen Humor zu unterdrücken. Sie war sich nicht ganz sicher, ob er seine Entschuldigung ernst oder ironisch meinte. Wann immer sie an den Streit auf der Teeparty und die Art, wie er ihren Besuch in den Amelia Buildings ruiniert hatte, gedacht hatte, war die Wut wieder in ihr hochgekocht. Aber jetzt hatte sie ein schlechtes Gewissen, weil sie nicht noch einmal versucht hatte, Fatima zu treffen. Sie hätte es nicht der Ärztin überlassen sollen, noch eine Einladung auszusprechen. Vielleicht würde sie ihr eine Nachricht schicken. Libby steckte den Brief in ihre Rocktasche.

Später am Abend, als sie unter dem Moskitonetz im Bett lag, las sie den Brief noch zweimal. Was sollte sie davon halten? Die Vorstellung, die indische Seite von Kalkutta gezeigt zu bekommen, erfüllte sie mit Neugier und freudiger Erregung. Aber wahrscheinlich ignorierte sie den Brief am besten. Sie hatte den Verdacht, dass ihr Vater entsetzt sein würde, wenn sie sich ohne

Begleitung mit diesem radikalen indischen Journalisten traf. Miss MacGregor dagegen hätte ihr zweifelsohne Beifall gezollt.

* * *

Zwei Tage später stand Libby vor dem Redaktionsbüro des *Statesman*. Sie trug eine Tuchhose, ein schlichtes Baumwollhemd, hatte sich die Haare zurückgebunden und wartete nervös. Straßenbahnen und der übrige Verkehr donnerten vorbei. Ghulam hatte auf ihre Nachricht geantwortet, dass er mit ihr Mittagessen gehen würde.

Er kam zehn Minuten zu spät, das Jackett über die Schulter geworfen und die Ärmel hochgekrempelt. Er sah besser aus, als sie ihn in Erinnerung hatte. Eine Strähne seines dunklen Haares fiel ihm ins Gesicht und verdeckte zum Teil die lebhaften gelbgrünen Augen.

»Sie hätten ins Gebäude kommen sollen, Miss Robson«, sagte er. »Ich bin von einem Anruf aufgehalten worden.«

»Ich bin keine Hellseherin, Mr Khan«, antwortete Libby.

»Tut mir leid«, erwiderte er eilig mit einem verlegenen Lächeln. »Haben Sie Hunger?«

»Fast ständig.« Sie ignorierte die Schmetterlinge in ihrem Bauch.

»Waren Sie schon mal im Hogg Market?«

»Nicht, seitdem ich wieder in Indien bin, meine Tante musste nach ihrem Riechfläschchen greifen, als ich das vorgeschlagen habe. Aber ich erinnere mich vage, dass ich vor Jahren mit meinem Dad dort war.«

Ghulam schnaubte amüsiert. »Dann riskieren wir, dass Ihre Tante bei der Nachricht ohnmächtig wird, und gehen ins Nizam's.«

Er winkte eine Rikscha heran. Libby war sich nur zu gut bewusst, dass sich in der Enge des Fahrzeugs ihre Arme berührten. Die dunklen Haare an seinem Unterarm kitzelten ihre blasse Haut, während sie die Chowringhee Street hinab nach Süden ruckelten. Sie passierten das Grand Hotel und bogen in die Lindsay Street ab. Libby wusste nicht recht, was sie sagen sollte, aber Ghulam schien in Gedanken zu sein und bemerkte ihr Schweigen wohl gar nicht. Vielleicht war das Treffen mit ihm ein Fehler. Es konnte doch sein, dass sie keine gemeinsamen Gesprächsthemen fanden oder sich am Ende doch nur wieder stritten. Am Uhrturm half Ghulam ihr aus der Rikscha und bezahlte den Fahrer.

Er führte sie in den überdachten Markt, vorbei an Pyramiden aus Obst und Gemüse: Bananen, Aprikosen, Okraschoten und Auberginen. Träger mit flachen Körben auf dem Kopf wichen ihnen aus. Sie trugen Pakete mit Lebensmitteln oder Stoff, während Marktschreier ihre Ware anpriesen. Gänge zweigten in verschiedenen Richtungen ab. Libby war aufs Neue beeindruckt davon, wie gut die Versorgungslage in Indien war, verglichen mit dem der Rationierungen müden Großbritannien, das sie zurückgelassen hatte. Allen Briten, die aus Indien dorthin zurückkehrten, stand ein Schock bevor.

»Hier entlang«, sagte Ghulam und nickte in die entsprechende Richtung. Libby war erstaunt über die große Auswahl: Stände voller Porzellan und Haushaltswaren, Stoffen und Schuhen, Blumen und gerösteten Erdnüssen. Sie gingen weiter durch einer Schlachterhalle, in der der Boden klebrig vor frischem Blut war. Über ihnen wirbelten Ventilatoren in den düsteren, nur von Gaslampen erhellten Gängen. Tauben flatterten mit den Flügeln oder schossen vorbei. Als sie an einem Käsestand vorbeikamen, sah Libby wieder das Tageslicht. Ghulam blieb stehen und winkte sie in ein Restaurant. Sie fragte sich, ob er sie auf Umwegen hergeführt hatte, damit sie den Markt in all seiner chaotischen Pracht erleben konnte.

Ghulam wurde willkommen geheißen, als käme er oft hierher. Eine Reihe von Sitznischen, von denen einige über Vorhänge verfügten, säumte den Raum. Aus dem Geplauder, das hinter den Vorhängen hervordrang, schloss Libby, dass sie die Privatsphäre von Frauen und Kindern schützten. Die Menschen, die sie sah, waren alle Inder. Ghulam setzte sich gegenüber von ihr in eine der Nischen, ließ aber den Vorhang offen. Sie fragte sich, mit wem er wohl schon in diesem intimen Ambiente Zeit verbracht hatte. In ihrem Bauch regten sich schon wieder die Schmetterlinge.

»Was möchten Sie gern essen?«, fragte er. »Ich komme her, wenn ich ein Gericht aus dem Pandschab brauche. Die Bengalen leben von Fisch. Manchmal sehne ich mich einfach nach einem gut gekochten Hammelcurry.«

»Das klingt auch in meinen Ohren gut.«

Er zog fragend eine Augenbraue hoch.

»Der Koch meiner Tante ist wahrscheinlich der schlechteste in ganz Kalkutta«, erklärte sie. »Ich habe genug von matschigem Gemüse und gummiartigem Hühnchen.« Nervös strich sie sich einige Haarsträhnen, die sich aus ihrer Frisur gelöst hatten, hinter die Ohren. »Oje, das lässt mich wie eine typische Memsahib klingen, die sich über das Personal beschwert. So habe ich es aber nicht gemeint. Ich wollte nur sagen, dass ich sehr gern ein anständiges Curry hätte.«

Ghulams Lippen zuckten amüsiert. Er bestellte schnell. Der Kellner servierte ihnen Gläser mit *nimbu pani*. Während sie auf das Essen warteten, nahm Ghulam einen Schluck von seinem Zitronengetränk, stützte dann die Ellbogen auf und fixierte Libby mit einem unverwandten Blick. Libby lächelte in sich hinein.

»Was ist so lustig?«, fragte Ghulam.

»Ich musste nur gerade daran denken, wie Mutter mir immer Vorträge gehalten hat, ja die Ellbogen vom Tisch zu nehmen«, sagte Libby und stützte dann auch ihre eigenen fest auf die Tischplatte.

Ghulam schenkte ihr wieder sein charmantes verschmitztes Lächeln, das sein Gesicht plötzlich sehr gut aussehen ließ und bei Libby ein Kribbeln im Magen auslöste. »Wir haben keinen guten ersten Eindruck aufeinander gemacht, nicht wahr?«, sagte er. »Fangen wir doch noch einmal von vorn damit an, uns kennenzulernen. Erzählen Sie mir von Ihrer Mutter, die so viel Wert auf Tischmanieren legt.«

Libby erzählte ihm nicht nur von Tilly, ihren Brüdern und Josey, sondern auch von Newcastle, dem Café und Lexy, davon, wie unglücklich sie im Internat gewesen war und dass sie weggelaufen wäre, wenn ihre Mentorin Miss MacGregor nicht gewesen wäre. Enthusiastisch sprach sie von ihrer Zeit als Land Girl. Dann berichtete sie, wie öde es im Vergleich dazu gewesen war, wieder zu Hause zu wohnen, wie sie Doreen beigebracht hatte, Schreibmaschine zu schreiben, und wie frustriert sie im Büro der Bank gewesen war.

»Dort hat man nicht erwartet, dass eine Frau an einer Schreibmaschine Gehirnzellen hat«, sagte Libby. »Ständig habe ich Ärger bekommen, weil ich die Briefe des Direktors abgeändert habe.«

Darüber lachte Ghulam, und sein tiefes, amüsiertes Lachen ließ Libby darin einstimmen.

Eine Reihe von Gerichten wurde serviert: Hammelcurry in dicker Bratensauce, Dhal aus schwarzen Bohnen, frittierte Aubergine, scharf gewürzte Kartoffeln und Reis. Ghulam löffelte sein Essen mit Chapatis, also ignorierte auch Libby das Besteck, das für sie aufgetragen worden war, und tat es ihm nach. Sie aßen beide voller Genuss.

»Das ist alles köstlich«, verkündete Libby und leckte sich die prickelnden Lippen. »Jetzt sind Sie dran – Sie haben ein viel aufregenderes Leben als ich geführt, wenn Adela mir die Wahrheit gesagt hat. Ich will alles darüber hören.«

Nachdem sie ihn noch ein bisschen gedrängt hatte, begann Ghulam, ihr davon zu erzählen, wie er mit drei Brüdern und zwei Schwestern in einem hochherrschaftlichen Haus im Herzen der Altstadt von Lahore aufgewachsen war.

»Rafi war immer mein großer Lieblingsbruder«, erklärte Ghulam. »Er war der Verwegene, der reiten konnte, sportlich war und keine Mühe hatte, Freunde zu finden. Ich habe ihn vergöttert. Da er klug war, wurde er auf eine Schule in Simla gegeben. Ich konnte es immer gar nicht abwarten, dass er in den Ferien wieder nach Hause kam. Ständig habe ich ihm dann zugesetzt, Cricket mit mir zu spielen. Später hat er sich zum Lahore Horse gemeldet und ist nach Frankreich geschickt worden. Danach ist er nach Schottland gegangen, um einen Abschluss in Forstwirtschaft zu machen. Als er wieder nach Hause kam, war er ein Fremder, der die Manieren der Sahibs nachahmte, mit denen er zusammenarbeitete, und ich war ein zorniger junger Mann.«

Ghulam trank sein *nimbu pani* aus. Libby goss ihm noch etwas aus dem kühlen Metallkrug ein.

»Also haben Sie sich auseinanderentwickelt?«, vermutete Libby. »Bei mir ist es ein anderer Krieg gewesen, aber das Ergebnis ist das Gleiche: eine Familie, die durch lange Jahre der Trennung zerrissen ist. Ich weiß, wie sich das anfühlt.« Sie sah die widerstreitenden Gefühle in seinem Gesicht und ahnte, dass er in seinem tiefsten Innern seinen Bruder Rafi noch immer so sehr liebte, wie er es als kleiner Junge getan hatte. »Sie sollten Rafi keine zu großen Vorwürfe dafür machen.«

Ghulam zuckte die Schultern.

»Und Sie hatten ja immer noch Fatima als Verbündete«, fuhr Libby mit einem aufmunternden Blick fort. »Wie war sie als Mädchen so?«

Ghulam lächelte voller Zuneigung. »Meine kleine Schwester war die stille Rebellin. Ich war derjenige, der sich lautstark mit seinem Vater und seinen älteren Brüdern gestritten hat, aber Fatima hat einfach in Angriff genommen, was sie tun wollte. Sie hat an der Schule fleißig gelernt und ist auf die Universität gegangen. Ganz wie Sie hatte sie eine Lehrerin, die sie motiviert hat – die Schulleiterin –, aber sie ist auch unserer Mutter dankbar. Nach außen hin war Mutter eine sehr traditionelle Frau, die strenge *purdah* einhielt und keine Schulbildung genossen hatte. Aber Fatima hat mir erzählt, dass unsere Mutter drei Babys verloren hatte, weil es keine *purdah*-Ärzte gab, und sie wollte, dass Fatima Ärztin für Frauen wie sie wird.«

»Sie muss eine bemerkenswerte Frau gewesen sein, wenn sie Kinder großgezogen hat, die so unabhängig im Denken sind«, meinte Libby.

»Das ist das Einzige, was ich wirklich bedauere«, gestand Ghulam, »dass ich meine Mutter nicht mehr wiedergesehen habe, bevor sie gestorben ist.«

»Wann haben Sie sie zuletzt gesehen?«

»Als ich 1928 aus dem Gefängnis entlassen wurde. Ich bin sie besuchen gegangen, als mein Vater bei der Arbeit war. Sie hat mit mir geschimpft, mir ein gewaltiges Festmahl aufgetischt und geweint, als ich wieder gegangen bin. Ich glaube, wir wussten beide, dass wir einander nie wiedersehen würden.«

Libby sah seine Augen vor Tränen glänzen. Sie wartete, bis er noch einmal an dem Wasser mit Zitronengeschmack genippt hatte, und bat dann: »Erzählen Sie mir von Ihrer Zeit bei den Kommunisten – als Sie nach Simla gegangen sind, um sich für die Rechte der Bergbewohner einzusetzen.«

Er sah sie überrascht an. »Also hat Adela Ihnen auch davon erzählt? Hat sie erwähnt, dass ihr Mann Sam mich davor bewahrt hat, auf dem Sipi-Jahrmarkt verhaftet zu werden?«

»Nicht in allen Einzelheiten«, sagte Libby. »Ich will es von Ihnen hören.«

»Ich hatte vor, auf dem Jahrmarkt eine Szene zu machen, vor all diesen champagnertrinkenden Britishers mit ihren Radscha-Freunden. Aber Sam hat mich gesehen und mich daran gehindert. Später hat er mir geholfen, mich in den Bergen zu verstecken und unbeschadet davonzukommen. Wenn auch nur einer von uns erwischt worden wäre, dann wäre er in sehr ernsten Schwierigkeiten gewesen.« Ghulam sah nachdenklich drein. »Er hat damals auch eingegriffen, um eine junge Hirtennomadin – ein Gaddi-Mädchen – vor ihrem Onkel zu retten, der sie misshandelt hat. Sam ist der tapferste und prinzipientreueste Mann, den ich kenne.«

»Ein hohes Lob für einen der Sahibs, die Sie doch so verabscheuen«, bemerkte Libby trocken.

»Ausnahmen bestätigen die Regel«, sagte er, und sein Lächeln blitzte wieder auf.

»Also konnten Sie dank Sams Eingreifen Ihre Kampagne fortsetzen?«

Ghulam nickte. Als Libby ihn dazu aufforderte, sprach er davon, wie er überall im Norden Indiens von der Hand in den Mund gelebt hatte, um auf politischen Versammlungen zu sprechen. Immer wieder war er der Polizei entkommen und hatte schließlich während des Kriegs einen vorübergehenden Waffenstillstand mit seinen Verfolgern geschlossen.

»Anders als viele meiner Genossen«, erklärte Ghulam, »war ich der Meinung, dass Hitler und seine Faschisten das größte Übel waren, nicht die Britishers. Und ich war auch nicht allzu angetan von der Aussicht, dass eine japanische Diktatur Indien übernehmen könnte.«

»Also haben Sie die Alliierten gegen Japan unterstützt?«, wollte Libby wissen.

Ghulam nickte. Ein schalkhaftes Lächeln umspielte seine Lippen. »Ich dachte, der beste Weg, die Britishers endgültig loszuwerden, bestehe darin, die Kriegsanstrengungen zu unterstützen. Ich wollte nicht zusehen, wie die Japaner hier einmarschieren und eine neue Kolonialherrschaft errichten.«

»Was halten Sie also von den Indern, die in Burma die Japaner unterstützt haben?«, hakte Libby nach. »Von denen, die sich der Indian National Army angeschlossen haben. Sie werden doch heute als Helden gefeiert, nicht wahr?«

Sie sah, wie er plötzlich die Zähne zusammenbiss. Zorn blitzte in seinen Augen auf.

»Ich habe wegen meiner Einstellung manche Freunde endgültig verloren«, räumte er ein. »Aber ich bereue nicht, dass ich mich gegen den Faschismus ausgesprochen habe.«

»Was haben Sie getan?«

»Ich habe mich hier in Kalkutta freiwillig zur Feuerwehr gemeldet.« Er erzählte ihr davon, dass er eine Weile von der Politik desillusioniert gewesen war, von seinen vergeblichen Versuchen, den Sterbenden auf den Straßen von Kalkutta zu helfen, und davon, wie Fatima ihn gerettet hatte. »Sie hat mich gesund gepflegt – nicht nur körperlich, sondern auch seelisch – und mir geholfen, meine Leidenschaft für die Dinge, auf die es ankommt, wiederzuentdecken.«

Seine Worte berührten Libby sehr. Sie bewunderte, wie viel er für seine Überzeugungen aufzugeben bereit gewesen war. Es war einfach, eine politische Meinung zu äußern, aber etwas ganz anderes, auch danach zu handeln. *Taten, nicht Worte* war Miss MacGregors Mantra gewesen – und zugleich der Slogan der Kämpferinnen für das Frauenwahlrecht, die Libby so bewundert hatte. Ghulam hatte sein ganzes Leben damit verbracht, seine Ideale auch in die Tat umzusetzen. Sie fragte sich, ob er dabei jemanden verloren hatte, der ihm besonders am Herzen gelegen hatte.

»Also haben Sie nie geheiratet oder eine Familie gegründet?«, wollte sie wissen.

Verblüfft von ihrer direkten Frage riss er die Augen auf. »Nein«, stammelte er. Sie sah, wie er vor Verlegenheit rot wurde. »Außerdem«, fuhr er fort, als er seine Fassung zurückgewann, »ist die Ehe doch eine Institution der Bourgeoisie, finden Sie nicht?«

»Nun ja«, erwiderte Libby, »es ist schön, mit einem Mann zu essen, der nicht verheiratet ist. Ich bin nicht sehr gut darin, mir Männer auszusuchen.« Sie brach ab, weil ihr klar wurde, dass sie laut gedacht hatte. Er bedachte sie mit einem fragenden Blick. »Nicht, dass es bei unserem Mittagessen um mehr als das geht. Ich will nicht, dass Sie glauben, dass ich deshalb gekommen bin – dass ich mehr erwartet hätte als … äh … Mittagessen …«

Libby spürte, dass ihre Wangen brannten. Sie hob die Hände ans Gesicht. »Oje, entschuldigen Sie bitte. Ich weiß auch nicht, warum ich das gesagt habe.«

Ghulam begann zu lachen. »Jetzt sind wir beide verlegen, also sind wir zumindest in der Hinsicht quitt.«

Libby lachte laut.

»Darf ich das so verstehen«, erkundigte er sich, »dass Sie schlechte Erfahrungen mit einem verheirateten Mann gemacht haben?«

»Nun ja, so schlecht waren sie eigentlich nicht«, gestand Libby unverblümt. »Es war nur eine Enttäuschung, herauszufinden, dass er verheiratet war. Er war ein italienischer Kriegsgefangener.«

»Sie sind eine erstaunliche junge Frau«, sagte Ghulam. In seinem Gesicht bildeten sich Lachfältchen. »Ich kann nicht behaupten, dass ich je ein so offenes Gespräch mit jemandem geführt habe, den ich erst seit ein paar Stunden kenne – schon gar nicht mit einer Frau.«

»Nicht ganz das, was Sie von einer Memsahib erwartet haben?«, zog Libby ihn auf.

Er lachte. »Nicht im Geringsten. Aber ich kann nicht leugnen, dass ich es sehr erfrischend finde.«

Sie musterte ihn. »Sie haben mich nur zum Essen eingeladen, um Ihre Schwester wieder versöhnlich zu stimmen, nicht wahr?«

Er zögerte, nickte aber dann. Libby verspürte einen Hauch von Enttäuschung, versuchte aber, sich nichts anmerken zu lassen.

»Ich habe ja auch nur zugesagt, weil ich neugierig darauf war, Teile von Kalkutta zu sehen, die mir bisher noch niemand gezeigt hat.«

»Gut«, sagte er. »Dann hatten wir ja beide keine Erwartungen, abgesehen von einem guten Mittagessen.«

Er bestellte Tee, zückte seine Zigaretten und bot Libby eine an. Sie nahm sie, und er zündete erst ihre und dann seine an. Ihr Gespräch wandte sich seiner Arbeit bei der Zeitung zu.

Libby fragte: »Was sind denn die neuesten Nachrichten? Ich habe schreckliche Gerüchte über Ausschreitungen im Pandschab gehört. Ich hoffe, das ist alles übertrieben.«

Ghulams Miene wurde grimmig. »Leider nein. Amritsar und Lahore gehen in Flammen auf. Sikhs gegen Muslime. Der Premierminister des Pandschab, der versucht hat, eine Koalition zusammenzuhalten, ist zurückgetreten.«

Libby sah seinem Gesicht die Anspannung an. »Was ist mit Ihren eigenen Leuten?«

Er runzelte die Stirn. »Wen meinen Sie?«

»Ihre Familie«, sagte Libby. »Auch wenn Sie keinen Kontakt mehr zu Ihren Verwandten haben, müssen Sie sich doch Sorgen machen.«

Er lehnte sich zurück und stieß Rauch aus. »Ja, ich mache mir Sorgen. Ich habe Neffen und Nichten …« Aufgeregt fuhr er sich mit den Fingern durchs Haar.

»Haben Sie irgendetwas darüber erfahren, wie es ihnen geht?«, fragte Libby.

Er schüttelte den Kopf. »Ich habe versucht, Rafi in Gulgat anzurufen, um festzustellen, ob er etwas gehört hat.«

»War das das Telefongespräch, das Sie geführt haben, als ich auf Sie gewartet habe?«

Er warf ihr einen Blick zu. »Ja. Sie sind aufmerksam.«

»Und?«

»Er weiß noch weniger als ich«, erwiderte Ghulam gereizt, »weil er da im Dschungel festsitzt.«

»Wenigstens wird er dort sicher sein – und Sophie auch.«

»Vielleicht«, sagte Ghulam.

»Was soll das heißen?«

»Selbst in Gulgat sind die Dinge offenbar im Fluss. Der alte Radscha ist letztes Jahr gestorben, und der neue Fürst ist Rafi nicht so freundlich gesonnen, wie sein Onkel es war.« Ghulam schürzte die Lippen. »Er ist einer dieser adligen Blutsauger, die das Volk schröpfen, um sich ein Leben im Überfluss leisten zu können. Ständig sind Fotos von ihm in der Zeitung, wenn er wieder einmal an einem gesellschaftlichen Ereignis teilgenommen hat – normalerweise mit irgendeinem Filmstar am Arm.«

»Fürst Sanjay?«, fragte Libby.

»Ja.« Ghulam wirkte überrascht. »Kennen Sie ihn?«

»Ich habe von ihm gehört«, erwiderte Libby und dachte an Adelas Geständnis. Es machte sie wütend, daran zu denken, dass ihre Verwandte ein Opfer von Sanjays egoistischem Verhalten geworden war. »Und was ich gehört habe, klang überhaupt nicht gut. Ist Rafis Arbeitsstelle in Gefahr?«

Ghulam zuckte die Schultern. »Möglicherweise. Er war am Telefon sehr zurückhaltend, aber vor Kurzem habe ich einen Brief von ihm bekommen, den er in Shillong abgeschickt hat. Darin stand zum ersten Mal, dass er ernsthaft daran denkt, in den Pandschab zurückzukehren – jedenfalls, wenn Pakistan tatsächlich gegründet wird.«

»Wirklich?« Libby war schockiert. »Aber Rafi ist nicht religiös, und er lebt seit über zwanzig Jahren in Gulgat!«

»Es ist seine Entscheidung«, sagte Ghulam.

»Aber Sie teilen seine Meinung nicht«, vermutete Libby.

»Ich finde die Idee katastrophal. Wir brauchen Muslime wie Rafi hier, damit sie das neue Indien aufbauen.«

Libby drückte ihre halb gerauchte Zigarette aus und nippte an dem heißen, süßen Tee. Sie dachte wieder darüber nach, wie Krieg und Spaltung Familien auf der ganzen Welt auseinandergerissen hatten, darunter auch ihre eigene. War Indien jetzt auf bestem Weg in einen Bürgerkrieg? Der Gedanke machte sie nervös.

»Wird die Gewalt sich auch wieder nach Kalkutta ausbreiten?«, fragte sie. »Was hören Sie so?«

Er zündete sich eine zweite Zigarette am Stummel seiner ersten an, inhalierte tief und sah sie unverwandt an. »Eines hat sich in den letzten paar Monaten zu unseren Gunsten ausgewirkt – Gandhi hat eine Weile in Bengalen gelebt. Den Mann einfach nur hier zu haben, scheint die Nerven der Leute beruhigt zu haben. Im letzten Sommer sind wir Kommunisten auf die Straße gegangen, um Solidarität zu demonstrieren – Muslime und Hindus gemeinsam –, aber wir konnten dem Gemetzel keinen Einhalt gebieten. Doch Gandhi mit seinem Spinnrad und seinen Hungerstreiks entzieht unseren Adern irgendwie das Gift.«

»Das sollte uns also optimistisch stimmen?«, hakte Libby nach.

»Allerdings geht Gandhi jetzt fort in den Westen, um zu versuchen, dort die Lage zu beruhigen. Wir brauchen tausend Gandhis. Ich fürchte, die Gewalt wird wieder eskalieren.«

»Ich verstehe nicht, warum sie ausgerechnet jetzt schlimmer werden sollte, nachdem die britische Regierung verkündet hat, dass die Briten definitiv abziehen.«

»Macht und Angst«, erklärte Ghulam schroff. »Alle haben Angst, und alle Seiten schüren diese Furcht, um bei den Verhandlungen die Oberhand zu gewinnen. Genau wie letztes Jahr verlassen Leute schon ihr Zuhause hier und ziehen in die Dörfer oder in andere Stadtteile, um unter ihresgleichen zu sein.«

»Vielleicht hilft es ja, dass wir einen neuen Vizekönig bekommen«, meinte Libby. »Mountbatten kennt Indien aus dem Krieg gut und könnte vielleicht die verschiedenen Seiten an einen Tisch bringen. Er muss jetzt jeden Tag hier eintreffen, nicht wahr?«

Ghulam warf ihr einen gereizten Blick zu. »Ein anderer Britisher an der Spitze ist nicht die Lösung. Dafür ist es viel zu spät.«

Libby verstummte; sie wollte ihn nicht wieder gegen sich aufbringen. Sie bereute doch schon ihre selbstherrlichen Bemerkungen in den Amelia Buildings darüber, dass die Inder selbst schuld an der eskalierenden Gewalt seien. Bis jetzt hatte sie Ghulams Gesellschaft jede Sekunde lang genossen. Sie hatte schon lange kein so interessantes Gespräch mehr geführt und noch nie eines mit einem derart faszinierenden Mann – diesem ehemaligen Revolutionär mit den hypnotisierenden gelbgrünen Augen.

Ghulam musterte sie prüfend. Sie spürte, wie ihr Herzschlag sich unter seinem Blick beschleunigte. Er drückte seine Zigarette aus und fischte Geld aus der Tasche, um die Rechnung zu bezahlen. Eine Welle der Enttäuschung darüber, dass das Mittagessen ein so jähes Ende nahm, brach über Libby herein.

»Lassen Sie mich auch meinen Teil beitragen«, sagte sie.

»Kommt nicht infrage.«

»Ich habe das hier wirklich genossen«, stellte Libby fest. »Das Essen – und mit Ihnen zu sprechen.«

Unvermittelt fragte er: »Haben Sie schon einmal Kuchen von Nahoum gegessen?«

»Nein.«

»Dann müssen Sie das unbedingt. Sie können den Hogg Market nicht verlassen, ohne eine jüdische Bäckerei besucht zu haben. Das heißt, sofern Sie im Bauch noch Platz für etwas Süßes haben?«

Libby lächelte. »Für Kuchen habe ich immer Platz.«

»Dann haben wir außer dem Sozialismus und unserer Meinung zur indischen Unabhängigkeit noch etwas gemeinsam«, sagte er grinsend.

* * *

Bei Nahoum gab es die größte Auswahl an Kuchen und Gebäck, die Libby je zu Gesicht bekommen hatte: Käsetorten, Zitronenkuchen, Madeirakuchenstücke, Kümmelgebäck und Plumpudding. Sie brauchte Ewigkeiten und konnte sich nicht entscheiden, was sie wählen sollte. Am Ende übernahm Ghulam das Aussuchen und ließ die Kuchenstücke in eine Schachtel packen. Als Libby auch die verschiedenen Süßigkeiten angaffte, bestand er darauf, noch Zitronendrops und Pfefferminzbonbons zu kaufen.

»Aber keine Toffees sind so gut wie Ihre schottischen«, sagte er mit einem verschmitzten Lächeln.

»Die haben dann wohl nicht lange gehalten?«, vermutete Libby. Er schüttelte den Kopf. »Dann bitte ich Mutter, noch ein paar herzuschicken.«

Zu ihrem Entzücken schien Ghulam es nicht eilig zu haben, wieder an die Arbeit zu gehen. Er schlug vor, einen Spaziergang bis zum Maidan zu machen, aber sie befürchtete, dass sie dann

Freunden ihrer Tante über den Weg laufen würden, die sich in Eden Gardens ein Cricketspiel ansahen. Sie wollte nicht, dass Ghulam spitze Bemerkungen oder feindselige Blicke ertragen musste.

»Mir wäre es lieber, wenn Sie mir noch etwas mehr von der Gegend hier zeigten«, antwortete Libby.

Sie gingen nach Norden, durch ein Labyrinth aus Gässchen und Seitenstraßen, die vor Leben und Lärm schwirrten. Einige der Gebäude mussten mit ihren kunstvoll geschnitzten Türen und Balkonen einst wahre Paläste gewesen sein, aber mittlerweile waren die Fassaden verschmutzt, und der Putz blätterte ab. Das hier war das alte Kalkutta. Sie kamen an einer dampfenden Wäscherei vorbei. Auf dem Dach flatterte trocknende Wäsche wie die Segel eines Schiffs. Chinesische Händler boten neben einer Molkerei und einem Schweinestall Papierlaternen und Speisen zum Verkauf an. Aus einer Reihe von Leder- und Schusterwerkstätten drangen hämmernde Geräusche. Sie zogen ein paar neugierige Blicke auf sich, als sie vorbeigingen.

»Keine Sorge, sie denken bestimmt, dass ich nur Ihr Diener bin, der Ihre Einkäufe trägt«, murmelte Ghulam.

Libby verspürte den starken Drang, sich bei ihm einzuhaken, um zu demonstrieren, dass sie gleichrangig waren, aber sie hatte Angst, dass er solch eine Geste zurückweisen würde.

Als sie am Ende auf eine breitere Straße hinauskamen, erkannte Libby sie als die, die zur Duff Church führte.

»Lassen Sie uns hier entlanggehen«, schlug sie vor. »Ich kenne ein ruhiges Plätzchen, an dem wir uns hinsetzen können.«

Ein paar Minuten später bogen sie links ab und gelangten durch ein schmiedeeisernes Tor in den Kirchengarten. Das weiß getünchte Gebäude war verschlossen und verriegelt, aber die Stufen lagen im Schatten hoher Palmen. Libby stieg bis zur obersten hinauf.

Sie lächelte. »Es wird Zeit, unseren Kuchen zu essen, nicht wahr?«

Ghulam folgte ihr und zog sein Jackett aus. »Setzen Sie sich darauf, wenn Sie mögen.«

»Ich teile es mir mit Ihnen«, schlug sie vor, breitete es aus und setzte sich auf eine Hälfte. Sie schüttelte ihre Sandalen ab, wackelte mit den Zehen und genoss es, den warmen Stein unter ihren Fußsohlen zu spüren.

Ghulam löste den Knoten des Bindfadens und öffnete die Schachtel. »Sie sind zuerst dran.«

Sie suchte sich eine Scheibe Walnusskuchen aus und biss hinein. Der Guss war mit dunklem Rohrzucker angerührt. Der Geschmack ließ sie an Ferien in St Abbs und Nachmittagstee mit ihren Watson-Verwandten denken. Sie schloss die Augen. »Mmh, so guten Kuchen habe ich seit Jahren nicht mehr gegessen.«

Sie ließ ihn auf der Zunge zergehen und biss dann noch ein Stück ab, diesmal ein größeres. Als sie die Augen öffnete, sah sie, dass Ghulam sie beobachtete. Libby wurde plötzlich bewusst, wie dicht sie beieinandersaßen und wie allein sie waren. Vögel zwitscherten träge in den Bäumen ringsum. Ihr Herz begann, schneller zu pochen. Sie spürte, wie ihr auf der Stirn und zwischen den Brüsten der Schweiß ausbrach.

Sie schob sich eine widerspenstige Haarsträhne hinters Ohr. »Welchen Kuchen essen Sie?«, fragte sie. Ihre Stimme klang atemlos.

»Zitrone«, sagte er. »Möchten Sie ihn probieren?«

Libby nickte. Er hielt ihr sein halb gegessenes Kuchenstück hin. Sie beugte sich vor und biss hinein. Der hämmernde Puls an ihrer Kehle machte es ihr plötzlich schwer zu schlucken. Der herbe Zitronensaft strömte in ihren Mund und mischte sich mit der schon vorhandenen Süße.

»Lecker«, flüsterte sie und hielt ihm ihr Stück hin. »Probieren Sie das hier.«

Ghulam zögerte. Sie dachte, dass sie noch nie so faszinierende Augen gesehen hatte. Das ins Gelbliche gehende Grün war fast durchscheinend und von solch dunklen Wimpern umrahmt. Dann stützte er ihre Hand mit seiner und nahm einen Bissen von ihrem Walnusskuchen. Libby bekam kaum noch Luft. Ihre Hand zitterte in seiner. Empfand er die gleiche Intensität wie sie? Er zog seine Hand fort und kaute den Kuchen, wobei er konzentriert die Stirn runzelte. Sie wollte ihm eine Haarsträhne aus den Augen streichen und mit dem Finger über seine unregelmäßigen Züge fahren – die gebrochene Nase und das Grübchen an dem mit Bartstoppeln übersäten Kinn.

»Woran denken Sie?«, wollte er wissen.

Schuldbewusst lief sie dunkelrot an. »An schöne Dinge wie Kuchen.«

Er schluckte seinen Mundvoll hinunter und lächelte. »Dann wird es Zeit für das nächste Stück.«

Sie saßen im Schatten und aßen weiter Kuchen, bis die Schachtel leer war, während Libby Ghulam von längst vergangenen Teepartys auf den Klippen von St Abbs, vom Schwimmen im Meer und vom Cricketspielen mit ihren Brüdern erzählte.

»Ich muss zugeben«, sagte Ghulam, »dass es eines gibt, für das ich den Britishers dankbar sein werde, wenn sie abziehen, und das ist Cricket.«

»Nicht Toffees?«, neckte Libby ihn.

»Die Inder stellen schon viel länger Süßigkeiten her«, hielt er ihr gespielt empört entgegen. »Also nein: Die Memsahibs können nicht behaupten, Leckereien erfunden zu haben.«

Libby lachte aus vollem Hals und fragte sich, ob es möglich war, vom Zucker berauscht zu sein. Ihr war schwindlig.

Er stand auf. »Jetzt muss ich aber wirklich in die Redaktion zurück.«

»Schade«, sagte Libby.

Er bot ihr die Hand und zog sie auf die Beine. Einen kurzen Moment lang hielten sie einander fest. Er beugte sich zu ihr, und Libby stockte der Atem. Aber dann bückte er sich, um sein Jackett aufzuheben. Sie überspielte ihre Enttäuschung, indem sie eilig nach ihren Sandalen griff.

Als sie wieder auf die Straße gelangten, winkte Ghulam eine Rikscha heran. »Ich komme mit«, sagte Libby, »und nehme aus der Innenstadt die Straßenbahn zurück nach Hause.«

Sie saßen dicht nebeneinander, aber die intensive Intimität, die in dem stillen Garten der Kirche zwischen ihnen geherrscht hatte, hatte sich in Luft aufgelöst. Libby spürte, dass Ghulam in Gedanken schon bei der Arbeit war. Er musste sich große Sorgen wegen der Berichte über Gewalttaten zwischen verschiedenen Volksgruppen im Pandschab machen.

Als sie am Chowringhee Square ausstiegen, sagte Libby: »Danke für das Mittagessen und für den Kuchen. Ich habe alles wirklich sehr genossen.«

Ghulam nickte und lächelte gedankenverloren. »Vergessen Sie nicht, meine Schwester zu besuchen, bevor Sie nach Assam abreisen.«

Libby war zutiefst enttäuscht. Er würde sich nicht noch einmal mit ihr verabreden. Aus seiner Sicht hatte er seine Unhöflichkeit wiedergutgemacht und seine Pflicht gegenüber seiner Schwester erfüllt.

»Würden Sie und Fatima zu meiner Geburtstagsparty kommen?«, platzte Libby heraus. »Sie ist nächsten Dienstag. Im Haus meines Onkels. Keine große Sache. Aber es ist eine Möglichkeit, meine Freunde noch einmal zu sehen, bevor ich nach Assam aufbreche.«

Er wirkte erstaunt. »Ich kann mir nicht vorstellen, dass Ihr Onkel und Ihre Tante jemanden wie mich auf Ihrer Party sehen wollen, Miss Robson.«

»Onkel Johnny wird nicht das Geringste dagegen einzuwenden haben, und überhaupt ist die Gästeliste meine Sache, nicht die meiner Tante. Und Fatima hat es verdient, einen Abend lang etwas zu ihrem Vergnügen zu unternehmen. Sie haben mir doch erzählt, dass sie zu hart arbeitet.«

Er sah unentschlossen drein.

Sie drängte ihn: »Bitte kommen Sie. Sie werden nicht die einzigen Inder dort sein, versprochen.«

»Nun, wenn Sie es unbedingt wollen ...«

»Ja, das will ich«, unterbrach Libby ihn. »Ich schicke Ihnen eine Einladung mit allen Einzelheiten. Ich möchte keine Geschenke – nur ein bisschen Spaß.«

Seine Lippen zuckten amüsiert. »Na ja, wenn meine Schwester hinwill, dann begleite ich sie.«

»Gut.« Libby lächelte. »Und noch einmal vielen Dank für heute.«

Er hob zum Abschied eine Hand und verschwand im Gebäude. Libby konnte sich vorstellen, dass ihre Mutter etwas dagegen gehabt hätte, dass Ghulam sie einfach ohne Begleitung auf der Straße stehen ließ und von ihr erwartete, allein den Weg nach Hause zu finden. Aber Libby freute sich. Es zeigte ihr, dass Ghulam sie beide als gleichberechtigt betrachtete und Libby für reif und unabhängig hielt.

Mit einem Schauer freudiger Erregung brach sie auf und ging die Straße hinab zur Straßenbahn. Heute war etwas Unerwartetes geschehen. Sie war halb widerwillig zu ihrem Treffen mit Ghulam Khan gegangen, überzeugt, dass er sie so verächtlich behandeln würde wie bei ihrer ersten Begegnung. Aber sie hatte das anregendste Gespräch beim Mittagessen und den schönsten Nachmittag ihres ganzen Aufenthalts in Kalkutta gehabt. Libby hatte Ghulams Gesellschaft genossen und war sich ziemlich sicher, dass es ihm umgekehrt mit ihr auch so gegangen war. Warum sonst hätte er vorgeschlagen, ihre gemeinsame Zeit zu verlängern, indem er mit ihr in die Konditorei gegangen war und ihr noch mehr vom Zentrum von Kalkutta gezeigt hatte?

Doch als sie im Garten der Duff Church gesessen hatten, hatte sie noch etwas Tieferes empfunden: machtvolles körperliches Begehren. Hatte Ghulam etwas Vergleichbares gespürt? In der schwankenden Straßenbahn ging sie im Geiste jede Einzelheit ihres Gesprächs, jede Geste und jeden Blick, an den sie sich erinnern konnte, noch einmal durch. Sie war aufgekratzt. Sie freute sich nicht mehr nur auf ihre Geburtstagsparty und darauf, mit ihrem heiß geliebten Vater bald wieder vereint zu sein, nein, ihre freudige Erregung galt vor allem dem Wiedersehen mit Ghulam.

Erst als sie im grünen Alipur ausstieg, fiel Libby auf, dass sie den ganzen Nachmittag kein einziges Mal an George gedacht hatte.

10

Assam, März 1947

James fuhr aus dem Schlaf hoch. In Panik setzte er sich auf. Sein Herz hämmerte. Er lauschte. Außerhalb des dunklen Schlafzimmers schrie jemand. Er arbeitete sich eilig unter dem Moskitonetz hervor und griff nach seinem Revolver. Breckon, sein schwarzer Flat Coated Retriever, sprang bellend auf. James rannte zur Tür und stürmte auf die Veranda, dichtauf gefolgt von Breckon. Erneut ertönte ein Schrei. Er bemühte sich etwas zu sehen, aber die Nacht war so dunkel, dass er weder den Garten noch den dahinterliegenden Wald erkennen konnte.

»Sahib?«, sagte eine Stimme in der Nähe. »Das ist ein Schakal, Sahib.«

»Sunil, bist du das?«, keuchte James.

»Nein, Sahib. Ich bin es, Aslam. Hier gibt es keinen Sunil.«

James starrte verwirrt den grauhaarigen Mann an, der mit einer Petroleumlampe in der Hand zu ihm auf die Veranda trat. Sein Diener, Aslam. Das Kreischen des Schakals ertönte erneut aus größerer Entfernung. Also doch kein menschlicher Schrei. Er kam sich töricht vor.

»Ich dachte, ich hätte einen Eindringling gehört …«, sagte James und bückte sich, um seinen Hund zu beruhigen.

»Haben Sie schon wieder schlecht geschlafen, Sahib?«, fragte Aslam. »Darf ich Ihnen etwas Milch zu trinken bringen?«

James reagierte verärgert. »Ich bin doch kein kleiner Junge.«

»Robson Memsahib hat immer heiße Milch gegen Schlafstörungen bestellt«, sagte Aslam.

»Ja, das hat sie getan, nicht wahr?« James seufzte. »Aber sie ist ja jetzt nicht hier, also kannst du mir stattdessen einen großen Whisky einschenken. Ich setze mich für eine Weile hier draußen hin.«

Er konnte den Gedanken nicht ertragen, ins dunkle Zimmer zurückzukehren, sich schlaflos hin und her zu wälzen und sich mit Grübeleien zu quälen. Waren das Albträume oder Erinnerungen? Sunil Ram war da gewesen, der *punkah-wallah* aus den alten Zeiten im Dunsapie Cottage. Warum um alles in der Welt hatte James an den längst verstorbenen Diener gedacht? Waren es Sunils Schreie, die er im Traum vernommen hatte?

Während Breckon sich neben ihm ausstreckte, setzte James sich in den Rattanliegestuhl, der mit einer Wolldecke gepolstert war, und stürzte den Whisky hinunter, den Aslam ihm gebracht hatte. Die Nacht schien so ruhelos zu sein wie er: Die Luft pulsierte vom Zirpen der Grillen, und im Unterholz raschelte es.

Es war Libbys kürzlich eingetroffener Brief, der alte verstörende Erinnerungen in ihm geweckt hatte. Er nahm ihn vom Beistelltisch und las ihn noch einmal.

Liebster Dad,

nur noch eine Woche, dann wirst Du hier in Kalkutta sein. Ich kann es gar nicht abwarten, Dich zu sehen! Hier ist es sehr interessant. Onkel Johnny und Tante Helena sind sehr freundlich, aber jetzt warte ich ungeduldig darauf, Dich zu treffen und nach Assam zurückzukehren.

Ich hoffe, es macht Dir nichts aus, aber ich habe eine Schulfreundin von Adela eingeladen, mich nach Assam zu begleiten. Sie ist Krankenschwester und hat schon ewig keinen Urlaub mehr genommen. Sie heißt Flowers Dunlop. Ihr Vater war Eisenbahner, aber er glaubt, dass er mit schottischen Teepflanzern in Assam verwandt ist. Sie hat ihm versprochen zu versuchen, mehr über die Familie herauszufinden, während sie bei uns ist. Er ist Invalide, und es geht ihm nicht sehr gut. Flowers hat eigentlich nur versprochen, Nachforschungen anzustellen, um ihn bei Laune zu halten. Kennst Du irgendwelche Dunlops? Er heißt Danny (ich nehme an, das ist die Koseform von Daniel). Übrigens hat er seine Eltern früh verloren und ist in Shillong zur Schule gegangen. Ich habe Flowers gesagt, dass wir auf dem Weg nach Hause dort haltmachen und uns alles ansehen können. Ich hoffe, das ist in Ordnung? Du wirst Flowers mögen, sie ist sehr nett.

Sag mir Bescheid, mit welchem Zug Du nächsten Montag kommst, dann hole ich Dich ab. Tante Helena besteht darauf, am Dienstag eine Party für mich zu geben, also lade ich ein paar meiner neuen Freunde aus Kalkutta dazu ein. Du wirst mein Ehrengast! Ich kann es wirklich kaum noch erwarten!

Eine feste Umarmung, bis ganz bald!
Deine Dich liebende Tochter Libby xxx

PS: Ich habe auch die Percy-Barratts eingeladen, damit jemand aus Assam dabei ist, den Du kennst. Muriel bereitet mir etwas Kopfschmerzen, aber Reggie ist wirklich süß.

Heiße Panik durchzuckte James. Er hasste es, auf Partys zu gehen oder im Mittelpunkt zu stehen. Er wollte keine Scharen weltgewandter Städter kennenlernen oder mit klatschsüchtigen Frauen wie Helena Watson und Muriel Percy-Barratt tratschen. Als seine nächste Nachbarin auf der Plantage hatte Muriel ihn jahrelang bemuttert, aber sie war nie so ganz mit Tilly als *pukka* Pflanzerfrau einverstanden gewesen. Er war ihre endlose Kritik an Tilly dafür, dass diese ihn während des Kriegs verlassen hatte, allmählich leid geworden und heimlich erleichtert gewesen, als Reggie beschlossen hatte, in den Ruhestand zu gehen und von den Oxford Estates nach Kalkutta umzuziehen.

»Oh, Libby!«, seufzte er.

Wenn er an seine Tochter dachte, war sie noch immer eine Elfjährige mit rundlichem, grinsendem Gesicht und langen tiefroten Rattenschwänzen, ein kräftiges Mädchen, athletischer als ihre Brüder und doppelt so gesprächig. Er wusste, dass er sie als kleines Kind verwöhnt hatte, weil sie ihn an eine junge, warmherzige Tilly erinnert hatte, aber ergänzt um seine ausgeprägtere Abenteuerlust. Libby und nicht Jamie hatte immer darauf bestanden, frühmorgens mit ihm auszureiten, und sie hatte es geliebt, ihn auf seine Angelausflüge zu begleiten. Sie war eine entzückende Gefährtin gewesen, ausgelassen und voller Zuneigung.

Als er 1936 kurz Urlaub genommen hatte, um seine Kinder, die in England zur Schule gingen, zu besuchen, hatten sie sich zuletzt gesehen. Damals hatte Libby die Befangenheit, die sich zwischen ihnen eingestellt hatte, schnell überwunden. Er hätte diese Ferien in St Abbs sogar noch mehr ausgekostet, wenn er im Voraus gewusst hätte, dass es das letzte Mal war, dass sie alle zusammen waren – mindestens für ein Jahrzehnt, aber vielleicht auch für immer.

Er freute sich darauf, seine Tochter wiederzusehen, und hatte doch zugleich Angst davor, sie zu treffen. Tilly beklagte sich, dass Libby unhöflich und dickköpfig sein konnte. Ständig focht sie die Autorität ihrer Mutter an und widersprach ihr. Tilly behauptete, dass Libby zu den unmöglichsten Gelegenheiten über Politik schwadronierte, zum Beispiel, wenn der Vikar zum Tee vorbeikam. Tilly hatte auch den Verdacht, dass Libby ihre Jungfräulichkeit verloren hatte und sexuell unersättlich war. All diese Kritikpunkte waren in den tadelnden Briefen seiner Frau aufgelistet gewesen. Sie gab seinem Versagen an der Aufgabe, ein strenger Vater zu sein, die Schuld an Libbys Ungebärdigkeit und ihren Ansichten.

»Wie hätte ich das denn sein können, du hast dich doch geweigert, zu Kriegsbeginn mit den Kindern nach Indien zurückzukehren?«, rief James laut. »Du bist diejenige, die strenger mit ihr hätte sein sollen. Du hast als Mutter versagt! Du hast mir meine Kinder vorenthalten. Du hast die Jungen gegen mich aufgehetzt – sie wollen nicht einmal nach Indien zurückkehren. Ich wette, du hast Libby nur ermuntert herzukommen, um sie nicht mehr selbst am Hals zu haben!«

James griff nach der Karaffe und schenkte sich noch einen großen Whisky ein. Er musste aufhören, laut mit sich selbst zu reden, sonst würde Aslam wieder den Arzt herbestellen. Der neue junge Teegartenarzt, Dr. Attar, glaubte, dass James an Erschöpfung litt, und hatte ihm ein Beruhigungsmittel für seine Nerven verschreiben wollen.

»Mit meinen Nerven ist alles in Ordnung«, sagte James und stürzte noch einen Schluck hinunter.

Er blieb auf der Veranda sitzen und spürte, wie die willkommene Betäubung, die der Whisky auslöste, ihn durchlief. Wenn er Glück hatte, würde er in dem Liegestuhl einschlafen, und der Albtraum, der ihn geweckt hatte, würde sich nicht wiederholen. Er konnte sich jetzt schon nicht mehr daran erinnern.

»Oh, Libby«, murmelte er. »Ich möchte dich so gern sehen, wirklich.«

Sie hatte solch einen liebevollen Brief geschrieben, dass sein Herz dahinschmolz. Tilly musste sich irren, was das arme Mädchen anging. Woran lag es also, dass er sich so aufregte?

Er glaubt, dass er mit schottischen Teepflanzern in Assam verwandt ist … Übrigens hat er seine Eltern früh verloren und ist in Shillong zur Schule gegangen …

James spürte, wie seine Brust sich zuschnürte. Er hatte Mühe, Luft zu bekommen. Mit einem Mal war er wieder im Kloster in Shillong und schob den kleinen Jungen auf die Nonne zu. *Das Gör.* James konnte sich heute nicht mehr erinnern, ob Logans Sohn je einen richtigen Namen gehabt hatte. *Der Junge heißt Aidan.* James hatte einen Namen für ihn erfunden. Seit Jahren hatte er nicht mehr an Logan und sein uneheliches Kind gedacht. Warum stiegen nun plötzlich wieder Schuldgefühle in ihm auf? Es war so lange her, und er hatte nichts Falsches getan. Es war sein widerlicher Chef gewesen, der Aidan gezeugt und sich seiner dann entledigt hatte, nicht er selbst. Wie hätte er als junger Teepflanzer Logan die Stirn bieten und sich weigern können, seinen Befehl auszuführen?

Mit zitternder Hand hob James den Brief hoch und suchte nach dem Namen. Daniel Dunlop. Es konnte nicht derselbe Junge sein; das war ganz unwahrscheinlich. Vor einem halben Jahrhundert waren die Waisenhäuser voll von unehelich geborenen eurasischen Kindern gewesen, deren Väter – Teepflanzer oder Soldaten – sich geweigert hatten, sie anzuerkennen. Doch es machte James nervös, dass er vielleicht nach Shillong würde zurückkehren müssen, um dieser Krankenschwester zu helfen, in der Vergangenheit ihres Vaters zu stochern. Das würde nur weitere ungewollte Erinnerungen aufstören und Albträume auslösen.

»Warum willst du das nur wissen?«, schrie James. »Es ist doch offensichtlich, dass dieser Dunlop, wer auch immer er war, Daniel nicht behalten wollte. Du wirst nur eine peinliche Geschichte aufdecken, die deinem Vater mehr zusetzen wird, als es nicht zu wissen. Schlafende Hunde soll man nicht wecken, finde ich.«

James trank seinen zweiten Whisky aus und schloss die Augen. Schlafende Hunde. Er kraulte Breckons Ohren. Der Hund schnüffelte.

»Wenn ich nur schlafen könnte, ohne zu träumen«, seufzte James.

Was war es, das ihn so verstörte? Es lauerte unmittelbar außerhalb seines Bewusstseins, wie ein wildes Tier, bereit, ihn anzugreifen, sobald er eindöste. Etwas Schreckliches, etwas, das sein Verstand jahrelang verdrängt hatte.

Erschöpfung, hatte der Arzt gemeint und ihm geraten, Urlaub zu nehmen und nach England zu reisen. Aber er hatte Angst davor, dort Tilly gegenüberzutreten, weil er befürchtete, dass seine Ehe vorbei war. Letzten Monat war er siebzig geworden; vielleicht hatte er alles schon zu lange schleifen lassen, um die Dinge zwischen ihnen noch zu kitten? Zum ersten Mal in seinem Leben spürte er sein Alter und machte sich Gedanken über seine eigene Sterblichkeit. Er wollte Assam nicht verlassen. Es fiel ihm zunehmend schwer, sein Refugium Cheviot View zu verlassen. Abgesehen von seinem eigenen Haus bot nur Clarrie in Belguri ihm so etwas wie eine sichere Zuflucht. Der Gedanke an Clarrie munterte ihn auf. Die Witwe seines Neffen war freundlich und vernünftig; sie verstand ihn. Vielleicht musste er mit ihr über diese seltsamen Träume reden – und über seine Nervosität angesichts dessen, dass nach all den Jahren ein Wiedersehen mit Libby bevorstand. Er würde Clarrie besuchen fahren.

Mit dem tröstlichen Gedanken fiel James in einen unruhigen Schlaf.

11

Kalkutta, März 1947

»Er kommt nicht«, platzte Tante Helena heraus.

»Er ist aufgehalten worden, das ist alles«, sagte Onkel Johnny in dem Versuch, Libby die Nachricht schonender beizubringen.

»Dad kommt nicht nach Kalkutta?«, fragte Libby erschrocken.

»Ich bin mir sicher, dass er so bald kommt, wie er kann«, sagte Johnny.

»Aber nicht rechtzeitig zur Party«, ergänzte Helena. »Man hätte eigentlich annehmen sollen, dass er sich anlässlich deines Geburtstags die Mühe machen würde.«

Libby fühlte sich, als hätte sie einen Schlag in die Magengrube bekommen.

»Schatz«, sagte Johnny tadelnd zu Helena, »es geht ihm nicht gut, sonst würde er kommen.«

»Nicht gut? Was hat Clarrie gesagt?«, hakte Libby nach. Jetzt war sie nervös.

»Nun, die Verbindung aus Belguri war nicht besonders gut«, erklärte Johnny, »aber sie hat gesagt, dass dein Vater vor ein paar Tagen erkrankt ist und sich in Belguri ausruht.«

»Erkrankt? Woran?«, wollte Libby wissen. Vor Angst wurde ihr unwohl.

»Nerven«, sagte Helena unverblümt.

»Erschöpfung«, verbesserte Johnny. »Deshalb muss er strikte Bettruhe halten.«

»Das könnte er doch auch hier tun«, protestierte Libby. »Ich könnte ihn pflegen. Das sollten wir nicht Clarrie überlassen.«

»Die Reise wäre im Moment zu viel für ihn«, sagte Johnny sanft. »Aber natürlich ist er hier jederzeit willkommen, um sich zu erholen.«

Libbys Augen brannten vor Tränen. Sie hatte sich so sehr auf das Wiedersehen mit ihrem Vater gefreut! »Ich wünschte, ich wäre hier gewesen, als sie angerufen hat.«

»Sie hat vom Telefon in der Teemanufaktur angerufen«, erklärte ihr Onkel, »also war dein Vater gar nicht dabei. Vielleicht kannst du in ein oder zwei Tagen anrufen und fragen, wie es ihm geht. Du musst dir wirklich keine Sorgen machen. Es ist nichts Lebensbedrohliches – Clarrie wollte unbedingt, dass du das erfährst.«

»Möchtest du trotzdem noch, dass wir die Party geben?«, wollte Helena wissen. Sie schien besorgter zu sein, dass James durch sein Nichterscheinen die Geburtstagsfeier ruinieren könnte, als um seine Gesundheit an sich.

»Natürlich wird die Party stattfinden«, befand Johnny. »Wir können unsere reizende Nichte doch trotz allem an ihrem Geburtstag verwöhnen, nicht wahr?«

* * *

Libby tat ihr Bestes, zu überspielen, wie sehr es sie verletzte, dass ihr Vater nicht nach Kalkutta gekommen war. Sie konnte nicht glauben, dass er ein Nervenleiden hatte – so etwas war für Männer wie ihren Vater die Ausrede der Arbeitsscheuen.

Bestimmt war er nur übermüdet. Clarrie war wahrscheinlich übervorsichtig und machte Theater angesichts der Vorstellung, dass James eine lange Reise unternehmen wollte. Es war nicht seine Schuld. Er wäre gekommen, wenn er gekonnt hätte.

Libby schluckte ihre bittere Enttäuschung hinunter und entschloss sich, gute Miene zum bösen Spiel zu machen und ihre Geburtstagsparty zu genießen.

»Es ist ja nicht so, als wäre ich es nicht gewohnt, dass Dad an meinem Geburtstag nicht da ist«, bemerkte sie leichthin beim Frühstück, »und es werden noch genug andere Geburtstage kommen, die wir zusammen feiern können.«

»Das ist die richtige Einstellung!«, feuerte der Colonel sie an. »Nur weiter so!«

Sie verbrachten einen angenehmen Tag: Erst ritten sie im Maidan aus, dann aßen sie mit dem Colonel zu Mittag, gingen im Club schwimmen und ruhten sich schließlich vor der Party aus.

Libby beschloss, das grüne Abendkleid aus Satin anzuziehen. Josey hatte das Kleid aus dem Theaterfundus entführt und es von der Gewandmeisterin für sie ändern lassen. Es entsprach der Vorkriegsmode: trägerlos und figurbetont mit einem Schlitz, der ihr Bein bis zum Knie sehen ließ. Mit zweiundzwanzig würde sie sich von Helena nicht mehr unter Druck setzen lassen, etwas Züchtigeres zu tragen. Libby ließ ihre welligen Haare offen, trug Mascara auf, um ihre dunkelblauen Augen zu betonen, und akzentuierte mit rotem Lippenstift ihren Mund. Sie sprühte sich über und über mit dem französischen Parfüm ein, das Helena ihr auf Colonel Swinsons Wunsch als Geschenk von ihm gekauft hatte. Sie wollte für George mehr denn je wie eine Frau von Welt aussehen – und für Ghulam.

Gegen sieben trafen die ersten Gäste ein. Libby war innerlich ein Nervenbündel, aber sie begrüßte alle so gefasst, wie sie konnte. Es waren Freunde und Nachbarn der Watsons dabei, darunter die Percy-Barratts, und ein Dutzend neuer Bekannter aus dem Tollygunge Club und Saturday Club. George kam mit seinen Mitbewohnern, Flowers mit ihren Eltern und ein paar anderen Krankenschwestern. Auch ein paar junge Leute aus der Duff Church waren dabei. Fast dreißig Gäste wurden erwartet. Danny Dunlop wurde in einen altmodischen Rollstuhl auf die Veranda neben dem Colonel gesetzt. Bald waren die beiden in ein Gespräch über die Eisenbahn vertieft.

George küsste Libby auf die Wange. »Du siehst aus wie ein Filmstar. Ich hoffe, du hast mich wenigstens halb so sehr vermisst wie ich dich.«

Libby schenkte ihm ein kühles Lächeln. »Das kommt darauf an.«

»Worauf?« Sein Grinsen wirkte fragend.

»Darauf, was du in Dhaka angestellt hast«, antwortete sie und wandte sich ab, um den nächsten Gast zu begrüßen. George starrte ihr mit offenem Mund hinterher.

Ein Cocktailglas in der Hand, spazierte sie über die Party und plauderte mit Neuankömmlingen. Sie war gerührt, dass ihre Tante und ihr Onkel sich so viel Mühe für sie gemacht hatten: Der Flur war freigeräumt, um Begrüßungsgetränke zu servieren, im Esszimmer war alles für ein Büfett vorbereitet, und der Garten und die Veranda waren mit Luftballons und bunten Lichterketten geschmückt, die vor sich hin flackerten. Drei Musiker aus dem Saturday Club waren engagiert worden und spielten Jazz unter einem Sonnensegel auf dem Rasen.

Libby ging absichtlich auf Distanz zu dem verwirrten George, während sie nach ihren letzten Gästen Ausschau hielt. Als es schon fast halb acht war, zweifelte sie allmählich daran, dass die Geschwister Khan noch eintreffen würden. Libby wollte sich nicht eingestehen, dass das Gefühl der Enttäuschung in ihrem tiefsten Innern genauso sehr auf Ghulams Abwesenheit wie auf die ihres Vaters zurückzuführen war. Natürlich würde er nicht kommen. Fatima hasste wahrscheinlich Partys, und Ghulam würde erleichtert sein, wenn er sie nicht zu einer Feier unter Britishers im Herzen des reichen Alipur begleiten musste.

Johnny klatschte in die Hände, um die Aufmerksamkeit der Leute einzufordern, und winkte Libby zu, in die Mitte des Flurs zu kommen.

»Der letzte Monat war einer der glücklichsten, die wir in Kalkutta verbracht haben, seit ich in den Ruhestand getreten bin«, begann ihr Onkel. »Und das liegt nur daran, weil unsere Nichte Libby bei uns gewohnt hat. Ihr habt sie ja auch schon alle kennengelernt, also werdet ihr mir zustimmen, dass sie ein wunderbares Mädchen ist – eine nette Gesellschaft und interessante Gesprächspartnerin, ganz zu schweigen davon, dass unser Krocketspiel sich dank ihres sportlichen Ehrgeizes ungemein verbessert hat.«

Zustimmende Rufe unterbrachen seine Rede.

»Es ist eine Enttäuschung, dass ihr Vater, mein Schwager James Robson, diesen Anlass nicht mit uns begehen kann. Aber erheben wir unsere Gläser auf das Geburtstagskind – und auf abwesende Verwandte und Freunde.«

»Auf Libby!«, riefen alle im Chor. »Auf abwesende Freunde!«

Libby nippte an ihrem Drink. »Und ich kann nur eines sagen«, fügte sie hinzu und hob die Stimme. »Vielen herzlichen Dank an meine Tante und meinen Onkel, die sehr großzügig sind, und an Colonel Swinson dafür, dass sie diese Party geben und während meines Aufenthalts hier in Kalkutta so freundlich zu mir sind. Bitte genießt alle den Abend.«

»Das werden wir! Gut gesprochen!«, jubelten die Leute, und die Gespräche setzten wieder ein.

Libby wandte sich lächelnd ihrem Onkel zu – und erspähte Fatima, die in einem schönen pfauenblauen Sari in der Tür stand. Sie bekam Herzklopfen, als sie Ghulam neben ihr entdeckte, der tadellos in eine knielange schwarze *kurta* aus Seide und eine weiße Hose gekleidet war. Sie eilte zu ihnen, um sie zu begrüßen, und nahm Fatimas Hand.

Libby strahlte. »Ich bin ja so froh, dass ihr kommen konntet.«

»Ich bin im Krankenhaus aufgehalten worden«, erklärte Fatima, »sonst wären wir schon früher hier gewesen. Es tut mir leid.«

»Das muss es nicht. Ihr habt nichts verpasst. Dein Sari ist wunderschön.«

»Und dein Kleid großartig«, sagte Fatima. »Hast du es maßschneidern lassen?«

»Gewissermaßen.« Libby lächelte selbstzufrieden. »Es stammt aus einem Theaterfundus – aber verrat das niemandem.« Sie sah zu Ghulam hoch. »Es ist eine sozialistische Theatergruppe«, setzte sie mit einem Lächeln hinzu, »also ist es kein degeneriertes Kleid der Bourgeoisie.«

Er lächelte und schüttelte ihr die Hand. Libby spürte, wie bei der Berührung ein Kribbeln ihren Arm herauflief. »Für einen Abend können wir die Revolution vergessen«, sagte er mit bewunderndem Blick, »besonders für solch ein Kleid.«

Er sah besser denn je aus: Sein Haar war gekämmt, sein Kinn frisch rasiert. Er roch nach Sandelholz oder etwas Moschusartigem. Sie ließ seine Hand nur widerwillig los.

»Was darf ich zu trinken anbieten?«, fragte Libby. »Die Cocktails mit Gin sind gut, aber es ist auch Fruchtsaft da.«

Ein Kellner mit einem Tablett voller Getränke erschien neben ihnen.

»Fruchtsaft für uns beide, vielen Dank«, sagte Ghulam und nahm zwei bauchige Gläser vom Tablett. »Gehen Sie nur und mischen sich unter Ihre Freunde, Miss Robson. Da drüben sehnt sich jemand nach Ihrer Aufmerksamkeit.«

Libby drehte sich um und sah, dass George ihr zuwinkte. Sie verkrampfte sich. Ihre Gefühle für ihn waren nach wie vor gemischt, und sie hatte das Gespräch über Dhaka noch gar nicht geführt.

»Er kann warten«, sagte sie. »Ich möchte euch Flowers Dunlop vorstellen – sie ist Krankenschwester und eine Freundin von Adela, aber ich glaube, ihr kennt sie noch nicht.«

Libby geleitete die Khans auf die Veranda, wo Flowers ihrer Mutter Gesellschaft leistete, und stellte sie einander vor. Gleich darauf führte Helena Libby weg, um sie mit einer ihrer Bekannten aus dem Club zusammenzubringen.

»Sie erinnert sich aus Assam an deine Mutter – sie heißt Bradley.«

Libby verbarg ihren Widerwillen. Mrs Bradley saß mit den Percy-Barratts im Wohnzimmer, und sie wusste, dass es schwierig werden würde zu entkommen.

»Was für eine interessante Mischung von Leuten du doch kennst, meine Liebe«, bemerkte Muriel in missbilligendem Ton. »Das hätte es in unserer Jugend nicht gegeben.«

»Es ist das Gesicht des künftigen Indien«, sagte Mrs Bradley, »und ich finde es äußerst erfreulich.«

Wie sich herausstellte, hatte Mrs Bradley sich mit Tilly angefreundet, als diese damals nach Assam gezogen war. Das Schwelgen in Erinnerungen sorgte dafür, dass Libby sich nach ihrem abwesenden Vater sehnte. Sic hattc am Morgen versucht, mit Clarrie zu telefonieren, aber nur Daleep, den Manufakturaufseher, erreicht, der versprochen hatte auszurichten, dass sie angerufen hatte.

Der Abend verging wie im Flug. Im weiteren Verlauf der Party wurde ein großes Büfett aufgetischt. Danach organisierten ihre Tante und ihr Onkel eine Scharade auf der Veranda. George suchte immer wieder Kontakt zu Libby und überschüttete sie mit Aufmerksamkeit. Er sorgte dafür, dass sie in dieselbe Gruppe gewählt wurden, und sie spielten eine Szene aus Shakespeares *Sommernachtstraum*: Libby war die schlaftrunkene

Titania, während George einen slapstickhaften Zettel verkörperte. Obwohl es ihr schmeichelte, dass er so viel Aufhebens um sie machte, hinterließ es zugleich ein ungutes Gefühl in ihr. Sie wollte nicht, dass Ghulam annahm, dass sie Georges Freundin war.

Danach tanzten sie im Garten zur Musik der Jazzband. Gäste spazierten zwischen dem Haus und der Veranda hin und her, tranken und lachten, setzten sich hin und plauderten. Libby sah, dass Fatima sich mit Danny Dunlop unterhielt, und fragte sich, ob er sie um ihren Rat als Medizinerin bat. Wenigstens waren die Khans immer noch da; sie hatte sie seit der Scharade aus den Augen verloren. Als George ging, um noch etwas zu trinken zu holen, machte Libby sich auf die Suche nach Ghulam.

Sie fand ihn rauchend unter den Bäumen, wo er mit einem jungen Angehörigen der Bergstämme aus der Duff Church stand, dessen Vater in Johnnys Regiment gewesen war.

»Na, geht es um Weltverbesserung?«, fragte Libby.

»Um Cricket«, antwortete Ghulam und bot ihr eine Zigarette an.

»Nein danke«, lehnte Libby ab. »Ehrlich gesagt, rauche ich eigentlich nicht so gern.«

Sie standen ein paar Minuten lang zusammen und plauderten über die Party. Dann entschuldigte der Gurkha sich.

»Ich hatte gehofft, dass wir tanzen könnten«, sagte Libby, als er fort war.

»Als Tänzer bin ich ein hoffnungsloser Fall«, erklärte Ghulam.

»Ich bin eine ziemlich gute Tänzerin«, erwiderte sie, »also haben wir eine Chance, es hinzubekommen.«

Er musterte sie. »Heute Abend stehen Männer, die jünger und viel passender als ich sind, Schlange, um mit Ihnen zu tanzen.«

»Vielleicht«, räumte sie ein und hielt seinem Blick stand. »Aber ich möchte mit Ihnen tanzen. Es wäre schlechtes Benehmen, mir das an meinem Geburtstag abzuschlagen.«

Ghulam drückte seine Zigarette aus. »Na gut, Miss Robson.« Er bot ihr den Arm.

»Bitte nenn mich Libby.« Sie schlang die Finger um seinen Arm und genoss es, die Kraft seiner Muskeln unter dem dünnen Hemd zu spüren.

»Genossin Libby«, sagte er mit einem flüchtigen Lächeln.

Auf dem schattigen Rasen versuchten sie zur Melodie von *Smoke Gets in Your Eyes* einen langsamen Walzer. Libby konnte kaum glauben, dass der Mann, der ihre Gedanken seit einer Woche dominierte, sie endlich an sich gezogen hielt. Sie lehnte sich an seine Schulter. Es erregte sie, seine warme Hand auf ihrem Rücken zu spüren und den Seifenduft seines Kinns zu riechen, als es ihre Wange streifte. Begehren wallte in ihr auf. Wenn der Tanz doch nur ewig hätte weitergehen können!

»Es tut mir leid, dass dein Vater nicht hier sein kann«, sagte Ghulam. »Reist du trotzdem noch diese Woche nach Assam?«

»Ich weiß es nicht. Ich bin mir nicht sicher, was mit meinem Vater nicht stimmt. Er muss sich ausruhen. Vielleicht ist es nur eine Ausrede, um nicht nach Kalkutta kommen zu müssen.« Sie sah ihm in die Augen. »Hast du noch etwas von deiner Familie in Lahore gehört?«

»Nein«, sagte Ghulam.

»Aber auch keine schlechten Nachrichten?«

»Nein, überhaupt nichts.«

»Das ist doch immerhin etwas. Ich hoffe, du bekommst bald gute Nachrichten.«

Sein Griff um sie verstärkte sich einen Sekundenbruchteil lang, während sie sich weiter im Walzertakt wiegten. Sie hatte das Gefühl, dass ihr das Herz gleich aus der Brust springen würde, weil es so heftig hämmerte.

Das Musikstück endete. Ghulam ließ Libby los. Sie trat nicht zurück. »Noch den nächsten Tanz?«, schlug sie vor.

»Ich glaube, Fatima möchte jetzt gehen«, sagte er und sah über ihren Kopf hinweg. »Und der Sahib mit dem roten Gesicht ist schon wieder auf direktem Wege zu dir.«

Libby wurde das Herz schwer, als sie einen Blick über die Schulter warf und George auf sich zukommen sah.

»Darf ich dich wiedersehen?«, fragte sie schnell.

Ghulams Miene wirkte zurückhaltend. »Ich bin mir nicht sicher, ob das eine gute Idee ist, Libby.«

»Du hast mir doch angeboten, mich in Kalkutta herumzuführen, schon vergessen?«

»Das hier ist dein Kalkutta«, sagte er schneidend. »Es ist sicherer, wenn du dich daran hältst.«

»Sicherheit ist mir egal«, gab sie zurück. »Ich will sehen, was außerhalb dieser Welt vorgeht. Ich habe neulich mit dir ein paar Blicke darauf erhascht. Bitte zeig mir noch mehr. Wie kann ich mich an das neue Indien anpassen, wenn ich auf das alte beschränkt bleibe?«

Sie sah ihm seine Unschlüssigkeit an. Er war kurz davor, etwas zu erwidern, als George an ihrer Seite auftauchte.

»Da bist du ja, hübsches Mädel.« Er grinste. »Jetzt bin ich aber mit dem Tanzen dran, oder?«

Vor Enttäuschung bekam Libby kaum noch Luft, als Ghulam nickte und sich wortlos zurückzog. Frustriert sah sie ihn über den Rasen davongehen. In der schwarzen *kurta* wirkten seine Schultern noch breiter als sonst. Er warf keinen Blick zurück.

George führte sie schnell in einen Foxtrott. »Seltsam, ausgerechnet den einzuladen«, sagte George. »Hat unter den *burra memsahibs* im Wohnzimmer ziemliches Aufsehen erregt. Wusstest du, dass Khan als Terrorist im Gefängnis gesessen hat?«

»Ja«, antwortete Libby, »vor langer Zeit, als er noch ein Jugendlicher war.«

»Es heißt, dass er auch Kommunist ist«, fuhr George fort. »Gott steh uns bei, wenn seine Gesinnungsgenossen nach der Unabhängigkeit in Kalkutta das Sagen haben. Sie werden die Wirtschaft ruinieren. Aber seine Schwester, die Ärztin, ist eine nette Frau. Anscheinend eine alte Freundin von Adela. Ich nehme an, du musstest ihn als Anstandswauwau für sie mit einladen.«

»Ich habe sie beide eingeladen, weil ich sie beide mag«, entgegnete Libby gereizt.

George bedachte sie mit einem erstaunten Blick. »Du hast ihn schon einmal getroffen?«

»Ja, zweimal. Ich war in ihrer Wohnung, und er ist mit mir essen gegangen.«

George war schockiert. »Ich finde wirklich nicht, dass das ein guter Umgang für dich ist. Dein Onkel und deine Tante wollen bestimmt nicht, dass du in solche Kreise gerätst. Versprich mir, dich nicht wieder mit ihm zu treffen, Mädel, ja?«

Libby hörte zu tanzen auf. »Sag mir nicht, mit wem ich mich verabreden darf und mit wem nicht!«

»Du bist mir wichtig, und ich will nicht, dass du dich von ihm zu etwas Falschem verleiten lässt.«

»Wenigstens ist er nicht verheiratet«, sagte Libby schonungslos.

»Ich bin fast geschieden«, verteidigte George sich, »und ich würde mir dir gegenüber nie zu viel herausnehmen.«

»Was sollte das dann neulich, als du mich beim Picknick geküsst hast?«

»Ich hatte vielleicht ein bisschen zu viel getrunken«, gab er zu. »Aber du hast auch einfach wie eine wandelnde Einladung zum Küssen ausgesehen. Ich dachte, du wolltest es.«

»Wollte ich auch«, bestätigte Libby. »Ich wollte, dass du mich küsst, seit ich fünfzehn war.«

»Wirklich?«

»Aber ich empfinde nicht mehr dasselbe für dich, George. Nicht seit ich gehört habe, dass du eine Affäre mit einer verheirateten Frau in Dhaka hast.«

Er packte ihre Hand, um sie daran zu hindern, davonzugehen. »Wer hat dir das erzählt?«

»Wer es war, spielt keine Rolle.« Sie bedachte ihn mit einem grimmigen Blick. »Ich weiß, dass ich dir nichts bedeute, also lass mich los, George.«

»Mädel, du liegst mir sehr am Herzen«, beharrte er. »Es gibt keine Frau in Dhaka – zumindest keine besondere.«

»Das ist egal«, entgegnete Libby. »Was ich für dich empfunden habe, war nur die Schwärmerei eines jungen Mädchens. Das ist mir erst heute Abend klar geworden.«

George sah verwirrt drein. »Ich hatte keine Ahnung, dass du mir je solche Gefühle entgegengebracht hast.«

»Nein, George, weil du nicht wirklich über das nachdenkst, was andere Leute fühlen, nicht wahr? Solange du deinen Spaß hast …«

Sie riss sich von ihm los.

»Nun sag ja nicht, dass du in diesen Kommunisten verliebt bist!« George klang ungläubig. Als Libby nicht antwortete, warnte er sie: »Sei nicht dumm, Libby. Er ist zu alt für dich – und er nutzt dich bestimmt nur aus, weil es für ihn praktisch ist, eine Britin zu kennen.«

Libby wirbelte zu ihm herum. »Er will nicht das Geringste von uns Briten«, sagte sie wütend, »nur, dass wir aus Indien verschwinden. Und was sein Alter betrifft: Ich mag Männer, die älter sind als ich. War dir das noch gar nicht aufgefallen?«

Sie wandte sich von ihm ab, aber er hielt mit ihr Schritt, als sie über den Rasen zurückging.

»Es tut mir leid, Libby«, sagte George zerknirscht. »Ich mische mich da nicht ein. Es ist deine Sache, wie du dein Leben lebst. Sag, dass du mir verzeihst, dass ich dich verärgert habe.«

Libby wurde langsamer und musterte ihn prüfend, um festzustellen, ob er es ernst meinte. George nahm ihre Hand und zog sie zu sich herum.

»Es tut mir wirklich leid, dass ich die Sache zwischen uns ruiniert habe«, sagte er. »Du hast recht: Ich bin ein wenig egoistisch. Aber nachdem ich mir an Joan die Finger verbrannt habe, scheue ich davor zurück, mich wieder auf etwas Ernstes einzulassen. Ich habe ein schlechtes Gewissen, wenn du denkst, ich hätte dir falsche Hoffnungen gemacht. Du weißt doch, wie gern ich euch Robsons alle mag. Ich dachte nur, du hättest vielleicht auch Lust auf ein bisschen Spaß. Ich wollte dir nie wehtun. Bitte verzeih mir. Sind wir noch Freunde?«

Sein hübsches Gesicht wirkte so gequält, dass Libby weich wurde. Sie konnte einfach nicht anders, als George zu mögen. Sie wusste, dass er ein unverbesserlicher Weiberheld war, aber zugleich war er auch lustig und großzügig, und sie wollte nicht in Unfrieden von ihm scheiden.

»Ich glaube schon«, lenkte sie ein.

Er strahlte und küsste sie auf die Wange. »Großartig! Lass uns noch einen Gimlet holen und dann bis zum Morgengrauen tanzen.«

Libby unterdrückte ein Auflachen, als sie auf die Veranda zurückkehrten. Flowers empfing sie auf den Stufen mit einem fragenden Blick.

»Alles in Ordnung«, flüsterte Libby.

»Die Khans sind gerade gegangen«, sagte Flowers. »Fatima hat mich gebeten, dich von ihr zu grüßen. Sie wollte dich nicht beim Tanzen stören.«

Libby errötete bei dem Gedanken, dass das Letzte, was Ghulam von ihr gesehen hatte, ihr Tanz mit George gewesen war. Sie würde keine Gelegenheit haben, herauszufinden, ob er sie wiedersehen wollte. Aber warum sollte er? Für ihn gehörte sie immer noch zu den *sahib-log*, die er verabscheute – in seinen Augen war sie eine privilegierte weiße Frau, trotz ihres Mitgefühls mit den Indern. Würden sie jemals diese unsichtbare, aber machtvolle Barriere überbrücken können, die sie trennte?

Als sie mit Ghulam getanzt hatte, war Libby einen kurzen Moment lang überzeugt gewesen, Begehren in seinen Augen zu sehen. Aber vielleicht hatte sie sich getäuscht. Ghulam hatte sie nicht ermuntert, als sie ihm vorgeschlagen hatte, sich noch einmal zu treffen, und war danach schnell ohne jedes Abschiedswort gegangen. Die Wahrheit ließ ihr das Herz schwer werden: Ghulam Khan würde nie zulassen, dass er sich in eine Britisher-Frau verliebte. Er war aus Pflichtgefühl seiner Schwester gegenüber auf die Party gekommen, nicht aus dem Wunsch heraus, Libby wiederzusehen.

Georges Freund Eddy Carter tauchte neben ihr auf. »Darf ich nun endlich mit dem Geburtstagskind tanzen?«, fragte er.

Libby unterdrückte ihre Sehnsucht nach Ghulam und lächelte Eddy an. »Aber sicher doch«, sagte sie und hakte sich bei ihm ein. Gemeinsam liefen sie die Stufen hinunter.

12

Kalkutta, April 1947

Libby klammerte sich ans Telefon. Nervös wickelte sie die Schnur um ihre Finger. Sie hatte den ganzen Morgen gebraucht, um nach Belguri durchzukommen. Clarrie Robson klang erfreut, dass Libby anrief.

»Es muntert deinen Vater sicher auf, zu erfahren, dass du angerufen hast.«

»Kann ich denn mit Dad sprechen?«, fragte Libby.

»Ich glaube, er schläft gerade.«

»*Bitte*, Clarrie.«

»Natürlich. Ich gehe ihn holen.«

Es schien eine Ewigkeit zu dauern, bis Clarrie zurückkehrte. Libby hörte ein Knistern am anderen Ende der Leitung und dann wieder Clarries warme, tröstende Stimme.

»Libby, Süße, dein Vater ist gerade erst aufgewacht. Er schläft in letzter Zeit sehr schlecht. Er ist noch ziemlich benommen. Darf ich ihn bitten, dich morgen oder übermorgen anzurufen?«

Wut kochte in Libby hoch: Obwohl sie mehrfach versucht hatte, ihn telefonisch zu erreichen, hatte sie immer noch nicht mit ihrem Vater sprechen können. »Ist er wirklich so schwach, dass er nicht zum Telefon kommen kann, um mit mir zu reden?«

»Der Weg vom Haus zur Manufaktur ist lang«, rief Clarrie ihr ins Gedächtnis.

Libby bekam ein schlechtes Gewissen; erwartete sie etwa zu viel von ihrem Vater? »Was ist los mit ihm? Du hast mir gesagt, es sei nichts Ernstes.«

Clarrie zögerte merklich; dann antwortete sie: »Der Arzt glaubt, dass er ausgelaugt ist – völlige Erschöpfung. Etwas scheint ihn zu bedrücken, aber er will nicht darüber reden. Vielleicht erzählt er es dir ja.«

»Nicht, wenn er sich nicht einmal für zwei Minuten ans Telefon schleppen mag«, erwiderte Libby frustriert.

»Es ist nicht so, dass er nicht möchte«, versicherte Clarrie, »nur, dass es ihm im Moment schwerfällt, überhaupt etwas zu sagen.«

Libby war misstrauisch. »Also ist er durchaus in der Lage, ans Telefon zu kommen. Er will einfach nicht. Er weicht mir aus.«

»So ist das nicht …«

»Nun, so fühlt es sich aber an«, stieß Libby hervor. Ihre Augen brannten vor Tränen. »Ich sehne mich schon die ganze Zeit danach, ihn zu sehen.«

»Das verstehe ich«, sagte Clarrie mitfühlend. »Und du weißt, dass du jederzeit hier willkommen bist. Vielleicht könnte dein Onkel dich bis nach Shillong begleiten.«

»Ich brauche meinen Onkel nicht als Anstandswauwau«, entgegnete Libby.

»Dein Vater will nicht, dass du und Flowers allein reist«, sagte Clarrie. »Ich glaube, er ist übervorsichtig, aber auf dem Land gibt es auch schon erste Unruhen. Die Lage ist derzeit angespannt.«

Einen Moment lang verspürte Libby Nervosität. Verbreiteten sich die Ausschreitungen aus dem Pandschab allmählich quer über die nördliche Ebene bis in andere Landesteile?

»Ich möchte Onkel Johnny nicht um noch mehr Gefallen bitten«, wandte Libby ein. »Er ist ohnehin schon so freundlich zu mir.«

»Warten wir ab, wie es James in ein paar Tagen geht«, schlug Clarrie vor. »Vielleicht gewinnt er seine Energie zurück und beschließt, doch noch nach Kalkutta zu fahren. Warum reden wir nicht am Wochenende noch einmal darüber?«

Libby schluckte ihre Enttäuschung hinunter. »Grüß ihn lieb von mir, ja?«

»Natürlich. Auf Wiedersehen, Libby, Süße.«

Libby legte auf. Sie saß im Flur auf dem Stuhl neben dem Telefon, fühlte sich wie betäubt und wusste, dass ihre Tante durch die offene Wohnzimmertür jedes Wort mit angehört hatte. Da erschien Helena auch schon.

»Das ist so schade«, sagte ihre Tante. »Meinst du, dass er eine Art von geistigem Zusammenbruch erlitten hat? Der arme Mann! Muriel glaubt das jedenfalls. Die Teepflanzer haben während des Kriegs verdammt hart gearbeitet, um die Japaner abzuwehren und den Truppen zu helfen. Männer im Alter deines Vaters haben es verdient, sich zur Ruhe zu setzen.«

Libby wusste, dass ihre Tante versuchte, auf ihre typische schroffe Art nett zu sein. Aber ihre Worte machten Libby zu schaffen. Würde sie, wenn sie ihren Vater endlich wiedersah, einen gebrochenen Mann antreffen? War es zu spät für sie beide, ihre besondere Verbundenheit wiederzubeleben? Ihr wurde klar, wie sehr sie sich darauf verließ, dass ihr Vater immer noch dieselbe starke, beschützende Gestalt war, die sie aus ihrer Kindheit in Erinnerung hatte. Es machte ihr Angst, ihn sich schwach und entkräftet vorzustellen, ausgelaugt von Jahren des Kriegs und der Arbeit in den unbarmherzigen Tropen. Sie klammerte sich an den Glauben, dass ihr Vater derjenige sein würde, der die Familie wieder zusammenführte; dass ihre Mutter, wenn sie erst alle wieder zusammen waren, ihre Liebe zu ihrem Mann und zu Indien wiederentdecken würde – und zu Libby.

Der Gedanke erschreckte Libby. Vielleicht war ihr doch wichtig, was Tilly von ihr hielt.

»Möchtest du mit mir zum Bridge bei den Percy-Barratts kommen, Liebes?«, fragte Helena. »Du siehst aus, als könntest du eine Aufheiterung vertragen.«

Das brachte Libby in Bewegung. Sie stand auf. »Danke, Tante Helena, aber ich habe schon andere Pläne.«

»Triffst du dich wieder mit George Brewis?«

»Vielleicht später«, antwortete Libby ausweichend.

»Die Männer von Strachans Agentur sind so nett, nicht wahr?«, sagte Helena. »Als ich jung war, haben wir ja noch ziemlich auf *boxwallahs* als Heiratskandidaten herabgesehen, aber vielleicht war das dumm von uns. Sie sind schließlich diejenigen, die das Geld und eine Zukunft hier haben. Wir Armeefamilien werden gehen müssen.«

Libby musterte ihre Tante prüfend. Etwas an ihrem Tonfall strafte die oberflächlichen Worte Lügen.

»Tante Helena, machst du dir Sorgen, was passieren wird?«, fragte sie.

Helena warf einen Blick hinaus auf die Veranda, wo ihr Vater saß und döste. »Ja, ich mache mir Sorgen. Ich kann mir nicht vorstellen, je wegzuziehen – ich glaube, das würde Papa umbringen –, aber es wird nie mehr so sein wie früher. So viele unserer Freunde sprechen jetzt allen Ernstes davon, in die Heimat zu gehen – Leute, die schon ein Leben lang hier sind. Das ist so verstörend.«

Libby streckte die Hand aus und legte sie Helena auf die Schulter. »Ich weiß. Es kommt einem nicht fair vor, wenn man sein ganzes Leben in diesem Land verbracht hat, oder?«

»Genau«, bestätigte Helena mit zitternder Stimme. »Es ist alles so unfair.«

»Allerdings sehen die Inder auch unsere Anwesenheit hier so«, sagte Libby so sanft, wie sie konnte. »Die britische Herrschaft war zu lange ihnen gegenüber unfair.«

Helena sah sie scharf an. »Ich vermute, das behauptet dein Freund Mr Khan, nicht wahr? Dass die Inder unterdrückt worden sind? Aber macht er sich je die Mühe, darüber nachzudenken, was wir Briten – Generationen von Briten! – Indien geschenkt haben?«

»Er würde einwenden, dass wir viel mehr genommen als gegeben haben«, erwiderte Libby, »und ich glaube, damit hätte er recht.«

Helena versteifte sich. Libby ließ die Hand sinken.

»Nun, ich muss mich jetzt zum Bridge fertig machen.« Helena stolzierte davon.

Libby hatte ein schlechtes Gewissen, weil sie ihre Tante verärgert hatte, aber sie hatte nur die Wahrheit gesagt.

* * *

Nachdem sie den ganzen Nachmittag lang ziellos durch den Maidan gestreift war und halbherzig Skizzen angefertigt hatte, fand Libby sich vor den Amelia Buildings wieder, als die Sonne unterging. Vielleicht hatte sie in ihrem tiefsten Innern von Anfang an hierherkommen wollen – in der Hoffnung, Ghulam über den Weg zu laufen. Vor Nervosität wurde ihr flau im Magen.

Was sollte sie zu ihm sagen? Was, wenn er sie zurückwies und fortschickte? Sie nahm all ihren Mut zusammen: Wenn sie sich jetzt nicht aufraffte, würde sie nie erfahren, was Ghulam wirklich von ihr hielt. Sie betrat das Gebäude. Wenn die Khans nicht da waren, würde sie ihnen eine Nachricht hinterlassen, um sie zum Tee in der Stadt einzuladen – vielleicht im Kwality Café oder bei Firpo's.

Sitara öffnete mit einem einladenden Lächeln die Tür. Fatima machte sich gerade fertig, um auszugehen. Von Ghulam war nichts zu sehen.

»Du hast mich gerade noch erwischt«, sagte die Ärztin. »Entschuldige bitte – ich wünschte, ich hätte im Voraus gewusst, dass du kommen würdest …«

»Nein, ich muss mich entschuldigen«, unterbrach Libby sie. »Ich hätte eine Nachricht schicken sollen, aber ich bin gerade zufällig vorbeigekommen. Ich habe im Maidan gezeichnet.«

»Allein?« Fatima sah sie besorgt an.

»Ja.«

»Du musst dich in Acht nehmen«, mahnte Fatima. »Wissen deine Tante und dein Onkel, wo du bist?«

»Nicht direkt. Sie gehen bestimmt davon aus, dass ich bei George oder bei Flowers bin.« Libby unterdrückte ein gereiztes Seufzen. »Aber ich kann auf mich selbst aufpassen.«

Fatima bedachte sie mit einem langen Blick und nickte dann. »Natürlich. Also hast du deine Abreise nach Assam aufgeschoben? Wie geht es deinem Vater?«

»Er braucht weiter Ruhe«, erklärte Libby. »Ich hänge ein bisschen in der Luft, solange ich nicht weiß, was er von mir erwartet.«

»Das tut mir leid«, sagte Fatima. »Möchtest du gern darüber reden?«

»Danke, aber ich will nicht, dass du meinetwegen zu spät kommst. Vielleicht könnte ich an einem anderen Abend noch einmal vorbeikommen?«

»Nun, wenn du dir sicher bist …«

»Wohin gehst du eigentlich?«, fragte Libby.

»Auf eine Versammlung in Bowbazar – Ghulam hofft, dort eine Rede halten zu können.«

Libbys Herz machte einen Satz. »Was für eine Versammlung?«

»Eine Debatte darüber, was aus Bengalen – und Kalkutta – werden soll, sobald die Briten fort sind.«

»Kann ich mitkommen?«

Fatima wirkte besorgt. »Vielleicht geht es dort hoch her.«

»Aber du willst es riskieren«, hob Libby hervor. »Bitte lass mich mitkommen, Fatima, ja? Ich halte mich ruhig im Hintergrund. Die Leute werden gar nicht merken, dass ich da bin.«

Fatima schenkte ihr ein trockenes Lächeln, das Libby an Ghulam erinnerte. »Nach allem, was mein Bruder mir über dich erzählt hat, fällt es mir schwer zu glauben, dass du während einer politischen Versammlung still wie ein Mäuschen bleiben wirst.«

Libby errötete. »Also hat Ghulam von mir gesprochen?«

Fatima nickte. »Ich glaube, du hast ihn, ganz entgegen seiner Erwartungen, beeindruckt. Und es erfordert einiges, Ghulam zu beeindrucken.«

Libby grinste. »Gut. Er hat mich auch beeindruckt. Ich habe noch nie einen Mann kennengelernt, der sich so voller Leidenschaft und Zielstrebigkeit wie er für eine Sache einsetzt.«

Fatima schob sich ihre Brille auf dem Nasenrücken hoch und musterte Libby.

»Mein Bruder ist in der Tat sehr zielstrebig. Ich liebe ihn von Herzen, aber ich habe mich damit abgefunden, dass seine Kampagnen und Überzeugungen für ihn vor allem und jedem Vorrang haben. Er war schon immer so und wird sich nie ändern.«

»Das bewundere ich an ihm«, sagte Libby.

»Aber es hat ihn zu einem Mann gemacht, der nicht zulässt, dass andere nahe an ihn herankommen.«

Libby spürte, dass ihr heiß wurde. »Warum erzählst du mir das?«

»Darf ich ganz offen sein, Libby?«

»Natürlich.«

»Ich habe dich mit meinem Bruder gesehen, und ich glaube, dass du vielleicht inzwischen eine gewisse Zuneigung für ihn empfindest?«

Libby schluckte. »Ist das so offensichtlich?«

»Für mich ja. Und ich weiß auch, dass er dich mag. Vielleicht würde er unter anderen Umständen zulassen, dass sich eine Freundschaft entwickelt. Aber wir leben in schwierigen Zeiten voller Ungewissheit. Wenn du mich zu der Versammlung begleitest, dann nur als meine Freundin und nicht, weil du Ghulam sehen willst. Verlieb dich nicht in ihn, Libby; das wird dir nur das Herz brechen.«

Libby hob die Hände an ihre brennenden Wangen. Sie schämte sich, weil Fatima ihre Gefühle für Ghulam so mühelos erraten hatte. Hatten Bruder und Schwester auch über Libbys zunehmende Schwärmerei für ihn gesprochen? Sie musste es wissen.

»Hast du auf diese Art mit Ghulam über mich geredet?«

»Nein«, sagte Fatima, »ich gebe dir nur unter dem Siegel der Verschwiegenheit einen guten Rat – von Frau zu Frau.«

Libby fühlte sich elend. Aber Fatima bestätigte nur ihre eigenen Befürchtungen, dass es für Ghulam und sie nie den richtigen Ort und den richtigen Zeitpunkt geben würde. Er war kein Mann, der seine eigenen Gefühle oder Wünsche über sein politisches Engagement stellte, und das war mit ein Grund dafür, dass sie sich zu ihm hingezogen fühlte. Er hatte sein ganzes Leben damit verbracht, für ein freies und sozialistisches Indien zu kämpfen. Herzensangelegenheiten würden dahinter immer zurückstehen müssen. Fatima war nur direkt, um Libby viel Herzschmerz zu ersparen. Trotzdem wünschte sich Libby, dass sie diejenige sein würde, die Ghulam änderte.

»Hat Ghulam je einer Frau nahegestanden?«, wollte Libby wissen.

Fatima zögerte. »Ja, ein einziges Mal. Er hatte im Laufe der Jahre viele oberflächliche Freundschaften mit Frauen – größtenteils Genossinnen in der Partei –, aber diese eine Frau war anders.«

Libby schluckte erneut. »In welcher Hinsicht? Hat er sie geliebt?«

»Ja, sogar sehr. Aber sie haben sich heftig gestritten – sie ist als Kämpferin zur Indian National Army gegangen und hat Ghulam vorgeworfen, Indien zu verraten. Du kannst dir vorstellen, wie sehr ihn das verletzt hat.«

»Wie grausam von ihr«, empörte sich Libby.

Fatima bedachte sie mit einem mitleidigen Blick. »Ja, aber er bewahrt bis heute eine Fotografie von ihr auf.«

Eifersucht durchzuckte Libby. »Wo ist diese Frau heute?«

Fatima zuckte die Schultern. »Wahrscheinlich wieder in Delhi. Von dort stammte sie. Das heißt – sofern sie den Krieg überlebt hat. Ghulam spricht nie von ihr.«

Libbys Herz zog sich um Ghulams willen zusammen – aber auch wegen ihrer hoffnungslosen Liebe zu ihm.

Fatima berührte sanft ihren Arm. »Es tut mir leid, aber es ist das Beste, wenn du es weißt. Ich habe Verständnis dafür, wenn du jetzt nicht mehr mit zu der Versammlung kommen willst.«

Libby grub die Fingernägel in ihre Handflächen; sie würde sich keine Blöße geben. »Natürlich will ich immer noch mitkommen. Mein Interesse an dem, was aus diesem Land wird, ist durch das, was du mir gerade erzählt hast, nicht geringer geworden. Ich hoffe, du hältst mich nicht für derart oberflächlich.«

Fatima lächelte. »Ich halte dich überhaupt nicht für oberflächlich, Libby. Du bist eine bemerkenswerte junge Frau. Wenn es nur mehr Briten wie dich gäbe, hätten wir schon vor einer Generation die Unabhängigkeit erlangt.«

Bei diesen großzügigen Worten überkam Libby eine Welle der Dankbarkeit. »Danke.«

»Sprichst du Bengali?«, wollte Fatima wissen.

»Sehr wenig«, gestand Libby.

»Vielleicht verstehst du nicht alles, was gesagt wird«, meinte Fatima, »aber ich tue mein Bestes, um dir zu erläutern, worüber diskutiert wird. Ghulam wird wahrscheinlich Englisch sprechen, damit alle ihn verstehen. Und jetzt beeil dich, sonst kommen wir noch zu spät.«

* * *

Trotz der surrenden Deckenventilatoren war der Saal heiß und stickig und quoll vor Menschen – überwiegend Männern – über. Die Versammlung hatte schon begonnen. Ein Mann, der die weiße Kleidung und die Mütze eines Mitglieds der Kongresspartei trug, sprach auf Englisch zur Menge und plädierte für ein vereintes Indien.

»Ich glaube, das ist einer der Parteiführer aus Delhi«, flüsterte Fatima.

Da sie keine Sitzplätze mehr fanden, stellten Fatima und Libby sich hinten im Raum neben eine Handvoll anderer junger Frauen. Libby ignorierte die neugierigen Blicke, die die Umstehenden ihr zuwarfen, und reckte den Hals, um Ghulam zu erspähen. Ihr Herz tat einen Sprung, als sie ihn hinter dem Redner entdeckte. Als der Mann zum Ende kam, standen ein paar Zuschauer auf, um zu klatschen, aber andere bekundeten laut ihr Missfallen. Der Lärm schwoll an, und die Rufe, die hin und her gingen, klangen übellaunig, obwohl Libby kaum etwas davon verstand.

Ghulam trat vor und hob die Hände, um zur Ruhe zu mahnen.

»Genossen!«, brüllte er. »Wie heißt es doch so schön über die Einwohner von Kalkutta? *Hat man einen, hat man einen Dichter. Hat man zwei, hat man eine politische Partei. Und hat man drei, dann hat man zwei politische Parteien.*«

Gelächter brandete auf, und der Lärm legte sich.

»Das hier sind aufregende Zeiten für unsere Nation, und einige von uns haben unterschiedliche Visionen hinsichtlich dessen, was genau diese Nation umfassen sollte. Aber was uns alle zusammenschweißt, ist unser Wunsch nach Freiheit und nach dem Recht, über unser eigenes Schicksal zu entscheiden. Lasst keinen Streit unter Brüdern zu – das hier ist nicht die Zeit für Uneinigkeit.«

»Es ist zu spät!«, rief ein Mann und sprang auf. »Die Muslime schlachten unsere Brüder im Pandschab ab. Es ist nur eine Frage der Zeit, bevor es auch in Kalkutta wieder so weit kommt – genau wie letztes Jahr.«

»Die Gewalt ging von beiden Seiten aus«, konterte Ghulam. »Als Journalist bin ich in unserer Stadt auch Zeuge von Gräueltaten an Muslimen geworden.«

»Die Hindus haben nur in Notwehr gehandelt!«, protestierte der Mann.

»Nein«, widersprach Ghulam ihm, »die Gewalt war organisiert – die militanten Hindus hatten sich wochenlang vorbereitet, Waffen gesammelt und leicht zu beeindruckenden Jugendlichen eingeredet, dass die Muslime ihre Feinde wären. Aber es sind die reichen Hindu-Landbesitzer, die schuld sind. Sie hetzen die untersten Kasten zum Kampf auf, damit sie sich ganz Westbengalen als reiche Beute unter den Nagel reißen können. Die einfachen Leute haben nichts von einer

Teilung – im Gegenteil: Sie sind diejenigen, die entwurzelt werden, ihre Heimat und ihre Lebensgrundlage verlieren. Die Gewinner werden die reichen Marwari-Kaufleute sein, die ihre Konkurrenten verdrängen wollen. Sie sind diejenigen, die die Gewalt in unserer Stadt finanzieren.«

»Das ist eine Lüge!«, schrie jemand anders.

»Nicht deine Stadt, Khan!«, sagte der erste Zwischenrufer laut und zeigte anklagend mit dem Finger auf Ghulam. »Du bist ein Pandschabi.«

»Und Muslim!«, rief ein anderer.

Libby schnürte sich vor Angst um Ghulam die Brust zu. Sie spürte, dass plötzlich Anspannung in der Luft lag.

»Ich bin Inder!«, schrie Ghulam mit leidenschaftlichem Gesichtsausdruck. »Wir sind alle Inder! Deshalb müssen wir fest zusammenhalten«, beschwor er die Menge. »Lasst nicht zu, dass die britische Taktik *Teile und herrsche!* unser neues Indien spaltet. Es gibt keinen Platz für ein eigenständiges Bengalen – oder für ein geteiltes.«

»Das sehen wir anders«, sagte ein Aktivist der Kongresspartei, der neben Ghulam stand. »Die Bengal Congress Party ist zu dem Schluss gekommen, dass den Staat zu teilen die einzige Möglichkeit ist, die Sicherheit aller zu garantieren.«

»Wessen Sicherheit?«, fragte Ghulam herausfordernd. »Die der Wanderarbeiter aus dem Landesinnern, die sich abrackern, um in Kalkutta ihren Lebensunterhalt zu verdienen?«

»Die muslimischen Bengalen sind in Ostbengalen besser dran – und das wollen sie doch auch.«

»Und was ist mit der Hindu-Minderheit in Ostbengalen?«, hielt Ghulam hitzig dagegen. »Soll das etwa heißen, dass sie die einzige Heimat verlassen soll, die sie je gekannt hat? Hat Gandhi dort letzten Winter seine Zeit verschwendet und sich für nichts und wieder nichts halb zu Tode gehungert?«

»Gandhi ist doch von gestern! Gewaltlosigkeit bedeutet Jinnahs Liga nichts – und auch nicht seinem Mischlingslakaien Suhrawardy, der unsere Stadt zum Vorteil von seinesgleichen führt, nicht zu unserem.«

»Es sollte keine Rolle spielen, ob wir Muslime oder Hindus sind«, erwiderte Ghulam gereizt. »Wir alle wollen das Beste für Bengalen und Indien.«

»Wir sind nicht alle gleich!«, schrie sein ursprünglicher Gegner. »Wir haben einen Feind im Innern – und das sind die Muslime, die unter uns leben und so tun, als wären sie unsere Freunde, während sie sich verschwören und planen, uns umzubringen.«

»Das ist lächerlich!«, gab Ghulam zurück.

Libbys Herz begann zu hämmern. Die Atmosphäre brodelte vor Feindseligkeit. Sie bewunderte Ghulam dafür, dass er sich nicht einschüchtern ließ, und hatte doch zugleich Angst um ihn.

Der Kongressanhänger neben ihm legte ihm eine Hand auf den Arm. »Wir glauben das nicht alle, Genosse, aber leider sind viele davon überzeugt. Die einzige Möglichkeit, dem Blutvergießen Einhalt zu gebieten, besteht darin, sich auf eine Teilung zu einigen. Geben wir der Liga doch ihr Pakistan und konzentrieren uns darauf, ein neues Indien aufzubauen. Verschwende deine Energie nicht darauf, mit deinen Landsleuten zu streiten, wenn es andere Schlachten zu gewinnen gibt – etwa die, den Maharadschas ihre Macht und ihren Reichtum zu nehmen.«

»Ja«, stimmte der Mann in der Menge zu, »wir wollen unseren eigenen Staat für Westbengalen.«

»*Jai Hind!* Sieg für Indien!«

Dann konterte jemand trotzig mit einem Sprechgesang: »*Pakistan Zindabad!* Lang lebe Pakistan!«

Im ganzen Saal brachen Geschrei und Streitereien aus. Libby erkannte die Enttäuschung in Ghulams Miene. Er sah sich nach Unterstützung um – vielleicht nach Fatima. Einen Moment lang fing er Libbys Blick auf. Vor Überraschung stand ihm der Mund offen. Der Appell, den er gerade an die Menge hatte richten wollen, erstarb auf seinen Lippen. Immer mehr Leute drehten sich um und starrten die beiden Frauen an. Einige begannen zu tuscheln und Fragen zu stellen, aber Libby verstand nichts. Wenige Augenblicke später wurde Ghulam gewaltsam von der Bühne gedrängt, und auf der Versammlung brach Chaos aus.

Fatima packte Libby am Arm. »Wir müssen hier weg!«, stieß sie hervor. »Es wird gefährlich.«

Ihr Gesicht wirkte so besorgt, dass Libby nicht widersprach. Aber als sie versuchten, zur Tür vorzudringen, wurden sie vom Gedränge der Leute ringsum aufgehalten, weil auch andere den Saal zu verlassen versuchten. Die Stimmung war explosiv: Einige stritten sich, andere konnten es nicht abwarten wegzukommen. Libby hörte, wie das Wort »Britisher« gezischt wurde. Fatima drängelte sich durch und hielt dabei Libbys Arm fest. Dann drängte sich jemand, der es sehr eilig hatte hinauszugelangen, zwischen sie, und die beiden Frauen wurden voneinander getrennt.

Während Fatima in einem Meer von Menschen zum Ausgang geschwemmt wurde, musste sie hilflos zusehen, wie Libby angerempelt und in die entgegengesetzte Richtung gedrängt wurde.

»Geh!«, rief Libby ihr zu. »Wir treffen uns draußen!«

Als Fatima aus ihrem Blickfeld verschwand, erschien ein kampfeslustiger Mann mit schwarzer Mütze neben ihr und presste sich an sie. Er bleckte die Zähne, die rot vor *paan* waren.

»Verschwinde, du Britisher-Spionin!«

»Ich bin keine Spionin!« Libby erwiderte grimmig seinen Blick und versuchte, ihn von sich zu stoßen. »Ich bin in Indien geboren und aufgewachsen – ich habe jedes Recht, hier zu sein.«

Er spuckte ihr ins Gesicht. »Verzieh dich aus Indien, Britisher-Hure!«

Libby zuckte zurück, kniff die Augen zu und wischte sich über die Wange. Der Angreifer schrie zornig auf. Sie öffnete die Augen und sah, wie er von hinten von einem größeren Mann gepackt wurde, der ihn aus dem Weg stieß. Libby atmete auf, als sie sah, dass es Ghulam war. Wortlos packte Ghulam ihre Hand und bahnte sich mit ihr einen Weg durch die aufgebrachte Menschenmenge. Er kämpfte sich zur Tür durch und zog Libby hinter sich her. Männer riefen Drohungen. Mit vor Furcht hämmerndem Herzen klammerte Libby sich an Ghulam fest und hatte Angst, dass sie auch noch von ihm getrennt werden würde.

Wenige Minuten später waren sie auf der Straße. Vergeblich hielten sie nach Fatima Ausschau. Die Sonne war mittlerweile untergegangen. Öllampen flackerten an Ständen, und Schatten dräuten. Ghulam führte sie rasch hinter eine alte Kolonnade in die schützende Dunkelheit.

Dort fuhr er unvermittelt zu ihr herum. »Was um alles in der Welt machst du mit Fatima hier?«, fragte er.

»Ich wollte die Debatte hören«, keuchte Libby. »Ich habe in eurer Wohnung vorbeigeschaut, und Fatima war gerade auf dem Sprung.«

»Sie hatte kein Recht, dich mitzubringen«, gab er zornig zurück.

»Mach deiner Schwester keine Vorwürfe«, bat Libby. »Ich habe sie überredet, mich mitzunehmen. Und warum sollte ich nicht hier sein?«

»Hast du eine Ahnung, in welche Gefahr du sie gebracht hast – und dich selbst?«, schimpfte er. »Das hier ist kein höflicher Debattierclub – wir kämpfen für Indien, und da sind die Gemüter erhitzt.«

»Das ist mir klar ...«

»Dennoch erwartest du, einfach hereinspazieren und zuschauen zu können wie bei einer eurer Wildschweinjagden vor Publikum.«

Libby wurde sich plötzlich bewusst, dass er immer noch ihre Hand umklammert hielt. Sie riss sich los.

»Du glaubst also, dass ich hier bin, um mich als große Herrin aufzuspielen?«, fragte sie erregt und zitternd vor Adrenalin. »Nichts könnte weiter von der Wahrheit entfernt sein. Wenigstens ist deiner Schwester bewusst, dass ich mich aufrichtig für Indiens Zukunft interessiere – sonst hätte sie mich nicht mitgenommen.«

»Ich dachte, du hättest sie überredet?«, entgegnete er.

»Aber sie war einer Meinung mit mir«, sagte Libby. »Weil wir beide glauben, dass wir Frauen genauso sehr ein Recht darauf haben, dabei zu sein, wie ihr Männer – es ist auch unsere Zukunft.«

Ghulam beugte sich so dicht zu ihr, dass Libby die Wut in seinen gelbgrünen Augen aufblitzen sah.

»Nein, Libby«, knurrte er, »es ist nicht deine Zukunft. Ihr Briten habt nichts mehr dabei zu sagen, was aus Indien wird – abgesehen davon, dass ihr das Datum festsetzt, zu dem ihr eure Kolonialherrschaft beendet und uns endlich die Freiheit schenkt. Das ist die letzte Entscheidung, die ihr je über uns Inder fällen werdet. Es wird Zeit, dass du das akzeptierst.«

Seine Worte verletzten Libby tiefer als die Feindseligkeit und das Angespucktwerden, die sie gerade im Saal hatte erdulden müssen.

»Ich dachte, wir wären auf derselben Seite«, sagte sie und starrte ihn ihrerseits böse an. »Ich war mit allem einverstanden, was du auf der Versammlung gesagt hast. Auch ich glaube, dass eine Teilung eine Tragödie wäre. Ich verlange kein Mitspracherecht bei Indiens Zukunft, aber ich werde um mein Recht kämpfen, hier zu leben.«

»Du bist britische Staatsbürgerin«, hob er hervor, »keine indische. Du hast eine Wahl, wo du lebst – wir echten Inder nicht.«

Sie hielt seinem Blick stand. »Was ist ein echter Inder, Ghulam?«, fragte sie hitzig. »Sollte das die Minderheiten hier nicht einschließen? Oder willst du über die lästigen Ausnahmen gar nicht erst nachdenken – die Anglo-Inder wie Flowers und meine Verwandte Adela oder sogar die in Indien geborenen Europäer wie mich? Sind wir nicht rein genug für das neue Indien?«

»So habe ich das nicht gemeint …«

»Denn wenn das deine Einstellung ist, dann bist du nicht besser als die Hindu-Extremisten, die Indien von den Muslimen und Sikhs befreien wollen. Denn sobald man anfängt, eine Gruppe auszuschließen, wo hört man dann auf?«

Sie funkelten einander an. Libby sah, wie Ghulam zornig die Kiefermuskeln anspannte. Unvermittelt wandte er sich von ihr ab und sagte knapp: »Ich muss meine Schwester suchen. Ich hole dir eine Rikscha, die dich nach Hause bringt.«

»Ich will mich auch überzeugen, dass Fatima in Sicherheit ist«, entgegnete Libby. »Ich komme mit.«

Ghulam seufzte gereizt. »Na gut.«

Sie wagten sich aus dem Schatten hervor und beobachteten die Leute, die vor dem Saaleingang herumliefen. Die Zahl war schon zurückgegangen. Viele Menschen waren, beunruhigt von der explosiven Stimmung, die bei der Versammlung aufgekommen war, bereits nach Hause geeilt.

»Da ist sie ja!«, rief Libby, als sie Fatima erspähte, die auf dem gegenüberliegenden Bürgersteig nervös an einem Rikschastand wartete.

Sie eilten hinüber. Die Frauen fassten sich erleichtert an den Händen.

»Ist alles in Ordnung?«, fragte Fatima. »Es tut mir leid, dass es mir nicht gelungen ist, bei dir zu bleiben.«

»Mir geht es gut«, versicherte Libby ihr. »Verzeih mir, dass ich dich in Gefahr gebracht habe.«

»Das hast du nicht getan.«

»Dein Bruder sieht das anders«, antwortete Libby und warf Ghulam einen wütenden Blick zu.

»Ihr wart beide unnötig leichtsinnig«, sagte er verärgert. »Wir müssen weg von hier, für den Fall, dass diese Männer *goondas* haben, die nur darauf warten, eine Schlägerei anzuzetteln.«

Vor Angst wurde Libby flau im Magen. Ghulam winkte zwei Rikschas heran. Er half seiner Schwester in eine davon.

»Fahr direkt nach Hause, Fatima«, wies er sie an. »Ich bringe Libby nach Alipur.«

Die Frauen verabschiedeten sich hastig voneinander, dann stieg Libby, gefolgt von Ghulam, in die zweite Rikscha.

Libby und Ghulam saßen schweigend da, während sie die Straße entlangholperten. Libbys Herz hämmerte vor Zorn und Aufregung. Ghulam trieb sie zur Weißglut. Warum war er nur so verbohrt in seinem Vorurteil gegen sie? Und dennoch hatte er sie im Saal aus einer unschönen Situation gerettet – eine ritterliche Geste, die wahrscheinlich die Abneigung der militanten Hindus gegen ihn nur noch verstärken würde. Durch ihre Anwesenheit hatte sie die ohnehin schon angespannte Lage noch verschlimmert. Die Wut und die Feindseligkeit im Saal hatten sie zutiefst erschüttert. Bis dahin war ihr nicht vollständig klar gewesen, wie ungewiss und gefährlich die Zukunft für Indien war – und für Männer wie Ghulam.

In der Chowringhee Street stiegen sie in ein Taxi um, das sie nach Alipur hinausbringen sollte. Als sie sich New House näherten, fühlte Libby sich elend.

»Es tut mir leid, dass ich dir und Fatima Ärger bereitet habe«, platzte sie heraus. »Du hast recht: Ich hätte gar nicht erst zu der Versammlung gehen sollen. Ich habe nicht nachgedacht. Ich war nur neugierig. Meine Wissbegier ist ein großer Charakterfehler von mir. Aber wenn ich gewusst hätte, dass solche Animositäten herrschen …« Sie wandte sich ihm auf dem Sitz neben ihr zu. »Habe ich alles sehr viel schlimmer für dich gemacht?«

Er musterte sie mit seinem intensiven Blick. »Nein, ich glaube nicht, dass mein Umgang mit Memsahibs einen Unterschied macht. Die Anhänger der Hindu-Mahasabha-Partei hassen mich ohnehin schon aus tiefster Seele.«

»Weil du Kommunist bist – oder weil du Muslim bist?«

Er lachte ohne Heiterkeit. »Beides. Und wegen der Artikel, die ich gegen sie und ihre absonderliche Form von Nationalismus geschrieben habe.«

Impulsiv streckte Libby den Arm aus und legte ihre Hand auf seine. »Sag mir, was ich tun soll. Ich möchte mich hier nützlich machen, aber ich bin ratlos. Es ist, als ob die Welt außer Kontrolle gerät und jeder zornig ist oder vor irgendetwas Angst hat. Es sollte eine neue Morgendämmerung sein – aber so fühlt es sich nicht an.«

Libby rechnete nicht mit einer Antwort, aber immerhin entzog Ghulam ihr seine Hand nicht. Das Taxi wurde langsamer, als es in die ruhige, grüne Straße in Alipur abbog, in der die Watsons lebten, und hielt dann an.

»Tu, was in deiner Macht steht, Libby«, sagte Ghulam plötzlich. »Es muss nichts Großes sein, was Schlagzeilen macht.«

»Was denn zum Beispiel?«, fragte sie und musterte prüfend sein Gesicht.

»Fahr deinen Vater besuchen«, antwortete Ghulam. »Er ist krank und braucht dich.«

Sie war verblüfft über seinen Vorschlag. Sie wollte etwas Großartiges und Edles tun, das für die Menschen in Indien etwas ändern würde. Etwas so Kleines und Persönliches hatte sie nicht gemeint.

»Er hat mich nicht gebeten zu kommen«, konterte sie.

»Vielleicht tut er das auch nie. Willst du in Kalkutta Däumchen drehen, weil du Angst davor hast, ihm gegenüberzutreten? Denn wenn das so ist, bist du nicht die tapfere Frau, für die ich dich halte.«

Sein Appell erschütterte Libby. Sie dachte daran, dass Ghulam von seiner eigenen Familie vor die Tür gesetzt worden war. Es überraschte sie, dass er es für wichtig hielt, dass sie ihren Vater besuchte. Vielleicht hatte er erraten, dass sie, obwohl sie immer behauptete, ihren Vater wiedersehen zu wollen, zugleich Nervosität dabei empfand. Womöglich wollte Ghulam aber auch nur, dass sie die Stadt verließ. Als hätte er ihre Gedanken gelesen, setzte er hinzu: »Das Einzige, was ich bereue, ist vielleicht, dass ich meine Mutter nicht wiedergesehen habe, bevor sie gestorben ist.«

Libbys Augen brannten plötzlich vor Tränen der Rührung. Er wirkte wie solch ein starker Mann – einer, der sich nie eine Schwäche anmerken lassen würde –, und doch schwang in seinen Worten eine bittersüße Zärtlichkeit mit. Obwohl sie sich gestritten hatten und der Abend so spannungsreich verlaufen war, verfügte Ghulam noch über die Menschlichkeit, über ihr Verhältnis zu ihrem Vater nachzudenken – und damit zu einem Mann, dessen Machtposition in den Teegärten er verabscheute. Sie begann gerade erst, die Tiefe von Ghulams Weisheit und seines Mitgefühls mit anderen Menschen – sogar mit seinen Gegnern – zu ermessen.

»Danke«, sagte Libby.

Instinktiv beugte sie sich zu ihm und presste ihren Mund in einem kräftigen Kuss auf seinen. Dann öffnete sie schnell die Tür und stieg aus, bevor er die Zeit hatte zu reagieren.

Sie sahen einander an. Ghulams gut aussehendes Gesicht war ausdruckslos. Dann fuhr das Taxi davon. Libby wurde von einer Welle der Reue erfasst. Sie hatte Ghulam nicht nur durch ihre impulsive Teilnahme an der Versammlung verärgert und so für Unfrieden zwischen Fatima und ihrem Bruder gesorgt, sondern jetzt auch noch mit ihrem törichten Kuss in Verlegenheit gebracht. Er würde die Dinge zwischen Ghulam und ihr noch zehnmal peinlicher machen, falls sie sich je wieder begegneten. Was um alles in der Welt hatte sie nur geritten?

Libby zog sich den Gartenweg entlang zurück. Ihre Wangen brannten, und das nicht nur von der abendlichen Hitze. Als sie das Haus erreichte, hatte sie eine Entscheidung gefällt. Am nächsten Morgen würde sie Flowers kontaktieren, und wenn ihre Freundin noch mit ihr nach Assam kommen wollte, würde Libby alles organisieren, um so bald wie möglich abzureisen. Wenn nicht, würde sie trotzdem fahren.

Erst später, als sie im Bett lag und die Ereignisse des Abends noch einmal im Kopf durchging, fiel ihr wieder ein, dass sie ihren Jutebeutel mit dem Skizzenblock und den Bleistiften in der Wohnung der Khans in den Amelia Buildings gelassen hatte. Was, wenn Ghulam den Block durchblätterte und die Karikatur entdeckte, die ihn als schmollenden Tiger zeigte? Libby kuschelte sich mit einem Seufzen tiefer in die Kissen. Ghulam Khan und sie würden einander vermutlich nie mehr zu Gesicht bekommen, und zweifelsohne wünschte er sich auch nichts anderes. Welchen Zweck hatte es also, sich darüber Gedanken zu machen?

Libby seufzte noch einmal, diesmal bedauernd, und zwang sich, an etwas anderes zu denken. Sie würde zu ihrem Vater fahren. Bald würde sie wieder in Assam sein. Deshalb hatte sie doch schließlich überhaupt diese lange Reise unternommen, nicht wahr?

* * *

Unfähig zu schlafen, stieg Ghulam aufs Flachdach der Amelia Buildings, um zu rauchen. Etwas, das Libby gesagt hatte, ließ ihm einfach keine Ruhe: *Es ist, als ob die Welt außer Kontrolle gerät und jeder zornig ist oder vor irgendetwas Angst hat …*

So kam es auch ihm vor – als ob die Dinge seiner Kontrolle entglitten. Die Versammlung war aufgeheizt gewesen und hatte vor Feindseligkeit gebrodelt. Die Leute waren schon im Voraus überzeugt, dass die Teilung Bengalens kommen würde, ob sie wollten oder nicht, und genauso sprachen sie vom Pandschab. Die Kongresspartei war mittlerweile mehrheitlich der fatalistischen Überzeugung, dass der einzige Weg, Indien zu retten, darin bestand, ihm beide Arme zu amputieren: den Pandschab im Westen und Bengalen im Osten.

Während der Versammlung hatte Ghulam begonnen, sich entmutigt zu fühlen. Er hatte im Saal Ausschau nach Fatima gehalten. Die Gegenwart seiner jüngeren Schwester beruhigte und tröstete ihn immer. Er hatte sich daran gewöhnt, sich mehr und mehr auf sie zu verlassen. Ganz gleich, was geschah, Fatima hielt immer an ihrem stillen Optimismus fest, dass sich die Dinge schon zum Besten wenden würden. Dann hatte er Libby entdeckt, die mit Fatima hinten im Saal an der Wand gestanden hatte. Einen Moment lang war er sprachlos vor Überraschung gewesen und hatte geglaubt, er müsse sich geirrt haben. Aber die großen herausfordernd dreinschauenden dunkelblauen Augen und der ausdrucksvolle Mund, der sich zu einem aufmunternden Lächeln verzog, als sich ihre Blicke trafen, konnten niemand anderem gehören.

Bei der Erinnerung daran bekam Ghulam wieder Herzklopfen. Sein erstes Gefühl war helle Freude darüber gewesen, dass sie gekommen war, um ihn sprechen zu hören – unmittelbar gefolgt von Wut darüber, dass sie sich selbst und auch Fatima in Gefahr brachte, indem sie sich offen auf der chaotischen Veranstaltung sehen ließ. Natürlich hatte sie als Memsahib Argwohn und Groll auf sich gezogen.

Ghulam nahm einen tiefen Zug aus seiner Zigarette. Er hätte seiner Schwester gar nicht erst von der Versammlung erzählen sollen. Die Atmosphäre war offen muslimfeindlich gewesen. Doch Fatima versicherte ihm immer wieder, dass der Zorn und die Furcht zwischen den verschiedenen Religionsgruppen sich in Luft auflösen würden, sobald eine politische Einigung erreicht war. Er durfte den Glauben daran nicht verlieren.

Er lehnte sich gegen die Brüstung, freute sich über die abendliche Brise, die ihm über Haar und Gesicht strich, und sah nach Süden Richtung Alipur. Die verschwommenen Umrisse der dunklen Bäume verdeckten die Häuser.

»Oh, Libby!«, seufzte er.

Die junge Frau weckte derart widerstreitende Gefühle in ihm: Ärger und Groll, Bewunderung und Zuneigung. Als er gesehen hatte, wie sie auf der Versammlung von dem widerlichen Zwischenrufer angegangen worden war, hatte Ghulam darüber gestaunt, was für einen Beschützerdrang er plötzlich für sie empfunden hatte, als er ihr zu Hilfe geeilt war.

Er zündete sich noch eine Zigarette an. Er musste zugeben, dass er nicht nur darüber nachgrübelte, dass die Welt außer Kontrolle geriet, sondern auch über seine Gefühle für das Robson-Mädchen. Wie oft hatte das Bild von Libby in ihrem grünen Satinkleid in den letzten Tagen vor seinem inneren Auge gestanden? Sie darin auf der Veranda der Watsons zu sehen, hatte ihm den Atem verschlagen: Ihre sinnliche Figur und ihr glänzendes Haar, ihre hypnotisierenden dunkelblauen Augen und ihre durchscheinende Haut, die dafür sorgte, dass man ihr ihre Emotionen ansah, wenn ihr das Blut schon beim kleinsten Kompliment in die Wangen schoss. Sie war schön.

Ghulam war nur widerwillig auf die Geburtstagsparty mitgegangen, um Fatima einen Gefallen zu tun, und hatte vorgehabt, so kurz wie möglich zu bleiben. Aber er war unfähig gewesen, den Blick von Libby zu wenden oder die Eifersucht zu unterdrücken, die ihn durchzuckt hatte, als er sie mit ihren anderen männlichen Freunden hatte tanzen sehen. Er hatte so getan, als sei es ihm gleichgültig, dass sie ihn gebeten hatte, mit ihm zu tanzen. Aber als er sie in die Arme genommen hatte, hatte ihn ein Begehren durchströmt, das er seit Jahren nicht mehr empfunden hatte.

Es war lächerlich, so etwas für eine Britisher-Frau zu empfinden, die noch dazu nur halb so alt war wie er, aber er konnte nichts dagegen tun. Er ertappte sich dabei, an sie zu denken, wenn er versuchte, Artikel zu schreiben, wenn er einen Fetzen Bandmusik im Radio hörte oder wenn er übermüdet im Bett lag und keinen Schlaf fand. Ruhelos fragte Ghulam sich, was für Liebhaber sie wohl schon gehabt hatte.

Er wusste, dass solche Aufwallungen von Verlangen fruchtlos waren. Aus einer Beziehung mit Libby konnte nichts werden, und es wäre falsch gewesen, ihr Hoffnungen zu machen. Außerdem hatte Fatima ihm gerade erzählt, dass sie Libby davor gewarnt hatte, Gefühle für ihn zu entwickeln, weil er mit seiner politischen Sache verheiratet sei. Er war dankbar, dass seine Schwester so offen mit dem britischen Mädchen geredet hatte.

Aber was war mit dem Moment der Intimität im Taxi früher am Abend? Sein Pulsschlag hatte sich beschleunigt, als sie die Hand auf seine gelegt und ihm dann diesen kurzen, elektrisierenden Kuss auf die Lippen gegeben hatte. Wenn sie länger geblieben wäre, hätte er sie dann in seine Arme gezogen und sie richtig geküsst? Ghulam seufzte tief. Er hatte wirklich gewollt, dass sie mit ihrem Vater wiedervereint wurde, und wusste, wie schwierig es nach der langen Trennung für beide werden würde. Er hatte ihr den Vorschlag nicht gemacht, um sie aus seinem Dunstkreis zu entfernen. Aber es verschaffte ihm eine gewisse Erleichterung, daran zu denken, dass Libby nach Assam weiterreisen würde. Er konnte wieder an die Arbeit gehen, ohne sich Sorgen machen zu müssen, ihr über den Weg zu laufen – und vielleicht konnte er sie sich so auch besser aus dem Kopf schlagen.

Ghulam drückte seine Zigarette aus und ging nach unten.

13

Herbert's Café, Newcastle, England, April 1947

Adela warf einen Blick aus dem Fenster der stickig heißen Küche und sah, dass Joan bei Sam im Hinterhof herumlungerte und eine seiner Zigaretten rauchte. Sie hatte sich schon gefragt, wo die Drückebergerin abgeblieben war. Sam, der auf dem Weg aus dem Garten hierher war, hatte sich offensichtlich von der Arbeit ablenken lassen. Zu seinen Füßen stand eine Kiste mit Frühkohl. Wut stieg in Adela auf, und sie eilte zur Tür.

»Sobald die Scheidung durch ist, heiraten Tommy und ich«, erzählte Joan gerade und warf ihr blondes Haar zurück. »Anders als all die Lästermäuler hier stört es ihn nicht, dass ich schon einmal verheiratet war, und er ist doppelt so respektabel wie sie, da er doch die Verantwortung für Major Gibsons Ställe trägt.«

»Es ist schön, dass Tommy deine Tochter Bonnie an Kindes statt annehmen möchte«, sagte Sam, hob seinen ramponierten Hut an und kratzte sich den Kopf. Sein Gesicht glänzte vor Schweiß, und seine Hände waren schmutzig von der Gartenerde. Die vertraute Zuneigung zu ihrem Mann durchströmte Adela, wich aber sogleich dem Ärger über Joan.

»Joan, komm bitte, du wirst im Café gebraucht«, befahl Adela. »Doreen schafft es nicht, gleichzeitig zu kellnern *und* abzuwaschen.«

Joan blies einen Rauchkringel aus. »Na, bald wird sie ohne mich zurechtkommen müssen. Ich werde hier nicht mehr lange aushelfen. Tommy hat ein Haus auf Major Gibsons Gut, und ich ziehe hoch nach Willowburn, sobald wir verheiratet sind.«

»Das erzählst du uns ständig«, erwiderte Adela.

»Die einzige Aufgabe, die ich dann noch haben werde, ist, mich um Tommy zu kümmern«, verkündete Joan und starrte mit einem verträumten Lächeln in die Ferne.

»Und um Bonnie«, rief Sam ihr ins Gedächtnis.

»Dann will ich hoffen, dass Tommy gut darin ist, selbst zu kochen und zu putzen«, murmelte Adela.

»Adela!«, sagte Sam mit einem Blick, der halb amüsiert, halb tadelnd war.

Sie ignorierte seinen Versuch, sie zu bremsen. »Bis dahin kannst du jedenfalls in unserer Küche üben, Joan, wenn es dir nicht zu ungelegen kommt. Du wirst dafür bezahlt, schon vergessen?«

»Apropos«, entgegnete Joan, »Tommy ist der Meinung, dass ich viel besser bezahlt werden sollte. Er findet, dass ihr meine Gutmütigkeit ausnützt.«

»Deine Gutmütigkeit?«, blaffte Adela. »Mir scheint es eher so, dass wir gutmütig deine Faulheit tolerieren. Du kommst hereinspaziert, wenn es dir gerade passt, und gehst früher.«

»Nur weil ich Bonnie von Mrs Brewis abholen muss«, entgegnete Joan.

»Oder weil du dich ins Kino schleichen willst«, warf Adela ihr vor.

Joan lief rot an. »Na ja, wir brauchen doch alle dann und wann ein bisschen Freizeit – Mutter zu sein, ist harte Arbeit.«

Die Bemerkung kränkte Adela. Joan gehörte zu den wenigen Menschen, die wussten, dass sie ihr Baby weggegeben hatte. War das eine Anspielung, um sie zu verletzen?

»Harte Arbeit für Tante Olive, meinst du wohl«, konterte sie. »Ich kann mir nicht vorstellen, wie du zurechtkommen willst, wenn du meine Tante nicht mehr hast, die den ganzen Tag auf Bonnie aufpasst.«

Joan winkte verächtlich ab. »Ich brauche Georges Mutter nicht mehr, wenn ich erst oben in Willowburn bin. Da gibt es dann nur noch Bonnie, Tommy und mich – ein perfektes Leben.«

Adela verbiss sich eine spitze Bemerkung darüber, dass Joan für das Landleben völlig ungeeignet war.

»Es riecht, als ob da etwas anbrennt«, sagte Sam.

»Oh, zum Teufel!« Adela drehte sich auf dem Absatz um und rannte zurück in die Küche. Sie hatte den gedeckten Rhabarberkuchen ganz vergessen. Als sie ihn aus dem alten Ofen zerrte, sah sie, dass die Teigkruste schwarz verbrannt war. Beißende Rauchwolken stiegen auf.

»Ach je, nun hast du Mrs Jackmans Kuchen verdorben«, sagte Joan, die ihr gemeinsam mit Sam ins Haus gefolgt war. »Wie schade. Dann ist ihre Butterration wohl dahin. Und Sam war so stolz auf den Rhabarber; nicht wahr, Sam?«

Sam stand da und kratzte sich am Kopf. Er fing Adelas bitterbösen Blick auf und sagte schnell: »Es ist noch welcher da – ich gehe und ernte ihn.«

»Nein!« Adela wandte sich wieder dem Kuchen zu. »Er ist nicht verdorben. Wir schneiden einfach die oberste Schicht ab und servieren ihn mit Schlagsahne. Dann ist er immer noch lecker. Unser *khansama* Mohammed Din hat früher immer nach so einem Rezept gebacken. Wir rühren etwas Ingwer in die Sahne.«

»Das wird hier keiner essen«, meinte Joan.

»Doch, natürlich«, hielt Adela dagegen. Sie regte sich immer mehr auf. »Und du wirst jetzt servieren. Drück die Zigarette aus und bind dir die Schürze wieder um.«

Schmollend tat Joan wie geheißen.

Sam sagte: »Ich bleibe und putze das Gemüse, ja?«

»Nein«, lehnte Adela rasch ab. Sie wollte nicht, dass Joan weiter abgelenkt wurde. »Du kannst zurück in den Garten gehen.«

Joan blickte in seine Richtung und rollte die Augen, als sie zurück ins Café spazierte. Adela musste die Zähne zusammenzubeißen, um sich zu beherrschen. Sam legte ihr beschwichtigend die Hand auf den Arm.

»Lass uns heute Abend nach der Arbeit einen Spaziergang den Tyne hinauf machen«, schlug er vor. »Ich nehme die Kamera mit. Nur du und ich.«

Allein der Gedanke daran erschöpfte Adela schon. »Hier gibt es so viel zu tun. Wenn ich alles geschafft habe, will ich bestimmt nur noch meine Füße in eine Schüssel mit heißem Wasser stellen und Gin trinken.«

»Dann eben nach dem Gin«, meinte Sam lächelnd.

»Du hast ohnehin keine Zeit. Deine Mutter erwartet dich zum Abendessen. Das war das Letzte, was sie gesagt hat, bevor sie den Bus nach Hause genommen hat. Allerdings verstehe ich nicht, warum du kilometerweit durch die Stadt fahren sollst, um sie zu sehen, wenn sie doch ohnehin jeden Tag im Café ist.«

Sam runzelte die Stirn. »Weil ich dann unten im Garten bin – oder unterwegs, um Fotos zu machen. Ich treffe sie nicht besonders oft, und ich fahre nur an die Küste hinüber, wenn du länger hierbleibst.«

»Ich müsste nicht länger hierbleiben, wenn du mir mehr helfen würdest«, fuhr sie ihn an.

»Ich dachte, wir wären uns einig, dass ich mich im Garten am nützlichsten machen kann?«, antwortete Sam.

»Wenn Joan erst weg ist, wirst du dich hier jedenfalls mehr einbringen müssen«, erwiderte Adela mit einem ungeduldigen Seufzen.

»Wenn du etwas freundlicher zu ihr wärst«, gab Sam mit plötzlich stahlharter Stimme zurück, »dann würde sie vielleicht noch eine Weile bleiben.«

Damit stellte er die Gemüsekiste ab und marschierte aus der Küche. Adela bekam sofort ein schlechtes Gewissen und eilte ihm nach.

»Sam, es tut mir leid!«, rief sie.

Auf halbem Weg über den Hof drehte er sich um. Ihr Magen schlug Purzelbäume, als sie sein hübsches Gesicht sah, aber seine Miene verriet, dass er Adela ihre Reue nicht abnahm.

»Geh heute Abend ruhig deine Mutter besuchen«, lenkte Adela ein. »Ich wollte sie nicht kritisieren – sie ist wirklich ein Segen für uns. Wir gehen am Sonntag spazieren. Nur wir zwei allein.«

Sie konnte seinen Gesichtsausdruck nicht deuten; war er erleichtert oder enttäuscht? Sie war zu erschöpft, um das weiter zu hinterfragen. Rasch warf sie ihm eine Kusshand zu und rannte wieder nach drinnen.

* * *

Es war nach sieben Uhr, als Adela endlich im Café fertig war und abschließen konnte. Sie wusste, dass Sam nicht zu Hause sein würde, und hatte nicht die Energie, für Tilly und Josey ein fröhliches Gesicht aufzusetzen.

Stattdessen stieg sie die Treppe hinauf und klopfte an Lexys Tür.

»Herein!«, bat Lexys tiefe Raucherinnenstimme sie in die gemütliche Wohnung.

Als Adela durch die Tür kam, war Lexy schon dabei, sich aus ihrem Sessel hochzustemmen und in die Küche zu gehen. »Ich habe eine Kanne Tee aufgesetzt, weil ich mir schon gedacht habe, dass du gleich kommst. Ich habe Spaß und Spiel vorhin mitbekommen. Die gnädige Frau Joan macht Sperenzchen, was? So ein kleines Luder.«

»Ich hole den Tee«, bot Adela sofort an.

»Du setzt dich hin und legst die Beine hoch, Süße«, befahl Lexy. »Ich schnaufe vielleicht wie eine alte Dampflok, aber ich kann immer noch eine Tasse Tee eingießen.«

Adela ließ sich dankbar aufs Sofa sinken und schloss die Augen. Sie musste wohl für ein paar Minuten eingedöst sein, denn als sie die Augen wieder öffnete, saß Lexy schon wieder in ihrem Lieblingssessel, zog an einer Zigarette und hustete. Vor Adela standen auf dem Beistelltisch eine Tasse schwarzer Tee und ein Sandwich mit Brotaufstrich.

Adela seufzte tief, dann trank sie den Tee. Sie war darüber hinaus, Hunger zu haben, und das graue Sandwich sah nicht im Mindesten appetitlich aus.

»Erzähl mir alles«, ermunterte Lexy sie.

»Wo soll ich anfangen? Es ist viel schwieriger, das Café zu führen, als ich dachte. Obwohl wir nicht der Rationierung unterworfen sind, ist es fast unmöglich, an manche Zutaten zu kommen. Wie soll man einen anständigen Shepherd's Pie machen, wenn die Hälfte aller Kartoffeln Frostschäden hat? Gott sei Dank hast du mir deine Kontakte im Grainger Market vermittelt, sonst hätten wir gar nichts mehr auf der Speisekarte.«

Lexy nickte mitfühlend, und Adela fuhr fort, sich ihre Schwierigkeiten von der Seele zu reden: »Joan treibt mich in den Wahnsinn, und Sam schmiert ihr einfach Honig ums Maul, statt mir den Rücken zu stärken. Seine Mutter ist zwar wirklich freundlich, aber sobald sie die Caféküche betritt, hat sie die Hosen an. Ich weiß, dass ich es ohne sie nicht schaffe – ich bin eine sehr schlechte Köchin –, aber sie bestimmt unser ganzes Leben. Wenn sie nicht im Café ist, dann will sie, dass Sam den weiten Weg nach Cullercoats fährt, um den Abend bei ihr zu verbringen.«

»Sie musste lange Zeit auf ihn verzichten«, hob Lexy hervor, »also versucht sie jetzt, das wiedergutzumachen. Sie wird schon noch ruhiger werden.«

Adela bekam ein schlechtes Gewissen. »Ich klinge undankbar, nicht wahr?«

»Es ist nur natürlich, dass du ein bisschen eifersüchtig auf Sams Mam bist«, sagte Lexy.

»Ich bin nicht eifersüchtig«, protestierte Adela. »Ich war es schließlich, die Sam überhaupt erst gut zugeredet hat, sich bei seiner Mutter zu melden.«

»Ja, das warst du, aber das heißt ja nicht, dass ihr beiden euch nicht als Rivalinnen um seine Liebe betrachtet«, meinte Lexy. »Was du nicht vergessen darfst, ist, dass dein Mann Sam ein großes Herz und genug Liebe für euch beide hat. Und er ist völlig verrückt nach dir, Adela. Das sieht jeder.«

Adelas Augen brannten vor Tränen. Sie dachte melancholisch daran zurück, wie glücklich und verliebt sie in Indien gewesen waren, als die Aussicht, nach England zurückzukehren, ihnen wie ein Abenteuer erschienen war. »Ich weiß nicht. In letzter Zeit war ich nicht nett zu ihm. Ich habe mich in eine nörgelnde, gereizte Schreckschraube verwandelt, aber ich kann einfach nicht anders, als manche Dinge beim Namen zu nennen. Das hat er nicht verdient …«

»Ihr seid beide ein bisschen ins Schleudern geraten«, sagte Lexy, »aber die Lage wird sich schon beruhigen, wenn ihr hier erst einmal Tritt gefasst habt. Du tust dein Bestes im Café, und Sam bekommt doch mittlerweile mehr Aufträge als Fotograf, oder?«

»Ein paar, aber nicht viele«, antwortete Adela. »Ich habe das Gefühl, ihn für nichts und wieder nichts um die halbe Welt geschleift zu haben.«

»Also hast du bisher nichts über das Kind herausgefunden?«, fragte Lexy.

Adela schüttelte den Kopf. »Ich habe an die Missionsgesellschaft geschrieben, die damals die Adoption arrangiert hat, aber noch nichts gehört. Ich habe mich einfach an die Adresse gewandt, die damals auf dem Dokument stand, das ich unterschrieben habe, also weiß ich noch nicht einmal, ob sie meinen Brief bekommen haben. Vielleicht sagen sie mir ja auch nichts, selbst wenn sie wissen, wo John Wesley untergebracht worden ist.« Adela schnürte sich die Kehle zu, während ihr die Tränen in die Augen schossen. »Ich stelle ihn mir nur immer wieder in irgendeinem schrecklichen Waisenhaus oder Heim vor, wo niemand sich wirklich um ihn kümmert, alle streng sind und er sich in den Schlaf weint …«

»Hör auf, dich zu quälen, Süße«, riet Lexy ihr. »Genauso wahrscheinlich ist es doch, dass er bei einer netten Familie ist, die ihn liebt und ihm den besten Start ins Leben verschafft, den er nur haben kann. Das ist alles, was du verlangen kannst, nicht wahr?«

Adela warf ihrer Freundin einen schmerzerfüllten Blick zu. »Aber ich will mehr als das, Lexy. Ich will ihn in den Armen halten und ihn bitten, mir zu verzeihen, dass ich ihn im Stich gelassen habe. Ich kann nicht wie Sams Mutter einfach ausharren und jahrelang mit der Schuld leben. Ich will seine Mutter sein.«

Lexys Blick war mitleidig. »Dir ist doch klar, dass daraus höchstwahrscheinlich nichts wird, Mädel. Selbst wenn sie wissen, wo er ist, musst du dich darauf gefasst machen, dass sie dich ihn vielleicht gar nicht besuchen lassen. Bist du bereit, ihn noch einmal von Neuem zu verlieren?«

»Aber dann würde ich wenigstens *Bescheid wissen.* Es ist die Ungewissheit, was aus ihm geworden ist, die mir das Herz zerreißt.«

»Was sagt Sam dazu?«, fragte Lexy.

Adela zuckte unglücklich die Schultern. »Er weiß, dass ich versuche, etwas über meinen Jungen herauszufinden, aber wir sprechen eigentlich nicht darüber – im Moment haben wir ohnehin nur sehr selten die Gelegenheit, über irgendetwas zu reden. Alles, was ich weiß, ist, dass er will, dass wir ein eigenes Kind bekommen.«

»Das ist zu erwarten«, sagte Lexy. »Bestimmt willst du das doch auch?«

»Natürlich«, antwortete Adela. »Aber in der Hinsicht tut sich nichts. Nicht, dass wir dieser Tage viel Zeit zum Babymachen hätten. Wir stehen im Morgengrauen auf, um zum Markt zu kommen, solange es dort noch etwas zu kaufen gibt, und abends fallen wir einfach hundemüde ins Bett.«

»Na, dann nehmt euch die Zeit«, sagte Lexy.

»Ich weiß, dass wir das tun sollten«, seufzte Adela. »Aber es liegt nicht allein daran. Ich kann an ein weiteres Baby noch nicht einmal denken, wenn all meine Gedanken bei John Wesley sind. Ich dachte, mit der Zeit würde meine Sehnsucht nach ihm nachlassen, aber das Gegenteil ist der Fall. Und ich weiß, dass Sam ihn auch lieb haben würde. Sobald wir ihn finden, werden all unsere Streitereien vorbei sein. Sam wäre solch ein wundervoller Dad für John Wesley.« Sie sah Lexy flehentlich an. »Kannst du mir helfen, Lexy? Du kanntest doch früher ein paar Leute aus dieser Missionskirche, nicht wahr?«

»Nein, nicht wirklich«, seufzte Lexy. »Es war der Pastor in der Seemannsmission, der sie kannte. Ich bin nie jemandem von ihnen begegnet – bis auf die beiden Frauen, die gekommen sind, um das Kind abzuholen, und ich weiß nicht mehr, wie die hießen.«

»Könntest du dann vielleicht den Pastor fragen?« Adelas Hoffnung flammte auf.

Lexy schüttelte den Kopf. »Der arme Mann ist im Krieg mit einem Schiff untergegangen.«

Adela wurde das Herz schwer. »Fällt dir denn überhaupt niemand ein, der über die Adoption Bescheid wissen könnte? Es muss doch jemanden geben, den ich fragen kann!«

Lexy erwiderte: »Reg dich nicht auf, Süße. Vielleicht hörst du ja in Kürze noch etwas von den Leuten von der Adoptionsgesellschaft. So etwas dauert. Und ich gehe Maggie besuchen und rede mit ihr, um zu sehen, ob sie sich erinnert, wie diese Mädels aus der Kirche hießen. Aber eines muss ich dir sagen: Ihr Gedächtnis ist auch nicht mehr, was es mal war.«

Adela dachte voller Zuneigung an Lexys Freundin Maggie, die sie aufgenommen hatte, als sie schwanger und obdachlos gewesen war. Maggie, die die Farbe Lila liebte und einen derben Sinn für Humor hatte, hatte Adela Zuflucht gewährt und geholfen, John Wesley auf die Welt zu holen. Das Cottage in Cullercoats, wo Maggie die alte Ina gepflegt hatte, war für kurze Zeit auch John Wesleys erstes Zuhause gewesen und ein sicherer Hafen für Adela in einer traumatischen Zeit.

»Wie geht es Maggie?«, fragte Adela. »Ich habe ein paar Mal am Cottage vorbeigeschaut, aber sie ist nie zu Hause.«

»Sie ist schwerhörig«, meinte Lexy. »Klopf nächstes Mal lauter. Sie geht inzwischen nicht mehr oft aus dem Haus.«

»Das mache ich«, sagte Adela, »sobald ich wieder eine freie Minute habe.«

Lexy sah sie unverwandt an. »Sobald du wieder eine freie Minute hast, verbringst du sie mit deinem Mann und hast ein bisschen Spaß. Versprichst du mir das?«

Adela schenkte ihr ein müdes Lächeln. »In Ordnung, ich verspreche es.«

* * *

Am Sonntag liehen sich Adela und Sam – auf Lexys guten Rat hin und von Tilly ermuntert – Tillys Auto. Sie fuhren nach Westen über den Stadtrand hinaus bis aufs Land. Es war ein windiger Apriltag mit vorbeijagenden Wolken, durch die immer wieder unverhofft lauwarmer Sonnenschein brach. Der Winter war ihnen endlos vorgekommen. Adela war wild entschlossen, sich einen Tag lang keine Sorgen über verdorbene Kartoffeln oder den Mangel an Brot- und Käsevorräten für das Café zu machen. Sie wollte überhaupt nicht an das Café denken.

Sie hatten sich ein Picknick und eine karierte Decke eingepackt. Sam pfiff beim Autofahren. Er hatte sich den abgenutzten Porkpie-Hut – den vierten, den er besaß, seit Adela ihn kennengelernt hatte – verwegen in den Nacken geschoben.

Adela warf verstohlene Blicke auf sein Gesicht im Profil. Seine schmalen Züge waren von der Arbeit im Freien wettergegerbt, aber sein Haar war immer noch jugendlich blond. Er ertappte sie dabei, ihn anzustarren, und schenkte ihr ein fragendes Lächeln.

»Na, was denkst du gerade?«, wollte er wissen.

»Ich habe mich nur gerade an das allererste Mal erinnert, das ich neben dir in einem Auto gesessen habe«, sagte Adela. »Als ich aus dem Internat weggelaufen bin und dich dazu gebracht habe, mich nach Hause nach Belguri zu fahren.«

Sam lachte. »Ich hätte wissen sollen, dass die rebellische Teepflanzertochter meine Welt auf den Kopf stellen würde.«

Adela lächelte und strich ihm mit einem Finger übers schlanke Gesicht. »An dem Tag habe ich mich in dich verliebt, Sam Jackman.«

»Zu meinem Glück«, meinte Sam grinsend. Sie merkte, dass er sich über ihre unverhoffte Liebesbezeugung freute, und bekam ein schlechtes Gewissen, weil sie sich in den letzten Wochen nicht angestrengt hatte, liebevoller zu sein.

Sam sagte: »Ich habe mich in dich verliebt, als ich dich in Simla oben an den Verandastufen habe stehen sehen. Du hast auf deiner Geburtstagsparty in dem roten Kleid göttlich ausgesehen.«

Adela lachte trocken. »Das Kleid war rosa.«

»Wirklich? Im Licht der untergehenden Sonne hat es jedenfalls rot ausgesehen.«

»Du bist nach Einbruch der Dunkelheit angekommen«, rief Adela ihm amüsiert ins Gedächtnis.

»Ja?« Sam lächelte melancholisch. »Auf alle Fälle hast du zum Anbeißen ausgesehen, und es ist mir äußerst schwergefallen, dich an dem Abend nicht zu küssen.«

Adela lachte. »Ich habe mir den ganzen Abend über gewünscht, du würdest es tun.«

Er streckte die Hand aus und drückte ihr Knie. »Ich bin nicht immer der Schnellste, wenn es darum geht, zu verstehen, was du willst, nicht wahr?«

»Ich wünschte, wir hätten uns damals geküsst«, seufzte Adela. »Das hätte uns viel Ärger erspart …«

Sie brach ab und erinnerte sich plötzlich daran, wie die Missverständnisse zwischen Sam und ihr dazu geführt hatten, dass sie Prinz Sanjay erlaubt hatte, sie zu verführen und zu schwängern.

Sam zog seine Hand zurück. »Aber es ist ja am Ende doch noch gut für uns ausgegangen, oder? Ich hoffe, du bereust nichts – ich tue es jedenfalls nicht.«

»Natürlich bereue ich nichts«, versicherte Adela rasch.

Danach fuhren sie schweigend weiter. Adela starrte aus dem Fenster und betrachtete die vorbeiziehende Landschaft. Nach den strengen Frosteinbrüchen des Winters zeigten sich nun endlich Knospen an den Bäumen, und auf den Feldern keimten die ersten winzigen grünen Sprossen von Weizen und Gerste. Sam pfiff nicht mehr; er schien seinen eigenen Gedanken nachzuhängen. Unerwartet überfiel Adela die Sehnsucht nach Belguri und nach ihrer Mutter. Um diese Jahreszeit musste Clarrie damit beschäftigt sein, die Ernte des First Flush zu überwachen. Adela sorgte sich auf einmal, dass sie vielleicht einen schrecklichen Fehler begangen hatte, als sie Indien verlassen hatte. Vielleicht konnten Sam und sie nur in ihrer alten Umgebung wirklich glücklich sein?

Aber in Indien änderte sich gerade alles. Im Laufe des nächsten Jahres würden viele Briten aus dem Dienst dort ausscheiden und nach Großbritannien zurückkehren müssen. Sogar einige Teepflanzer würden vielleicht nicht weiter dortbleiben wollen, da sie wussten, dass auch ihre Lebensweise sich würde ändern müssen. Der letzte Brief, den sie von ihrer Mutter erhalten hatte, hatte große Besorgnis um Libbys Vater James zum Ausdruck gebracht. Er schien sich in Belguri von einer Art Nervenleiden zu erholen und hatte Libby immer noch nicht wiedergesehen.

Sam unterbrach ihre Gedanken. »Sollen wir am Fluss Picknick machen? Ich möchte nicht zu viel von Tillys Benzinration aufbrauchen.«

»Ja, das wäre schön.«

Sie fuhren noch ein paar Kilometer weiter, durch ein hübsches Dorf voller Steinhäuser namens Wylam, und parkten dann. Sam hievte den Picknickkorb aus dem Kofferraum, und Adela trug die Decke. Sie gingen durch einen Wald flussaufwärts und kamen dann und wann an Liebespaaren vorbei, auch an kleinen Jungen, die vom Flussufer aus Steine auf dem Wasser springen ließen. Nach einer Weile erreichten sie eine freie Grasfläche, die an einem sandigen Ufer im Schutze von Bäumen und Unterholz lag.

Sam breitete die Decke auf dem feuchten Gras aus und öffnete den Korb. Sie teilten sich eine Flasche Bier und aßen

Sandwiches mit Ei und Kresse und Corned-Beef-Scheiben. Adela hatte durch einen Kontakt im Grainger Market ein paar Orangen ergattert. Sie saßen da und saugten die Scheibchen der süßen Früchte aus.

Dann zog Sam etwas hervor, das in Wachspapier gewickelt war.

»Ich habe Mum gebeten, den hier zu backen«, sagte er und sah Adela vorsichtig an, als er ihn auswickelte.

»Ingwerkuchen?«, rief Adela. »Den mag ich doch am liebsten!«

»Und es gibt sogar Butter dazu«, sagte Sam lächelnd, als er eine Scheibe abschnitt und mit Butter bestrich.

»Ist das die Ration deiner Mutter?«, fragte Adela mit einem Anflug von schlechtem Gewissen.

»Sie hat sie uns von Herzen gern abgetreten und freut sich, wenn wir die Butter genießen.« Er hielt ihr die Scheibe hin. »Iss ihn.«

»Köstlich«, meinte Adela, als sie in den Kuchen biss. Im Stillen fand sie allerdings, dass er nicht so saftig und würzig wie Mohammed Dins Ingwerkuchen war. Aber Marjorys Opfer und Sams jungenhafter Eifer, ihr zu gefallen, rührten sie. »Da fühle ich mich direkt nach Belguri zurückversetzt.«

»Du hast mir noch nicht erzählt, was im letzten Brief deiner Mutter stand«, sagte Sam mit vollem Mund. »Geht es ihr gut? Fühlt Harry sich auf der Schule in Shillong immer noch wohl?«

»Mutter geht es gut, wie immer«, erwiderte Adela, »und Harry auch. Er konnte es gar nicht abwarten, wieder zurück ins Internat zu kommen, um Cricket zu spielen. Jetzt, da er in der zweiten Mannschaft der Schule ist, bleibt er manchmal auch übers Wochenende dort.«

»Gut so. Er ist schon so groß und stark wie ein Sechzehnjähriger, obwohl er erst dreizehn ist. Er wird blendend zurechtkommen.«

»Ja«, stimmte Adela ihm zu, »er ähnelt Dad so sehr.«

Plötzlich bekam Adela einen Kloß im Hals. Ihr Vater war nun schon seit fast neun Jahren tot, aber sie empfand den Verlust noch immer schmerzlich.

Sam beugte sich zu ihr und legte ihr einen Arm um die Schultern. »Ich weiß, dass du ihn vermisst.«

Kurz legte sie den Kopf auf seine Schulter. Aber sie wollte nicht, dass der Tag von Kummer überschattet wurde. Sie hatte sich vorgenommen, sich anzustrengen, Sam wieder näherzukommen.

»Mir geht es gut«, sagte sie, »und um Mutter mache ich mir keine Gedanken. Aber James …« Sie erzählte Sam von Clarries Sorge um Libbys Vater und davon, dass er sich in Belguri erholte und nicht wie versprochen in Kalkutta gewesen war, um Libby abzuholen.

»Weiß Tilly, dass er krank ist?«, fragte Sam.

»Ich glaube nicht, dass sie es ernst nimmt«, sagte Adela. »Ich habe gestern versucht, sie darauf anzusprechen, aber es war ein gehetztes Gespräch, als ich auf dem Weg zur Arbeit war. Tilly glaubt, dass James es bloß genießt, in Belguri zu sein und von meiner Mutter umsorgt zu werden.«

»Und was meinst du?«

Adela zuckte die Schultern. »Er verhält sich nicht normal. James hat immer für seine Arbeit auf den Oxford Estates gelebt, aber daran zeigt er im Moment kein Interesse. Und Mutter sagt, dass er schreckliche Albträume hat und im Schlaf schreit. Im Stillen denkt sie, dass er sich zur Ruhe setzen und die Oxford Estates verlassen sollte.«

»Nach Großbritannien zurückkehren, meinst du?«

»Oder lange dort Urlaub machen«, sagte Adela. »Meine Mutter glaubt nicht, dass Tilly je wieder nach Indien gehen wird. Deshalb versucht sie, James zu überreden, nach Hause zu fahren und seine Ehe mit Tilly zu kitten, bevor es zu spät ist.«

Sam seufzte tief. »Was wird dann aus der armen Libby?«

»Weiß der Himmel«, antwortete Adela. »Sie ist ein findiges Mädchen und wird schon das Beste daraus machen, wo auch immer sie ist. Aber sie hat sich so darauf gefreut, ihren Vater zu sehen. Es macht mir Sorgen, wie sehr sie all ihre Hoffnungen daran gehängt hat, ihr Leben in Indien wiederaufzunehmen, als hätte sich seit ihrer Kindheit dort nichts geändert.«

Sam nickte zustimmend. »Hast du in letzter Zeit etwas von Libby gehört?«, wollte er wissen.

»Nein, aber ich habe einen Brief von Fatima bekommen, in dem stand, dass Libby sie und Ghulam zu ihrer Geburtstagsparty eingeladen hatte.«

»Ghulam auch?«, sagte Sam überrascht. »Ich kann mir nicht vorstellen, dass er hingegangen ist.«

Adela lächelte. »Ist er doch, und Fatima schrieb, sie hätten es beide genossen.«

Sam grinste. »Sieh an, der radikale Britenfeind lässt sich also ins Herz des kolonialen Kalkutta einladen! Was kommt denn dann als Nächstes?«

Adela lachte. »So überzeugend kann Libby eben sein.«

Sam schnitt ihnen noch mehr Kuchen ab.

»Da wir gerade von den Khans sprechen«, sagte Adela, »hast du etwas von deiner Schwester und Rafi gehört?«

Sams Miene verdüsterte sich, und Adela bereute es sofort, gefragt zu haben.

»Sie beklagt sich nie«, antwortete er, »aber ich glaube, Sanj... Ich glaube, der neue Radscha macht Rafi das Leben schwer. Habe ich dir eigentlich erzählt, dass er ihn als seinen Adjutanten entlassen hat?«

Adela zuckte zusammen, als Sam es vermied, Sanjays Namen auszusprechen. »Nein, das hast du nicht erwähnt. Wie unfair! Ist Rafi immer noch Forstverwalter?«

»Ja«, sagte Sam. »Sophie macht gute Miene zum bösen Spiel – sie behauptet, dass Rafi froh ist, nicht mehr bei Hofe im Mittelpunkt zu stehen, und sie auch.«

»Nun, im Herzen war Rafi ja auch immer Förster, nicht wahr?«, meinte Adela. »Und Sophie hasst das ganze steife Hofleben. Vielleicht sind sie so wirklich glücklicher.«

»Aber für wie lange?«, wandte Sam ein. »In Indien ist alles jetzt so ungewiss. Sogar die Briten in den Fürstenstaaten werden vielleicht bald ihre Arbeit los.«

Adela hakte sich bei ihm ein. »Wäre es nicht wunderschön, wenn Sophie und Rafi beschließen würden, auch nach Großbritannien zurückzukehren? Ich weiß, dass du deine Schwester vermisst, und ich hätte ein weniger schlechtes Gewissen, weil ich dich nach Newcastle geschleift habe.«

Sam sah sie unverwandt an. »Du hast mich nirgendwohin geschleift. Es ist mir egal, wo ich lebe, solange du an meiner Seite bist, Adela.«

Bei seinen liebevollen Worten wurde ihr ganz warm ums Herz. »Sam, mein Schatz, ich habe dich nicht verdient.«

»Unsinn. Kein Mann auf der Welt hat so viel Glück wie ich, da ich doch mit dir verheiratet bin«, entgegnete er und beugte sich vor, um sie auf die Lippen zu küssen.

Adela erwiderte seinen Kuss, durchflutet von Liebe zu ihm. Sanft drückte Sam sie auf die Decke und begann, sie inniger zu küssen, während seine Hände versuchten, ihre Jacke und ihre Bluse zu öffnen. Adelas Erregung ging abrupt in Panik über. Sie stieß ihn von sich.

»Nicht hier, Sam«, bat sie. »Das ist zu öffentlich.«

Er lächelte verwirrt. »Es ist doch niemand hier. Ich will dich so sehr, mein Schatz.« Er versuchte, sie noch einmal zu küssen, aber Adela setzte sich auf.

»Ich kann nicht … Bestimmt kommt bald jemand vorbei. Wir sind nicht weit vom Spazierweg entfernt.«

Sam seufzte und löste sich von ihr. Adela war selbst verwirrt über ihren Widerwillen dagegen, mit ihm zu schlafen – sie begehrte ihn so sehr wie eh und je –, aber sie konnte einfach nicht. Es war der falsche Ort, das war alles. Als sie den verletzten Gesichtsausdruck ihres Mannes sah, brachen Schuldgefühle über sie herein. Es lag an all dem Gerede über Indien. Es warf sie aus der Bahn und weckte Heimweh in ihr, weil es sie daran erinnerte, wie glücklich sie in den frühen Tagen ihrer Ehe gewesen waren, als sie so entspannt und spontan miteinander umgegangen waren.

»Lass uns die Füße ins Wasser stecken«, schlug sie vor und stand auf.

»Das wird eiskalt sein«, protestierte er.

»Ich weiß.« Sie lächelte, schüttelte ihre Schuhe ab und lief das sandige Ufer hinunter.

Der Fluss strömte schnell, aber sie befanden sich oberhalb einer flachen Wassermulde, die sich am Uferrand gebildet hatte. Dort war die Strömung nicht so stark. Adela streifte ihre Strümpfe ab und schob sie sich in die Jackentasche. Sie raffte ihren Rock und kreischte, als sie ins eisige Wasser watete.

Bald krempelte Sam seine Hosenbeine auf und gesellte sich zu ihr. Als er in den kalten Fluss stieg, brüllte er laut. Er spritzte Wasser auf sie. Sie schrie und spritzte ihn ebenfalls nass. Ein paar Minuten später tauchte ein Radfahrer auf und sah besorgt drein.

»Geht es Ihnen gut?«, rief er zu ihnen herunter.

Adela prustete und rief zurück: »Alles in Ordnung – wir planschen nur!«

»Sie sind doch nicht ganz richtig im Kopf«, sagte der Mann, bevor er weiterradelte.

Danach stiegen sie unter verlegenem Gelächter aus dem Wasser und zogen sich mit vor Kälte tauben Fingern die Schuhe wieder an. Sie packten rasch alles ein und machten sich auf den

Rückweg zum Auto. Der Himmel bewölkte sich, und die Sonne verschwand. Als sie wieder in Tillys Haus eintrafen, waren sie völlig durchgefroren. Tilly machte Sam Vorwürfe, weil er zugelassen hatte, dass Adela in den Fluss stieg, und wies sie an, ein heißes Bad zu nehmen. Adela schlief im dampfenden Badezimmer fast ein, entschuldigte sich noch vor dem Abendessen und zog sich ins Bett zurück.

»Es war ein wunderschöner Tag«, sagte sie, »aber ich kann kaum noch die Augen offen halten.«

Obwohl es draußen noch hell war, schlief Adela binnen weniger Minuten ein. Sie bemerkte es nicht einmal, als Sam später am Abend zu ihr unter die Decke schlüpfte.

* * *

Erfrischt nach einem langen Schlaf beschloss Adela, sich wirklich zu bemühen, in der kommenden Woche netter zu Sam und ihren Angestellten zu sein. Sie mochte die verdrießliche, gereizte Frau nicht, zu der sie geworden war. Trotz der täglichen Plackerei musste sie versuchen, mehr wie die gesellige Adela aus alten Zeiten zu sein, die andere aufmunterte und sich für Harmonie einsetzte. An dem Tag verzichtete sie im Café darauf, Joan zu kritisieren, sondern machte ihr stattdessen Komplimente dafür, dass sie mit den Gästen plauderte, und dankte ihr, dass sie half.

Sie ließ zu, dass ihre Schwiegermutter sie in der Küche herumkommandierte, und zog sich schließlich in eine Ecke des Cafés zurück, um ihre Schreibarbeiten zu erledigen. Sie mochte es, halb verborgen hinter einem Wandschirm zu sitzen und den Gästen und Kellnerinnen zu lauschen. Bei Beschwerden und Problemen war sie zur Stelle, um die Lage zu entschärfen. Sie war immer gerührt, wenn ältere Gäste sich voller Zuneigung an ihre Mutter erinnerten und Adela sagten, dass sie sie an Clarrie erinnerte. Für sie war das das größte Kompliment, das jemand ihr machen konnte.

Sam lehnte die Einladung seiner Mutter ab, an dem Abend zu ihr zum Essen zu kommen.

»Vielleicht könnten Adela und ich am Sonntag vorbeischauen?«, schlug er vor.

Marjory Jackman wirkte erschrocken. »Das ist ja erst in einer ganzen Woche.«

»Die vergeht im Handumdrehen«, versicherte Sam mit einem tröstenden Lächeln. »Wir haben im Café im Moment zu viel zu tun – die Renovierung und alle möglichen anderen Arbeiten, die wir tagsüber nicht erledigen können.«

»Na gut«, stimmte Marjory widerwillig zu, »dann erwarte ich euch zum Sonntagsessen.«

Adela war Sam dankbar, dass er sich gegen seine Mutter durchgesetzt hatte, und sagte ihm das auch. Als sie am Abend Arm in Arm von der Bushaltestelle zu Tillys Haus gingen, sprachen sie darüber, was sie als Nächstes im Garten pflanzen würden und ob sie den Stil der Caféeinrichtung ändern sollten.

»Die Palmen und Messingtöpfe sind etwas altmodisch, nicht wahr?«, bemerkte Adela.

»Ich mag die orientalische Anmutung«, sagte Sam.

Adela grinste. »Damit meinst du wohl, dass es im Café wie im Speisesaal der dritten Klasse auf einem P&O-Schiff aussieht.«

»Snob«, konterte Sam und versetzte ihr einen scherzhaften Stoß.

»Wir sollten auf etwas Moderneres, weniger Hochherrschaftliches hinarbeiten«, fuhr Adela fort. »Wie wäre es mit französischem Chic? Mediterrane Farben und bunte Tischdecken statt der bisherigen weißen, die vor Alter schon vergilbt sind.«

»Bist du plötzlich zu Geld gekommen?«, zog Sam sie auf.

»Wir können die alten färben«, schlug Adela vor. »Josey wird mir helfen – sie steckt voll künstlerischer Ideen. Und wir müssen die Uniformen der Kellnerinnen verändern. Sie sehen geradezu viktorianisch aus.«

Als sie das Haus erreichten, war Adela von neuem Optimismus erfüllt. Lexy hatte recht: Es lag alles nur daran, dass sie erst einmal Tritt fassen mussten. Ihr Gefühl emotionaler Distanz Sam gegenüber war nichts Besorgniserregendes, und der Mangel an Intimität würde schon vorbeigehen. Sie hatten einfach so viele andere Dinge bewältigen müssen, seit sie in Newcastle angekommen waren.

»Es ist ein Brief für dich gekommen, der offiziell aussieht«, sagte Tilly, als sie ihr an der Tür begegneten. »Ich habe ihn auf den Tisch im Flur gelegt. Ich muss jetzt zu einem Treffen der Mothers' Union in der Kirche. In der Speisekammer stehen Zunge und eingelegtes Gemüse – bedient euch. Josey ist oben und näht für ihr nächstes Stück Hosen aus Verdunklungsstoff. Bis dann!« Tilly küsste Adela auf die Wange und ging.

Adela grinste. »Danke. Wir sehen uns später.«

Sie ignorierte den Briefumschlag auf dem Tisch und ging direkt ins Esszimmer, um sich einen Gin mit Limone einzugießen. Ein Brief von Gläubigern konnte warten. Sie war schon dabei, einen großen Schluck hinunterzustürzen, als Sam ihr ins Zimmer folgte. Er hielt ihr mit seltsamer Miene den Brief hin.

»Er ist an dich adressiert«, sagte er.

»Na ja, das ist doch kein Wunder, oder? Ich kümmere mich ja auch um den ganzen Schreibkram im Herbert's.«

»Er ist an Adela Robson, nicht Jackman«, sagte er.

Adelas Herz setzte einen Schlag aus. »Ist er …? Meinst du, er ist von …?«

»Mach ihn auf und sieh nach«, drängte Sam. Er wirkte so angespannt, wie sie sich fühlte.

Sie stellte ihr Glas ab und streckte die Hand aus. Mit zitternden Fingern riss die den Umschlag auf. Die getippte Adresse oben war eine andere als die, an die sie geschrieben hatte. Die Missionsgesellschaft war nach London umgezogen.

Sehr geehrte Miss Robson,

es tut mir leid, dass ich nicht früher geantwortet habe, aber Ihr Brief ist gerade erst vom General Post Office aus Newcastle hierher weitergeleitet worden.

Ich bedaure, dass wir Ihnen nicht helfen können. Wir sind eine kleine Adoptionsgesellschaft, und all unsere Akten von vor 1942 sind bei einem Luftangriff auf die Innenstadt von Newcastle zerstört worden. Doch auch wenn sie überdauert hätten, stünde es uns nicht frei, Ihnen Einblick in unsere Unterlagen zu gewähren (wie Ihnen bestimmt bewusst war, als Sie Ihr Kind in unsere Obhut übergeben haben).

Ich kann Ihnen aber versichern, dass Ihr Sohn in ein liebevolles christliches Zuhause gegeben worden sein wird und in den Genuss aller Vorzüge einer verlässlichen, moralischen Erziehung kommt. Er wird lernen, in der Nachfolge Jesu Christi zu wandeln.

Möge der Herr Sie segnen.

Mit freundlichen Grüßen
Reverend A. J. Stevens

Adela fühlte sich wie betäubt, als sie den Brief noch einmal las und nach irgendeinem winzigen Hinweis suchte, der ihr die Hoffnung erhalten würde, dass sie ihren Sohn aufspüren konnte. Aber da war nichts. Galle stieg ihr in die Kehle.

»Adela«, sagte Sam beunruhigt, »was steht darin?«

Sie hielt ihm den Brief hin. Tränen ließen ihr alles vor den Augen verschwimmen. Sie konnte nicht sprechen. Sie stand zitternd da, während Sam vor Konzentration die Stirn runzelte und den Brief studierte. Er schaute auf. In seinen haselnussbraunen Augen stand Mitleid. Er breitete die Arme aus. »Komm her«, bat er.

Adela stolperte in seine starken Arme und spürte, wie sie sich eng um sie schlossen. Sie begrub ihr Gesicht an seiner Schulter und weinte. Sam streichelte ihr Haar und murmelte: »Es tut mir leid, mein Schatz.«

Sie standen minutenlang da und hielten einander fest. Adela wollte sich nicht von Sam lösen oder darüber nachdenken, wie es weitergehen sollte. Sie ging in einer Welle aus Verlustgefühl und Sehnsucht nach John Wesley unter. Wie hatte sie ihn nur je weggeben können? Der Brief hatte ihr die grausame Wahrheit vor Augen geführt: Sie hatte kein Anrecht auf ihr eigenes Kind. Schlimmer noch, nun, da die Unterlagen über seine Adoption im Krieg zerstört worden waren, würde sie nie herausfinden können, was aus ihm geworden war. Der Gedanke war unerträglich. Wenn Sam sie nicht festgehalten hätte, wäre sie auf dem Boden zusammengebrochen.

Er ließ sie in seinen Armen schluchzen, bis sie erschöpft war.

»Was ist denn hier los?«

Sie schauten erschrocken auf, als Josey, in einen alten roten Kimono gehüllt, in der Tür erschien. Sam ließ einen Arm weiter um Adela gelegt und reichte Josey mit der freien Hand den Brief. Sie las ihn und eilte an Adelas Seite.

»Meine arme Süße«, sagte sie sanft und schlang die Arme um sie.

Adela löste sich aus Sams Umarmung und klammerte sich an ihre alte Freundin und Vertraute.

»Ich kann es nicht ertragen!«, schrie Adela.

»Das musst du aber, liebes Mädchen«, sagte Josey fatalistisch. »Du hattest ohnehin von vornherein nur geringe Aussichten, ihn zu finden.«

Adela riss sich los. »Das nehme ich nicht hin. Ich weiß, dass ich ihn eines Tages finden werde – all meine Instinkte sagen mir, dass es so ist. Lexy wird mir helfen.«

Sam starrte sie fassungslos an. »Mein Schatz, hast du dir nicht schon genug zugemutet?«

Plötzlich war Adela wütend auf ihn. »Die Gefühle, die ich für John Wesley empfinde, werden nie verschwinden«, erklärte sie verzweifelt. »Verstehst du das denn nicht?«

Sein Gesicht erstarrte. »Ist es nicht genug, dass wir einander haben?«

»Nein!«, schrie Adela. »Es ist, als ob eine Hälfte von mir fehlt.«

Sam bedachte sie mit einem leidgeprüften Blick. »Dann weiß ich auch nicht, wie ich dir helfen soll.«

Adela sah hilflos zu, wie er sich abwandte und aus dem Zimmer schritt.

»Oh, Adela«, sagte Josey mit tadelnder Miene, »nun lass es doch nicht an dem armen Sam aus.«

Adela fühlte sich wie versteinert. Sie konnte sich weder bewegen noch sprechen. Sie hörte, wie Sam sich den Flur entlang entfernte, und dann, wie die Haustür hinter ihm ins Schloss fiel. Sie wünschte, sie hätte die Kraft und das Mitgefühl gehabt, ihm nachzulaufen, aber selbst wenn sie es getan hätte, wären ihre keine Worte eingefallen, die ihn hätten trösten können.

In dem Moment war der einzige Mensch, den sie wollte, der, den sie nicht bekommen konnte: der schöne neugeborene Junge mit der zartbraunen Haut und dem schwarzen Haarschopf, den sie an Fremde weggegeben hatte, als sie jung und töricht gewesen war.

14

Assam, Indien, Ende April 1947

»Ist das dein Vater?«, fragte Flowers und zeigte auf einen weißhaarigen, mittelgroßen Mann mit breiter Brust, der auf dem *ghat* stand und seinen Hut festhielt.

Libbys Herz raste. Obwohl eine morgendliche Brise über den träge dahinfließenden Brahmaputra wehte, schwitzte sie ständig, seit sie vom Zug auf das Flussschiff umgestiegen waren. Sie war überglücklich gewesen, dass ihr Telefonat mit Clarrie, in dem sie darauf bestanden hatte, mit Flowers nach Assam zu kommen, ihren Vater aus seiner düsteren Stimmung gerissen hatte. Aber die ganze Reise über fürchtete sie sich schon vor dem Zustand, in dem sie ihn womöglich vorfinden würde. Der betörende Anblick der Morgendämmerung über dem breiten Fluss hatte sie bis eben abgelenkt und ihre Nerven beruhigt. Jetzt kehrte ihre Nervosität zurück. Während ein Gepäckträger ihren Koffer ergriff und ihn sich auf den Kopf schwang, sah sie noch einmal genauer hin.

»Nein, ich glaube nicht …«

Dann bemerkte Libby, wie der Mann sie erspähte, winkte und seinen Hut in die Luft warf. Genau wie ihr Vater es früher immer getan hatte. Sie versuchte, ihre Verwunderung über sein verändertes Aussehen zu verbergen.

»Doch, das ist er!«

Libby suchte sich einen Weg um Träger und Gepäck herum und rannte den Landungssteg entlang. Dabei winkte sie mit beiden Händen und schrie: »Daddy!«

Nachdem sie sich an den anderen aussteigenden Passagieren und den fliegenden Händlern am Flussufer vorbeigedrängt hatte, erreichte Libby ihren Vater und stürzte sich auf ihn. Er lachte, umarmte sie verlegen und tätschelte ihr den Rücken.

»Sieh an, sieh an, die kleine Libby! Bist du es wirklich?«

Libby, die ihm die Arme um den Hals geschlungen hatte, drückte ihn an sich und sog den staubigen Geruch seines Jacketts ein: Schweiß, überdeckt von Kampfer und Seife. Sein vertrauter Duft ließ ihr die Tränen kommen. Sein Atem roch leicht nach Whisky und Pfefferminz.

Sie lösten sich voneinander, sahen sich an und grinsten. Libby war schockiert, wie alt er geworden war: Sein Haar und sein Schnurrbart hoben sich schneeweiß von seinem faltigen, ledrigen Gesicht ab. Seine Wangen waren eingefallen, seine Augen blutunterlaufen. Ihr Vater schien geschrumpft zu sein – sie war jetzt fast so groß wie er –, und seine Beine waren unter seinen Khakishorts spindeldürr und haarlos. Aber seine Stimme und sein verschämtes Lächeln waren noch so wie immer.

»Wie geht es dir, Dad?«, fragte Libby besorgt.

»Besser denn je«, behauptete er.

»Clarrie klang am Telefon so besorgt um dich.«

»Viel Lärm um nichts. Ich war ein bisschen überreizt, das ist alles. Aber nach ein paar Tagen Ruhe bin ich jetzt wieder obenauf.« Er zog ein Taschentuch hervor und wischte sich die Stirn ab. »Wie war deine Reise?«, fragte er. »Ich finde wirklich, dass du dich von Johnny hättest begleiten lassen sollen.«

»Sie ist gut verlaufen, Dad«, versicherte Libby. »Niemand hat uns belästigt – und wenn doch, dann nur, um uns Erdnüsse und Chai zu verkaufen, die wir gern genommen haben. Bis Shiliguri war eine sehr interessante Lehrerin auf dem Weg nach Kalimpong mit in unserem Abteil. Onkel Johnny sendet herzliche Grüße – und Tante Helena natürlich auch.«

James zog eine Augenbraue hoch. »Das hat sie bestimmt nicht gesagt. Helena hat noch nie viel von mir gehalten.«

»Na gut«, räumte Libby ein, »die Grüße kommen größtenteils von Onkel Johnny. Sie waren in Kalkutta sehr freundlich zu mir, und der alte Colonel Swinson ist ein Schatz. Ich wünschte, du hättest zu meinem Geburtstag kommen können, dann hättest du deine alten Freunde, die Percy-Barratts, getroffen und …«

»Wo ist eigentlich deine Freundin?«, unterbrach James sie.

»Oh, du meine Güte!«, rief Libby und wirbelte herum. Für den Augenblick hatte sie Flowers ganz vergessen. Sie sah ihre Begleiterin näher kommen, adrett und gelassen in ihrem modischen Kleid und Hut. Die Gepäckträger folgten ihr auf dem Fuß. Libby winkte sie heran.

»Darf ich dir meinen Vater vorstellen?«, sagte Libby eifrig.

Flowers lächelte und streckte James eine weiß behandschuhte Hand hin.

James begrüßte sie verlegen. »Dann kommt mal mit, das Auto wartet. Manzur sitzt am Steuer. Ich dachte, wir fahren direkt nach Cheviot View.«

»Manzur? Wie schön! Aber wollen wir nicht zuerst nach Shillong?«, fragte Libby. »Flowers möchte sehen, wo ihr Vater aufgewachsen ist.«

»Dafür bleibt doch noch reichlich Zeit. Du kannst es doch sicher nach all den Jahren gar nicht abwarten, nach Hause zu kommen, oder, Libby?«

»Natürlich, aber Flowers …«

»Mach dir um mich keine Sorgen«, mischte sich Flowers rasch ein. »Ich interessiere mich gar nicht so besonders für Daddys Schulzeit. Ich freue mich einfach nur, Urlaub zu haben.«

James wirkte erleichtert. »Gut. Dann mal los, Mädels!«

Am Auto trat ein schlanker, gut aussehender Inder vor und schob sich die Sonnenbrille in die Stirn.

»Missy Sahib«, sagte er grinsend.

»Nenn mich um Himmels willen Libby!« Lachend stellte sie ihn Flowers vor. »Manzur ist in Cheviot View aufgewachsen. Mein Bruder James und er waren wie Pech und Schwefel. Ich wollte immer bei ihren Spielen mit dabei sein, aber sie haben mich meistens dazu gebracht, mich zu verstecken, und sind dann weggelaufen – natürlich ohne mich zu suchen.«

»Mittlerweile kann ich mich viel besser benehmen«, versicherte Manzur.

Flowers lächelte. »Das freut mich zu hören.«

»Manzur ist mein überaus tüchtiger Unterverwalter auf den Oxford Estates«, erklärte James. »Aber jetzt alle Mann an Bord!«

Manzur hielt eine der hinteren Autotüren für die Frauen auf. Libby bemerkte Flowers' interessierten Blick, als sie auf den Sitz rutschte und dem jungen Mann dankend zunickte. Als sie losfuhren, beugte Libby sich vor, um mit ihrem Vater zu reden, und versuchte, ihn wegen seines veränderten Äußeren nicht anzustarren. Wann waren seine Haare so weiß geworden? Aber das Gespräch kam bald zum Erliegen.

»Ich werde reisekrank, wenn ich mich ständig umdrehen muss«, beschwerte James sich.

Libby lehnte sich zurück. Ihr wurde flau im Magen. Sie betrachtete seinen Hinterkopf und seinen Stiernacken – so vertraut und doch wieder nicht. Er war immer noch derselbe Mann, an den sie sich erinnerte, nur älter. Es war kein Wunder, dass erst einmal alles etwas unbeholfen ablief. Wenn sie wieder in Cheviot View waren, würden sie ihr altes enges Verhältnis schon wiederaufleben lassen.

Libby verbrachte den Morgen damit, sich aus dem Fenster zu recken und die vorbeiziehende Landschaft zu betrachten: Reisfelder, kreuz und quer durchzogen von staubigen Feldwegen, die sich in niedrige, bewaldete Hügel emporschlängelten, hier und da ein Bungalow mit verwittertem Blechdach und Dörfer aus Bambushütten im Schatten von Palmen. Die Sonne pulsierte am dunstigen Himmel, und Staub wirbelte von der Straße auf, aber sie weigerte sich, das Fenster hochzukurbeln.

Sie grinste. »Ich möchte Assam riechen.«

Zum Mittagessen machten sie an einem *dak bungalow* halt. Libby bestand darauf, dass Manzur sich zu ihnen gesellte, weil sie spürte, dass ihr Vater entspannter war, wenn der junge Mann dabei war. Libby ermunterte Flowers, mit ihrem Vater über den Krieg und ihre Zeit als Krankenschwester an der Front in Burma zu plaudern. Zu ihrer Erleichterung bemühte ihr Vater sich um einen ungezwungenen Umgang mit ihrer Freundin. Libby begann zu hoffen, dass Clarrie grundlos überbesorgt gewesen war, aber ihr fiel auch auf, dass ihr Vater immer wieder einen Schluck aus einem Flachmann nahm. Manzur war still und beobachtete sie. Libby zog ihn ins Gespräch.

»Wie geht es deinen Eltern?«

»Gut, danke.«

»Arbeiten beide immer noch in Cheviot View?«

Manzur nickte.

»Sie müssen sehr stolz sein, dass du jetzt Unterverwalter auf den Oxford Estates bist.«

»Dein Vater war schon immer sehr gut zu mir.«

Verlegenes Schweigen senkte sich herab. Sie bemerkte, dass er verstohlene Blicke auf Flowers warf, während er aß. Libby versuchte es noch einmal.

»Und du warst doch der Hauslehrer von Harry in Belguri? Adela hat mir erzählt, dass Harry viel lieber bei dir Unterricht hatte, als zur Schule zu gehen.«

Manzur lächelte. »Robson Chota-Sahib lernt schnell, aber er ist lieber an der frischen Luft, um zu reiten oder Cricket zu spielen.«

Libby lachte. »Ich glaube, das geht uns Teepflanzerkindern allen so.«

Als sie wieder unterwegs waren, schlief James vorn ein, und Flowers döste hinten. Aber Libby war viel zu aufgeregt, um zu schlafen, als sie sich den ersten Teeplantagen näherten. Etliche Morgen grüner Sträucher erstreckten sich, so weit das Auge reichte, wie ein gewellter smaragdgrüner Teppich im Schatten dürrer Bäume und umgeben vom immer dichter werdendem Dschungel. Sie holperten über eine schmale Brücke. Darunter wälzten sich Elefanten im Schlamm des fast ausgetrockneten Flussbetts. Der Geruch von Hitze, Vegetation und Dung versetzte Libby in ihre Kindheit zurück.

Als die vertrauten Umrisse der Berge um ihr altes Zuhause in Sicht kamen, brannten ihr die Augen vor Tränen der Rührung. Das Plantagentor erschien vor ihnen und zeigte an, dass hier die Oxford Estates begannen. James wachte schlagartig auf.

»Fahr uns direkt zum Haus«, befahl er.

»Aber Sahib, im Clubhaus ist Tee angerichtet«, wandte Manzur ein. »Ein Willkommensessen für …«

»Nein«, blaffte James, »das können wir später immer noch machen. Meine Tochter will nach Hause.«

»Ich hätte nichts dagegen«, sagte Libby. »Es wäre schön, Flowers das Clubhaus zu zeigen.«

»Heute nicht.«

Libby sah Flowers entschuldigend an. Ihr Vater war offensichtlich müde von der Fahrt. Er musste Belguri in den frühen Morgenstunden verlassen haben, um sie am Dampfer abzuholen.

»Wir zeigen dir die Oxford Estates im Laufe der Woche noch«, versprach Libby.

Manzur lenkte das Auto am Tor vorbei und fuhr zu der unbefestigten Straße, die sich nach Cheviot View hinaufschlängelte.

Eine halbe Stunde später war Libby fast schwindlig vor Vorfreude, als sie um die Kurve bogen und ihr altes Zuhause zwischen den Bäumen erschien. Es lag zwischen blühenden Sträuchern am Hang. Die verwitterte Veranda im oberen Stockwerk war von Ranken überwuchert.

»Wann hast du denn das Dach erneuern lassen?«, fragte Libby und empfand eine gewisse Enttäuschung dabei, statt des alten Strohdachs ein grünes Blechdach vor sich zu sehen.

»Meine Güte, das ist Jahre her«, antwortete James.

Fast schon bevor das Auto anhielt, riss Libby die Tür auf und stieg schnell aus. Sie rannte zur Haustür – der Rasen war noch immer akkurat gemäht, und die Rabatten quollen vor Stiefmütterchen, Veilchen und Goldlack über. Ein schwarzer Flat Coated Retriever kam laut bellend über den Rasen gelaufen.

»Breckon!«, rief James und ging ihm auf steifen Beinen entgegen. Der Hund sprang auf seinen Herrn zu und hüpfte aufgeregt um ihn herum. »Ich habe dich ja so vermisst, du Schlingel!« James beugte sich vor und tätschelte ihn kräftig. Der Hund leckte ihm die Hand und wedelte mit dem Schwanz.

»Mutters Cannas sind ja noch hier«, stellte Libby entzückt fest, während ihr Vater sich ausgiebig seinem geliebten Hund widmete.

»Ich habe alles so belassen, wie deine Mutter es mag«, sagte er.

Libby kamen angesichts dieser zärtlichen Bemerkung die Tränen. Genau in dem Moment sah sie eine Bewegung auf den Stufen zum Haus: Die Dienerschaft hatte sich aufgereiht, um sie zu begrüßen. Manzurs Eltern, der Diener Aslam und ihre ehemalige *ayah* Meera, waren darunter. Aslams Bart war silbergrau, aber Meera sah für eine Frau mittleren Alters noch immer bemerkenswert jung aus. Libby rannte die Stufen hinauf und warf die Arme um Meera. Ihr früheres Kindermädchen streichelte ihr den Rücken und schob sie dann sanft auf Armeslänge von sich.

»Es ist so schön, euch alle wiederzusehen«, sagte Libby. Tränen liefen ihr über die Wangen.

»Komm schon«, meinte James, »das ist doch kein Grund, sich aufzuregen.«

»Ich rege mich nicht auf.« Libby lächelte unter Tränen. »Ich bin nur überglücklich.«

Sie drehte sich nach Flowers um, die gerade etwas zu Manzur sagte. Der junge Unterverwalter lächelte verlegen. Libby winkte sie heran.

»Komm her, Flowers! Ich führe dich herum.«

Libby eilte von einem Zimmer ins nächste und genoss ihre Vertrautheit: die kunstvoll gemusterten Teppiche auf dem Boden und Kissen auf der Veranda waren zu gedämpften Brauntönen verblasst, aber das Wohnzimmer war immer noch überfüllt von Dekorationsgegenständen aus Messing, Bücherregalen und Tischen, die voller Familienfotos standen. Sogar die Briefmarkensammlung ihrer Mutter verstaubte noch auf einem Regal unter einem Ölgemälde mit einer Landschaft aus den schottischen Highlands. Es war alles wie früher, und doch herrschte im Haus eine Atmosphäre leichter Vernachlässigung – es roch nach schimmelnden Büchern und verrottenden Blumen –, die unterstrich, dass ihre Mutter und ihre Brüder nicht hier waren. Wie sehr das Haus doch eine Familie brauchte, um es wieder zum Leben zu erwecken! Warum hatte ihre Mutter sie nur alle für so lange von hier ferngehalten?

»Dein Zimmer sollte tipptopp in Ordnung sein«, sagte James, der vielleicht ihren bekümmerten Gesichtsausdruck gesehen hatte. »Ich habe Aslam eine Nachricht geschickt, all deine Sachen aus der Truhe im *godown* auszupacken – sofern die Termiten sie noch nicht aufgefressen haben.«

»Danke, Dad«, antwortete Libby, obwohl sie sich nicht denken konnte, welche Habseligkeiten von ihr die ganze Zeit über eingelagert worden sein mochten.

Auf ihrem Bett unter dem Moskitonetz lag ihre alte, hellgrüne Tagesdecke. Zwei Puppen mit Porzellanköpfen und in edwardianischer Kleidung lehnten an den Kissen.

»Milly und Dilly!«, rief sie überrascht. »Die hatte ich ja ganz vergessen.« Auf den zweiten Blick erkannte sie, dass Motten die Puppenkleidung zerfressen hatten.

Libby sah, dass altes Spielzeug auf einer rostigen schwarzen Blechtruhe aufgebaut war: eine Sammlung von Metallautos, die sie einmal bei einer Mutprobe von Jamie gewonnen hatte, ein Kreisel, ein Solitärbrett mit Metallkugeln, das einen Riss hatte, und ein Tennisschläger. Libby hob den Schläger hoch und schloss die Finger um das abblätternde Leder am Griff.

Einen Moment lang fühlte sie sich an einen heißen Nachmittag zurückversetzt, an dem sie mit Jamie auf dem behelfsmäßigen Platz seitlich vom Haus Tennis spielte. Manzur diente ihnen als Balljunge. Ihre Mutter saß lesend im Schatten, während Ayah Meera Mungo in seinem Kinderwagen auf der Terrasse hin und her schob. Libby und ihr Bruder mussten sich über die Regeln gestritten haben, denn sie erinnerte sich, wie Tilly gerufen hatte: *Oh, nun seid endlich still! Sonst bekomme ich noch Kopfschmerzen.* Kurz darauf hatte Libby, wütend auf ihren Bruder, weil er schummelte, ihren Schläger aus Protest hingeworfen und war davongestapft.

Libby seufzte amüsiert, als sie den abgenutzten Schläger wieder auf die Truhe legte. Sie hatte vergessen, wie oft sie als Kind empört mit dem Fuß aufgestampft hatte.

Als sie sich dem Fenster zuwandte, schnappte sie nach Luft. Auf dem Tisch davor stand die grellbunte Spieluhr ihrer Mutter. Libby öffnete den Deckel und zog sie auf. Ein paar Sekunden lang ertönte leise eine Melodie aus *Schwanensee.*

»Früher habe ich immer Ärger bekommen, wenn ich damit gespielt habe«, erzählte Libby Flowers. »Mutter hatte sie auf ihrem Frisiertisch stehen, aber ich habe mich immer hingeschlichen und die Spieluhr mit ins Bett genommen. Sie hat mir beim Einschlafen geholfen. Meera hat sich bestimmt daran erinnert.«

Flowers bekam Jamies altes Zimmer. »Von dort hat man die beste Aussicht«, erklärte Libby ihr. »Es bekommt die Morgensonne ab, bevor es heiß wird. Also kannst du morgens die Fensterläden öffnen und dem Gesang der Vögel lauschen.«

Nachdem sie sich gewaschen und umgezogen hatten, trafen sie sich auf der Veranda, um etwas zu trinken. Manzur blieb über Nacht, um seine Eltern in den Dienerquartieren zu besuchen, und James lud ihn ein, mit ihnen im Haus zu essen. Libby dachte daran, dass es vor dem Krieg undenkbar gewesen wäre, mit einem indischen Angestellten am Esstisch zu sitzen, aber sie war dankbar für die Veränderung. Ihr Vater schien weniger engstirnig auf die Einhaltung der gesellschaftlichen Etikette zu pochen, als sie es in Erinnerung hatte. Vielleicht lag es daran, dass nun keine Leute wie die Percy-Barratts mehr ein wachsames Auge auf seinen Haushalt hatten. Libby konnte fast hören, wie Muriel sie getadelt hätte: *Man kann sich doch nicht so herabwürdigen, dass man sich mit den Eingeborenen gemein macht.* Aber sobald die Unabhängigkeit kam, würden solche Ansichten doch bestimmt ohnehin überholt sein? Libby wollte es zumindest hoffen.

Flowers und Libby tranken Gimlets, während Manzur eine Limonade nahm. Libby spürte, dass es dem jungen Inder nicht behagte, dass sein Vater, Aslam, geschäftig umhereilte und den *khitmugar* beim Einschenken der Getränke überwachte. James stürzte einen großen Whisky hinunter und bestellte sofort einen zweiten.

Libby saß zufrieden da und sah über den Garten und den Dschungel hinweg in die Ferne zu den Teeplantagen, während der Himmel von Gold in Orange und Rot und schließlich in Purpur überging. James und Manzur redeten über die Arbeit. Nach kurzer Zeit senkte sich schlagartig die Dunkelheit herab. Die Luft pulsierte vom Summen der Insekten, und eine Fülle von Sternen erstrahlte. Libby sah, wie ihr Vater sich noch einen großen Whisky eingoss, bevor sie ins Esszimmer gingen. Entsetzt wurde ihr klar, dass er schon die halbe Karaffe geleert haben musste. Sie konnte sich nicht erinnern, dass er früher je so viel getrunken hatte.

James befahl, zum Hauptgang eine Flasche Champagner zu servieren.

»Den habe ich den ganzen Krieg über für deine Mutter aufbewahrt«, erklärte er, »aber es hat ja keinen Zweck, ihn weiter Staub ansetzen zu lassen. Nicht, wenn es so einen besonderen Anlass wie diesen gibt.« Als das Getränk eingeschenkt worden war, stand James auf und hob sein Glas.

»Ich habe meine Tochter zuletzt gesehen, als sie zwölf Jahre alt war …«

»Elf«, verbesserte Libby.

»Dann eben elf«, räumte er ein. »Jedenfalls vor sehr langer Zeit. Also ist das hier für mich ein ganz besonderer Tag.« Er wandte sich ihr zu und sah sie direkt an. Der Blick seiner blauen Augen wurde weicher. »Libby, du bist zu einer schönen jungen Frau herangewachsen, und ich bin stolz darauf, dein Vater zu sein.« Er hielt inne, und Libby sah sein Kinn zittern. Er biss sich auf die Lippen und schluckte schwer. »Auf Libby!«, krächzte er und trank einen großen Schluck von seinem Champagner.

»Auf Libby!«, wiederholten Flowers und Manzur im Chor.

Libby war plötzlich überwältigt. Ihr kamen die Tränen. Früher hatte sie es nie erlebt, dass ihr Vater sentimental wurde oder offen seine Gefühle zeigte. Dieser James war verletzlicher – und vielleicht auch freundlicher – als der dickköpfige Mann der Tat, den sie in Erinnerung hatte. Sie hätte sich darüber freuen sollen, aber ihn den Tränen nah zu sehen, ließ Panik in ihrer Brust aufsteigen.

Flowers kam ihr zu Hilfe, indem sie heiter über Partys und Ausflüge in Kalkutta zu plaudern begann.

»Es klingt, als hätten Sie meiner Tochter geholfen, eine schöne Zeit in der Stadt zu haben«, sagte James. »Leider können wir hier jungen Damen nicht viel Unterhaltung bieten.«

»Es ist einfach nur schön, einmal fort zu sein und Pause zu machen«, erwiderte Flowers. »Es ist sehr freundlich von Ihnen, mich hier wohnen zu lassen.«

»Nicht der Rede wert«, sagte James, »Ich bin froh, dass Sie Libby Gesellschaft leisten.« Er wandte sich an Libby. »Also hast du dich oft mit Clarries Neffen George Brewis getroffen, ja?«

»Eine Weile«, sagte Libby, »aber nicht mehr in letzter Zeit.«

»Gibt es andere junge Männer, deretwegen ich mich sorgen sollte?«, fragte er.

Libby lachte. »Nein, niemanden.«

»Libby ist sehr beliebt bei den Männern von Strachans Agentur«, neckte Flowers sie. »Auf der Tanzfläche hat sie die freie Auswahl.«

»Auch nicht mehr als du.« Libby lächelte. »Aber abgesehen vom Tanzen habe ich kein Interesse an ihnen. Sie sind ja ganz nett, aber im Gespräch ein bisschen langweilig.«

»Du klingst ganz wie deine Mutter«, lachte James. »Mit wem unterhältst du dich denn gern?«

»Die Khans sind sehr interessante Leute.«

»Die Khans?«, wiederholte James.

»Rafis Geschwister, Fatima und Ghulam«, erklärte Libby. Noch während sie Ghulams Namen aussprach, spürte sie, wie ihr die Röte ins Gesicht stieg. »Adela hat mir vorgeschlagen, mich mit ihnen zu treffen, und ich bin froh, dass ich es getan habe.«

»Doch nicht dieser Terrorist, der wegen Brandstiftung im Gefängnis gesessen hat?«, rief James entsetzt.

»Er ist kein Terrorist, Dad«, widersprach Libby. »Er setzt sich leidenschaftlich dafür ein, Indien von der Kolonialherrschaft zu befreien, aber er hat der Gewalt schon vor Jahren abgeschworen. Das letzte Jahr hat er damit verbracht zu versuchen, das Blutvergießen in Kalkutta zu unterbinden – und das hat Fatima auch getan.«

»Ich bin erstaunt, dass Adela den Kontakt zwischen dir und solch einem Mann vermittelt hat«, bemerkte James stirnrunzelnd, »und dass die Watsons das zugelassen haben.«

»Natürlich haben sie das. Onkel Johnny hat sie sogar bei sich zu Hause willkommen geheißen«, sagte Libby. »Die Khans waren auf meiner Geburtstagsparty.« Sie bedachte ihn mit einem vielsagenden Blick.

James sah beiseite und leerte sein Glas. »Ich hätte so einen kommunistischen Agitator wie Khan jedenfalls nicht über meine Türschwelle gelassen.«

»Obwohl Ghulam Rafis Bruder ist?«, fragte Libby herausfordernd. »Und Rafi dein Freund ist?«

»Rafi ist anders – er ist ein zivilisierter Inder. Unter Sophies Einfluss ist er geradezu einer von uns geworden.«

Seine Worte erschütterten Libby; sie erinnerten sie an Ghulams eigene Verachtung für seinen älteren Bruder, der wie einer der *sahib-log* geworden war.

»Ghulam ist ein hochgebildeter und prinzipientreuer Mann«, sagte Libby.

»Nun, dann hat er diese Bildung schlecht genutzt«, blaffte James. »Ich weiß noch, wie er in den Dreißigerjahren hergekommen ist und überall in den Teegärten Schwierigkeiten gemacht hat.«

»Schwierigkeiten für die Pflanzer, meinst du«, entgegnete Libby, »nicht für ihre Teepflückerinnen.«

»Er hat ihnen keinen Gefallen getan! Hat sie in den Zeilen mit ein paar Reden aufgehetzt und war dann wieder fort. Deshalb will ich nicht, dass du ihn in Schutz nimmst. Diese Agitatoren haben keine Ahnung, wie hart wir alle arbeiten, um die Plantagen am Laufen zu halten und die Teenachfrage zu stillen.«

»Was meinst du, Manzur?«, wandte Libby sich an den jungen Unterverwalter.

Er wand sich auf seinem Stuhl, und Libby bereute sofort, ihn in den Disput hineingezogen zu haben. Er hatte sein Essen kaum angerührt. Die herablassende Bemerkung ihres Vaters über zivilisierte Inder war ihr peinlich. Manzur räusperte sich.

»Die Teegärten bieten Arbeit für viele Menschen«, antwortete er, »auch solchen aus niederen Kasten und Wanderarbeitern, die nirgendwo sonst eine Stelle finden. Wir bieten ihnen eine Unterkunft und medizinische Versorgung.«

»Gut gesprochen, Manzur!«, rief James. Er zog sein Taschentuch hervor und wischte sich die Stirn ab. »Meine Tochter ist eine Idealistin und lässt sich leicht von radikalen Parolen überzeugen – ihre Mutter hat mir mitgeteilt, dass sie ihre ganze Schulzeit hindurch so war.«

»Nun erkenn doch an, dass ich eigene Überzeugungen habe«, protestierte Libby. Es verletzte sie, dass ihr Vater Tillys kritische Sichtweise auf sie übernahm. »Und überhaupt: Was ist so falsch an Idealismus? Indien wird in den nächsten Jahren Menschen voller Visionen und Optimismus brauchen.«

»Was Indien braucht, sind Pragmatiker«, entgegnete James, »die sehen, dass sie unser Expertenwissen in der Industrie und unser Kapital auch weiter einsetzen müssen. Männer wie Khan wollen das alles hinwegfegen. Aber Indien wird weiter Wohlstand und Handel benötigen.«

»Ja«, sagte Libby, »aber nach der Unabhängigkeit werden es die Inder selbst sein, die Entscheidungen über ihre Wirtschaft treffen. Die Zukunft sollte in den Händen von Männern wie Manzur liegen – nicht in denen von Männern wie dir, Vater.«

»Das wird sie ja auch. Aber genug von Politik«, forderte James aufgebracht. »Miss Dunlop hat nicht die weite Anreise in Kauf genommen, um zuzuhören, wie du uns allen Vorträge über Sozialismus hältst.«

»Ich halte keine Vorträge …«

»Es reicht, Libby«, wurde sie von James unterbrochen. »Ich will kein Wort mehr über die Khans oder ihre radikalen Ideen hören.«

Libby verbiss sich eine empörte Antwort. Die Missbilligung ihres Vaters traf sie tief. Sie fühlte sich wieder wie ein Kind, das in aller Öffentlichkeit gemaßregelt wurde. Ihr Vater hatte kein Recht, ihr den Mund zu verbieten; sie hatte genauso einen Anspruch darauf, ihre Meinung zu äußern, wie er. Es erschreckte sie, dass seine Denkweise in völligem Gegensatz zu ihrer stand und dass sie so schnell in Streit geraten waren. Damit hatte sie nicht gerechnet. Als sie noch ein Kind gewesen war, hatte ihr Vater sich immer auf ihre Seite gestellt.

Flowers füllte das unbehagliche Schweigen rasch aus.

»Mein Vater hat einmal in den Bergen hier gezeltet«, sagte sie. »In dem Jahr, als er von der Schule abgegangen ist. Er hatte immer eine Vorliebe für Assam. Deshalb hat er auch begeistert zugegriffen, als ihm die Beförderung zum Stationsvorsteher im Distrikt Sylhet angeboten worden ist. Dort bin ich aufgewachsen.«

»Das ist auch ein gutes Teeanbaugebiet«, ergänzte James. Er setzte zu einem weitschweifigen Monolog über Regenfälle und Südhänge an.

Libby war es peinlich, dass ihr Vater ziemlich betrunken war. Sie bewunderte Flowers für die taktvolle Art, in der sie Interesse zeigte und ermunternde Antworten gab. Genau das hätte Adela auch getan. Libby bekam ein schlechtes Gewissen, weil sie ihrem Vater widersprochen hatte. Es war der erste Abend nach ihrem Wiedersehen, und sie hatte sich nicht beherrscht, sondern die Geduld mit ihm verloren. Es bedrückte sie, dass sie so unterschiedlicher Meinung waren – besonders, was Ghulam betraf –, aber ihr Vater erholte sich noch immer von seinem Erschöpfungszustand. Sie musste versuchen, rücksichtsvoller zu sein. Außerdem entstammte ihr Vater einer derart anderen Generation, dass er ganz einfach anders denken musste als sie selbst. Das Letzte, was sie wollte, war, sich mit ihrem Dad zu streiten. Sie würde sich künftig mehr anstrengen, ihn nicht zu provozieren.

Als das Abendessen vorbei war, schlug Libby vor: »Sollen wir auf der Veranda Tee und einen Schlummertrunk trinken?«

»Das klingt nach einer richtig guten Idee«, lallte James. Er schob seinen Stuhl zurück und stand schwankend auf.

Manzur nutzte den Augenblick, um zu flüchten. Er erhob sich und verneigte sich höflich. »Danke für ein höchst genussvolles Mahl.«

»Bleib doch noch ein bisschen«, bestürmte James ihn.

»Danke, aber meine Mutter …«

»Natürlich, du musst deine Mutter besuchen gehen«, sprang ihm Libby bei, weil sie sein Unbehagen nicht in die Länge ziehen wollte. »Es war schön, dich wiederzusehen.«

»Ich hoffe, Sie haben einen angenehmen Aufenthalt hier«, sagte Manzur und nickte Flowers zu.

Sie schenkte ihm ihr typisches strahlendes Lächeln. »Danke. Und ich hoffe, wir sehen uns noch einmal, solange ich hier bin.«

Libby bemerkte, dass Manzur errötete. Seine attraktiven braunen Augen weiteten sich. »V… vielleicht …«, stammelte er und verabschiedete sich rasch.

Flowers nahm seinen Aufbruch zum Vorwand, sich ins Bett zurückzuziehen, und ließ Libby mit ihrem Vater allein. Libby führte ihn zu einem Korbstuhl auf der Veranda.

»Ich schaffe das schon«, murmelte er. Aber binnen einer Minute war er eingeschlafen und schnarchte.

Libby betrachtete ihn. Er war fast ein Fremder für sie. Der Mund stand ihm offen, und sein Gesicht unter dem zerzausten weißen Haar war gerötet. Auch aus seinen Nasenlöchern und Ohren wuchsen Haare. Die Hände, die schlaff über die Stuhllehnen hingen, waren voller hervortretender Adern und Altersflecken. Er sah so verletzlich aus: ein Mann, der seine besten Zeiten längst hinter sich hatte. Sie versank in Bedauern darüber, dass sie die elf Jahre nie würden zurückbekommen können, die sie getrennt gewesen waren. Sie kannten einander nicht mehr.

Warum hatten ihre Eltern diese lange Trennung zugelassen? Libby und ihre Brüder waren ihres Vaters und eines echten Familienlebens beraubt worden. Wie wünschte sie sich doch, ihre Eltern wären mehr wie Clarrie und Wesley gewesen und hätten ihre Kinder in Indien zur Schule geschickt! Libby dachte verbittert über ihr langes, kaltes Exil im Internat in Großbritannien nach. Warum waren sie nicht zu Kriegsbeginn nach Indien zurückgekehrt, wie so viele andere Kinder von Teepflanzern und Beamten es getan hatten?

Libby spürte, wie der vertraute Groll gegen ihre Mutter sich in ihr regte. Tilly hatte immer Newcastle und nicht Assam als ihre Heimat betrachtet. Aber war ihr Vater genauso schuld an der langen Trennung gewesen? Warum hatte er nicht darauf bestanden, dass sie zurückkehrten? Libby seufzte tief. Es hatte keinen Zweck, dem nachzutrauern, was hätte sein können. Wenigstens war sie jetzt wieder zu Hause. Libby atmete die warme, duftende Luft ein. Sie stand auf, beugte sich über ihren Vater und gab ihm einen zärtlichen Kuss auf die Stirn. Morgen würde sie sich mehr Mühe geben, ihn wieder kennenzulernen. Auf Zehenspitzen schlich sie in das Zimmer, in dem sie zuletzt geschlafen hatte, als sie acht Jahre alt gewesen war.

* * *

James wachte kurz auf, als seine Tochter ging, und sank dann wieder in einen unruhigen Schlaf.

Er stand in Bill Logans Arbeitszimmer im Dunsapie Cottage. Der Beginn der kalten Jahreszeit brachte nach dem drückend heißen Monsun Erleichterung, aber James empfand den Raum trotzdem als beengt und stickig. Der Rest des Hauses war mit neuen Möbeln, Porzellan und Gläsern für Logans künftige Frau zugestellt.

»Ich werde einen Monat lang fort sein«, sagte Logan, »also werden Sie sich um die Führung meines Bungalows kümmern müssen. Achten Sie darauf, dass die Diener mich nicht betrügen oder bestehlen.«

James verspürte Erleichterung, dass sein Vorgesetzter bis Weihnachten nicht da sein würde. Vielleicht konnten Reggie und er sich ein paar Tage freinehmen, um auf shikar *zu gehen, da die Teeanbausaison jetzt vorbei war. Der erfahrene Teepflanzer Fairfax, der ein Experte im Tigeraufspüren war, hatte den Junggesellen versprochen, sie mit auf die Großwildjagd zu nehmen. James konnte seine Ungeduld kaum verhehlen, Logan endlich für eine Weile von hinten zu sehen. Und vielleicht würde der Mann ja erträglicher werden, wenn er erst verheiratet und für eine Frau verantwortlich war, dachte James voller Optimismus.*

»Und noch eines«, sagte Logan und schenkte ihnen beiden Whisky ein. »Sie werden dafür sorgen, dass diese Eingeborenenfrau nicht mehr da ist, wenn ich Jessie Anderson hierherbringe. Ich darf nicht riskieren, dass meine junge Frau einem ihrer Weinkrämpfe ausgesetzt wird. Das könnte zu peinlichen Fragen führen.«

James wurde bei der Vorstellung flau im Magen. »Aruna kommt noch immer in den Bungalow?«, fragte er entsetzt. Die wenigen Male, die er sie unter den Teepflückerinnen erspäht hatte, hatte sie blass und einsam gewirkt, aber er hatte nicht gewusst, wie er sie trösten sollte.

Einen Moment lang schaute Logan verlegen drein. »Ich bin ihr gegenüber zu weich gewesen«, erklärte er, »und habe ihr erlaubt, dann und wann zu … äh … Besuch zu kommen.«

James sah ihn angewidert an. Sein Chef hatte doch wohl nicht wieder damit angefangen, die Teepflückerin in sein Bett zu holen? Hatte er der unglücklichen Frau nicht schon genug Kummer gemacht, indem er das Gör *mit ihr gezeugt hatte, nur um den Jungen dann wie einen ungewollten Hund fortschaffen zu lassen?*

»Ersparen Sie mir diesen aufmüpfigen Blick, Robson«, blaffte Logan. »Ein Mann hat nun einmal körperliche Bedürfnisse.«

James wagte es nicht, etwas zu erwidern.

»Aber langsam fällt sie mir lästig«, sagte Logan. »Macht jedes Mal eine Szene, wenn sie gehen muss. Ich glaube, es hat etwas mit dem Gör *zu tun. Damit können Sie sich befassen – Sie können besser mit den Eingeborenen umgehen als ich. Machen Sie ihr begreiflich, dass der Junge jetzt in guten Händen ist.«*

Logan reichte ihm ein Glas Whisky. James wurde von dem Geruch übel.

»Na los, trinken Sie ein Schlückchen«, forderte Logan ihn auf. »Sie sehen ja drein wie ein Verurteilter. Ich bin derjenige, der seine Freiheit aufgibt, nicht Sie.« Er lachte und stürzte seinen Drink hinunter.

James zögerte und stellte sein Glas dann auf den Schreibtisch. »Mein Magen verträgt mittags noch nichts Hochprozentiges, Sir. Aber ich wünsche Ihnen alles Gute für Ihre bevorstehende Heirat mit Miss Anderson.«

Logan bedachte ihn mit einem verächtlichen Blick. »Sie werden bald herausfinden, Robson, dass Whisky hier draußen in Assam ein Allheilmittel ist. Nur Männer mit robuster Konstitution, die sich nicht von ihren Gefühlen leiten lassen, überstehen das Leben in den Kolonien.«

James sah zu, dass er zur Tür kam.

»Vergessen Sie nicht«, rief Logan ihm nach, »ich will, dass das Eingeborenenmädchen von hier ferngehalten wird. Tun Sie, was Sie tun müssen.«

James erstickte fast an der Galle in seiner Kehle. Er konnte den Bungalow gar nicht rasch genug verlassen. Die arme Jessie Anderson, die herzog, um mit diesem Mann zusammenzuleben!

Als er die Verandastufen hinunterrannte, entdeckte er Sunil Ram, der im Schneidersitz dasaß und aus anklagenden Augen zu ihm hochstarrte. Irgendwo im Schatten hinter ihm meinte er, ein Wimmern zu hören. Bestimmt ein Welpe. James eilte davon …

James fuhr aus dem Schlaf hoch. Jemand schüttelte ihn. Er hob eine Hand, um den Menschen von sich zu stoßen, und war drauf und dran, mit der anderen zu einem Fausthieb anzusetzen.

»Aruna?«, stieß er hervor. Die junge Frau stand da. Ihr dunkles Haar lockte sich um ihr Gesicht.

»Mr Robson, ich bin es, Flowers Dunlop. Sie hatten einen Albtraum.« Sie sprach in sanftem, tröstlichem Ton. »Ich wollte Libby nicht wecken.«

Er starrte sie mit offenem Mund an. Wo war er? Sein Herz schlug unregelmäßig, und er hatte schweißnasse Handflächen. Sein Kopf fühlte sich an, als wäre er in einen Schraubstock eingezwängt.

»Soll ich Sie ins Bett bringen?«, fragte Flowers.

Eine Sturzflut der Erleichterung brach über James herein, als ihm klar wurde, dass er auf der Veranda in Cheviot View saß. Der Traum von Logan und dem Dunsapie Cottage war so lebhaft gewesen, dass er beim Aufwachen einen Moment lang Libbys Freundin mit einer anderen Frau verwechselt hatte.

»Es tut mir leid, wenn ich Sie geweckt habe«, sagte er. »Habe … habe ich geschrien? Aslam beschwert sich, dass ich manchmal im Schlaf etwas rufe.«

»Ich glaube, Sie haben geweint«, sagte Flowers.

Er schämte sich unter ihrem dunklen, prüfenden Blick. »Geweint? Was für ein Unsinn.«

Flowers wich einen Schritt zurück. »Vielleicht habe ich mich auch geirrt. Aber dort auf dem Stuhl haben Sie es doch sicher nicht bequem. Würden Sie im Bett nicht besser schlafen?«

James seufzte. »Da drinnen kann ich nicht schlafen. Zu stickig. Der Ventilator ist seit dem Krieg kaputt.«

Er würde nicht preisgeben, dass er sich vorgenommen hatte, ihn zu reparieren, sobald Tilly zu ihm zurückkam. Und es ging diese Frau auch nichts an, dass er das dunkle Schlafzimmer mit seinen Fensterläden zu erdrückend fand. Er fürchtete sich am meisten vor den Träumen, die er dort drinnen hatte. Er hatte gedacht, die Zeit in Belguri hätte ihn von seinen Albträumen kuriert. Es lag nur daran, dass er zu viel Alkohol getrunken hatte, weil es ihn nervös machte, nach all der Zeit wieder andere Leute unter seinem Dach zu haben. Er würde weniger trinken, zumindest solange Libby hier war.

Eine heiße Welle der Panik stieg in ihm auf. Wie lange würde seine Tochter mit ihrer anglo-indischen Freundin hierbleiben? Er hatte sich darauf gefreut, Libby wiederzusehen, aber jetzt war er verunsichert. Vielleicht hatte Tilly recht gehabt, als sie ihn gewarnt hatte, dass seine Tochter eine schwierige Hausgenossin war, rebellisch und rechthaberisch. Würde er sie wieder lieben können? James wurde übel. Er schauderte, obwohl es nicht kalt war.

»Mir geht es gut«, behauptete er. »Bitte gehen Sie wieder ins Bett, Miss Dunlop. Es tut mir leid, dass ich Sie gestört habe.«

Sie ging, und er schloss die Augen. Eine Minute später war sie wieder da und steckte eine Wolldecke um ihn fest.

»Mein Vater ist genauso.« Flowers lächelte. »Bleibt zu lange auf und schläft dann ein. Wir sehen uns morgen früh, Mr Robson.«

James murmelte einen Dank, aber sie tappte auf nackten Füßen schon wieder davon. Seine Augen brannten vor Müdigkeit. Er rieb sie sich mit den Handballen. Als er die Hände wieder senkte, stellte er überrascht fest, dass sie tränenfeucht waren. Die Angst schlug die Klauen in ihn. Er wollte nicht wieder einschlafen. Er wollte nicht träumen. James setzte sich aufrechter hin und warf die Decke ab. Er würde sich zwingen, bis zur Morgendämmerung wach zu bleiben.

15

Assam, Mai 1947

Die ersten paar Tage lang genoss Libby es, wieder in Cheviot View zu sein. Vor dem Frühstück ritt sie mit ihrem Vater aus, der immer schon vor ihr auf den Beinen war. Flowers ließen sie ausschlafen.

»Ich bin nicht so erpicht auf Pferde«, hatte Flowers gesagt, »aber im Bett Tee zu trinken und die alten Bücher deiner Mutter zu lesen, ist ganz nach meinem Geschmack. Also mach dir keine Sorgen um mich.«

Libby hatte den Verdacht, dass ihre Freundin ihr Zeit allein mit ihrem Vater gönnen wollte, und war dankbar dafür. Es war die beste Tageszeit, wenn der Himmel grau schimmerte und die Hitze noch nicht so intensiv war. Sie ritten durch den Dschungel und durchquerten die Teegärten am äußeren Rand der Oxford Estates, während die Luft sich allmählich mit lautem Vogelgezwitscher füllte. In der Ferne sahen sie die Teepflückerinnen, die zwischen den Sträuchern hindurch zur Arbeit gingen. Sie trugen bunte Kopftücher und hatten Körbe auf den Rücken geschnallt. Libby verdrängte Ghulams verbitterte Worte über ihre Ausbeutung; Manzur hatte ihr versichert, dass sie angemessene Unterkünfte hatten und medizinisch versorgt wurden.

Libby genoss diese gemeinsamen Ausritte mit ihrem Vater, die die glücklichsten Augenblicke ihrer Kindheit heraufbeschworen. Sie erinnerte sich daran, wie er sie während ihrer morgendlichen Ausflüge auf Vögel und andere Tiere hingewiesen oder ihr die Namen von Bäumen beigebracht hatte. Sie war sich sicher, dass er auch seine Freude daran hatte – hier wirkte er entspannter als im Haus –, und doch sagte er wenig. Sie hatte seit ihrem ersten Abend Gespräche über Politik umschifft, aber zu ihrer Enttäuschung konnte Libby ihren Vater auch nicht dazu bringen, über sich selbst zu reden.

»Da gibt es nicht viel zu erzählen – immer die gleiche alte Routine, jahrein, jahraus. Ich interessiere mich viel mehr dafür, etwas über dich zu hören, liebes Mädchen. Erzähl mir von dem Bauernhof, auf dem du während des Kriegs gearbeitet hast.«

Libby plapperte fröhlich drauflos und war entzückt, als ihr Vater über ihre Anekdoten über die anderen Land Girls lachte. Sie beschloss, dass es das Beste war, Lorenzo nicht zu erwähnen.

Als Libby und ihr Vater nach Hause kamen, dampften die taufunkelnden Rasenflächen in der Morgensonne. Während Flowers im Bett frühstückte, saß Libby mit ihrem Vater auf der Veranda, aß Rührei auf Toast und trank Tee, der aus einer riesigen Porzellankanne eingegossen wurde, die ein Hochzeitsgeschenk an ihre Eltern von einem Teepflanzer im Ruhestand namens Fairfax gewesen war.

»Es ist schön, die alte Teekanne herauszuholen«, meinte James. »Die Mühe mache ich mir nie, wenn ich allein bin.«

»Das gehört zu den Dingen, an die ich mich erinnere«, sagte Libby, »dass Mutter immer darauf bestanden hat, den Tee daraus selbst einzugießen und es nicht den Dienern zu überlassen. ›Ich bin durchaus in der Lage, über meine eigene Teekanne zu walten‹, das hat sie immer gesagt.«

Libby hoffte, dass die Erwähnung ihrer Mutter ihren Vater dazu bringen würde, in schönen Erinnerungen zu schwelgen oder zumindest neugierig zu werden, wie Tillys Leben in Newcastle verlief. Doch die ganze Woche vermied ihr Vater es, über ihre Mutter zu sprechen. Jedes Mal, wenn Libby Tilly erwähnte, verstummte er oder wechselte das Thema. Nicht, dass er überhaupt besonders gesprächig gewesen wäre. Meist redete Libby, und er hörte mit halbem Ohr zu und ließ den Blick von der Veranda in die Ferne schweifen, als wäre er in Gedanken weit weg. Vielleicht war er schon immer so gewesen und es war ihr als Kind nur nicht aufgefallen. War das etwas von dem, was ihre Mutter an ihrem Mann frustrierte – dass er nicht zuhörte?

Libby bemerkte, dass Flowers' Anwesenheit ihrem Vater unbehaglich zu sein schien; er hielt nervös Ausschau, ob sie auftauchen würde, und fand immer einen Vorwand, sich zu entfernen, kurz nachdem sie sich zu ihnen gesellt hatte.

»Viel zu tun«, murmelte er dann stets und eilte davon.

Libby schämte sich dafür und hoffte, dass es nicht daran lag, dass Flowers Anglo-Inderin war. Flowers sagte nichts dazu und schien zufrieden damit zu sein, zwischen den Mahlzeiten einfach lesend oder dösend auf der Veranda zu sitzen. Libby nötigte sie, Spiele zu spielen, stöberte das Krocketset auf und sorgte mithilfe des *mali* dafür, dass der alte Tennisplatz gemäht und ein Netz gespannt wurde. Im *godown* fand sie einen zusätzlichen Schläger für Flowers, aber der Boden war zu uneben, und die Bälle hatten ihre Sprungkraft verloren.

»Es ist ohnehin viel zu heiß für Tennis«, seufzte Flowers und zog sich in ihren Lieblingsliegestuhl auf der Veranda zurück, um *nimbu pani* zu trinken und zu lesen.

»Vielleicht könnten wir hinunter ins Clubhaus gehen und dort spielen, wenn es am späten Nachmittag kühler ist«, schlug Libby eines Tages vor. »Wir könnten Manzur und Dr. Attar bitten, mit uns Doppel zu spielen – Dad sagt, dass der neue Arzt verrückt nach Tennis ist.«

Flowers zeigte sofort Interesse. »Das würde Spaß machen.«

Am nächsten Tag versprach James, als er ins Büro aufbrach, Manzur und Dr. Attar darauf anzusprechen, aber als er am Abend zurückkehrte, hatte er noch nichts arrangiert. Gegen Ende der Woche langweilte Libby sich allmählich und wurde rastlos.

»Dad, bitte lass uns heute mitkommen«, bat sie ihren Vater während ihres morgendlichen Ausritts. »Du kannst uns im Club absetzen. Sonst fährt Flowers noch wieder nach Hause, ohne irgendetwas außer Cheviot View gesehen zu haben.«

»Sie scheint doch ganz zufrieden zu sein«, antwortete er.

»Sie ist sehr entspannt«, erwiderte Libby, »und zu höflich, um sich zu beschweren, aber ich habe nicht das Gefühl, dass wir besonders gute Gastgeber sind. Und wir haben immer noch nicht den Ausflug nach Shillong unternommen.«

Das schien James anzuspornen. »Na gut, ich fahre euch nachher hinunter in den Club.«

Der nachmittägliche Ausflug zum Clubhaus war kein Erfolg. Als James sie den Berg hinuntergefahren und abgesetzt hatte, waren die Temperaturen gestiegen, und es wehte nicht einmal ein laues Lüftchen. Libbys Kleid klebte ihr am Körper, als wäre sie in den Regen geraten. Trotz Libbys Protesten durften die jungen Frauen nicht in den Hauptraum des Clubs, sondern mussten sich ins ansonsten verlassene Damenzimmer setzen und Tee trinken. Sie schlugen den Nachmittag über die Zeit tot, indem sie halbherzig Karten und Backgammon spielten.

»Mutter hat das hier immer den Hühnerstall genannt«, erinnerte Libby sich. »Sie fand es unerträglich. Sie hat gesagt, dass es in der sogenannten Bibliothek bis auf veraltete Zeitschriften nichts zu lesen gab.«

»Das ist heute immer noch so«, sagte Flowers mit einem trockenen Lächeln.

»Aber wir Kinder haben es geliebt, zum geselligen Beisammensein herzukommen«, erzählte Libby weiter. »Während die Erwachsenen getanzt und zu viel getrunken haben, waren wir damit beschäftigt, Filme zu sehen und so viel Eis und Kuchen zu essen, dass einem von uns auf dem Heimweg immer schlecht geworden ist.«

»Das klingt herrlich.« Flowers lachte. »Wir haben in der Eisenbahnerkolonie ungefähr das Gleiche gemacht. Es gab ständig Partys und Maskenbälle, besonders zu Weihnachten und Ostern.«

»Es ist so heiß«, stöhnte Libby und fächelte sich mit einer Zeitschrift Luft zu. »Wie bin ich bloß darauf gekommen, dass wir bei diesem Wetter ein Tennismatch veranstalten könnten? Ich habe kaum die Kraft zum Kartenspielen. Möchtest du, dass ich noch mehr Tee bestelle?«

»Nein«, antwortete Flowers, »aber gegen einen *chota peg* hätte ich nichts einzuwenden. Oder ist es dafür noch zu früh?«

»Nicht, wenn man im Urlaub ist«, befand Libby. »Aber sollen wir irgendwo hingehen, wo es aufregender ist?«

»Wohin denn?«

»Dad sagt, dass Manzur mit dem alten *mohurer*, Anant Ram, in der Lodge wohnt. Der ehemalige Buchhalter ist ein ganz Süßer. Der Bungalow liegt ein Stück weiter die Straße hinauf und hat eine der größten Veranden auf der Plantage. Wir könnten dort vorbeischauen, wenn du möchtest?«

»Ist Manzur denn nicht noch bei der Arbeit?«

»Wahrscheinlich«, sagte Libby. »Aber wir könnten ja erst einmal Anant Ram besuchen und darauf warten, dass Manzur nach Hause kommt.«

Flowers verzog den Mund zu einem koketten Lächeln. »Hätte dein Vater denn nichts dagegen?«

»Warum sollte er? Anant Ram ist ein alter Freund aus Kindertagen, und ich hatte noch keine Gelegenheit, ihn wiederzusehen. Komm schon. Ich schicke einen *chaprassi*, damit Dad erfährt, wo wir sind.«

Die Frauen liehen sich Fahrräder im Clubhaus und radelten zur Lodge, während die Sonne allmählich an Kraft verlor. Obwohl es nur wenige Minuten dauerte, war Libby krebsrot und rang nach Atem, als sie ihre Räder den Gartenweg entlang zu dem abgelegenen Bungalow mit dem roten Dach schoben.

Flowers blieb plötzlich stehen. Ihre Miene wirkte besorgt. »Meinst du wirklich, dass das eine gute Idee ist?«

»Es wird Dad wirklich nichts ausmachen«, versicherte Libby ihr, »und ich radele kein Stück weiter.«

Anant Ram – kahlköpfig, mager und mit Drahtbrille, sodass er Bildern von Gandhi unglaublich ähnlich sah – hieß Libby begeistert willkommen und rief seine jüngste Tochter Charu hinzu. Libby erinnerte sich aus der Zeit vor vielen Jahren noch vage an Charu, die nun anscheinend ihren alten Vater umsorgte. Sie baten ihre Gäste auf die geräumige Veranda und servierten einen Krug voll erfrischendem Sodawasser mit Limone und dazu würzige Knabbereien.

Libby bestritt das Gespräch fast allein. Sie beantwortete die Fragen des alten Buchhalters über die Familie und das Leben in Großbritannien. Erst nach einer Weile fiel ihr auf, dass Flowers angespannt auf der Kante ihres Stuhls saß und ihr Getränk noch kaum angerührt hatte. Sie schwitzte immer noch.

»Fühlen Sie sich nicht wohl, Dunlop-Mem?«, fragte Charu. »Vielleicht möchten Sie lieber Tee?«

»Nein, nein … danke«, stieß Flowers atemlos hervor. »Ich fühle mich nur ein bisschen schwach.«

»Möchtest du dir vielleicht etwas Wasser ins Gesicht spritzen?«, schlug Libby vor.

Flowers antwortete nicht.

»Kommen Sie bitte«, sagte Anants Tochter. »Ich zeige Ihnen den Weg. Und dann bekommen Sie süßen Tee.«

Flowers folgte ihr ins Haus und sah sich mit nervösem Gesichtsausdruck nach Libby um. Libby konnte sich beim besten Willen nicht erklären, warum ihre Freundin sich bei den liebenswürdigen Rams so unwohl fühlte. Sie fragte sich, ob sie ihr folgen sollte, aber genau in dem Augenblick hörte sie ein Auto hupen. Gleich darauf gesellten sich James und Manzur zu ihnen.

»Hier seid ihr also gelandet«, sagte James. Er klang freundlich, aber sein Blick war verärgert.

Anant bot ihm etwas zu trinken an, aber James lehnte ab. Er wandte sich an Libby: »Wo ist Miss Dunlop?«

»Sie ist drinnen – sie fühlt sich nicht wohl. Ich glaube, die Fahrradtour war zu viel für sie.«

»Du hättest sie bei der Hitze nicht radeln lassen sollen«, schimpfte ihr Vater. »Manzur oder ich hätte euch herfahren können.«

Manzur stand da und sah peinlich berührt zwischen ihnen hin und her, sagte aber nichts.

»Auf alle Fälle wird es jetzt Zeit, nach Hause zu fahren«, fuhr James fort. »Ich will den Berg wieder hinauf sein, bevor die Sonne untergeht.«

Libby stand auf. »Dann gehe ich und hole Flowers.«

Es dauerte einen Moment, bis ihre Augen sich an das Halbdunkel im Innern des Hauses gewöhnt hatten. Die Fensterläden waren geschlossen. Der Grundriss war schlicht: ein großes Wohnzimmer in der Mitte mit Türen links und rechts, die, wie Libby vermutete, zu den Schlafzimmern führten. Wie in allen alten Teebungalows lag die Küche sicher in einem getrennten Gebäude hinter dem Haus.

Die Wände knarrten. Sie hörte ein Seufzen.

»Flowers?«, rief Libby. Alles war still. Vielleicht hatte ihre Gastgeberin Flowers angeboten, sich eine Weile hinzulegen.

Libby durchquerte das Zimmer und öffnete die Tür zur Rechten. Ein gespenstisches Licht fiel durch die Fensterläden. Aus dem Augenwinkel erspähte sie eine Gestalt in der Ecke.

»Flowers, Dad ist hier und will jetzt los.«

Aber als sie sich der Person zuwandte, entpuppte die sich als bloßer Schatten. Mit klopfendem Herzen zog Libby sich schnell aus dem Zimmer zurück und sah Flowers durch die gegenüberliegende Tür auf sich zueilen. Alle Farbe war aus ihrem Gesicht gewichen. Sie hatte die dunklen Augen weit aufgerissen, und ihr Haar war schweißnass. Sie blieb wie erstarrt stehen.

Libby ging schnell zu ihr. »Was ist denn nur los?«

»Können wir hier weg?«, fragte Flowers.

»Ja, Dad ist gekommen, um uns abzuholen. Du siehst aus, als hättest du ein Gespenst gesehen.«

Flowers zuckte zusammen und warf einen Blick hinter sich. »Sag so etwas nicht.«

Libby lachte. »Tut mir leid, das war nur ein Scherz.« Sie nahm ihre Freundin am Ellbogen – Flowers zitterte – und führte sie aus dem Zimmer.

Charu erschien mit dem Tee, als sie gerade aufbrechen wollten. Libby entschuldigte sich. Flowers sagte nichts; nicht einmal Manzurs Anwesenheit half, sie aus ihrer seltsamen Stimmung zu reißen. Auch James blieb auf der Heimfahrt still.

Flowers verzichtete auf das Abendessen und ging geradewegs ins Bett. Libby aß mit ihrem Vater, aber seit dem Besuch in der Lodge schien er von der schlechten Atmosphäre angesteckt zu sein. Libby versuchte, sich zu erinnern, was sie früher einmal über den Bungalow gehört hatte – irgendeine traurige Geschichte –, aber es fiel ihr nicht ein.

Nach dem Essen nahm James einen großen Whisky mit auf die dunkle Veranda. Libby griff zu der mehrere Tage alten Zeitung, die sie aus dem Clubhaus mitgebracht hatte.

»Möchtest du, dass ich dir daraus vorlese?«, fragte sie. »Wie früher, als ich lesen gelernt habe.«

»Lieber nicht.« James seufzte. »Die Nachrichten sind dieser Tage zu schlecht. Es kommt wieder zu Gewaltausbrüchen.«

»Was wird hier in Assam geschehen, Dad?«, fragte Libby.

»Wie meinst du das?«

»Nach der Unabhängigkeit.«

Er nahm einen Schluck von seinem Drink. »Wir werden hier schon zurechtkommen.«

»Ich habe gelesen, dass Chief Minister Bordoloi, der Regierungschef von Assam, Sylhet gern an Ostbengalen loswerden möchte«, sagte Libby, »weil dort Muslime in der Mehrheit sind. Er will die Hindu-Mehrheit im Rest von Assam konsolidieren.«

James musterte seine Tochter. »Du interessierst dich wirklich für Politik, nicht wahr? Ich weiß nicht, woher du das hast – bestimmt nicht von deiner Mutter oder von mir. Ich nehme an, deine Lehrerin ist schuld daran. Wie hieß sie doch gleich?«

»Miss MacGregor«, antwortete Libby. »Und ja, ich habe ihr zu verdanken, dass sie mir die Augen über die Welt geöffnet hat. Sie hat mich begreifen lassen, dass alles im Leben politisch ist.«

»Alles?«, höhnte James.

»Ja. Nimm zum Beispiel diesen Nachmittag im Clubhaus«, sagte Libby. »Sie lassen immer noch keine Frauen ins Hauptgebäude.«

»Doch, für die Bälle in der weihnachtlichen Rennwoche«, entgegnete James.

»Das nützt uns im Mai nicht viel. Wir hätten auch gern in einem bequemen Raum mit Klimaanlage etwas getrunken.«

»Wenn es das war, was ihr wolltet, hättet ihr hierbleiben sollen«, erwiderte er. »Ich verstehe nicht, warum ihr unbedingt den Berg hinuntermusstet. Deine Freundin sah sehr unwohl aus – ich hoffe, sie wird nicht krank oder so.«

»Es ging ihr gut, bis wir zur Lodge gekommen sind«, sagte Libby. »Dort hat sie irgendetwas aus der Fassung gebracht. Was ist nur mit dem Haus? Gab es dort vor Jahren nicht einmal einen Todesfall oder eine andere Tragödie?«

James trank noch einen großen Schluck. »Das ist bloß törichter Klatsch.«

»Worüber?«

Ihr Vater wich ihrem Blick aus. »An die Einzelheiten erinnere ich mich nicht.«

»Aber du erinnerst dich trotzdem an etwas?«

James starrte in sein Glas. »Früher, als ich ein junger Teepflanzer war, war die Lodge der *burra*-Bungalow. Aber dann war sie nicht mehr gefragt – zu klein und nicht luxuriös genug –, und so hat Anant Ram sich gefreut, als er sie mieten konnte.«

»Ach ja« sagte Libby, in der sich eine Erinnerung regte. »Angeblich hat es doch dort gespukt. Die Kinder im Club haben immer darüber gesprochen. Hat man das Haus nicht umbenannt?«

Ihr Vater rutschte unbehaglich auf seinem Stuhl hin und her.

»Ich bin mir sicher, dass es so war«, beharrte Libby. »Ich weiß noch, dass Anant Ram das einmal erwähnt hat, als ich klein war. Das sollte das Unglück abwenden.«

Plötzlich trat Flowers aus der Dunkelheit hervor. James schrie erschrocken auf.

»Meine Güte, hast du uns Angst eingejagt!«, entfuhr es Libby. »Fühlst du dich besser?«

»Ein bisschen, seit ich geschlafen habe«, sagte Flowers, obwohl sie immer noch vollkommen erschöpft wirkte. Sie setzte sich neben Libby.

»Möchten Sie vielleicht einen Schlummertrunk?«, fragte James.

»Ja, bitte.«

James stand auf, goss ihr einen Whisky ein und füllte sein eigenes Glas großzügig auf. Sie dankte ihm und trank einen Schluck.

»Ich habe das Gespräch über die Lodge mit angehört«, sagte Flowers.

James erwiderte: »Libby hätte nicht mit Ihnen dorthin radeln sollen. Die Fahrt hat Sie offensichtlich erschöpft …«

»Ich glaube, es spukt dort wirklich«, unterbrach Flowers ihn. »Als ich das Haus betreten habe, haben sich mir die Nackenhaare aufgestellt. Ich habe nie an Geister geglaubt, aber ich bin mir sicher, dass ich etwas gesehen habe.«

»Ich auch«, sagte Libby, »aber das war nur ein Schatten. Das Haus ist trotzdem etwas unheimlich.«

»So sind alte Bungalows eben«, meinte James. »Überall knarrt etwas, und es gibt viele dunkle Ecken.«

»Es war mehr als das«, beharrte Flowers. »Es war eindeutig etwas da, und die Atmosphäre war schrecklich.«

»Ich glaube, da bilden Sie sich etwas ein«, erwiderte James.

»Es war wie eine große Wolke aus Traurigkeit«, fuhr Flowers schaudernd fort. »Hast du es nicht auch gespürt, Libby?«

Ihre Worte gaben Libby zu denken. Sie hatte im Raum neben dem Wohnzimmer wirklich ein seltsames Gefühl gehabt, aber das hatte nur daran gelegen, dass es dunkel gewesen war. Doch ihren Vater schien das Gespräch aufzuregen, und es gefiel ihr nicht, ihn so verstört zu sehen.

»Nein, eigentlich nicht«, antwortete sie. »Wie Dad schon sagte, ist es einfach nur ein altes Haus.«

Flowers fragte: »Wie hieß es denn, bevor es die Lodge wurde?«

»Was spielt das für eine Rolle?«, gab James gereizt zurück.

»Dad! Sie hat doch nur eine Frage gestellt«, sagte Libby.

James stürzte seinen Whisky hinunter. Libby hatte den Eindruck, dass er gar nicht mehr antworten würde. Unvermittelt sagte er: »Dunsapie Cottage.«

»Das kommt mir irgendwie bekannt vor«, bemerkte Libby.

»Wird es nicht Zeit, dass ihr jungen Damen ins Bett geht?«, fragte James.

Flowers erschauerte, obwohl es nicht kalt war. »Ich weiß, dass es erbärmlich klingt, aber darf ich heute Nacht mit in deinem Zimmer schlafen, Libby? Mir ist nicht danach, allein zu sein.«

»Natürlich«, sagte Libby. »Du kannst mein Bett nehmen, und ich lege mich auf das Ausziehbett. Ayah Meera hat manchmal darauf neben mir geschlafen, bevor Mungo geboren wurde.«

»Danke«, stieß Flowers mit erleichterter Miene hervor.

* * *

Libby brauchte lange, um einzuschlafen, und als es ihr endlich gelang, schlief sie unruhig. Die ganze Woche lang hatte sie tief und fest geschlummert, betäubt von der duftenden Hitze der warmen Nächte und den langen Abendessen, zu denen es viel Alkohol gegeben hatte. Aber die Ereignisse des Tages hatten sie verstört: der Ausflug zur Lodge, Flowers' seltsame Reaktion und der Widerwille ihres Vaters dagegen, über den alten Bungalow zu reden. Was entging ihr diesbezüglich? Wo hatte sie nur den Namen Dunsapie Cottage schon einmal gehört?

Sie wusste, dass es in Edinburgh einen See namens Dunsapie Loch gab – ihr Onkel Johnny hatte ihn erwähnt, als er in Erinnerungen an sein Studium in Edinburgh geschwelgt hatte. Also war der Bungalow wahrscheinlich von einem heimwehkranken Schotten so getauft worden, der auf den Oxford Estates gearbeitet hatte …

Libby schoss aus dem Schlaf hoch. Irgendetwas hatte sie geweckt. Das Geheul eines Tiers? Sie setzte sich auf und lauschte. Es war eher ein Wimmern, und es kam ganz aus der Nähe. Sie stand eilig aus dem Ausziehbett auf und spähte durch das Moskitonetz, das über beiden Betten hing.

»Wo willst du hin?« Flowers' Stimme ließ sie zusammenzucken. Ihre Freundin schwang sich aus dem Bett, um ihr zu folgen.

»Dieses Geräusch«, sagte Libby. »Hat es dich auch geweckt?«

»Ich habe gar nicht geschlafen«, flüsterte Flowers, »aber er weckt mich jede Nacht mit seinem Weinen.«

»Wer?«

»Dein Vater.«

»Was?«, entfuhr es Libby entsetzt.

»Er sitzt auf der Veranda und geht nicht ins Bett.« Flowers griff nach ihrem Morgenmantel. »Hast du ihn bisher noch nie gehört? Er schreit und weint im Schlaf. Ich habe versucht, ihn ins Bett zu bringen, aber er will nicht. Ich glaube, der Whisky beschert ihm Albträume – oder vielleicht sind es auch Erinnerungen an den Krieg.«

Libby war fassungslos. »Warum hast du mir das nicht gesagt?«

»Ich wollte ja, aber er hat mich gebeten, es nicht zu tun.«

Libby eilte nach draußen auf die Veranda, dichtauf gefolgt von Flowers. Ihr Vater stand an der Verandabrüstung, hielt sich daran fest und redete mit jemandem. Sein Tonfall klang flehentlich, aber seine Worte blieben unverständlich. Einen Moment lang dachte Libby, er würde mit einem der Diener schimpfen, aber bis auf sie drei war die Veranda verlassen.

Sie ging zu ihm. »Dad …«

Er wirbelte herum, als sie ihn berührte. Sein schweißnasses Gesicht zeigte Verwirrung.

»Nein, nein!«, stieß er hervor. »Lass sie nicht …«

»Dad, ich bin es, Libby. Es ist alles in Ordnung.«

Aber er starrte an ihr vorbei, nackte Angst im Gesicht. »Bring sie weg! Sag ihr, dass sie gehen soll!«

Libby sah sich um und erkannte, dass er Flowers anstarrte. Libby schämte sich sehr für die Unhöflichkeit ihres Vaters.

»Das ist Flowers – meine Freundin«, sagte sie.

James begann wieder zu brabbeln.

»Er sieht uns nicht wirklich«, erklärte Flowers. »Er schlafwandelt. Wir müssen vorsichtig mit ihm sein.« Sie trat vor und nahm ihn sanft beim Arm. »Kommen Sie, Mr Robson. Setzen Sie sich hin und ruhen Sie sich aus.«

Er schien auf ihren beruhigenden Tonfall anzusprechen. Flowers und Libby führten ihn zurück zu seinem Stuhl.

»Sollten wir nicht versuchen, ihn ins Bett zu bringen?«, flüsterte Libby.

»Dahin wird er nicht gehen«, erwiderte Flowers. »Er hat Angst davor, drinnen einzuschlafen.«

Während sie es ihm bequem machten, erschien Aslam. Er wirkte schlaftrunken, aber besorgt.

»Der *chowkidar* hat mich geweckt, Missy-Mem«, sagte er. »Hat der Sahib schon wieder Albträume?«

»Also weißt du darüber Bescheid?«, fragte Libby.

Aslam nickte. »Er hat schon seit langer Zeit böse Träume.«

Libby legte ihrem Vater beschützend die Hand auf den Kopf. Er murmelte vor sich hin, war aber ruhig. »Jetzt geht es ihm wieder gut«, sagte sie.

»Nein«, widersprach Flowers. »Dein Vater ist geistesgestört.«

Libbys Inneres lehnte sich dagegen auf. Sie wollte nicht glauben, dass ihr Vater geisteskrank war. »All das alberne Gerede darüber, dass es in der Lodge spukt, hat ihn aufgeregt«, behauptete sie fest. »Ich hätte das Thema nie anschneiden sollen.«

»In der Lodge, Memsahib? Was hat der Sahib gesagt?«

Libbys Herz geriet ins Stocken, als sie die nervöse Miene des Dieners sah.

»Nicht viel«, antwortete sie. »Weißt du, was genau ihm Sorgen machen könnte, Aslam?«

Der Diener wandte den Blick ab. »Das kann ich nicht sagen. Aber die Lodge ist ein schlimmer Ort. Es gefällt mir nicht, dass Manzur dort lebt.«

»Ich würde dort nicht einmal einziehen, wenn man mir Geld dafür geben würde«, sagte Flowers.

»Um Himmels willen«, zischte Libby, »ihr überreagiert alle. Es ist doch bloß ein alter Bungalow.«

»Ich finde nicht, dass ich überreagiere«, entgegnete Flowers. »Aber ob ich es nun tue oder nicht, dein Vater braucht ärztliche Hilfe.«

»Soll ich Dr. Attar rufen?«, erkundigte sich Aslam.

Libby schüttelte den Kopf. »Es hat keinen Zweck, ihn zu nachtschlafender Zeit herzuschleifen, nur weil Dad einen Albtraum hatte. Ich bleibe bis morgen früh bei ihm sitzen. Wenn er wieder wach ist, können wir entscheiden, was wir tun.«

»Ich wache mit dir«, entschied Flowers.

»Das ist nicht nötig. Geh du nur wieder ins Bett.«

»Nein«, sagte Flowers. »Ich bin Krankenschwester. Lass mich helfen.«

* * *

James war in beschwingter Stimmung: Vor zwei Tagen hatte er seinen ersten Tiger geschossen. Ein sauberer Schuss durch den Hals, gefolgt von einer Kugel zwischen die Augen. Zugegeben, es war ein alter Tiger gewesen, aber es hatte dennoch Können erfordert, ihn aufzuspüren und zu töten. Fairfax hatte ihm gesagt, dass der Tierpräparator die Beschädigung am Kopf würde reparieren können. Er würde eine hochgeschätzte Trophäe an der Wand des Wohnzimmers in Cheviot View abgeben.

James spazierte gerade aus dem Büro, um zum Mittagessen zu gehen, als er einen Aufruhr am Tor bemerkte. Jemand machte dem Wächter Vorhaltungen. James eilte hinzu und erkannte überrascht den punkah-wallah *aus dem Dunsapie Cottage.*

»Was soll das ganze Theater?«, fragte er.

»Bitte, Sahib, kommen Sie mit!«, flehte Sunil Ram. »Oh, Herr …!«

James beschlich eine dunkle Ahnung angesichts des verzweifelten Gesichtsausdrucks des Dieners. »Was ist los, Mann?«

Sunil Ram sprudelte so schnell auf Hindi etwas hervor, dass James ihn nicht verstand. Aber der bittende Tonfall entging ihm nicht.

»Na gut«, gab James nach. »Warte hier.«

Er kehrte um und befahl einem syce, *sein Pony zu holen. In wenigen Tagen würde Logan mit seiner frisch angetrauten Braut zurück sein, und James konnte die Verantwortung für den* burra bungalow *ein für alle Mal wieder abgeben. Dann würde es eine Hausherrin geben, und James würde sich nicht mehr wie ein Lakai von dem tyrannischen Logan dorthin zitieren lassen müssen, um seine widerwärtigen Befehle auszuführen. Als James auf dem Weg zum Dunsapie Cottage war, dachte er voller Befriedigung daran zurück, wie er Aruna deutlich gemacht hatte, dass ihr Sohn gut versorgt war und dass sie sich in Zukunft von Logan Sahib fernhalten musste. Es hatte genügt, ein ernstes Wort mit ihr zu reden. Er lernte allmählich von alten Hasen wie Fairfax, wie man am besten mit den Arbeitern umging. »Streng, aber gerecht. Genau wie mit Kindern. So holt man das Beste aus ihnen heraus. Es besteht keine Notwendigkeit, grausam zu sein.«*

Der Bungalow war seltsam still. Obwohl der Hausherr abwesend war, hatte James eigentlich damit gerechnet, Diener im Gebäude zu sehen und zu hören – einen mali *oder einen Putzmann. Aber es bellte nicht einmal ein Hund. Der* burra bungalow *wirkte verlassen.*

Sunil Ram sauste an ihm vorbei. Der punka-wallah *war völlig außer Atem, weil er die ganze Strecke vom Bürogebäude bis hierher gerannt war. Er erreichte die Bungalowstufen und blieb stehen. James stieg ab und folgte ihm.*

»Nun, was ist los?«

Zu James' Verärgerung wollte der Mann nicht weiter mitkommen. Er zeigte ins Haus und stöhnte. Vielleicht hatte ein wildes Tier den Weg hineingefunden, und die Diener waren verängstigt geflohen. James zog seine Pistole und stieg die Stufen hinauf.

Auf der Veranda war nichts Besorgniserregendes zu erkennen. Er wagte sich hinein. Der kühle Fliesenboden und das abgedunkelte Innere des Hauses ließen ihn unwillkürlich erschauern. Aber da war nichts Bedrohliches. James durchquerte das Wohnzimmer und öffnete die Tür zu Logans Arbeitszimmer. Er wartete, bis seine Augen sich an das Halbdunkel gewöhnt hatten. Alles war still. Er ging hinter den Schreibtisch, stieß die Fensterläden auf und sah sich misstrauisch um. Da war nichts.

Er seufzte erleichtert. Sunil Ram würde seinen Zorn zu spüren bekommen, wenn er wegen nichts und wieder nichts so viel Aufhebens gemacht hatte. James schritt zurück durch den mittleren Raum und riss die gegenüberliegende Tür auf. Als ihm klar wurde, dass dahinter Logans Schlafzimmer lag, zögerte er. Er sah die Umrisse des großen, mit Moskitonetzen verhängten Betts. Er ging hinein. Als Erstes schlug ihm der Geruch entgegen. James blieb stocksteif stehen. Verwirrung wich Unglauben und dann Entsetzen. Seine Brust war wie zugeschnürt. Er bekam keine Luft …

James schrie auf.

»Ich bin es – Libby. Es ist alles in Ordnung, Dad. Alles in Ordnung.«

Der Albtraum hatte James immer noch fest im Griff. Er sah immer noch vor sich, wie … Er erschauerte vor Angst. Aber der Spuk wich. Er war doch nicht in jenem schrecklichen Raum. Er saß auf seiner eigenen Veranda in der frühen

Morgendämmerung. Mit Libby. James schnappte nach Luft. Er bekam Herzflattern. Er war den Tränen nah. Vor Erleichterung.

»Libby?«, keuchte er.

»Ja, ich bin es«, tröstete sie ihn und drückte ihm die Hand.

»Oh, Libby ...«

Zu seinem völligen Unglauben fühlte er ein Schluchzen in sich aufsteigen, das er nicht unterdrücken konnte. Es brach aus ihm hervor. Nachdem er einmal zu weinen begonnen hatte, konnte er nicht aufhören. Heftige, quälende Schluchzer schüttelten und verkrampften seinen Körper. Seine Tochter – diese Halbfremde – hielt ihn und streichelte ihm übers Haar, als wäre er das Kind. Er war dankbar und gedemütigt zugleich.

Erst dann bemerkte er die Anglo-Inderin. Sie sah vertraut aus. Sollte er sie kennen? Sie musterte ihn voller Mitleid und reichte ihm ein Glas Sodawasser. Er konnte es nicht ergreifen. Libby nahm es für ihn entgegen und versuchte, ihm zu helfen, daraus zu trinken. Alles schwappte ihm übers Kinn.

»Ich rufe Dr. Attar an«, sagte die Frau, an deren Namen er sich nicht erinnern konnte.

Wer war Dr. Attar? Der Teegartenarzt hieß Thomas. Meinte sie ihn? Und wer brauchte ihn?

»Dad, sag mir, was los ist.«

Er starrte die junge Frau an, die ihm die Hand hielt. Sie sah aus wie Tilly. War es Tilly? James öffnete den Mund, um zu sprechen, aber er brachte kein Wort hervor.

Er fühlte sich vollkommen erschöpft. Er war froh, dass er nicht sprechen konnte. Eine tröstliche Taubheit breitete sich in ihm aus. Vielleicht weinten Leute deshalb, weil es den Schmerz wegspülte, wie ein Hochwasser führender Fluss Steine wegschwemmte.

Er umklammerte die Hand der jungen Frau und schloss die Augen. Er hieß den Nebel willkommen, der seine Gedanken einhüllte. Er musste nicht über irgendetwas nachdenken.

16

»Ich habe ihm ein Beruhigungsmittel gegeben«, erklärte Dr. Attar, als er zu Libby und Flowers auf die Veranda kam. »Das wird ihm wenigstens helfen zu schlafen.«

Die Sonne war aufgegangen und die Luft schon feuchtheiß.

»Danke«, sagte Libby. »Das ist genau das, was er braucht. Er muss völlig erschöpft sein, weil er seit Monaten nicht mehr richtig geschlafen hat.« Sie bot dem Arzt einen Platz, Tee und Toast an.

»Es steckt aber mehr als Schlafmangel dahinter«, meinte Flowers, »nicht wahr, Dr. Attar? Sie haben erwähnt, dass er schon einmal einem Nervenzusammenbruch nahe war.«

»Er ist nicht verrückt«, protestierte Libby.

»Das behauptet ja auch niemand«, erwiderte Flowers, »aber er ist krank. All das Trinken bis zur Besinnungslosigkeit – das ist ein Anzeichen für einen verwirrten Verstand.«

»Du übertreibst. Alle Teepflanzer trinken ihren *chota peg* nach einem Tag voll harter Arbeit«, widersprach Libby.

»Aber nicht so viel wie er«, entgegnete Flowers. Sie wandte sich an den jungen Arzt. »Was meinen Sie?«

Dr. Attar stellte seine Tasse ab und schenkte Libby einen mitfühlenden Blick.

»Ich glaube, dass Robson Sahib an nervöser Erschöpfung leidet«, sagte er. »Das ist nicht über Nacht so gekommen. Während des Kriegs stand er unter beträchtlicher Belastung, weil er sich an der Front in Burma an der Nothilfe beteiligt hat. Damals bin ich hierher auf die Plantage gekommen. Ihr Vater hat bis zum Umfallen geschuftet, Suppenküchen und Nachschub organisiert. Er hat sich viel abverlangt.«

»Ich hatte keine Ahnung, dass er so in die Kriegsanstrengungen eingebunden war«, gestand Libby und bekam ein schlechtes Gewissen. »Wir haben gedacht, wir hätten in Großbritannien weitaus mehr getan.«

»Aber viele Menschen haben während des Kriegs hart gearbeitet«, hob Flowers hervor, »auch mein eigener Vater. Das erklärt nicht, warum es Mr Robson jetzt plötzlich schlechter geht.«

Dr. Attar sah nachdenklich drein. »Vielleicht ist es eine verzögerte Reaktion auf den Stress in der Zeit. Aber er ist auch ein Mann, der vor Kurzem siebzig geworden ist. Er ist zu alt, um noch auf einer Teeplantage zu arbeiten. Ich habe ihm vorgeschlagen, in den Ruhestand zu treten – oder zumindest für eine gewisse Zeit Heimaturlaub zu nehmen –, aber er war nur dazu bereit, nach Belguri zu fahren, um sich dort etwas auszuruhen und zu erholen. Meiner Ansicht nach ist er nicht lange genug dortgeblieben.«

Libby errötete. »Das war wahrscheinlich meine Schuld, weil ich darauf bestanden habe, nach Assam und auf die Oxford Estates zu kommen. Ich konnte es nicht abwarten, meinen Vater und mein altes Zuhause wiederzusehen. Er hat seinen Aufenthalt in Belguri meinetwegen abgebrochen.«

»Sie sind nicht schuld daran«, erwiderte der Arzt. »Robson Sahib ist kein Mann, der gut damit zurechtkommt, untätig herumzusitzen – das betrachtet er als Faulheit, nicht als wohlverdiente Ruhepause.«

»Dr. Attar«, sagte Flowers und runzelte nachdenklich die Stirn, »ich habe Soldaten gesehen, die unter Kriegsfolgen litten – nicht nur körperlich, sondern an Kriegsneurose –, und Libbys Vater erinnert mich an sie. Es ist, als würden sie die Augenblicke unter Beschuss noch einmal erleben – so, als wäre es für sie ganz echt. Das lässt sie alles von Neuem durchleiden. Gibt es etwas Traumatisches, dass das bei Mr Robson ausgelöst haben könnte?«

Dr. Attar nickte. »Die Frage habe ich mir auch schon gestellt. Mit seiner Gesundheit scheint es in den letzten Wochen bergab gegangen zu sein – aber warum, kann ich nicht einschätzen.«

Libbys Herz begann dumpf zu pochen. »Könnte es an meiner Rückkehr nach Indien liegen?«, fragte sie.

»Bestimmt nicht«, sagte Flowers. »Danach muss er sich doch gesehnt haben.«

»Vielleicht war er auch nervös«, wandte Libby ein. »Vielleicht hat mein Auftauchen all seinen Kummer darüber geweckt, dass meine Mutter nicht mitgekommen ist. Seit ich hier bin, ist er nicht er selbst – nicht der glückliche, überlebensgroße Vater, den ich in Erinnerung habe. Zwischen uns herrscht eine Distanz, mit der ich nicht gerechnet hatte.«

»Ich glaube nicht, dass es etwas mit Ihnen zu tun hat«, sagte Dr. Attar. »Er war schon eine Weile in sich gekehrt und hält sich lieber allein in Cheviot View auf, als im Club unter Leute zu gehen.«

Libby überlegte laut weiter: »Clarrie Robson war der Ansicht, dass etwas Dad belastet, dass er aber nicht darüber reden wollte. Sie glaubte, ich könnte vielleicht herausfinden, was es ist, aber ich kann ihn nicht dazu bringen, über etwas Persönliches zu sprechen.«

»Warum bringen wir ihn nicht zurück nach Belguri?«, schlug Flowers vor. »Fort von dem, was ihm hier Sorgen macht. Vielleicht vertraut er dir dann an, was ihn beschäftigt. Ich könnte dir helfen, das zu tun, bevor ich nächste Woche nach Kalkutta zurückfahre.«

Libby dachte darüber nach. Clarrie war vielleicht genau die richtige Person, die helfen konnte – ruhig und praktisch veranlagt. Libby machte auch der Gedanke Angst, allein und isoliert mit ihrem Vater in Cheviot View zurückzubleiben, sobald Flowers fort war. Was, wenn sein Geisteszustand sich verschlechterte? Wie sollte sie damit zurechtkommen, wenn er sich weiterhin weigerte, ihr anzuvertrauen, was ihn so bedrückte? Das Haus erschien ihr nicht mehr wie der idyllische Ort ihrer Kindheit, nach dem sie sich so lange gesehnt hatte. Die Hitze und die Abgelegenheit belasteten sie allmählich. *Ein grünes Gefängnis,* so hatte ihre Mutter die Oxford Estates genannt, und zum ersten Mal ahnte Libby, wie es für Tilly – eine junge, ans Stadtleben gewöhnte Frau – gewesen sein musste, hierherzuziehen.

»Ich glaube, das wäre eine gute Idee«, bestärkte Dr. Attar sie in ihrem Vorhaben.

Libby sah Flowers dankbar an. »In Ordnung, dann rufe ich Clarrie an und stelle fest, ob das möglich ist.«

* * *

Zu Libbys Überraschung protestierte ihr Vater nicht gegen den Vorschlag, nach Belguri zu fahren. Er war benommen und verwirrt, als er erwachte, sprach wenig und überließ es Libby, die Entscheidungen zu fällen.

»Belguri … ja … wenn du möchtest …«, stammelte er.

Clarries sofortiges Eingehen auf das Arrangement ermutigte Libby.

»Natürlich müsst ihr kommen«, drängte Clarrie durch die knisternde Telefonleitung. »Es wäre wunderbar, euch zu sehen – und auch Flowers.«

Sie einigten sich darauf, dass Manzur und Libby auf der Fahrt abwechselnd am Steuer sitzen würden. Zwei Tage später luden sie das Auto voll, winkten Aslam und Meera zum Abschied zu und überließen ihnen die Verantwortung für das Haus.

»Wir sind bald zurück«, versprach Libby, aber eher, um ihren Vater zu beschwichtigen, der auf die letzte Minute in Aufregung geriet, weil weder Aslam noch sein treuer Hund Breckon mitkamen. »Manzur kann Aslam immer noch nach Belguri holen, wenn du das Gefühl hast, ihn zu brauchen. Und die Diener werden Breckon hier verwöhnen.« Libby wusste, dass Flowers Angst vor Hunden hatte und darunter leiden würde, eine lange Autofahrt mit dem übermütigen Breckon überstehen zu müssen.

Sie fuhren den ganzen Tag lang. Wenn man keine Handschuhe trug, war das Steuerrad zu heiß, um es anzufassen. Sie machten nur halt, um bei *dak*-Bungalows am Wegesrand zu picknicken und sich für eine gewisse Zeit im Schatten zu erholen.

Es war dunkel, als sie den Weg bergauf nach Belguri einschlugen. Die Autoscheinwerfer fingen Glühwürmchen in ihren Lichtkegeln ein, und wie zur Begrüßung kühlte eine Brise die Reisenden ab. Manzur saß gerade am Steuer, sodass Libby sich aus dem Fenster beugen konnte und sah, wie die vertrauten Umrisse der Teemanufaktur von Belguri in Sicht kamen, als sie über die Straße voller Schlaglöcher durch den Teegarten holperten. Ihr Vater schlief schon, seit sie vor einer Stunde zum Nachmittagstee gerastet hatten.

Der nostalgische, berauschende Duft nach Blumen und Kiefern ließ Libbys Augen vor Tränen der Rührung brennen. Er beschwor Erinnerungen an Familienausflüge zu den Verwandten ihres Vaters in Belguri herauf und daran, wie unglaublich Libby sich immer darauf gefreut hatte. *Sitz still!*, hatte ihre Mutter immer geschrien. Aber ihr Vater hatte sie immer schon unten am Beginn der Zufahrt aussteigen lassen und Libby und Jamie erlaubt, den ganzen Weg von der Manufaktur bis zum Haus hinauf zu rennen. Libby widerstand dem Drang, aus dem Auto zu springen und es auch heute im Dunkeln so zu machen. Aber als sie vor dem alten Bungalow anhielten, der im Mondschein silbern glänzte, sprang Libby sofort aus dem Auto und lief die Verandastufen hinauf.

Clarrie wartete bereits auf der Veranda, um sie willkommen zu heißen. Ihr dunkles Haar war mittlerweile von einigen silbernen Strähnen durchzogen, aber auch mit einundsechzig war sie in Libbys Augen noch schön. Ihre zarten Gesichtszüge erstrahlten im Lampenschein, und ihre braunen Augen blickten lebhaft. Unter ihrem altmodischen Kleid hatte Clarrie noch immer die Figur einer jungen Frau.

Libby umarmte sie voller Wärme. »Das ist so nett von dir, Clarrie. Es geht Dad nicht gut.«

»Du weißt ja, dass ich alles für Tillys Familie tun würde.« Clarrie lächelte. »Ich freue mich so, dich zu sehen.« Sie drehte sich um. »Harry, mein Schatz, geh und hilf Onkel James aus dem Auto.«

Erst jetzt sah Libby einen hochgewachsenen Jugendlichen im Schatten stehen. »Harry?« Sie schnappte nach Luft. »Wir haben uns nie persönlich kennengelernt – aber du siehst deinem Dad so ähnlich, dass ich dich sofort erkannt habe.«

Der Junge lächelte schüchtern und schüttelte ihr unbeholfen die Hand, bevor er die Treppe hinuntersprang, um seinem alten Verwandten zu helfen. »Manzur!«, rief er entzückt, als er seinen ehemaligen Hauslehrer erspähte.

»Das war freundlich von dir«, murmelte Clarrie. »Harry liebt es, mit seinem Vater verglichen zu werden, obwohl er sich leider kaum an Wesley erinnert …«

»Ich habe es ernst gemeint«, sagte Libby. »Er hat die dunklen Haare und das gute Aussehen seines Vaters. In ein paar Jahren werden sich die Teepflanzertöchter auf den Bällen im Club um ihn streiten.«

Clarrie lachte leise und legte ihr eine Hand auf den Arm. »Und du bist so hübsch geworden, Libby – du hast die wunderschönen Robson-Augen.«

Libby errötete vor Freude; niemand aus ihrer Familie hatte das je zu ihr gesagt.

Während Harry den orientierungslosen James die Stufen heraufführte, bemerkte Libby, dass Flowers sich eine Zigarette mit Manzur teilte. Sie waren ein schönes Paar. Die Krankenschwester hatte Manzur unterwegs, während James geschlafen hatte, über die Lodge ausgefragt, aber er schien nichts Genaues über ihre früheren Bewohner sagen zu wollen oder zu können. Libby fragte sich, worüber sich Flowers wohl jetzt mit ihm unterhielt.

»Clarrie!«, rief James.

»James.« Clarrie lächelte und küsste ihn auf die Wange. »Komm und mach es dir gemütlich. Wie war die Fahrt?«

Libby sah verblüfft zu, wie ihr Vater Clarrie gehorsam zu einem Rattansofa folgte und sich neben sie setzte. Aber es war seine Miene, die sie am meisten überraschte: Sie drückte eine Zärtlichkeit aus, die sie noch nie an ihm erlebt hatte. Sie hatte sich immer vergeblich danach gesehnt, dass ihre Eltern einander einmal so ansehen würden. Die Besorgnis, die sie schon in England empfunden hatte, drängte wieder an die Oberfläche: Waren sich ihr Vater und Wesleys Witwe während Tillys langer Abwesenheit nähergekommen? Wie intim waren sie während des Kriegs geworden?

Libby verdrängte diese Gedanken. Clarrie war nur freundlich. Sie war eben solch eine großzügige Person. Libby war übermüdet vom Fahren und von den letzten paar Tagen, in denen sie wenig Schlaf bekommen hatte, deshalb interpretierte sie zu viel in ein paar Blicke und einen Kuss auf die Wange hinein.

Libby verzichtete auf das Abendessen und ging dankbar in dem kleinen, rückwärtigen Schlafzimmer, das sie sich in lang vergangenen Ferien mit Adela geteilt hatte, zu Bett. Das Zirpen der Grillen und die gedämpften Gespräche lullten sie ein, und sie schlief tief und fest.

* * *

Zwei Tage später, als Libby mit Flowers im Garten spazieren ging, sagte ihr Flowers, dass sie sich entschieden hatte, sich von Manzur nach Gauhati fahren zu lassen und den Zug zurück nach Kalkutta zu nehmen.

»Dein Vater ist hier in guten Händen«, erklärte sie. »Ich finde, ihr solltet gemeinsame Zeit allein als Familie haben und euch keine Gedanken darum machen müssen, die Gastgeber für mich zu spielen.«

»Es tut mir leid«, entschuldigte sich Libby. »Es war für dich gar kein richtiger Urlaub.«

»Ich habe vieles daran genossen«, entgegnete Flowers, »also darfst du kein schlechtes Gewissen haben. Ich hoffe nur, dass die Gesundheit deines Vaters sich rasch wieder bessert.«

»Er wirkt hier schon ruhiger«, meinte Libby. »Vielleicht ist alles, was er braucht, ein Tapetenwechsel.«

Flowers sah skeptisch drein. »Versuch, ihn dazu zu bringen, über das zu reden, was ihn beschäftigt.«

Libby, die im Stillen hoffte, dass Erholung alles war, was ihr Vater brauchte, wechselte das Thema. »Was ist mit unserem Ausflug nach Shillong? Wir waren immer noch nicht im Waisenhaus. Bist du sicher, dass du nicht noch ein wenig länger bleiben möchtest?«

»Ich weiß gar nicht mehr, ob ich etwas über Daddys Vergangenheit herausfinden möchte«, antwortete Flowers. »Ich finde es wichtiger zu planen, wie unsere Zukunft aussehen soll.«

Libby bedachte sie mit einem schelmischen Lächeln. »Und du würdest lieber eine Autofahrt mit einem gewissen Unterverwalter unternehmen, als Waisenhäuser zu besuchen?«

Flowers grinste. »Vielleicht. Er ist sehr charmant. Nicht, dass er ernsthaft an einer Halb-und-Halb wie mir interessiert wäre.«

»Sag so etwas nicht«, entgegnete Libby. »Manzur hat keine Vorurteile.«

»Er vielleicht nicht«, gab Flowers zu bedenken, »aber unsere jeweiligen Volksgruppen sehr wohl. Daddy wäre die Vorstellung zuwider, dass ich mit einem Inder fraternisiere, und Manzurs Eltern haben bestimmt schon eine gute muslimische Ehefrau für ihn ausgewählt.«

Libby hakte sich bei ihrer Freundin ein und setzte ihren Spaziergang über den Rasen fort. »Die Dinge ändern sich rasch. Vielleicht bleibt es nicht immer so. Unsere Generation wird anders sein.«

Flowers fragte: »Machst du dir immer noch Hoffnungen auf den hübschen Ghulam?«

Libbys Herz tat einen Sprung, als Flowers ihn erwähnte. Sie hatte Flowers ihre Gefühle an einem der heißen Nachmittage anvertraut, die sie auf der Veranda in Cheviot View damit verbracht hatten, zum Zeitvertreib Zeitschriften durchzublättern. Sie dachte unentwegt an Ghulam, aber sie wusste, dass es keinen Sinn hatte, sich nach ihm zu sehnen; ihre Liebe wurde nicht erwidert.

»Eigentlich nicht«, sagte Libby. »Er empfindet nicht das Gleiche für mich.«

»Ich glaube, du irrst dich«, widersprach Flowers. »Am Abend deiner Geburtstagsparty konnte er den Blick nicht von dir wenden.«

Libby errötete. »Das sagst du nur, um mich zu trösten.«

»Keineswegs. Ich bin gut darin, Menschen zu beobachten, und ich glaube, Ghulam findet dich sehr attraktiv. Und nicht nur das: Dieser Mann würde sich nicht die Mühe machen, sich mit einer Frau anzufreunden, wenn er sie nicht zudem als interessant einschätzen würde.«

»Danke, dass du das sagst.« Libby lächelte bekümmert. »Aber selbst, wenn er so empfindet, wird er nicht entsprechend handeln – ich gehöre schließlich immer noch zu den Briten, die er verabscheut. Er wird nie zulassen, dass sich solch eine Beziehung entwickelt. Seine Schwester hat mich auch vorgewarnt – sie wollte nicht, dass ich verletzt werde.«

Flowers drückte ihr aufmunternd den Arm. »Was hast du gerade eben darüber gesagt, dass die Dinge sich ändern? Sei optimistisch. Und bleib, wer du bist, Libby, ganz gleich, was Männer wie Ghulam denken. Lass dir von anderen nichts vorschreiben. Das hat deine Verwandte Adela mir beigebracht. Sie hat sich gegen die Mädchen in unserem Internat zur Wehr gesetzt, die uns geärgert haben, und sich von ihnen nicht unterkriegen lassen. Sie hat mir gezeigt, wie man tapfer ist, und dafür werde ich ihr immer dankbar sein.«

* * *

Bevor Flowers am frühen Morgen abreiste, reichte sie Libby einen Briefumschlag. »Falls du Gelegenheit hast, nach Shillong zu fahren: Das hier sind die Details, die ich über Dads Schullaufbahn kenne. Aber fühl dich nicht dazu verpflichtet.«

»Wenn ich kann, fahre ich hin«, versprach Libby.

»Und wenn du in Kalkutta je ein Dach über dem Kopf brauchst«, sagte Flowers, »bist du bei uns zu Hause immer willkommen.«

»Danke.« Libby umarmte sie. »Du warst so hilfsbereit und verständnisvoll. Ich hoffe, ich komme bald wieder nach Kalkutta – wenn es Dad besser geht.«

»Schreib ihm«, schlug Flowers so leise vor, dass die anderen es nicht hören konnten.

»Wem?«

»Ghulam natürlich. Manchmal ist es leichter, etwas schriftlich auszudrücken. Das Schlimmste, was passieren kann, ist, dass er nicht antwortet.«

Die Idee verblüffte Libby. Sie bewahrte den amüsanten, freundlichen Brief, den Ghulam ihr in Kalkutta geschrieben hatte, um ihr anzubieten, ihr die Stadt zu zeigen, immer noch wie einen Schatz auf. Sie hatte ihn so oft gelesen, dass er mittlerweile in Stücke zu zerfallen drohte. Wie hätte es sie gefreut, wieder von ihm zu hören! Aber sie bezweifelte, dass er ihr würde schreiben wollen, und so tat sie den Vorschlag einfach ab.

»Mach dir keine Gedanken um mich. Ich bin keine, die sich nach einem Mann verzehrt.«

Flowers lachte. »Nein, das ist mir auch schon aufgefallen. Soll ich George von dir grüßen, wenn ich ihn sehe?«

»Grüßen ja, aber nicht mehr als das.« Libby grinste. »Ich mag ihn immer noch, obwohl er es nicht verdient hat. Aber sag ihm das nicht.«

Sie empfand wirklich immer noch etwas für den vergnügungssüchtigen George Brewis, aber nichts, was so stark war wie ihre Gefühle für Ghulam. Es war das Beste, wenn sie sich alle beide aus dem Kopf schlug. So, wie es aussah, würde sie für eine Weile in Belguri bleiben, und ihr Vater war derjenige, der jetzt ihre Aufmerksamkeit brauchte. Das hatte für sie Priorität.

Libby war traurig, als sie Flowers zum Abschied nachwinkte – sie hatte ihre Gesellschaft genossen –, aber sie empfand zugleich einen Hauch von Erleichterung. Ihr Vater hatte in Flowers' Gegenwart immer angespannt gewirkt. Libby hoffte von Herzen, dass seine Gesundheit sich in der ruhigen Umgebung von Belguri schneller bessern würde – und dass sie ihren alten Dad zurückbekommen würde.

Libby atmete die kühle, duftende Luft der Morgendämmerung ein. Ihr wurde leichter ums Herz. Ihre Mutter hatte die Aufenthalte in Belguri immer geliebt. Dieser Ort war etwas ganz Besonderes. Sie drehte sich um und ging zum Bungalow zurück, froh, dass sie noch nicht abreisen musste.

17

Newcastle, Ende Mai 1947

Seit Sams vierzigstem Geburtstag Ende April ging Adela am Sonntagmorgen zur Kirche. Die Gemeinde der Gospel Missionary Church versammelte sich in einem kleinen Gebäude aus roten Ziegeln in Sandyford, einem bescheidenen Vorort voller Reihenhäuser, in denen die Eisenbahner lebten. Ihre stattlichere Kirche war während des Kriegs zerstört worden.

»Ich verstehe nicht, warum du unbedingt dorthin willst, statt mit mir nach St Oswald's zu kommen«, hatte Tilly verwirrt gesagt. »Ich wette, die Predigt ist doppelt so lang, und danach bekommst du dort auch nicht all den örtlichen Klatsch zu hören.«

»Lexy geht gern dorthin«, hatte Adela darauf erwidert, »deshalb habe ich ihr versprochen, sie zu begleiten.«

Sam hatte sie mit einem skeptischen Blick bedacht, hinterfragte ihr plötzliches Interesse an Religion aber nicht. Sie sprachen nicht mehr über allzu vieles. Ihr Versuch, ihm einen besonderen Geburtstag zu bereiten, indem sie seine Mutter zu einem Teepicknick im nahen Park eingeladen hatte, war ein Desaster gewesen. Der Kuchen, den Adela gebacken hatte, war in der Form in sich zusammengesackt, und Marjory hatte den Nachmittag damit zugebracht, Adela Vorwürfe zu machen, dass sie sie nicht gebeten hatte, ihn zu backen. Ein Hund war mit den kalten Würstchen davongelaufen. Am Ende hatte der Regen sie fluchtartig das Picknick abbrechen lassen. Sam hatte seine Mutter nach Hause gebracht und war nicht so rechtzeitig zurückgekehrt, dass Adela ihn noch ins Kino hätte einladen können. Bis dahin hatte sie mit Josey in der Küche eine Flasche Sherry geleert, während Tilly sich im Wohnzimmer mit ihrer Briefmarkensammlung beschäftigt hatte, die sie sich neu aufbaute, weil sie ihre alte in Indien gelassen hatte.

Adela war nicht in der Lage gewesen, ihren Ärger zu überspielen. »Deine Mutter wusste doch, dass wir ins Kino wollten. Ich hätte *Die schwarze Narzisse* wirklich gern gesehen.«

»Wir können an einem anderen Abend hingehen«, hatte Sam entgegnet und die leere Flasche gemustert. »Jedenfalls scheinst du ja auch ohne mich das Beste aus deinem Abend gemacht zu haben.«

»Wenigstens weiß Josey, wie man Spaß hat«, hatte Adela gekontert.

»Lass mich aus dem Spiel«, hatte Josey gefordert und war vom Tisch aufgestanden. »Ihr Turteltäubchen braucht Zeit allein.«

Adela hatte versucht, ihren Groll auf Sams Mutter zu unterdrücken, weil diese den Geburtstag ruiniert hatte. Aber im Bett hatte sie an dem Abend so getan, als hätte sie Kopfschmerzen, sodass sie nicht miteinander geschlafen hatten.

»Das kommt davon, dass du zu viel trinkst«, hatte Sam gemurmelt und sich von ihr weggedreht.

Adela hatte wach gelegen, sich elend gefühlt und mit Schuldgefühlen gerungen. Warum war ihr Interesse an Sex so schnell verflogen? Es war nicht so, dass sie Sam nicht liebte. Was war also das Problem? Aber von da an sprach Sam mit ihr nur noch über die banale, alltägliche Leitung des Cafés und ging ihr aus dem Weg. Er bekam immer mehr Aufträge als Hochzeitsfotograf, die ihn durch ganz Newcastle führten. An Sonntagen unternahm er mit seiner Kamera lange Spaziergänge und kehrte manchmal erst zum Abendessen zurück. Adela wusste, dass sie mehr Mühe in ihre Ehe hätte investieren sollen, aber alles, woran sie denken konnte, war, ihren verlorenen Sohn aufzuspüren.

Sie fühlte sich so einsam, dass es wehtat. Warum hatte Sam kein Verständnis für ihre Sehnsucht nach ihrem Jungen? Bestimmt war ihm doch besser als allen anderen klar, wie sie sich fühlte. Er war im Kindesalter von seiner Mutter getrennt worden und wusste, welche Schäden es anrichtete, wenn die Verbindung zwischen Mutter und Sohn gekappt wurde. Wenn er nur zugelassen hätte, dass sie darüber redete, hätte sie es ihm begreiflich machen können, aber er vermied das Thema. Adela tröstete sich mit der Hoffnung, dass es Sam und ihr wieder einen gemeinsamen Daseinszweck verschaffen würde, wenn sie ihren Sohn fand: John Wesley zu lieben und ihm ein Zuhause zu bieten – das war ihr unausgesprochener Traum, der sie die unaufhörliche Plackerei und Sorge bei der Führung des Cafés durchstehen ließ. Sie würde ihre Beziehung zu Sam bald kitten.

Wenigstens Lexy hatte noch Verständnis für ihr Bedürfnis, John Wesley zu finden. Als Adela ihr den Brief von Reverend Stevens von der Missionsgesellschaft gezeigt hatte, war ihre Freundin empört über den herablassenden Ton gewesen. »Der hält sich für etwas Besseres als Mädel wie wir – was für eine Unverschämtheit!« Das hatte sie angespornt, Adela bei der Suche zu helfen.

Es war Maggie, Lexys alte Freundin, die sich an die Namen der Frauen erinnerte, die 1939 von der Missionskirche gekommen waren, um Adelas Baby mitzunehmen: Mrs Singer und Miss Trimble.

»Der Name Singer hat mich an Nähmaschinen erinnert, deshalb habe ich mir beide gemerkt«, hatte Maggie in einem seltenen lichten Moment gesagt.

Adela hatte die Gemeinde, die mittlerweile auf ein paar Dutzend überwiegend weibliche Mitglieder zusammengeschrumpft war, in dem kleinen Saal in Sandyford aufgespürt. Lexy hatte sich bereit erklärt, mitzukommen, wenn Adela sie im Lieferwagen des Cafés hinfuhr. Das war ein weiterer Grund für eine Reiberei mit Sam gewesen, da er den Wagen gewollt hatte, um in einem abgelegenen Dorf Fotos bei einer Taufe zu machen. Tilly hatte den Streit im Keim erstickt, indem sie Sam stattdessen ihr Auto angeboten hatte.

Drei Sonntage vergingen, bevor Adela allen Mut zusammenraffte, um nach Singer und Trimble zu fragen. Sie blieb nach dem Gottesdienst länger, um mit dem alten Prediger zu sprechen.

»Miss Trimble ist letztes Jahr gestorben«, gab ihr der Pastor Auskunft, »aber Mrs Singer weilt noch unter den Lebenden, glaube ich. Woher kennen Sie sie?«

Adela zögerte. Lexy hatte rasch eine Antwort parat: »Früher ist sie immer in den Teesalon gekommen, in dem ich gearbeitet habe. Wir haben uns während des Kriegs aus den Augen verloren. Es wäre nett, sie wiederzusehen.«

»Leider wohnt sie gar nicht mehr in Newcastle«, sagte der Prediger.

»Wo lebt sie denn jetzt?«, fragte Adela.

Er runzelte die Stirn. »In Durham, glaube ich. Sie ist zu ihrer Tochter gezogen.«

Adela war zutiefst enttäuscht. »Wissen Sie, wohin genau?«

Er sah sie fragend an. »Da bin ich mir nicht sicher.«

»Aber Sie wissen, dass sie noch am Leben ist?«, beharrte Adela.

»Sie hat noch Kontakt zu Mrs Kelly, der Organistin.« Er sah sich um. »Anscheinend ist die schon nach Hause gegangen.«

Adela konnte den folgenden Sonntagmorgen kaum abwarten. Sie passte Mrs Kelly ab, bevor diese die Kirche verließ. Die Frau war füllig und schnaufte so laut wie der Blasebalg der uralten Orgel, mit der sie jede Woche rang.

Sie strahlte, als ihre Freundin erwähnt wurde. »Ich war traurig, als Lily weggezogen ist. Aber ihre Tochter hat geheiratet und ist unten in Durham sesshaft geworden. Lily war schon verwitwet, deshalb ist sie ihr gefolgt. Sie sind also Freundinnen von ihr? Aber keine regelmäßigen Kirchgängerinnen, oder? Sie haben eine wunderschöne Stimme, meine Liebe. Das ist mir sofort aufgefallen. Die Hymnen haben gleich ganz anders geklungen, weil Sie mitsangen.«

»Danke.« Adela lächelte. »Wir haben uns gefragt, ob Sie für uns den Kontakt mit Mrs Singer … mit Lily herstellen könnten. Der Pastor hat gesagt, Sie hätten ihre Adresse.«

»Über einen Brief von einer alten Freundin würde sie sich bestimmt freuen«, stimmte Mrs Kelly zu. »Mein Gedächtnis ist wie ein Sieb, aber ich habe die Adresse aufgeschrieben. Ich bringe sie Ihnen nächsten Sonntag mit.«

Auf einen warnenden Blick von Lexy hin verbarg Adela ihre Ungeduld. »Das ist nett von Ihnen, Mrs Kelly«, bedankte sich Lexy. »Wir sehen uns nächste Woche.«

Erst Anfang Juni erhielt Adela Lily Singers Adresse. Danach sagte Lexy: »Heißt das, dass ich jetzt nicht mehr zur Kirche gehen muss? Dieser Prediger schafft es noch, dass ich im Stehen einschlafe.«

»Ich weiß es wirklich zu schätzen, dass du mitgekommen bist, aber von jetzt an kannst du ausschlafen«, sagte Adela.

»Also willst du ihr schreiben?«, fragte Lexy.

»Nein, ich fahre hin und besuche sie.«

Lexy schüttelte den Kopf. »Ich glaube nicht, dass das eine gute Idee ist. Du kannst doch nicht einfach vor ihrer Tür auftauchen.«

»Wenn ich ihr schreibe, speist sie mich nur mit der üblichen Antwort ab, dass sie mir nicht sagen darf, wo John Wesley ist.«

»Und was, wenn sie nie erfahren hat, wohin man ihn geschickt hat?«, gab Lexy zu bedenken.

»Dann bin ich auch nicht schlechter dran als jetzt«, erwiderte Adela. »Wenn ich ihr in die Augen sehen kann, merke ich wenigstens, ob sie etwas weiß.«

Lexy musterte sie prüfend. »Und sagst du Sam auch, warum du einen Ausflug nach Durham machst?«

Die vertrauten Schuldgefühle wegen Sam plagten Adela. »Ich glaube nicht. Erst wenn ich etwas habe, das es wert ist, ihm davon zu erzählen. Sonst ärgert er sich nur über mich. Ich glaube nicht, dass er will, dass ich meinen Sohn überhaupt finde.«

»Na ja, vielleicht hat er damit recht«, sagte Lexy unverblümt. »Ihr solltet versuchen, eure eigene Familie miteinander zu gründen. Das ist der beste Weg, über den Verlust des Kindes hinwegzukommen.«

Adela sah sie traurig an. »Das ist das Problem – ich kann nicht.« Sie versuchte, ihre tiefsten Gefühle in Worte zu fassen. »Es ist so, als würde ich John Wesley verraten, wenn ich noch ein Baby bekomme.«

»Nun rede mal keinen Unsinn!«

»Ich weiß, dass es egoistisch von mir klingt – Sam sehnt sich nach einem Kind –, aber sobald wir eines haben, gestehe ich mir damit auch ein, dass ich meinen Jungen aufgegeben habe. Und das bringe ich einfach nicht über mich.«

»Hör auf, so hart mit dir selbst zu sein, Süße«, riet Lexy mitleidig. »Du hast getan, was jedes junge Mädel in deiner Lage getan hätte.«

Adelas Blick war kummervoll. »Ich kann nicht anders. Und ich werde es mir nie verzeihen, wenn ich nicht herausfinde, was aus meinem Jungen geworden ist.«

»Dann musst du Sam erklären, was in dir vorgeht«, meinte Lexy. »Denn er schleicht wie ein geprügelter Hund durch die Gegend.«

Adela zuckte zusammen. »Ich muss einfach nur diese Mrs Singer besuchen und herausfinden, was passiert ist. Dann kann ich es hinter mir lassen.«

Lexy sah sie so ungläubig an, dass Adela sich innerlich leer fühlte. Sie wollte den Menschen, die sie am meisten liebte, nicht wehtun, aber sie musste etwas über John Wesley herausfinden, sonst würde sie den Verstand verlieren.

* * *

Nachdem Adela Zeit gehabt hatte, gründlich darüber nachzudenken, wurde ihr klar, dass es besser wäre, erst an Mrs Singer zu schreiben, statt es zu riskieren, nach Durham zu fahren, nur um festzustellen, dass sie nicht zu Hause war. Adela schrieb einen vagen Brief, in dem sie erklärte, dass sie vor Kurzem der Kirche beigetreten sei und sich gern mit ihr treffen wollte, um mit ihr über ihre Arbeit für die Adoptionsgesellschaft zu sprechen. Lily Singer schrieb zurück und lud sie ein, sie an ihrem nächsten freien Tag zu besuchen.

Am folgenden Samstag bat Adela Josey, im Café für sie einzuspringen. Sie wählte diesen Termin, weil sie wusste, dass Sam von einer Lokalzeitung dafür engagiert worden war, Bilder von Leuten beim jährlichen Pferderennen aufzunehmen, und den ganzen Tag nicht da sein würde. Nur Lexy und Josey wussten, wohin Adela wollte.

An dem Morgen war Sam gut gelaunt, weil ein Tag, an dem er sich voll und ganz dem Fotografieren widmen konnte, vor ihm lag.

»Was möchtest du nächste Woche an deinem Geburtstag unternehmen?«, fragte er. »Hast du Lust, ins Kino zu gehen? Im Gaumont läuft gerade ein Film mit Ronald Colman.«

Sie war gerührt, dass er sich Gedanken darüber gemacht hatte, und bekam ein schlechtes Gewissen, weil sie hinter seinem Rücken Mrs Singer besuchte.

»Das wäre sehr schön«, stimmte sie zu.

»Gut«, sagte er mit einem Lächeln – diesem vertrauten Lächeln, bei dem seine Grübchen auftauchten, das ihr Herz früher hatte höherschlagen lassen.

Beinahe hätte sie ihm auf der Stelle gestanden, dass sie die Frau von der Adoptionsgesellschaft ausfindig gemacht hatte. Aber sie wollte das Lächeln, das sie so liebte, nicht aus seinem hübschen Gesicht verscheuchen. Sie würde ihm alles erklären, wenn sie an ihrem Geburtstag Zeit miteinander allein hatten.

»Ab mit dir!«, sagte Adela und hauchte ihm einen schnellen Kuss auf die Lippen. »Du möchtest doch nicht zu spät zum Plate Day kommen.«

Er marschierte pfeifend aus dem Haus. Es war das erste Mal seit Wochen, dass sie ihn pfeifen hörte. Plötzlich war Adela so nervös, dass sie sich verkrampfte. Sie hoffte, dass das, was sie von Mrs Singer erfuhr, den Keil nicht noch tiefer zwischen Sam und sie treiben würde.

* * *

Als Adela im warmen Sonnenschein vom Bahnhof in Durham aus den steilen Hügel hinunterging, schlugen die Glocken der Kathedrale drei Uhr. Sie hatte die Stadt und ihr Wahrzeichen – die festungsgleiche Kathedrale auf einer bewaldeten Halbinsel – bisher immer nur vom Zug aus gesehen. Wenn sie nicht so erpicht darauf gewesen wäre, sich mit Mrs Singer zu treffen, hätte sie gern mehr von dem Ort zu Gesicht bekommen.

Adela folgte einer Wegbeschreibung, die sie unter einem Viadukt hindurchführte, und gelangte in ein dicht bebautes Viertel mit Reihenhäusern aus rußgeschwärzten Ziegeln. Dann ging sie eine breitere Geschäftsstraße entlang, die zu einer alten Steinbrücke über den Fluss Wear führte. An eines der Flussufer klammerten sich baufällige Wohnhäuser, während sich auf dem anderen von hohen, eleganten Gebäuden gesäumte Gassen entlangschlängelten. Auf den schmalen Straßen wimmelte es vor Verkehr und Leuten, die einkaufen gingen. Adela kam der Gedanke, wie viel Spaß es Sam gemacht hätte, all das hier zu fotografieren.

Sie verscheuchte den Gedanken an ihren Mann und schritt schnell über den Marktplatz, wo ein Polizist von einem Podest in der Mitte aus den Verkehr regelte, zur gegenüberliegenden Seite. Hier stieg die Straße wieder steil an. Sie schwitzte und war außer Atem, als sie am oberen Ende des Claypath ankam und in eine Reihenhaussiedlung abbog.

Adelas Herz hämmerte vor Nervosität, als sie an Lily Singers Tür klopfte. Sie war überrascht, als eine dunkelhaarige Frau öffnete, die nicht viel älter als sie selbst war.

»Sie sind hier, um Mam zu besuchen?«, fragte sie.

Adela schluckte und nickte. Ihr wurde klar, dass das hier Lily Singers Tochter war.

»Kommen Sie herein. Ich bin Dorothy.« Sie hielt die Tür weit auf, sodass Adela den winzigen Flur betreten konnte. »Mam ist da drinnen.« Sie wies auf eine offene Tür. »Mam! Dein Besuch ist da.« Sie drehte sich um und winkte Adela ins Zimmer. »Gehen Sie hinein, ich bringe gleich den Tee.«

Irgendwo weiter hinten im Haus hörte Adela das Geplapper von Kinderstimmen.

Sie betrat ein kleines, ordentliches Wohnzimmer, das sich nach der Hitze draußen kalt anfühlte. Die Möbel waren schlicht und funktional: ein ovaler Tisch mit Holzstühlen und ein hohes grünes Sofa mit hölzernen Armlehnen. Auf einem hochlehnigen Stuhl daneben saß eine dicke Frau mit sehr geschwollenen Beinen. Lilly Singer hatte welliges, ergrauendes Haar und ein Doppelkinn, das noch mehr hervortrat, wenn sie lächelte. Nach den Falten um ihren Mund und ihre Augen zu urteilen, kam das oft vor.

»Verzeihen Sie mir, wenn ich nicht aufstehe, Mrs Jackman«, sagte sie. »Meine Beine sind auch nicht mehr das, was sie einmal waren.«

»Bitte entschuldigen Sie sich nicht, Mrs Singer«, bat Adela rasch und durchquerte das Zimmer, um ihr die Hand zu schütteln. Es überraschte sie immer noch, wenn die Leute sie mit Sams Nachnamen ansprachen; sie selbst betrachtete sich noch als eine Robson.

»Bitte nehmen Sie Platz«, sagte Lily und winkte sie zum Sofa. »Es ist so schön, Besuch zu bekommen. Ich gehe inzwischen nicht mehr viel unter Leute.«

Adela setzte sich auf die Sofakante und strich den Rock über ihren Knien glatt. Es war ein schlichter, zweckmäßiger Rock, der zu der sittsamen Bluse und der Strickjacke, die sie trug, passte. Sie wollte Mrs Singer verdeutlichen, dass sie eine respektable, verheiratete Frau war. Zu Lily Singers Füßen stand ein Korb mit Wolle und einer angefangenen Strickarbeit.

»Was stricken Sie da?«, fragte Adela, um ein Gespräch zu beginnen.

»Einen Pullover für meinen Enkel.« Lily Singer lächelte. »Ich habe zwei alte Jacken aufgeribbelt, die mein Mann früher immer getragen hat. Unser Michael sagt zwar, dass er Braun nicht leiden mag, aber ich habe ihm erklärt, dass hier nichts verschwendet wird. Man stelle sich das vor – erst acht Jahre alt und schon so wählerisch, was die Kleidung angeht!«

Adela wurde flau im Magen. Lily Singers Enkel war genauso alt wie John Wesley. Einen Moment lang fragte sie sich, ob es möglich war, dass die Frau das Baby selbst behalten hatte.

Vielleicht konnte ihre Tochter Dorothy keine leiblichen Kinder bekommen.

»Ist er Ihr einziges Enkelkind?«, fragte Adela.

»Nein. Alles in allem habe ich fünf«, sagte Mrs Singer. »Dorothys drei und die Zwillinge meiner anderen Tochter. Ich sehe sie nicht so oft, weil sie in Cumberland leben, aber ich stricke auch für sie. Ich halte mich gern beschäftigt – vor allem, weil ich nicht mehr so oft aus dem Haus komme.«

Enttäuschung machte sich in Adela breit, aber sie hätte diesen Michael trotzdem gern kennengelernt, um sich sicher zu sein. Dann packten sie Zweifel. Würde sie überhaupt feststellen können, ob es John Wesley war oder nicht? Wie sollte sie einen Jungen wiedererkennen, den sie zuletzt gesehen hatte, als er ein paar Tage alt gewesen war? Adela verlor beinahe die Nerven. Sie hätte nicht herkommen sollen. Sie war unter Vorspiegelung falscher Tatsachen hier, und die arme, arglose Mrs Singer hatte es nicht verdient, derart getäuscht zu werden.

»Aber ich kann nicht klagen«, fuhr Lily Singer fort, »ich bin gesegnet, meine Enkelkinder zu haben. Sie halten mich in Schwung, seit mein lieber Mann mir vor fünf Jahren genommen worden ist.«

Adela leckte sich die trockenen Lippen und nickte. Sie versuchte, ihren unregelmäßigen Herzschlag zu beruhigen. »Mrs Kelly lässt Sie herzlich grüßen.«

»Die liebe Doris!«, rief Lily Singer. »Wie ich sie und die Leute aus der Kirche doch vermisse! Erzählen Sie mir alles über sie.«

Adela bemühte sich, Mrs Singers viele Fragen über die Gemeinde und den Umzug nach Sandyford zu beantworten, aber es war offensichtlich, dass die Frau über ihren Mangel an Detailwissen enttäuscht war.

»Ich gehe noch nicht sehr lange dorthin«, fügte Adela deshalb erklärend hinzu, »aber sie haben mich mit offenen Armen empfangen.«

»So sind sie, nicht wahr?«, stimmte Lily Singer zu. »Nun erzählen Sie mir etwas über sich selbst, Mrs Jackman.«

Adela hatte eigentlich nicht viel von sich preisgeben wollen, aber Lilys warmherzige Persönlichkeit lud einen förmlich ein, sich ihr anzuvertrauen. Sie erzählte der Witwe davon, wie sie in Indien aufgewachsen war, Sam geheiratet hatte und nach Newcastle gekommen war, um das Café der Familie zu führen, das ihre Mutter als Teesalon gegründet hatte.

»Wissen Sie, meine Familie stammt ursprünglich aus dem Nordosten. Mein Belhaven-Großvater war aus dem nördlichen Northumberland, und ich habe eine Tante in Newcastle.«

Mrs Singer riss neugierig die Augen auf. »Welchen Teesalon hat Ihre Mutter denn gegründet?«

»Das Herbert's«, sagte Adela, »im West End.«

Lily nickte voller Begeisterung. »Ich erinnere mich, dass ich immer dorthin gegangen bin, als Dorothy noch klein war. In der Nähe gab es diesen schönen Park. Wir sind dort oft eine Tasse Tee trinken gegangen, und die Dame, die den Teesalon geleitet hat, hat Dorothy jedes Mal ein Toffee geschenkt. Könnte das Ihre Mutter gewesen sein?«

»Wahrscheinlich eher Lexy, die Geschäftsführerin.« Adela lächelte. »Mutter ist nach dem Ersten Weltkrieg mit meinem Vater nach Indien zurückgekehrt.«

Sie wurden von Dorothy unterbrochen, die ein Tablett mit Tee hereintrug. Ein etwa dreijähriges Mädchen folgte ihr, klammerte sich an ihren Rock und starrte die Besucherin an. Sie erinnerte Adela an die blonde kleine Bonnie.

»Hallo.« Adela lächelte das Kind an. »Wie heißt du denn?«

Das Mädchen versteckte sich in Windeseile hinter seine Mutter.

»Das ist Maureen«, sagte Dorothy. »Sag der Dame Hallo, Maureen.«

Adela kniete sich hin, als das Mädchen wieder hervorspähte. »Ich sehe dich!« Adela grinste. »Hallo, Maureen.«

Das Mädchen lächelte schüchtern.

»Wo ist dein großer Bruder Michael?«, fragte Adela.

»Fußballspielen«, flüsterte Maureen. Dann drehte sie sich um und rannte aus dem Zimmer.

Dorothy wandte sich an Adela. »Es macht Ihnen doch hoffentlich nichts aus, wenn ich es Ihnen überlasse, den Tee einzugießen, während ich die Kinder im Auge behalte?«

»Natürlich nicht«, sagte Adela, erleichtert, dass sie in Gegenwart der jüngeren Frau keine peinlichen Fragen würde stellen müssen.

Als Adela eine Tasse auf den Beistelltisch neben Lily Singer stellte, fragte die ältere Frau: »Haben Sie Kinder, meine Liebe?«

Adelas Magen verkrampfte sich. »Meinem Mann und mir ist es noch nicht gelungen, ein Baby zu bekommen.«

»Das wird mit der Zeit schon noch.« Mrs Singer schenkte ihr einen mitfühlenden Blick. »Aber ich weiß, dass Sie nicht nur hergekommen sind, um mit mir zu plaudern – so schön das auch ist. Was möchten Sie wissen, Mrs Jackman?«

Adela setzte sich wieder hin und versuchte, das heftige Pochen in ihrer Brust zu beruhigen.

»Ich … ich wollte Sie nach Ihrer Arbeit für die Adoptionsgesellschaft fragen – die, die früher von der Missionskirche in Newcastle betrieben wurde.«

»Ich bin mir nicht sicher, ob ich Ihnen helfen kann. Ich habe schon seit Anfang des Kriegs nichts mehr mit der Adoptionsgesellschaft zu tun«, erwiderte Mrs Singer. »Sie wären besser beraten, mit dem Pastor zu sprechen, wenn Sie daran denken, ein Kind zu adoptieren. Er kann für Sie den Kontakt zu der Gesellschaft herstellen.«

»Aber früher haben Sie doch mit den Kindern – den Babys – geholfen, die zur Adoption freigegeben wurden?«, bohrte Adela nach.

»Ich habe nicht zum inneren Kreis gehört, der die Entscheidungen gefällt hat«, erklärte Lily Singer mit verwirrter Miene. »Aber ich bin dann und wann als Pflegemutter eingesprungen, bis Eltern für die Babys gefunden wurden.«

Adelas Herz hämmerte, als sie daran dachte, dass diese Frau sich vielleicht um John Wesley gekümmert und ihn in ihren fülligen Armen gewiegt hatte. Sie holte tief Luft.

»Haben Sie unmittelbar vor dem Krieg ein Neugeborenes zur Pflege bei sich aufgenommen? Ein Junge mit schwarzen Haaren und etwas dunklerer Haut als meiner?« Sie redete rasch weiter: »Sie sind mit Miss Trimble nach Cullercoats gefahren, um ihn abzuholen …«

Mrs Singers Gesichtsausdruck veränderte sich. Sie starrte Adela an.

»Sie erinnern sich an ihn, nicht wahr?«, bedrängte Adela sie.

Es schien eine Ewigkeit zu vergehen, bis Lily Singer antwortete. Die Uhr auf dem Kaminsims schlug vier Uhr.

»Sind Sie die Mutter?«, fragte Lily Singer schließlich.

Adelas Augen brannten. »Ja«, flüsterte sie. »Bitte sagen Sie mir, was aus ihm geworden ist.«

Lily Singer bedachte sie mit einem mitleidigen Blick. »Er ist in ein gutes Zuhause gekommen – zu Eltern, die ihn wollten.«

Die Bemerkung verletzte Adela. »Ich war nicht in der Lage, ihn zu behalten – damals nicht –, aber ich bereue es seitdem.«

»Viele Mädchen machen denselben Fehler«, sagte Lily Singer. »Aber wenigstens haben Sie jetzt einen Mann; das sollte Ihnen ein kleiner Trost sein. Weiß er von dem Baby?«

Adela nickte.

»Und weiß er, dass Sie hier sind?«

Adela schüttelte den Kopf. Ihre Kehle war so zugeschnürt, dass sie nicht sprechen konnte.

»Gehen Sie nach Hause zu ihm, Mrs Jackman«, forderte Mrs Singer nun in schärferem Ton, »und seien Sie einfach dankbar für das, was Sie haben.«

Adela sah sie flehentlich an. »Erzählen Sie mir bitte etwas von meinem Jungen.«

Lily Singer seufzte. »Ich habe nichts zu erzählen – ich habe ihn doch kaum gesehen.«

»Haben Sie sich um ihn gekümmert?«

»Höchstens für ein, zwei Tage. Es gab ein kinderloses Paar, das bereit war, ihn aufzunehmen.«

»Wie waren die beiden so?«

Lily Singer wirkte aufgewühlt. »Ich sollte nicht über sie reden, und Sie sollten nicht fragen. Es tut mir leid für Sie, meine Liebe, aber wenn ich gewusst hätte, dass Sie deshalb gekommen sind, hätte ich mich gar nicht bereit erklärt, Sie zu treffen.«

Adela spürte, dass ihr Tränen über die Wangen liefen. »Es tut mir so leid, Mrs Singer. Ich weiß, dass es falsch von mir ist. Aber ich kann nicht weiter mit der Ungewissheit leben, was aus John Wesley geworden ist. Sie nagt an mir. Ich habe versucht, ihn zu vergessen und mein Leben zu leben, aber das kann ich nicht. Nach Newcastle zurückzukommen, hat es noch schlimmer gemacht. Bitte, ich flehe Sie an – sagen Sie mir etwas über seine Adoptiveltern, damit ich ihn mir als ein glückliches Kind ausmalen kann. Ihr Enkel Michael ist im gleichen Alter. Stellen Sie sich vor, Sie hätten nie erfahren, was aus ihm geworden wäre!«

»Meine Tochter ist ein gutes, christliches Mädchen«, protestierte Lily Singer. »Sie hätte sich nie in solch einen Schlamassel hineingeritten.«

Adela tastete unbeholfen nach einem Taschentuch und wischte sich das Gesicht ab. »Es tut mir leid, Mrs Singer. Das hätte ich nicht sagen sollen.« Sie stand auf, um zu gehen. »Bitte verzeihen Sie mir, dass ich Ihnen nicht gleich meine wahren Absichten mitgeteilt habe. Sie sind ein guter Mensch und haben es nicht verdient, hinters Licht geführt zu werden.« Adela nahm ihre Handtasche. »Danke, dass Sie sich um meinen Sohn gekümmert haben, selbst wenn es nur für kurze Zeit war. Ich bin froh, dass es eine so liebevolle Person wie Sie war. Das tröstet mich.«

Sie ging zur Tür. Als sie nach der Klinke griff, sprach Lily.

»Sie ist früher immer zur Kirche gekommen – die Dame, die Ihren Jungen adoptiert hat. Sie war eine freundliche Seele, aber etwas einsam. Sie waren nicht aus der Gegend, kannten nicht viele Leute. Der Mann war wegen der Arbeit nach Newcastle gezogen.«

Adela wandte sich Lily Singer zu, hielt den Atem an und wünschte sich, sie würde mehr sagen. Als sie es nicht tat, wagte Adela zu fragen: »Woher stammten sie?«

»Das weiß ich auch nicht so recht«, antwortete Lily Singer, »aber sie waren Ausländer.«

»Ausländer?« Adela schnappte überrascht nach Luft.

»Ja, Franzosen, glaube ich. Deshalb dachten wir, das Baby würde zu ihnen passen, weil es doch nicht ganz weiß war. Sie sahen genauso aus, wissen Sie? Besonders der Vater.«

Adela war schwindlig. Sie wusste nicht, ob eine Französin zur Gemeinde gehörte, aber bestimmt würde es doch möglich sein, ein französisches Ehepaar in Newcastle aufzuspüren.

»Stellen Sie mir keine weiteren Fragen über die beiden«, mahnte Lily Singer. »Ich weiß nicht, was aus ihnen geworden ist. Wahrscheinlich sind sie zurück nach Frankreich gegangen. Aber niemand darf erfahren, dass ich Ihnen das verraten habe. Ich sage es Ihnen unter dem Siegel strengster Verschwiegenheit. Sie werden sie doch nicht belästigen, wenn sie noch in Newcastle leben, nicht wahr?«

»Nein, Mrs Singer«, erwiderte Adela und blinzelte gegen neue Tränen an. »Ich verspreche Ihnen, dass ich sie nicht belästigen werde. Ich bin so dankbar für das, was Sie mir erzählt haben. Meine schlimmste Befürchtung war, dass mein Sohn in einem Kinderheim lebt, in dem er niemandem wirklich am Herzen liegt.« Sie brachte ein Lächeln unter Tränen zustande. »Aber dieses französische Paar klingt gut – also vielen Dank.«

Sie ging schnell, um ihren aufgelösten Zustand weder Dorothy noch der kleinen Maureen erklären zu müssen. Adela zog die Haustür hinter sich zu und eilte blind vor Tränen den Hügel hinunter.

* * *

Adela sah Sam rauchend vor Tillys Haus auf und ab gehen, als sie um die Ecke bog. Sie verkrampfte sich und machte sich auf seinen Zorn gefasst. In ihrem Kopf fühlte sich von den paar Sherrys, die sie im Selbstbedienungsrestaurant am Bahnhof getrunken hatte, alles verschwommen an. Sie hatte zur Ruhe kommen wollen, um über alles nachzudenken, was Lily Singer ihr erzählt hatte. Der dritte Sherry war ein Fehler gewesen.

»Wo warst du die ganze Zeit?«, fragte Sam und trat seine Zigarette aus. »Es ist fast schon dunkel. Mutter hat gesagt, dass du Josey die Caféleitung anvertraut hast. Was ist los? Josey ist ins Theater gegangen, ohne auch nur ein Wort zu sagen.«

»Es tut mir leid«, antwortete Adela. »Mir war nicht klar, dass es schon so spät ist.«

»Wo warst du?«, wiederholte Sam.

Angesichts seiner verstörten Miene konnte Adela nicht lügen. »Ich war in Durham – es hat länger gedauert, als ich dachte.«

»Durham? Warum?«

»Um eine Witwe aus der Kirche zu besuchen.«

»Was für eine Witwe?«

»Du kennst sie nicht – es war ein Gemeindebesuch.«

Er musterte prüfend ihr Gesicht. »Wenn du mir früher davon erzählt hättest, hätten wir gemeinsam hinfahren und einen Ausflug machen können.«

»Du hattest doch etwas für die Zeitung zu tun«, wandte Adela ein. »Ist es gut gelaufen?«

»Ja«, erwiderte er in schneidendem Ton, »aber ich will mehr über diesen mysteriösen Besuch in Durham wissen, der bis neun Uhr abends gedauert hat.«

»Lass uns ins Haus gehen und dort darüber reden, Sam. Ich bin müde.«

Sam packte sie am Arm, als sie an ihm vorbeizugehen versuchte. »Erwartest du von mir, dass ich dir glaube, dass du die ganze Zeit mit einer frommen Witwe verbracht hast, wenn du nach Alkohol stinkend nach Hause kommst? Behandele mich nicht wie einen Dummkopf!«

Adela starrte ihn mit offenem Mund an. Verdächtigte Sam sie etwa, ihm untreu zu sein? Sie fühlte sich schrecklich, weil sie schuld daran war, dass er einen solchen Verdacht hegte, war aber zugleich fassungslos, dass er auch nur daran denken konnte.

»Bitte, Sam, mach keine Szene auf der Straße!«, zischte sie. »Komm nach drinnen, dann erkläre ich es dir!«

Er ließ sie los und folgte ihr hinein. Das Haus war still.

»Wo ist Tilly?«, fragte Adela.

»Mit Jamie und Mungo essen gegangen«, antwortete Sam kurz angebunden, »um Mungos Semesterende zu feiern.«

»Oh, ich hatte ganz vergessen, dass sie das vorhatte. Schön, dass Mungo über den Sommer hier ist.« Sie machte sich auf den Weg in die Küche. Sie brauchte schwarzen Tee, um den Kopf freizubekommen. »Ich setze den Kessel auf.«

Adela schaltete die Küchenlampe an und zuckte angesichts des grellen elektrischen Lichts zusammen. Sam konnte seine

Ungeduld nicht zügeln. Er packte sie an den Schultern und zwang sie, ihm ins Gesicht zu sehen.

»Behandele mich nicht wie einen Fremden, Adela«, forderte er mit zusammengebissenen Zähnen. »Sag mir endlich, was los ist.«

Sie wich vor dem wutentbrannten Blick seiner haselnussbraunen Augen zurück – Augen, die normalerweise von Mitgefühl und Liebe erfüllt waren – und sah beiseite.

»Es ist nicht so, wie du denkst«, sagte sie. »Ich war wirklich in Durham, um eine Frau aus der Kirche zu treffen.«

»Warum dann all die Geheimniskrämerei?«, fragte Sam. In seiner Stimme schwang immer noch ein Hauch von Misstrauen mit. »Ich verstehe nicht, warum du mich von deinen Kirchenfreundinnen fernhalten willst. Ich bin derjenige, der früher Missionar war, schon vergessen? Ich reagiere nicht allergisch auf Religion.«

Adela schenkte ihm die Andeutung eines Lächelns. Sam hatte immer versucht, Streitigkeiten mithilfe von Humor zu entschärfen – nur in letzter Zeit nicht mehr, seit sie begonnen hatten, sich auseinanderzuentwickeln. Ihr wurde klar, dass das größtenteils ihre Schuld war, weil sie ihn von sich stieß, aber sie wusste, dass ihm nicht gefallen würde, was sie ihm zu erzählen hatte.

»Es war nicht wirklich ein Gemeindebesuch«, gestand sie. »Ich habe Mrs Singer aus egoistischen Gründen besucht – um etwas zu erfahren, wovon ich gehofft habe, dass sie es mir erzählen könnte.«

»Wer ist denn diese Mrs Singer?«

Adela wappnete sich, um es ihm zu sagen. »Sie war eine der Frauen von der kirchlichen Adoptionsgesellschaft, die John Wesley damals abgeholt haben.«

Sam ließ sie los und trat einen Schritt zurück, als hätte er einen Schlag abbekommen. »Wie hast du sie gefunden?«

»Durch die Kirche.«

»Deshalb bist du also plötzlich religiös geworden«, stellte er mit einem bitteren Auflachen fest. »Warum hast du das nicht gleich gesagt?«

»Was dachtest du denn, warum ich dort hingehe?«, erwiderte Adela und wünschte sich, er hätte Verständnis dafür.

»Aber du wolltest nicht, dass ich mitkomme – weder in die Kirche noch zu dieser Mrs Singer.«

»Ich wollte dir das alles nicht zumuten«, sagte Adela, »nur für den Fall, dass es zu nichts geführt hätte.«

»Aber ich gehöre doch dazu«, protestierte Sam. »Wie könnte es anders sein? Ich bin dein Mann!«

»Ich weiß aber, dass du nicht wirklich willst, dass ich mein Baby finde!«, schrie Adela.

»Das habe ich nie gesagt!«

»Aber es ist wahr – in deinem tiefsten Innern ist es so, und ich mache dir keine Vorwürfe, Sam. Ihn zu finden, kann dir nie das Gleiche bedeuten wie mir, und das erwarte ich auch nicht, obwohl ich will, dass du ihn auch lieb hast. Aber ich kann nicht länger so tun, als wäre das nicht das Wichtigste in meinem Leben.« Sie sah ihn zusammenzucken, doch sie musste es ihm erklären, oder der Kummer, der an ihr nagte, würde sie beide zerstören.

»Heute habe ich herausgefunden, dass mein Sohn von einem kinderlosen französischen Paar adoptiert worden ist – hier in Newcastle. Ich habe mich so gefreut zu hören, dass er nicht in einem Heim ist. Mrs Singer hat gesagt, es seien freundliche Leute.«

Sams Augen glänzten. »Es freut mich auch, das zu hören.«

»Aber sonst weiß ich nichts, auch nicht, ob er noch in der Stadt ist oder ob sie ihn mit nach Frankreich genommen haben.«

»Was sagst du da?«

»Jetzt kann es nicht mehr so schwer sein, ihn zu finden«, erklärte Adela, »zumindest, wenn sie in Newcastle geblieben sind.«

Sam wirkte entsetzt. »Also willst du ihn jetzt immer noch verfolgen? Obwohl du weißt, dass er Eltern hat, die sich gut um ihn kümmern? Willst du in sein Leben stürmen und ihm sagen, dass diese Leute nicht wirklich seine Mutter und sein Vater sind?«

»Nein, natürlich nicht«, versicherte Adela, »aber ich will ihn einfach nur sehen …«

»Guter Gott, Frau! Hör doch nur selbst, was du da sagst. Dabei wirst du es nicht bewenden lassen, oder? Du wirst mit dieser Besessenheit weitermachen, bis du ihn wiederhast, ganz gleich, wer dabei verletzt wird. Warum kannst du die Sache jetzt nicht einfach ruhen lassen, da du weißt, dass er bei einer freundlichen Familie ist?«

»Du solltest besser als alle anderen verstehen, warum!«, schrie Adela. »Hättest du lieber nichts über deine echten Eltern erfahren – dass du ein Logan bist? Wärst du lieber durchs Leben gegangen, ohne zu wissen, dass du eine liebevolle ältere Schwester hast? Stell dir ein Leben ohne Sophie vor.«

»Das ist nicht fair«, entgegnete Sam wütend. »Du weißt, dass das nicht vergleichbar ist. Niemand ist dadurch zu Schaden gekommen, dass ich von Sophie und meinen Eltern erfahren habe. Aber du riskierst, das Leben dieses Jungen zu zerstören.«

»Das würde ich nie tun!«, beteuerte Adela. Seine Worte verletzten sie. »Wie kannst du das auch nur denken?«

»Ich weiß nicht mehr, was ich denken soll«, knurrte er. »Nur, dass unsere Ehe dir weitaus weniger zu bedeuten scheint als mir.«

»Du weißt, dass das nicht wahr ist«, widersprach Adela. Tränen schnürten ihr die Kehle zu. »Ich liebe dich, Sam.«

»Wirklich?«, fragte er. »Oder bist du immer noch verliebt in Sanjay?«

Der Vorwurf erschütterte Adela. »Sanjay?«, keuchte sie.

»Ja, der Mann, von dem du ein Kind bekommen hast, schon vergessen?« Er sah sie wutentbrannt an. »Du bist nie wirklich über ihn hinweggekommen, nicht wahr? Deshalb kannst du es nicht aufgeben, seinen Sohn zu suchen.«

Adela starrte ihn ungläubig an. Sie war so schockiert über seine Unterstellung, dass sie nicht sprechen konnte.

Sam ballte die Fäuste. Sie standen da und musterten einander finster.

»Wenn es das ist, was du glaubst, dann geh einfach, Sam«, zischte Adela.

Schlagartig wich sein wütender Gesichtsausdruck einem verzweifelten. Er drehte sich auf dem Absatz um und marschierte aus der Küche. Adela wollte ihm zurufen, zurückzukommen, aber binnen weniger Sekunden fiel schon die Haustür hinter ihm zu. Adela sank auf die Knie, begrub ihr Gesicht in ihrem Rock und weinte.

18

Belguri, Assam, Juni 1947

Sie hatten sich alle um das Radio im Wohnzimmer geschart, um die Ansprache zu hören. Libby, die sehr aufgeregt war, saß dicht neben ihrem Vater auf dem Sofa, während Harry sich auf der Armlehne des Sessels seiner Mutter niedergelassen hatte. Clarrie hatte die Diener eingeladen, auch hereinzukommen und zuzuhören. Ihr *khansama*, Mohammed Din, stand hochgewachsen und aufrecht hinter dem Sofa und behielt die anderen Hausangestellten im Auge.

Libby musterte James prüfend, um zu sehen, wie er die Nachrichten aufnehmen würde. Ihr Vater war immer noch zeitweise lustlos und in sich gekehrt, aber seit er nach Belguri gekommen war, schien er zufriedener zu sein und hatte dank Clarries Fürsorge einen Teil seiner alten Vitalität zurückgewonnen. Es war auch Clarrie gewesen, die vorgeschlagen hatte, Breckon nach Belguri zu holen, um James' Laune zu heben. Der Hund lag nun zu Füßen seines Herrn. Aber diese Übertragung aus der Außenwelt würde vielleicht einen Rückfall bei ihrem Vater verursachen. Lord Louis Mountbatten, der neue Vizekönig von Indien, sollte eine Erklärung zu Indiens Unabhängigkeit abgeben.

Bevor Libby Kalkutta verlassen hatte, hatte sie Wochenschauaufnahmen des schneidigen Marineoffiziers und seiner glamourösen Frau gesehen, die sich mit Nehru und Jinnah, den wichtigsten Führungsgestalten der indischen Politik, getroffen hatten. Kurze Filmausschnitte hatten gezeigt, wie das Vizekönigspaar mit seiner Tochter durchs Land gereist war, um mit eigenen Augen die verheerenden Folgen zu sehen, die die Gewalt zwischen den einzelnen Volksgruppen für Teile des Subkontinents hatte. Nichts erinnerte an die Unnahbarkeit früherer Vizekönige: Die Mountbattens wirkten erfrischend wenig spießig. Sogar Gandhi hatte sie voller Wärme willkommen geheißen.

Doch hier in den Bergen fühlte Libby sich schuldig, weil sie und die Familie in Belguri so gegen die Unruhen abgeschirmt und weit von den Spannungen in Kalkutta und Bengalen entfernt waren. Wie ging es Ghulam und Fatima? Libby las begeistert jede Ausgabe des *Statesman*, die Harry am Ende der Schulwoche aus Shillong mitbrachte, um zu sehen, ob sie Artikel von Ghulam enthielt. Unter anderem war einer über das Thema dabei, dass der Stadtrat in Kalkutta versuchte, Hinduflüchtlinge aus Ostbengalen unterzubringen. Ein zweiter schilderte, wie es bei einer hitzigen Debatte im Rat über die Zukunft von Kalkutta zu Handgreiflichkeiten gekommen war. Aber Libby konnte den Zeitungen nicht entnehmen, wie das Leben wirklich für Ghulam und Fatima war.

Trotz Flowers' Ermutigung hatte Libby nicht an Ghulam geschrieben. Mehrfach hatte sie ihre Schreibmaschine herausgeholt, um einen Brief zu tippen. Aber sie war nicht einmal in der Lage gewesen, sich für eine Anrede zu entschieden, geschweige denn, ihren Gefühlen für ihn Ausdruck zu verleihen. Sie war sich sicher, dass er sich nur über jegliche Sentimentalität lustig machen oder von einer Liebeserklärung peinlich berührt sein würde. Also war kein Brief je über die leidenschaftlichen Formulierungen in ihrem Kopf hinausgekommen.

Libby versuchte, den Gedanken an Ghulam zu verdrängen und sich auf die Radioübertragung zu konzentrieren. Der Vizekönig sprach schon. Er redete darüber, dass er die letzten beiden Monate in Indien jeden Tag damit verbracht hatte, sich mit so vielen Menschen wie möglich auszutauschen.

»Warum kommt er nicht endlich auf den Punkt und sagt uns, was passiert?«, regte James sich auf.

»Psst, Dad«, versuchte Libby, ihn zu beruhigen, »das tut er schon noch.«

»… ein vereintes Indien wäre bei Weitem die beste Lösung des Problems.«

»Vereintes Indien?«, griff James die Worte auf. »Hat er ›vereint‹ gesagt? Heißt das etwa …«

»Dad!«, rief Libby. »Bitte hör einfach nur zu.«

Clarrie legte James eine Hand auf den Arm, was ihn etwas besänftigte. Libby entging der liebevolle Blick nicht, den die beiden tauschten. Mountbatten sprach darüber, dass Indien eine Einheit mit gemeinsamem Fernmeldewesen, gemeinsamer Währung und gemeinsamen Behörden sei, und von seiner Hoffnung, dass die Differenzen zwischen den einzelnen Bevölkerungsgruppen das nicht zerstören würden. Libby hielt den Atem an. Vielleicht bestand noch eine Chance, dass Indien ein einziges Land bleiben konnte, und der Vizekönig hatte einen Plan. Es wurde sehr still im Zimmer, als Mountbatten sagte, dass er die politischen Führer gedrängt hatte, den Aktionsplan des Kabinetts von 1946 zu akzeptieren, der den Bedürfnissen aller Volksgruppen gerecht wurde.

»Zu meinem großen Bedauern hat es sich als unmöglich erwiesen, sich entweder auf den Aktionsplan des Kabinetts oder auf irgendeinen anderen Plan zu einigen, der die Einheit Indiens bewahren würde.«

Libbys kurzfristige Hoffnung löste sich sofort wieder in Luft auf. Der Vizekönig fuhr fort, dass es nicht infrage komme, große Gemeinschaften zu zwingen, unter einer Regierung zu leben, in der eine andere Gemeinschaft die Mehrheit stellte.

»… und die einzige Alternative zum Zwang ist die Teilung.«

»Oh Gott!«, schrie James auf. »Das kann doch nicht sein?«

Libby wurde schwer ums Herz, als Mountbatten weiter ausführte, dass die Kongresspartei, weil die Muslimliga die Teilung Indiens gefordert hatte, nun ihrerseits die Aufspaltung des Pandschab und von Bengalen verlangte. Er selbst sei gegen beides.

»Denn genauso, wie ich glaube, dass es ein indisches Bewusstsein gibt, das über die Differenzen zwischen den einzelnen Volksgruppen und Religionsgemeinschaften erhaben sein sollte, bin ich überzeugt, dass es ein pandschabisches und bengalisches Bewusstsein gibt, das schon immer Loyalität zur jeweiligen Provinz erzeugt hat. Und so halte ich es für unumgänglich, dass das indische Volk selbst über die Frage der Teilung entscheidet.«

»Was soll das heißen?«, fragte Harry. »Können die Leute dagegenstimmen?«

Clarrie hob die Hand. »Hör zu, jetzt sagt er etwas über Bengalen und Assam.«

»… aber ich will klarstellen, dass die endgültigen Grenzen von einer Grenzkommission festgelegt werden sollen und fast sicher nicht mit denen identisch sein werden, die provisorisch gezogen worden sind.«

»Provisorisch?«, wiederholte James verwirrt. »Was für provisorische Grenzen?«

»Sie müssen einen Versuch unternommen haben, Staatsgrenzen zu ziehen«, vermutete Libby unglücklich, »damit die Leute eine Vorstellung davon haben, wie die Teilung aussehen könnte. Wie können sie sonst darüber abstimmen?«

»Wird Assam auch in zwei Hälften geteilt?«, fragte Harry nervös.

Während sie noch über seine Äußerungen diskutierten, sprach Mountbatten schon über die Sikhs und sein Bedauern darüber, dass die Teilung des Pandschab ihr Siedlungsgebiet aufspalten würde, sagte aber, dass sie in der Grenzkommission vertreten sein würden.

»Der ganze Plan mag nicht perfekt sein, aber wie bei allen Plänen hängt sein Erfolg von dem guten Willen ab, mit dem er durchgeführt wird. Ich war schon immer der Meinung, dass, sobald einmal die Entscheidung gefallen ist, auf welche Weise die Macht übergeben werden soll, diese Übergabe zum frühestmöglichen Zeitpunkt stattfinden muss ...«

Sie hörten zu, wie er erklärte, dass die britische Regierung die Macht an entweder eine neue Regierung oder an zwei Nationen mit dem Status von Dominions abtreten würde, statt lange darauf zu warten, dass man sich auf eine komplette neue Verfassung für Indien einigte.

»Ich hoffe, dass es in den nächsten paar Monaten so weit sein wird. Ich freue mich, verkünden zu dürfen, dass die Regierung Seiner Majestät diesem Vorschlag zugestimmt hat und bereits die Gesetzgebung dazu vorbereitet ... So ist der Weg nun frei für ein Arrangement, durch das die Regierungsgewalt viele Monate früher übergeben werden kann, als selbst die größten Optimisten unter uns es für möglich gehalten hätten, und das es dem Volk von Britisch-Indien zugleich gestattet, selbst über seine Zukunft zu entscheiden ... Es ist nicht der rechte Zeitpunkt für kleinliche Streitereien, geschweige denn für eine Fortsetzung der Unruhen und Gesetzlosigkeit der letzten paar Monate, in welcher Form auch immer. Wir können es uns nicht leisten, Gewalt zu tolerieren. Alle von uns sind sich darüber einig ... Ich setze Vertrauen in Indiens Zukunft und bin stolz darauf, in dieser bedeutsamen Zeit bei Ihnen zu sein. Mögen Ihre Entscheidungen wohlüberlegt sein,

und mögen Sie vom friedfertigen und gütigen Geist des Appells von Gandhi und Jinnah in die Tat umgesetzt werden.«

Sobald Mountbatten zum Ende kam und an Nehru als nächsten Redner übergab, wurden im ganzen Zimmer wieder eifrig Fragen gestellt.

»Wird es denn nun ein Indien oder zwei Länder geben?«, wollte Harry wissen.

»Es hört sich an, als ob die Teilung kommt«, meinte Clarrie.

»Er hat aber immer wieder gesagt, ›*wenn* die Teilung beschlossen wird‹«, hob Libby hervor. »Fest steht das noch nicht.«

»Ich sehe nicht, wie es anders kommen könnte«, sagte Clarrie mit kummervoller Miene.

»Mountbatten wäscht seine Hände in Unschuld«, warf James aufgeregt ein, »wie Pontius Pilatus.«

»Was soll er denn sonst tun?«, fragte Clarrie. »Er kann die gegnerischen Parteien nicht dazu bringen, sich zu einigen.«

»Er könnte ein Machtwort sprechen«, beharrte James.

»Er könnte sich auch einfach mehr Zeit lassen«, meinte Libby, die sich über Clarries Fatalismus ärgerte. »Er ist erst seit zwei Monaten hier. Gandhi musste wochenlang reden und zuhören, um verfeindete Bevölkerungsgruppen davon abzuhalten, einander umzubringen. Mountbatten hat sich nicht genug angestrengt.«

»Es ist einfach, Kritik zu üben«, bemerkte Clarrie. »Wir sind nicht diejenigen, die die schwierigen Entscheidungen fällen müssen.«

Die Bemerkung traf Libby. »Aber er wählt den leichtesten Ausweg, indem er den anderen den Schwarzen Peter zuschiebt und sagt, dass die Inder selbst über die Teilung entscheiden müssen, weil er keinen anderen Plan hat.«

Clarrie seufzte und lehnte sich zurück. Ihre Hand glitt von James' Arm. Libby sah ihr an, dass sie nicht streiten wollte. Wie wünschte sie sich doch, Ghulam wäre bei ihr gewesen, als die Nachricht gekommen war. Sie sehnte sich danach zu wissen, was er von allem hielt. Ob er daheim mit Fatima vor einem Radio saß oder bei der Arbeit zuhörte?

»Wann wird Großbritannien denn nun die Regierungsgewalt an die Inder übergeben?«, fragte Harry.

»Er hat gesagt, dass es nur noch Monate dauern wird und nicht bis nächstes Jahr«, antwortete Libby. »Vielleicht zu Anbruch der kalten Jahreszeit. Wenigstens hat Mountbatten das nicht zurückgenommen.«

»Im Gegenteil«, sagte Clarrie. »Und er hat angeboten, dass britische Beamte und Offiziere hierbleiben und helfen würden, wenn man sie darum bittet.«

»Heißt das, dass wir in Belguri bleiben dürfen?« Harrys ernste Miene hellte sich auf.

»Natürlich«, sagte Clarrie. »Es ist unser Zuhause.«

Libby verbiss sich die Bemerkung, dass sie noch nicht einmal wussten, als Teil welchen Landes Assam enden würde, ganz zu schweigen davon, ob sie dann noch dort willkommen sein würden. Aber sie wollte Harry keine Angst machen, auch wenn es sie störte, dass Clarrie dem Thema auswich.

»Und was ist mit dir, Onkel James?«, wollte Harry wissen. »Machst du auf den Oxford Estates weiter wie bisher?«

Libby sah Zweifel über das Gesicht ihres Vaters huschen.

»Ich weiß es nicht«, sagte James. »Es ist alles so ungewiss …«

Das Zögern ihres Vaters schockierte Libby. Sie hatte nie damit gerechnet, dass je der Tag kommen würde, an dem er auch nur daran denken würde, Cheviot View für immer zu verlassen. Aber seit er in Belguri war, hatte er kein Interesse daran bekundet, nach Hause zurückzukehren. Er sprach sogar kaum über die Oxford Estates.

»Du musst ja noch keine endgültige Entscheidung treffen«, sagte Clarrie begütigend und tätschelte ihm die Hand. »Möchtest du, dass wir das Radio abstellen?«

Libby sah sich zu den Dienern hinter ihnen um, die nervös miteinander tuschelten.

»Hören wir uns doch noch an, was Nehru und Jinnah zu sagen haben«, schlug sie vor. »Dann sehen wir vielleicht klarer, die Diener haben ein Recht darauf, es zu erfahren.«

Sie sah Clarrie erröten. »Natürlich haben sie das; es war egoistisch von mir.«

Nehru sprach auf Hindi. Während die anderen aufmerksam lauschten, mochte Libby nicht zugeben, dass sie kaum etwas von dem verstand, was er sagte. Dann hielt Jinnah auf Englisch seine Rede im Namen der Muslimliga.

»Das liegt daran, dass sein Urdu nicht gut genug ist, sich in der Sprache an seine eigenen Leute zu wenden«, murmelte James.

Gegen Ende der Sendung hatte Libby keine Zweifel mehr daran, dass Jinnah einen getrennten muslimischen Staat namens Pakistan forderte. Ghulam würde über die Nachricht am Boden zerstört sein. Seine schlimmsten Befürchtungen schienen Wirklichkeit zu werden.

»Aber wo soll dieses Pakistan liegen?«, fragte Harry.

Niemand schien seine Frage beantworten zu können. Angesichts von Mohammed Dins konsternierter Miene empfand Libby einen Anflug von Panik. Den liebenswürdigen *khansama* mit seinem sanften Gemüt konnte normalerweise nichts aus der Ruhe bringen. Libby fragte sich, ob er Angehörige im Pandschab hatte. Sie erinnerte sich, dass Mohammed Din – oder MD, wie die Familie ihn voller Zuneigung nannte – in Wesley Robsons Junggesellentagen dessen Diener gewesen war. Nach Wesleys und Clarries Heirat war er mit nach Belguri gekommen, um dort zu arbeiten.

In dem Moment wurde Libby klar, wie folgenschwer die Ankündigung einer möglichen Teilung war. Es war zu spät für politische Debatten in den Ratssälen oder für Demonstrationen auf den Straßen. Die Teilung – die Amputation von einem Stück Indiens, die Ghulam und andere das ganze letzte Jahr über zu verhindern versucht hatten – stand unmittelbar bevor. Dieser Raum war voller Angehöriger unterschiedlicher Volksgruppen, die nicht wussten, wie die Unabhängigkeit ihr Leben verändern würde. Überall auf dem Subkontinent musste die gleiche Ungewissheit Furcht und Zweifel bei Millionen von Menschen wecken.

Später am Abend saßen sie in gedrückter Stimmung auf der Veranda, sprachen wenig und wollten sich doch nicht in die Einsamkeit ihrer jeweiligen Zimmer zurückziehen.

Clarrie versuchte, sie mit einer Kanne vom neuen Second-Flush-Tee und mit Wesleys alten Gilbert-und-Sullivan-Platten, die sie auf dem Grammofon abspielte, aufzuheitern. James summte mit und machte irgendeinen Witz über Generalmajore, den nur Clarrie verstand. Aber Harry löcherte die anderen immer wieder mit Fragen.

»Was ist mit den Fürstenstaaten? Werden sie einfach weitermachen wie bisher?«

»Vermutlich«, antwortete Clarrie. »Die britische Regierung kann nur entscheiden, was aus den Teilen Indiens unter britischer Herrschaft wird, nicht aber über die Gebiete, die den Maharadschas gehören.«

»Also wird es selbst dann kein einiges großes Indien geben, wenn aus Pakistan nichts wird, oder?«, meinte Harry. »Es wird Indien und viele Kleinstaaten geben.«

»Es sei denn, das neue Indien überredet die Fürsten, dem neuen Land beizutreten«, schlug Libby vor.

»Warum sollten sie das tun?«, wollte Harry wissen. »Wenn ich Maharadscha wäre, würde ich mein Land nicht aufgeben wollen.«

»Ihr Volk möchte ja vielleicht die Vorteile eines neuen Landes mit einer Verfassung und Bürgerrechten«, wandte Libby ein, »also könnten sie gezwungen sein, sich darauf einzulassen.«

»Oder sie werden mit üppigen Pensionen ausgezahlt«, brummte James.

»Was meint ihr, was in Gulgat passiert?«, fragte Harry. »Wird Sanjay weiter Radscha sein wollen, und glaubt ihr, dass die Khans dortbleiben?«

Libby sah, dass Clarrie sich versteifte. Mitleid mit der Witwe überkam sie: Jedes Mal, wenn Gulgat erwähnt wurde, musste Clarrie an den entsetzlichen Tod denken, den ihr Mann dort gefunden hatte.

»Warum sollten die Khans nicht bleiben?«, entgegnete James.

»Rafi und Sophie sind Muslime«, sagte Harry. »Müssen sie dann nicht nach Pakistan gehen?«

»Natürlich nicht«, meinte Clarrie. »Niemand wird gezwungen zu gehen, wenn er nicht will.«

Libbys Magen schlug Purzelbäume, als Ghulams Bruder und seine Schwägerin erwähnt wurden. Ghulam hatte ihr anvertraut, dass Rafi mit dem Gedanken gespielt hatte, nach Pakistan zu ziehen, wenn es Realität wurde. Sie fragte sich, wie verwundbar Ghulam und Fatima in einem Kalkutta sein würden, um das Hindus und Muslime kämpften.

»Ghulam Khan meint, dass das neue Indien ein säkularer Staat wird«, sagte sie fest, »und dass Anhänger aller Glaubensrichtungen oder auch gar keiner bestimmten Religion dort willkommen sein werden.«

Ihr Vater warf ihr einen vernichtenden Blick zu. »Das ist ein gerüttelt Maß an Wunschdenken«, murmelte er.

»Also sollte die Gewalt jetzt zum Erliegen kommen«, sagte Harry und sah glücklicher drein, »wenn alle Seiten sich über die Zukunft einig sind.«

»Hoffen wir das, mein Schatz«, sagte Clarrie. »Dazu rufen die Anführer jedenfalls auf.«

Harry nickte. »Dann sollte es noch nicht einmal Kämpfe geben, wenn die Leute für die Teilung stimmen, weil sie dann ja haben, was sie wollen.«

»Aber ich glaube nicht, dass die Teilung das ist, was die meisten Inder sich wünschen«, wandte Libby ein. »Es ist ein überhasteter Plan. Die Briten sollten die Regierungsgewalt an ein vereintes Indien übergeben, und dann können die Inder ihre eigenen Entscheidungen fällen.«

Harry runzelte die Stirn. »Aber sie beeilen sich doch wegen der Gewalt so, nicht wahr? Sie wollen dem Morden einen Riegel vorschieben.«

Libby sah Clarries jungen Sohn an. Er war reifer, als sein Alter es vermuten ließ. Sie erinnerte sich, dass Harrys Vater Wesley direkt und entschlussfreudig gewesen war. Er hatte Spiele für die Kinder organisiert und großes Interesse an Menschen gehabt. Harry ähnelte seinem Vater nicht nur äußerlich.

»Hoffen wir, dass diese Ankündigung die Lage beruhigt«, meinte Clarrie und legte ihrem Sohn sanft die Hand auf den Kopf. »Wir müssen für eine friedliche Übergabe beten.«

»Ich frage mich, wann es so weit ist«, sagte Harry.

Libby lächelte ihn an. »Vielleicht bis zu deinem vierzehnten Geburtstag im Oktober.«

»Wer weiß?« James seufzte.

Sie verstummten und hingen alle ihren eigenen Gedanken nach, während in einiger Entfernung im Dschungel in der heißen Nacht rastloses Treiben herrschte.

* * *

Eine verblüffende Neuigkeit erreichte sie ein paar Tage später. Am Wochenende kam Manzur unerwartet von den Oxford Estates und brachte den *Statesman* mit.

Harry rannte ihm, dichtauf gefolgt von Breckon, entgegen. Manzurs hübsches Gesicht strahlte vor Freude, als er Libby auf den Verandastufen entdeckte.

Im Näherkommen sagte er: »Ich hätte nicht gedacht, dass du noch hier bist.«

»Warum sollte ich es nicht sein?«

»Der Sog der Stadt …?« Er bedachte sie mit einem ebenso amüsierten wie fragenden Blick.

Libby lächelte. »Im Herzen bin ich ein Mädchen vom Land, schon vergessen?«

»Wie geht es Robson Sahib?«

»Er hält drinnen ein Nickerchen. Komm herauf und trink etwas. Ich spiele die Gastgeberin, weil Clarrie in der Manufaktur ist.«

Libby führte ihn aus der drückenden Hitze ins tiefe Halbdunkel der Veranda. Harry folgte ihm wie sein Schatten. Als Manzur sich hinsetzte, reichte er Libby die Zeitung. Ihr Herz geriet ins Stocken.

»Ist das eine neue Ausgabe? Steht darin etwas über Mountbattens Ankündigung?«

Manzur nickte. »Und über die Pressekonferenz. Ich dachte, ich sollte vorbeikommen und es deinem Vater sagen, falls er es noch nicht gehört hat.«

»Was?«

»Das Datum der Übergabe.« Seine braunen Augen leuchteten vor unterdrückter Erregung.

»Der Unabhängigkeitstag?«, fragte Harry.

Manzur nickte.

»Wann?« Libbys Herz begann zu hämmern.

»Am fünfzehnten August.«

Sie starrte ihn an. »August *dieses* Jahres?«

Er nickte. »Das scheint alle zu überraschen.«

»So bald?«, stieß Libby hervor. »Aber ich dachte, es sollten Abstimmungen über die Teilung stattfinden und alle möglichen Regelungen getroffen werden …?«

Manzur sagte: »Das wird alles in den nächsten paar Wochen geschehen müssen. Viele Hindu-Astrologen behaupten, das Datum sei ein Unglückstag und schreckliche Dinge würden geschehen, wenn die Unabhängigkeit auf den fünfzehnten fällt. Das hat für reichlich Wirbel gesorgt.«

»Sind das denn nun gute oder schlechte Neuigkeiten?«, fragte Harry verunsichert.

Libby und Manzur tauschten Blicke. Er zuckte die Schultern.

»Das ist schwer zu sagen«, meinte Libby.

»Die Zeit wird es erweisen«, sagte Manzur mit einer schicksalsergebenen Geste.

* * *

Manzur konnte nicht lange bleiben, da die Manufaktur auf den Oxford Estates gerade auf Hochtouren an der Produktion des Second Flush arbeitete. Es überraschte Libby, dass ihr Vater kaum Interesse zeigte, als Manzur ihn auf den neuesten Stand über die Plantage brachte. Es war, als hätte er seinen Verstand gegen die Oxford Estates abgeschottet und wollte gar nicht an sie denken. Als Libby versuchte, ihn darauf anzusprechen, regte er sich auf.

»Manzur und die anderen kommen schon ohne mich zurecht.«

Andererseits schien James sich immer mehr für das zu interessieren, was in Belguri vorging. In den letzten Tagen hatte er begonnen, Clarrie auf ihre frühmorgendlichen Ausritte zur Inspektion des Teegartens zu begleiten. Libby war froh, dass ihr Vater einen Teil seiner Lebensfreude und alten Energie zurückgewann. Aber sie konnte einfach nicht anders, als einen Hauch von Eifersucht zu empfinden. Es alarmierte sie, dass er sich in Belguri mehr und mehr einzuleben schien und Clarries Gesellschaft, in der er zufrieden war, der aller anderen vorzog.

Besorgt beobachtete Libby, dass sich die Zuneigung zwischen Clarrie und James vertiefte. Was, wenn sie außer Kontrolle geriet und ihr Vater jeden Gedanken daran aufgab, sich mit ihrer Mutter wieder zu versöhnen? Sie brachte Wesleys Witwe sehr gemischte Gefühle entgegen. In ihrer Kindheit hatte sie ihre Besuche in Belguri geliebt. Clarrie war so warmherzig gewesen und hatte immer viel Aufhebens um Tillys Kinder gemacht. Aber damals war sie Wesleys Frau und in keiner Hinsicht eine Rivalin für Tilly gewesen. Libbys Vater hatte damals sogar in Anwesenheit der Kinder kritische Bemerkungen über Clarrie gemacht, wofür Tilly ihn immer getadelt hatte.

»Du kannst den Gedanken nicht ertragen, dass Clarrie eine erfolgreiche Teepflanzerin ist, weil sie eine Frau ist!«, hatte Tilly ihm vorgeworfen.

»Das hat nichts damit zu tun«, hatte James gepoltert.

»Na, dann bist du einfach ein Snob, James. Du magst Clarrie nicht, weil sie nicht so ganz pukka *ist.«*

Jetzt, als Erwachsene, wusste Libby, dass ihre Mutter damit gemeint hatte, dass Clarrie Anglo-Inderin war. Ihr Vater hatte die üblichen Vorurteile seiner Generation gegenüber Menschen gemischter Abstammung in Indien gehabt, ihre Mutter dagegen nicht. Bis jetzt war Libby noch nie aufgefallen, dass ihr Sinn für Fairness und Gerechtigkeit vielleicht schon lange vor dem Einfluss ihrer Lehrerin Miss MacGregor von Tilly geweckt worden war.

Aus der Ferne sah Libby ihre Mutter allmählich mit anderen Augen. Sie konnte sich vorstellen, wie überwältigend, aber auch schwierig es für Tilly gewesen sein musste, in diesen abgelegenen Teil Indiens zu kommen. Damals war sie im selben

Alter gewesen wie Libby jetzt und noch dazu in einer nordenglischen Stadt aufgewachsen. Alles musste verwirrend fremd für sie gewesen sein: die Landschaft, das Klima, die Leute, die Jahreszeiten, die Hitze und die strengen, hierarchischen Regeln, die sich in der Kolonialgesellschaft in Indien hielten, obwohl sie sich im Heimatland schon veränderten.

Erst beim Anbruch der drückenden Hitze vor Anbruch des Monsuns waren Libby die Klagen ihrer Mutter wieder eingefallen: *»Es ist, als würde man in einer Suppe sitzen«* und *»Oh, ich sehne mich nach einem kalten, britischen Wolkenbruch!«*

Libby erinnerte sich an die Unfähigkeit ihrer Mutter, die Sommerhitze zu ertragen: Die Frieseln und die geschwollenen Knöchel hatten sie fast in den Wahnsinn getrieben. Niemand aus der Familie hatte Mitgefühl gehabt, und Libby hatte nie verstanden, warum Tilly nie James' Rat gefolgt war: *»Ein morgendlicher Ausritt vor dem* chota hazri *würde dich für den Tag rüsten, mein Mädchen. Du wirst noch so schimmelig wie eines deiner Bücher, wenn du drinnen vor dich hin schmorst.«*

Ihre arme Mutter! Reue durchzuckte Libby, als sie daran dachte, wie sie Tilly Vorhaltungen gemacht hatte, weil diese nicht mit ihr nach Indien zurückkehren wollte. Ihre Mutter war in Newcastle mit ihren vielen Interessen und Freunden glücklich. Was sollte sie hier draußen in Assam tun? Wer waren hier ihre Seelenverwandten? Es gab Sophie Khan, die alte Freundin ihrer Mutter. Aber Sophie wohnte einen Tag Autofahrt entfernt von Cheviot View in Gulgat, und wer wusste schon, wie viel länger sie dort noch bleiben würde? Und dann war da noch Clarrie. Libbys Inneres verkrampfte sich vor Angst. Clarrie machte James das Leben hier zu leicht. Damit half sie James' Ehe nicht gerade.

Libby konnte gar nicht anders, als Mitleid mit Clarrie zu haben: Sie hatte ihren Mann so grausam und abrupt verloren. Alle sprachen noch heute davon, was für ein liebendes Paar

Clarrie und Wesley gewesen waren. Aber Clarrie musste jetzt einsam sein, und sie war noch immer eine attraktive Frau. Libby glaubte nicht, dass Clarrie gezielt versuchte, Tilly ihren Mann auszuspannen, aber die Umstände während des Kriegs hatten sie mit James zusammengeschweißt. Libby war sich gut bewusst, dass Affären alltäglich geworden waren, als Paare gezwungenermaßen auf Jahre getrennt gewesen waren. Libby durfte nicht zulassen, dass es auch ihren Eltern so erging.

Zum ersten Mal seit ihrer Rückkehr ins Land ihrer Geburt fragte Libby sich, ob es vielleicht nicht wirklich das Beste für James sein würde, Indien zu verlassen und nach Großbritannien zurückzukehren. Hier draußen litt nicht nur seine Ehe, sondern auch seine Gesundheit. Sosehr es ihr widerstrebte, sie musste zugeben, dass der Geisteszustand ihres Vaters angegriffen war und sich wahrscheinlich nicht durch Ruhe und frische Luft allein in Ordnung bringen ließ. Vielleicht war es falsch von ihr gewesen zu versuchen, die Familie zu zwingen, in Assam wieder zusammenzukommen. Das Idyll ihrer Kindheit ließ sich nicht wiederherstellen, und Libby musste sich der unbequemen Wahrheit stellen, dass Cheviot View vielleicht ohnehin nie so idyllisch gewesen war, wie sie es in Erinnerung gehabt hatte.

* * *

Da in ihren Gedanken ständig Aufruhr herrschte, weil sie nicht wusste, wie sie am besten mit ihrem Vater und ihrer ungewissen Zukunft umgehen sollte, fühlte Libby sich in Belguri wie in der Schwebe. Nichts zu tun zu haben, bekam ihr nicht. Sie war es gewohnt, zu arbeiten, tüchtig und unabhängig zu sein. Sie war hin- und hergerissen: Sollte sie hierbleiben, um ihren Vater im Auge zu behalten, oder zu ihren Freunden in Kalkutta zurückkehren, wo sie sich vielleicht nützlich machen konnte?

Das Dilemma brachte sie dazu, spät an einem feuchtheißen Abend an Ghulam zu schreiben. Da sie nicht den ganzen Haushalt stören wollte, indem sie auf ihrer Schreibmaschine tippte, holte Libby sich einen Schreibblock, Feder und Tinte und ging auf die Veranda hinaus. Im Licht einer zischenden Petroleumlampe zog sie Tinte in den Füller und begann zu schreiben. Nach mehreren Versuchen, den richtigen Ton zu treffen, beschränkte Libby sich auf einen kurzen, freundlichen Brief.

Lieber Ghulam,

wie geht es Dir und Fatima? Ich hoffe, es geht Euch beiden gut. Ich denke oft an Dich und frage mich, was Du von der Ankündigung des Vizekönigs und der anderen politischen Führer hältst. Bist Du – wie ich – sehr enttäuscht über die Pläne für die Teilung? Oder freust du Dich, dass alles schneller als erwartet beschlossene Sache sein wird und die lästigen Briten Dir schon in wenigen Wochen nicht mehr auf die Nerven gehen werden? Hier oben in den Bergen kommt einem das alles etwas unwirklich vor.

Die Gesundheit meines Vaters hat sich vor etwa einem Monat sehr verschlechtert, deshalb sind wir bei Adelas Mutter in Belguri, während er sich wieder erholt. Er scheint seine Lust am Teepflanzen und an unserem alten Zuhause verloren zu haben. Vielleicht wird es wirklich Zeit für ihn, nach England zurückzukehren und sich dort zur Ruhe zu setzen. Zweifelsohne findet das Deine Zustimmung!

Wenn Dir danach ist zurückzuschreiben, wüsste ich gern, was in Kalkutta und Bengalen vorgeht. Manzur, der Unterverwalter meines

Vaters, hat uns vor Kurzem eine Ausgabe des Statesman *gebracht, aber sonst bekommen wir nicht viel von den Nachrichten mit, weil unser Radio sehr launisch ist. Um ehrlich zu sein, werde ich hier vor Langweile noch verrückt!*

Ich hoffe, von Deiner Familie im Pandschab gibt es gute Neuigkeiten und alle sind in Sicherheit. Bitte grüß Deine Schwester ganz herzlich von mir – und bitte pass auf Dich auf.

Libby

Sie zögerte beim Abschiedsgruß, weil sie eigentlich gern einen liebevolleren wählen, Ghulam aber nicht in Verlegenheit bringen wollte. Sie sehnte sich danach, ihm mehr über ihre Ängste zu erzählen, was ihren Vater betraf – über ihre vergeblichen Bemühungen, dahinterzukommen, was ihn so belastete. Doch sie kam zu dem Schluss, dass das unfair Ghulam gegenüber gewesen wäre. Was konnte er schon tun oder ihr raten? Er kannte ihren Vater nicht, und nichts davon fiel in seine Verantwortung. Außerdem musste er selbst viele Sorgen haben.

Später, als sie unter dem Moskitonetz auf ihrem Bett lag, fragte Libby sich, ob sie den Brief überhaupt abschicken sollte. Sie stand bei Sonnenaufgang auf und ging zum Manufakturbüro, um dort den Brief zur geschäftlichen *dak* zu legen, bevor sie es sich anders überlegen konnte.

* * *

In den folgenden Tagen wartete Libby auf einen Antwortbrief aus Kalkutta, aber es kam keiner. Auf Clarries Vorschlag hin ritt sie mit ihr und ihrem Vater morgens aus und nahm auch Clarries Angebot an, ihr im Teeverkostungsraum der Manufaktur zu helfen. Libby war dankbar für die Ablenkung.

»Was hältst du von unserem Second Flush?«, fragte Clarrie.

Libby saugte die Flüssigkeit durch die Zähne ein, wie Clarrie es tat, und spie sie dann in den Spucknapf.

»Er schmeckt gut«, sagte Libby, »auch wenn ich eigentlich nicht weiß, worauf ich achten muss.«

Clarrie lächelte. »Kräftiges Aroma, tiefgoldene Farbe. Eher fruchtig als blumig. Etwas erdiger als der First Flush.«

»Dad hat gesagt, dass du gut im Verkosten bist.« Libby grinste. »Ich glaube, der Armeetee im Krieg hat meine Geschmacksknospen ruiniert. Damals haben wir eine gute Tasse Tee danach beurteilt, ob der Löffel aufrecht darin stehen geblieben ist.«

Clarrie lachte. »So hat Wesley auch immer über den Tee geredet, den die Truppen im Ersten Weltkrieg getrunken haben.«

Plötzlich hatte Libby Mitgefühl mit Clarrie. »Was war Wesleys Lieblingstee?«

Clarrie lächelte melancholisch. »Die Herbsternte, wenn die Blätter reifer sind und der Tee vollmundiger ist. Wesley hat gesagt, er würde nach dem Monsun schmecken. Er liebte die Jahreszeit, in der es in den Teegärten weniger hektisch zuging und mehr Muße zum Reiten und Jagen blieb. Dann sind wir mit Adela immer Zelten gegangen.«

»Ihr beide?«, fragte Libby.

»Ja«, sagte Clarrie, »darauf hat Wesley bestanden. Wir haben uns ineinander verliebt, als er auf einem Jagdausflug war – auf einer Lichtung etwas weiter oben in den Bergen. Das war auch später noch unser Lieblingsplatz …« Sie brach ab. Ihre Augen füllten sich mit Tränen.

Libby sagte: »Adela hatte großes Glück. Mutter wäre mit Dad und mir nicht einmal dann Zelten gegangen, wenn man ihr im Gegenzug Tee mit dem Vizekönig versprochen hätte.«

»Nein, sie hatte nie viel für das Leben in freier Natur übrig«, stimmte Clarrie zu. »Die liebe Tilly.«

Libby musterte sie. »Was soll ich wegen Dad unternehmen?«

»Wie meinst du das?«

»Er kann nicht ewig hierbleiben«, sagte Libby, »aber er lässt keine Anzeichen erkennen, nach Hause zu wollen – sei es nun nach Cheviot View oder nach Newcastle.«

Clarrie sah sie nachdenklich an. »Lass uns das besser nicht in der Manufaktur besprechen.«

Libbys Inneres verkrampfte sich, als Clarrie aus dem Gebäude in die schwüle Hitze hinaus voranging. Wolken hingen drückend tief am Himmel. Das unaufhörliche Summen der Insekten ertönte ringsum, während sie sich auf den Rückweg zum Bungalow machten. Clarrie sprach im Gehen.

»Du glaubst, dass ich deinen Vater aus egoistischen Gründen hierbehalte?«

Libby errötete. »Das habe ich nicht gesagt.«

»Das musst du auch nicht«, erwiderte Clarrie. »Ich weiß, dass du deine Schwierigkeiten damit hast, dass dein Vater und ich … dass wir uns angefreundet haben. Aber ich kann dir versichern, dass das auch alles ist – wir sind bloß Freunde. Er hat mir geholfen, nachdem Wesley ums Leben gekommen war. In praktischer Hinsicht mit dem Geschäft. Manchmal habe ich ihn fortgeschickt, weil er mich zu sehr umsorgt hat, aber mir war klar, dass das nur daran lag, dass er deine Mutter vermisste und sich einsam fühlte. Wir haben einander Gesellschaft geleistet. Und ich war froh, dass er sich um Harry gekümmert und dafür gesorgt hat, dass Manzur ihn zu Hause unterrichtet hat. Das hat meinem Jungen so viel bedeutet und ihn aus seinem Kummer über den Verlust seines Vaters gerissen. Manzur war so freundlich und humorvoll.«

»Das freut mich«, sagte Libby. Es war ihr peinlich, dass Clarrie sich ihr plötzlich anvertraute, und sie wusste nicht, wie sie reagieren sollte.

Clarrie führte Libby in den Garten hinter dem Bungalow, der jenseits des Tennisplatzes im Schatten hoher Eichen lag.

»Aber wenn du glaubst, dass ich deinem Vater im Weg stehe, zu deiner Mutter zurückzukehren«, fuhr Clarrie fort, »dann irrst du dich. Ich habe James seit Kriegsende immer wieder gut zugeredet, Tilly zu besuchen.«

»Warum hat er es dann nicht getan?«, fragte Libby verständnislos.

»Ich glaube, er hat Angst«, meinte Clarrie. »Nicht, dass er es je zugeben würde.«

»Angst wovor?«

»Dass Tilly ihn zurückweisen könnte. Ich habe den Verdacht, dass es für James eine Frage des Stolzes ist. Sie hat sich entschieden, mit ihren Kindern in England zu bleiben, statt hierher zurückzukommen, um bei ihm zu sein. Er findet, dass sie den ersten Schritt zur Versöhnung tun sollte.«

»Aber das ist lächerlich«, entfuhr es Libby. »Er bestraft Mutter dafür, dass sie während des Kriegs bei uns geblieben ist?«

»In gewisser Weise wohl schon«, stimmte Clarrie ihr zu. »Aber geh deshalb nicht zu hart mit ihm ins Gericht. In den ersten Kriegsjahren hat er Tilly angefleht, mit euch allen zurück nach Indien zu kommen. Wir wussten damals nicht, dass es hier in Assam so gefährlich werden würde. Er wollte euch alle beschützen, und es hat ihn fast um den Verstand gebracht, dass es nicht in seiner Macht stand, sich um euch zu kümmern.«

Libby sah sie erstaunt an. »Er wollte, dass wir alle zurück nach Indien kommen?«

»Natürlich«, sagte Clarrie. »Er war böse auf Tilly, weil sie in Großbritannien geblieben ist, obwohl unmittelbar eine Invasion drohte. Andere Teepflanzer haben dafür gesorgt, dass ihre Frauen und Kinder zu ihnen kommen konnten, aber Tilly war dazu nicht bereit. Ich nehme an, sie wollte mit euch allen die gefährliche Seereise nicht riskieren.«

»Das wusste ich nicht«, sagte Libby. Der Gedanke, dass sie alle schon vor Jahren als Familie nach Assam hätten zurückkehren können, bedrückte sie. Im Stillen fragte sie sich, ob ihre Mutter nur einen Vorwand gesucht hatte, um nicht zu James nach Indien zurückkehren zu müssen.

»Es ist jedenfalls so«, fuhr Clarrie fort, »dass James deine Mutter schrecklich vermisst hat – und nach Belguri zu kommen, hat ihn abgelenkt. Für kurze Zeit konnte er an etwas anderes als an seine Angst um euch alle denken und stattdessen Harry und mich umsorgen.«

Libby konnte gar nicht anders, als einen Hauch von Eifersucht zu empfinden, weil Clarrie und Harry all die Jahre lang die Aufmerksamkeit ihres Vaters genossen hatten. Sie sah Clarrie an.

»Du unterschätzt, wie wichtig du Dad bist. Es mag ja als Ablenkung begonnen haben, aber ich sehe doch, wie er dich anschaut. Du liegst ihm am Herzen, und mittlerweile verlässt er sich zu sehr auf dich.« Libby zwang sich, fortzufahren, bevor sie der Mut verließ. »Ich gebe dir nicht die Schuld daran, dass mein Vater inzwischen so viel Zuneigung zu dir empfindet, Clarrie, aber wenn er meine Mutter jemals wiedersehen soll, musst du ihn überreden, von hier abzureisen.«

Clarries dunkle Augen füllten sich mit Traurigkeit. Sie stand reglos da und dachte über Libbys Worte nach. »Ja, du hast recht«, sagte sie leise. »Indien hat deinen Vater ausgelaugt. Vielleicht ist es an der Zeit für ihn, fortzugehen. Ich werde tun, was ich kann, um ihm begreiflich zu machen, dass er zu Tilly zurückkehren muss. Vielleicht kann sie ihn auf andere Gedanken bringen.«

Clarrie wandte sich ab. »Darf ich dir etwas zeigen?«

Sie ging ein Stück weiter in einen Bereich des Gartens tief zwischen den Bäumen, wo Rosen und Jasmin an einem Spalier wuchsen. Libby folgte ihr. Erschrocken erkannte sie, dass

Clarrie neben einem Grabstein stand. Wesleys Name und sein Geburts- und Sterbedatum waren darin eingraviert. Es war kurz vor dem neunten Jahrestag seines Todes.

Clarrie sah Libby an. »Das hier ist der einzige Mann, den ich je von ganzem Herzen geliebt habe. Sogar im Tod. Meine Liebe zu Wesley reicht über das Grab hinaus.« Sie lächelte bekümmert. »Also musst du dir keine Sorgen machen, dass ich mich in deinen Vater verliebe.«

Libbys Kehle war zugeschnürt. Sie schämte sich für den Groll, den sie gegen diese tapfere, großherzige Frau empfunden hatte, und hoffte, dass sie sie nicht gekränkt hatte, indem sie ihr die Meinung gesagt hatte. Aber als sie dastanden und Wesleys letzte Ruhestätte betrachteten, konnte Libby nicht umhin, sich zu fragen, ob es ihrem Vater so leichtfallen würde, Clarrie aufzugeben und zu Tilly zurückzukehren.

19

Newcastle, Ende Juni 1947

Jedes Gespräch, das Adela mit Sam begann, schien in einem Streit zu enden. Sie konnte ihm nicht verzeihen, dass er ihr vorgeworfen hatte, Sanjay immer noch zu lieben – den Mann, der sie zur Befriedigung seiner Gelüste ausgenutzt und den traumatischen Tod ihres Vaters verursacht hatte! Sie hasste Sanjay und wünschte sich, sie wäre ihm nie begegnet. Dennoch sickerte der Vorwurf in ihren Verstand ein wie ein Gift, und sie ertappte sich immer häufiger dabei, an den gut aussehenden, egoistischen Prinzen zu denken.

War an Sams Verdacht ein Fünkchen Wahrheit? Hatte ihre hartnäckige Suche nach John Wesley auch etwas damit zu tun, dass sie ein Stück von ihrem ehemaligen Geliebten zurückerobern wollte? Vielleicht sehnte sie sich in ihrem tiefsten Innern immer noch nach den berauschenden Tagen in Simla, als sie von solch einem weltmännischen und reichen Inder begehrt und umworben worden war. Der Gedanke machte Adela fassungslos. Sie weigerte sich, daran zu glauben. Es war grausam von Sam, so etwas auch nur zu vermuten.

Aber ein Teil von ihr wünschte sich, wieder die sorglose, vergnügungssüchtige junge Frau zu sein, die sie in Indien gewesen war, als sie vor nichts Angst gehabt hatte und alles ihr möglich erschienen war. Das Leben im Nachkriegsgroßbritannien war so unerbittlich eintönig und enttäuschend im Vergleich zu den stürmischen Kriegsjahren, in denen sie mit der ENSA auf Tournee gegangen war. Sie und die anderen Unterhaltungskünstler hatten Gefahren und Entbehrungen erlebt, aber ihre Zeit bei dem Tanztrio Toodle Pips war eine der glücklichsten in ihrem Leben gewesen. Damals hatte sie sich voller Erregung und Vorfreude ihr künftiges Eheleben mit Sam ausgemalt.

Aber die Wirklichkeit war auch diesbezüglich enttäuschend. Ihr Alltag beschränkte sich darauf, sich im Morgengrauen aus dem Bett zu quälen, um zum Markt zu gehen, viele Stunden die Aufsicht im Café zu führen, zu kochen, abzuwaschen und sich bis spätabends mit der Buchhaltung zu plagen. Sie war von Menschen umgeben, hatte sich aber noch nie so einsam gefühlt – und mit jedem Tag schienen Sam und sie sich weiter voneinander zu entfernen.

»Ich finde, wir sollten aus Tillys Haus ausziehen«, verkündete Sam aus heiterem Himmel. Es war das Ende eines weiteren ermüdenden Tags im Café, und Adela freute sich darauf, nach Hause zu kommen, ihre Schuhe abzuschütteln und sich einen Drink zu genehmigen.

Adela reckte ihren schmerzenden Rücken. Sam hatte einen Fleck aus angetrocknetem Mutterboden auf der Wange und roch nach Schweiß und Erde aus dem Garten. Sie widerstand dem Drang, ihren Finger anzulecken und ihm das Gesicht sauber zu wischen.

»Um wohin zu gehen?«, fragte sie.

»Nach Cullercoats – zu meiner Mutter.«

Adela schrie ungläubig auf: »Ich ziehe doch nicht bei deiner Mutter ein.«

»Ich tue es jedenfalls«, beharrte Sam.

Sie starrte ihn an und fragte sich, ob er Witze machte, aber sein Gesichtsausdruck war ernst.

»Komm mit«, sagte Sam, aber es lag keine Begeisterung in seiner Stimme. »Es wird Zeit, dass Tilly ihr Zuhause wieder für sich hat, und Mungo sollte nicht den ganzen Sommer lang auf dem Dachboden schlafen müssen. Da oben ist es wie in einem Backofen.«

»Cullercoats liegt zu weit vom Café entfernt«, wandte Adela ein. Die Vorstellung, unter der Fuchtel von Sams Mutter zu leben, machte ihr Angst. »Ich werde meine Benzinration und das bisschen Freizeit, das ich habe, nicht darauf verschwenden, hin- und herzufahren. Wir könnten auf den Dachboden ziehen, wenn du möchtest.«

»Du weißt doch, dass Mungo das nicht zulassen wird«, erwiderte Sam. »Dazu ist er viel zu höflich. Es wird Zeit, dass wir unser Zimmer ganz aufgeben. Außerdem hat auch Jamie keine richtige Bleibe, wenn er zu Besuch nach Hause kommt – nur ein Feldbett in der Abstellkammer.« Er sah sie flehentlich an. »Wir wollten doch eigentlich von Anfang an nur übergangsweise hier wohnen.«

»Ich weiß«, sagte Adela, »aber es macht Tilly nichts aus.«

»Mir aber«, gab Sam ungeduldig zurück. »Wir sollten ihre Gutmütigkeit nicht länger ausnutzen, sondern endlich auf eigenen Beinen stehen.«

»Das tun wir ja wohl kaum, wenn wir bei deiner Mutter wohnen!«

»Nur auf Zeit, bis wir eine eigene Wohnung finden«, beharrte Sam.

»Davon sind wir heute noch so weit entfernt wie an dem Tag, als wir Großbritannien betreten haben«, entgegnete Adela.

»Aber wenigstens stehen wir dann nicht weiter in der Schuld von Freunden«, meinte er.

»Sie sind mit uns verwandt«, hob Adela hervor. »Enger als deine Adoptivmutter.« Sie sah ihn angesichts ihrer Worte zusammenzucken und bereute sie sofort. »Tut mir leid. Was ich sagen wollte, ist …«

»Adela, ich tue mein Bestes, unsere Ehe zum Erfolg zu machen«, unterbrach er sie gereizt, »und ich glaube nicht, dass es dabei hilft, wenn wir hier leben. Wir sind nie allein miteinander. Du verbringst all deine Freizeit mit Tilly oder trinkst mit Josey und gehst mir aus dem Weg.«

»Und wenn wir bei deiner Mutter sind, löst das das Problem?«, fauchte Adela. »Sie belegt dich doch ohnehin schon komplett mit Beschlag. Ich bin dann nur das fünfte Rad am Wagen.«

»Mutter war immer freundlich zu dir«, erwiderte Sam gekränkt.

»Nur, um dich bei Laune zu halten«, konterte sie. »Was sie wirklich will, ist, dich für sich allein zu haben.«

Sam sah sie finster an. »Na, wenigstens will sie mich um sich haben – das ist schon mehr, als man von meiner Frau behaupten kann.«

»Oh, um Himmels willen! Ich bin zu müde, mich darum zu streiten!« Sie nahm ihre Schürze ab und warf sie über einen Stuhl. »Dann renn doch zu deiner Mama, wenn du unbedingt willst.«

Sie sah zu, wie er zur Hintertür hinausmarschierte. Sie war wütend über seine Dickköpfigkeit und fühlte sich doch zugleich elend, dass seine Gefühle für sie vor ihren Augen zu verdorren schienen. Adela glaubte nicht, dass er wirklich ohne sie nach Cullercoats gehen würde, aber zwei Tage vor Adelas siebenundzwanzigstem Geburtstag zog Sam wirklich zu seiner Mutter.

Als Tilly fragte, ob sie Schwierigkeiten hätten, wischte Adela ihre Besorgnis beiseite.

»Sam macht sich nur Gedanken, weil seine Mutter ganz allein lebt. Es ist ein Umzug auf Zeit. Dich stört es doch nicht, wenn ich noch ein bisschen länger hierbleibe, oder? Wir haben eigentlich vor, uns eine eigene Wohnung zu nehmen – es ist nur so schwierig, etwas zu finden, das wir uns leisten können.«

»Natürlich kannst du bleiben«, versicherte ihr Tilly mit einem tröstenden Lächeln. »Du weißt, dass ich dich sehr gern hier habe. Solange es nicht zu Reibereien zwischen dir und Sam führt …«

»Das ist nichts, was wir nicht wieder in den Griff bekommen können«, behauptete Adela und wandte sich schnell ab, damit Tilly sie nicht weiter ausfragte.

* * *

In Sams Abwesenheit verstärkte Adela ihre Bemühungen, etwas über das französische Paar herauszufinden, das John Wesley adoptiert hatte. Es hatte keinen Zweck, den Pastor auszufragen, da er erst gegen Kriegsende in diese Kirche gekommen war. Frustrierenderweise war Mrs Kelly zwei Wochen lang im Urlaub in Yorkshire, um ihren Sohn zu besuchen, aber als die Organistin zurückkehrte, fragte Adela sie gleich, ob sie sie an einem Abend besuchen dürfe.

Doris Kelly lebte mit drei Katzen und einem Wellensittich in einer Erdgeschosswohnung in einer Reihenhauszeile in Sandyford. Adela beobachtete erstaunt, wie der Vogel über die Möbel hinwegflatterte, während die Katzen sich putzten und keinen Versuch machten, ihn zu fangen.

»Sie sind alle die besten Freunde«, lachte Doris Kelly und führte sie in die Küche, »ganz, wie unser Herrgott es wollte.«

Es war ein warmer Abend, und Doris Kelly ließ die Hintertür weit offen stehen, damit die Katzen frei nach draußen und drinnen streifen konnten. Eine willkommene Brise wehte herein. Doris Kelly goss zwei Gläser selbst gemachten Holunderlikör ein.

»Mein Sohn stellt ihn her«, erklärte sie mit einem stolzen Lächeln. »Er hat ein Händchen für alles Mögliche, mein Wilfred.«

Ein paar Minuten lang stellte Adela ihr Fragen über ihren Besuch bei Wilfred in Yorkshire, aber bald wollte Mrs Kelly umgekehrt einiges von ihr wissen.

»Sie haben mir gar nichts von Ihrem Besuch bei Lily Singer erzählt«, setzte sie an. »Haben Sie schön in Erinnerungen geschwelgt?«

Adela nickte und trank einen Schluck von ihrem Likör. Anscheinend hatte Lily Singer Mrs Kelly wenigstens nicht geschrieben, um sie davor zu warnen, mit Adela zu sprechen. Vielleicht befürchtete Mrs Singer, dass sie damit preisgeben würde, zu viel gesagt zu haben.

»Sie hat mir sehr interessante Dinge über ihre Arbeit für die Adoptionsgesellschaft erzählt«, antwortete Adela. »Wir haben ein langes Gespräch darüber geführt.«

»Lily war schon immer verrückt nach Babys«, sagte Mrs Kelly. »Sie hätte sie alle selbst aufgenommen, wenn sie gekonnt hätte. Manche Frauen sind von Natur aus gute Mütter. Ich bin eher ein Katzenmensch – auch wenn ich meinen Wilfred natürlich lieb habe.«

Adelas Herz begann zu hämmern. Es verschlug ihr den Atem. War *sie* von Natur aus eine gute Mutter? Wie konnte sie das sein, wenn ihr erster Instinkt der gewesen war, sich ihres Kindes zu entledigen und so zu tun, als wäre sie nie schwanger gewesen? Doch sie spürte tief in ihrem Wesen, dass sie Mutter *war* – dass es immer eine unsichtbare Schnur geben würde, die sie mit ihrem Baby verband, ganz gleich, wo auf der Welt John Wesley war. Das Gefühl war so stark, dass sie wusste, dass sie weiter peinliche Fragen stellen musste, bis sie alles herausgefunden hatte, was es zu wissen gab.

Adela nippte noch einmal an ihrem Likör und bemerkte: »Es gab während des Kriegs noch eine Frau wie sie in der Kirche, nicht wahr? Eine Frau, die mit den zur Adoption freigegebenen Babys geholfen hat? Mrs Singer hat gesagt, sie sei Französin gewesen.«

»Französin?« Doris Kelly runzelte die Stirn und versuchte, sich zu erinnern. »Nein, ich glaube nicht.«

Adela wurde das Herz schwer. »Oh, vielleicht irre ich mich auch, aber ich bin mir sicher, dass Mrs Singer gesagt hat, dass da unmittelbar vor dem Krieg ein französisches Paar einen kleinen Jungen adoptiert hat. Die Frau war regelmäßige Kirchgängerin – ich bin mir nicht sicher, ob ihr Mann auch so oft die Kirche besucht hat.«

Mrs Kelly warf ihr einen verwirrten Blick zu. »Wie hießen sie denn?«

»Wie dumm von mir«, sagte Adela. »Ich kann mich gar nicht mehr erinnern, was Mrs Singer gesagt hat.«

Eine der Katzen – ein dünnes, getigertes Tier – kam hereingetappt und lenkte ihr Frauchen ab.

»Komm her, Polly!« Mrs Kelly hob die Katze hoch und begann, sie zu streicheln. Polly schnurrte und bearbeitete Doris Kellys Schoß mit den Pfoten.

Adela fürchtete, dass die Frau das Thema wechseln und wieder auf ihre Katzen zu sprechen kommen würde. »Mrs Singer hat gesagt, der Franzose sei ein so dunkler Typ gewesen, dass sie extra ein passendes Baby suchen mussten.«

Plötzlich riss Mrs Kelly die Augen auf. »Diejenigen, die das farbige Baby aufgenommen haben?«

Adela spürte, dass sie rot wurde, nickte aber.

»Oh, an die erinnere ich mich!«, sagte Doris Kelly. »Ja, das waren Ausländer. Solch eine nette Frau. Aber sie waren keine Franzosen, obwohl sie Französisch gesprochen haben.«

»Ach, woher stammten sie denn dann?«

»Aus Belgien. Er war Eisenbahner – oder hat Maschinen gebaut – irgendetwas Technisches, drüben in Birtley. Wie hießen sie doch gleich?« Sie runzelte nachdenklich die Stirn und streichelte Polly. »Segal. Genau! Elene Segal war die Frau. Ich kann mich nicht erinnern, ob ich je den Vornamen ihres Mannes gekannt habe.«

»Ach ja, Segal«, murmelte Adela, als würde sie sich auch an den Namen erinnern. »Aber jetzt kommen sie nicht mehr in die Kirche, nicht wahr?«

Doris Kelly schüttelte den Kopf. »Nein, meine Liebe, sie waren seit Jahren nicht mehr da. Nachdem die alte Kirche zerbombt worden war, hatten wir leider keinen Versammlungsort mehr und haben Mitglieder verloren. Manche sind auch eingezogen worden oder fortgegangen. Wir haben viele Leute aus den Augen verloren. Und der liebe Kaplan aus der Seemannsmission, der früher immer zu uns gekommen ist, um zu predigen, ist auf See geblieben.«

Der Frau stiegen Tränen in die Augen.

Adela berührte mitfühlend ihren Arm. »Ja, ich habe gehört, dass er ein freundlicher Mann war«, sagte sie. »Es tut mir leid.«

Eine Träne fiel auf Polly. Die Katze sprang vom Schoß und eilte wieder nach draußen.

»Sind die Segals auch weggezogen?«

Mrs Kelly seufzte. »Ich kann mich nicht mehr erinnern. Doch – ich glaube schon. Vielleicht ist Elene auch mit dem Baby evakuiert worden. Na ja, damals war er schon ein kleiner Junge.«

Adela bekam Herzklopfen. »Erinnern Sie sich an ihn?«

Mrs Kelly lächelte. »Er war ein fröhlicher kleiner Kerl, hat immer gelächelt und in dem Versuch zu sprechen, vor sich hin gebrabbelt. Und seine Mam hat sich hingebungsvoll um ihn gekümmert. Man hätte meinen können, sie sei seine echte, leibliche Mutter, so sehr hat sie ihn umsorgt.«

Adelas Herz schmerzte vor einer Mischung aus Stolz und Eifersucht.

»Aber es könnte sein, dass sie noch in Birtley wohnen?«, hakte Adela nach.

»Oh, in Birtley haben sie nicht gelebt«, sagte Doris Kelly. »Dort hat Mr Segal nur gearbeitet. Nein, sie haben in Newcastle gewohnt.«

»Wo genau denn?«, fragte Adela und bemühte sich, nicht zu neugierig zu klingen.

Mrs Kelly sah sie überrascht an. »Warum interessieren Sie sich denn so sehr für die Segals? Kannten Sie sie?«

»Nein«, räumte Adela ein, »aber ich interessiere mich für die Adoptionsgesellschaft. Ich möchte gern etwas Sinnvolles in der Art tun.«

»Sie sollten den Pastor danach fragen, meine Liebe.«

»Ja, aber es wäre auch nützlich, mit Adoptivmüttern zu sprechen, die sich damit auskennen.«

Adela hielt den Atem an und hoffte, dass Mrs Kelly ihr glauben würde. Oder hegte die Organistin angesichts ihrer bisher gestellten Fragen schon einen Verdacht? Adela hatte ein schlechtes Gewissen, die Frau anzulügen, aber so sehr war das alles nicht von der Wahrheit entfernt. Sie wollte mit dieser Elene Segal sprechen – oder zumindest herausfinden, wo sie wohnte.

Doris Kelly schürzte nachdenklich die Lippen. »Heaton«, sagte sie. »Die Segals haben in Heaton gelebt. Aber wo genau? Railway Terrace, glaube ich. Ja, Railway Terrace, nahe am Güterbahnhof. Aber ich weiß nicht, ob sie da noch sind. Es würde mich sehr überraschen.«

»Warum?«, erkundigte sich Adela.

»Weil sie sonst doch noch zur Kirche käme, nicht wahr?« Doris Kelly schüttelte den Kopf. »Nein, ich glaube, es ist wahrscheinlicher, dass sie evakuiert wurden – oder mit seiner Arbeit umgezogen sind. Ich war während des Kriegs viel in Yorkshire, um mich um Wilfreds Kinder zu kümmern, aber die Segals waren schon nicht mehr da, als ich zurückgekommen bin. Seitdem habe ich sie nie mehr gesehen und auch nichts von ihnen gehört.«

»Wahrscheinlich haben Sie recht«, stimmte Adela zu und versuchte, sich ihre Enttäuschung nicht anmerken zu lassen.

»Oh, es gibt auch noch eine andere Möglichkeit«, überlegte Doris Kelly laut. »Sie könnten nach Belgien zurückgekehrt sein, als der Krieg zu Ende war.«

Adelas Brust schnürte sich bei dem schmerzlichen Gedanken zu. Wenn das der Fall war, würde es fast unmöglich sein, ihren Sohn zu finden.

Mrs Kelly bestürmte sie, zu einer Tasse Tee und einem Keks zu bleiben. Adela wurde klar, dass kein Sam zu Hause war, der an ihr herumnörgeln konnte, wenn sie lange ausblieb; deshalb nahm sie an. Sie redeten über andere Dinge. Doris Kelly interessierte sich dafür, wie Adela in Indien aufgewachsen war.

Als sie sich bereitmachte zu gehen, lenkte Adela das Gespräch ein letztes Mal auf die Segals. Besonders eine Frage ging ihr nicht aus dem Kopf.

»Wie haben die Segals eigentlich ihr Baby genannt?«, fragte sie.

Doris Kelly runzelte nachdenklich die Stirn. »Lassen Sie mich nachdenken.«

Adela übte sich in Geduld, obwohl ihr Herz hämmerte. Sie hielt es für unwahrscheinlich, dass sie seinen echten Namen behalten hatten, hoffte aber wider besseres Wissen, dass sie es getan hatten.

»Jacques, glaube ich«, sagte Doris Kelly endlich. »Vielleicht war das Mr Segals Vorname.«

Adela nickte. Ihre Kehle war plötzlich zu zugeschnürt, um zu sprechen. Vielleicht war es der Name des Adoptivvaters gewesen, aber es klang auch ein bisschen wie *Jack* – die Koseform von *John.* Adelas Augen brannten vor Rührung, und sie verabschiedete sich eilig, weil sie Angst hatte, vor Mrs Kelly in Tränen auszubrechen.

* * *

Es war nach neun Uhr abends, aber immer noch hell, als Adela Mrs Kellys Wohnung verließ. Voll rastloser Energie brach sie Richtung Heaton und zu den Bahngleisen auf. Sie konnte nicht noch einen Tag warten, um herauszufinden, ob die Segals immer noch an der Railway Terrace wohnten. Sie würde bei niemandem anklopfen, sondern nur vorübergehen und sich beiläufig umsehen. Was, wenn sie John Wesley beim Spielen auf der Straße entdeckte? Aber dafür war es vielleicht doch schon etwas zu spät am Tag.

Adelas Herz hämmerte, und vor nervöser Erregung war ihr flau im Magen. Als sie zu Mrs Kelly gegangen war, hatte sie nicht damit gerechnet, viel über das namenlose französische Paar herauszufinden, und sich keine zu großen Hoffnungen machen wollen. Aber die freundliche Organistin hatte ihr ein kostbares Geschenk gemacht. Doris Kelly erinnerte sich nicht nur an John Wesley als fröhliches, ansprechendes Kleinkind namens Jacques, sondern hatte Adela auch gesagt, wo er wohnte.

Während Adela rasch durch das sanfte Dämmerlicht ging, empfand sie widerstreitende Gefühle den Segals gegenüber. Sie war dankbar, dass solch ein liebevolles Paar ihren Sohn großzog. Sowohl Lily Singer als auch Doris Kelly hatten nur voller Wärme von den Belgiern gesprochen. Sie versuchte, sich vorzustellen, wie sie aussahen. Vielleicht war Elene dunkelhaarig wie Adela selbst. Ob Mr Segal wohl so hübsch war wie Sanjay? Adela hielt es für unwahrscheinlich.

Es verstörte sie, an ihren einstigen Geliebten zu denken. Das einzig Gute, was aus ihrer kurzen, intensiven Affäre hervorgegangen war, war ihr schönes Baby. Aber jetzt würde sich ein anderes Paar ein Leben lang um ihren Sohn kümmern. Heftiger Neid brandete in Adela auf. Sie blieb stehen und hielt sich den Bauch, als hätte sie einen Schlag in die Magengrube bekommen.

Zwei Frauen, die tratschend auf einer nahen Türschwelle standen, hielten inne und starrten sie an.

»Geht's dir gut, Süße?«, rief eine von ihnen.

Adela schnappte nach Luft. »Mir geht es gut«, stieß sie hervor und versuchte, ihr Herzflattern unter Kontrolle zu bringen. »Ich bin nur zu schnell gegangen.«

»Ich hole dir einen Schluck Wasser«, sagte die Frau und verschwand im Haus, bevor Adela ablehnen konnte.

Kurz darauf trank Adela hastig das lauwarme Wasser, das die freundliche Frau ihr gebracht hatte. »Danke.« Sie lächelte dankbar.

»Du bist nicht aus der Gegend, oder?«, fragte die ältere Nachbarin.

»Nein«, sagte Adela. »Ich suche nach der Railway Terrace.«

»Dann bist du am falschen Ende von Heaton, Süße«, sagte diejenige, die das Wasser geholt hatte. Sie beschrieb Adela den Weg.

Adela brach auf und ärgerte sich, nicht schon früher gefragt zu haben. Nach ihrem Besuch bei Doris Kelly war sie so aufgeregt gewesen, dass sie nicht vernünftig nachgedacht hatte, sondern einfach ungefähr Richtung Bahnstrecke gelaufen war.

Vielleicht hätte sie bei Tageslicht zurückkehren sollen, wenn mehr Leute unterwegs waren und Kinder auf der Straße spielten. Aber so kurz vor dem Ziel konnte sie nicht aufgeben.

Zwanzig Minuten später stand Adela am Ende einer Straße, bei der es sich laut Schild um die Railway Terrace handelte. Sie war nicht von den Straßen rechts und links davon zu unterscheiden: rußgeschwärzte Reihenhauszeilen aus roten

Ziegeln, blank geputzte Fenster mit ordentlich drapierten Spitzenvorhängen, und auch die Türen sahen alle gleich aus. Ihr Pulsschlag beschleunigte sich, als sie die Straße hinunterging und eifrig von rechts nach links sah, obwohl sie sich nicht sicher war, nach welchen Hinweisen darauf, wo die Belgier vielleicht immer noch lebten, sie eigentlich Ausschau hielt.

Auf halber Strecke der Straße endeten die Häuser plötzlich, und ein offenes Trümmerfeld dehnte sich vor ihr aus. Im Halbdunkel sah sie, dass die Gegend von Bombenkratern übersät war. Überall lagen Haufen aus Ziegeln und Schutt. Ein Großteil der Straße war zerbombt und nicht wieder aufgebaut worden. Am anderen Ende befand sich ein Gleisanschluss, umgeben von Fabrikschuppen.

Sie hatte Doris Kellys Worte noch klar und deutlich im Ohr: *»Railway Terrace, nahe am Güterbahnhof.«*

Entsetzt erkannte Adela, dass dies das Ende der Railway Terrace war, an dem die Segals mit John Wesley gelebt hatten. Sie keuchte laut auf. »Er wird doch nicht tot sein!«

Sie bahnte sich einen Weg durch das zerbombte Gelände und suchte den Boden ab, als könnte sie unverhofft auf ein Anzeichen dafür stoßen, dass die Segals hier gewesen waren. Vielleicht würde sie den kostbaren rosafarbenen Stein des *swami* finden, den sie dem Baby als Glücksbringer hatte mitgeben lassen, als die beiden Frauen gekommen waren, um ihren Sohn abzuholen. Ihre Mutter hatte ihn Adela als Talisman geschenkt: *Jetzt will ich, dass Du ihn trägst und immer den Schutz des* swami *und meine Liebe spürst.* Adela hatte den Stein in Ehren gehalten. Als Zeichen ihrer Liebe hatte sie ihn damals für John Wesley bestimmt.

Während Adela ergebnislos suchte, wurde ihr klar, wie lächerlich sie sich verhielt. Sie zwang sich, aufzuhören und tief ein- und auszuatmen. Sie wusste nicht sicher, ob das Haus der Segals bombardiert worden war, und selbst wenn ja, hieß das noch lange nicht, dass jemand bei dem Luftangriff ums Leben gekommen war. Vielleicht hatten sie in der Nähe eine neue Bleibe gefunden. Oder sie waren sogar schon vor dem Bombardement aus der Railway Terrace weggezogen. Noch vor einer Stunde war sie eifersüchtig auf die Belgier gewesen, die ihr Kind großzogen. Jetzt betete sie innig, dass sie am Leben und bei guter Gesundheit waren und sich an einem sicheren Ort um ihren Sohn kümmerten.

Völlig aufgelöst machte Adela sich auf den Heimweg. Sie würde ein andermal zurückkehren und Nachforschungen über die Segals anstellen. Sie musste ganz einfach glauben, dass John Wesley noch am Leben war. Die Alternative war zu unerträglich, um auch nur daran zu denken.

* * *

Erst in der folgenden Woche fand Adela Zeit, sich vom Café loszueisen und zurückzukehren, um die Railway Terrace abzusuchen. Sie erzählte niemandem, was sie vorhatte – schon gar nicht Sam. Sie redeten miteinander nur über die Führung des Cafés und den Garten: alltägliche Absprachen, als wären sie bloß Geschäftspartner und nicht Mann und Frau. Er brachte das Gebäck, das seine Mutter herstellte, und murmelte dabei, dass diese es leid sei, unterwegs zu sein, und lieber zu Hause bleibe.

Doch an dem Tag, als Adela vorhatte, sich früher als sonst davonzuschleichen, um nach Heaton aufzubrechen, sprach Sam sie an.

»Vielleicht musst du dir jemand anderen suchen, um die Kuchen zu backen«, sagte er und sah Adela dabei argwöhnisch an. »Mutter hat das Gefühl, dass es ihr allmählich zu viel wird.«

»Das hat uns gerade noch gefehlt!«, erwiderte Adela gereizt.

»Es wäre ohnehin besser, wenn du dir jemand Jüngeren, der näher beim Café wohnt, suchen würdest«, schlug Sam vor und ging dann schnell in den Garten.

Adela brach unter der Last der Verantwortung für das Café schier zusammen. Wann würde das alles ein Ende nehmen?

»Immer bin ich diejenige, die alle Probleme lösen muss«, beklagte Adela sich bei Doreen. »Mutter muss die Geduld einer Heiligen gehabt haben, um dieses Lokal zu leiten.«

»Aber er hat recht, weißt du?«, sagte Doreen unverblümt. »Mrs Jackman ist unzuverlässig. Sie kommt nur, wenn es ihr passt, und in der Küche hast du dich nie mit ihr verstanden. Wir brauchen eine richtige Köchin, die sich um die ganze Speisekarte kümmern kann.«

Adela seufzte. Sie wusste, dass Lexys Großnichte recht hatte.

»Du bist die Einzige, auf die ich mich hier verlassen kann«, sagte Adela und legte ihr einen Arm um die Schultern. »Verlass mich nicht so schnell für eine Stelle im Büro, ja?«

»Das kann ich nicht versprechen«, meinte Doreen mit einem schelmischen Lächeln. »Möchtest du, dass ich mit Lexy und Mam spreche? Ich wette, sie finden ein passendes Mädel.«

»Würdest du das tun?«, fragte Adela erleichtert.

»Ja, natürlich«, versicherte die Kellnerin. »Dann habt du und Sam vielleicht auch eine Sache weniger, über die ihr euch streitet.«

Adela errötete schuldbewusst. War es für alle so offensichtlich, dass Sam und sie nicht miteinander zurechtkamen? Sie verdrängte den Gedanken. Sie hatte zu viele andere Sorgen. Sam würde es bald leid werden, in Cullercoats zu wohnen, und wenn sie die Segals erst aufgespürt hatte, würden sie mehr Zeit haben, ihre in Auflösung befindliche Ehe zu retten.

* * *

Adela ging auf eine Gruppe von Jungen zu, die mit einer Blechdose auf dem Trümmerfeld an der Railway Terrace Fußball spielten. Mit rasendem Puls musterte sie ihre Gesichter, um eine

Ähnlichkeit mit ihr selbst oder Sanjay zu entdecken, fand aber keine. Sie unterbrachen ihr Spiel und blickten sie neugierig an.

»Was woll'n Sie denn, Missus?«, fragte ein rothaariger Junge, der älter als die anderen aussah.

»Kennt einer von euch einen Jungen namens Jacques?«, fragte sie. Eigentlich hatte sie nicht gleich solch eine direkte Frage stellen wollen, aber der Junge hatte sie angesprochen und wirkte groß genug, um sich an Leute zu erinnern, die vor dem Krieg in der Gegend gelebt hatten.

»Jack wer?«

»Jacques Segal.«

Der Junge lachte. »Jack Seagull? Nee, hier heißt keiner so!«

Ein anderer Junge imitierte Möwengeschrei, und die übrigen begannen ebenfalls zu lachen.

Adela lächelte. »Es ist ein belgischer Name. Er müsste jetzt acht Jahre alt sein. Ich weiß, dass er zu Anfang des Kriegs in dieser Straße gelebt hat.«

»Tut mir leid, Missus, nie gehört.« Der Rothaarige wandte sich ab.

Adela wurde das Herz schwer. Vielleicht hatte Doris Kelly sich doch nicht an die richtige Straße erinnert.

»Da waren aber doch diese Leute, die so ausländisch geredet haben, weißt du nicht mehr, Micky?«, sagte der Möwenjunge. »Haben in Nummer achtundzwanzig gewohnt. Meine Mam hat sich immer mit der Frau unterhalten.«

»Ach ja«, meinte sein Freund, »das waren Franzosen oder so.«

»Das könnten sie sein«, sagte Adela. Hoffnung flammte in ihr auf. »Welches Haus ist Nummer achtundzwanzig?«

Der ältere Junge, Micky, zeigte auf einen der Schutthaufen. »Gleich hier, Missus.«

Adelas schlimmste Befürchtungen bestätigten sich. »Wisst ihr, ob sie den Bombenangriff überlebt haben?«

»Weiß nich'«, sagte Micky mit einem Schulterzucken. »Aber Billys Mam erinnert sich vielleicht.«

»Ja«, stimmte sein Freund zu, »meine Mam kannte vor dem Krieg jeden in der Straße.«

»Wäre sie denn bereit, mit mir zu sprechen?«, fragte Adela.

»Wenn Sie mir einen Sixpence geben«, mischte Micky sich ein, »dann bringe ich Sie zu Billys Mam.«

»Sie ist meine Mam, nicht deine«, protestierte Billy, »den Sixpence sollte ich kriegen.«

»Es ist aber meine Dose«, sagte Micky und hob die ramponierte Blechdose hoch, die sie als Fußball benutzten, »und ich bestimme, wer damit spielen darf.«

Adela fischte schnell jeweils eine Münze für Billy und Micky aus der Tasche. »Ihr könnt mich bitte beide hinbringen.«

Die anderen Jungen juchzten und grölten hinter den beiden Anführern her, als sie Adela die Straße entlang zu dem Haus geleiteten, in dem Billy wohnte. Adela wurde in einen dunklen Gang gebeten, während Billy rief: »Mam! Besuch für dich!«

»Na, dann immer herein in die gute Stube«, antwortete eine Stimme, »wenn's nicht der Sensenmann ist.«

Adela fand sich in einer engen Küche wieder, in der es nach kochendem Gemüse roch, und stand einer drahtigen Frau mit ausgeblichener Schürze gegenüber. Sie starrte Adela mit offenem Mund an.

»Du hast mir nicht gesagt, dass es Vivien Leigh ist!«

Adela lachte ungeachtet ihrer Nervosität. »Ich habe früher wirklich für die ENSA gearbeitet«, ging sie auf den Scherz ein, »aber ich heiße Adela.«

»Oje, meine Liebe, hat unser Billy schon wieder ein Autofenster oder so etwas eingeworfen? Er ist einfach so tollpatschig. Das wird er abarbeiten müssen, denn ich habe kein Geld, und …«

»Mam!«, protestierte Billy. »Ich habe gar nichts angestellt.«

»Nein, es ist nichts in der Art«, versicherte Adela ihr. »Billy versucht nur, mir zu helfen, Leute zu finden, die früher in dieser Straße gewohnt haben. Er dachte, Sie könnten sie vielleicht kennen.«

»Na, dann schießen Sie mal los«, sagte die Frau und wischte sich die Hände an der Schürze ab.

Adela erklärte, nach wem sie suchte.

»Ach ja, die Belgier«, sagte Billys Mutter nickend. »Nettes Paar. Er hat auf der anderen Flussseite gearbeitet. Schreckliche Sache, der Bombenangriff. Ich hatte Nachtschicht, und Billy war Gott sei Dank nach Alnwick evakuiert.«

Adela zwang sich zu fragen: »Waren die Segals also von dem Bombardement betroffen, oder sind sie auch entkommen?« Sie bekam kaum Luft, während sie auf die Antwort wartete.

Die Frau bedachte sie mit einem mitleidigen Blick und schüttelte den Kopf. »Ihr Haus hat einen direkten Treffer abbekommen. Es hat sie im Luftschutzunterstand erwischt, wie ich gehört habe. Sie hatten keine Chance.«

Adela wurde übel. Sie schlug sich die Hand vor den Mund, um ein Schluchzen zu unterdrücken.

»Oh, meine Liebe, Sie sind ja ganz blass«, sagte Billys Mutter. »Setzen Sie sich.«

Sie zog einen Schemel heran. Adela sank zitternd darauf.

»Tut mir leid, wenn es ein Schock ist. Waren Sie Freunde von Ihnen, meine Liebe?«

Adela fühlte sich wie betäubt. Sie konnte nur daran denken, dass eine Bombe ausgerechnet auf das Haus gefallen war, in dem ihr Sohn gelebt hatte. Vor ihrem inneren Auge erschienen entsetzliche Bilder: die Segals, wie sie John Wesley packten und zum Unterstand eilten – angstvoll, betend, eng aneinandergeklammert –, während der kleine Junge vor Furcht schrie. Ob sie etwas gespürt hatten, als die Explosion sie in Stücke gerissen hatte? Waren sie alle gleichzeitig gestorben, oder hatte ihr

Sohn noch länger um sein Leben gerungen, verängstigt, unter Schmerzen und vollkommen allein?

»Sie müssen sofort tot gewesen sein«, versicherte Billys Mutter, als könnte sie ihre düsteren Gedanken lesen. »Keine Zeit, um zu leiden.« Sie tätschelte Adela die Hand. »Eine richtige Schande. Und sie hatten so ein süßes Kind.«

Adela schrie auf, krümmte sich und hielt sich die Seiten. Nichts, was die Frau sagte, konnte sie trösten. So schnell sie konnte, verabschiedete sie sich, murmelte ein paar Dankesworte und floh aus dem Haus. Die Jungenbande starrte ihr ebenso erstaunt wie besorgt nach, als sie die Straße hinaufrannte.

* * *

»Wo warst du?«, fragte Tilly, als Adela endlich spätabends nach Hause zurückkehrte. Es war schon längst dunkel, aber Tilly und Josey saßen noch im Wohnzimmer und warteten auf sie.

»Ich bin mir nicht sicher«, sagte Adela erschöpft und wie betäubt. »Ich bin nur herumgelaufen ...«

Josey führte sie zu einem Sessel. »Du siehst schrecklich aus. Was ist passiert? Hattest du schon wieder Streit mit Sam?«

»Sam?«, fragte Adela verwirrt. Ihr fiel auf, dass sie schon seit Stunden nicht mehr an ihren Mann gedacht hatte – nicht, seit sie die schockierende Nachricht über John Wesleys Tod erhalten hatte. Sie schloss die Augen. Sie durfte jetzt nicht an Sam denken – nicht daran, dass er vielleicht erleichtert sein würde, dass ihre hartnäckige Suche vorüber war.

»Also warst du nicht in Cullercoats?«, hakte Tilly nach.

Adela schüttelte den Kopf.

»Wo dann?«, wollte Josey wissen.

»Willst du darüber reden?«, fragte Tilly sanfter.

Adela spürte, wie die Trauer ihr die Brust zuschnürte. »Nein … ja.« Sie beugte sich vor, stützte das Gesicht in die Hände und brach in Tränen aus.

»Mein liebes Mädchen!« Tilly eilte zu ihr, um sie zu trösten.

Adela klammerte sich an ihr fest und begrub das Gesicht an Tillys rundlicher Schulter.

»Wie kann ich es ertragen?«, weinte sie.

»Was?«, fragte Josey.

»Mein Baby!«, wimmerte Adela. »Mein süßer Junge!«

»Was für ein Baby?«, fragte Tilly verblüfft. »Bist du schwanger?«

Adela schluchzte gequält auf und löste sich von Tilly. »Nein …« Sie schaute Josey verzweifelt an und sah, dass es ihrer Freundin dämmerte.

Josey ging direkt zum Getränkeschrank und schenkte ihr einen großen Whisky ein.

»Du hast einen Schock erlitten, nicht wahr?«, sagte sie und streckte Adela das Glas hin. »Trink das auf einen Zug aus, dann kannst du uns alles erzählen.«

»Uns was erzählen?« Tilly runzelte besorgt die Stirn. »Josey, was weißt du, das ich nicht weiß?«

»Das muss dir Adela selbst sagen«, antwortete Josey.

Adela schüttelte den Kopf.

»Es ist das Beste, wenn du ihr dein Herz ausschüttest«, sagte Josey. »Tilly unterstützt dich schon die ganze Zeit so sehr. Sie hat es verdient, im Bilde zu sein.«

Adela nahm einen großen Schluck Whisky und prustete angesichts des feurigen Geschmacks. Sie nahm noch einen Mundvoll und fühlte sich fast sofort ruhiger. Die beiden anderen Frauen warteten darauf, dass sie etwas sagte. Tillys Gesichtsausdruck war ängstlich.

Zunächst zögernd begann Adela, sich das peinliche Geheimnis von der Seele zu reden, das sie schon so lange vor

Tilly hatte. Als Tilly schockiert aufschrie, mahnte Josey sie zum Schweigen und ermunterte Adela fortzufahren. Bald sprudelte alles aus Adela hervor: ihre Gefühle für ihr verlorenes Baby und ihre immer verzweifeltere Suche nach ihm.

»War das also der Grund für den Bruch zwischen dir und Sam?«, fragte Tilly.

Adela nickte. »Er kann es nicht ertragen, dass ich mehr als alles andere auf der Welt meinen Sohn zurückhaben will – sogar mehr als ihn.«

»Armer Sam«, sagte Tilly, »und du Arme.«

»Was ist denn heute passiert, das dich so mitgenommen hat?«, hakte Josey nach.

Adela erzählte ihnen davon, wie sie zur Railway Terrace gegangen war, und von ihrer fürchterlichen Entdeckung, dass die Segals tot waren. Sofort war sie wieder in Tränen aufgelöst.

»Ich glaube, ich k… kann den Schmerz nicht ertragen«, schluchzte Adela. »Ich habe immer geglaubt … in meinem tiefsten Innern … dass ich John Wesley wiederbekommen würde.«

Josey seufzte. »Das ist der wahre Grund dafür, dass Adela nach England zurückgekommen ist – und Sam mitgeschleift hat.« Sie sah Tilly reumütig an. »Tut mir leid. Ich habe nicht gern Geheimnisse vor dir, aber Adela hat mich gebeten, dir nichts zu erzählen.«

Adela fing Tillys Blick auf. Die schockierte Miene ihrer Freundin tat ihr weh. Sie bemühte sich, ruhiger zu werden und ihr alles zu erklären.

»Mutter und Lexy wissen es auch«, sagte Adela, »und Joan hat es herausgefunden. Aber ich habe es nicht über mich gebracht, dir davon zu erzählen, Tilly. Ich wusste, dass du dann weniger von mir halten würdest.«

Tilly starrte sie an, als versuchte sie, dahinterzukommen, wer Adela wirklich war.

»Es tut mir so leid«, flüsterte Adela. »Ich hätte Josey nicht zwingen sollen, Geheimnisse vor dir zu haben.«

»Was du herausgefunden hast, ist schrecklich«, sagte Josey, »aber wenigstens weißt du jetzt Bescheid – und es war doch die Ungewissheit, die an dir genagt hat, nicht wahr? Die ganze Sache ist eine furchtbare Tragödie. Aber du hast ja immer noch Sam. Vielleicht kannst du jetzt darangehen, deine Ehe zu kitten, bevor es zu spät ist.«

»Was meinst du damit – zu spät?« Panik überfiel Adela. »So schlimm steht es zwischen uns nun auch wieder nicht …«

»Wo, sagst du, haben die Segals gewohnt?«, unterbrach Tilly sie plötzlich. »An der Railway Terrace?«

»Ja«, sagte Adela und spürte, wie die Trauer sie erneut übermannte, als die Segals erwähnt wurden.

»Und sie waren aus Belgien?«

»Ja. Warum …?«

»Ich hatte in der Nacht des Bombenangriffs Luftschutzdienst«, erklärte Tilly mit seltsamem Gesichtsausdruck. »Ich war eine der Ersten vor Ort in der Straße nahe beim Güterbahnhof.«

Etwas an Tillys Worten sorgte dafür, dass sich Adela die Nackenhaare aufstellten.

»Und?«, fragte Josey.

»In einem Unterstand in einem Hinterhof lag ein belgisches Paar, tot – der Luftschutzwart wollte nicht, dass ich hineinging und die beiden sah. Aber als er herauskam, hatte er ein kleines Kind auf dem Arm. Staubbedeckt, aber am Leben …«

»Am Leben?« Adela schnappte nach Luft.

»Ja und unversehrt.«

»War es ein Junge?«, fragte Adela. Das Blut rauschte ihr in den Ohren.

»Ja«, bestätigte Tilly. »Ich weiß noch, wie ich ihn zum Nothilfezentrum getragen und mir Gedanken gemacht habe, was nun ohne seine Eltern aus ihm werden sollte. Ich habe überlegt, dass der Rest seiner Familie ja wohl in Belgien wäre und sich nicht um ihn kümmern könnte. Deshalb ist bei mir hängen geblieben, dass er Belgier war.«

Zitternd hielt Adela Tilly fest. »Du hast mein Baby auf dem Arm gehabt?«

Tilly packte Adela. »Das muss ich wohl getan haben.«

»Was ist aus ihm geworden?«, fragte Adela. »Erinnerst du dich? Bitte versuch es!«

Tillys Augen füllten sich mit Mitgefühl. »Es tut mir leid, ich weiß es nicht.«

Neue Hoffnung keimte in Adela auf. »Kannst du es herausfinden? Es muss doch Unterlagen geben. Er muss irgendwohin gekommen sein.«

»Adela!«, schimpfte Josey. »Wir wissen doch noch nicht einmal, ob es dein Junge war. Vielleicht waren die Segals nicht die einzigen Belgier, die in Heaton gewohnt haben.«

»Ich weiß, dass er es ist«, beharrte Adela.

»Nun mute dir doch nicht noch mehr zu …«

»Bitte, Tilly«, drängte Adela und ignorierte Joseys Appell, »kannst du versuchen, es herauszufinden?«

Tilly sah Josey hilflos an.

»Tilly«, flehte Adela, »du hast meinen kleinen Jungen auf dem Arm gehalten. Du musst wissen, wie sehr meine eigenen Arme sich nach ihm sehnen! Ich kann nicht weiterleben, ohne zu wissen, ob er es war.«

Tilly zog Adela in eine Umarmung. »Ich werde es versuchen, liebes Mädchen. Aber mach dir keine zu großen Hoffnungen.«

Josey seufzte missbilligend und verließ das Zimmer.

20

Belguri, Ende Juni 1947

Liebe Libby,

es hat mich überrascht, aber gefreut, aus heiterem Himmel einen Brief von Dir zu bekommen. Es tut mir leid, dass ich nicht früher geantwortet habe, aber ich war unterwegs in Ostbengalen, um für die Zeitung von dort zu berichten, und habe Deinen Brief erst erhalten, als ich diese Woche heimgekehrt bin.

Inzwischen hast Du vermutlich gehört, dass sowohl die gesetzgebende Versammlung in Bengalen als auch die im Pandschab für die Teilung gestimmt hat. Das ist eine Katastrophe. Ich bin nicht nur enttäuscht, sondern wütend. Das Land, für das ich mich mein ganzes Erwachsenenleben lang eingesetzt habe – ein freies, demokratisches, säkulares Indien für alle Inder, befreit vom Joch der britischen Herrschaft –, wird es nie geben.

Ich habe schon gesehen, für wie viel Unruhe das in Bengalen sorgt. Eine neue Flüchtlingswelle ist aus dem Osten unterwegs in den Westen des Staats. Die Hindus fühlen sich im Osten nicht mehr sicher, weil sie wissen, dass sie dort in ein paar Wochen unter muslimischer Herrschaft stehen werden, obwohl niemand bisher weiß, wo genau die Grenze verlaufen soll. Das verursacht mittlerweile Panik. Außerdem soll es in Assam ein Referendum über Sylhet geben, aber das weißt Du vermutlich schon. Das Ergebnis ist vorhersehbar: Die Hindu-Mehrheit wird dafürstimmen, Sylhet und seine überwiegend muslimische Bevölkerung loszuwerden. Zweifelsohne wirst Du also in den kommenden Wochen miterleben, wie muslimische Arbeiter aus Assam nach Ostbengalen abwandern.

Mein Chefredakteur ist ein anständiger Mann, aber er hat kein Interesse daran, ständig schlechte Nachrichten aus Ostbengalen zu veröffentlichen. Vielleicht habe ich bald keine Stelle mehr. Aber mit meiner Schreibfeder und meinem Großmaul kann ich immer eine andere Arbeit finden, wie meine Schwester mir ständig ins Gedächtnis ruft. Zweifelsohne würdest Du als gute Sozialistin noch hinzufügen, dass ich reiche Verwandte in Gulgat und Lahore habe, die mir schon aus der Patsche helfen werden, wenn ich, ganz der verlorene Sohn, demütig wie ein Bettler zu ihnen komme und um Verzeihung bitte.

Es war freundlich von Dir, nach meiner Familie zu fragen. Fatima versichert mir, dass alle in Sicherheit sind und es ihnen gut geht.

Sie hat von unserer älteren Schwester Noor gehört.

Es tut mir leid, dass die Gesundheit Deines Vaters Euch immer noch Sorgen bereitet, aber es freut mich zu hören, dass er alles an einen indischen Assistenten übergeben wird, wenn es für ihn an der Zeit ist, in seine Heimat zurückzukehren. Das zeugt von Weitsicht. Wer ist dieser Manzur, über den Du schreibst? Ich meine mich zu erinnern, dass Du ihn mir gegenüber schon einmal erwähnt hast.

Was hast Du jetzt vor, Libby? Kehrst Du mit Deinem Vater in Eure Heimat zurück? Wenn ja, dann hoffe ich, dass Fatima und ich Gelegenheit haben werden, Dich in Kalkutta zu sehen, bevor Du abreist.

Herzliche Grüße
Ghulam

Libby hatte den Brief ein Dutzend Mal gelesen, seit Nitin, ein grinsender Khasi-Junge und Enkel von Banu, dem Teegartenaufseher, ihn am Nachmittag ins Haus gebracht hatte. Im Kopf hörte sie Ghulams Stimme, als sie sich seine Worte ins Gedächtnis einprägte: War sein Ton eben noch ernst gewesen, wurde er im nächsten Augenblick schon spöttisch.

Er freute sich, von ihr zu hören, und wollte sie wiedersehen – wenn auch nur kurz auf ihrem Rückweg nach England. Aber war er nur höflich, oder verbarg sich hinter seinen Worten Wärme? Er schickte ihr *Herzliche Grüße*, statt sich nur *Mit freundlichen Grüßen* oder einer ähnlich förmlichen Floskel zu verabschieden.

Unfähig, still zu sitzen, brach Libby trotz der schwülen Hitze zu einem Ausritt durch die Teegärten auf. In den letzten Tagen hatte es ein paar Mal Donnergrollen gegeben, aber keine echte Unterbrechung der drückenden Atmosphäre. Der Monsun war dieses Jahr überfällig.

Nach einer halben Stunde erreichte sie die Lichtung, auf die Clarrie sie bei einem früheren Ausritt mitgenommen hatte, um ihr zu zeigen, wo sie sich in Wesley verliebt hatte. Die eingestürzten Mauern eines uralten Tempels lagen auf der Lichtung verstreut. Eine Quelle sprudelte zwischen Felsen hervor und füllte einen Teich. Daneben stand eine Hütte mit eingefallenem Dach, in der einst ein heiliger Mann gelebt hatte. Später hatte Adelas alte *ayah*, an die Libby sich von Kindheitsaufenthalten in Belguri erinnerte, in der Hütte des *swami* Unterschlupf gefunden. Ihre Brüder hatten Angst vor der runzligen alten Frau gehabt, aber Libby war von ihr fasziniert gewesen, hatte oft bei ihr gesessen und ihrem schrillen Gesang gelauscht. Ayah Mimi lebte immer noch in den Dienerquartieren in Belguri, war jetzt aber schon sehr alt und führte das Dasein einer Einsiedlerin, die nur Clarrie noch dazu einlud, sie zu besuchen.

Obwohl Libby mit einem Gewehr bewaffnet war, fand sie den verlassenen Platz, an dem Clarrie mit ihrer Familie früher gezeltet hatte, verstörend. Im Dschungel wimmelte es von kreischenden Vögeln und raschelnden Tieren. Die Wolken hingen tief und verdeckten die Aussicht auf die Berge. Die Lichtung war kein Friedhof, und doch fühlte es sich so an, als wäre sie ein von den Geistern der fernen Vergangenheit bevölkerter Ort. Libby erschauerte. Ihr war die Gesellschaft der Lebenden lieber. Sie zog Ghulams Brief unter ihrer Bluse hervor, wo sie ihn versteckt hatte. Sie malte sich aus, wie seine geschickten Hände das Papier zusammenfalteten und in den Briefumschlag steckten, bevor seine Zunge die Gummierung anleckte. Ihre Sehnsucht nach ihm wurde plötzlich überwältigend. Er hatte ihr Fragen gestellt, also hatte sie einen Vorwand, um ihm zu antworten. Sie trieb ihr Pony in den Trab und beeilte sich, die Lichtung des *swami* zu verlassen.

Lieber Ghulam,

als ich gestern Deinen Brief bekommen habe, habe ich mich sehr gefreut. Ich wünschte, ich könnte Dich auf einem fliegenden Teppich herzaubern, sodass Du mir persönlich von Deinen Reisen durch Ostbengalen erzählen könntest. Es ärgert mich, dass Dein Chefredakteur nicht an Deinen Reportagen interessiert ist, aber vermutlich steht für die Redaktion Deiner Zeitung das im Vordergrund, was in Kalkutta vorgeht und ihrer Meinung nach die englischsprachigen Leser interessiert.

Ich hoffe, Du behältst Deine Stelle und musst nicht wie der verlorene Sohn Deinen Vater anbetteln. Wer wäre dann der eifersüchtige ältere Bruder? Nicht Rafi – ich weiß, dass er Dir nichts missgönnen würde. Aber um ein verlorener Sohn zu sein, müsstest Du in Kalkutta ein Lotterleben geführt, ein Vermögen ausgegeben und nur an Dein eigenes Vergnügen gedacht haben. Ich kenne Dich nicht gut, aber Du kommst mir nicht vor wie ein Mann, der auch nur ansatzweise zur Zügellosigkeit neigt. Allerdings hast Du ja eine Schwäche für Zigaretten und schottische Toffees …

Mein Vater will sich immer noch nicht der Entscheidung stellen, was er als Nächstes tun soll. Ich mache mir Sorgen um ihn. Clarrie und ich drängen ihn beide, nach Großbritannien zurückzukehren, um sich mit meiner Mutter und meinen Brüdern zu treffen – und sei es auch nur für einen kurzen Urlaub. Ich glaube, allmählich findet mein Vater sich mit der Vorstellung ab, dass er nicht wieder auf den Oxford Estates arbeiten wird. Er scheint tatsächlich einzusehen, dass seine Zeiten als Teepflanzer vorbei sind, wenn auch nicht die in Indien. Ich habe das Gefühl, dass ich hierbleiben und ihm helfen muss, bis er einen Entschluss gefasst hat.

Du fragst nach Manzur. Er ist der Unterverwalter meines Vaters auf den Oxford Estates und ein sehr tüchtiger Mann. Er wollte Lehrer werden, aber mein Vater hat angeboten, ihn zum Teepflanzer auszubilden, und seine Eltern haben das unterstützt. Manzurs Vater ist unser Diener in Cheviot View, und seine Mutter war meine ayah. *Zweifelsohne wirst Du angesichts solch einer kolonialen Ausbeutung die Augen rollen, aber glaube mir, wenn ich Dir sage, dass Ayah Meera die Person war, die ich als Kind am meisten geliebt habe.*

Meine Mutter war Meera so dankbar für ihre Hilfe mit uns Kindern, dass sie meinen Vater ermuntert hat, Manzurs Schulausbildung zu finanzieren. Manzur und mein Bruder Jamie waren wie Brüder. Sie haben immer miteinander gespielt und mich geärgert, wenn ich mitmachen wollte. Natürlich konnten sie nicht länger beste Freunde bleiben, als Jamie nach England aufs Internat geschickt wurde.

Aber Manzur ist noch immer so freundlich, wie ich ihn in Erinnerung hatte. Vielleicht wird er eines Tages doch noch Lehrer – er ist sehr begeisterungsfähig, aber zugleich hat er Geduld mit Menschen. Während des Kriegs ist er immer nach Belguri gefahren und hat Harry als

Hauslehrer unterrichtet, weil Clarrie ihn nicht so kurz nach dem Tod seines Vaters auf ein Internat geben wollte. Ich glaube, ich habe Dir erzählt, dass Wesley auf einer Jagd in Gulgat von einem Tiger getötet worden ist, oder? Er hat Adela das Leben gerettet, ist aber an seinen Verletzungen gestorben. Ich glaube, die Familie hat immer noch Mühe, sich mit seinem Verlust abzufinden.

Wahrscheinlich waren das jetzt mehr Informationen, als Du je über Manzur und meine Familie haben wolltest. Ist es in Kalkutta unerträglich heiß? Ich wünschte, ich könnte hinkommen und mit Dir im Nizam's eiskaltes nimbu pani *trinken. Gehst Du immer noch dorthin?*

Ich denke oft an Dich.

Liebe Grüße
Libby

Als Libby zur Manufaktur hinunterging, um ihren Brief in die Post zu geben, machte sie sich auf die Suche nach Clarrie und fand sie zusammen mit dem Manufakturaufseher Daleep im Trockenschuppen. Der Lärm der ratternden Förderbänder und stampfenden Maschinen übertönte ihr Gespräch, aber sie wirkten besorgt. Clarrie winkte Libby zu und rief ihr zu, dass sie in fünf Minuten da sein würde.

»Ist alles in Ordnung?«, fragte Libby, als Clarrie sich im Schatten einer Pappelfeige zu ihr gesellte.

»Ja«, sagte Clarrie. »Nun ja – größtenteils. Daleep macht sich Gedanken, dass die Lage in Assam immer weiter bergab gehen könnte, weil wir nicht wissen, ob wir ab August noch ein Teil von Indien sind. Es könnte sich auf unseren Handel auswirken, wenn die Eisenbahnlinien und Wasserwege von einer neuen Grenze durchtrennt werden.«

»Machst du dir auch Sorgen?«, fragte Libby.

»Ich habe das Gefühl, dass Tee immer gebraucht werden wird, ganz gleich, welchem Land wir zugeteilt werden – entweder für den heimischen Markt oder um Devisen zu erwirtschaften. Solange wir noch Zugang zu den Auktionshäusern haben, werden wir überleben. Und es wird Agenturen wie Strachan obliegen, sich als Makler zu betätigen.«

»Aber in politischer Hinsicht?«, hakte Libby nach. »Bist du besorgt wegen der Abstimmung über Sylhet und weil Arbeiter vertrieben werden könnten?«

Clarrie seufzte. »Ich glaube nicht, dass das Ergebnis – ganz gleich, wie es lautet – große Auswirkungen auf uns hier in Belguri haben wird. Unsere Arbeiter sind überwiegend Khasi, und hier in den Bergen gibt es kaum Spannungen zwischen den einzelnen Volksgruppen. Auf den Oxford Estates und in den größeren Teegärten, wo es weitaus höhere Zahlen von Wanderarbeitern gibt, könnte das schon anders aussehen. Aber …«

»Aber was?«

»Ich glaube, dass diese Gegend ein Teil von Indien bleiben wird – wir sind zu weit von Sylhet entfernt, um betroffen zu sein. Aber meine Sorge gilt den muslimischen Arbeitern, die in Assam bleiben.«

In Libby stieg plötzlich Panik auf. »Meinst du, dass Aslam und seine Familie in Gefahr sein könnten?«

»Bestimmt nicht«, versicherte Clarrie hastig, »aber bis alles klarer ist, sind sie sicher besorgt.« Sie legte Libby eine Hand auf den Arm. »Ich glaube, es ist das Beste, darüber nicht mit deinem Vater zu sprechen, sonst regt er sich nur noch mehr auf.«

Wieder fiel Libby auf, wie sehr ihr Vater Clarrie am Herzen lag, obwohl sie so viele andere Dinge zu bedenken hatte. Es machte sie nur noch entschlossener auszusprechen, was sie von Anfang an hatte sagen wollen.

»Ich werde nichts davon erwähnen«, versprach Libby. »Aber ich bin auch gar nicht hier, um über Dad zu reden.«

Sie sah einen Hauch von Erleichterung über Clarries Gesicht huschen. »Ach so?«

»Ich möchte dir mehr helfen, solange ich hier bin«, sagte Libby, »im Garten oder im Büro. Ich möchte niemandem seine Arbeit wegnehmen, sondern nur ein bisschen mit anpacken. Ich bin sehr organisiert und kenne mich gut mit Buchführung aus. Ich kann tippen – ich habe Lexys Großnichte das Maschinenschreiben beigebracht, bevor ich Newcastle verlassen habe. Oder ich könnte die Pferdeställe ausmisten – was auch immer.«

»Wie lieb von dir, Libby! Aber möchtest du nicht mehr Zeit mit deinem Vater verbringen?«

Libby verzog das Gesicht. »Ich glaube, ich gehe ihm auf die Nerven, wenn ich ständig in seiner Nähe bin.«

»Denk das nicht«, bat Clarrie. »James hat dich sehr lieb.«

Libby zuckte die Schultern. »Ja, aber ich glaube, ich mache ihn auch gereizt. Das Traurige ist, dass wir nicht mehr sehr viele Gemeinsamkeiten zu haben scheinen.«

Clarrie drückte Libbys Arm. »Adela und Wesley waren von Zeit zu Zeit auch über Kreuz miteinander – er konnte überbehütend sein, und sie war impulsiv –, aber in ihrem tiefsten Innern haben sie einander immer heiß und innig geliebt.«

Libby spürte, wie sie sich innerlich verkrampfte. »Aber sie haben einander oft gesehen, während Adela groß geworden ist, und das ist der entscheidende Unterschied. Dad und ich haben das verpasst, und ich glaube, wir werden einander nie so nahestehen.«

»Sei geduldig«, riet Clarrie mit mitfühlendem Blick. »Und über deine Hilfe freue ich mich. Das ist sehr lieb von dir.«

»Nein. Ich weiß nur nicht weiter und habe ein schlechtes Gewissen; es gibt so viel zu tun hier, und ich habe bisher noch keinen Beitrag geleistet.«

Clarrie schenkte ihr ein breites Lächeln. »Was das betrifft, ähnelst du deinem Vater sehr.« Sie hakte sich bei Libby ein und führte sie zu den Manufakturgebäuden. »Eine Sache fällt mir sogar sofort ein.«

»Was denn?«

»Banus Enkel Nitin hilft jetzt im Büro. Er lernt schnell und wird eines Tages ein guter *mohurer* sein. Aber es wäre sehr nützlich, wenn er mit einer Schreibmaschine umgehen könnte. Würdest du in Erwägung ziehen, ihn zu unterrichten?«

Libby lebte auf. »Natürlich.«

Sie lächelten einander an.

»Gut«, sagte Clarrie. »Dann komm gleich mit und rede mit ihm. Du kannst heute Nachmittag anfangen.«

* * *

Kalkutta

»Es ist noch ein Brief für dich gekommen«, sagte Fatima und hielt einen Umschlag hoch, »aus Assam.«

Ghulam spürte, wie ihm unter dem prüfenden Blick seiner Schwester die Hitze ins Gesicht stieg. Er kam sich immer wie der ungezogene kleine Bruder vor, wenn sie ihn so durch ihre Brille musterte. Dabei war er vier Jahre älter als sie. Er versuchte, sich seine freudige Erregung nicht anmerken zu lassen.

»Ach?«

»Also hast du Libbys Schreiben beantwortet?«, wollte sie wissen.

»Ich dachte, das wäre nur höflich ...« Ghulam zog sein Jackett aus. Das Hemd klebte ihm am Oberkörper. Er lebte nun schon seit Jahren in Kalkutta, aber an die anstrengende Feuchtigkeit der heißen Jahreszeit hatte er sich nie wirklich gewöhnt.

»Tee?«, fragte Fatima.

»Ich gehe mich erst einmal waschen«, erwiderte Ghulam und nahm ihr hastig den Brief aus der Hand.

Er ging in sein Zimmer und streifte sich die schweißgetränkte Kleidung ab. Dann tappte er ins Badezimmer, schöpfte lauwarmes Wasser aus dem Eimer und begoss sich damit. Erleichtert seufzte er, als das Wasser ihm über die Haare und am Körper hinablief. Die ganze Zeit über genoss er die Vorfreude auf den ungeöffneten Brief, der auf dem Tisch neben seinem Bett lag, und fragte sich, was wohl darin stand. Würden es nur ein paar höfliche Zeilen sein, um zu bestätigen, dass Libby nach England abreiste? Oder würde sie sich ihm noch weiter anvertrauen? Er hatte das Gefühl gehabt, dass Libby sich bei ihrem ersten Brief gezügelt hatte, unsicher, was für eine Antwort sie bekommen würde. Hatte sie erwartet, dass er ihr eine Abfuhr erteilen würde? Nun war es so gekommen, dass sie wochenlang auf eine Antwort gewartet hatte. Er hatte ein schlechtes Gewissen deswegen gehabt und ihr sofort geschrieben, um sein Schweigen zu erklären.

Warum hatte er überhaupt geantwortet? Seit sie nach Assam abgereist war, hatte er sich solche Mühe gegeben, sich die lebhafte Libby aus dem Kopf zu schlagen, indem er seine Tage mit journalistischer Tätigkeit und politischer Lobbyarbeit ausgefüllt hatte. Aber wenn die langen, unerträglichen Nächte kamen, war Ghulam unfähig, den Gedanken an ihre sinnliche Schönheit zu verdrängen. Seit seiner leidenschaftlichen, stürmischen Affäre mit Cordelia hatte er keine Frau mehr so begehrt. Aber die Liaison hatte in bitterem Streit und mit Cordelias vernichtendem Vorwurf geendet, er sei ein Verräter an der Sache der indischen Freiheitsbewegung. Er hatte geglaubt, dass er sich von der Verletzung nie erholen würde, und ganz gewiss nicht damit gerechnet, je wieder solches Verlangen zu empfinden. Er hatte es nicht gewollt; er hatte sich geschworen, sein Herz gegen solchen Schmerz zu verschließen und sein Leben seinen sozialistischen Idealen zu weihen. Dann war Libby wie ein Monsunsturm über ihn hereingebrochen und hatte ihn umgeworfen.

Er lachte trocken auf. Was für eine Ironie! Sein halbes Leben lang hatte er auf jede nur erdenkliche Art gegen die Briten um die Unabhängigkeit gekämpft: mit friedlichen und gewaltsamen Protesten, Boykotten, aufrührerischen Reden, Gefängnisaufenthalten und passivem Widerstand. Doch am Vorabend von *Swaraj* – der Freiheit – hatte er sich in eine Britin verliebt.

Wenn Gott existierte, dann hatte er Sinn für Humor. Aber sosehr Ghulam sich auch bemühte, sein Begehren zu überwinden, die Erinnerung an Libby in einem grünen Satinabendkleid, ihr tiefrotes Haar, das ihr in Wellen über die nackten Schultern fiel, und ihren Mund, der sich zu einem breiten Lächeln verzog, raubte ihm den Schlaf. Diese Lippen luden zum Küssen ein.

Ghulam rubbelte sich das Haar mit einem dünnen Baumwollhandtuch trocken. Er zog sich in sein Zimmer zurück und streifte eine schlichte weiße *kurta* und eine Hose mit Schnürband über. Dann griff er mit vor freudiger Erwartung zitternden Fingern nach Libbys Brief und öffnete ihn.

* * *

Belguri

Libby las Ghulams Brief sehr gründlich.

> *Meine liebe Libby,*
> *es hat mich sehr gefreut, Deinen Antwortbrief zu erhalten. Auch ich wünschte, ich könnte auf einen fliegenden Teppich steigen und in die Berge*

reisen – nach der Hitze in Kalkutta wäre das eine willkommene Erleichterung. Hier haben wir abwechselnd Sandstürme und ein paar lustlose Regentropfen, die sich gar nicht erst so recht die Mühe machen, am Boden anzukommen.

Aber darüber hinaus wäre es auch sehr angenehm, auf dem Rasen in Belguri zu landen und an Deiner Seite Tee zu trinken. Das müsste allerdings außer Sichtweite Deines Vaters geschehen, der zweifelsohne etwas dagegen hätte, dass seine kostbare Tochter Umgang mit solch einem verlorenen Sohn pflegt. Ich frage mich, ob er überhaupt weiß, dass wir korrespondieren.

Du hast ganz recht, was meine Fehler angeht – ein mit übermäßigem Toffeegenuss vergeudetes Erwachsenenleben und meine Schwäche für Tabak sind mir zum Verhängnis geworden. Zu diesen beiden gesellt sich vielleicht noch ein dritter Fehler: Ich ertappe mich dabei, dass mich Gedanken an eine hübsche Britin mit rotem Haar, die gern nimbu pani *trinkt, von der Arbeit ablenken.*

Manzur klingt wie ein anständiger junger Mann. Ich vermute, es ist meine eigene Schuld, weil ich nach ihm gefragt habe, aber ich habe nicht damit gerechnet, dass er über die Hälfte Deines Briefs einnehmen würde. Machst Du ihm Vorwürfe, dass er sich dem kapitalistischen System verkauft hat, indem er einen Verwalterposten bei einer Teefirma angenommen hat? Ich befürchte, Du bist wahrscheinlich stattdessen viel zu freundlich zu ihm und bietest ihm Toffees an.

Erzähl mir mehr über Belguri. Ich war noch nie in den Khasi Hills, aber mein Bruder Rafi berichtet, dass es dort schön ist und die Leute in der Gegend fröhliche Viehhirten sind.

Ganz herzliche Grüße
Ghulam

PS: Das Gesetz zur Unabhängigkeit Indiens soll nächste Woche im Unterhaus in London eingebracht werden. Wenn der Indienhasser Churchill nicht versucht, es zum Scheitern zu bringen, dann geht es jetzt mit Volldampf voran.

Libby konnte ihre Freude über Ghulams Brief kaum zügeln. Er klang viel launiger – sogar flirtlustiger – als der letzte, und sie fragte sich, ob Ghulam ihn geschrieben hatte, nachdem er *paan* gekaut hatte. Er trank keinen Alkohol, aber sie hatte gehört, dass die Betelnussdroge auch eine stimulierende Wirkung auf die Sinne haben konnte. Ob dem nun so war oder nicht, die Wirkung auf Libby war berauschend. Konnte es sein, dass Ghulam ein klein wenig eifersüchtig auf ihre Freundschaft mit Manzur war? Oder zog er sie nur mit scherzhaften Bemerkungen über kapitalistische Teepflanzer und Toffees auf? Sie fuhr mit dem Finger über die Abschiedsfloskel: *Ganz herzliche Grüße.*

Libby spürte, dass sich in ihrem Verhältnis zueinander etwas veränderte. Die Gefühle vertieften sich. Sie konnten sie schriftlich ausdrücken, waren aber unfähig gewesen, von Angesicht zu Angesicht darüber zu sprechen. Sie küsste den Brief und schob ihn in die Tasche ihres Kleids.

* * *

Während die Stadt in der drückenden Hitze kochte und die Spannungen zwischen den einzelnen Volksgruppen täglich zunahmen, gewöhnte Ghulam es sich an, auf dem Flachdach der Amelia Buildings zu schlafen. Er lag auf dem klumpigen alten Schlafsack, den er in seinen Kampagnenzeiten durch ganz Nordindien geschleppt hatte, rauchte und schaute in den Himmel hoch. Manchmal lichteten die Wolken sich und gaben den Blick auf eine Handvoll Sterne frei. In anderen Nächten leuchtete der Himmel in einem Unheil verkündenden Rot, das von fernen Feuern stammte – er konnte sich nicht sicher sein, ob sie absichtlich gelegt worden waren oder ob ausgedörrtes, fahl gewordenes Gras und Holz durch einen Unfall in Flammen aufgegangen waren. Wenn nur endlich die Regenfälle eingesetzt hätten, um Erleichterung zu bringen und auch die erhitzten Gemüter abzukühlen. Diese Hitze war genug, um selbst den vernünftigsten Menschen in den Wahnsinn zu treiben.

Ghulam zog Libbys neuesten Brief hervor. Er las ihn nicht gern in Fatimas Anwesenheit immer wieder. Seine Schwester hielt nichts davon, dass er mit dem Robson-Mädchen korrespondierte. – *»Sie ist zu jung für dich, und es ist unfair, sie an der Nase herumzuführen. Es kann doch nichts daraus werden. Da die Situation hier sich immer weiter verschlechtert, wird sie wahrscheinlich bald beschließen, nach England zurückzukehren, genau wie Adela. Mach ihr keine falschen Hoffnungen, Bruder.«*

Tat er das wirklich – machte er ihr falsche Hoffnungen? Ghulam prüfte sein Herz. Es traf zu, dass Libbys Aufmerksamkeit ihm schmeichelte. Er hatte sich nie für gut aussehend gehalten, anders als sein Bruder Rafi, der das Glück hatte, die regelmäßigen Gesichtszüge, die weißen Zähne und das Lächeln eines Schauspielstars zu haben. Aber Libby war die erste Frau seit Cordelia, die sein Interesse geweckt hatte, nicht nur körperlich, sondern auch, weil sie so viele seiner Ideale teilte und einen Sinn für Humor hatte.

War das nicht viel wichtiger, als aus den gleichen Verhältnissen zu stammen? Es wäre doch sicher heuchlerisch gewesen, große Reden über Freiheit und Demokratie für Indien zu schwingen, aber Libby seine Freundschaft zu verweigern, weil sie Britin war und er Inder. Sie hatte ihm einmal Vorwürfe wegen seines umgekehrten Snobismus gemacht, weil er die anglo-indischen und europäischen Minderheiten für weniger wichtig als die Inder erklärt hatte. Damals hatte ihn die Unterstellung gekränkt, dass er genauso vorurteilsbeladen wie die Briten oder wie die Mahasabha-Hindus war, aber später hatte er begriffen, dass es wahr war. Ghulam zog an seiner Zigarette.

Freundschaft? War es das, was sie einander anboten: reine Freundschaft? Als er an sie dachte, durchzuckte ein vertrautes Gefühl seinen Bauch. Er wusste, dass er mehr wollte, aber was wollte Libby? Er erinnerte sich an die Art, wie sie ihn im Taxi geküsst hatte. Das unterdrückte Verlangen war mit Händen zu greifen gewesen, obwohl er es zu der Zeit geleugnet hatte. Würden sie je die Chance bekommen, ihrem Begehren nachzugeben? Das war noch eine ganz andere Frage.

Vielleicht war all dieses Briefeschreiben eine angenehme Ablenkung von den Sorgen über die ungewisse Zukunft und die bevorstehende Machtübergabe durch die Briten. Der Termin im August rückte in Windeseile näher, und noch bestand keine Klarheit, wo genau die Grenzen gezogen werden sollten. In Assam und an der Nordwestgrenze mussten erst noch Referenden abgehalten werden, die über die Zukunft dieser beiden Regionen entscheiden würden. Was konnte ein bisschen intime Korrespondenz im Licht solch welterschütternder Veränderungen schon schaden?

Ghulam drückte seine Zigarette aus und griff nach seiner Tasche, um das letzte Toffee aus einer Dose herauszuziehen, die Libby mit ihrem Brief geschickt hatte. Er hatte ihn sich für genau solch einen Moment aufgespart. Ghulam lutschte an dem Toffee. Sein Mund füllte sich mit der köstlichen Süße, und er las Libbys neuesten Brief noch einmal.

Liebster verlorener Sohn,

hoffentlich stört es Dich nicht, wenn ich Dich Liebster nenne? Vielleicht ist das die einzige Art, auf die ich Dich überzeugen kann, dass Du mir sehr am Herzen liegst – weit mehr als ein gewisser Unterverwalter (ganz gleich, wie freundlich und leidlich gut aussehend er sein mag!). Ich werde seinen Namen nicht mehr erwähnen, da Du mir vorgeworfen hast, ich hätte ihn in meinem letzten Brief zu oft benutzt. Was die Toffees betrifft: Sei versichert, dass ich mit M keine Bonbons mehr geteilt habe, seit wir Kinder waren. Wenn ich mich recht entsinne, mochte er Kokosnusskonfekt am liebsten, das in der Hierarchie der besten Süßigkeiten doch weit unter Toffees steht.

Du wolltest mehr über Belguri wissen. Es ist wahrscheinlich der schönste Ort, an dem ich je war. Der Bungalow ist alt und fast komplett von Bougainvilleen und anderen blühenden Rankpflanzen, deren Namen ich nicht kenne, überwuchert. Es gibt eine Veranda, von der aus man einen schönen Blick auf den Garten und den Weg hinab zu den Teepflanzungen sowie den Wald jenseits davon hat. Es ist fast so, als würde man im Dschungel leben. Abends sieht man die

Khasi-Jungen das Vieh zurück ins Dorf treiben. Alles riecht dann nach den Holzfeuern und den nachts blühenden Rankpflanzen.

Ich lerne Clarrie immer besser kennen und schätzen. Ich muss sagen, dass ich ein bisschen eifersüchtig auf sie war, weil mein Vater sie offensichtlich so gern mag, obwohl er doch an meine Mutter denken und seine Ehe retten sollte. Tut mir leid, klingt das sehr bürgerlich von mir? Ich kann nicht anders – sie sind meine Eltern, und ich möchte, dass sie zusammen sind, weil ich weiß, dass nur die Jahre der Trennung dafür gesorgt haben, dass sie sich auseinanderentwickelt haben. Sie haben es verdient, noch ein paar glückliche Jahre zusammen zu erleben, um sie für die Zeit zu entschädigen, die sie verpasst haben. Wenigstens finde ich das.

Ich weiß jetzt aus erster Hand, wie folgenschwer eine lange Trennung sein kann. Ich liebe meinen Dad von Herzen, aber er ist nicht so, wie ich ihn in Erinnerung habe. Als Kind habe ich ihn angehimmelt, aber jetzt, da ich ihn als Erwachsene wiedergetroffen habe, sehe ich, dass wir sehr unterschiedliche Lebenseinstellungen haben. Außerdem komme ich nicht gegen das Gefühl an, dass er mir absichtlich etwas verschweigt – vielleicht, weil er glaubt, dass ich es nicht billigen werde. Das hat zu dieser Distanz zwischen uns geführt. Ich weiß, dass es ihm nicht gut geht und dass ich kein zu hartes Urteil über ihn fällen sollte – es kommt mir schon illoyal vor, auch nur das hier zu schreiben –, aber ich kann nicht leugnen, dass unser Wiedersehen etwas enttäuschend war. Ich glaube, es geht ihm genauso. Er ist es nicht gewohnt, dass eine junge Frau ihm auf die Art widerspricht, wie ich es tue! Das lässt mich mehr Mitgefühl mit meiner Mutter haben. Ich glaube, das Leben mit meinem Dad hier draußen war manchmal ziemlich schwierig. Auch sie hat ihren eigenen Kopf, aber ich erinnere mich immer wieder an Zeiten, in denen sie meinen Vater beschwichtigen musste, um den Familienfrieden zu wahren. Ich hatte vergessen, wie oft wir uns als Kinder alle gestritten haben! Aber sie war niemals auch nur im Mindesten snobistisch oder vorurteilsbeladen. Vielleicht verdanke ich ihr meine Sicht aufs Leben mehr, als mir je klar geworden ist. Ich hoffe, es stört Dich nicht, wenn ich Dir das alles erzähle. Ich habe es noch nie jemandem anvertraut.

Auf alle Fälle helfe ich Clarrie seit einiger Zeit in der Manufaktur. Sie bringt mir das Teeverkosten bei. Es hat damit viel mehr auf sich, als mir je bewusst war, und sie kennt sich sehr gut damit aus. Ich habe in meinem ganzen Leben noch nicht so viel genippt und wieder ausgespuckt! Ich unterrichte einen Jungen namens Nitin im Maschinenschreiben, damit er für den mohurer, *der alt wird und allmählich sein Augenlicht verliert, die Büroarbeit übernehmen kann. Ich weiß, dass das aufs große Ganze bezogen nicht viel ist, aber mir ist die Decke auf den Kopf gefallen, weil ich nichts zu tun hatte. Jetzt fühle ich mich wenigstens etwas nützlicher, solange ich hierbleiben muss.*

Manchmal wünsche ich mir, ich könnte auf unseren fliegenden Teppich steigen und nach Kalkutta reisen, um mit Dir auf dem Dach zu sitzen und über das Tagesgeschehen zu sprechen. Niemand hier will über das reden, was vorgeht. Clarrie lässt nicht zu, dass ich in Dads Anwesenheit die Politik erwähne, damit er keine Angst bekommt. Ich glaube, das ist ein Fehler, weil er bald eine Entscheidung fällen muss, was er jetzt tun will. Und das muss ich vermutlich auch.

Allerherzlichste Grüße
Libby

PS: Ich habe Dad wirklich erzählt, dass ich Dir schreibe. Als er begonnen hat, sich zu echauffieren, hat Clarrie ihm gesagt, dass er still sein soll, und erklärt, dass es doch nett ist, wenn ich Kontakt zu meinen Freunden in Kalkutta halte!

21

Belguri, Juli 1947

Die Ankunft von Rafi und Sophie aus Gulgat erwies sich als Wendepunkt für Libbys Vater. Sie hatten vorab geschrieben und darum gebeten, dass Sophie eine Weile in Belguri bleiben konnte, während Rafi nach Delhi fuhr, um an der Auflösung seines alten Regiments, des Lahore Horse, teilzunehmen. Die Indische Armee wurde vor der Teilung in zwei neue, nationale Armeen aufgespalten.

Je näher das Datum der Unabhängigkeit kam, desto größer wurde die Unruhe. Das Tempo des Wandels war schwindelerregend. Während die Abstimmung in Assam die Abtretung des muslimischen Sylhet an Bengalen befürwortet hatte, war ein Teilungsrat gegründet worden, um bei der Aufteilung Bengalens zu helfen. Die hastig eingesetzte Bengal Boundary Commission hielt öffentliche Sitzungen ab, um sich die Ansichten der Leute anzuhören. Ein Anwalt namens Radcliffe war aus London eingetroffen, um die Grenzverläufe zu bestimmen, die Indien von dem neu geschaffenen Ost- und Westpakistan trennen sollten.

Die Boundary Commission wird zahnlos sein, hatte Ghulam in seinem Brief an Libby angewidert geschrieben. *Sie wird Bengalen über die Klinge springen lassen und dann alle Verantwortung von sich weisen. Es wird Eurem britischen Anwalt zufallen, die Drecksarbeit zu erledigen. Wie ich höre, hat er noch nie einen Fuß nach Indien gesetzt und seine Schwierigkeiten, den Pandschab oder Bengalen auch nur auf einer Landkarte zu finden. Und dann bleibt ihm auch nur ein Monat, um alles zu erledigen. Gerüchten zufolge soll die Teilung erst nach den Unabhängigkeitsfeierlichkeiten verkündet werden. Also werden selbst am Tag der Befreiung Millionen von Menschen noch nicht wissen, unter welcher Regierung sie künftig leben werden.*

Kannst Du Dir vorstellen, dass die Regierung in London das Volk von Großbritannien so behandelt? Nein, weil es nie so weit kommen würde. Warum geht man also derart rücksichtslos mit den Indern um? Die Briten – arrogant bis zum Schluss.

Es tut mir leid, Libby. Ich weiß, dass Du nicht so bist. Du gehörst zu der Minderheit von Briten, die Inder als ihresgleichen und nicht als eine untergeordnete Art betrachten. Ich bin nur wütend und frustriert angesichts der Situation. Kalkutta ist wie ein Pulverfass. Beide Seiten bewaffnen ihre goondas *für einen Kampf um die Stadt. Beide wollen sie für sich, wissen aber nicht, ob Kalkutta Indien oder Ostpakistan zugeteilt wird.*

Libby hatte ihm sofort geantwortet, um ihm zu raten, vorsichtig zu sein und jeglicher Gewalt aus dem Weg zu gehen, obwohl sie wusste, dass es unwahrscheinlich war, dass er es sich zu Herzen nehmen würde. Wenn es galt, eine Reportage zu schreiben oder eine Ungerechtigkeit ans Tageslicht zu bringen, würde Ghulam an vorderster Front sein.

Er hatte ihren Brief beantwortet und über die Bedrohung gescherzt. *In der Redaktion bin ich wegen all der Intriganten dort weit mehr in Gefahr als auf der Straße. Fatima geht viel größere Risiken ein als ich. Ihre Frauenorganisation rettet jetzt Familien aus Ostbengalen, die per Schiff und Zug fliehen. Die Frauen gehen zu den Bahnhöfen östlich von hier und bringen Medikamente und Nahrungsmittel dorthin. Dann versuchen wir, vorläufige Unterkünfte für die Flüchtlinge zu finden.*

Libby hatte schnell bemerkt, dass er versehentlich *wir* geschrieben hatte. Offensichtlich half Ghulam seiner Schwester. Sie konnte nur hoffen, dass Fatima ihren Bruder im Auge behalten und ihn davon abhalten würde, etwas zu Impulsives zu tun.

Als sie eine Hupe hörte, lief Libby aus dem Manufakturbüro und sah das Auto der Khans auf der unbefestigten Straße unterhalb des Hauses erscheinen. Sie winkte ihnen begeistert zu, anzuhalten. Ihr alter, schwarzer Ford fuhr an ihr vorbei, bremste dann abrupt und wendete. Libby rannte darauf zu. Ihr Herz machte einen Satz, als ein schnurrbärtiger Mann, der Ghulam ähnelte, sie überrascht angrinste.

»Libby?«, rief er, sprang aus dem Auto und ließ den Motor laufen.

»Ja«, lachte sie.

Er streckte die Hand aus, um ihre zu schütteln, aber sie zog ihn in eine Umarmung. »Es ist wunderschön, euch zu sehen«, sagte sie. Ihre Augen brannten vor Tränen der Freude.

Einen Moment lang drückte er sie an sich und hielt sie dann auf Armlänge von sich weg. »Sieh nur, Sophie, mein Schatz«, rief er seiner Frau zu, die eilig auf der Beifahrerseite ausstieg, »unsere süße Libby ist ganz schön erwachsen geworden.«

Im nächsten Moment wurde Libby schon von Sophies starken, geschmeidigen Armen umschlossen und bekam Küsse auf beide Wangen. Erinnerungen an lang vergangene glückliche Picknicks und Ferien in Belguri, in denen die Khans Tennis- und Versteckspiele organisiert hatten, strömten auf sie ein. Libby klammerte sich an die älteste Freundin ihrer Mutter und brach in Tränen aus.

»Oh, Libby, Süße!«, murmelte Sophie sanft und streichelte Libby zärtlich übers Haar. »Wir haben dich auch vermisst.«

Libby versuchte, sich rasch wieder zu fangen. Halb lachend, halb weinend sagte sie: »Entschuldigt bitte, normalerweise bin ich nicht solch eine Heulsuse. Es ist nur so: Euch wiederzusehen, erinnert mich an meine Aufenthalte hier mit Mutter und den Jungs. Wir Kinder haben uns immer so gefreut, wenn du und Rafi aufgetaucht seid. Mit euch hat es immer viel mehr Spaß gemacht als mit unseren Eltern.«

Sie grinsten einander alle an. »Inzwischen haben wir zwar schon ein bisschen steife Gelenke«, scherzte Rafi, »aber im Tennis sind wir dir immer noch gewachsen.«

»Prima«, konterte Libby, »dann sorge ich dafür, dass Harry mit mir spielt, damit ich eine Chance gegen euch alte Profis habe.«

»So alt nun auch wieder nicht, Mädel«, erwiderte Sophie. Ihre Stimme hatte noch immer einen leichten schottischen Akzent, obwohl sie schon so lange in Indien lebte. Auf Libby wirkte sie kaum gealtert. Sophie trug ihr blondes Haar noch immer zu einem Bob frisiert und war nach wie vor so hübsch, wie Libby sie in Erinnerung hatte.

»Steig ein«, wies Rafi sie an. »Wir träumen schon von MDs Ingwerkuchen und Clarries Tee, seit wir heute Morgen losgefahren sind.«

»Fahr du nur mit Rafi zum Haus hinauf«, sagte Sophie. »Ich werde mir die Beine vertreten und zu Fuß gehen.«

Als Libby sich neben Rafi gesetzt hatte, warf sie ihm immer wieder verstohlene Blicke zu, während er über ihre Reise plauderte. Er sah älter als Ghulam aus und war um die Schläfen grau, aber seine kräftige Statur ähnelte der seines Bruders. Rafi war auf konventionellere Art gut aussehend, mit einem ebenmäßigen Lächeln und einem ordentlich gestutzten Schnurrbart. Er war makellos in ein cremefarbenes Hemd und eine Flanellhose gekleidet. Ghulam dagegen hatte ungleichmäßige Gesichtszüge, sah manchmal aus, als hätte er in seinen Kleidern geschlafen, und vergaß oft, sich zu rasieren. Aber es waren Ghulams

Unvollkommenheiten, die Libby so sexy fand. Beide Brüder hatten die gleichen berückend schönen gelbgrünen Augen, die von dunklen Wimpern gerahmt waren. Als Rafi seinerseits kurz einen Blick auf Libby warf, spürte sie, wie sie sich vor Sehnsucht nach Ghulam verzehrte.

* * *

Bei Tisch äußerte Sophie sich am Abend offen über die Situation in Gulgat.

»Es ist nicht mehr dasselbe, seit Sanjay Radscha geworden ist«, erklärte sie. »Rafi ist nicht mehr Adjutant. Sanjay berät sich in Hofangelegenheiten mit seiner Großmutter und ihren Astrologen. Allerdings nur, wenn er da ist, und das ist er nicht oft.«

»Um ehrlich zu sein«, gestand Rafi, »bin ich glücklicher, seit ich nur noch für die Wälder zuständig bin.«

»Aber die Schikanen haben zugenommen«, empörte sich Sophie.

»Schikanen?«, hakte Clarrie nach.

»Die alte Hexe im Palast macht ständig Stimmung gegen Rafi, um jeglichen Einfluss zu untergraben, den er vielleicht noch auf Sanjay hat. Deshalb ist die Frau des früheren Radschas auch weggezogen. Rita konnte die Palastintrigen nicht mehr ertragen. Sie ist endgültig zurück nach Bombay gegangen. Ich vermisse sie schrecklich.«

»Willst du deshalb nicht in Gulgat bleiben, solange Rafi fort ist?«, fragte Libby.

Sophie und Rafi tauschten verständnisinnige Blicke.

»Nicht nur deshalb«, sagte Sophie. »Das Herumhacken auf Rafi hat ein besorgniserregendes Ausmaß angenommen. Der Palastklüngel nimmt die Tatsache, dass er Muslim ist, zum Vorwand, Rufmord an ihm zu begehen.«

»Das ist ja schrecklich!«, rief Libby. Sie erinnerte sich, dass Ghulam ihr anvertraut hatte, dass Rafis Arbeitsplatz unter Sanjays Willkürherrschaft vielleicht nicht mehr sicher war.

»Aber davon lässt sich der Radscha doch sicher nicht beeinflussen?«, meinte James.

»Sanjay ist zu schwach, um sich gegen seine Großmutter durchzusetzen«, sagte Sophie.

»Und er war in diesem Monat noch kaum in Gulgat«, ergänzte Rafi. »Er ist in Delhi und lässt sich von Mountbatten Honig um den Bart schmieren. Der Vizekönig lässt seinen ganzen Charme spielen, um die Fürstenstaaten zu überreden, ihre Autonomie aufzugeben und sich entweder Indien oder Pakistan anzuschließen.«

»Die alte Rani hat das Gerücht in die Welt gesetzt, dass Rafi versucht, Sanjay zu zwingen, sich Pakistan anzuschließen«, setzte Sophie hinzu.

»Das ist natürlich Unsinn«, sagte Rafi. »Als Sanjay mich gefragt hat, habe ich ihm geraten, sich für Indien zu entscheiden, weil die meisten Einwohner von Gulgat Hindus sind. Und Gulgat ist zu klein, um auf eigenen Beinen zu stehen.«

»Aber seit Sanjay fort ist«, warf Sophie ein, »ist es im Osten des Staats zu Unruhen gekommen.«

»Zu was für Unruhen?«, fragte Clarrie besorgt.

»Es sind Flüchtlinge aus Ostbengalen eingetroffen«, erklärte Sophie. »Schauergeschichten darüber, wie Hindus von Muslimbanden abgeschlachtet worden sind, verbreiten sich wie ein Lauffeuer.«

»Ein paar muslimischen Fischern in Gulgat sind die Boote und Häuser in Brand gesteckt worden«, sagte Rafi. »Man hat nichts unternommen, um diese Vergeltungsmaßnahmen zu unterbinden.«

»Rafi hat Sanjay ein Telegramm darüber geschickt«, fügte Sophie hinzu, »aber er sagt, dafür sei sein Polizeichef zuständig und wir sollten uns keine Sorgen machen.«

Clarrie langte über den Tisch und berührte Sophies Hand. »Ich bin so froh, dass du dich entschlossen hast herzukommen, während Rafi in Delhi ist, meine Liebe. Du kannst so lange bleiben, wie du möchtest.«

Sophie schenkte ihr ein dankbares Lächeln.

»Genau«, bekräftigte James, »du kannst beim besten Willen nicht nach Gulgat zurückkehren, bevor die Lage sich beruhigt hat. Erst einmal muss der Radscha Ordnung in seinem eigenen Haus schaffen.«

Rafi räusperte sich. »Wir werden überhaupt nicht zurückkehren.«

Sie sahen ihn alle verblüfft an.

»Wie meinst du das – überhaupt nicht?«, stieß James hervor.

»Ich vertraue nicht darauf, dass Sanjay Sophies und meine Sicherheit gewährleistet«, sagte Rafi. »Wegen der Teilung kommt es schon jetzt zu Repressalien, und wenn wir in Gulgat bleiben, werden wir zu einer verletzlichen Minderheit gehören.«

»Aber wenn Gulgat Teil eines demokratischen Indien wird«, wandte Libby ein, »dann werdet ihr doch vor den Palastintrigen sicher sein, oder?«

»Wir wären immer noch dem Hindu-Nationalismus ausgeliefert, der überall geschürt wird«, meinte Rafi. »Damit wird es nur noch schlimmer werden. Dafür wird Sanjays Großmutter schon sorgen.«

»Wir durften nicht riskieren, euch das in einem Brief oder Telegramm anzuvertrauen«, erläuterte Sophie, »weil der Palast sonst vielleicht Wind davon bekommen hätte, dass wir für immer fliehen. Sie hätten vielleicht einen Mob aufgehetzt, um uns Scherereien zu machen.«

Libby spürte, dass ihr flau im Magen wurde. Stand es in Gulgat wirklich so schlecht? Ghulam hatte es ja gleich befürchtet. Sie erinnerte sich daran, dass er ihr von einem Brief Rafis erzählt hatte. Rafi hatte darin angedeutet, dass er überlegte, zurück in den Pandschab zu ziehen, wenn Pakistan Wirklichkeit wurde. Wie abscheulich war es doch von Radscha Sanjay, sich nicht für Rafi einzusetzen, der dem Fürstenhaus jahrelang so loyal gedient hatte! Aber da sie wusste, wie Sanjay Adela zu seiner eigenen Befriedigung manipuliert und benutzt hatte, überraschte es Libby nicht zu erfahren, dass er immer noch ein schwacher und egoistischer Mann war. Wenn die Lage sogar für ein Ehepaar wie die Khans unsicher war, die in dem Fürstenstaat, in dem sie seit Jahren lebten, gut integriert waren, wie viel schlimmer war es dann für Muslime wie Ghulam und Fatima in dem aufgeheizten Kessel Kalkutta?

»Ich finde es furchtbar, dass ihr durch all die Schikanen aus Gulgat vertrieben werdet«, sagte Libby. Ihre Augen brannten vor Zornestränen. »Kann man denn gar nichts tun?«

»Ich wüsste nicht, was«, erwiderte Rafi mit von Traurigkeit verdüstertem Blick.

Sie saßen schweigend da, während ihnen das ganze Ausmaß der Situation der Khans bewusst wurde.

Am Ende fragte James: »Was wollt ihr denn jetzt machen?«

»Nach Schottland zurückkehren?«, wagte Clarrie eine Vermutung.

Sophie beugte sich näher zu ihrem Mann und sagte: »Wir wollen Indien beide nicht verlassen.«

Rafi hob das Kinn in einer trotzigen Geste, die Libby an Ghulam erinnerte. Sie spannte sich an und hatte Angst vor dem, was er als Nächstes sagen würde.

»Nach der Zeremonie in Delhi fahre ich nach Lahore«, erklärte Rafi, »um festzustellen, ob ich im Pandschab wieder eine Stelle bei der Forstbehörde bekommen kann.«

»Dort hat Rafi damals als Förster angefangen«, sagte Sophie.

»Ja, ich erinnere mich daran«, erwiderte Clarrie. »Und deine Familie lebt ja auch dort.«

Rafi nickte.

»Es wird Zeit, dass Rafi Frieden mit seinem Vater schließt«, meinte Sophie. »Jahrelang ist er nicht zu ihm gefahren, weil seine Familie mich nicht als seine Ehefrau akzeptieren wollte.«

»Aber jetzt«, sagte Rafi, »da ich in Erwägung ziehe, zurückzukehren, um den neuen Staat Pakistan zu unterstützen, wird mein Vater, glaube ich, nachgeben und Sophie kennenlernen wollen.«

Libby starrte sie entsetzt an. Ghulam würde über die Neuigkeit zutiefst betrübt sein. Seine Worte hallten in ihrem Kopf wider: *Wir brauchen Muslime wie Rafi hier, damit sie das neue Indien aufbauen.*

»Aber Ghulam meint, dass Lahore ein Pulverfass ist«, wandte sie ein. »Du willst doch im Moment bestimmt nicht riskieren, dorthin zu fahren?«

»Du stehst in Kontakt mit Ghulam?«, fragte Sophie überrascht.

Libby errötete. »Ja.«

»Es kommt fast täglich *dak* aus Kalkutta«, neckte Clarrie sie.

»Sieh an, sieh an«, murmelte Rafi. »Mein kleiner Bruder kommt also endlich doch noch zur Vernunft.«

»Ich finde das wunderbar«, ermunterte sie Sophie. »Es ist offensichtlich, dass ihr beide viel gemeinsam habt.«

»Abgesehen davon, dass Khan fanatisch antibritisch ist«, rief James, »und dass Libby halb so alt ist wie er.«

»Wie Tilly es damals im Vergleich zu dir war, James«, sagte Sophie mit einem spöttischen Lächeln.

Libby empfand den Khans gegenüber eine Welle der Dankbarkeit für ihre Billigung. Sie sah, dass ihr Vater rot anlief. Er schien drauf und dran zu sein zu widersprechen, aber Rafi griff schnell ein und sagte: »Ich bin mir sicher, dass die Berichte über Lahore übertrieben sind. Zumindest hoffe ich das.«

»Rafis Familie lebt nicht mehr in der Altstadt«, fügte Sophie hinzu. »Nach dem Tod seiner Mutter sind alle in einen ruhigen Vorort gezogen, in dem es nicht zu Ausschreitungen gekommen ist.«

»Wann hoffst du denn, zu Rafi stoßen zu können?«, fragte Clarrie.

»Das hängt davon ab, wie schnell Rafi eine Stelle finden kann«, sagte Sophie. »Aber da er ein erfahrener Förster ist und aus dem Pandschab stammt, sollte das nicht lange dauern.«

»Mir wäre es lieber, wenn Sophie bis nach dem Unabhängigkeitstag hier auf mich warten würde«, mahnte Rafi, »nur für den Fall …«

Libbys Herz pochte dumpf. »Also rechnest du doch mit Ärger in Lahore?«

Rafi versuchte, seine Besorgnis zu überspielen. »Nein, ich glaube nur, dass es länger dauern wird, als Sophie glaubt, mir eine Stelle bei der Forstbehörde und eine Unterkunft zu sichern.«

»Das ist solch ein großer Schritt«, meinte Libby. »Wissen Ghulam und Fatima, dass ihr Gulgat für immer verlasst?«

Rafi schüttelte den Kopf. »Sie wissen, dass ich mit dem Gedanken spiele, aber wir haben beschlossen, es niemandem zu sagen, bevor wir Gulgat unbeschadet verlassen hatten.«

»Ghulam regt sich so über die ganze Teilung auf«, sagte Libby. »Er ist sehr gegen die Vorstellung eines separaten muslimischen Staats.«

»Wir wollten das auch nicht«, antwortete Sophie, »aber wir sind einfach realistisch, was die Zukunft angeht.«

»Das wird nicht von Dauer sein«, bemerkte James.

»Was?«, fragte Libby.

»Bengalen und den Pandschab zu teilen. Die Grenzen werden nicht funktionieren – die Menschen beiderseits davon sind sich zu ähnlich. Wartet fünf Jahre ab, dann wird alles wieder ein einziges Land sein.«

Rafi lächelte. »Ich hoffe, du hast recht.«

Danach lenkte Clarrie das Gespräch auf erfreulichere Themen und plante mit Sophie Picknicks und eine Einkaufstour nach Shillong. Rafi sprach über das Regimentsbankett, das in Delhi geplant war, und darüber, wie sehr er sich darauf freute, seinen alten Kameraden vom Lahore Horse, den Sikh-Offizier Sundar Singh, wiederzusehen.

»Adela und Sam haben immer erzählt, dass Sundar eine Schwäche für deine Schwester Fatima hatte«, bemerkte Clarrie.

»Wirklich?« Libby riss die Augen auf. »Erwiderte Fatima seine Gefühle? Ich habe sie nie über eine Liebesbeziehung zu irgendjemandem reden hören.«

»Meine Schwester geht viel zu sehr in ihrer Arbeit auf«, lachte Rafi. »Das war schon immer so.«

»Ich glaube, Adela meinte, dass Fatima Sundar mochte«, entgegnete Clarrie, »aber nicht genug, um ihn zu heiraten.«

»Weil er ein Sikh ist?«, fragte Libby.

»Das ist möglich«, räumte Rafi ein. »Meine Eltern hätten das nie gebilligt.«

»Ich glaube, wenn Fatima hätte heiraten wollen«, sagte Sophie, »dann hätte sie sich davon nicht abhalten lassen. Der arme Sundar! Er ist so ein netter Mann – und so jung verwitwet. Er hat doch einen Sohn im Pandschab, nicht wahr?«

»In der Nähe von Rawalpindi, glaube ich«, sagte Rafi. »Seine Schwester hat sich um den Jungen gekümmert, während Sundar in Simla gearbeitet hat.«

»Was wird jetzt aus seinem Sohn?«, wollte Libby wissen. »Werden überhaupt Sikhs im westlichen Pandschab bleiben?«

Rafi zuckte die Schultern.

»Das ist ein verdammter Schlamassel!«, rief James plötzlich.

»Ein britischer Schlamassel«, sagte Libby.

»Nicht allein«, schränkte Rafi diplomatisch ein, »ganz gleich, was Ghulam sagen mag.«

* * *

An diesem Abend fand Libby keinen Schlaf, weil die Flucht der Khans aus Gulgat und ihre unterschwellige Angst um Ghulams und Fatimas Sicherheit sie zu sehr verstörten. Am Ende gab sie auf und ging auf die Veranda hinaus. Sie fand dort ihren Vater vor, der, in einem Liegestuhl zusammengesunken, in ein leeres Whiskyglas starrte.

Sie zog sich einen Stuhl neben ihn, stellte sein Glas auf den intarsienverzierten Beistelltisch und schob die Hand in seine.

»Ich kann auch nicht schlafen, Dad. Was denkst du gerade?«

Er seufzte tief und gequält. »Was mache ich hier, Libby? Ich verhalte mich wie ein Feigling. Ich stecke den Kopf in den Sand, während die Welt um mich herum verrücktspielt. Die Sache mit den Khans hat mich wirklich erschüttert. Ich hatte keine Ahnung, dass sie in Gefahr schwebten. Jetzt macht Clarrie sich Sorgen um MD und seine Familie, und ich kann nicht aufhören, über Manzur und seine Eltern nachzudenken. Ob sie auch in Gefahr sind? Es ist alles so fürchterlich.«

Libby verbiss sich eine tröstliche Plattitüde. Es hatte keinen Sinn, so zu tun, als würde alles wieder normal werden. Die alte Lebensweise endete abrupt, und niemand von ihnen wusste, was die Zukunft bringen würde. Sie hielt die Hand ihres Vaters fest und ließ ihn weiterreden. Es machte ihr Mut, dass er begann, sich ihr anzuvertrauen.

»Ich habe wirklich geglaubt, dass die Übergabe der politischen Macht keine Auswirkungen auf uns Teepflanzer haben würde«, fuhr James fort. »Indien hat seine *boxwallahs* immer gebraucht – und weiß sie wahrscheinlich mehr zu schätzen, als die hochnäsige britische Verwaltungselite es je getan hat. Aber ich hätte nie mit all diesen religiösen Konflikten gerechnet – diesem Hass, der sich wie ein Fieber ausbreitet. Woher kommt er nur, Libby?«

Libby verzog das Gesicht. »Man könnte sagen, dass wir Briten das letzte Jahrhundert über unser Bestes getan haben, eine Bevölkerungsgruppe gegen die andere auszuspielen. Unsere Kolonialverwaltung ist hervorragend darin, aus Eigennutz Menschen zu kategorisieren und in Schubladen zu stecken.«

James murmelte: »Ich hätte mir ja gleich denken können, dass du uns an allem die Schuld gibst. Das sagt bestimmt auch dein Genosse Khan?«

»Eigentlich nicht«, erwiderte Libby. »Er hat die politischen Anführer Indiens sehr stark dafür kritisiert, kleinlichen Nationalismus zu schüren, um Vorteile herauszuschlagen. Aber ich glaube nicht, dass er den Briten je verzeihen wird, die Unabhängigkeit nicht schon vor einer Generation gewährt zu haben, bevor die separatistischen Vorstellungen sich so fest etablieren konnten. Vor dreißig Jahren sind die Inder zu Tausenden gestorben, als sie uns im Ersten Weltkrieg unterstützt haben, aber zur Belohnung wurden sie danach nur noch stärker unterdrückt. Das hat Ghulam dazu gebracht, den Freiheitskampf aufzunehmen.«

»Indien war damals noch nicht bereit«, wandte James ein.

»Das fanden nur die Briten«, entgegnete Libby.

James seufzte noch einmal. »Vielleicht hast du recht. Wer weiß? Jetzt ist alles zu spät.«

»Was willst du denn nun wegen Manzur und seiner Familie unternehmen?«, erkundigte sie sich.

Ihr Vater starrte in die Dunkelheit. Erst dachte sie, dass er nicht antworten würde, aber dann meinte er: »Ich werde nichts unternehmen, bevor ich mit Manzur gesprochen habe. Ich habe mein ganzes Leben damit verbracht, anderen Leuten zu sagen, was sie tun sollen. Diesmal muss es seine Entscheidung sein.«

Libby drückte ihm die Hand. »Ich finde, das ist eine gute Idee.« Sie lächelte, dankbar, dass ihr Vater endlich offen und auf

Augenhöhe mit ihr sprach. Vielleicht hatte Clarrie recht und sie brauchten nur ein bisschen mehr Zeit.

James zog ihre Hand an seine Lippen und küsste sie. Libby war verblüfft über die zärtliche Geste. Ihr ging das Herz vor Zuneigung auf. Sie hob seine Hand und küsste sie ihrerseits. James lachte leise. Es war das erste Mal seit Ewigkeiten, dass sie ihn lachen hörte, und der Klang ließ ihr die Tränen kommen.

22

Zwei Tage später sagten sie Rafi Lebewohl. Sophie begleitete ihn bis Shillong und sollte dann mit Daleep im Auto zurückkehren. Libby umarmte Rafi fest und versuchte, nicht zu weinen. Sie wussten alle nicht, wann sie ihn wiedersehen würden, aber das wollte niemand aussprechen.

»Viel Spaß in Delhi!«, wünschte sie ihm.

Rafi lächelte und küsste sie auf die Stirn. »Sag Ghulam, dass ich mich darauf freue, mit ihm in Lahore Cricket zu spielen, wenn er nach der Unabhängigkeit zu Besuch kommt.«

Libby lächelte ihn unter Tränen an. »Ich schreibe ihm und erzähle ihm alles«, versprach sie.

Sie winkten ihm unter aufmunternden Zurufen nach und sahen zu, wie das Auto die Auffahrt hinunterholperte und hinter dem Manufakturgelände verschwand.

Später am Tag traf Manzur von den Oxford Estates ein. Libby sah seinem hübschen Gesicht die Anspannung an, obwohl er zur Begrüßung lächelte.

Beim Mittagessen fragte James seinen Unterverwalter, was seine Eltern nun tun wollten.

Manzur wirkte verlegen. »Sahib, das hängt davon ab, was Sie jetzt vorhaben – ob Sie nach Cheviot View zurückkehren. Wenn ja, dann bleiben sie, solange Sie sie dahaben wollen.«

»Und wenn ich nicht zurückkehre?«, fragte James. »Möchten sie, dass ich mich nach einem anderen Arbeitgeber für sie umsehe?«

Manzur schüttelte den Kopf. »Sie wollen nur für Robson Sahib arbeiten.«

James legte Messer und Gabel hin. Er hatte sein Mittagessen kaum angerührt.

Libby fragte: »Machst du dir bei all der derzeitigen Ungewissheit Sorgen um sie, wenn sie an solch einem entlegenen Ort bleiben?«

Manzur wich ihrem Blick nicht aus. Er nickte. »Um sie, ja. Um mich selbst habe ich keine Angst.«

»Wenn wir also nicht nach Cheviot View zurückkehren«, sagte sie, »wohin sollten deine Eltern dann deiner Meinung nach gehen?«

»Sie würden nach Bengalen zurückkehren wollen – zu unseren Verwandten.«

»Dann werde ich das arrangieren«, versprach James. »Ich werde nicht nach Cheviot View zurückkehren. Aber ich versorge sie mit einer Pension, also musst du dir keine Gedanken um sie machen.«

»Das ist nicht nötig«, widersprach Manzur sofort. »Ich werde für meine Eltern sorgen.«

»Bestimmt«, sagte James, »aber ich bestehe darauf, ihnen etwas zu geben. Aslam dient meiner Familie und mir schon seit meiner Ankunft in Indien loyal.«

»Und Ayah Meera«, setzte Libby hinzu. »Mutter würde wollen, dass auch sie belohnt wird.«

Manzur wirkte überwältigt. »Sie werden sehr dankbar sein – wie auch ich. Danke, Sahib.«

»Dann ist das abgemacht«, stellte James mit erleichterter Miene fest. »Du kannst alles in die Wege leiten, um das Haus zu räumen. Es hat keinen Sinn, es hinauszuzögern. Ich nehme an, deine Eltern möchten lieber vor … vor dem fünfzehnten August abreisen.«

Manzur nickte. »Und wohin soll alles geschickt werden?«

»Geschickt?«, wiederholte James.

»Alles, was zu Ihrem Hausstand gehört«, erklärte Manzur. »Oder sollen wir die Sachen in den *godowns* einlagern, bis Sie sich entschieden haben …?«

James warf einen Blick auf Libby und sagte dann: »Nein, ich möchte, dass alles nach Bombay geschickt wird, um nach England verschifft zu werden.«

»Dad?«, entfuhr es Libby überrascht.

»Ich habe beschlossen heimzukehren«, stieß er mit erstickter Stimme hervor. »Ich gehe endgültig in den Ruhestand. Verlasse Indien.«

Diese plötzliche Ankündigung ließ Libby nach Luft schnappen. Sie sah Clarries erstaunter Miene an, dass auch sie nichts von James' Entscheidung gewusst hatte. Libby sah, dass ihrem Vater die Tränen in die Augen stiegen, und erkannte, dass er zu mitgenommen war, um weiterzusprechen.

Manzur stand auf. »Darf ich Ihnen viele glückliche Jahre im Ruhestand wünschen, Sahib? Es war ein Vergnügen, für Sie zu arbeiten. Sie haben mir viel beigebracht und waren meinen Eltern und mir ein guter Freund.« Er sah Libby an. »Alle Robsons waren für mich wie Freunde.« Er legte sich die Hand aufs Herz. »Danke.«

James nickte, stand auf und eilte aus dem Zimmer. Libby hörte ein seltsames Grunzen – wie ein unterdrücktes Aufschluchzen –, bevor in einiger Entfernung eine Tür zufiel. Sie wollte ihrem Vater nachrennen und ihn trösten, aber sie wusste, dass ihn das nur verlegen machen würde. Ihre Gedanken überschlugen sich: Was hieß das für sie? Musste sie Indien mit ihm verlassen? Wie würde ihre Mutter die Nachricht von seiner plötzlichen Rückkehr aufnehmen? Sie saß wie festgenagelt auf ihrem Stuhl und war zu keiner Reaktion fähig.

Obwohl Clarrie Manzur bestürmte, über Nacht zu bleiben, und Harry ihm zusetzte, mit ihm ein bisschen Bowling zu üben, bestand Manzur darauf, umgehend zurück zu den Oxford Estates zu fahren. Der Wind frischte auf, und der Himmel war voll schwerer Regenwolken. Es sah so aus, als ob der Monsun endlich aufzog, und Manzur wollte nicht in Belguri in der Falle sitzen.

»Dad und ich kommen noch einmal zu Besuch, bevor deine Eltern abreisen«, versprach Libby.

Ihr ursprünglicher Schock über die unvermittelte Ankündigung ihres Vaters war der Erleichterung darüber gewichen, dass er endlich seine Unschlüssigkeit überwunden und eine Entscheidung gefällt hatte. Aber jetzt, da sie Manzur nachwinkte, lastete die Erkenntnis schwer auf ihr, dass auch sie das Zuhause ihrer Kindheit für immer würde aufgeben müssen.

Erst nachdem er abgefahren war, wurde ihr klar, dass niemand Manzur gefragt hatte, wie seine Pläne für die Zukunft aussahen. Sie waren alle davon ausgegangen, dass er auf den Oxford Estates bleiben würde, um seine Eltern finanziell zu unterstützen. Das hatte er schließlich selbst gesagt – oder doch zumindest angedeutet. *Um mich selbst habe ich keine Angst.* Seine Worte spukten Libby im Kopf herum. Warum wurden so viele Menschen in die Situation gebracht, sich um ihre eigene Sicherheit oder die ihrer Lieben sorgen zu müssen? Ihre Gedanken flogen sofort zu Sophie, Rafi, Fatima und Ghulam, von dem sie ohnehin nie weit entfernt waren, und sie schickte ein stummes Gebet für sie alle zum Himmel.

Als die Abenddämmerung sich herabsenkte, kehrte Sophie aufgewühlt zurück. Rafi hatte seine lange Reise nach Delhi angetreten. »In den letzten vierundzwanzig Jahren waren wir kaum jemals länger als eine Nacht getrennt«, sagte sie unter Tränen.

Libby umarmte sie. »Ihr werdet bald wieder vereint sein. Und wenigstens ist es Rafi eine Beruhigung, wenn er weiß, dass du hier in Belguri in Sicherheit bist.«

* * *

Ihr Vater ließ sich erst am nächsten Morgen zum Frühstück wieder blicken. Es munterte Libby auf, dass er heiterer wirkte, als sie ihn seit Wochen erlebt hatte.

»Libby hat mir erzählt, dass du vorhast, zurück nach Newcastle zu gehen«, überfiel ihn Sophie sogleich. »Tilly wird sich ja so freuen.«

»Das hoffe ich«, sagte James. »Ich schicke ihr ein Telegramm, sobald das Haus ausgeräumt ist und ich die Reise für Libby und mich gebucht habe. Es hat keinen Zweck, jetzt noch länger hierzubleiben. Wenn wir fliegen, können wir schon in zwei Wochen zu Hause sein.«

Libby erschrak. »Auch für mich? Ich habe mich noch nicht entschieden …«

»Aber du willst doch bestimmt mit mir nach Hause kommen?«, erwiderte James. »Mein Gott, Mädchen! Du hast die letzten beiden Monate damit verbracht, mir zuzusetzen, die Familie wieder zu vervollständigen, und jetzt tue ich endlich, was du willst. Und das ist es doch, was du willst, oder? Dass deine Mutter und ich endlich am selben Ort sind und du bei uns bist?«

»Ja«, sagte Libby und war sich unsicher, was sie wirklich empfand. »Aber in zwei Wochen! Deine Entscheidung kommt so plötzlich – du hast sie nie mit mir durchgesprochen. So schnell möchte ich noch nicht zurückreisen. Ich will bis zur Unabhängigkeitsfeier bleiben.«

»Wozu denn das?«, fragte er heftig. »Das ist nicht unser Fest.«

»Für Libby doch«, entgegnete Clarrie leise. Sie hatte noch nicht gesprochen, seit sie sich zum Frühstück niedergelassen hatten. »Sie ist schließlich hier geboren worden.«

Libby warf der älteren Frau einen dankbaren Blick zu und bemerkte, dass sie vor Erschöpfung dunkle Ringe unter den schönen Augen hatte. Ihr wurde klar, dass Clarrie wochenlang die Belastung, sie als Hausgäste zu haben, in Kauf genommen hatte, während sie gleichzeitig versucht hatte, ihre Teeplantage am Laufen zu halten. Jetzt war sie auch noch dafür verantwortlich, sich um Sophie zu kümmern. Sie musste genauso besorgt wie alle anderen um die Zukunft sein. Belguri war ihr Leben: das Zuhause ihrer Familie und ihre Existenzgrundlage. Sie hatte einen jungen, vaterlosen Sohn großzuziehen, während ihre Tochter auf der anderen Seite der Welt wohnte. Doch kein einziges Mal hatte Libby gehört, wie Clarrie sich beklagte oder anderen ihre Sorgen aufbürdete.

Ihr Vater schien sich über Clarries Tadel zu ärgern. »Das macht sie nicht zur Inderin, und das weißt du auch.«

»Nun, ich jedenfalls gebe am fünfzehnten August eine Party«, erwiderte Clarrie trotzig, »und ich hoffe, Libby wird hier sein, um mitzufeiern, wenn sie will.«

»Ich bin auch dafür!«, rief Sophie, legte Libby beiläufig den Arm um die Schultern und drückte sie an sich. »Ich werde dann zweifelsohne immer noch hier sein. Wir veranstalten eine Kostümparty mit Spielen und allerlei Cocktails und tanzen zu Clarries uralten Ragtime-Platten.«

Clarrie lachte. »So uralt sind sie nun auch wieder nicht.«

»Das klingt wunderbar.« Libby lächelte. »Bis dahin bin ich wieder hier, versprochen.«

»Gut«, sagte Sophie. Sie stand vom Tisch auf. »Harry und ich spielen in einer halben Stunde Tennis. Willst du mitmachen?«

»Ich gebe Nitin heute Morgen eine Unterrichtsstunde«, antwortete Libby. »Vielleicht können wir später spielen?«

»Natürlich, Mädel.« Sophie lächelte und spazierte pfeifend davon.

James lehnte sich seufzend zurück. »Ich sehe schon, ihr Frauen habt mich wieder einmal ausmanövriert.«

Libby tauschte einen amüsierten Blick mit Clarrie.

***

Danach ging alles sehr schnell. Gegen Ende der Woche schickte Manzur eine Nachricht, um Bescheid zu geben, dass das Haus fast vollständig ausgeräumt war und dass er es eilig hatte, die Koffer und Möbelstücke flussabwärts transportieren zu lassen, bevor der Brahmaputra im Monsun auf das Doppelte seiner üblichen Größe anschwoll.

Clarrie lieh Libby und James ein Auto und schickte ihren Diener Alok mit, damit er sich unterwegs um ihre Mahlzeiten kümmern konnte. Sie brachen vor dem Morgengrauen auf und fuhren am späten Nachmittag in Cheviot View vor. Libbys ursprüngliche freudige Erregung darüber, das Zuhause ihrer Kindheit noch einmal wiederzusehen, ging bald in Entsetzen über. Die Räume im Erdgeschoss waren mit gestapelten Möbeln, aufgerollten Teppichen und abgenutzten Schrankkoffern angefüllt, die vor Haushaltsinventar überquollen.

Oben war das Wohnzimmer seiner Bücherregale, Bilder, Familienfotos und staubigen Vorhänge beraubt. Schlimmer noch: Ihr Zimmer war bis auf einen Haufen achtlos in eine Ecke hingeworfener Moskitonetze leer. Das Herz des Hauses war entfernt und verpackt worden. Es fühlte sich nicht länger wie ihr Zuhause an – es war nur noch ein leeres Teepflanzerhaus, das auf neue Bewohner wartete.

Libby rannte nach draußen und die Stufen im Garten hinab zum Teich. Dort brach sie in Tränen aus. Manzur fand sie dort. Sein junges Gesicht wirkte untröstlich.

»Libby-Mem«, sagte er und reichte ihr ein gebügeltes Baumwolltaschentuch. »Dein Vater hat mich hergeschickt.«

Libby ergriff dankbar, aber verlegen das Taschentuch und putzte sich die Nase. »D... danke, Manzur.«

»Für meine Eltern ist es auch schwer«, brachte er mühsam hervor. »Das hier war ihr Zuhause, seit sie geheiratet haben.«

»Natürlich«, sagte Libby und schämte sich, daran nicht gedacht zu haben. »Und auch deines.«

Er lächelte traurig. »Weißt du noch, wie wir unter den Wurzeln des Banyanbaums eine Höhle gebaut haben und du gesagt hast, es sei eine geheime Grotte?«

Libby grinste unter Tränen. »Ja, und Jamie hat behauptet, dass es unmöglich eine Grotte in einem Baum geben kann und dass ich weggehen und mit meinen Puppen spielen sollte.«

Manzurs Lächeln wurde breiter. »Stattdessen bist du heimlich weiter oben in den Baum geklettert, während wir mit Lehm gebaut haben, und dann hast du mit Zweigen nach unserer Lehmburg geworfen und behauptet, eine Kriegerprinzessin zu sein, die uns angreifen wollte.«

Libby lachte. »Stimmt, das habe ich gemacht.«

»Danach hat Jamie dich immer mitspielen lassen«, erinnerte sich Manzur. »Ich habe dich immer dafür bewundert, dass du dich gegen deinen Bruder durchgesetzt hast.«

»Ich muss eine ziemliche Nervensäge gewesen sein«, sagte sie errötend.

»Nur manchmal«, entgegnete er. Seine braunen Augen funkelten vor Heiterkeit.

Libby drehte sich um und sah zum Haus hoch. Mit seinen geschlossenen Fensterläden ähnelte es einem schlummernden Tier.

»Ich bin mir nicht sicher, ob ich es ertrage, die Nacht hier zu verbringen«, seufzte sie.

»Ihr könnt in die Lodge kommen«, schlug er vor. »Es gibt ein freies Zimmer für deinen Vater, und ich kann meines räumen …« Er brach ab. Sein Gesicht lief rot an.

»Das ist sehr nett von dir«, sagte Libby und berührte kurz seinen Arm. »Ich frage Dad, ob er das möchte.«

Aber ihr Vater schmetterte den Vorschlag sofort ab. »Nicht nötig«, sagte James hastig, »eine Nacht lang können wir draußen auf der Veranda kampieren. Dem alten Haus Lebewohl sagen.«

Libby empfand einen Hauch von Erleichterung. Eigentlich wollte sie nach dem verstörenden Erlebnis mit Flowers, die geglaubt hatte, einen Geist gesehen zu haben, gar nicht in die Lodge zurückkehren.

An dem Abend luden sie Manzur ein, mit ihnen an einem Klapptisch auf der Veranda zu Abend zu essen. Aslam kümmerte sich ums Servieren. Danach bestand James darauf, dass Aslam sich zu ihnen setzte, um zu rauchen.

»Wir teilen uns eine Wasserpfeife wie früher beim Zelten, als ich noch ein junger Teepflanzer war«, sagte Libbys Vater. »Erinnerst du dich noch daran, wie es war, so jung zu sein, Aslam, mein Freund?«

Aslam legte sich die Hand aufs Herz. »Hier drinnen sind wir noch jung, auch wenn wir oben schon ganz weiß sind«, scherzte er.

Die Männer setzten sich auf den Boden auf einen Teppich und teilten sich eine Wasserpfeife. Libby machte es sich auf einem Klappstuhl bequem und sah ihnen zu. So entspannt und formlos hatte sie ihren Vater noch nie mit seinem ältesten Diener umgehen sehen. Er hatte beim Abendessen auch nicht so viel getrunken wie sonst. Die Statussymbole des Sahib waren verpackt worden, und es war, als hätte ihr Vater damit auch die Bürde abgelegt, auf Distanz zu bleiben und den Gebieter zu spielen. Hier, in der schwülen Nacht, umgeben nur von den Geräuschen des Dschungels, beschränkte seine Welt sich darauf, auf einem Teppich zu sitzen und mit einem alten Freund zu rauchen und zu plaudern.

Während die Petroleumlampe zischte, saß Libby im Schatten und lauschte ihnen, als sie in Erinnerungen an lang vergangene Jagdausflüge und Touren nach Burma schwelgten oder an Menschen zurückdachten, die längst tot oder im Ruhestand waren. James' Tonfall war lebhaft, als er über seine jüngeren Jahre sprach; sie sog seine Abenteuergeschichten auf. Das war der Vater, den sie aus ihrer Kindheit kannte.

»Weißt du noch, wie wir drei Tage lang diesen Tiger verfolgt haben?«, fragte James.

Aslam nickte. »Mit Fairfax Sahib.«

»Und wir hatten schon beschlossen aufzugeben, als – man fasst es nicht! – die Bestie einfach zur Frühstückszeit an unserem Lager vorbeispaziert kommt! Wir sind alle zu unseren Gewehren gehastet.«

Aslam lachte leise und sagte: »Nur Fairfax Sahib nicht. Der hat sich einfach weiter rasiert.«

James brüllte vor Lachen. »Der gute, alte Fairfax. Zu seiner Zeit waren Männer noch aus einem ganz anderen Holz geschnitzt.«

Libby fragte: »Ist das der Mr Fairfax, den Mutter immer noch im Altersheim in Tynemouth besucht?«

»Ja«, bestätigte ihr Vater. »Es ist nett von ihr, dass sie sich die Mühe macht.«

»Bald kannst du ihn ja auch dort besuchen«, meinte Libby.

»Das werde ich wohl«, sagte James. Einen Moment lang war sein Gesichtsausdruck im Lampenlicht nachdenklich. Dann machte er mit anderen Anekdoten weiter.

Libby kamen die Tränen, als sie daran dachte, dass das hier ihre allerletzte Nacht in Cheviot View sein würde – und aller Wahrscheinlichkeit nach der letzte Aufenthalt ihres Vaters auf den Oxford Estates überhaupt. Dann würde dieses Kapitel seines Lebens für immer abgeschlossen sein.

So hatte sie es sich in all den Jahren des Exils nicht vorgestellt, in denen sie sich nach Assam gesehnt hatte. Sie war so fixiert darauf gewesen, nach Cheviot View zurückzukehren, dass sie nie wirklich darüber nachgedacht hatte, wie das Leben als erwachsene Frau hier sein würde. Ihr Verstand war mit rosigen Erinnerungen ans Reiten, Tennisspielen und Schwimmen angefüllt gewesen, an Erkundungstouren, Filme im Clubhaus und das Kedgeree des Kochs.

Libby machte sich Vorwürfe, dass sie nicht über ihre märchenhaften Erinnerungen hinausgedacht hatte. Nach kurzer Zeit in ihrem alten Zuhause war ihr klar geworden, dass es nur ein gewöhnliches Haus war – wenn auch eines mit einem atemberaubenden Blick auf schimmerndes Grün –, in dem ein einsamer, sorgenschwerer Vater und eine schrumpfende Anzahl loyaler, alternder Diener wohnten.

Damit hatte Libby nicht gerechnet. Aber sie hatte auch nicht erwartet, Indien gärend vor Veränderungen vorzufinden, und nicht vorausgeahnt, was für unterschiedliche Freundschaften sie schließen würde. Am allerwenigstens hatte sie sich beim besten Willen vorstellen können, dass sie sich schwer in einen charismatischen, sinnlichen, amüsanten, sie zur Weißglut treibenden, leidenschaftlichen indischen Revolutionär namens Ghulam Khan verlieben würde.

Heute Abend, als ihr Vater seine Verpflichtungen als Teepflanzer und Gebieter abschüttelte, hatte sie endlich das Gefühl, ihrerseits ihre Kindheit abschütteln zu können – jene ferne, idealisierte Welt, an die sie sich immer geklammert hatte und die ihr geholfen hatte, die grauen Jahre in England zu überstehen.

Libby ließ sich von ihrem Stuhl gleiten und schlüpfte um die Verandaecke. Sie nahm ein dünnes Baumwolllaken, mit dem ein alter Korbstuhl verhängt war, der zurückgelassen werden sollte, legte sich in den Stoff gehüllt auf den Boden und ließ sich von den leisen Männerstimmen in den Schlaf wiegen.

* * *

Am nächsten Morgen hielten sie sich nicht lange auf. Libby hatte ein letztes Mal in der Morgendämmerung ausreiten wollen, aber James schien es gar nicht abwarten zu können wegzukommen. Die Pferde wurden an Dr. Attar und zwei junge Teepflanzer verkauft, die gern auf *shikar* gingen.

Der *syce* und der *mali* würden künftig für den Arzt arbeiten. Die anderen Diener erhielten Pensionen und das Geld für eine Zugfahrkarte, um zu ihren Verwandten zurückzukehren.

Sie stellten sich auf der Terrasse auf. James ging steif die Reihe ab, schüttelte allen die Hand und verteilte Geldgeschenke und Erinnerungsstücke aus dem Haus. Libby folgte ihm. Halb war es ihr peinlich, die Memsahib zu spielen, halb hatte sie Angst, in Tränen auszubrechen. Im Gegenzug hängten ihnen die Diener Ringelblumengirlanden um und wünschten ihnen alles Gute.

Ihr Vater hielt inne, als er zu Aslam kam. James zitterte das Kinn. Der alte Diener schaute ihm in die Augen, und Libby sah die Traurigkeit in ihren Mienen.

»Aslam, du warst …«, begann James heiser, »… ein guter … treuer Freund. Vielen Da…« Ihm versagte die Stimme. Er schluckte schwer. Dann verzog sich sein markantes, zerfurchtes Gesicht wie das eines kleinen Jungen.

Aslam berührte ihn sanft am Arm. »Danke, Robson Sahib. Friede sei mit Ihnen an allen Tagen Ihres Lebens.«

James unterdrückte ein Schluchzen, streckte die Arme aus und zog seinen alten Diener an sich. Libby kamen bei dem Anblick die Tränen. Sie hatte ihren Vater Aslam gegenüber nie so offen und emotional werden sehen.

Sie wandte sich Meera zu, und sofort umarmten sie sich wieder wie früher. Die Jahre fielen von ihnen ab, und Libby war wieder acht und wurde von ihrer *ayah* getröstet, weil sie Cheviot View verlassen musste und nicht wusste, wann sie zurückkommen würde. Nur, dass diesmal Libby einen Kopf größer als Meera war, als sie sich aneinanderklammerten und still Tränen vergossen.

»Wir sehen uns wieder, versprochen«, sagte Libby, als Meera ihnen beiden die Augen mit dem Saum ihres Schals abtupfte.

»Du wirst immer meine Tochter sein«, erwiderte Meera leise. Ihre braunen Augen waren voller Kummer.

Libby dankte ihr und stolperte hinter ihrem Vater her. Manzur musste vorausgesehen haben, wie viel Kraft der Abschied sie kosten würde, denn er wartete am Auto auf sie und sagte: »Darf ich Sie zu den Büros hinunterfahren?«

Libby nickte dankbar. Ihr Vater stieg vorn ein. Niemand sprach, als sie langsam die Einfahrt hinunterfuhren. James drehte sich nicht um, aber Libby reckte ein letztes Mal den Hals nach ihrem alten Zuhause und den winkenden Dienern. Sie erhaschte einen Blick auf die Rasenflächen, den Teich und die Cannas ihrer Mutter. Der Duft ihrer Blumengirlande stieg ihr in die Nase. Sie schloss die Augen und versuchte, sich diesen letzten, berührenden Anblick ins Gedächtnis einzuprägen.

* * *

Libby hatte keine Lust auf weitere Abschiede, und so sagte sie, dass sie mit Alok am Auto warten würde, während ihr

Vater hineinging, um in der großen Manufakturhalle den Plantagenangestellten Lebewohl zu sagen. Er hatte sich eine Abschiedsfeier und allen Rummel verbeten.

Manzur kam wieder ins Freie, nachdem er James ins Gebäude begleitet hatte. Schon vor Antritt ihrer Reise fühlte Libby sich von ihren Gefühlen und der Hitze erschöpft.

»Libby-Mem«, begann Manzur, »ich will dir etwas unter vier Augen sagen.«

Er sah sie aus dunklen Augen an, die denen seiner Mutter sehr ähnelten. Als er sie außer Hörweite von Alok führte, bekam Libby vor Nervosität Herzflattern. Was mochte er ihr anvertrauen wollen?

»Nun sag schon«, bat sie.

»Wenn dein Vater fort ist und meine Eltern sicher in Bengalen angekommen sind«, sagte er, »kündige ich auf den Oxford Estates.«

»Was?« Libby schnappte nach Luft. »Warum solltest du das tun? Hast du Angst, hier nicht mehr sicher zu sein?«

Er lächelte trocken. »Ich laufe nicht vor einer Gefahr davon«, antwortete er. »Aber seit dein Vater beschlossen hat, in den Ruhestand zu treten, denke ich über meine Zukunft nach. Ich will kein Teepflanzer sein. Das war die Idee deines Vaters, und ich werde auch immer dankbar für das sein, was er mir ermöglicht hat. Dein Vater ist ein guter Mensch – ein mutiger Mann. Aber ich will mir mein Leben selbst aussuchen.«

Libby starrte ihn an. Sie hatte ihn nie so entschlossen reden hören oder auftreten sehen. »Dad wird traurig sein, das zu erfahren. Er findet, dass du einen hervorragenden Verwalter abgeben würdest.«

Manzur sagte: »Bitte erzähl es ihm noch nicht. Ich will nicht, dass er sich deswegen Sorgen macht oder dass es ihm die Abreise noch weiter erschwert. Wenn ich eine neue Stelle habe, schreibe ich ihm und berichte ihm davon.«

Libby fragte: »Du willst Lehrer werden, nicht wahr?«

Manzur nickte. »Ja. Ich hätte die Oxford Estates schon vor fünf Jahren verlassen und eine Lehrerstelle angenommen, wenn dein Vater mich nicht überredet hätte zu bleiben.«

»Doch wohl eher darauf bestanden hat, dass du bleibst, nicht wahr?«, meinte Libby mit einem fragenden Lächeln.

»Ich konnte dank Robson Sahib Hauslehrer in Belguri werden«, rief Manzur ihr ins Gedächtnis. »Also hat er einen Weg für mich gefunden, beides zu tun. Die Zeiten in Belguri waren die glücklichsten, die ich je erlebt habe. Deshalb weiß ich ja auch, dass ich Lehrer werden möchte.«

Libby berührte seinen Arm. »Du wirst ein sehr guter Lehrer. Harry wird bis an sein Lebensende von dir begeistert sein. Und ein anregender Lehrer ist das beste Geschenk, das man einem Kind machen kann.«

Manzur grinste sie an. In seinen Wangen bildeten sich Grübchen. »Danke.«

»Ich wünschte, ich wäre mir sicher, was ich tun will«, seufzte Libby. »Ich wollte einfach nur wieder nach Indien ziehen – und jetzt stelle ich fest, dass dieser Traum plötzlich ein Ende nimmt und ich hier kein Zuhause mehr habe. Ich will mich nützlich machen, aber ich bin mir nicht sicher, wie.«

»Du könntest auch Lehrerin werden«, schlug Manzur vor. »Dein Vater ist stolz darauf, wie du dem Bürogehilfen in Belguri das Maschinenschreiben beibringst.«

»Wirklich?« Libby sah ihn überrascht an. »Das hat er zu mir nie gesagt.«

»Robson Sahib ist niemand, der überflüssige Worte macht oder einem schmeichelt«, erklärte Manzur. »Wenn er sich dann doch äußert, ist es ein hohes Lob.«

»Das stimmt«, pflichtete Libby ihm bei.

Sie verstummte und dachte über ihren Vater nach. In seinem psychisch angegriffenen Zustand brauchte er jemanden, der sich um ihn kümmerte, und sie machte sich Sorgen, dass ihre Mutter nicht mitfühlend genug sein würde. Vielleicht konnte sie sich wirklich nützlich machen, indem sie ihrem Vater half, sich in Newcastle wieder einzuleben. Sie wollte Indien nicht verlassen – schon beim Gedanken daran wurde ihr das Herz bleischwer –, aber auf kurze Sicht schien es der einzige Weg zu sein, der ihr offenstand.

»Wenn ich nach Großbritannien und zu meiner Familie zurückkehre, finde ich vielleicht heraus, was ich mit meinem Leben anfangen sollte.« Libby schnitt eine Grimasse. »Ich hoffe, mir steht nicht bloß die Rückkehr ins Schreibbüro einer Bank bevor.«

»Du wirst deinen eigenen Weg gehen.« Manzur lächelte. »Genau, wie du es immer getan hast, als wir noch Kinder waren.«

Kurz darauf gesellte James sich zu ihnen. Vor Rührung war ihr Vater rot im Gesicht.

»Ich fahre als Erste«, bot Libby an. Sie wandte sich an Manzur und schüttelte ihm die Hand. »Auf Wiedersehen, mein Freund«, sagte sie, »und viel Glück bei allem, was du vorhast.«

Er hielt sie einen Moment lang fest. Seine drahtige Hand fühlte sich warm und kräftig an.

Er lächelte. »Ich hoffe, wir sehen uns wieder, Libby-Mem.«

»Ich auch«, sagte sie und entzog ihm ihre Hand.

Bald fuhren sie die Plantagenstraße entlang, und die Gebäude der Oxford Estates, wo ihr Vater sein gesamtes Arbeitsleben verbracht hatte, versanken in einem Meer grüner Teesträucher, bis sie in der flirrenden Hitze schließlich völlig verschwanden.

»Guter Mann«, meinte James knapp. »Manzur. Er ist ein guter Mann.«

»Ja, das ist er«, bestätigte Libby.

»Er wird eines Tages ein tüchtiger Verwalter sein«, sagte ihr Vater. »Er ist die Zukunft hier – er und gute, verlässliche, intelligente Männer wie er.«

Libby hörte seiner Stimme die Ergriffenheit an. Sie blieb stumm.

»Wir waren hier draußen nicht alle gute Männer«, fuhr James fort. »Ein paar faule Äpfel waren dabei. Aber ich habe versucht, mein Bestes zu tun.«

Libby griff nach seiner Hand und drückte sie. »Das weiß ich. Manzur hat gerade gesagt, was für ein guter und mutiger Verwalter du immer warst.«

»Hat er das wirklich gesagt?«

Libby lächelte. »Ja.«

James seufzte tief. »Nein, nicht immer.«

Libby wartete darauf, dass er noch mehr sagen würde. Vielleicht würde ihr Vater sich ihr jetzt, auf der langen gemeinsamen Reise, endlich anvertrauen. Aber er verfiel in Schweigen, während Libby das Auto lenkte. Gab es etwas, das sein Gewissen immer noch belastete – irgendein Geheimnis aus seiner Zeit auf den Oxford Estates, bei dem er es einfach nicht über sich brachte, ihr davon zu erzählen? Sie sehnte sich danach, ihn zu fragen, wollte ihn aber nicht noch mehr aufregen, da er ohnehin schon so mitgenommen war. Vielleicht wollte er nichts sagen, solange Alok hinten im Auto saß. Womöglich gab es auch gar nichts zu erzählen, und sein seltsames Verhalten resultierte aus der bitteren Erkenntnis, dass er zu alt für seine Arbeit wurde und nun nach England zurückkehren musste, um seiner Frau gegenüberzutreten, die sich ihm entfremdet hatte. Ein Teil von Libby wollte, dass er sich ihr gegenüber alles von der Seele redete, weil sie doch jetzt auch erwachsen war, aber ein Teil von ihr hatte auch Angst vor dem, was sie vielleicht zu hören bekommen würde. Libby wurde klar, dass sie es wahrscheinlich nie erfahren würde.

Während sie sich immer weiter von Cheviot View entfernten und sich Belguri näherten, bewahrte Libby das Geheimnis, das Manzur ihr gerade anvertraut hatte, und ließ ihre Gedanken zu dem schweifen, was sie als Nächstes tun würde. Bis zur Unabhängigkeit blieb kein ganzer Monat mehr. Mit jeder Minute konnte sie es weniger abwarten, nach Kalkutta zurückzukehren und sich mit Ghulam zu treffen, bevor sie ihrem Vater nach England folgen musste.

Libby beschloss, Indien nicht zu verlassen, ohne Ghulam wiedergesehen zu haben.

23

Newcastle, Juli 1947

Adela lebte in einem seltsamen Zustand der Betäubung dahin. Sie tat das Nötigste, um ihre Arbeit und ihren Tagesablauf zu bewältigen, fühlte sich aber von allem losgelöst. In ihrem Verstand und ihrem Herzen hing ihr Dasein in der Schwebe, während sie auf einen Durchbruch bei den Nachforschungen über John Wesleys Aufenthaltsort wartete. Jeden Tag rechnete sie damit, Tilly durch die Tür kommen und irgendein Dokument schwenken zu sehen, das bewies, dass John Wesley – oder Jacques Segal – am Leben war und noch in der Gegend wohnte.

Aber Tillys Recherchen hatten bisher nichts ergeben. Die Umsiedlung der Ausgebombten nach den Luftangriffen war chaotisch verlaufen, und viele Papiere waren in einem Feuer bei Kriegsende verbrannt.

Nachts wälzte Adela sich im Bett, allein mit ihrer Einbildungskraft, die immer angstvollere Wege einschlug, während die langen dunklen Stunden sich dahinschleppten. Ihr Sohn hatte sein glückliches Zuhause bei den gutherzigen Segals verloren und war jetzt in einem Heim – wie es ihrem ursprünglichen Albtraum entsprach –, ungeliebt und unglücklich. Sie trauerte um das belgische Paar und hatte ein entsetzlich schlechtes Gewissen, weil sie die beiden zunächst beneidet hatte. Sie wünschte, sie wären noch am Leben, denn dann wäre ihr Sohn zumindest in einem liebevollen Zuhause aufgewachsen. Was wurde jetzt aus ihm? War er als Waisenkind in einen anderen Landesteil evakuiert worden? Was, wenn er noch einmal adoptiert und sein Name dabei geändert worden war, sodass sie nie in der Lage sein würde, ihn zu finden?

Adela hatte das Interesse daran verloren, etwas zu essen. Sie rauchte immer mehr, was ihren Appetit dämpfte, aber ihre Nerven zumindest zeitweise beruhigte. Das Gesicht, das sie jeden Morgen im Badezimmerspiegel vor sich sah, wurde hohlwangig und bleich. Sie wusste, dass sie zu viel billigen Sherry trank; sie bewahrte eine Flasche davon in der Speisekammer des Cafés auf, um sich im Laufe des Tages immer wieder einen kleinen Schluck zu genehmigen.

Die einzig gute Entwicklung im Café war die, dass Lexy Freda, eine ihrer unverheirateten Nichten, überredet hatte, für eine Probezeit als Köchin dorthin zu kommen. Freda arbeitete langsam, aber methodisch und hatte ein Talent, erfinderisch mit den oft wild durcheinandergewürfelten Zutaten zu sein, die Adela auf dem Markt in der Stadt ergatterte.

Als Marjory Jackman aufhörte, für das Herbert's zu arbeiten, bekam Adela Sam sogar noch seltener als zuvor zu sehen. Ihr tat das Herz weh, wenn sie an ihn dachte. Wie war es möglich, sich einem Mann so zu entfremden, den sie bis vor wenigen Wochen leidenschaftlich geliebt hatte? Sie war eine Versagerin, als Ehefrau ebenso wie als Mutter. Adela unterdrückte ihr Gefühl, nichtsnutzig zu sein, mit Alkohol und klammerte sich an die Hoffnung, dass sie ihren Sohn finden und ihr früheres Versagen an ihm wenigstens jetzt wiedergutmachen konnte.

Dann und wann erschien Sam mit Gemüse aus dem Garten, blieb kurz und versuchte, mit ihr zu sprechen, aber Adela wollte sich vor den anderen nicht mit ihm streiten.

»Ich weiß, dass du weiter nach ihm suchst«, sagte Sam mit gesenkter Stimme. »Josey hat es mir erzählt.«

Adela ärgerte sich, dass ihre Freundin hinter ihrem Rücken mit Sam über ihre Angelegenheiten gesprochen hatte. »Und?«, erwiderte sie und machte sich auf seine Kritik gefasst.

»Wir müssen reden«, sagte Sam.

»Nicht jetzt, Sam.«

»Wann dann?«

»Bald.«

Als sie sich abwandte, packte er sie am Arm und führte sie in den Hof. Seine Miene war grimmig.

»Wir können so nicht weitermachen, Adela«, stieß er hervor.

Alles in ihr sträubte sich gegen dieses Gespräch. »Wie?«

»Du weißt, was ich meine«, erwiderte er gereizt. »Damit, getrennt zu leben. Das ist keine Ehe.«

»Du bist derjenige, der bei seiner Mutter eingezogen ist«, hob Adela hervor.

Der Blick, mit dem er sie bedachte, war so trostlos, dass es Adela schwer ums Herz wurde. Sie sah ihm an, dass er mit sich rang und noch etwas sagen wollte, aber es sich dann doch anders überlegte. Er ließ sie los, wandte sich von ihr ab und verließ den Hof ohne ein weiteres Wort. Adela biss sich von innen auf die Wange, um sich am Weinen zu hindern. Sie war erzürnt, aber eher über sich selbst als über Sam. Sie waren beide verletzt, aber sie war zu erschöpft, um sich etwas einfallen zu lassen, das sie dagegen unternehmen konnte.

* * *

Nach fast einem Monat fruchtloser Suche in Archiven und Anfragen bei Gemeindebüros hatte Tilly noch nichts über den kleinen Jungen herausgefunden, den sie aus der ausgebombten Straße in Heaton gerettet hatte.

Als Adela eines Abends nach Hause kam, saßen Tilly und Josey am Küchentisch und warteten auf sie.

»Ich dachte, du hättest ein Treffen der Mothers' Union, Tilly«, wunderte sich Adela.

»Sie hat abgesagt«, antwortete Josey, »damit wir mit dir reden können, während Mungo mit Freunden unterwegs ist.«

»Mit mir reden?« Adelas Pulsschlag beschleunigte sich. »Hast du etwas herausgefunden, Tilly?«

»Nein, hat sie nicht«, erwiderte Josey an Tillys Stelle. »Aber darüber wollen wir mit dir sprechen. Du kannst dich genauso gut hinsetzen.«

Adela hielt sich am Tisch fest. »Wenn es schlechte Nachrichten sind, sagt es mir bitte einfach.«

»Setz dich, liebes Mädchen«, beharrte Tilly, goss ein Glas Milch ein und stellte es vor Adela, als wäre sie ein Kind.

»Nein danke«, lehnte Adela ab, setzte sich hin, rührte aber das Getränk nicht an.

Josey bot ihr eine Zigarette an. Adela schüttelte den Kopf und beobachtete nervös, wie Josey sich selbst eine ansteckte.

»Adela, Süße«, begann Tilly mit mitfühlendem Blick. »Du machst dich selbst mit der Sache um das Baby noch ganz krank. Wir können es nicht ertragen, dir dabei noch länger zuzusehen.«

»Ich bin nicht krank«, gab Adela, plötzlich aufgeregt, zurück. »Mir geht es gut.«

»Nein, dir geht es nicht gut«, widersprach Josey und blies Rauch aus. »Und Sam auch nicht.«

»Das geht euch nichts an«, blaffte Adela.

»Doch«, sagte Josey unverblümt. »Er ist auch unser Freund.«

Adela knetete im Schoß ihre Hände, um sie am Zittern zu hindern. Sie sah Tilly Hilfe suchend an.

»Adela«, sagte Tilly, »du weißt, dass ich dich lieb habe wie eine Tochter, aber ich kann nicht tatenlos zusehen, wie du dich zugrunde richtest. Ich habe getan, was ich konnte, um den Segal-Jungen aufzuspüren – wenn es denn der Segal-Junge war, den ich gerettet habe –, aber ich habe nichts herausgefunden. Das ist einfach die verdammte Schrecklichkeit des Kriegs.«

»Aber du versuchst es doch weiter?«, wollte Adela wissen. In ihrer Brust stieg Panik auf.

Tilly schüttelte den Kopf. »Wenn ich glaubte, dass es etwas nützen würde, täte ich es. Aber das ist nicht der Fall. Es macht dich krank und verwandelt dich in …«

»Was?«, flüsterte Adela.

»In jemanden, der du nicht bist«, sagte Tilly sanft. »Du bist das großzügigste, warmherzigste Mädchen, das ich kenne – früher warst du so lebenslustig. Aber diese Besessenheit davon, dein Kind zu finden, hat dich verändert. Ich hätte nie erwartet, dass du dem armen Sam gegenüber so rücksichtslos sein könntest.«

»Sam?«, krächzte Adela. Eine Welle der Wut und Demütigung schlug über ihr zusammen.

»Ja, Sam«, wiederholte Josey. »Es besteht so gut wie keine Hoffnung, dass du deinen Sohn je findest – und selbst wenn doch, würdest du niemals hinnehmen, dass er bei irgendjemand anderem außer dir wohnt, nicht wahr? Ganz gleich, wie seine Lebensumstände sind, du wärst entschlossen, dich in sein Leben zu drängen, als wärst du die Einzige, die ein Anrecht auf ihn hat.«

»Da spricht Sam aus dir«, entgegnete Adela. Ihr brannten die Augen.

»Und er hat recht«, sagte Josey, ohne es abzustreiten. »Du riskierst gerade, deinen Ehemann zu verlieren. Begreifst du das nicht?«

Adela wollte protestieren, schluckte aber ihren Widerspruch hinunter. In ihrem Herzen ahnte sie, dass Josey vielleicht recht hatte.

»Ich kläre schon alles mit Sam«, behauptete Adela, »wenn er erst von seiner Mutter zurück ist.«

»Mit Mrs Jackman hat das nichts zu tun«, erwiderte Josey ungeduldig. »Du bist diejenige, die Sam von sich stößt.« Josey drückte ihre Zigarette aus und beugte sich über den Tisch. »Er denkt daran, nach Indien zurückzukehren, Adela.«

»Indien?« Adela schnappte nach Luft. »Er hat nie etwas gesagt …«

»Er hat es versucht, aber du hörst ihm ja nicht zu«, antwortete Josey. »Wach auf, Adela! Sam ist bereit, ohne dich nach Indien zurückzukehren, weil er glaubt, dass du ihn nicht mehr liebst.«

»Aber das ist doch nicht wahr«, protestierte Adela. Ihr Herz klopfte bis zum Zerspringen.

»Das hoffe ich auch nicht«, sagte Josey, »aber auf Sam wirkt es so.«

Adela sah Josey an, dass sie wütend war, aber es war Tillys enttäuschte Miene, die ihr am meisten zu schaffen machte.

»Ihr habt wie solch ein glückliches Paar gewirkt«, sagte Tilly. »Ich dachte, es wäre eine echte Liebesheirat gewesen. Aber es nützt nichts, jemanden nur zu lieben – das hält nicht immer an. Die echte Prüfung steht einem dann bevor, wenn die Lage schwierig wird. Dann findet man heraus, ob man wirklich aneinander hängt.« Ein Ausdruck von Bedauern huschte über ihr Gesicht. »Nicht, dass James und ich sehr erfolgreich darin gewesen wären.«

Adela hatte das Gefühl, dass ihr gleich schlecht werden würde. Hatte sie Sam wirklich so abscheulich behandelt? War ihre beharrliche Suche nach John Wesley einfach nur egoistisch? Das konnte nicht sein! Sie tat es für ihren Sohn, um wiedergutzumachen, dass sie ihn gleich nach seiner Geburt weggegeben hatte.

»Liebst du Sam wirklich?«, fragte Tilly sanft.

Adela kamen die Tränen. Unfähig zu sprechen, senkte sie den Kopf.

Josey seufzte ungeduldig. »Hör auf, dem unerfüllbaren Traum nachzujagen, John Wesley eine Mutter zu sein, und rede mit Sam, bevor es zu spät ist.«

Adela schob ihren Stuhl zurück und stand mit zitternden Beinen auf. »Es tut mir leid …« Ihre Kehle war zu zugeschnürt, um noch ein Wort hervorzubringen. Unfähig, es auch nur noch einen Moment länger in der Küche auszuhalten, floh Adela blind vor Tränen aus dem Raum.

* * *

In der Nacht schlief Adela nicht. Ihre Gedanken waren in Aufruhr. Sie stand unmittelbar vor Anbruch der Morgendämmerung auf, zog sich an und verließ das Haus. Im Café wurde sie erst in mehreren Stunden gebraucht. Sie lief los, ohne ein bestimmtes Ziel vor Augen zu haben, und hoffte, dass die stumpfsinnige Wiederholung, einen Fuß vor den anderen zu setzen, ihre fieberhaften Gedanken vielleicht zur Ruhe bringen würde.

Als der Tag anbrach, fand sie sich am Ufer der Flusses Ouseburn wieder und spazierte begleitet von einem Chor aus Vogelstimmen durchs grüne Jesmond Dene. Einen flüchtigen Moment lang fühlte sie sich an Belguri erinnert, und plötzlich tat ihr vor Sehnsucht das Herz weh. Sie musste stehen bleiben, um Atem zu schöpfen. Heimweh brach über sie herein – stärker, als sie es seit ihrer Rückkehr nach Newcastle je empfunden hatte –, und die Heftigkeit ihrer plötzlichen Sehnsucht nach Indien und ihrer Mutter raubte ihr schier den Atem. Fühlte Sam sich etwa so? Bereute er bitter, das einzige Land verlassen zu haben, das er je als Heimat empfunden hatte, um mit ihr nach Großbritannien zu kommen? Fühlte er sich verloren und einsam und fragte sich, ob all die einschneidenden Veränderungen, die er wegen ihr auf sich genommen hatte, sich gelohnt hatten? Wie sollte sie das wissen, da sie ihm doch seit Wochen keine einzige persönliche Frage gestellt hatte?

Adela legte sich eine Hand auf ihr hämmerndes Herz, während ihr schwindlig wurde und alles vor ihren Augen verschwamm. Ihre Beine gaben unter ihr nach, und sie brach auf einem feuchten Rasenstück zusammen. Sam! Sie hatte versucht, die schmerzlichen Gedanken an ihren Mann zu verdrängen, aber jetzt fielen die Erinnerungen geradezu über sie her: Sam, wie er in einem schlecht sitzenden Smoking auf der Party zur Feier ihres siebzehnten Geburtstags erschien und grinsend Kirschen überreichte. Sam, der Naturbursche in einem alten Arbeitshemd, wie er mit ihr in der Morgendämmerung in den Ausläufern des Himalaja ausritt. Sam in seiner Pilotenuniform, der in einem überfüllten Hotel in Kalkutta nach ihr suchte und breit lächelte, als er sie erspähte. Sams Lächeln, das ihr Herz dahinschmelzen und ihr gleichzeitig die Knie weich werden ließ.

Adela dachte daran zurück, wie sie sich vor langer Zeit im Kofferraum seines Autos versteckt hatte, um aus dem Internat zu flüchten. Genau in dem Moment, als er sie entdeckt hatte, hatte sie sich in ihn verliebt: in den jungen Sam mit dem abgenutzten grünen Porkpie-Hut, den er sich keck im abstehenden Haar zurückgeschoben hatte, Sam mit den Sportlerhänden und dem schlaksigen Gang.

Der Tag, an dem sie geheiratet hatten – in einer schnellen Zeremonie während des Kriegs in Kalkutta –, und die Hochzeitsnacht, die sie in Sophies und Rafis kleiner Wohnung damit verbracht hatten, miteinander zu schlafen, waren die glücklichste Zeit in ihrem Leben gewesen. Das war noch keine drei Jahre her und kam ihr doch schon so entfernt vor, als wäre es in einem anderen Leben geschehen.

Gab es ein Zurück in das intensive Glück, das sie miteinander geteilt hatten? Sie wusste es nicht. Adela barg das Gesicht in den Händen und weinte. Die Kälte des taufeuchten Grases kroch langsam in ihr hoch. Sie rappelte sich auf und fühlte sich vollkommen ausgelaugt. Sie konnte nicht klar denken. Durch den Schlafmangel und die Weinkrämpfe war ihr Verstand vor Erschöpfung wie betäubt. So lange konzentrierte sie sich nun schon ausschließlich darauf, ihr Kind zu finden, dass sie keine Energie mehr übrig gehabt hatte, über irgendeinen anderen Aspekt ihres Lebens nachzudenken. Ihre Tage waren damit angefüllt, das Café zu führen, und ihre Freizeit widmete sie ganz der Suche nach John Wesley.

Als sie sich zurück in die Innenstadt und zu Herbert's Café schleppte, überkam eine plötzliche Klarheit Adela: Sie suchte immer noch nach dem winzigen Baby, das sie vor dem Krieg weggegeben hatte. Aber ihr Sohn war nicht mehr dieses Baby; er war ein Junge, der jetzt schon über acht Jahre alt war. Sein ganzes bisheriges junges Leben lang hatte er ohne sie Erfahrungen in der Welt gesammelt. Sie hatte nicht dazugehört. Er hatte die Liebe der Segals gekannt, und vielleicht kümmerte sich jetzt, in diesem Moment, eine andere Familie um ihn, die ihn ebenfalls lieb hatte. Doch zu keinem Zeitpunkt würde er an sie denken – geschweige denn an seinen leiblichen Vater Sanjay. Sam und Josey hatten recht. Sie war entschlossen gewesen, ihren Sohn zu finden und Anspruch auf ihn zu erheben, ganz gleich, was für ein Leben er mittlerweile führte, ohne auch nur einen Gedanken darauf zu verschwenden, wer ihn vielleicht adoptiert hatte. Sie wollte nicht nur wissen, wo er war und ob er glücklich war; sie wollte ihn für sich selbst.

Mit einem Mal überkam Adela tiefe Beschämung. Wie würde das ihrem geliebten Sohn helfen? Sie war davon ausgegangen, dass das Beste für sie auch das Beste für ihn war. Aber das war nicht unbedingt der Fall. Ihr Impuls war selbstsüchtig gewesen. Sie versuchte, die Schuldgefühle zu lindern, die sie hatte, weil sie ihn zur Adoption freigegeben hatte. Aber sie konnte die Vergangenheit nicht ändern. Alle Reue, die sie jetzt empfand, würde die schmerzliche Wahrheit nicht auslöschen: Sie hatte ihr Baby freiwillig weggegeben, und damit würde sie leben müssen.

* * *

Irgendwie stand Adela noch einen Tag im Café durch. Mechanisch führte sie die Aufsicht über Freda und Doreen und trieb Joan an zu versuchen, sich noch eine Woche lang auf die Arbeit zu konzentrieren, bevor sie das Café verließ, um Tommy zu heiraten. Adela warf immer wieder Blicke zur Hintertür und wartete darauf, dass Sam mit irgendwelchen Zutaten aus dem Garten erscheinen würde. Diesmal würde sie seine Versuche, mit ihr zu reden, nicht abwehren. Sie würde sich mit ihm zu einem Treffen nach der Arbeit verabreden, damit sie ein Gespräch unter vier Augen führen konnten. Dieser eine Gedanke hielt sie den ganzen Tag über aufrecht.

Aber kurz bevor das Café schloss, war Sam immer noch nicht gekommen. Adela bat Doreen, die letzten Arbeiten zu erledigen und abzuschließen, während sie selbst im Garten nachsehen ging. Aber auch dort war keine Spur von Sam. Seine Geräte waren im Schuppen eingeschlossen, und ein Mann auf der Nachbarparzelle sagte, dass Sam seit zwei Tagen nicht mehr hier gewesen sei.

Adela empfand einen ersten Anflug von Besorgnis. War Sam krank? Vielleicht war er wegen eines Fotoauftrags unterwegs, von dem er ihr nichts erzählt hatte. Sie hatte ihn seit Ewigkeiten nicht mehr nach seiner Tätigkeit als Fotograf gefragt. Joseys Warnung hallte in ihrem Kopf wider: *Wach auf, Adela! Sam ist bereit, ohne dich nach Indien zurückzukehren, weil er glaubt, dass du ihn nicht mehr liebst.*

Bestimmt hätte er doch nichts derart Drastisches getan, ohne es ihr vorher zu sagen? Es war undenkbar. Aber Sam hatte schon früher impulsiv gehandelt, wenn das Leben zu schwierig geworden war. Vor langer Zeit hatte er seinen Dampfer bei einem Kartenspiel verloren und war aus Assam verschwunden. Der freundliche Missionar Dr. Black hatte ihn in Delhi aus einem Vagabundenleben und aus seiner Trunksucht gerettet. Adela würde sich nie verzeihen, wenn die Tatsache, dass sie Sam vernachlässigt hatte, ihn wieder in die Depression und zum Alkohol getrieben hatte.

Plötzlich sehnte Adela sich selbst nach einem Drink. Sie stand da, ballte die Fäuste und kämpfte gegen den Drang an, ins Café zurückzukehren und sich ein Glas Sherry zu genehmigen. Stattdessen brach sie eilig in die Innenstadt auf und nahm einen Bus zur Küste.

Als sie in Cullercoats ausstieg, schlug ihr die salzige Seeluft entgegen und weckte die Erinnerung daran, wie sie als Schwangere hier mit den beiden freundlichen Frauen Maggie und Ina zusammengelebt hatte. Sie verdrängte den Gedanken. Sie war hier, um Sam aufzusuchen, sich zu entschuldigen und sich mit ihm zu versöhnen. Sie würde sich sogar von Marjory Jackman tadeln lassen, wenn das half, ihre belastete Beziehung zu Sam zu kitten.

Adela klopfte mehrfach, bevor die Tür geöffnet wurde. Sie versuchte, ihre Bestürzung darüber zu verbergen, dass es Marjory war, die vor ihr stand, und nicht Sam.

»Ich habe eigentlich schon längst mit dir gerechnet«, sagte Sams Mutter mit eisiger Miene.

Adela schluckte. »Es tut mir leid. Ich habe keine Entschuldigung dafür, aber jetzt bin ich ja hier. Darf ich ins Haus kommen und Sam besuchen?«

Marjory schüttelte den Kopf.

Adela verkrampfte sich. »Bitte, ich muss mit ihm sprechen, um zu versuchen, ihm zu erklären …«

»Er ist nicht hier«, unterbrach ihre Schwiegermutter sie.

»Oh, wann kommt er zurück? Dürfte ich vielleicht oben bei dir warten?«

Ein mitleidiger Ausdruck huschte über Marjorys Gesicht. »Nein, Liebes, er ist für ein paar Tage fort.«

Adelas Herz begann dumpf zu hämmern. »Wohin ist er gefahren?«

»Nach Edinburgh, um sich bei irgendwelchen Teepflanzern um eine Stelle zu bewerben. Ich dachte, das hätte er dir vielleicht erzählt.«

Panik überkam Adela. »Nein, hat er nicht. Plant er wirklich, nach Indien zurückzukehren?«

Marjory nickte. »Zumindest will er wieder in den Osten. Er redet über Teeplantagen auf Ceylon.«

»Ceylon?«, schrie Adela ungläubig auf. »Warum sollte er …?«

»Er ist hier nicht glücklich. Es wird mir zwar das Herz brechen, wenn er fortgeht, aber ich werde es ertragen, wenn es ihn glücklich macht.« Sams Mutter schüttelte bekümmert den Kopf. »Ich hatte gehofft, du würdest ihn glücklich machen, Adela, aber ich habe mich geirrt.«

Der Vorwurf traf Adela tief. »Es tut mir wirklich leid«, sagte sie, bemüht, nicht auf der Türschwelle in Tränen auszubrechen. »Bitte sag ihm, dass ich ihn sehen muss, wenn er zurückkommt – und dass er keine überstürzte Entscheidung treffen soll, bevor wir miteinander gesprochen haben. *Bitte* sag ihm das, ich flehe dich an!«

Die ältere Frau lenkte ein. »Ich richte es ihm aus – aber ich glaube, du verschwendest deinen Atem. Wenn mein Sam sich etwas in den Kopf gesetzt hat, dann ist es sehr schwer, ihm das wieder auszureden.«

»Danke«, brachte Adela hervor. Verzweifelt kehrte sie der zufallenden Tür den Rücken und ging davon. Das Herz tat ihr vor Sehnsucht nach Sam weh. Wie sollte sie es ertragen, nicht nur ihren Sohn, sondern auch Sam zu verlieren?

24

Die Tage des Wartens darauf, etwas von Sam zu hören, gehörten zu den schmerzlichsten, die Adela je erlebt hatte. Sie quälte sich immer noch mit angstvollen Gedanken über John Wesleys Schicksal, auch wenn sie sich mit aller Macht bemühte, sie zu verdrängen. Dieser innere Kampf und ihre verzweifelte Sorge um Sam wühlten sie auf. Josey und Tilly versuchten, sie mit einem Theaterbesuch und einem Tennisspiel mit Mungo und einigen seiner Freunde von der Universität auf andere Gedanken zu bringen. Aber Adela stellte fest, dass nur die harte Arbeit im Café sie ablenken konnte.

Es war Lexy, der sie das meiste über ihre geheimsten Gefühle anvertraute – die liebe Lexy, die für sie in schwierigen Zeiten schon immer ein Fels in der Brandung gewesen war. Und im Gespräch mit Lexy kam Adela auch eines Tages spätabends nach der Arbeit die erste Idee zu einem Plan.

Ende der Woche bekam Tilly einen Anruf von Sam, der sagte, er sei wieder in Cullercoats und würde gern mit Adela sprechen. Statt ihn zurückzurufen, schickte Adela ihm eine Nachricht und bat ihn, sich mit ihr am Samstagabend im Café zu treffen, sobald es geschlossen hatte.

Unterstützt von Doreen und Freda, während Lexy von einem Stuhl aus Anweisungen erteilte, kochte Adela

Hammelcurry und deckte einen Tisch im Schutze einiger großer Topfpflanzen. Sie legte ein frisches Tischtuch auf und dekorierte alles mit Wicken aus dem Garten. Adela holte das alte Grammofon aus Lexys Wohnung nach unten und lieh sich von Josey eine Reihe von Schallplatten mit Liedern, die ihr altes Trio, die Toodle Pips, früher gesungen hatte. Dann zog Adela sich ein rotes Abendkleid an, das sie in Kalkutta gekauft hatte, trug Rouge auf ihre fahlen Wangen auf und schminkte sich die blassen Lippen.

Nervös lief sie im Café auf und ab, warf immer wieder einen Blick auf die Uhr und konnte nicht still sitzen.

»Was, wenn er nicht kommt?«, sorgte sie sich.

»Er wird kommen«, sagte Lexy. »Setz dich hin, bevor du ein Loch in den Boden läufst.«

Aber Adela kam einfach nicht zur Ruhe. Erst als Doreen aus der Küche hereineilte, um zu verkünden, dass Sam über den Hinterhof kam, zog Adela sich hinter die Pflanzenreihe zurück.

Sie hörte, wie Sam in der Küche mit Doreen sprach. Er klang etwas überrascht.

»Gehen Sie einfach ins Café, Mr Jackman«, drängte Doreen.

Die Tür schwang auf. Adela sah Sams Profil aus ihrem Versteck hinter den Pflanzen. Mit hämmerndem Herzen zog sie das Grammofon auf und hob die Nadel auf die Platte. Das muntere Lied ertönte, das das Markenzeichen der Toodle Pips gewesen war: *Don't Sit Under the Apple Tree.*

»Da bist du ja, mein lieber Junge«, sagte Lexy, erhob sich steif und zeigte auf eine Karaffe mit einem selbst gemachten Getränk. »Nimm dir etwas von dem Nimby-Pimby oder wie auch immer ihr Limonade in Indien nennt.«

»*Nimbu pani*«, verbesserte Adela und trat mit einem nervösen Lächeln aus der Ecke hervor.

Sam starrte sie an. Vor Erstaunen sackte ihm der Unterkiefer herunter. Er trug ein altes Crickethemd und eine graue Flanellhose, aber kein Jackett. Auf seinem Kopf saß nicht sein gewohnter Hut, und seine Haare wirkten ungekämmt. Schuldbewusst bemerkte Adela, wie verhärmt sein Gesicht aussah. Unter den haselnussbraunen Augen hatte er vor Übermüdung dunkle Ringe.

»M… mir war nicht klar …«, begann er, aber dann fehlten ihm die Worte.

Während Lexy aus dem Zimmer humpelte, goss Adela ihnen beiden etwas von dem eisgekühlten Getränk ein. Mit zitternder Hand reichte sie ihm eines der Gläser.

»Ich möchte mich entschuldigen, Sam«, sagte sie rasch. »Es tut mir wirklich leid, wie ich dich behandelt habe – und dass ich dich so unglücklich gemacht habe.«

»Adela …«

»Sag jetzt noch nichts«, unterbrach sie ihn. »Ich weiß, dass du vorhast, ohne mich nach Übersee zu gehen. Ich mache dir keine Vorwürfe. Aber ich will, dass wir versuchen, unsere Ehe zu kitten. Lass uns gemeinsam essen und dann über alles reden. Können wir das bitte tun?«

Sam nickte. Sie sah seinem Kiefer die Anspannung an. Ein Muskel in seiner Wange zuckte, als würde er mit einer Gefühlsaufwallung ringen. War es Zorn – oder Bedauern, weil alles zu spät war? Sie stürzte ihr *nimbu pani* hinunter und führte ihn an den zum Abendessen gedeckten Tisch. Während Doreen mit einem Tablett kam, das mit Tellern voll Curry und Kartoffeln beladen war, legte Adela noch eine Schallplatte auf: *A Nightingale Sang in Berkeley Square.*

»Wir gehen jetzt«, sagte Doreen mit einem Nicken in Richtung Sam. Dann lächelte sie Adela noch schnell aufmunternd zu.

»Danke«, erwiderte Adela mit einem Blick voller Rührung.

Adela setzte sich gegenüber von Sam an den Tisch. In ihrem Magen rumorte es so heftig, dass sie nicht glaubte, auch nur einen Bissen hinunterbringen zu können.

»Weißt du noch, wie ich das auf der Armeebasis in Imphal gesungen habe?«, fragte sie.

Er lächelte sie melancholisch an. »Natürlich.«

»Und wie ich dann *You'll Never Know* gesungen habe?«

Er nickte und hielt ihrem Blick stand. Auch er hatte sein Essen noch nicht angerührt.

»Das habe ich extra für dich gesungen, Sam«, erklärte sie. »Ich dachte, ich würde vielleicht nie Gelegenheit haben, dir zu gestehen, was ich für dich empfinde, also habe ich versucht, es mit dem Lied zum Ausdruck zu bringen.«

Sam bedachte sie mit einem verblüfften Blick. »Adela, sag mir bitte, was hier los ist. Gehst du mir zu irgendeinem Zweck um den Bart? Willst du mir etwa mitteilen, dass du deinen Sohn gefunden hast?«

Adela zuckte zusammen. Wie konnte er ihr nur so sehr misstrauen?

»Nein, Sam«, erwiderte sie. »Ich versuche, dir zu zeigen, dass ich dich noch immer liebe. Du hast recht. Ich war so besessen davon, John Wesley zu finden, dass für mich nichts anderes mehr gezählt hat. Ich habe dich von mir gestoßen und dich verletzt, obwohl das nie meine Absicht war. Ich habe tatsächlich mehr über mein Baby herausgefunden, aber Tilly und Josey mussten mich erst zur Vernunft bringen. Sam, du bist derjenige, mit dem ich zusammen sein will – du bist der Mensch, den ich auf der Welt am meisten liebe. Und ich kann den Gedanken nicht ertragen, dass du mich vielleicht verlässt …«

Adela stockte die Stimme. Ihr kamen die Tränen. Von ihren Gefühlen überwältigt, wandte sie den Blick ab.

Binnen eines Augenblicks war Sam aufgesprungen und zog sie auf die Füße. Er hielt sie auf Armeslänge von sich weg.

»Meinst du das ernst?«, fragte er und musterte ihr Gesicht prüfend.

»Ja«, stieß sie heiser hervor, »jedes einzelne Wort.«

Sam zog sie in seine Arme und drückte sie eng an sich. »Oh, mein Schatz, ich dachte, ich würde dich diese Worte nie wieder sagen hören. Ich dachte, du würdest mich nicht lieben – ich wäre nur eine schäbige zweite Wahl nach Sanjay …«

Adela schauderte. »Bitte sag so etwas nicht. Der Mann kann dir in meiner Wertschätzung nicht einmal annähernd das Wasser reichen. Ich bringe ihm keine Zuneigung mehr entgegen, obwohl er meinen Sohn gezeugt hat.«

Mit einem Seufzer der Erleichterung begrub Sam das Gesicht in ihrem Haar. »Es tut mir leid, dass ich an dir gezweifelt habe.«

»Es tut mir leid, dass ich dir Anlass dazu gegeben habe, an mir zu zweifeln«, antwortete Adela. Einen langen Augenblick sahen sie einander stumm an. Dann reckte sie sich und küsste ihn zärtlich auf die Lippen.

Er schaute ihr in die Augen. »Ich wollte dich nie verlassen, Adela, aber ich dachte, ich würde dich unglücklich machen. Ich hatte keine Ahnung, wie ich alles wieder ins Lot bringen sollte.«

»Es war ein Fehler von mir, dich zu überreden, mit mir nach England zu kommen«, sagte sie, »oder ich hatte zumindest den falschen Grund dafür. Ich habe mich entsetzlich gefühlt, als deine Mutter mir erzählt hat, du wärest nach Edinburgh gefahren, um dir eine Stelle als Teepflanzer auf Ceylon zu suchen. Das hat mir klargemacht, wie weit wir uns voneinander entfernt hatten.«

Sam streichelte ihr das Haar. »Ich war meiner Mutter gegenüber nicht ganz ehrlich«, gestand er. »Ich hatte zwar wirklich einen Termin bei einem Teepflanzer, aber ich hatte noch einen anderen Grund, nach Edinburgh zu fahren.«

»So?« Adela empfand die zärtliche Geste, mit der er ihr Haar berührte, als beruhigend.

»Ich wollte sehen, woher meine Blutsverwandten stammten – die Logans und die Andersons. Sophie hatte mir mit solcher Zuneigung von ihrer Zeit bei Tante Amy Anderson erzählt, dass ich die Stadt mit eigenen Augen sehen musste. Ich bin in die Clerk Street gegangen und habe mir die Wohnung angeschaut, in der Sophie aufgewachsen ist; von dort aus hat man einen wunderschönen Blick auf die Salisbury Crags. Ich habe Sophies frühere Arbeitgeberin, Miss Gorrie, kennengelernt, die von meiner Schwester geradezu geschwärmt und mir Anekdoten aus ihrer gemeinsamen Zeit erzählt hat.«

Sam sah Adela verlegen an. »Ich wollte nicht, dass Mam erfährt, dass das mein Hauptgrund für den Besuch in Edinburgh war, obwohl sie wahrscheinlich Verständnis dafür hätte.«

»Das hätte sie bestimmt«, antwortete Adela. »Alles, was sie will, ist, dass du glücklich bist – selbst wenn das heißt, dass du sie verlässt und wieder ins Ausland gehst.«

»Das hat sie gesagt?«

»Ja«, bestätigte Adela. Sie berührte sein Gesicht. »Möchtest du das, Sam?«

»Ich weiß es nicht«, gestand er. »Mir ist klar, dass es lange dauern wird, bis ich mich hier zugehörig fühle. Selbst in Edinburgh, woher meine leibliche Familie stammt, hatte ich nicht das Gefühl, zu Hause zu sein. Aber ich werde Großbritannien zu meiner Heimat machen, wenn du hier leben willst. Es hängt alles davon ab, ob du bleiben und deine Suche fortsetzen willst …«

»Nein«, sagte Adela und wappnete sich. »Ich werde nicht weiter nach John Wesley suchen. Es war ein egoistischer Traum. Tilly hat gesagt, dass es mich krank macht, und sie hatte recht. Ich muss mich einfach damit abfinden, dass ich nie erfahren werde, was aus ihm geworden ist – und hoffen, dass gute Menschen sich um ihn kümmern. Ich muss akzeptieren, dass ich nie seine Mutter sein werde …« Ihr versagte die Stimme.

»Schatz!« Sam zog sie eng an sich.

Adela schluckte schwer. »Aber«, fuhr sie fort, »ich möchte die Mutter unseres eigenen Kindes sein. Ich will, dass wir versuchen, ein Baby zu bekommen.«

Er umfasste ihr Gesicht mit beiden Händen und musterte sie prüfend.

»Bist du dir sicher?«

»Ja«, sagte sie, schon wieder den Tränen nah, »wenn du noch möchtest.«

»Natürlich möchte ich!«, rief Sam. Er beugte sich vor und küsste sie fest auf den Mund.

Adela spürte, wie die zusammengeballte Anspannung in ihr sich etwas legte. Eine Welle der Zuneigung brach über sie herein. Sie hielt Sam fest und erwiderte seinen Kuss.

»Was machen wir jetzt?«, fragte er.

Adela spürte, wie ihr Pulsschlag sich unter dem Blick, mit dem er sie bedachte, beschleunigte. Zum ersten Mal seit Wochen spürte sie, wie Begehren sich in ihr regte.

»Wir können das Curry essen, bevor es kalt wird«, sagte sie leise, »oder wir können nach oben gehen.«

Er sah sie fragend an.

»Lexy und Doreen leihen mir die Wohnung für die Nacht«, erklärte sie.

Er riss die Augen auf. »Wirklich?«

»Ja«, sagte Adela lächelnd, »damit ich dich verführen kann.«

Sam lachte vor entzücktem Erstaunen. »Ich kann kaltes Curry essen, wenn du es kannst.«

Hand in Hand verließen sie das Café und gingen nach oben in die leere Wohnung.

* * *

Stunden später, nachdem sie mehrfach miteinander geschlafen und sich zwischendurch im Arm gehalten und geredet hatten, holten Sam und Adela die Teller mit dem kalten Curry nach oben. Adela, die einen alten Morgenmantel von Lexy trug, wärmte das Essen wieder auf, während Sam dicht hinter ihr stand und ihr Haar liebkoste.

»Darin siehst du richtig sexy aus«, murmelte er und beugte sich vor, um sie in den Nacken zu küssen.

Adela lachte. »Ich hätte mir gar nicht die Mühe mit dem teuren roten Kleid gemacht, wenn ich geahnt hätte, dass braunes Kammgarn dich ganz heißmacht.«

Sam schlang ihr die Arme um die Taille und zog sie an sich. »Ich finde dich unwiderstehlich, ganz gleich, was du trägst.«

Sie wirbelte herum und küsste ihn. »Oh, Sam, ich habe es vermisst, mit dir herumzualbern. Ich liebe dich so sehr.«

Zur Antwort gab er ihr noch einen langen, intensiven Kuss.

Sie schlangen das Curry hinunter. Adela wurde klar, dass sie seit Tagen keine richtige Mahlzeit mehr zu sich genommen hatte. Danach fühlte sie sich warm und zufrieden – aber ihr Begehren regte sich erneut.

Sam musste es ebenso gehen, denn als sie aufstand, um die Teller abzuräumen, hielt er sie auf und sagte: »Lassen wir die doch bis morgen früh stehen.«

Er zog am Gürtel des Morgenmantels, sodass das Kleidungsstück aufklaffte. Er schob es ihr von den Schultern, hob sie hoch und trug sie zurück ins Bett.

* * *

Irgendwann im Laufe der Nacht schliefen sie ein. Als Adela aufwachte, sah sie, wie Sam sie, auf einen Ellbogen gestützt, im Licht der Morgendämmerung betrachtete. Sie lächelten einander an. Adela war von Zärtlichkeit für Sam erfüllt – und von Erleichterung, dass sie einander noch liebten.

Er brachte ihnen zwei Tassen Tee ans Bett und zündete Zigaretten an. Adela lehnte sich an seine Brust, und sie sprachen wieder über ihre Zukunft und die Möglichkeit, Newcastle zu verlassen.

»Ich habe daran gedacht, meiner Cousine Jane zu schreiben, um festzustellen, ob sie vielleicht Interesse daran hätte, das Café wieder zu übernehmen«, sagte sie.

»Die Tochter deiner Tante Olive?«, fragte Sam. »Die, die vor dem Krieg das Café geleitet hat?«

»Ja. Sie war sehr gut darin, aber dann ist sie eingezogen worden und zum ATS gegangen, der Frauenabteilung der Armee. Sie ist in Yorkshire gelandet und hat einen Mann geheiratet, den sie kennengelernt hat, als sie Fahrerin beim Versorgungskorps war.«

»Aber ist sie dort nicht sesshaft geworden?«

»Ganz sicher bin ich mir da nicht«, meinte Adela. »Deshalb dachte ich ja, dass ich ihr schreibe. Wir haben früher viel miteinander korrespondiert, aber unsere Brieffreundschaft ist eingeschlafen. Ich weiß, dass sie immer sehr heimatverbunden war. Tante Olive wäre bestimmt überglücklich, wenn ihre Tochter wieder in die Gegend ziehen würde; Jane war ihr immer eine große Stütze.« Adela sah Sam an. »Wenn du es wirklich ernst damit meinst, nach Indien zurückkehren zu wollen, wäre das ein Weg, das Café zu erhalten, aber die Verantwortung dafür abzugeben.«

»Ist es das, was du willst?«, erkundigte sich Sam.

»Ich finde, das Café ist eine richtige Last«, gab Adela zu. »Und ich vermisse Indien wirklich. Aber wäre es nicht tollkühn, dorthin zurückzukehren, wenn doch die meisten Briten gerade das Land verlassen?«

»Deine Mutter und dein Bruder sind dort«, sagte Sam, »und auch Sophie und Rafi. James und Libby bleiben vielleicht auch – und dein Cousin George. Für alle, die entschlossen sind, werden sich immer Chancen bieten.«

Adela spürte, wie sich Vorfreude in ihr regte. »Es wäre wunderschön, wieder in Belguri zu sein. Ich vermisse es viel mehr, als ich im Voraus erwartet hätte.«

»Ich möchte aber nicht, dass deine Mutter den Eindruck hat, dass sie mir eine Stelle geben muss«, wandte Sam vorsichtig ein. »Vielleicht sollten wir woanders hingehen.«

»Möchtest du gern weiter Fotograf bleiben?«, fragte Adela.

»Ich bin mir nicht sicher«, gestand Sam. »Ich genieße es wirklich, hinter einer Kamera zu stehen – aber ich arbeite auch gern an der frischen Luft.« Er streichelte ihr übers Haar. »Doch es ist auch deine Entscheidung. Ich will, dass du Gelegenheit hast, dich den Dingen zu widmen, die du magst. Seit wir in Newcastle sind, hast du nichts von all dem getan – weder auf der Bühne gestanden noch gesungen noch Spaß gehabt.«

Adela verschränkte ihre Finger mit seinen. »Das ist meine Schuld, weil ich so fixiert darauf war …« Sie schluckte, unfähig, ihren Sohn wieder zu erwähnen. »Aber ich finde schon Gesellschaft, wohin auch immer wir gehen. Ich will nur, dass du glücklich bist und dass wir zusammen sind.«

Er drückte ihr die Hand und küsste sie von oben auf den Kopf. »Das Gleiche wünsche ich mir für dich.«

Neue Zuneigung zu ihrem gutmütigen Mann stieg in Adela auf.

»Und was ist mit deiner Mutter?«, wollte sie wissen.

»Sie wird Verständnis dafür haben«, meinte Sam. »Meine Zukunft ist an deiner Seite, mein Schatz.«

Adela war voller Zuversicht. »Warum fangen wir dann nicht einfach in Belguri an?«, schlug sie vor. »Du könntest mehr über Tee lernen, wenn du dich wirklich dafür interessierst – meine Mutter könnte dir so viel beibringen. Oder wenn du beschließt, dass du doch lieber mit der Fotografie weitermachen möchtest, könnten wir nach Kalkutta zurückgehen. Wir haben Freunde und Bekannte dort. Vielleicht könnte Ghulam Khan dich bei seiner Zeitung vorstellen?«

»Ja«, sagte Sam, »die Ideen gefallen mir beide.«

Adela sah die Begeisterung in seinen Augen. »Gut.« Sie lächelte. »Ich schreibe Jane noch heute. Aber Mutter gegenüber erwähne ich noch nichts, bis alles in trockenen Tüchern ist.«

Sam nickte. »Was ist mit Tilly und den anderen hier?«

Adela verzog das Gesicht. »Es Tilly zu sagen, wird schwer.«

»Sie wird nicht wollen, dass du fortgehst«, vermutete Sam.

»Nein, deshalb sagen wir besser noch nichts«, meinte Adela. »Abgesehen davon, dass wir uns geküsst und wieder versöhnt haben. Darüber wird sie sich freuen.«

Sam grinste. »Es hat ja keine Eile, nach South Gosforth zurückzukehren. Wie wäre es, wenn wir uns noch ein bisschen weiter küssen und versöhnen?«

Adela lächelte, drückte ihn aufs Kopfkissen und küsste ihn zur Antwort leidenschaftlich auf den Mund.

* * *

Erst gegen Mittag kehrten Adela und Sam in Tillys Haus zurück. Sie gingen Hand in Hand und grinsten einander albern an. Adela fühlte sich berauscht von ihrem kurz zurückliegenden Liebesspiel und Sams Liebe zu ihr, die er so deutlich zum Ausdruck brachte. Sie schauderte bei der Vorstellung, wie nahe sie daran gewesen war, ihn zu verlieren. Tilly hatte recht gehabt: Erst wenn das Leben schwierig wurde, erwies sich, ob die Liebe echt war.

Adela hatte es Sam übel genommen, dass er kein Verständnis für ihr überwältigendes Bedürfnis gehabt hatte, ihren Sohn zu finden. Aber sie war ihm gegenüber nicht ehrlich gewesen, was ihre tiefen Schuldgefühle und ihre verzweifelte Hoffnung betraf. Er hatte versucht, sie zu unterstützen, aber sie hatte ihn auf Distanz gehalten und nur an ihre eigenen Empfindungen gedacht. Von jetzt an würde sie Sam nie mehr ausschließen. Sie hatten einander versprochen, künftig keine Geheimnisse mehr voreinander zu haben.

»Hallo! *Koi hai*!«, rief Adela, als sie das Haus betrat. »Wir sind wieder da. Jemand zu Hause?«

Nach einer Weile antwortete Josey: »Im Wohnzimmer. Hast du Sam dabei?«

Adela und Sam tauschten verschämte Blicke.

»Ja!«, rief Sam, nahm Adela fest an die Hand und führte sie ins Wohnzimmer.

Tilly, Josey und Mungo saßen dort und hatten die Gesichter erwartungsvoll der Tür zugewandt. Adela hatte sofort den Eindruck, dass Tilly geweint hatte. Ihre Augen waren gerötet und glänzten. Josey war so rot im Gesicht, als hätte sie mehrere Sherrys getrunken.

»Ist alles in Ordnung?«, fragte Adela besorgt.

»Absolut«, versicherte Tilly und lächelte unter Tränen. »Ich freue mich ja so, euch beide wieder zusammen zu sehen.«

»Das heißt doch hoffentlich, dass du wieder einziehst?«, fragte Josey augenzwinkernd.

»Ja, vorerst«, sagte Sam. »Bis Adela und ich eine eigene Bleibe gefunden haben.«

»Prima«, meinte Mungo grinsend, »dann habe ich endlich einmal jemanden, mit dem ich über Cricket sprechen kann statt über Theaterkostüme oder Ausflüge mit der Mothers' Union.«

»Du weißt, dass ich von Cricket genauso viel verstehe wie Sam«, gab Josey mit ihrem kehligen Lachen zurück. »Darf ich euch Turteltäubchen einen Sherry eingießen?«

Adela spürte die vertraute Sehnsucht nach einem Drink. Ihr fiel wieder ein, dass Sam fand, dass sie zu viel trank.

»Nein danke«, lehnte sie ab. »Ich gehe uns Tee kochen.«

»Ich komme mit und helfe dir«, sagte Sam und drückte ihr die Hand.

»Bevor ihr das tut«, sagte Mungo und sprang auf, »müssen wir euch Neuigkeiten aus Indien erzählen. Stimmt's, Ma?«

»Indien?«, fragte Adela und erschrak, als Tilly sich ein Taschentuch vor den Mund drückte. »Aber hoffentlich doch keine schlechten Nachrichten?«

»Nein«, sagte Mungo, »es sind großartige Nachrichten, auch wenn Ma so albern und emotional reagiert, nicht wahr?« Er beugte sich zu Tilly und tätschelte ihr die Schulter.

Adela sah sie erwartungsvoll an. Doch Tilly war zu aufgewühlt, um etwas zu sagen.

Josey erläuterte: »Gestern ist ein Telegramm gekommen. Von James.«

Mungo lächelte breit. »Dad kommt zurück. Er hat einen Flug gebucht. Ende des Monats wird er zu Hause sein.«

»Das ist ja wunderbar!«, rief Adela. »Kommt er nur zu Besuch, oder bleibt er für immer?«

»Für immer«, erklärte Mungo.

»Das freut mich ja so«, sagte Adela.

»Mich auch«, ergänzte Sam.

Tilly schaute auf und lächelte sie unter Tränen an. »Ja, das sind wunderbare Neuigkeiten.« Dann verzog sie das Gesicht und begann von Neuem zu weinen.

»Oh, Ma!«, tadelte Mungo sie amüsiert. »Du bist so sentimental.«

Adela und Sam tauschten Blicke. Adela wusste, dass ihr Mann sich das Gleiche fragte wie sie: Weinte Tilly vor Freude oder vor Sorge darüber, dass ihr lange abwesender Ehemann nach all den Jahren der Trennung zu ihr zurückkehrte?

25

Belguri, Ende Juli 1947

Eine Woche nach dem ergreifenden Abschied von Cheviot View wurde James' Flug nach Hause gebucht. In sechs Tagen würde er von Kalkutta aus abfliegen. Libby sollte ihn bis in die Stadt begleiten, weigerte sich aber standhaft, schon so schnell nach Newcastle zurückzukehren. Ihr Plan war, wieder bei den Watsons zu wohnen, aber in einem Brief von ihrem Onkel Johnny erklärte dieser, dass sie dabei waren, alles zusammenzupacken, um auch nach England zu gehen. Sie konnten sie zwar für ein paar Tage aufnehmen, würden aber noch vor dem fünfzehnten August fort sein.

»Ich kann nicht fassen, dass sie aus Indien wegziehen!«, rief Libby. »Was wird aus dem armen alten Colonel Swinson? Er kennt doch nichts anderes.«

»Na ja, immerhin wird Tilly sich freuen, ihren Bruder wiederzuhaben«, sagte Clarrie. »Wo wollen sie leben?«

»Onkel Johnny kauft ein Haus in St Abbs«, antwortete Libby, »damit er in der Nähe von Tante Mona in Dunbar ist – und auch nicht weit entfernt von Mutter in Newcastle.«

»In den Borders kann man gut angeln«, meinte James beifällig. »Ich muss sagen, dass es mich freut zu hören, dass Johnny quasi um die Ecke wohnen wird – er ist ein sehr anständiger Kerl.«

Libby fand die Reisevorbereitungen ihres Vaters – und nun auch die Neuigkeit über die Watsons – verstörend. Vielleicht spürte Clarrie das, denn einen Tag vor der Abfahrt schlug sie Libby und Sophie vor, zum Wasserfall zu reiten und dort Picknick zu machen. Der Dschungel war dicht, und der donnernde Wasserfall von den Regenfällen in letzter Zeit angeschwollen. Sie picknickten auf einer Plane.

Sophie schien mit den Gedanken woanders zu sein und wirkte etwas bedrückt. Sie hatte ihren Appetit verloren.

»Du vermisst Rafi sicher«, mutmaßte Libby.

Sophie schenkte ihr ein entschuldigendes Lächeln. »Tut mir leid, ich bin im Moment nicht sehr unterhaltsam. Ich mache mir wirklich Sorgen um ihn.« Sie nahm sich ein hart gekochtes Ei und begann, die Schale abzupellen. »Es ist wunderschön, mit dir hier zu sein. Ich freue mich wirklich, dass du zu Besuch zurückgekommen bist, Mädel. Rafi und ich haben all euch Robsons so vermisst. Es ist schade, dass Tilly und die Jungs nicht mitgekommen sind, aber ich nehme an, sie haben sich in der Heimat eingelebt und spüren den Sog Indiens nicht so wie wir.«

»Nein, das tun sie wirklich nicht«, stimmte Libby zu. »Meine Brüder sind dort glücklich, wo sie sind. Ich glaube, Mungo hätte vielleicht nach Abschluss seines Studiums eine Karriere in Indien in Erwägung gezogen, aber die Möglichkeit wird sich jetzt ja nicht mehr bieten.«

»Nicht im Verwaltungsdienst«, bestätigte Sophie, »aber vielleicht als Teepflanzer oder als Geschäftsmann.«

»Vielleicht.« Libby zuckte die Schultern. »Aber Mutter wird ihn nicht dazu ermuntern. Sie will ihre Söhne dicht bei sich behalten.«

»Na ja, Tilly war eben schon immer eine Glucke.«

»Es ist seltsam«, bemerkte Libby, »aber wieder hierherzukommen, hat mir geholfen, Mutter ein bisschen besser zu verstehen. Ich sehe jetzt ein, wie ungeeignet sie wahrscheinlich für das Leben auf einer Teeplantage war. Sie liebt die Stadt und die Kultur, nicht die freie Natur. Etwas Abenteuerlicheres als ein Picknick in St Abbs möchte sie gar nicht unternehmen.«

»Sie hat sich sehr angestrengt, ihr Leben hier zum Erfolg zu machen«, meinte Sophie. »In Cheviot View hat man sich immer sehr willkommen gefühlt.«

»Ja«, pflichtete Libby ihr bei, »so habe ich es auch in Erinnerung.«

»Und sie hat euch alle heiß und innig geliebt«, sagte Sophie.

»Mich wohl nicht«, entgegnete Libby mit einem schmerzlichen Lächeln.

»Oh doch«, beharrte Sophie. »Sie hat dich furchtbar vermisst, als du aufs Internat gegangen bist. Ich glaube, deshalb hat sie Mungo immer so überbehütet: weil sie so darunter gelitten hat, dich und Jamie nicht mehr um sich zu haben.«

Mitleid mit der jungen Tilly überkam Libby. Ihre Mutter hatte dreimal die lange Seereise nach Hause antreten müssen, um ihre Kinder in die Obhut Fremder auf Internate zu geben. Unerwartet fiel Libby wieder ein, dass ihre Mutter ihr jede Woche Briefe geschrieben hatte und wie sehr sie sich nach den Neuigkeiten von zu Hause gesehnt hatte. Bestimmt war das ein handfester Beweis für die Zuneigung ihrer Mutter. Tilly hatte ihr viel öfter geschrieben als James. Dennoch hatte Libby ihrer Mutter die Schuld daran gegeben, sie alleingelassen zu haben, und sich jahrelang über diese Ungerechtigkeit aufgeregt. Sie hatte einen Großteil ihrer Schulzeit gehasst und dafür gesorgt, dass Tilly ein schlechtes Gewissen deswegen hatte. Libby hatte alles nie aus der Perspektive ihrer Mutter betrachtet – das Verlustgefühl, das Tilly empfunden haben musste, als sie ohne sie ins abgelegene Cheviot View zurückgekehrt war. Zum ersten Mal wurde ihr klar, dass ihre Mutter nicht an allem schuld war.

Es war unter den Briten in Indien üblich, ihre Kinder in die Heimat zu schicken, damit sie dort zur Schule gingen. Ghulam hatte sich einmal vernichtend über Mädchen wie Libby geäußert, deren privilegierte Schulbildung mit den Gewinnen bezahlt wurde, die überarbeitete Teepflückerinnen erwirtschafteten. Tilly hätte sich kaum gegen den gesellschaftlichen Druck stemmen können, ihre Kinder fortzuschicken. Nur eine durchsetzungsstarke Frau wie Clarrie konnte solche Konventionen ignorieren und ihre Kinder in Indien zur Schule schicken.

»Und was ist mit dir, Libby?« Sophie musterte sie aus großen braunen Augen. »Was willst du?«

Libby quälte sich nun schon seit Tagen mit genau dieser Frage.

»Auf lange Sicht«, antwortete sie, »muss ich nach Newcastle zurückkehren, das weiß ich. Hier habe ich kein zu Hause mehr, und vielleicht kann ich Dad helfen, sich wieder in Großbritannien einzuleben. Es wird ihm sehr schwerfallen, nachdem er fast sein ganzes Leben hier draußen verbracht hat.«

»Ich fürchte ja. Ich mag deinen Vater fast so gern wie Tilly«, sagte Sophie mit nachdenklicher Miene. »Nach dem Tod meiner eigenen Eltern war dein Vater derjenige, der mich gerettet und zu meiner lieben Tante Amy in Edinburgh geschickt hat. Er hat dafür gesorgt, dass die Oxford Estates meine Schulausbildung finanziert haben. Dein Vater hat sich mehr als gut um mich gekümmert.«

Sophie schwieg kurz und fragte dann: »Und kurzfristig? Was hast du vor?«

»Ich will den Unabhängigkeitstag mit euch in Belguri feiern.« Libby lächelte. »Aber vorher möchte ich unbedingt Ghulam in Kalkutta wiedersehen.«

Sophie tätschelte ihr voller Zuneigung den Arm. »Ach je, diese Khan-Jungs und ihr unwiderstehlicher Charme!«

Libby grinste. »Ich weiß, wer hätte das gedacht? Er war mir nicht auf Anhieb sympathisch, und zuerst haben wir einander auf dem falschen Fuß erwischt, aber bei großen Stücken Kuchen und ausführlichen Gesprächen über Politik habe ich mich dann in ihn verliebt.«

Sophie lachte. »Das klingt ganz nach Ghulam.«

»Es ist so«, erklärte Libby, »seit wir begonnen haben, einander zu schreiben, habe ich das Gefühl, ihn besser zu kennen als irgendjemanden sonst. Doch als wir uns das letzte Mal gesehen haben, hat er sehr deutlich gemacht, dass aus unserer Freundschaft nicht mehr werden kann. Trotz seiner Briefe voller Neuigkeiten weiß ich immer noch nicht, ob er in mir mehr als eine Brieffreundin sieht.«

»Nun, es gibt nur einen Weg, das herauszufinden«, meinte Sophie, »und das ist, ihn noch einmal persönlich zu treffen.«

»Also glaubst du, ich sollte es tun?«

»Wenn er dir am Herzen liegt, dann ja. Rafi war tapfer genug, sich auf die Suche nach mir zu machen, weil er gehofft hat, dass ich für ihn das Gleiche empfinde wie er für mich. Seither bin ich ihm jeden Tag dankbar dafür, dass er es getan hat.«

Libby beugte sich zu Sophie und drückte ihre Schulter. »Rafi wird schon auf sich aufpassen. Er wird nichts Übereiltes tun – er liebt dich viel zu sehr, um sich in Gefahr zu bringen.«

»Danke, Liebes«, sagte Sophie.

Libby hatte gehofft, dass sie vielleicht in einem der Teiche baden würden, aber Sophie war rastlos. Sie wollte nicht länger am Wasserfall bleiben, und ihre Nervosität steckte Libby an. Nach einer halben Stunde packten sie alles wieder ein und ritten nach Hause.

Zu Libbys Erstaunen war Clarrie nicht bei der Arbeit. Sie und James saßen auf der Veranda und spielten Backgammon, während Harry Tennisschläge gegen die Wand des *godowns* übte. Libbys Herz zog sich bei diesem Anblick häuslichen Glücks zusammen. Vielleicht hatte Clarrie den Picknickausflug in die Wege geleitet, damit sie und Harry James diesen letzten Tag lang ganz für sich haben konnten. Libby kam sich wie ein Eindringling vor. Spontan hielt sie Sophie auf dem Weg zum Haus auf.

»Würdest du mich zum Besuch bei Ayah Mimi mitnehmen?«

Sophie sah sie überrascht an.

Libby fuhr eilig fort: »Ich weiß, dass sie jetzt eine heilige Frau ist und sich aus der Welt zurückgezogen hat, aber ich habe sie aus meiner Kindheit in Erinnerung und würde sie sehr gern noch einmal sehen, bevor ich abreise. Meinst du, sie würde mich empfangen?«

Sophie zögerte einen Moment lang, nickte aber dann.

»Ayah Mimi hat euch Robson-Kinder immer sehr gemocht«, sagte sie, »besonders dich, Libby.«

»Warum mich?«

»Weil du keine Angst vor einer alten Frau hattest«, erklärte Sophie. »Lass mich erst mit ihr sprechen und sie fragen.«

Sie bogen ab und gingen um den Bungalow herum zu den Dienerquartieren am äußersten Rand des Gartens, wo Ayah Mimis Hütte fast hinter Ranken und den tief hängenden Ästen naher Bäume verschwand. Sophie betrat die Hütte zunächst allein. Libby blieb draußen stehen und fragte sich, was in ihr plötzlich den Drang geweckt hatte, die alte *sadhvi* aufzusuchen. Es ging ihr nicht nur darum, Clarrie und ihren Vater nicht zu stören. Ayah Mimi war einer der besonderen Fäden, die Libby mit ihrer frühen Kindheit in Indien verbanden – eine bescheidene Dienerin, die sich in höherem Alter zu einem Leben in Abgeschiedenheit und Selbstgenügsamkeit entschlossen hatte, indem sie eine heilige Frau geworden war.

Laut Sophie hatte die Kinderfrau Sam als Baby vor seinem geistesgestörten Vater gerettet. Als man sie danach gezwungen hatte, Sam herauszugeben, hatte sie Jahre damit verbracht, nach ihm zu suchen. Später waren sowohl Sophie als auch Sam hier in Belguri mit ihrer alten *ayah* wiedervereint worden. Libby musste zugeben, dass es wieder einmal die großherzige Clarrie gewesen war, die sich der alten Frau angenommen und ihr ein Zuhause geschenkt hatte.

Sophie erschien wieder im Freien. Eine kleine, gebückte Gestalt im weißen Sari stützte sich auf ihren Arm. Ayah Mimis Haar war schneeweiß, und ihr ledriges Gesicht war mit gelben und weißen Linien bemalt. Sie blinzelte im Licht, aber als sie Libby erspähte, leuchteten ihre dunklen Augen auf, und sie schenkte ihr ein breites, zahnloses Lächeln.

Libby hatte einen Kloß im Hals. »*Mataji*«, begrüßte sie die alte Frau respektvoll.

Ayah Mimi hob die Hand und winkte Libby näher zu sich heran. Als Libby sich zu ihr beugte, berührte die *sadhvi* ihr Gesicht mit spindeldürren Fingern.

»Setz dich, meine Tochter, setz dich«, sagte sie und ließ sich auf der Binsenmatte nieder, die Sophie mit ins Freie gebracht hatte. Libby und Sophie nahmen rechts und links von ihr Platz, und Mimi hielt ihre Hände fest.

Sie fragte nach Libbys Familie, und Libby erzählte ihr von ihrer langen Abwesenheit aus Indien und davon, was ihre Brüder jetzt machten. Am Ende sagte die *sadhvi*: »Es freut mich, dass es deiner Familie gut geht, aber bedrückt dich etwas?«

Libbys Inneres verkrampfte sich. »Ich mache mir Sorgen um meinen Vater – darum, ob er in England zurechtkommen wird, aber auch, weil etwas ihm seelischen Schmerz verursacht und ich nicht weiß, was es ist. Er will nicht darüber sprechen.«

Ayah Mimi betrachtete sie mit mitfühlendem Blick. Sie ließ zu, dass sich Schweigen über sie herabsenkte. Libby dachte schon, dass sie gar nichts mehr sagen würde, aber dann streckte die alte Frau die Hand aus und legte sie auf Libbys Kopf.

Ayah Mimi schloss die Augen und begann, etwas zu murmeln. Libby konnte die Worte nicht verstehen, aber dort, wo die Hand der *sadhvi* auf ihrem Kopf ruhte, fühlte er sich plötzlich heiß an. Sie wurde sich des Vogelgezwitschers in den Bäumen über ihnen deutlich bewusst. Plötzlich löste sich der Knoten in ihrem Bauch auf, der da gewesen war, seit sie Cheviot View verlassen hatten, und ein neues Gefühl der Ruhe breitete sich in Libby aus. Sie spürte, wie ihr die Tränen über die Wangen liefen.

Sophie reichte ihr mit einem freundlichen Lächeln ein Taschentuch. Ayah Mimi öffnete die Augen und erhob sich ohne ein weiteres Wort. Als Sophie und Libby Anstalten machten, ihr zurück nach drinnen zu helfen, winkte sie ab und verschwand wieder in ihrer Hütte.

Libby war zu überwältigt, um etwas zu sagen. Sophie hakte sich bei ihr ein, während sie langsam zurück zum Haus gingen. Libby war sich nicht ganz sicher, was sie gerade erlebt hatte – vielleicht war es eine Art Segen gewesen –, aber es verlieh ihr den Mut, sich den ungewissen Tagen zu stellen, die vor ihr lagen. Sie hoffte, dass es auch ihrem Vater auf irgendeine Art helfen würde, auch wenn sie bezweifelte, dass eine Geste einer *sadhvi* ausreichte, um seine Dämonen zur Ruhe zu bringen.

* * *

Früh am nächsten Morgen stand Daleep wartend neben dem Auto, bereit, Libby und ihren Vater zum Bahnhof in Gauhati zu fahren. In Kalkutta angekommen, sollten sie bei den Watsons wohnen. Libby hatte alles organisiert, damit sie nach James' Flug und der Abreise der Watsons noch für etwa eine Woche in New House bleiben konnte, während es auf den Verkauf vorbereitet wurde. Danach würde sie zu einem letzten Besuch nach Belguri zurückkehren.

Ein schlaftrunkener Harry erschien gähnend und mit zerzaustem Haar, um auf Wiedersehen zu sagen. Libby verabschiedete sich rasch von Clarrie, Sophie und Harry, umarmte alle und versprach ihnen, rechtzeitig zu den Feierlichkeiten im August zurück zu sein. Sie konnte es nicht abwarten aufzubrechen. Als sie sich am oberen Ende der Verandastufen noch einmal umdrehte, bemerkte sie, dass ihr Vater nach Worten rang.

James streckte Harry die Hand hin. »Pass gut auf deine Mutter auf!«, stieß er heiser hervor.

Harrys Augen füllten sich plötzlich mit Tränen. Zu Libbys Erstaunen ignorierte der hochgewachsene Jugendliche die ausgestreckte Hand und schlang die Arme um James.

»Ich werde dich vermissen«, murmelte er.

James drückte ihn einen Moment lang fest an sich und schob ihn dann mit einem letzten Tätscheln auf den Rücken weg. Sophie trat vor.

»Grüß Tilly lieb von mir«, bat sie mit einem zuneigungsvollen Lächeln. »Und danke für alles, was du für mich getan hast, seit ich ein Kind war. Ich hätte ohne deine Hilfe nie überlebt und es auch nicht so gut gehabt. Du warst wie ein Schutzengel für mich.«

»Unsinn«, wehrte James verlegen ab.

»Es ist wahr«, beharrte Sophie. »Und ich hoffe, dass du Rafi und mich eines Tages, wenn sich alles eingespielt hat, besuchen wirst.«

»Gern«, sagte James mit einem verschämten Lächeln.

Sie umarmte James rasch, küsste ihn auf die Wange und rückte dann von ihm ab.

Clarrie hatte sehr still dagestanden, seit sie Libby zum Abschied umarmt hatte. Sie und James sahen einander an. Libby bemerkte, dass ihr Vater schwer schluckte. Dann streckte

Clarrie ihm die Hände hin. Er umklammerte sie wie einen Rettungsring. Eine ganze Weile verharrten sie so. Aus ihren Gesichtern sprach Kummer. James räusperte sich, um etwas zu sagen, aber Clarrie sprach als Erste.

»Danke, dass du in den dunklen Tagen, nachdem ich Wesley verloren hatte, mein Freund warst.«

»Du musst mir nicht danken«, sagte er heiser. »Ich stehe viel tiefer in deiner Schuld. Ich werde Belguri vermissen.«

»Ich weiß«, erwiderte sie sanft.

Libby hatte den Verdacht, dass sie einander damit in Wirklichkeit sagten, wie sehr sie einander vermissen würden.

»Auf Wiedersehen, James.« Clarrie reckte sich, um ihn auf die Wange zu küssen.

Mit einer raschen Bewegung umfasste James ihr Gesicht und küsste sie auf die Lippen. Es war eine flüchtige, aber intime Geste. Dann wandte er sich ruckartig ab und ging zu den Stufen. Ihm standen Tränen in den Augen.

Hastig stieg Libby vor ihm die Stufen hinab. Ihr Herz hämmerte. Der gestohlene Kuss hatte sie verstört, aber sie war sich nicht sicher, ob sie schockiert über die übermäßige Vertrautheit ihres Vaters mit Clarrie war oder Mitleid mit den beiden hatte.

Genau in dem Moment kam Breckon um die Hausecke gestürmt. Er bellte und sprang an James hoch. Libbys Vater ließ zu, dass der Hund ihn ableckte, und begrub dann kurz das Gesicht an seinem Hals. Als er sich von ihm löste, rief er Harry zu, den Hund zu nehmen. Harry sprang die Stufen hinab, hielt Breckon am Halsband fest und tätschelte ihn tröstend, während James zum Auto eilte.

Wenige Momente später saß Libby neben ihrem Vater auf der Rückbank des Autos, und sie holperten die Einfahrt hinunter. James reckte den Hals, um einen letzten Blick auf den verwitterten weißen Bungalow mit seinem Schmuck aus blühenden Ranken zu erhaschen. Ein Schluchzen blieb ihm in der

Kehle stecken. Libby begriff, dass ihr Vater diesen Augenblick als seinen echten Abschied von Indien betrachtete – nicht Cheviot View oder die Oxford Estates, sondern Belguri, das ihnen allen zum Zufluchtsort geworden war, bedeutete Indien für ihn. Ihr ging auch auf, dass James nicht nur ein Gefährte für Clarrie, sondern auch eine Vaterfigur für den jungen Harry gewesen war. Die beiden würden ihn wahrscheinlich so sehr vermissen wie er sie.

Libby legte ihre Hand auf seine und drückte sie in der Hoffnung, ihn zumindest ein bisschen trösten zu können. Sie fuhren an den Manufakturgebäuden vorbei. Die Büroangestellten waren ins Freie gekommen, um ihnen nachzuwinken, darunter der strahlende Nitin, dem Libby bis zu ihrer Rückkehr ihre Schreibmaschine geliehen hatte.

»Was für eine nette Geste«, sagte Libby. Aber James war zu mitgenommen, um einen Abschiedsgruß zu rufen. Ihr Vater sprach erst wieder, als Belguri und seine Teegärten längst außer Sichtweite waren.

26

Kalkutta, Juli 1947

Johnny und Helena holten sie gemeinsam vom Bahnhof Sealdah ab. Libby war schockiert über die Anzahl von Familien, die unter behelfsmäßigen Sonnensegeln auf dem Bahnsteig kampierten.

»Schreckliche Sache«, seufzte ihr Onkel.

»Man sollte sie wirklich von hier wegschaffen«, sagte Helena.

»Sie können nirgendwohin«, wandte ihr Onkel ein.

Plötzlich wurde Libby alles klar. »Sind das Flüchtlinge?«

»Ja, aus Ostbengalen«, antwortete er. »Sie treffen nun schon seit Wochen scharenweise in Kalkutta ein.«

»Wir von den Pfadfinderinnen haben versucht, einige von ihnen mit Nahrung und Kleidung zu versorgen«, ergänzte Helena, »aber es ist ein Fass ohne Boden. Kommt schnell, sonst werden euch noch Dutzende von ihnen lästig fallen, fürchte ich.«

Gequält ließ Libby den erbärmlichen Anblick der zahllosen Menschen auf sich wirken, die apathisch um wenige Habseligkeiten – Kochtöpfe und Bettzeug – herumsaßen und völlig erschöpft wirkten. Waren das einige der Leute, die Ghulam und Fatima weiter östlich von hier gerettet hatten? Minuten später saßen Libby und die anderen in der Sicherheit des Autos der Watsons und wurden nach Alipur gefahren.

***

»James, ich finde wirklich, dass Libby das Land verlassen sollte, bevor die Teilung Wirklichkeit wird«, sagte Helena. »Könntest du sie nicht doch mit auf deinen Flug nehmen?«

Sie saßen auf der Veranda und nahmen mit ihren Gastgebern einen Schlummertrunk ein; Colonel Swinson schlief tief und fest auf seinem Stuhl.

»Ich will noch nicht fort«, sagte Libby. »Ich möchte das neue Indien sehen.«

»Das kann ich verstehen«, bemerkte Johnny.

»Ich nicht«, widersprach Helena. »Kalkutta ist kein sicherer Ort. Alle rechnen mit weiteren Ausschreitungen. Möge Gott verhüten, dass es so schlimm wie letzten Sommer wird. Das Morden …«

»Das reicht, Liebste«, unterbrach Johnny sie mit einem warnenden Blick.

»Libby ist alt genug, eigene Entscheidungen zu fällen«, sagte James zu Libbys Überraschung. Sie schenkte ihm einen dankbaren Blick. »Ich werde sie vermissen, aber ich hoffe, dass sie mir bald folgt.«

Angesichts seiner plötzlichen Zärtlichkeit kamen ihr die Tränen; sie nickte zustimmend.

»Jetzt, da wir die Entscheidung gefällt haben, nach England zu ziehen«, sagte Helena, »kann ich gar nicht abwarten, in Bombay an Bord des Schiffs zu gehen. Das Haus ist schon halb leer geräumt und fühlt sich nicht mehr wie unser Heim an. Und ich freue mich darauf, St Abbs kennenzulernen. Johnny hat so viel davon erzählt – ich erwarte nichts weniger als Shangri-La.«

»Nun ja, Shangri-La in einer kälteren Klimazone«, kommentierte Libby und tauschte einen amüsierten Blick mit ihrem Onkel.

»Es wird sicher schön, euch in der Nähe wohnen zu haben«, meinte James. »Und Tilly wird überglücklich sein.«

Helena legte ihm eine Hand auf den Arm. »Es freut mich ja so zu hören, dass du zu der lieben Tilly zurückkehrst.«

James wirkte verlegen. Er stürzte den Rest seines Whiskys hinunter und stand auf. »Morgen liegt ein langer Reisetag vor mir. Das Bett ruft. Danke, dass wir beide hier wohnen dürfen, Helena.«

Libby sah ihrem Vater nach. Er war ständig abgelenkt gewesen, seit sie Belguri verlassen hatten, als wäre er in Gedanken schon in der Heimat und bei seiner Familie in Großbritannien. Libby blieb noch auf der Veranda sitzen, nachdem die anderen sich ins Bett zurückgezogen hatten, und lauschte den Tieren der Nacht im Garten und den Geräuschen der rastlosen Stadt jenseits davon. Freudige Erregung durchzuckte sie bei dem Gedanken, dass Ghulam ganz in der Nähe lebte und dass sie bald Gelegenheit haben würde, ihn wiederzusehen. Sie hatte ihm geschrieben, um anzukündigen, dass sie nach Kalkutta kam, aber er hatte keine Zeit gehabt, vor ihrer Abreise aus Assam zu antworten. Libby atmete den Duft der Lilien ein und war dankbar, dass sie anders als ihr Vater nicht schon in wenigen Stunden aus Indien wegfliegen würde.

* * *

»Komm nicht mit zum Flughafen«, sagte James am nächsten Morgen zu Libby. »Wir sehen einander doch bald wieder, nicht wahr?« Es war eher eine Bitte als eine Frage.

»Ja«, versicherte Libby, küsste ihren Vater auf die Wange und war plötzlich traurig, dass sie sich nach so kurzer Zeit wieder voneinander trennen mussten. Sie standen im Garten und lauschten dem Durcheinander der Vogelstimmen, während das Licht der Morgendämmerung durch die Bäume drang.

Seit der Neuigkeit von der Teilung und der Entscheidung ihres Vaters, in die Heimat zurückzukehren, spürte Libby, wie sich eine neue Nähe zwischen ihnen herausbildete. Nur sie hatten den traurigen Abschied von Cheviot View miteinander geteilt und gemeinsam die hochemotionalen letzten Tage in Belguri erlebt. Der Gedanke erinnerte sie an den Kuss, den ihr Dad Clarrie gegeben hatte. Das Bild ging ihr einfach nicht aus dem Kopf. Würde er ihre Mutter in drei Tagen mit der gleichen Zärtlichkeit begrüßen? Besorgnis um ihn überkam sie. Als Erwachsene lernte sie ihren Vater gerade erst kennen, und er kam ihr wie ein viel komplizierterer und verletzlicherer Mann vor als der, den sie in Erinnerung gehabt hatte.

Sie hakte sich bei ihm ein und lehnte den Kopf an seine Schulter.

»Grüß Mutter und die Jungs lieb von mir, ja?«, bat sie.

James nickte und küsste sie von oben auf den Kopf – eine Geste, die Libby noch aus ihrer Kindheit kannte. Fast zu sich selbst sagte er: »So werde ich Indien immer in Erinnerung behalten – im Morgengrauen, erfüllt von der Verheißung eines neuen Tages.«

Kurz strahlte das Gesicht ihres Vaters heitere Ruhe aus. Sein gewohnheitsmäßiges Stirnrunzeln und der gehetzte Blick waren verschwunden. Libby fand, dass er so viel jünger aussah – eher wie der Mann, den sie in Erinnerung hatte, mit dem markanten Kinn und den lebensvollen blauen Augen. Ihr kamen die Tränen bei dem bittersüßen Gedanken, dass sie ihren Vater genau in dem Moment wiederfand, in dem seine Zeit in Indien sich dem Ende zuneigte.

In der Ferne hörten sie einen Muezzin zum Gebet rufen. Dann wurde der Gong geschlagen: Das Frühstück war fertig. Seufzend straffte James die breiten Schultern und kehrte zum Haus zurück. Libby ging neben ihm her und hielt immer noch seinen Arm fest.

***

Libby hatte eigentlich vorgehabt, an dem Tag, an dem ihr Vater Kalkutta verließ, den Watsons zu helfen, ihre Habseligkeiten vor dem Packen zu sortieren. Aber die Dinge, die sie am Bahnhof gesehen hatte, waren zu verstörend. Sie wusste, dass sie dic zwei Wochen, die ihr noch blieben, bevor sie nach Belguri zurückkehrte, damit verbringen musste, den Flüchtlingen zu helfen, so gut sie konnte.

Helena war mit den Gedanken woanders, bot ihr aber an, den Kontakt zur Leiterin der Pfadfinderinnen zu vermitteln.

»Danke«, sagte Libby, »aber ich suche Fatima im Krankenhaus auf, um zu sehen, ob ich bei ihrer Wohltätigkeitsorganisation für Frauen mithelfen kann.«

»Das klingt viel zu gefährlich«, wandte Helena stirnrunzelnd ein.

»Das ist es wirklich nicht«, versicherte Libby ihr. »Sie verteilen nur Nahrungsmittel und Kleidung.«

»Nun gut, dann bringt unser Chauffeur Kiran dich dorthin«, sagte Helena mit Nachdruck.

Am Nachmittag, als Libby am Eden Hospital abgesetzt wurde, sagte sie Kiran, dass sie zu Hause anrufen würde, wenn sie wieder abgeholt werden musste.

Nachdem sie eine halbe Stunde damit verbracht hatte, nach Fatima zu suchen, erfuhr sie endlich, dass die Ärztin gar nicht im Krankenhaus war. Sie war mit ihrer mobilen Klinik flussabwärts unterwegs. Libby erinnerte sich, dass Ghulam ihr von der Arbeit seiner Schwester dort geschrieben hatte. Er hatte auch erwähnt, dass fast täglich Flüchtlinge auf überfüllten Flusskähnen aus Ostbengalen eintrafen.

Libby ließ sich von einer Verwaltungsangestellten den Namen der Klinik aufschreiben und eine Wegskizze zeichnen. Als sie wieder auf der Straße war, winkte sie ein Taxi heran.

»Zum Chowringhee Square, bitte«, wies sie den Fahrer an. »Zur Redaktion des *Statesman.*«

In der Lobby der Zeitungsredaktion bat Libby darum, Ghulam besuchen zu dürfen. Während eine Nachricht nach oben geschickt wurde, zog sie sich auf einen Sitz an der Wand zurück. Ihr Inneres war in Aufruhr. Libby sah Ghulam, bevor er sie entdeckte. Ihr Herz klopfte beim Anblick seines hübschen Gesichts und seines zerzausten dunklen Haars, als er die Treppe heruntergepoltert kam. Er hatte die Hemdsärmel über seinen muskulösen, behaarten Armen aufgekrempelt und suchte die Eingangshalle nach ihr ab. Sie stand auf und eilte auf ihn zu.

»Libby!« Das Lächeln, das er ihr schenkte, ließ ihr die Knie weich werden. »Was machst du hier?«

Atemlos sprudelte sie hervor: »Dad ist heute abgereist. Ich war im Krankenhaus auf der Suche nach Fatima. Ich will helfen. Ich habe am Bahnhof so viele Flüchtlinge gesehen. Ich dachte, du könntest mich vielleicht hinbringen … Zur Klinik, meine ich …« Sie brach ab, als er sie aus lebhaften gelbgrünen Augen prüfend musterte.

»Es ist schön, dich zu sehen«, sagte er.

»Ich freue mich auch, dich zu sehen«, erwiderte sie heiser. »Ich habe deine Briefe wirklich genossen – und auch, dir zu schreiben.«

»Das ging mir genauso.« Er sah ihr einen Moment lang in die Augen, bevor er sich abgelenkt umschaute. »Hör zu, es tut mir leid, aber ich muss jetzt zu einer Besprechung. Fatima kommt heute Abend nach Hause. Warum besuchst du sie nicht morgen und sagst ihr, dass du gern helfen würdest?«

Enttäuschung machte sich in Libby breit. »Ich könnte auch heute Abend kommen.«

»Es ist nicht sicher, sich nach Einbruch der Dunkelheit noch draußen aufzuhalten«, sagte er. »In manchen Stadtteilen ist die Lage äußerst angespannt. Morgen wäre besser. Ich lasse Fatima wissen, dass du kommst.«

Libby nickte. »Dann also morgen.«

Er berührte kurz ihren Arm. »Ich begleite dich bis zur Straßenbahn.«

Als sie in die drückende Hitze hinaustraten, versuchte Libby, sich ein Gesprächsthema einfallen zu lassen, um ihn so lange wie möglich an ihrer Seite zu halten. Aber den Großteil aller Neuigkeiten hatte sie ihm schon in ihren Briefen mitgeteilt. Jetzt, da sie zusammen waren, sich von Angesicht zu Angesicht sahen, waren sie beide seltsam schüchtern.

Als sie die Straßenbahnhaltestelle erreichten, fragte Ghulam: »Also hast du dich entschlossen, nicht mit deinem Vater nach Hause zurückzukehren? Heißt das, dass du in Indien bleibst?«

Libbys Herz zog sich zusammen. »Nur für eine Weile. Ich habe Sophie versprochen, den Unabhängigkeitstag mit ihr in Belguri zu verbringen, weil sie nicht glaubt, dass sie Rafi bis dahin schon nachreisen kann. Aber ich habe mich mit Dad geeinigt, dass ich danach wieder nach Großbritannien reise, um bei meiner Familie zu sein.«

Ghulam nickte. Sie konnte seinen Gesichtsausdruck nicht deuten.

»Aber mir bleiben bis dahin noch zwei Wochen in Kalkutta«, setzte Libby hastig hinzu.

»Zwei Wochen«, wiederholte er und schenkte ihr ein verhaltenes Lächeln. »Dann müssen wir das Beste aus ihnen machen, nicht wahr?«

Bei seinen Worten schlug Libbys Herz höher. »Ja«, stimmte sie zu und erwiderte sein Lächeln.

Doch nur allzu bald winkte sie Ghulam schon zum Abschied zu und stieg in die Straßenbahn nach Alipur. Enttäuschung übermannte sie, weil sie ihn nur so kurz gesehen hatte.

* * *

Am folgenden Tag spürte Libby Fatima im geschäftigen Frauenkrankenhaus auf. Die Ärztin schien sich über Libbys Angebot, sie zu unterstützen, zu freuen.

»Kannst du deine Kontakte zu anderen Briten nutzen, um Spenden und Hilfsgüter einzuwerben?«, fragte Fatima.

»Was für Hilfsgüter?«, wollte Libby wissen.

»Gebrauchte Kleidung, Kochtöpfe, Zelte – alles, was sie vielleicht lieber wegwerfen, als es mit zurück nach Großbritannien zu nehmen.«

Libbys Magen verkrampfte sich. Fatima ging schon jetzt ganz selbstverständlich davon aus, dass Libby und ihre britischen Verwandten und Freunde Kalkutta verlassen würden.

»Natürlich«, antwortete sie. »Ich frage Tante Helena.«

»Ghulam fährt in zwei Tagen einen Laster mit Spenden flussabwärts«, sagte Fatima. »Alles, was du bis dahin auftreiben könntest, wäre eine große Hilfe.«

»Ich stelle fest, was ich tun kann«, versprach Libby. »Kann ich bis dahin hier aushelfen?«

Fatima sah sie unverwandt an. »Es ist nett von dir, das anzubieten, aber du hast keine Ausbildung als Krankenschwester. Die beste Art, auf die du uns helfen kannst, ist, so viele Hilfsgüter wie möglich für die Obdachlosen zu sammeln.« Sie lächelte kurz. »Deine Überredungskünste sind das, was wir am meisten brauchen.«

Da Libby sah, wie beschäftigt und in Gedanken Fatima war, überließ sie die Ärztin wieder ihrer Arbeit. Sie hatte auf eine

Einladung in die Amelia Buildings gehofft, aber Fatima sprach keine aus. Libby wusste, dass Fatima bis spätabends arbeiten würde. Wahrscheinlich war ein Abend in geselliger Runde, bei dem sie die Gastgeberin spielen musste, das Letzte, was sie gerade gebrauchen konnte. Es war egoistisch von Libby, das zu erwarten. Sie widerstand dem Drang, noch einmal Ghulam aufzusuchen – auch er würde zu tun haben –, und kehrte stattdessen nach Alipur zurück. Das Herz war ihr schwer vor Sehnsucht.

Am Vorabend der Abreise der Watsons verlangte es nur wenig Überredung, Helena davon zu überzeugen, sich von einem *godown* voll alter Zeltausrüstung zu trennen: Zelte von vor dem Ersten Weltkrieg, Feldbetten, Stühle und Waschtische aus Leinwand, die Colonel Swinson gehört hatten und seit Jahren nicht mehr benutzt worden waren. Indem sie Helena gut zuredete, brachte Libby ihre Tante auch noch dazu, auf eine Truhe voll alter Bettlaken und Handtücher sowie Kisten voll ramponierten Geschirrs und verbeulter Töpfe und Pfannen zu verzichten.

»Libby tut uns einen Gefallen, Schatz«, redete Johnny Helena gut zu. »Wir nehmen ohnehin schon zu viel Krempel mit, und die Transportkosten übersteigen den Wert der meisten Dinge hier.«

»Vermutlich«, seufzte Helena. »Und wenn es hilft …«

»Oh, das tut es«, versicherte Libby ihr.

Sie beeilte sich, den Khans eine Nachricht über die Spende zu schicken. Zu ihrem Entzücken antwortete Ghulam direkt, um ihr mitzuteilen, dass er am nächsten Tag mit einem Lieferwagen vorbeikommen würde, um die Sachen abzuholen.

Zusammen mit ihrem Onkel machte Libby die Runde durch mehrere britische Clubs und die Duff Church, um Aushänge zu hinterlassen, dass Spenden für Dr. Fatima Khan im Eden Hospital abgegeben werden könnten.

An dem Abend aß Libby ein letztes Mal mit den Watsons und dem Colonel auf der Veranda: nur ein einfaches Mahl aus gedünstetem Fisch und gekochten Kartoffeln. Zum Nachtisch gab es Bananen in Vanillesauce, das Lieblingsdessert des Colonels. Am nächsten Tag würden die Watsons vom Bahnhof Haora aus die lange Zugreise über Land nach Bombay antreten.

»Bist du dir auch wirklich sicher, dass du allein hierbleiben möchtest?«, fragte Helena besorgt. »Würden deine Eltern das wollen? Ich weiß, dass Muriel und Reggie dich sofort aufnehmen würden, wenn ich sie fragen würde. Muriel würde für James Robsons Tochter alles tun.«

»Das ist nett«, erwiderte Libby, »aber ein Zimmer hier ist alles, was ich brauche – und Dad war einverstanden.«

Libby wusste, dass das übertrieben war; ihr Vater hatte sich gar nicht dazu geäußert. Er war zu abgelenkt von seiner unmittelbar bevorstehenden Heimreise gewesen.

»Und es ist ja schließlich nur für zehn Tage«, setzte Libby hinzu. »Danach kehre ich nach Belguri zurück.«

In der Nacht konnte Libby nicht schlafen. Sie lag wach und dachte darüber nach, wie ihre Zeit in Indien dahinschwand, aber auch darüber, dass sie Ghulam in wenigen Stunden wiedersehen würde. Eine Mischung aus Angst und Vorfreude ließ ihr flau im Magen werden. Was Ghulam wohl jetzt, in diesem Moment, dachte? War er so sehr in Gedanken mit ihr beschäftigt wie sie mit ihm? Sie verzehrte sich vor Sehnsucht nach ihm.

Im Morgengrauen stand sie auf, wusch sich und zog eine Tuchhose und ein Hemd an, das sie aus dem kleinen Koffer nahm, in dem sie ihre auf das Nötigste reduzierten Habseligkeiten aufbewahrte. Sie hatte ihre wohlanständigen Kalkutta-Kleider an einen Laden in der Park Street verkauft und würde das Geld Fatimas Wohltätigkeitsorganisation spenden. Der einzige Luxus, den sie noch behielt, war das grüne Satinkleid aus zweiter Hand, das sie immer daran erinnern würde, wie sie mit Ghulam unter einem tropischen Nachthimmel getanzt hatte.

Sie traf Colonel Swinson auf der Veranda, wo er in Shorts und Unterhemd saß, nachdem er seine Morgengymnastik gemacht hatte. Mit zitternden Händen winkte er sie zu sich.

»Ich habe etwas für Sie, Mädchen«, sagte er und griff in seine Shortstasche. Er zog eine braune Papiertüte daraus hervor und reichte sie Libby.

Sie warf einen Blick hinein und keuchte auf. Die Tüte war mit Rupienscheinen vollgestopft. »Colonel Swinson! Ich brauche doch kein Geld.«

»Nicht für Sie«, antwortete er. »Es ist für …« Er wedelte mit einer Hand, an der die Adern stark hervortragen. »Na, für die Sache, über die Sie mit Helena geredet haben. Bengalen. Heimatlose.«

»Das Flüchtlingszentrum?«

»Ja, genau.«

Libby war gerührt. Ihr war nicht klar gewesen, dass der alte Mann mitbekommen hatte, war vorging.

»Das ist sehr freundlich von Ihnen, vielen Dank.«

»In Schottland nützen mir die Rupien ja nichts«, brummte er.

»Dennoch ist es sehr großzügig«, sagte Libby.

Er schürzte nachdenklich die Lippen. »Hätte gern mehr getan. Aber es ist zu spät, nicht wahr?«

Libby war sich nicht sicher, ob er meinte, dass es für ihn persönlich zu spät war – oder für Indien. Auf alle Fälle sah sie die Tränen, die ihm in die wässrigen Augen stiegen. Der Tag, vor dem er sich immer gefürchtet hatte, war am Ende doch noch gekommen: der Tag, an dem er Kalkutta verlassen musste, um in ein Exil in einem Großbritannien aufzubrechen, das er nicht kannte.

Libby fiel nichts ein, was sie hätte sagen können, um den Kummer des alten Mannes zu lindern. Stattdessen beugte sie sich vor und küsste ihn zärtlich auf die Wange.

Fast unfähig, ihr Frühstück anzurühren, sprang Libby auf, als sie den Motor eines Lasters vor dem Tor von New House hörte. Sie rannte die kurze Einfahrt hinunter und war überglücklich, als sie Ghulam aus der Fahrerkabine steigen sah.

Beim Anblick seines auf kernige Art schönen Gesichts schlug Libbys Magen Purzelbäume. Sie grinsten einander an. Während Ghulam sich darum kümmerte, die gespendete Ausrüstung zu holen und zum Laster zu tragen, sprachen sie nur wenig. Libby hatte es schier den Atem verschlagen.

Als der Laster beladen war, bot Johnny Ghulam ein *chota hazri* an.

Ghulam lehnte ab. »Danke, aber vor mir liegt ein vielbeschäftigter Tag – und ich weiß, dass es Ihnen genauso geht.« Er streckte die Hand aus. »Viel Glück, Dr. Watson, und eine sichere Heimreise.«

»Danke«, sagte Johnny und schüttelte ihm zum Abschied die Hand. »Und ich wünsche Ihnen alles Gute für die Zukunft.«

Libby sah ihrem Onkel an, dass es ihm plötzlich schwerfiel, die richtigen Worte zu finden. Sie wählte diesen Moment für ihren Schachzug.

»Ghulam hat sich freundlicherweise bereit erklärt, mich zur Wohnung der Dunlops zu fahren, damit ich Flowers das Neueste erzählen kann«, behauptete sie rasch. »Ich möchte keine langen Abschiede mehr, Onkel Johnny. Wir sehen uns ja ohnehin bald in St Abbs wieder.«

Sie warf Ghulam einen verständnisinnigen Blick zu; er bemühte sich, seine Überraschung über das, was sie so unvermittelt verkündet hatte, zu verbergen. Er nickte zustimmend.

Johnny widersprach nicht. Libby sauste zurück auf die Veranda und umarmte schnell den Colonel und Tante Helena, die noch am Frühstückstisch saßen. Dann nahm sie einen kleinen Rucksack mit Kleidung zum Wechseln und eilte wieder die Einfahrt hinunter zu dem wartenden Ghulam.

Als sie in die Fahrerkabine des Lastwagens stieg, sagte Libby: »Tut mir leid, dass ich dich so überfallen habe, aber ich konnte keinen lang gezogenen Abschied mehr ertragen. Es fühlt sich so an, als ob ich im Moment nichts anderes als auf Wiedersehen sage.«

»Ich tue dir den Gefallen gern«, versicherte Ghulam und ließ sich auf dem Fahrersitz nieder, »auch wenn das hier kein besonders bequemes Taxi ist. Es ist ein alter Laster, den wir Kommunisten früher für Wahlkampagnen genutzt haben.«

»Er ist perfekt«, sagte Libby mit einem atemlosen Auflachen.

»Sagst du mir noch einmal schnell, wo die Dunlops wohnen?«, bat er. »In der Sudder Street, oder?«

Libby sah ihm in die Augen. »Ich fahre nicht dorthin – tut mir leid, das war nur eine Ausrede. Ich möchte, dass du mich mit ins Flüchtlingszentrum nimmst, damit ich helfen kann. Und sag mir ja nicht, dass es zu gefährlich ist – ich bin bereit, alles zu tun, was du und Fatima auch tut. Also lass mich bitte mitkommen.«

Sein Gesicht verzog sich zu einem vertrauten verschmitzten Lächeln, bei dem sie Schmetterlinge im Bauch bekam. »Ich hatte gehofft, dass du das sagen würdest.«

»Wirklich?«

»Ja, wirklich. Zusammen können wir uns nützlich machen.«

Libby verspürte einen Hauch von Enttäuschung. »Ja, natürlich. Nützlich …«

Sein Blick war plötzlich intensiv. »Und wenn deine Tage hier gezählt sind, möchte ich, dass wir sie zusammen verbringen, Libby.«

Ihr Herz begann zu hämmern. In dem Moment wusste sie, dass auch er sie wollte.

»Das möchte ich auch«, antwortete sie.

Kurz legte er seine Hand auf ihre und drückte sie. Dann nahm er die Hand wieder weg und startete den Motor. Der Laster stieß eine Abgaswolke aus, als sie von New House fortholperten und sich auf den Weg aus Kalkutta hinaus machten.

27

Kalkutta, Ende Juli 1947

Libby hatte noch nie solches Elend gesehen. Überall an den Bahngleisen waren provisorische Unterstände zwischen Regenwasserpfützen errichtet worden. Alles war schlammbedeckt. Die Leute, die Glück hatten, kampierten im Schutz der Bahnsteigüberdachung. Fliegen surrten durch die Luft. Der Gestank menschlicher Ausscheidungen wurde nur teilweise von öligen Kochdünsten überdeckt. Kinder planschten in den Pfützen, während ihre Eltern mit ängstlicher Miene zusahen. Ältere Männer und Frauen saßen erschöpft und mit resigniertem Blick da. Doch überall herrschte stille Geschäftigkeit: Menschen bauten Zelte aus fadenscheinigen Stoffen und versuchten so, Privatsphäre zu schaffen, während andere Chapatis rollten und garten.

Fatimas Wohltätigkeitsverein hatte ein baufälliges Anwesen unweit des Bahnhofs für die Klinik und die Ausgabe von Hilfsgütern mit Beschlag belegt. Libby verbrachte den Tag in diesem Flüchtlingszentrum damit, Reis- und Mehlrationen abzupacken und dabei zu helfen, Bettzeug an die Bedürftigen zu verteilen, die auf dem Gelände kampierten. Jeder verfügbare Quadratzentimeter Garten war besetzt. Im Haus waren die prächtigen alten Empfangsräume ebenfalls obdachlosen Familien zur Verfügung gestellt worden.

Nur das oberste Stockwerk war den ehrenamtlichen Helfern vorbehalten, einer Mischung aus medizinischem Personal, Studenten und wohlhabenden Hindus. Auch eine Handvoll Europäer mittleren Alters war dabei, aber Libby war an diesem Tag die einzige junge britische Frau dort.

Libby sah Ghulam den ganzen Tag kaum, bis sich am Abend die Helfer zu einer gemeinsamen Mahlzeit auf dem Dach versammelten. Libby war verschwitzt und erschöpft. Die Haare, die sich aus ihrem Pferdeschwanz gelöst hatten, klebten ihr an den Wangen. Doch das Lächeln, das Ghulam ihr schenkte, entlohnte sie für all die harte Arbeit.

Die Freiwilligen saßen auf Schlafsäcken herum und teilten sich ein einfaches Mahl aus Dhal, Gemüse und Reis. Unten flackerten Feuer zwischen den dunklen Bäumen, und das Stimmengewirr mischte sich mit dem Zirpen der Grillen. Die Bengalen sprachen Englisch mit Libby und sorgten dafür, dass sie sich willkommen fühlte. Sie war überrascht, dass sie trotz des Ernsts der Lage einen unbeschwerten Humor an den Tag legten und optimistisch in die Zukunft sahen.

Libby erkannte einen Mann von der aus dem Ruder gelaufenen politischen Versammlung wieder, die sie damals besucht hatte, um Ghulam sprechen zu hören. Er hieß Sanjeev und schien gut mit Ghulam befreundet zu sein. Sanjeev wedelte mit der Hand und erklärte: »Das hier ist nur vorläufig. Wenn die Unabhängigkeit erst kommt, werden die Leute sich entweder sicher genug fühlen, um in ihre Heimat zurückzukehren – oder sie werden ein neues Zuhause finden. Es ist nur die Ungewissheit, die solch eine Panik verursacht.«

Sie redeten über die Nachricht, dass Gandhi womöglich noch einmal in die Stadt kommen würde, um die Spannungen im Vorfeld des Unabhängigkeitstags zu entschärfen, der nun nur noch zwei Wochen entfernt war.

Ghulams Augen leuchteten. »Gerüchten zufolge wird er in einem der *bustees* leben, wo es so viele Ausschreitungen gegeben hat – und er besteht darauf, dass Suhrawardy sich die Unterkunft mit ihm teilt.«

»Suhrawardy?«, rief Libby.

»Ja, der Anführer der Muslime im Stadtrat.«

»Ich weiß, wer er ist«, sagte Libby, »aber er ist doch ein Playboy – er wird bestimmt nicht gern mit Gandhi im Slum hausen wollen.«

»Nein, gern nicht«, stimmte Sanjeev zu, »aber es ist symbolisch gemeint – ein Hindu und ein Muslim, die Seite an Seite zusammenleben und damit ein Beispiel geben, wie es sein sollte. Wenn ein Mann wie Suhrawardy das fertigbringt, wird das eine machtvolle Botschaft an andere senden.«

»Glaubt ihr, dass es funktioniert?«, fragte Libby.

»Es muss«, sagte Ghulam. Seine Miene wurde grimmig. »Die Stadt ist ein Pulverfass.«

»Alles wird gut, mein Freund«, versuchte Sanjeev, ihn zu beruhigen, und tätschelte Ghulam den Rücken.

Libby sehnte sich danach, Ghulam für sich allein zu haben, denn persönliche Worte konnten sie vor den anderen nicht austauschen.

»Kommt Fatima auch bald wieder her?«, fragte Libby.

»Sie hofft, Ende der Woche wieder hier zu sein«, sagte Ghulam.

»Wie lange kannst du bleiben?«, wollte sie wissen und sah ihm in die Augen.

»Ich muss übermorgen wieder zur Arbeit.«

Bald darauf gingen die Frauen nach unten, um in einem Raum mit abbröckelnden Wänden zu schlafen, während die Männer auf dem Dach blieben, rauchten und plauderten, bis der Regen wieder einsetzte. Libby, die todmüde war, schlief schnell ein.

***

Im Laufe des nächsten Tages suchte Ghulam Libby auf.

»Es geht das Gerücht, dass neue Bootsladungen von Menschen flussabwärts eintreffen«, sagte er. »Ich nehme den Laster und bringe ihnen Versorgungsgüter. Willst du mitkommen und helfen?«

Libby stimmte rasch zu. Sie ratterten vom Gelände, den Wagen beladen mit Reis, Wolldecken und Planen. Während der Fahrt unterhielten sie sich allgemein über die Wohltätigkeitsarbeit, und Ghulam erzählte ihr mehr von den anderen ehrenamtlichen Helfern. Sanjeev war ein ehemaliger Genosse aus der Kommunistischen Partei, der während des Kriegs zur Kongresspartei gewechselt war.

»Er ist einer der wenigen aus den alten Tagen, die mir nicht den Rücken gekehrt haben, weil ich die antifaschistischen Kriegsanstrengungen unterstützt habe«, erklärte Ghulam.

Trotz seines spöttischen Lächelns sah Libby den Schmerz in seinen Augen, als er sie ansah.

»Ich mag Sanjeev«, antwortete sie und berührte Ghulams Arm. »Er ist so optimistisch.«

Kurz legte Ghulam seine Hand auf ihre, und ihr Puls begann zu rasen. Sie wollte ihn nach der anderen alten Genossin fragen – der Frau, die ihm etwas bedeutet hatte und die ihn mit dem Vorwurf des Verrats verletzt hatte. Liebte er sie noch? Hatte er überhaupt noch Kontakt zu ihr? Aber bald erreichten sie das Flussufer und hielten dicht bei einem überfüllten *ghat*.

Den ganzen Nachmittag über verteilten sie Rationen und halfen dabei, Leute von kleinen, überfüllten Flusskähnen ans Ufer zu bringen. Der Fluss war angeschwollen und strömte in trägem Braun dahin. Libby wusste von Ghulam, dass es für die Bengalen besonders gefährlich war, per Boot hierherzukommen, weil nur sehr wenige von ihnen schwimmen konnten.

Am späten Nachmittag setzte der Regen wieder ein, und die Leute suchten notdürftig Zuflucht in provisorischen Zelten aus Planen und Bambusstangen.

Der Himmel war bleigrau, und die Dämmerung brach herein.

»Wir müssen aufbrechen, bevor es Nacht wird«, sagte Ghulam. »Alles andere wäre zu gefährlich.«

Als sie gerade auf dem Weg zum Laster waren, hörten sie einen Schrei vom Fluss her. Libby wirbelte herum. Das Geräusch schien von einem Boot zu kommen, das nahe am Ufer auf dem Wasser schaukelte. Dann sah sie im Zwielicht eine Frau, die sich über eine Bambusplanke tastete, die das Boot mit dem Land verband. Sie wimmerte vor Verzweiflung. Sofort kehrte Libby um. Sie schlitterte im Schlamm auf die Frau zu und streckte ihr die Hand hin, weil sie dachte, sie sei zu verängstigt, um vom Boot ans Ufer zu steigen.

Aber die Frau wehrte sich, schrie und zeigte auf das dunkle Wasser unter sich. Dann sah Libby es: Der Kopf eines Kindes tauchte im überfluteten Schilf auf. Im nächsten Augenblick ging er schon wieder unter. Libby nahm sich nur noch die Zeit, ihre Schuhe abzuschütteln; dann watete sie ins brackige Wasser und schwamm zu der Stelle, an der sie das Kind hatte verschwinden sehen.

Das Wasser wirbelte um sie herum und zog sie vom Ufer fort. Plötzlich erspähte sie die um sich schlagenden Arme und das lange Haar des Kindes; es war ein kleines Mädchen. Libby schwamm auf das ertrinkende Kind zu und packte die Kleine genau in dem Moment, als sie wieder zu versinken drohte, an den Haaren. Libby zog das Mädchen in ihre Arme. Das Kind prustete und würgte. Libby trat kräftig Wasser, um ihre

Köpfe an der Oberfläche zu halten, während sie versuchte, zum Ufer zurückzuschwimmen. Aber sie waren schon flussabwärts geschwemmt worden, außer Sichtweite der Mutter auf der Planke. Im schwachen Licht und strömenden Regen verlor Libby die Orientierung. Es schien eine Myriade von Bächen und Wasserläufen zu geben, während eine starke Unterströmung sie in die Flussmitte zu reißen drohte.

Sie unterdrückte die Panik, die in ihr aufstieg. Das verängstigte, zappelnde Kind mit einem Arm eng an ihren Körper gedrückt, schwamm Libby mit dem anderen. Sie hörte Rufe vom Ufer und strampelte auf die Stimmen zu. Plötzlich umhüllte sie Dunkelheit, als wäre das Licht ausgeschaltet worden. Genauso unverhofft bekam sie eine Handvoll Schilfrohr zu fassen und wusste, dass sie in Ufernähe sein musste. Aber als sie versuchte, sich hinzustellen, versank sie im Schlamm, und Schlingpflanzen ringelten sich um ihre Knöchel.

»Hilfe!«, schrie sie. »Bitte helft mir!«

Ihre Arme schmerzten, weil es so anstrengend war, das Mädchen festzuhalten und dabei nicht unterzugehen. Stinkendes Wasser strömte ihr in den Mund. Sie würgte und hustete. Sie würde sterben. Viel länger konnte sie nicht durchhalten. Ihr Versuch, das unbekannte Mädchen zu retten, war gescheitert und würde sie beide in den Tod reißen. Einen Moment lang dachte Libby an ihre in Newcastle wiedervereinten Eltern und wünschte sich, sie könnte bei ihnen sein. Und dann dachte sie an Ghulam und daran, wie sehr sie bedauerte, dass sie nun nie mehr Gelegenheit haben würde, mit ihm zusammen zu sein.

»Libby?«, brüllte ein Mann durch den prasselnden Regen. »Libby!«

Die Stimme – Ghulams geliebte Stimme! – spornte Libby an. Sie würde verdammt noch mal nicht in einem Mangrovensumpf sterben!

»Hier!«, rief sie atemlos. »Hier drüben.«

Mit dem letzten Rest nachlassender Kraft versuchte sie, sich aus dem Pflanzengewirr loszureißen. Sie spürte, wie ihre Beine sich befreiten. Dann schwamm sie Richtung Ufer. Im selben Augenblick erhellte eine flackernde Fackel das Dickicht, und sie sah eine Vielzahl besorgter Gesichter zu sich herabspähen. Die Leute machten ihr lauthals Mut, während sie ihr die Arme entgegenstreckten.

»Nehmt … das … Mädchen«, stieß Libby hervor.

Das Kind wurde in Sicherheit gebracht. Libby hörte, wie es Wasser aushustete und dann kläglich wimmerte. Das Mädchen war noch am Leben.

Wenige Momente später griffen starke Arme nach ihr und zogen sie aus dem Fluss.

»Mein Gott, Libby«, sagte Ghulam und hielt sie fest. »Ich dachte, ich hätte dich verloren …«

Libby war zu erschöpft, um zu stehen; ihre Beine fühlten sich wie Wackelpudding an. Sie bekam kaum Luft. Aber Ghulam stützte sie und drückte sie voller Erleichterung an sich. Sie standen im strömenden Regen und klammerten sich aneinander, während ihnen der Schlamm die Beine bespritzte. Es machte Libby nichts aus. Wichtig war nur, dass sie am Leben war und dass Ghulam sie festhielt, als wollte er sie nie wieder loslassen.

Dann drängten sich Leute um sie. Die Frau, die nach ihrem Kind geschrien hatte, kam mit einem Mann auf sie zu, der das Mädchen in eine Decke gewickelt trug. Sie begannen, auf Libby einzureden. Die Frau hielt ihr einen mit Türkisen besetzten Messingarmreif hin.

»Sie danken dir dafür, dass du ihre Tochter gerettet hast«, erklärte Ghulam, immer noch einen Arm um sie gelegt. »Sie möchten dir dieses Geschenk geben.«

Libby schüttelte den Kopf. Sie hatte kaum die Kraft zu sprechen. »Nein … Das kann ich nicht annehmen … Das Mädchen sollte den Armreif bekommen …«

Als Ghulam Libbys Worte übersetzte, gerieten die Eltern in Aufregung.

Ghulam sagte zu Libby: »Du solltest es annehmen. Nichts ist wichtiger als das Leben eines Kindes.«

Libbys Augen brannten vor Tränen, als sie den Armreif entgegennahm und zum Dank nickte, während sie sich immer noch an Ghulam klammerte. Die Leute versuchten, Libby an ein Feuer zu führen und ihr Reis anzubieten, aber Ghulam sagte etwas zu ihnen und brachte sie fort zum Lastwagen. Dort wickelte er eine Decke um ihren tropfnassen Körper. Er war genauso nass wie sie, aber sie zitterte unkontrolliert vor einer Mischung aus Euphorie und Schock. Ihr erster Versuch abzufahren, konnte nur Minuten her sein, aber Libby kam es wie eine Ewigkeit vor. Sie war vollkommen ausgelaugt.

Als der Laster über die dunkle Straße schaukelte, lullte die Bewegung Libby ein. Ihr Kopf sank an Ghulams Schulter. Sie sprachen kaum. Schließlich döste Libby ein. Sie war sich vage bewusst, dass sie in der Nähe des verfallenen Herrenhauses anhielten und zwei ihrer Helfer aus dem Laster sprangen, aber als sie versuchte, sich zu bewegen, sagte Ghulam ihr, dass sie sich weiter ausruhen sollte. Als sie das nächste Mal erwachte, erkannte sie, dass sie am Stadtrand von Kalkutta waren.

»Kehren wir nicht ins Flüchtlingszentrum zurück?«, fragte sie.

Ghulam schüttelte den Kopf. »Die anderen werden erklären, was passiert ist. Ich will nicht dafür verantwortlich sein, dass du dir den Tod holst, wenn du jetzt auf dem Boden eines Raums schläfst, in dem es durchregnet. Fatima wird dir trockene Kleidung leihen. Du kannst heute bei uns übernachten.« Er warf ihr einen Blick zu. »Wenn dir das recht ist?«

Libby lächelte. »Natürlich ist es das. Danke.«

»Hast du irgendetwas zurückgelassen?«, fragte er.

»Nur einen Rucksack mit Kleidung zum Wechseln«, sagte sie.

»Ich sage Sanjeev, dass er ihn vorbeibringen soll«, antwortete Ghulam.

»Nicht nötig«, wehrte Libby ab. »Ich hole ihn einfach, wenn ich wieder zum Helfen fahre.«

Er bedachte sie mit einem ungläubigen Blick. »Du fährst nicht wieder dorthin.«

»Doch, natürlich«, beharrte sie, obwohl ihr bei dem Gedanken schwach wurde.

»Libby«, protestierte er, »du wärst fast ertrunken.«

»Ich habe nicht vor, je wieder überstürzt in den Fluss zu springen«, sagte sie, »aber ich will trotzdem weiter helfen.«

Er seufzte gereizt. »Warum wundert mich das nicht?«

Er streckte die Hand aus und schob ihr eine Haarsträhne hinters Ohr. »Oh, Libby, ich hätte dich nie dorthin mitnehmen sollen …«

»Ich habe spontan gehandelt«, erwiderte sie mit einem matten Lächeln, »und ich würde es wieder tun, wenn ich müsste.«

Es kostete Libby große Mühe, in den Amelia Buildings die Treppe bis in den vierten Stock emporzusteigen. Ihr war übel, sie war außer Atem, und ihr tat alles weh. Fatima war voller Besorgnis, bemutterte Libby, schimpfte sie dafür aus, so unbedacht gewesen zu sein, und machte Ghulam Vorhaltungen, dass er zugelassen hatte, dass sie solche Risiken einging.

»Es ist nicht Ghulams Schuld«, sagte Libby. »Es war meine eigene Entscheidung.«

»Mein Bruder hätte dich überhaupt nicht zu dem *ghat* mitnehmen sollen«, tadelte Fatima, aber Libby erkannte die Bewunderung in ihren Augen.

Obwohl die Luft schwülwarm war, konnte Libby nicht aufhören zu zittern. Kein Kleidungsstück von Fatima war groß genug, um Libby zu passen; deshalb zog sie am Ende eine weiße *kurta* aus Baumwolle von Ghulam und eine Hose mit Schnürband von ihm an, die ihr zu lang war, sodass sie sie an den Knöcheln aufkrempeln musste. Die Kleidung saß locker, war bequem und roch frisch. Es tröstete Libby, sie auf ihrer Haut zu spüren. Zusätzlich hüllte Fatima sie in einen weichen Wollschal.

Sie aßen zu Abend: Hammelcurry und Kartoffeln. Ghulam und Fatima unterhielten sich über die Migrationskrise, die sich immer weiter verschärfte, und über das Gerücht, dass Gandhi noch einmal in die Stadt kommen würde, um die Spannungen beizulegen, die sich im Vorfeld des Unabhängigkeitstags aufbauten. Libby hatte kaum die Kraft, etwas zu essen, und musste sich anstrengen, wach zu bleiben. Obwohl sie gern mehr über das gehört hätte, was man sich von Gandhi erzählte, fühlte sie sich vollkommen erschöpft.

»Tut mir leid, Libby«, sagte Fatima, als sie Libby bei einem Gähnen ertappte, »du musst jetzt ins Bett. Du kannst meines nehmen. Ich schlafe auf einem Schlafsack.«

»Nein«, sagte Ghulam. »Nicht nötig. Libby bekommt mein Zimmer, und ich schlafe hier – oder auf dem Dach.«

Fatima runzelte die Stirn. »Ich glaube nicht …«

»Libby sollte heute Nacht nach allem, was sie durchgemacht hat, ein Zimmer für sich allein haben«, sagte Ghulam fest.

»Entschuldige, natürlich bekommt sie ein eigenes Zimmer«, lenkte Fatima ein.

»Danke«, sagte Libby. »Ihr seid beide so freundlich.«

* * *

Libby konnte kaum fassen, dass sie in Ghulams Bett lag; es roch nach seiner Moschusseife. Das Zimmer war klein, hatte aber eine hohe Decke und war nur mit einem schmalen Metallbett, einem hölzernen Stuhl, einem Nachttisch und einem Kleiderschrank eingerichtet. Ihr war schwindlig. Obwohl es warm im Raum war, fror sie in der Brise, die durch das Fenster hereinstrich, dessen Läden offen standen. Libby kuschelte sich in Fatimas Schal und versuchte, sich aufzuwärmen.

Der Schlaf wollte sich einfach nicht einstellen. Die Stunden schleppten sich dahin. Libby sehnte sich danach, dass Ghulam die Arme um sie schlang und sie beschützte. Jedes Mal, wenn sie die Augen schloss, war sie wieder im dunklen, wirbelnden Wasser und rang nach Luft. Sie hatte den Geschmack der fauligen Brühe immer noch im Mund. Ihr Puls raste, als sie daran dachte, wie nahe sie daran gewesen war zu ertrinken. Wenn Ghulam sie nicht aus dem Fluss gezogen hätte …

Libby biss die Zähne zusammen und schluckte die Panik hinunter, die ihr in die Kehle stieg. Sie würde sich übergeben müssen. Sie sprang aus dem Bett und rannte zur Tür. Im dunklen Flur stolperte sie, eine Hand vor ihren Mund gepresst, zum Wasserklosett. Sie erreichte es gerade noch rechtzeitig und übergab sich. Libby würgte, bis ihr Magen sich leer anfühlte und ihre Kehle brannte. Dann hockte sie sich auf den Boden und ließ ihren Tränen freien Lauf. Sie versuchte, ihr Schluchzen zu unterdrücken, aber das Weinen brachte Erleichterung. Sie war am Leben – obwohl sie sich entsetzlich fühlte.

Als sie auf wackeligen Beinen und zitternd wieder aus dem Bad trat, stockte Libby der Atem. Eine dunkle Gestalt ragte im Schatten vor ihr auf.

»Libby«, flüsterte Ghulam, »geht es dir gut?«

»Ich musste mich nur übergeben«, flüsterte sie zurück. »Ich fühle mich etwas wackelig.«

Sein Oberkörper war nackt, sein Haar zerzaust. Er streckte den Arm aus, nahm sie an die Hand und führte sie ins Wohnzimmer. Der Raum war in Lampenschein getaucht. Ein zerknitterter Schlafsack auf dem Boden und ein beiseitegelegtes Buch zeigten, dass auch Ghulam keinen Schlaf gefunden hatte.

Er setzte sie in einen der bequemen Sessel und holte ein Glas Sodawasser und einen Teller mit Anis und Minze, damit sie sich den Mund erfrischen konnte. Sie trank mit zitternden Händen das Soda und kaute auf den Anissamen herum.

»Ich kann einfach nicht aufhören, daran zu denken …«, sagte sie. Ihre Augen füllten sich erneut mit Tränen.

»Du hast einen Schock erlitten«, sagte Ghulam und legte seine Hand auf ihre. Sie fühlte sich warm und tröstlich an. »Aber du hast einem Mädchen das Leben gerettet. Libby, das war eine der tollkühnsten Aktionen, die ich je miterlebt habe – und eine der tapfersten. Du bist eine bemerkenswerte Frau.«

»An mir ist nichts bemerkenswert«, wehrte Libby ab, dennoch rührten sie seine freundlichen Worte.

»Aus meiner Sicht sehr wohl.« Er drückte ihr die Hand. »Dir ist alles und jeder so wichtig, du hast vor nichts Angst, und wenn ich mit dir zusammen bin, erscheint mir alles möglich. Du lässt dich nicht von Vorurteilen aufhalten. Du bist dem fremden Mädchen in den Fluss nachgesprungen wie einer eigenen Schwester. Das ist bemerkenswert, Libby.« Seine lebhaften Augen waren voller Bewunderung. »Und außerdem bist du schön.«

Libby brach in Tränen aus. Sie streckte die Arme nach ihm aus.

Libby schluckte. »Ich hatte solche Angst, dich nie mehr wiederzusehen.«

Im Nu zog Ghulam sie auf die Beine, schlang die Arme um sie, liebkoste ihr Haar und tröstete sie sanft.

»Jetzt bist du in Sicherheit. Ich lasse nicht zu, dass dir etwas zustößt.«

Libby weinte an seiner Schulter. Sie war sich nur zu genau bewusst, dass er sie an seine nackte, dicht von dunklen Haaren bedeckte Brust drückte. Im Moment war ihr die Zukunft gleichgültig. Wichtig war nur, in Ghulams Armen zu sein und zu wissen, dass er etwas für sie empfand. Sie standen noch eine Weile da und hielten einander fest, während sie allmählich aufhörte zu weinen. Dann sah Libby in sein mitfühlendes Gesicht.

»Ich will heute Nacht nicht allein sein«, flüsterte sie.

Ghulam musterte sie fragend. Sie spürte die plötzliche Anspannung in seinem Körper. Ihr Herz begann zu hämmern.

»Was willst du dann, Libby?«, fragte er.

»Ich will mit dir zusammen sein«, sagte sie leise, »mit dir schlafen.«

»Bist du dir sicher?«, erkundigte er sich mit rauer Stimme.

»Ja, aber nur, wenn du auch willst.«

»Oh, Libby, du weißt doch bestimmt, dass ich will. Aber du kehrst bald in deine Heimat zurück. Es gibt keine Zukunft für uns. Und wenn deine eigenen Leute es je herausfänden, würde man dich verstoßen …«

»Mir ist egal, was andere Leute von mir halten«, unterbrach sie ihn. »So gut dürftest du mich mittlerweile kennen. Und ich weiß, dass die Zukunft für uns alle ungewiss ist. Ich rechne nicht damit, dass du mir mehr versprechen oder bieten kannst. Aber heute Nacht möchte ich mich lebendig fühlen – ich will mit *dir* zusammen sein, Ghulam, und sei es auch nur ein einziges Mal. Das Morgen kann schon für sich selbst sorgen.«

Er drückte sie an sich, und sie spürte das Trommeln seines sich beschleunigenden Herzschlags. Er schaute ihr tief in die Augen, und sie sah die Leidenschaft in seinen.

»Und ich will mit dir zusammen sein, Libby«, sagte er und beugte sich vor, um ihr einen Kuss auf die Lippen zu hauchen.

Libby spürte, wie Begehren in ihrem Bauch aufflammte. »Dann nimmt mich mit in dein Bett«, bat sie, »und schlaf mit mir!«

Sie sagten nichts weiter, während sie zurück in Ghulams kleines Schlafzimmer tappten und die Tür hinter sich schlossen. Ghulam verkeilte die Klinke mit einem Stuhl, um zu verhindern, dass Fatima oder Sitara unerwartet hereinkam. Erst war es im Zimmer fast pechschwarz, aber als ihre Augen sich an die Dunkelheit gewöhnten, sahen sie einander als Umrisse im schwachen Licht, das durch das mit einem Moskitonetz verhängte Fenster drang.

Sie warfen rasch ihre Kleidung ab und standen nackt voreinander. Libby strich mit den Fingern über seine breite Brust und ertastete die Haare. Sie küsste ihn auf die Schulter und knabberte daran.

»Ich träume schon so lange davon, dich zu berühren«, hauchte sie. »Dich zu küssen …«

Sie spürte seine Erregung sofort. Ghulam zog sie enger an sich. Sein Mund suchte den ihren. In einer hungrigen Umarmung fiel er über ihre Lippen her. Seine Hände liebkosten ihren Körper, während er leise seiner Leidenschaft für sie Ausdruck verlieh. Dann ließen sie sich – begierig, miteinander zu schlafen – gemeinsam aufs Bett fallen.

Er bedeckte ihren Körper mit Küssen, sodass sie sich vor Ekstase krümmte und aufbäumte. Sie klammerte sich an ihn und bemühte sich, nicht laut zu werden, obwohl sie eigentlich ihre Liebe zu diesem Mann herausschreien wollte.

Sie wanden sich auf dem Bett und unterdrückten ihr Seufzen und Stöhnen, um nicht gehört zu werden. Ghulam schlief zärtlich und kraftvoll zugleich mit ihr, und Libby weinte vor Rührung.

Danach lagen sie verschlungen auf dem schmalen Bett und hatten noch immer heftiges Herzklopfen. Ghulam drehte eine ihrer Haarsträhnen zwischen den Fingern hin und her und küsste sie sanft auf die Lippen.

»Du bist wirklich bemerkenswert«, sagte er.

»Und du bist im Bett sogar noch bemerkenswerter, als ich gehofft hatte«, antwortete sie mit einem verträumten Lächeln.

Ein leiser Ausruf des Erstaunens entfuhr ihm. »Du lässt es ja klingen, als hättest du erwartet, dass wir miteinander im Bett landen.«

»Eher gehofft als erwartet«, verbesserte sie, zeichnete mit einem Finger sein stoppelbärtiges Kinn nach und strich ihm eine Haarsträhne aus den Augen. Danach hatte sie sich schon seit Monaten gesehnt.

»Ich habe auch darauf gehofft«, gestand Ghulam und küsste sie auf die Nase.

»Ich habe Tagträumen darüber nachgehangen, seitdem du mit mir Mittagessen gegangen bist und wir zusammengesessen und Kuchen gegessen haben«, sagte Libby. »Essen kann ja so ein Aphrodisiakum sein.«

Er lachte leise. »Für mich war es so weit, als ich dich mit offenem Haar in dem Satinkleid habe dastehen sehen. Du hast wie ein Star ausgesehen.«

»Wirklich? Auf der Party?«

»Ja«, bestätigte er. »Ich habe versucht, es vor mir selbst zu leugnen, aber danach bist du mir nicht mehr aus dem Kopf gegangen.«

Libby war erstaunt. Sie war sich zu dem Zeitpunkt noch überhaupt nicht sicher gewesen, ob Ghulam Gefühle für sie hatte, nur, dass ihre eigenen rasend schnell außer Kontrolle geraten waren. »Aber ich bin kein Star«, erwiderte sie. »Nicht so wie meine hübsche Verwandte Adela.«

»Du bist begehrenswerter als ein Filmstar«, sagte er, strich ihr die Haare aus dem Gesicht und küsste ihre Kehle. »Du bist wie eine dieser sinnlichen, erotischen Statuen an Hindutempeln – eine Göttin.«

Libby unterdrückte ein Auflachen.

»Es ist wahr.« Er lächelte und begann wieder, ihren Körper zu streicheln.

Sofort wurde Libby schwach vor Verlangen. Sie schloss die Augen und gab sich noch einmal dem Liebesspiel mit Ghulam hin.

28

Unmittelbar vor der Morgendämmerung stand Ghulam aus dem Bett auf, küsste die schlaftrunkene Libby auf die Lippen und schlich sich zurück ins Wohnzimmer. Sie schlief wieder ein, befriedigt von ihrem leidenschaftlichen Sex. Sie hatte keine Angst mehr. Als sie aufwachte, stand die Sonne hoch am Himmel, und auf der Straße unten war es schon laut. Libby brauchte einige Augenblicke, um sich daran zu erinnern, wo sie war. Bei dem Gedanken an das, was Ghulam und sie in der Nacht getan hatten, brandete eine heiße Welle des Wohlgefühls in ihr auf.

Sie stand auf – ihr war ein bisschen schwindlig – und zog die Kleidung wieder an, die sie vor ein paar Stunden in ihrer Hast, mit Ghulam zu schlafen, abgeworfen hatte. Ihr Magen fühlte sich hohl an; ihr Appetit war wieder da.

Bei Tageslicht fiel ihr auf, dass zwei Bilder an der Wand hinter dem schlichten Schrank hingen. Eines war ein Foto einiger Menschen bei einem religiösen Fest oder vielleicht auch einer politischen Versammlung. Libby musterte es genauer. Im Vordergrund stand eine attraktive Frau in Uniform, die ein dunkles Barett trug und Ghulam half, ein Transparent hochzuhalten. Konnte das die Frau sein, von der Fatima ihr erzählt hatte – die einzige Frau, die Ghulam bisher wirklich geliebt hatte und deren Foto er immer noch aufbewahrte?

Der Gedanke war ihr unbehaglich, und sie wandte sich von der Fotografie ab, um das andere Bild anzusehen. Es war eine Skizze, die mit Reißzwecken an die Wand geheftet war. Bei näherem Hinsehen errötete Libby, weil sie erkannte, dass es ihre Karikatur war, die Ghulam als missgelaunten Tiger zeigte. Sie lachte laut auf, weil er sie nicht nur behalten, sondern sogar an seiner Schlafzimmerwand aufgehängt hatte.

Libby ging ins Bad und tappte dann weiter ins Wohnzimmer, da sie hoffte, Ghulam dort zu finden. Das Zimmer war leer, der Schlafsack vom Boden verschwunden. Die Uhr auf dem Schreibtisch zeigte, dass es schon später Vormittag war. Ein Brief auf dem Tisch war mit ihrem Namen beschriftet. Sie faltete ihn auseinander.

Liebe Göttin,

wir sind beide zur Arbeit gegangen. Nutze den Tag, um Dich auszuruhen und Dich von der Tortur zu erholen. Fatima will nicht, dass Du Dich noch mal einem Risiko aussetzt, und ich muss ihr zustimmen. Wir reden heute Abend. Fühl Dich wie zu Hause.

Ghulam

Libby grinste darüber, dass er sie *Göttin* genannt hatte; das war die einzige Anspielung auf ihr Gespräch unter Liebenden in der vergangenen Nacht. Abgesehen davon war die Nachricht zwar freundlich, aber nicht allzu vertraulich. Bestimmt hatte Ghulam Fatimas Argwohn nicht erregen wollen. Libby spürte in der Magengrube neue Sehnsucht. Der Tag würde sich lang hinziehen, bis sie Ghulam wiedersah.

Kurz darauf erschien Sitara mit einem Frühstückstablett, auf dem sich Tee, Obst und hart gekochte Eier befanden. Libby dankte ihr lächelnd. Es frustrierte sie, dass sie so wenig Hindi sprach und nur ein paar grundlegende Wörter kannte. In ihrer Kindheit hatte sie die Sprache fließend beherrscht, inzwischen aber längst vergessen. Sie musterte die Dienerin und fragte sich, ob sie in der Nacht etwas gehört haben konnte. Aber Sitara hielt sich nicht lange auf, sondern ließ Libby mit dem Frühstück allein.

Sie hatte einen Bärenhunger und schlang alles Essen auf dem Tablett hinunter. Dann sah sie die Bücher im Regal an und wählte ein beliebiges aus. Es war von einem Reisenden aus dem neunzehnten Jahrhundert und befasste sich mit der Archäologie von Taxila. Sie überlegte, ob Ghulam oder Fatima sich für die Ruinenstätte in der Nähe von Rawalpindi interessierte; sie kam zu dem Schluss, dass es Fatima sein musste. Ghulam hatte keine Geduld mit der Vergangenheit; er war ein Mann, der fest im Hier und Jetzt verankert war, sich aber immer nach einer besseren Zukunft für die Welt sehnte.

Später, als die Temperatur wieder stieg, ging Libby sich waschen. Als sie in Ghulams Schlafzimmer zurückkehrte, fand sie ihre Kleider vom Vortag, die im Fluss nass und schmutzig geworden waren, auf dem Stuhl. Sie waren gewaschen, gebügelt und ordentlich zusammengelegt. Sie errötete bei dem Gedanken, dass Sitara wahrscheinlich nichts entging, was im Haushalt der Khans passierte.

Libby zog sich ihre eigene Kleidung an, bürstete sich die nassen Haare und machte es sich dann wieder im Wohnzimmer gemütlich, um zu lesen. Sitara brachte ihr noch mehr zu essen und zu trinken, was sie schläfrig machte. Sie ging zurück zu Ghulams Bett, legte sich hin und schlief bald tief und fest.

* * *

Libby fuhr aus dem Schlaf hoch. Von der Straße unten ertönten laute Stimmen. Jemand schrie. Sie stand eilig auf, rannte ans Fenster und stieß die Läden auf. Draußen war es schon dunkel. Wie lange hatte sie geschlafen? Sie konnte nichts genau erkennen – ein paar schattenhafte Gestalten, laufende Menschen, eine Frau in einem leuchtend bunten Sari, die sich zu etwas am Boden bückte –, aber sie hörte, dass Aufruhr herrschte. Die Frau stimmte ein verzweifeltes Klagegeheul an. In der Ferne hörte Libby das Läuten einer Glocke – vielleicht von einem Polizeiwagen – und mehr Geschrei.

Libbys Herz hämmerte. Dann fiel unten plötzlich Lampenlicht durch eine aufschwingende Tür, und sie konnte klarer sehen. Ein Mann versuchte, die Frau wegzuziehen, und redete auf sie ein. Währenddessen entdeckte Libby eine Person, die zu Füßen der Frau zusammengebrochen war. Es schien ein Mann zu sein. Seine weiße Kleidung war mit etwas befleckt, das wie Blut aussah. War er angegriffen worden? War er tot? Etwas Schreckliches war geschehen. Die Leute brauchten Hilfe. Sie rannte zur Tür und blieb dann stehen. Panik schnürte ihr die Kehle zu. Was, wenn es gefährlich war? Was konnte sie tun? Vielleicht war eine Bande *goondas* da. Sie würden sich vielleicht gegen sie wenden. In der Dunkelheit würden sie nicht erkennen können, dass sie Britin war …

Libby lehnte sich an die Tür und rang nach Luft. Sie konnte sich nicht rühren. So stand sie eine gefühlte Ewigkeit da, gelähmt von Furcht. Und doch war sie noch nicht einmal unten auf der Straße. Was war der verzweifelten Frau dort zugestoßen? Wer lag am Boden? Was, wenn es Ghulam war?

Heiße Beschämung angesichts ihrer Feigheit durchströmte sie. Mit zitternden Händen riss Libby die Tür auf und stolperte den Korridor entlang. Das Wohnzimmer war leer; weder Fatima noch Ghulam war von der Arbeit zurück. Ihr Herz schlug heftig. Sie machte sich große Sorgen um die beiden. Während sie unbeholfen ihre Schuhe anzuziehen versuchte, hörte sie laute Schritte im Treppenhaus vor der Wohnung.

Die Tür flog auf. Ghulams besorgtes Gesicht erschien und erspähte sie.

»Geht es dir gut?«, fragte er.

Ihr wurde schwindlig vor Erleichterung, als sie ihn sah.

»Ja. Was ist passiert? Ich habe den Lärm gehört. Ist jemand verletzt?«

»Unmittelbar an der Türschwelle unseres Hauses wurde ein Mann niedergestochen«, sagte er. »Ich hatte Angst, die Angreifer seien vielleicht auch ins Gebäude eingedrungen.«

Sie sprang auf, lief zu ihm, schlang die Arme um ihn und brach in Tränen aus. Ghulam zog sie eng an sich und streichelte ihr übers Haar.

»Ist er tot?«, wimmerte sie.

Er schluckte. »Ich fürchte ja. Sie haben ihn gerade weggetragen, als ich gekommen bin.«

»Ich hatte solche Angst, dass du es wärst«, schluchzte sie. »Ich wollte nachsehen ...«

»Du wolltest dort hinausgehen?«, fragte er entsetzt.

»Ich wollte, aber ich hatte zu viel Angst.«

»Gott sei Dank hast du es nicht getan, Libby.«

»Aber ich hätte es tun sollen.«

Er packte sie stirnrunzelnd bei den Schultern. »Mein Gott, Frau! Wie soll ich auf dich aufpassen, wenn du dich ständig kopfüber in die Gefahr stürzt?«

»Aber was ist mit der armen Frau?«

»Es kümmert sich jemand um sie«, versicherte Ghulam.

»Ist sie seine Ehefrau?«

»Ich weiß es nicht«, sagte er gedankenverloren. »Sie ist eine Hindu wie er, also wahrscheinlich ja.«

»Also hat eine muslimische Bande das hier getan?«

Er bedachte sie mit einem trostlosen Blick. »Es könnte auch ein Nachbarschaftsstreit gewesen sein – aber ob es nun einer war oder nicht, die Hindus werden Rache nehmen wollen.«

»Oh, Ghulam!«, schrie sie und hielt ihn fest.

»Deshalb bin ich direkt hergekommen, um mich zu vergewissern, ob du und Fatima in Sicherheit seid.«

»Aber deine Schwester ist noch nicht zu Hause«, stieß Libby hervor. »Was, wenn sie da hineingerät ...?«

Ghulam sah sich um und schien erst jetzt zu bemerken, dass seine Schwester nicht da war.

»Ich muss mich auf die Suche nach ihr machen«, sagte er sofort, ließ Libby los und wandte sich zur Tür.

»Dann komme ich mit«, beharrte Libby.

»Bestimmt nicht! Du bleibst hier und lässt die Tür verriegelt«, befahl er.

»Ghulam, bitte ...«

Er drehte sich gereizt zu ihr um. Seine Miene war grimmig. »Halt dich da heraus, Libby. Es ist nicht dein Kampf, und ich habe schon genug andere Sorgen.«

Libby zuckte vor seinen Worten und dem harten Ausdruck seiner Augen zurück. Er wandte sich ab, und sie ließ ihn ohne weitere Einwände gehen.

»Schließ die Tür hinter mir ab.« Das waren die letzten Worte, die er zu ihr sagte, bevor er wieder im dunklen Treppenhaus verschwand.

* * *

Das Warten nahm kein Ende. Sitara erschien, und Libby bedeutete der alten Witwe, bei ihr zu bleiben und sich zu ihr zu setzen. Die Uhr auf dem Schreibtisch tickte, die Stunden vergingen, und niemand kam. Libbys Verstand malte sich alle Gräuel aus, die sie sich nur vorstellen konnte: Fatima war in die Ausschreitungen hineingeraten, in eine dunkle Seitengasse gezerrt und vergewaltigt worden; oder Ghulam war in einen Hinterhalt rachsüchtiger Hindus geraten und lag nun verstümmelt im Sterben. Sein Blut sickerte in den Rinnstein …

All diese Schreckensbilder verursachten Libby Übelkeit. Sie konnte nicht still sitzen, sondern lief immer wieder bis zur Tür und zurück. Sitara versuchte, sie mit begütigenden Worten zu beruhigen, die Libby nicht verstand, und nötigte sie, Tee zu trinken.

»Ich weiß, dass du es gut meinst«, sagte Libby in dem Wissen, dass die Frau sie wahrscheinlich auch nicht verstand, »und dass du genauso besorgt sein musst wie ich – aber ich verliere den Verstand. Was ist ihnen zugestoßen? Warum ist Ghulam noch nicht zurück?«

Sie dachte daran, aufs Dach hinaufzusteigen, um festzustellen, ob sie die beiden auf dem Heimweg entdecken oder herausfinden konnte, was unten vorging. Aber das hätte geheißen, die Tür unverschlossen zu lassen und Sitara mit in Gefahr zu bringen. Ghulam würde fuchsteufelswild sein, wenn Libby nicht auf ihn hörte.

»Oh, Ghulam! Wo bist du?«, rief sie laut.

Dann kamen ihr Zweifel. Die Worte, die er ihr entgegengeschleudert hatte, kehrten zu ihr zurück und verhöhnten sie. *Halt dich da heraus, Libby. Es ist nicht dein Kampf.* Wie sehr es sie verletzte, sich sagen lassen zu müssen, dass Ghulam sie trotz allem, was sie in den letzten paar Tagen auf sich genommen hatte, immer noch nicht als seinesgleichen betrachtete. Das hier war eine Angelegenheit, die nur echte Inder betraf, keine in Indien geborenen Briten wie sie. Schon jetzt war sie in diesem Land irrelevant.

Nicht nur das – sie war den Khans eine Last. Für sie war die Gewalt in Kalkutta eine echte und stets gegenwärtige Bedrohung. Sie waren Muslime – wenn auch keine praktizierenden –, die zu einer verwundbaren Minderheit gehören würden, wenn die Stadt nach der Unabhängigkeit Westbengalen und damit Indien zugeteilt wurde. Libby wurde klar, wie tapfer sie waren: Sie setzten ihre Arbeit im Gären einer geteilten Stadt fort und halfen noch dazu Flüchtlingen der gegnerischen Religionsgruppe. Nicht, dass Ghulam und Fatima die fliehenden Hindus aus Ostbengalen als ihre Gegner betrachtet hätten. Für sie waren sie einfach Landsleute in Not, die ihre Hilfe brauchten.

Libby setzte sich hin und begrub ihr Gesicht in den Händen. Sie dagegen hatte sich bisher kaum für gewöhnliche Inder eingesetzt, seit sie in ihr Geburtsland zurückgekehrt war. Auch wenn sie ständig über Freiheit für Indien und Antikolonialismus redete: Was hatte sie für die Menschen hier getan, das von praktischem Nutzen war? Sie hatte sich bestenfalls daran versucht, die freigiebige Memsahib zu spielen, ein paar Tage lang ehrenamtlich im Flüchtlingszentrum geholfen und Decken ausgeteilt. Ihre Tante hatte in ihrer Rolle als Pfadfinderleiterin viel mehr geleistet, und doch hatte Libby verächtlich über sie geurteilt, weil sie über Helenas Auftreten als gebieterische Memsahib nicht hatte hinwegsehen können.

Libby grub die Fingernägel in die Handflächen und machte sich heftige Vorwürfe. Was tat sie hier? Ihre Besessenheit von Ghulam hatte all ihr Denken und Handeln bestimmt. Sie hatte ihn zu ihrer eigenen Befriedigung verführt, ohne darüber nachzudenken, welche Auswirkungen das auf sein Leben haben könnte. Sie wollte ihn so sehr, dass es sie nicht kümmerte, ob es nur für kurze Zeit war und dass sie bald nach England zurückkehren würde, sodass sie ihn nie wiedersehen würde. Bei dem Gedanken durchzuckte sie Schmerz. Aber das war nun einmal die Realität. Ihre Familie in Newcastle wartete darauf, dass sie sich wieder zu ihr gesellte; die Zukunft sah ja vielleicht nach Indien langweilig und farblos aus, aber zumindest war sie sicher und verlässlich.

Ghulam dagegen sah sich einer Zukunft voller Gefahr und Ungewissheit gegenüber. Würde er als Muslim nach der Unabhängigkeit seine Stelle behalten? Würde er in Kalkutta bleiben oder gezwungen sein, nach Ostbengalen zu fliehen, wo das neue Ostpakistan geschaffen wurde? Was war mit Rafi und dem Rest der Familie Khan, die in dem Teil des Pandschab lebten, der bald zu Westpakistan werden sollte? Würden sie in Sicherheit sein, und würde Ghulam sie je wiedersehen?

Angesichts all dieser Ungewissheiten war es kein Wunder, dass Ghulam sie angefahren hatte. Täglich musste er Angst verspüren und sich um seine Schwester und das, was vor ihnen lag, Sorgen machen. Libby bürdete ihm nur eine Last mehr auf. Erst jetzt dämmerte es ihr, wie selbstsüchtig ihr Wunsch war, mit ihm zusammen zu sein. Seine Instinkte hatten ihn davor gewarnt, sich emotional auf sie einzulassen, und auch Fatima hatte ihr von einer Beziehung mit Ghulam abgeraten, aber Libby hatte ihren Rat in den Wind geschlagen und ihm nachgestellt. Sie war diejenige, die ihn unter Druck gesetzt hatte, zu ihrer Party zu kommen, die ihn zu einer Brieffreundschaft ermuntert und schließlich gedrängt hatte, mit ihr ins Bett zu gehen. Sie hatte seine Welt auf den Kopf gestellt.

Er hatte ihr letzte Nacht gezeigt, dass er es genoss, mit ihr intim zu werden – ja, geradezu darin schwelgte –, aber es konnte nur eine Affäre auf Zeit sein. Sie wussten beide, dass sie in ganz verschiedenen Welten lebten und dass sie sich wahrscheinlich nie wiedersehen würden, sobald Libby Kalkutta verlassen hatte. Der Gedanke verschlug Libby den Atem. Doch ganz gleich, wie sehr sie am Boden zerstört sein würde, wenn sie sich von Ghulam trennen musste, sie konnte nicht hierbleiben; es war Ghulam gegenüber nicht fair und brachte Fatima in Verlegenheit. Die Ärztin hatte in vielerlei Hinsicht eine liberale Einstellung, aber Libby hatte den Verdacht, dass sie prüde war, wenn es um Sex vor der Ehe ging, und das auch noch zwischen Leuten unterschiedlicher Herkunft.

Bitte mach einfach nur, dass es ihnen gut geht!, begann Libby im Kopf zu beten. *Mach bitte, dass sie in Sicherheit sind, Gott! Dann verspreche ich auch, sie künftig in Ruhe zu lassen.*

Ein paar Minuten, nachdem die Uhr zehn geschlagen hatte, hörte Libby Schritte draußen und ein Klopfen an der Tür. Mit hämmerndem Herzen sprang sie auf.

»Libby, ich bin es!«, rief Ghulam. »Mach auf!«

Libby tastete nach den Riegeln und schloss die Tür auf. Zu ihrer Erleichterung stand Ghulam zusammen mit der erschöpft wirkenden Fatima davor. Libby schlang die Arme um die Ärztin, die vor Überraschung fast das Gleichgewicht verlor.

»Gott sei Dank, ihr seid beide in Sicherheit!«, rief Libby. »Ich habe mir solche Sorgen gemacht.«

»Mir geht es gut«, sagte Fatima und machte sich sanft los. »Ich bin nur müde.«

Während Ghulam die Tür hinter ihnen abschloss, erklärte er: »Ich habe sie im Krankenhaus gefunden. Sie hat länger als sonst gearbeitet.«

»Es gab in der ganzen Stadt eine Reihe von Angriffen«, erläuterte Fatima mit gequälter Miene. »Überwiegend Verletzungen durch Messer. Sogar bei Kindern.«

»Oh, wie schrecklich!«, entfuhr es Libby.

Sie hätte gern Fragen gestellt, aber der Blick, mit dem Ghulam sie bedachte, brachte sie zum Schweigen. Fatima ließ sich in einen Sessel fallen und schloss die Augen. Sitara kam mit frischem Tee und heißen *samosas* ins Zimmer geeilt.

Sie aßen, ohne zu sprechen. Am Ende konnte Libby das Schweigen nicht länger ertragen.

»Was geht da draußen vor? Warum dieser plötzliche Ausbruch von Gewalt?«

Fatima erwiderte nichts, aber Ghulam antwortete: »Es liegt vielleicht an der Neuigkeit, dass Gandhiji bald in der Stadt eintrifft. Banden begleichen alte Rechnungen, bevor er kommt. Aber wer weiß? Es scheint ein Morden ohne Sinn und Verstand zu sein.«

»Was werdet ihr tun?«, fragte Libby. »Ist es nicht zu gefährlich für euch hierzubleiben? Vielleicht könnte ich dafür sorgen, dass ihr Zimmer in New House bekommt. Alipur ist sicher.«

Ghulam schenkte ihr ein trauriges Lächeln – den ersten zärtlichen Blick seit seiner Rückkehr – und sagte: »Das ist freundlich von dir, aber es löst das Problem nicht. Wir müssen zur Arbeit immer noch in die Innenstadt, und nach Einbruch der Dunkelheit wäre es eine längere Heimfahrt.«

»Also wollt ihr einfach weitermachen, als wäre heute Abend nichts vor dem Haus geschehen?«, fragte sie.

Ghulam sah seine Schwester an, und sie bedeutete ihm mit einem Nicken zu sprechen.

»Nein, werden wir nicht. Fatima wird die nächsten paar Wochen lang im Krankenhaus schlafen, bis die Lage sich beruhigt hat«, sagte er. »Dort ist sie sicherer.«

»Und du?«, hakte Libby nach.

»Ich bleibe hier«, erwiderte er. »Wenn die Lage sich verschlimmert, weiß ich, dass ich bei Sanjeev oder einem anderen meiner Hindufreunde willkommen bin.«

»Kann ich nichts tun, um zu helfen?«, fragte sie und verabscheute das Gefühl der Hilflosigkeit.

Fatima ergriff das Wort. »Du hast mehr als genug getan«, sagte sie. »Du hast einem kleinen Mädchen das Leben gerettet, und das werden wir nie vergessen. Aber du bist in Gefahr, wenn du hierbleibst, Libby. Wir können nicht auf dich aufpassen und garantieren, dass dir nichts zustößt, wenn wir schon Mühe haben, uns selbst zu schützen.«

»Dafür habe ich Verständnis«, antwortete Libby. »Ich gehe zurück nach Alipur.«

Ghulam runzelte die Stirn. »Ich finde nicht, dass du allein in Kalkutta bleiben solltest. Du solltest besser nach Belguri fahren, sobald du kannst.«

Es tat Libby weh, dass er sie so schnell aus dem Weg haben wollte.

»Der Meinung bin ich auch«, stimmte Fatima ihrem Bruder zu. »In den Khasi Hills, fern von all der Gewalt, bist du sicherer. Ghulam sagt, dass du Sophie versprochen hast, zu den Feierlichkeiten am fünfzehnten dorthin zu fahren. Ich bin sehr froh, dass du ihr Gesellschaft leisten kannst, während Rafi fort im Pandschab ist – damit wirst du sie aufmuntern.«

»Ja, das werde ich versuchen.« Libby nickte und spürte, dass sie einen Kloß im Hals bekam.

»Gibt es jemanden, mit dem du reisen kannst?«, fragte Fatima. »Ich würde mir Sorgen machen, wenn du die Reise allein unternimmst.«

»Ich kann mich an den Erste-Klasse-Waggon für Memsahibs halten«, sagte Libby mit einem spöttischen Lächeln. »Die einzige Gefahr dort besteht darin, dass die Eiswürfel ausgehen.«

Sie lachten nicht über ihren schwachen Scherz.

»Vielleicht könnte Flowers wieder mitfahren?«, schlug Ghulam vor.

»Ich glaube nicht, dass sie es eilig hat, noch einmal in die Berge zu kommen«, erwiderte Libby. »Sie fand das Leben draußen auf dem Land sehr langweilig.« Spontan setzte sie hinzu: »Vielleicht hätte aber Clarrie Robsons Neffe George Lust auf eine Reise nach Belguri. Er hat seine Tante bisher noch nicht besucht.«

Sie sah, wie Ghulams Blick sich verfinsterte. Libby sah beiseite. Vielleicht war es das Beste, wenn er glaubte, dass sie noch

Kontakt zu George hatte, das würde es ihm leichter machen, sie aus seinen Gedanken zu verbannen.

»Das wäre eine gute Idee«, sagte Fatima mit einem beifälligen Lächeln. »Ich finde, wir sollten jetzt alle etwas schlafen. Gestern Nacht hat es sich angehört, als hättest du einen unruhigen Schlaf gehabt.«

Libby errötete. Sie wagte es nicht, Ghulam anzuschauen. »Mir ist etwas schlecht geworden.«

Fatima runzelte besorgt die Stirn. »Du hättest zu mir kommen und es mir sagen sollen.«

»Ich wollte dich nicht stören«, behauptete Libby, »und ich habe mich bald danach wieder besser gefühlt.« Sie stand auf und sah Ghulam an. »Ich will dich keine zweite Nacht aus deinem Zimmer verdrängen«, erklärte sie. »Ich schlafe hier.«

Ghulam bedachte sie mit einem verwirrten Blick. »Es macht mir nichts aus …«

»Mir aber«, sagte Libby. Sie konnte es nicht ertragen, schlaflos und allein in dem Bett zu liegen, wo sie noch vor wenigen Stunden solch eine Ekstase erlebt hatte, oder noch einmal das Foto der schönen Revolutionärin ansehen zu müssen, das Ghulam an der Wand hängen hatte. Er wollte Libby offensichtlich so bald wie möglich loswerden.

»Na gut«, sagte er. Seine Miene wirkte angespannt. Er verließ das Zimmer, um den zusätzlichen Schlafsack zu holen.

Fatima sagte leise: »Es tut mir leid – ich weiß, dass du meinen Bruder magst –, aber ich glaube, es ist das Beste so.«

Ghulam kehrte zurück, bevor Libby Zeit hatte, Fatima auszufragen, was genau in ihren Augen das Beste war. Wahrscheinlich, dass Libby so schnell wie möglich abreiste und aus dem Leben ihres Bruders verschwand. Sie wusste, dass die Ärztin keine Zukunft für Libby und Ghulam sah.

* * *

Nach einer Nacht voll unruhigem Schlaf, in der Libby sich beherrschen musste, nicht den Flur entlang zu Ghulams Zimmer zu schleichen, stand sie früh auf. Sie räumte den Schlafsack weg, schrieb einen kurzen Dankesbrief und ging, als die Morgendämmerung anbrach.

Die Stadt war in perlmuttfarbenes Licht getaucht und erwachte unter einem Chor aus Vogelstimmen, Gebetsrufen und der Geschäftigkeit der Händler, die ihre Stände öffneten. Es schien beinahe so, als wäre die Gewalt in der Nacht nur ein Albtraum gewesen. Doch als Libby auf die Gasse hinaustrat, sah sie die Stelle, an der jemand versucht hatte, Blut wegzuscheuern. Dort hatte der niedergestochene Mann gelegen. Ihr wurde übel. Voller Mitgefühl dachte sie an die verzweifelte Frau und betete inbrünstig, dass es keine Vergeltungsmaßnahmen geben würde.

Libby kehrte in ihre Unterkunft in Alipur zurück, badete und zog sich ein Sommerkleid an. Sie fühlte sich erfrischt und wappnete sich, um in der Junggesellenbude in der Harrington Street anzurufen. George war schon auf dem Weg ins Büro, wie man ihr mitteilte. Sie hinterließ ihm eine Nachricht mit der Bitte, sie zurückzurufen. Als Nächstes nahm sie ein Taxi zum Bahnhof Sealdah und buchte eine Karte für eine Fahrt in zwei Tagen. Jetzt, da sie die Entscheidung gefällt hatte, verfrüht nach Belguri zu fahren – oder vielmehr die Khans ihr die Entscheidung abgenommen hatten –, konnte sie es nicht abwarten, von hier wegzukommen. Vielleicht würde es sie erleichtern, wenn sie eine gewisse Entfernung zwischen Ghulam und sich legte. Sie zwang sich, damit aufzuhören, sich vorzustellen, was er über ihre Affäre dachte, die nur eine einzige Nacht gedauert und dann ein jähes Ende genommen hatte.

Sie schickte ein Telegramm nach Belguri, um anzukündigen, wann sie in Shillong eintreffen würde, und hoffte, dass man Daleep schicken würde, um sie abzuholen. Am späten

Nachmittag war sie mit der Straßenbahn auf dem Rückweg in die Stadt; sie würde Flowers besuchen und ihr erklären, was sie vorhatte. Wenn die Krankenschwester nicht da war, würde sie bei ihren Eltern eine Nachricht hinterlassen.

Libby wurde von den Dunlops voller Wärme willkommen geheißen; sie hatte ganz vergessen, wie gastfreundlich sie waren, bis Winnie Dunlop ihr Sandwiches, Kuchen und unendlich viele Tassen Tee aufnötigte. Sie wollten alles über ihren Aufenthalt in Assam hören.

»Flowers hat uns nur sehr wenig erzählt«, erklärte Danny Dunlop.

»Abgesehen davon, dass sie großen Spaß hatte«, warf Winnie ein.

»Über meine Familie hat sie aber nichts herausgefunden«, beschwerte sich Flowers' Vater. »Am Ende sind Sie gar nicht in Shillong gewesen, nicht wahr?«

»Nein. Es tut mir leid«, erwiderte Libby und bekam ein schlechtes Gewissen. »Es ging meinem Vater nicht sehr gut, deshalb haben wir ihn direkt nach Belguri gebracht.«

»Siehst du, Danny«, sagte seine Frau tadelnd, »der arme Mann war krank. Natürlich konnte er da nicht in deiner alten Schule herumflitzen.«

»Tut mir leid«, entschuldigte er sich mit einem verlegenen Blick zu Libby. »Ich wollte Ihren Vater nicht kritisieren. Wie geht es ihm?«

»Er ist jetzt wieder in Großbritannien«, erklärte Libby und erkannte plötzlich, dass sie ihn vermisste. »Ich habe nicht viel von ihm gehört, abgesehen davon, dass ich ein Telegramm bekommen habe, in dem er mir mitteilte, dass er heil zu Hause eingetroffen ist und dass es dort regnet und kalt ist.«

»Wunderbar!«, sagte Danny mit einem neidischen Lächeln. »Hörst du das, Winnie? Kalt und nass. Nicht wie diese infernalische Suppe, die in Kalkutta als Luft durchgeht.«

Winnie rollte die Augen. »Heiße Suppe ist mir jederzeit lieber als eisiger Regen«, entgegnete sie fröhlich.

»Ich hätte Ihren Vater gern kennengelernt«, sagte Danny mit einem bedauernden Lächeln, »und mit ihm über sein Leben auf den Teeplantagen geredet. Schade, dass er nichts über die Dunlops wusste.«

Libbys schlechtes Gewissen, weil sie sich nicht stärker für Mr Dunlops Anliegen engagiert hatte, nahm zu. »Ich schreibe ihm und frage ihn noch einmal. Er hat einen alten Teepflanzerfreund in Newcastle – einen gewissen Mr Fairfax –, der vielleicht helfen könnte. Er ist jetzt sehr alt. Ich erinnere mich, ihn auf einer von Mutters Benefizveranstaltungen während des Kriegs kennengelernt zu haben. Wenn überhaupt jemand etwas über die Dunlops in Assam weiß, dann bestimmt er.«

Dannys Miene hellte sich auf. »Würden Sie das tun?«

»Natürlich.« Libby lächelte. »Ich schicke Dad die Einzelheiten, die Flowers mir genannt hat, damit er sie an Mr Fairfax weitergeben kann.«

»Das wäre großartig!« Danny strahlte. »Wissen Sie, wenn wir je in die Heimat nach Großbritannien ziehen, muss ich nachweisen, dass ich britischer Abstammung bin. Sonst bekomme ich keinen Pass.«

Winnie rollte noch einmal die Augen, diesmal in Libbys Richtung, widersprach ihrem Mann aber nicht. Libby hatte den Verdacht, dass Flowers und ihre Mutter glaubten, dass die beste Reaktion auf Dannys Besessenheit davon, Indien zu verlassen, darin bestand, sie einfach zu ignorieren.

Gerade als Libby aufbrechen wollte, kam Flowers nach Hause. Sie umarmten sich voller Zuneigung.

»Komm mit und erzähl mir alles, was es Neues bei dir gibt, während ich meine Uniform ausziehe«, bat Flowers und führte sie aus dem Wohnzimmer. In ihrem Schlafzimmer schloss sie die Tür und sagte: »Jetzt kannst du mir erzählen, wie die Dinge wirklich stehen. Wie geht es deinem Vater?«

Während Flowers ihre Arbeitskleidung ablegte, erzählte Libby ihr alles, was in den vergangenen Wochen passiert war: von der Entscheidung ihres Vaters, in den Ruhestand zu treten und wieder nach England zu ziehen, von Sophies Erscheinen in Belguri und ihrem Aufenthalt dort und von ihrem eigenen Plan, noch ein letztes Mal zu Besuch dorthin zu fahren, bevor sie nach Newcastle zurückkehrte und wieder zu ihrer Familie zog.

»Ich nehme an, Dad lebt sich ganz gut ein, weil er bisher noch keine Zeit hatte, mir zu schreiben – es sei denn, in Belguri wartet ein Brief auf mich.«

»Also reist du nach der Unabhängigkeit definitiv nach Hause?«, fragte Flowers.

»Ich habe Dad versprochen, es zu tun. In Assam gibt es kein Zuhause mehr.« Libby versuchte, optimistischer zu klingen, als sie sich fühlte. »Auf alle Fälle wird es schön sein, die ganze Familie wiedervereint zu sehen.«

»Und Ghulam?«, wollte Flowers wissen. »Hast du ihn wiedergesehen, seit du nach Kalkutta zurückgekehrt bist?«

Libby nickte; ihr brannten die Augen.

»Ist es nicht gut gelaufen?« Flowers musterte sie prüfend.

Libby entgegnete: »Doch, zuerst schon. Deine Idee, ihm zu schreiben, war wunderbar. Wir haben einander fast täglich Briefe geschickt. Ich habe mich vollkommen in ihn verliebt.«

»Und was ist passiert, als ihr euch wiedergetroffen habt?«

Libby erzählte ihr von den Geschehnissen der letzten paar Tage, von der Fahrt zum Flüchtlingszentrum über die Rettung des Mädchens bis hin zu ihrem Aufenthalt bei den Khans und dem entsetzlichen Mord auf ihrer Türschwelle. Flowers war schockiert.

»Direkt vor den Amelia Buildings?« Sie schnappte nach Luft. »Das ist einfach nur furchtbar.«

»Ghulam will mich jetzt nur noch loswerden«, sagte Libby unglücklich, »und ich kann es ihm nicht verdenken. Ich bin nur ein Mensch mehr, um den er sich Sorgen machen muss, wenn ich bleibe. Und er weiß, dass ich Indien bald verlasse, sodass unsere Beziehung ohnehin keine Zukunft hat. Aber es ist so, dass ich ständig an ihn denke. Ich … Vorgestern haben wir …«

Flowers setzte sich in Unterhose aufs Bett neben Libby und legte ihr eine Hand auf den Arm. »Ihr habt was getan?«, fragte sie und wirkte besorgt.

»Wir haben miteinander geschlafen«, gestand Libby.

»Oh, Libby!« Flowers riss schockiert die Augen auf. »Und jetzt, da er seinen Spaß gehabt hat, schickt er dich weg?«

»So ist das nicht«, widersprach Libby, gekränkt über Flowers' Bemerkung. »Er denkt an meine Sicherheit. Ich war diejenige, die ihn gedrängt hat, mit mir ins Bett zu gehen. Er ist kein solcher Frauenheld wie George.«

Flowers errötete. »George ist ruhiger geworden, seit seine Scheidung ausgesprochen worden ist.«

Libby sah Flowers überrascht an. »Geht ihr beiden etwa miteinander aus?«

Flowers schenkte ihr ein verschämtes Lächeln. »Von Zeit zu Zeit gehen wir immer noch tanzen. Manchmal glaube ich …«

»Was?«

Flowers seufzte. »Ach, nichts.« Sie stand auf und zog sich ein eng anliegendes, geblümtes Seidenkleid über.

»Ich wollte George eigentlich fragen, ob er Lust hätte, mit mir nach Belguri zu fahren«, sagte Libby. »Seine Tante Clarrie würde ihn sehr gern sehen, und das würde die Feier zum fünfzehnten vielleicht fröhlicher machen. Ich habe ihm eine Nachricht hinterlassen, mich in Alipur anzurufen, aber es kommt vielleicht alles etwas plötzlich.«

Flowers sah sie unverwandt an. »Na ja, du kannst ihn in ungefähr einer Stunde fragen.«

Libby bedachte sie mit einem fragenden Blick.

»Er kommt her«, sagte Flowers.

»Er geht mit dir heute Abend aus?«, rief Libby.

»Ja.« Sie lächelte schüchtern. »Ins Firpo's. Komm doch mit.«

»Um das fünfte Rad am Wagen zu sein?«, erwiderte Libby mit einem trockenen Lächeln.

»Es sind auch noch andere dabei«, sagte Flowers. »Eddy und die ganze Bande.«

»Ich habe nichts anzuziehen.«

»Das Kleid ist doch in Ordnung«, antwortete Flowers. »Ich bestehe darauf. Es sieht so aus, als könntest du einen lustigen Abend gebrauchen, bevor du in die *mofusil* davonfährst, um dich davon abzulenken, deinem schwierigen Liebhaber nachzutrauern. Danach kannst du die Nacht hier verbringen. Mir gefällt der Gedanke nicht, dass du ganz allein in dem großen Haus in Alipur bist.«

Libby schenkte ihr ein dankbares Lächeln. »Danke, sehr gern.«

»Gut, dann ist das abgemacht. Du kannst dir heute Abend gern alles von mir leihen und deine Sachen morgen holen gehen.«

Libby sah weiter zu, wie Flowers sich auf das abendliche Ausgehen vorbereitete.

»Macht dir die Situation in Kalkutta keine Sorgen?«, fragte Libby. »Hier in Grey Town seid ihr mittendrin.«

»Wir müssen bloß aufpassen, nach Einbruch der Dunkelheit nicht unbegleitet draußen zu sein«, sagte Flowers. »Aber uns Anglo-Indern geht es gut. Es ist schließlich nicht unser Kampf, oder?«

Die Formulierung *nicht unser Kampf* fiel Libby auf. So hatte es auch Ghulam ausgedrückt, als er die Geduld mit ihr verloren hatte. Eine düstere Vorahnung ließ sie erschauern. Während die Briten auf eine hastige Machtübergabe und den Abzug aus Indien zurasten, fragte sie sich, wie viel Spaltung und Gewalt sie dort hinterlassen würden.

29

Libby genoss den Abend weit mehr, als sie gedacht hätte. Das Firpo's war nur halb voll mit Essensgästen und Tänzern – die angespannte Atmosphäre war auch hier zu spüren. Trotz Flowers' Gelassenheit war Libby anfangs etwas nervös, aber bald schon stellte sie fest, dass Georges heitere Art genau das Stärkungsmittel war, das sie brauchte.

»Wir haben dich bei unseren Treffen vermisst, Mädel«, sagte er augenzwinkernd.

Später, als sie sich auf die Tanzfläche begaben, sagte er: »Flowers hat mir erzählt, dass du für deinen Dad eine richtige kleine Florence Nightingale warst. Freut mich zu hören, dass es mit ihm wieder bergauf geht und dass er zu Hause bei der Familie ist. Reist du bald hinterher?«

»Ja«, sagte Libby. »Höchstwahrscheinlich Ende August – es hängt davon ab, was für Flüge ich bekommen kann.«

»Buch besser früh«, meinte George. »Wenn die Machtübergabe erst kommt, wird eine Massenflucht einsetzen.«

»Wirst auch du fortgehen?«, fragte Libby.

»Unwahrscheinlich.« Er grinste. »Ich habe hier viel zu viel Spaß. Und meine Stelle ist auch gut.«

»Also bereust du es nicht, England verlassen zu haben?«, hakte Libby nach.

»Kein bisschen«, bestätigte er. »Dort gibt es nichts, zu dem ich zurückkehren könnte, oder? Joan heiratet wieder, und Bonnie bekommt einen neuen Dad, also sind alle glücklich.«

»Und du, George? Was würde dich glücklich machen?«

»Der nächste Tanz mit dir, süßes Mädel«, scherzte er.

Libby lachte. Aber ihr entging nicht, wie sehr es Georges Aufmerksamkeit beanspruchte, im Auge zu behalten, mit wem Flowers tanzte. Es machte Libby nichts aus. Sie hatte schon lange kein romantisches Interesse mehr an George, und sie wusste, dass Flowers mehr als in der Lage war, einen liebestollen George auf Distanz zu halten – wenn es das war, was sie wollte.

* * *

George machte Ausflüchte, was die mögliche Reise nach Belguri anging. Er hatte bereits Pläne, den fünfzehnten in Kalkutta zu feiern.

»Im Palmengarten des Grand Hotels gibt es ein Essen und einen Ball«, schwärmte er, »und ein Feuerwerk. Ich will nicht die größte Sause verpassen, die Kalkutta seit vor dem Krieg erlebt hat.«

Sie verblieben so, dass er vielleicht später im Monat eine Geschäftsreise mit einem Besuch bei seiner Tante Clarrie verbinden würde, bevor Libby Belguri verließ.

An ihrem letzten Tag in Kalkutta holte Libby ihren Koffer im New House ab, wo Ranjan, Colonel Swinsons Diener, darauf aufgepasst hatte. Während Flowers bei der Arbeit war, machte Libby am späten Nachmittag, als die schlimmste Hitze nachließ, einen letzten Spaziergang durch den Maidan. Sie benutzte einen Regenschirm, den die Dunlops ihr geliehen hatten, um sich vor der stechenden Nachmittagssonne zu schützen, schlenderte durch die Eden Gardens und an den trutzigen Festungsmauern von Fort William vorbei. Bald war sie vom Gehen in der schwülen Luft erschöpft. Sie winkte eine Rikscha heran, die sie die Chowringhee Street hinaufbringen sollte, weil sie vorhatte, in einem Teesalon mit Klimaanlage Tee zu trinken.

Spontan änderte sie dann aber ihre Anweisung an den Fahrer und ließ sich zu Nahoum im Hogg Market bringen, wo sie süße Fudges kaufte. Sie würde sie auf den Stufen der Duff Church essen, um sich so von Kalkutta und ihrer Affäre mit Ghulam zu verabschieden. Morgen würde sie schon auf dem Weg nach Belguri sein, um dort ihre letzten Tage in Indien zu verbringen.

Aber als sie die Kirche erreichte und die schattige Stelle sah, an der sie sich in Ghulam verliebt hatte, konnte sie es nicht ertragen, dort zu bleiben. Libby entließ den Rikschafahrer und ging Richtung Hamilton Road. Fünfzehn Minuten später stand sie vor den Amelia Buildings. Es kam ihr unglaublich vor, dass in dieser alltäglich wirkenden Straße erst vor zwei Tagen ein Mann niedergemetzelt worden war.

Sie erschauerte vor Entsetzen bei der Erinnerung daran, zögerte einen Moment und betrat dann das Gebäude. Sie hatte keine Ahnung, ob jemand zu Hause war. Der *chowkidar* nickte ihr zu, nach oben zu gehen. Sie würde Sitara die Fudges für Ghulam geben, der wahrscheinlich nicht vor Einbruch der Dunkelheit heimkommen würde.

Es versetzte Libby einen Schock, als Ghulam selbst die Tür öffnete. Er war barfuß und trug die weiße *kurta* aus Baumwolle und die Hose, die er ihr neulich geliehen hatte. Auch er wirkte völlig überrascht, sie zu sehen. Sie starrten einander mit offenem Mund an und sprachen dann gleichzeitig.

»Ich hatte nicht damit gerechnet …«

»Ich wollte nur das hier vorbeibringen …«

Sie brachen ab. Er musterte sie argwöhnisch. Hereinbitten würde er sie vermutlich nicht. Libby wich zurück.

»Ich reise morgen ab«, brachte sie hervor. »Ich bin zu Nahoum gegangen und habe Fudges gekauft.« Sie hielt ihm das Päckchen mit den Süßigkeiten hin. »Ich wollte nur auf Wiedersehen sagen, das ist alles.«

Sein Blick wurde sanfter. »Warte.« Er streckte eine Hand aus, um sie davon abzuhalten zu gehen. »Das kann ich nicht alles allein aufessen.«

»Doch, bestimmt«, antwortete sie trocken.

Ein Lächeln huschte über sein Gesicht. Nach einem Moment des Zögerns schlug er vor: »Lass uns aufs Dach hinaufgehen, dann teilen wir uns die Süßigkeiten.«

Ohne Libby Gelegenheit zu geben abzulehnen, zog Ghulam die Tür hinter sich zu und geleitete sie zu den Stufen, die aufs Dach hinaufführten. Rings um das Flachdach verlief eine Balustrade, die genau die richtige Höhe hatte, um sich anzulehnen und auf die Straße hinunterzusehen. Eine Ecke des Dachs lag im Schatten eines Sonnensegels aus Bambusblättern, in einer anderen hing Wäsche zum Trocknen, aber es war menschenleer.

Die Sonne begann schon am Horizont unterzugehen. Das Licht des frühen Abends wurde golden. Libby war gar nicht klar gewesen, wie spät es schon war. Ghulam öffnete das Päckchen und bot es zuerst ihr an. Sie nahm einen Fudge und begann zu kauen, obwohl ihr in Ghulams Nähe flau im Magen wurde. Ghulam schob sich gleich zwei Fudges auf einmal in den Mund und seufzte wohlig.

Libby ließ den Blick über die Dächer, die Bäume und das geschäftige Treiben am fernen Flussufer schweifen.

»Hör hin«, sagte Ghulam und unterbrach sein Naschen. »Was hörst du?«

Libby bedachte ihn mit einem fragenden Blick.

»Mach die Augen zu und lausch!«, forderte er sie auf.

Libby tat es. »Ich höre Rikschaglocken«, sagte sie, »und Hundegebell.«

»Was noch?«, fragte er.

»Ähm, das klingt nach einem Ruf zum Gebet in der Ferne? Den Verkehr. So eine Art Schiffshorn – vielleicht von einem Schlepper?«

Sie öffnete die Augen. Ghulam beobachtete sie aufmerksam. Sie bekam Herzklopfen, als sie ihm in seine gelbgrünen Augen sah. Sein Gesicht glühte im goldenen Licht der Abendsonne, und seine Haut hob sich bronzefarben vom Weiß der *kurta* ab. Er sah unerträglich gut aus.

»Was soll ich denn hören?«, erkundigte sie sich und versuchte, ihre Stimme am Zittern zu hindern, obwohl ihr Herz zu hämmern begann. »Für mich klingt alles normal.«

»Genau«, sagte er und lächelte plötzlich. »Keine Trommeln – keine lärmenden *goondas*, die sich versammeln – keine Krankenwagenglocken.«

»Und das heißt?«, fragte Libby.

»Und das heißt«, wiederholte Ghulam, »dass Gandhiji im *bustee* seine Magie wirkt. Möge sie lange vorhalten.« Er hielt Libby grinsend das Päckchen hin. »Lass uns das mit noch mehr Fudges feiern.«

Sie grinste zurück und nahm noch ein Fudge, obwohl ihre Zähne von der Süße in ihrem Mund jetzt schon wehtaten. Ghulam nahm wieder zwei und wandte sich der Aussicht zu, während er kaute.

»Bist du jetzt, da Gandhi hier ist, optimistischer?«, fragte sie.

Ghulam nickte. »Ja. Wenn er Kalkutta beruhigen kann, sorgt das vielleicht auch für Frieden in anderen Gegenden – besonders im Pandschab.«

»Ich hoffe, du hast recht«, sagte sie. »Flowers scheint sich keine so großen Sorgen wie du darum zu machen, wie die Dinge sich entwickeln werden. George auch nicht.«

Er warf ihr einen grimmigen Blick zu. Sie erklärte: »Ich wohne bis morgen bei den Dunlops. Dann fahre ich nach Belguri. George hat Flowers gestern Abend zum Tanzen ausgeführt, und ich bin mitgegangen. Ich glaube, er ist verliebt in sie.«

Ghulam stieß einen verächtlichen Laut aus. »Wir werden die britische Kolonialgesellschaft nicht über Nacht loswerden. Genießt eure Festessen und Bälle, solange ihr noch könnt.«

Es verletzte Libby, dass er sie mit Leuten wie dem vergnügungssüchtigen George Brewis in einen Topf warf, aber sie fragte sich auch, ob er nicht zugleich eifersüchtig war. Sie verbiss sich die Bemerkung, dass es, wenn in Kalkutta der Frieden Einzug hielt, ja keine Eile mehr für sie hatte, in die Berge zu flüchten. Aber was hätte das für einen Zweck gehabt? Sie hatte sich in Belguri bereits angekündigt, und Ghulam bestürmte sie ganz gewiss nicht zu bleiben.

Sie standen Seite an Seite, während der Schein der untergehenden Sonne sich über den Himmel ausbreitete und Vögel kreischend aufflogen, nur um sich gleich darauf wieder in den Bäumen niederzulassen. Libby dachte an ihre Ankunft in Kalkutta zurück, als sie im Landeanflug überwältigt vom Anblick der Sonne wurde, die wie ein Feuerball gewirkt hatte, der im Fluss Hugli versank. Wie hätte sie vorhersehen können, dass ihre Rückkehr nach Indien so kurzlebig sein würde, dass ihr Vater sich entschließen würde, nach Großbritannien heimzukehren – oder dass sie ihr Herz an einen Mann jenseits der kulturellen und gesellschaftlichen Schranken verlieren würde, die die Briten errichtet hatten?

Der Schmerz in ihrem Herzen wurde stärker. Sie hätte nicht herkommen sollen. Ghulam wiederzusehen, war, wie ein Pflaster von einer frischen Wunde zu reißen.

»Ich sollte jetzt gehen«, sagte sie und rang darum, ihre Stimme ruhig zu halten. »Die Dunlops erwarten mich zum Abendessen. Winnie lässt extra Kuchen backen – nicht, dass ich nach all den Fudges Appetit darauf habe.«

»Du hast doch kaum etwas davon gegessen«, erwiderte Ghulam. »Geht es dir gut?«

Plötzlich musste Libby gegen die Tränen ankämpfen. Sie versuchte, sich zusammenzureißen.

»Ich schaffe das schon«, sagte sie, wandte sich ihm zu und hielt seinem Blick stand. »Ich will nur, dass du weißt, dass ich nichts bereue, was zwischen uns vorgefallen ist, Ghulam.«

»Ich auch nicht«, sagte er. »Unter anderen Umständen, vielleicht …« Seine Augen waren voller Traurigkeit.

Libby berührte sein Gesicht. »Kein anderer Mann«, sagte sie mit zitternder Stimme, »hat in mir je solche Gefühle geweckt wie du.«

Er umfasste ihre Hand und küsste sie auf die Handfläche. Tränen liefen ihr über die Wangen.

»Oh, Libby, mein Schatz«, sagte er, als er ihre Verzweiflung sah. Er zog sie in seine Arme und drückte sie fest an sich.

Der Himmel war blutrot, als er die Hände um ihr Gesicht schloss und sie auf die Lippen küsste. Sie öffnete den Mund, und sofort küssten sie sich leidenschaftlich. Als sich ihre Blicke trafen und beide das Begehren in den Augen des anderen erkannten, eilten sie unter das Sonnensegel. Ghulam streifte die *kurta* ab. Er breitete sie aus, damit Libby sich darauf ausstrecken konnte. Binnen weniger Augenblicke liebten sie sich, wie von einem Fieber erfasst. Libby schrie dabei auf. Überwältigt von Sehnsucht und voller Kummer, dass das hier ihr Abschied voneinander war.

Kurz darauf zogen sie sich schon wieder an und gingen angesichts der Leidenschaft, die sie gepackt hatte, fast verschämt miteinander um. Es hätte jederzeit jemand aufs Dach kommen können. Was sie gerade getan hatten, war Wahnsinn. Ghulam tobte wie ein Sommerfieber durch ihre Adern.

»Ich bringe dich zurück in die Sudder Street«, bot Ghulam an.

»Danke«, murmelte sie.

Unten winkte Ghulam eine Rikscha heran. Sie saßen schweigend da, während sie durch die Park Street und Chowringhee Street holperte, bevor sie in die Sudder Street abbog. Während die Rikscha schwankte und sie auf der kurzen Fahrt gegeneinanderprallen ließ, war sich Libby nur zu gut bewusst, dass ihre Arme und Oberschenkel sich zum letzten Mal berührten. Sie kostete auch noch den letzten, schmerzlich süßen Augenblick aus. Allzu bald war es vorbei. Als Libby ausstieg, spürte sie, wie tiefes Leid die Krallen in ihr Inneres schlug.

»Schreibst du mir?«, fragte sie.

Er nickte. »Wenn du möchtest.«

»Ja, sehr gern.«

Auf der Straße herrschte noch viel Betrieb. Die Leute warfen ihnen neugierige Blicke zu.

Einen Moment lang standen sie da und sahen einander bedauernd an. Libby glaubte, dass sie den zärtlichen Blick, den er ihr schenkte, nie vergessen würde. Er nahm ihre Hand, hielt sie fest und drückte sie aufmunternd.

»Pass auf dich auf, Libby«, bat er.

»Und du auf dich«, antwortete sie und schluckte die Tränen hinunter.

Er entzog ihr seine Hand und stieg wieder in die Rikscha, wartete aber, bis sie unbeschadet das Gebäude erreicht hatte, in dem die Dunlops wohnten. Libby lächelte, winkte und wandte sich dann ab. Sie zwang sich, ins Haus zu gehen und keinen Blick mehr zurück zu werfen. Es glückte ihr nicht. Als sie sich umdrehte, um ein letztes Mal zu winken, hatte der Fahrer die Rikscha schon wieder in Bewegung gesetzt. Alles, was sie noch sah, war Ghulams dunkler Haarschopf, während die Rikscha in der feuchtheißen Nacht verschwand.

30

Belguri, August 1947

Als sie nach dem Abendessen in ihrer ersten Nacht in den Bergen auf der Veranda saßen, ließ Libby sich von Clarrie und Sophie auf den neuesten Stand bringen.

Libby war ebenso überrascht wie erfreut gewesen, festzustellen, dass ihr Kindheitsfreund Manzur jetzt auf dem Anwesen Belguri lebte. Als Clarrie durch Libby von seinem Ehrgeiz erfahren hatte, Lehrer zu werden, hatte sie ihm umgehend eine Stellung als Schulmeister der Plantagenschule angeboten.

»Ich weiß, dass der Schulunterricht hier immer nur rudimentär war«, räumte Clarrie ein, »und dass es höchste Zeit ist, mehr für die Bildung der Teepflückerkinder zu tun.«

»Ich bin mir sicher, dass Manzur genau der richtige Mann für diese Aufgabe ist«, antwortete Libby begeistert.

»Oh, er bewirkt jetzt schon einiges«, bestätigte Clarrie. »Die Kinder lieben ihn, und er ist so voller Energie. Ich kann dir wirklich gar nicht genug danken, dass du mich darauf hingewiesen hast, dass er die Oxford Estates verlassen wollte.«

»Ich bin froh, dass es so gut funktioniert«, sagte Libby, »auch wenn Dad wahrscheinlich mit mir schimpfen wird, weil ich mich eingemischt habe.«

»Nicht im Geringsten«, antwortete Clarrie. »Dein Vater freut sich, dass Manzur eine Arbeit hat, die er liebt.«

»Also hast du von Dad gehört, seit er wieder in Newcastle ist?«, rief Libby.

»Ja, vor ein paar Tagen kam ein Luftpostbrief.«

Libby wurde rot. Sie sehnte sich danach zu erfahren, wie das Wiedersehen zwischen ihren Eltern verlaufen war. »Ich habe nichts gehört – nur, dass er heil angekommen ist. Ich weiß, dass er nicht der größte Briefeschreiber der Welt ist.«

»Bestimmt hat er auch dir geschrieben. Vielleicht hat dich sein Brief in Kalkutta einfach nicht erreicht. James wusste doch bestimmt nicht, dass du bei Flowers übernachtet hast, nicht wahr?«

»Nein«, erwiderte Libby. »Wie geht es ihm denn? Was schreibt er? Kommt er mit Mutter so weit zurecht?«

»Ja, sicher. Sie sehen sich gemeinsam Häuser an«, sagte Clarrie.

»Um eines zu kaufen?«

»Zunächst einmal nur, um eines zu mieten«, erklärte Clarrie. »Sie sind sich nicht einig, ob sie in der Stadt oder auf dem Land wohnen wollen, also werden sie für kurze Zeit beides tun. James ist erpicht darauf, ein Haus auf dem Willowburn Estate oben im Tyne Valley zu mieten.«

»Er möchte bestimmt irgendwo wohnen, wo er Pferde und Hunde halten kann«, vermutete Sophie.

»Warum kommt mir der Name Willowburn Estate bekannt vor?«, fragte Libby.

»Laut Adela«, sagte Clarrie, »sind Joan Brewis und ihre Tochter Bonnie dorthin gezogen.«

»Stimmt!«, fiel es Libby wieder ein. »Joans neuer Mann ist Stallmeister dort. George hat es mir erzählt. Das klingt nach genau dem Ort, an dem Dad glücklich wäre.«

Libby bemerkte, wie Clarrie und Sophie einen Blick tauschten.

»Ist etwas?«, fragte sie.

»Anscheinend muss er Tilly erst noch überreden«, sagte Sophie.

»Deshalb ist es ja auch solch eine gute Idee, erst einmal ein Haus zu mieten«, meinte Clarrie mit einem optimistischen Lächeln. »Dann haben sie beide die Chance festzustellen, ob es ein passendes Heim für die Familie ist.«

»Nun, Tilly sollte sich einfach nur freuen, dass sie ihren Mann wiederhat und das Eheleben noch einmal neu beginnen kann«, meinte Sophie. »Ich kann es nicht abwarten, wieder mit Rafi zusammen zu sein.«

»Ist es denn bald so weit?«, erkundigte sich Libby.

Sophie lächelte. »Das hoffe ich. Er ist sich mehr oder minder sicher, dass die Forstbehörde von Rawalpindi ihm eine Stelle anbieten wird. Rafis alter Freund Boz bleibt auch im neuen Pakistan – sie haben zusammen in Edinburgh studiert –, und Boz hat schon einen Posten in Pindi sicher. Es wäre großartig, wenn die beiden wieder zusammen als Forstbeamte arbeiten könnten.«

»Das freut mich ja so«, sagte Libby und unterdrückte die mittlerweile vertraute Sehnsucht nach Ghulam. Rafi war ein ganz anderer Mann; er hatte seine Liebe zu Sophie immer über seine Ideale gestellt. Im Herzen war er ein Romantiker. Und Libby hatte Sophie immer dafür bewundert, dass sie tapfer genug gewesen war, den Briten von der Fahne zu gehen und ihren geliebten Rafi zu heiraten. Sie empfand einen Hauch von Neid, weil die beiden viele glückliche Jahre miteinander gehabt hatten, während ihre bittersüße Affäre mit Ghulam so kurzlebig gewesen war. »Hat Rafi etwas dazu gesagt, wie die Situation im Pandschab aussieht?«

Sophie schüttelte den Kopf. »Die schlimmen Dinge, die wir in der Zeitung lesen, erwähnt er nicht. Ich glaube, er möchte mir keine Sorgen bereiten. Allerdings will er noch nicht, dass ich dorthin reise – nicht bevor er die Stelle in der Tasche und eine Wohnung für uns gefunden hat.«

»Das ist nur vernünftig«, sagte Clarrie. »Und ich bin mir sicher, dass du nicht mehr lange warten musst.«

»Und was ist mit Ghulam?«, fragte Sophie Libby. »Ist es dir gelungen, ihn in Kalkutta zu treffen?«

Libby spürte, wie ihr bei der Frage heiß wurde. »Ja. Ich habe ein paar Tage lang bei Fatimas Flüchtlingshilfsverein mitgearbeitet. Ghulam hat mich mitgenommen.«

»Und?«, hakte Sophie nach.

Libbys Inneres zog sich zusammen. »Er liegt mir sehr am Herzen«, gestand sie, »und ich weiß, dass er mich auch mag, aber er hat darauf bestanden, dass ich Kalkutta verlasse und in die Berge fahre. Ich habe Angst um ihn und Fatima.«

Libby erzählte Clarrie und Sophie von dem Mord vor den Amelia Buildings. Die beiden Frauen waren entsetzt.

»Glaubst du, sie bleiben in Indien? Oder gehen sie nach Pakistan?«, fragte Sophie.

»Ghulam wird Indien nie verlassen«, antwortete Libby, »da bin ich mir sicher.«

Sophie seufzte. »Ja, er war schon immer viel sturer als Rafi.«

»Es ist keine Frage der Sturheit«, widersprach Libby. »Ghulam ist durch und durch Inder – zu gehen würde heißen, allem, woran er glaubt, den Rücken zu kehren.«

»Rafi wollte auch nicht fort«, gab Sophie schneidend zurück, »aber er ist mehr oder minder gezwungen worden, Gulgat zu verlassen. Er weiß, dass es für uns nicht sicher ist, dort zu bleiben, weil wir Muslime sind. Ghulam sollte auch nicht bleiben, wenn er in Lebensgefahr schwebt.«

»Beide Männer handeln auf ihre Art jeweils richtig«, mischte Clarrie sich schnell ein. »Rafi tut das, was in seinen Augen für euch beide das Beste ist – und Ghulam bleibt seinen Prinzipien treu. Männer wie er werden in einem unabhängigen Indien gebraucht werden. Das Land hat immer davon profitiert, dass es eine Mischung verschiedener Volksgruppen und Religionen ist. Es wäre eine große Tragödie, wenn Menschen wegen ihres Glaubens vertrieben werden würden – das wollen Nehru und die Kongresspartei auch nicht, soweit ich weiß.«

»Du hast wie immer recht, Clarrie«, lenkte Sophie ein. Sie streckte den Arm aus und drückte Libbys Hand. »Es tut mir leid, dass ich dich angefahren habe, Mädel. Meine Nerven sind im Moment etwas strapaziert, weil ich mir solche Sorgen um meinen Mann mache.«

»Es tut mir auch leid«, erwiderte Libby rasch. »Ich wollte keine Kritik an Rafi üben.«

»Natürlich nicht«, sagte Clarrie lächelnd. »Nun erzähl mir, was mein Neffe George so anstellt. Wird er jemals herkommen, um seine alte Tante zu besuchen, oder sind wir in den *mofusil* zu langweilig? Ich wünschte, er würde kommen. Ich hatte George schon immer unglaublich gern.«

»Er ist noch genauso charmant und unverwüstlich wie eh und je.« Libby lachte. »Und er hat es zwar noch nicht zugegeben, aber ich glaube, er ist verschossen in Flowers Dunlop.«

31

Newcastle, August 1947

»Nun komm doch einfach mit und schau es dir wenigstens mal an«, flehte James.

Tilly bürstete sich gerade die Haare vor dem Spiegel des Frisiertisches und hatte ihm den Rücken zugewandt. Er versuchte, ihren Blick im Spiegel aufzufangen, aber sie vermied es geflissentlich, ihm in die Augen zu sehen. Es war fast unmöglich, ein privates Gespräch mit seiner Frau zu führen, weil immer jemand anders mit im Haus war oder sie zu einem ihrer zahlreichen Termine davoneilte und ihn stundenlang allein ließ, sodass er die Zeit totschlagen musste. Wenn er nicht seine Ausflüge zum Willowburn Estate oben im Tyne Valley gehabt hätte, um reiten zu gehen, hätte James seinen Ruhestand nicht ertragen können, das wusste er.

Es war die freundliche Adela gewesen, die ihm zu Hilfe gekommen war und Kontakt zu Tommy, dem Stallmeister dort, aufgenommen hatte. Er hatte James dem liebenswürdigen Major und seiner Familie vorgestellt. James genoss die Ausritte, die er zweimal die Woche auf dem Gut unternahm, und seine Gespräche über Tee und Indien mit Major Gibson, der als junger Leutnant in Burma gedient hatte. Als der Major angeboten hatte, James ein Haus auf dem Anwesen zu vermieten, hatte er die Chance begeistert ergriffen. Er wusste, dass Tilly und er, wenn sie sich nur genug Zeit nahmen, wieder ein so liebevolles Zuhause erschaffen konnten wie früher in Assam.

Also unterdrückte er seine Verärgerung und sagte zu Tillys Rücken: »Das Haus ist groß genug für dich, um Gäste einzuladen, und du kannst es einrichten, wie auch immer du willst. Du wirst es in ein genauso gemütliches Heim verwandeln wie Cheviot View. Und das Gelände ist spektakulär …«

»Cheviot View!«, rief Tilly. »Gott behüte! Daran mag ich gar nicht mehr denken. Und jetzt Willowburn Estate. Ich verstehe nicht, warum wir so weit entfernt von Newcastle leben müssen.«

»Es ist doch gar nicht weit, und ich dachte, wir wären uns einig, einen Versuch zu wagen?«, sagte James gereizt. »Ich habe Gus Gibson mehr oder minder versprochen, dass wir es nehmen. Und er hat eine höchst charmante junge amerikanische Frau, Martha – sie wird dir Gesellschaft leisten.«

»Ich habe hier in Newcastle die Gesellschaft, die ich will«, konterte sie.

»Aber der Major war sehr entgegenkommend …«

»Du hättest keine Versprechungen machen sollen, bevor ich Gelegenheit hatte, es mir anzusehen«, sagte Tilly und bürstete ihr Haar kräftiger als zuvor.

»Ich gebe dir doch jetzt die Gelegenheit!«, rief James. »Ein Ausflug. Die frische Luft wird dir guttun.«

»Frische Luft wird überschätzt. Es sei denn, es ist Seeluft.«

Sie bürstete immer wieder dieselbe lockige Strähne ihrer Haare, die eigentlich schon längst entwirrt war. James bemerkte, dass Tillys Haar seinen rötlichen Schimmer verloren hatte und nun am Ansatz grau meliert war.

»Tilly! Als ich dir St Abbs vorgeschlagen habe, um in der Nähe von Johnny zu sein, hast du doch gesagt, dass du nicht ans Meer ziehen möchtest. Mir würde es nichts ausmachen, irgendwo unweit des Tweed zu leben und angeln zu gehen.«

»Nein, ich will auch nicht in St Abbs wohnen«, echauffierte sich Tilly. »Johnny zu besuchen, ist eines, aber die wackere Helena als Nachbarin würde mich in den Wahnsinn treiben.«

»Was willst du denn dann?«, fragte James.

Sie unterbrach das Bürsten und wandte sich ihm zu. »Du weißt, was ich will – in der Stadt bleiben.«

»Aber dieses Haus ist zu klein«, wandte James ein. »Besonders bei all den zusätzlichen Untermietern, die du dir aufgehalst hast.«

Tilly sah ihn scharf an. »Das sind keine Untermieter. Adela und Sam gehören zur Familie – und Josey ist für mich wie eine Schwester.«

»Tut mir leid«, lenkte James ein, »ich wollte damit nicht sagen, dass ich etwas dagegen habe, wenn Adela und Sam bei uns wohnen.« Insgeheim wäre er allerdings sehr froh gewesen, wenn er endlich von der kettenrauchenden Josey und ihren spöttischen spitzen Bemerkungen erlöst gewesen wäre.

»Den Armen fällt es gar nicht leicht, sich hier wieder einzuleben. Das Letzte, was Adela und Sam gebrauchen können, ist, dass wir sie hinauswerfen«, entgegnete Tilly.

»Ich will doch niemanden hinauswerfen«, protestierte James.

In der Tat wäre das Leben im Haus ohne Adela und ihren liebenswürdigen Mann unerträglich gewesen. Vor Jahren hatte James Sam fälschlich als entwurzelten Träumer abgetan, der nie lange in einem Beruf durchhielt, und hatte ihm gegrollt, weil er kritisiert hatte, wie die Arbeiter auf den Oxford Estates behandelt worden waren. Aber seit seiner Rückkehr nach Newcastle hatte James Sam schnell lieb gewonnen: Er arbeitete hart und war Clarries Tochter ein treusorgender Ehemann. Mit Sam konnte er in Erinnerungen an Indien schwelgen, und der jüngere Mann hatte Verständnis dafür, dass er sein altes Zuhause in Assam vermisste.

»Wenn wir aufs Land ziehen«, fuhr Tilly fort, »wird aber genau das passieren. Adela und Sam können beim besten Willen nicht das Café weiterführen, wenn sie draußen in Willowburn festsitzen.«

»Sie haben einen Lieferwagen«, wandte James ein. »Es ist keine lange Fahrt.«

»Oh doch! Außerdem wird das Benzin immer noch rationiert. Sie würden es nicht schaffen. Du hast keine Ahnung, wie hart das Leben in letzter Zeit in Großbritannien war.«

James seufzte frustriert. Seine Frau wurde es nie müde, ihm von all den Entbehrungen zu erzählen, die die Leute an der Heimatfront während des Kriegs erduldet hatten. Als er darauf angespielt hatte, wie gefährlich es in Assam unter der unmittelbaren Bedrohung einer japanischen Invasion geworden war, hatte Tilly lediglich erwidert, das bestätige sie im Nachhinein in ihrer Entscheidung, nicht mit den Kindern nach Indien zurückgekehrt zu sein.

»Tilly«, sagte James und bemühte sich, ruhig zu bleiben, »ich will doch nur, dass wir wieder ein richtiges Zuhause für die Familie haben – groß genug, um Platz für uns alle zu bieten –, damit Jamie bei uns übernachten kann, wann immer er will, und Libby ihr eigenes Zimmer bekommt, wenn sie wieder da ist.«

Darauf schoss Tilly sich ein. »Ich kann immer noch nicht fassen, dass du ihr erlaubt hast, allein in Indien zu bleiben«, schimpfte sie.

»Sie ist nicht allein – mittlerweile ist sie bestimmt schon in Belguri bei Clarrie.« James brach ab und errötete. Tilly mochte es nicht, wenn er von Belguri oder Clarrie redete oder überhaupt *auf Indien herumritt*, wie sie es ausdrückte.

»Wir haben keine Ahnung, was das Mädchen vorhat«, sagte Tilly. »Du hattest offenbar genauso wenig Einfluss auf sie wie ich. Sie tut einfach, was sie will, ohne über die Konsequenzen nachzudenken.«

»Das ist nicht fair«, protestierte James. »Libby ist eine großartige junge Frau. Sie hat in Indien viele Freundschaften geschlossen und begeistert sich leidenschaftlich für das Land, also wollte ich sie nicht davon abhalten, noch ein paar zusätzliche Wochen dort zu verbringen. Außerdem ist sie erwachsen, und wir können ihr nicht länger vorschreiben, das zu tun, was wir wollen.«

»Das konnten wir noch nie«, seufzte Tilly.

»Wie auch immer«, sagte James, »hör auf, Libby zu benutzen, um von unserem eigentlichen Gesprächsthema abzulenken. Was sollen wir nun unternehmen, um zu entscheiden, wo wir wohnen sollen?«

Tilly legte die Haarbürste hin. Sie schenkte ihm einen reuigen Blick.

»Es tut mir leid, James; ich will nicht, dass wir uns so streiten. Ich weiß, dass es schwer für dich ist«, sagte sie, »aber auch ich finde es nicht einfach. Vielleicht könnten wir einfach einen Kompromiss über unseren Wohnort schließen?«

»Wie?«, fragte er.

»Wie wäre es, wenn wir einen Teil der Woche in Willowburn verbringen – und den Rest in der Stadt? Wir könnten sehen, ob uns das zupasskommt, und ich könnte mein ehrenamtliches Engagement weiterverfolgen. Ich will die Leute nicht enttäuschen.«

»Du meinst, wir sollten zwei Häuser unterhalten?«

»Ja, nur für ein paar Monate«, sagte Tilly und wandte sich wieder dem Spiegel zu, während sie Ohrringe anlegte – sie waren aus Silber und Jade. Libby hatte James geholfen, sie auszusuchen, bevor er aus Kalkutta abgereist war.

James spürte, wie sich ihm die Brust zuschnürte, als er an seine lebhafte, fröhliche Tochter dachte. Er vermisste sie. Mehrfach hatte er sich hingesetzt, um ihr zu schreiben, hatte aber nicht gewusst, was er sagen sollte. Er wusste, dass sie sich Sorgen um ihn machte, aber er wollte keinen Brief mit erlogenen Plattitüden füllen, dass alles in Newcastle in bester Ordnung sei. Er wusste, wie sehr sie auf eine gelungene Wiedervereinigung der Familie hoffte. Auf alle Fälle würde sie nun bald zu ihnen stoßen. Der Gedanke munterte ihn auf.

Er sah zu, wie Tilly sich mit Parfüm besprühte. Einen Moment lang erinnerte der Duft ihn daran, wie er ihr vor langer Zeit den Hof gemacht hatte – der jungen, geschwätzigen, errötenden, auf mollige Art hübschen Tilly –, und es regte sich Zuneigung in ihm. Er wollte ihre frühen Tage gern wiederaufleben lassen. Wenn er Tilly nur häufiger für sich allein haben könnte, würden sie bestimmt in der Lage sein, ihre einstige Leidenschaft neu zu entfachen.

»Aber das ändert nichts daran, dass wir hier eingezwängt sind wie in einer Sardinenbüchse«, scherzte James, um die Stimmung aufzulockern.

Er legte Tilly eine Hand auf die Schulter und spürte, wie sie sich versteifte. Sie rückte von ihm ab, beugte sich vor, um Lippenstift aufzutragen. Er konnte sich nicht erinnern, dass sie in Indien je Make-up getragen hätte.

»Nun ja«, sagte Tilly, drückte ihre Lippen auf ein Taschentuch und richtete sich auf. »Ich habe mich umgesehen, und es gibt ein Haus in Jesmond, das perfekt alle Anforderungen erfüllen würde.« Sie drehte sich um und lächelte ihn zaghaft an. »Es hat fünf Schlafzimmer und einen großen Garten. Außerdem ist es nur einen Steinwurf vom Jesmond Dene entfernt, sodass du die Hunde in dem Park ausführen kannst – wenn wir uns Hunde anschaffen –, und ich kann von dort aus mühelos zu Fuß zur Kirche gehen.«

James starrte sie mit offenem Mund an. Ihre haselnussbraunen Augen leuchteten, als sie über das Haus in der wohlhabenden Vorstadt sprach, in der sie aufgewachsen war.

»Und alle Schlafzimmer sind großzügig geschnitten. Die Jungs können sich das weitläufigste teilen, sodass Libby und Josey jeweils ein eigenes Zimmer haben könnten – dann bliebe immer noch ein Zimmer für Sam und Adela übrig, wenn sie es brauchen. Du und ich könnten das Zimmer mit Blick aufs Dene und all die Bäume nehmen – das wäre doch ganz so wie in Cheviot View oder Belguri.«

Ein kleines, nervöses Auflachen entfuhr ihr. James war entsetzt.

»Hast du es dir etwa schon angesehen?«, fragte er.

»Ja, ich bin letzte Woche mit Josey hingegangen, um es in Augenschein zu nehmen.« Tillys Blick wurde trotzig. »Es ist zu vermieten oder zu verkaufen. Wenn es uns gefällt, können wir es also kaufen. Mungo mag es auch leiden.«

»Mungo war schon da, um es sich anzuschauen?«, rief James.

»Nur von außen«, sagte Tilly, stand auf und rückte das sackartige Kleid über ihren breiten Hüften zurecht. James fragte sich flüchtig, wann Tilly angefangen hatte, sich derart matronenhaft anzuziehen. Vielleicht hatte sie es immer schon getan, und es war ihm nur nie aufgefallen.

Tilly lächelte ihm aufmunternd zu. »Ich komme mit und sehe mir das Haus in Willowburn an, wenn du dich deinerseits bereit erklärst, einen Blick auf die Immobilie in Jesmond zu werfen. Was sagst du?«

James verbarg seine Niedergeschlagenheit. Es klang ganz so, als ob die Familie schon die Reihen schloss, um Tilly in der Sache zu unterstützen – genau, wie sie sich ihr in allen kleinen alltäglichen Entscheidungen beugten, die seit seiner Rückkehr gefällt worden waren. Er war verunsichert. Seine Söhne machten Scherze über das Zeitgeschehen und lachten sich scheckig über Witze im Radio, die James nicht verstand. Jamie war ein netter junger Mann, aber seinem Vater gegenüber war er zurückhaltend, und da er in einem Krankenhaus in Sunderland immer bis spätabends arbeitete, war er kaum jemals zu Hause. Mungo war freundlich und redete mit James über Sport, aber mit Tilly ging er viel entspannter um, obwohl er seine Mutter gnadenlos aufzog. Keiner der beiden Söhne schien sich auch nur ansatzweise für seine Geschichten über Indien zu interessieren, und anders als Libby wollten die beiden auch nicht in Erinnerungen an ihre Kindheit dort schwelgen.

James fühlte sich wie ein Untermieter in seinem eigenen Zuhause. Nur, dass das hier überhaupt nicht sein Zuhause war – es war das Haus, das Tilly während des Kriegs für sich und die Kinder gemietet hatte. Es war mit ihren Habseligkeiten angefüllt – seine waren noch per Schiff unterwegs –, und es fühlte sich an, als würde er in einer Pension wohnen, in der nichts ihm vertraut war. Wenn sie nach Jesmond ziehen würden, könnten sie wenigstens einen gemeinsamen Neuanfang wagen.

»In Ordnung. Einverstanden«, sagte James und unterdrückte ein Seufzen. »Ich sehe mir das Haus in Jesmond an.«

»Gut«, sagte Tilly strahlend. Sie durchquerte schnell das Schlafzimmer. »Dann auf zum Frühstück«, forderte sie ihn auf und verschwand im Flur.

James ließ den Blick durch das Zimmer schweifen. Ihm wurde das Herz schwer, als er die beiden getrennten Betten sah. Tilly weigerte sich, in einem Doppelbett zu schlafen. Sie sagte, sie habe sich an ein Einzelbett gewöhnt und erinnere sich noch, dass James viel zu unruhig sei und immer die Decke wegziehe. Ihr Bett war ordentlich gemacht; seines war ein zerknittertes Gewirr aus Laken und Decken. Sie hatten seit seiner Rückkehr ein einziges Mal miteinander geschlafen, aber es war kein Erfolg gewesen. Er war in ihr Bett gestiegen, aber sie hatte verkrampft dagelegen und das Gesicht abgewandt, während er versucht hatte, sie zu erregen. Zehn Minuten später hatte er wieder in dem anderen Bett gelegen, die Decke angestarrt und war in Einsamkeit versunken.

Keiner von ihnen hatte den unbefriedigenden Geschlechtsverkehr anzusprechen gewagt, und danach lag Tilly immer als Erste im Bett, machte ihre Nachttischlampe aus und tat so, als würde sie schon schlafen. Ob seine Frau sich bereit erklären würde, ein Doppelbett für ihr nächstes Haus zu kaufen? Konnte er solch ein Zugeständnis von ihr verlangen? Wenn sie doch nur nebeneinanderliegen und in den Armen des jeweils anderen einschlafen könnten wie früher, dann konnten sie doch bestimmt ein gesundes Liebesleben neu entfachen.

James sehnte sich nach Körperkontakt, aber Tilly scheute davor zurück. Sie schien nicht einmal von ihm geküsst werden zu wollen. Wann immer er sie berührte, erstarrte sie oder huschte davon und behauptete, ein Dutzend Dinge zu tun zu haben. Von ihr bekam er allenfalls ein Küsschen auf die Wange – er hatte den Verdacht, dass es ihr dabei eher darum ging, vor den anderen den Schein zu wahren – und ein beiläufiges Winken, wenn sie sich eilig wieder von ihm entfernte.

James schloss verzweifelt die Augen. Er klammerte sich an die einzige positive Nebenwirkung ihres einsamen Schlafens in getrennten Betten: Seit seiner Rückkehr hatte er kaum noch Albträume. Er war sich sicher, dass Tilly sich sofort beschwert hätte, wenn er sie mit Schreien und Gebrabbel geweckt hätte.

James straffte die Schultern und hob das Kinn. Er würde heute reiten gehen, komme, was da wolle. Das war die einzige Art, auf die er dieses seltsame, aus der Bahn geworfene Leben ertragen konnte, in dem er sich wiedergefunden hatte.

32

Belguri, Mitte August 1947

Am fünfzehnten August gab Clarrie den Dienern den Tag frei. Libby und Harry dekorierten die Veranda mit Luftschlangen in den Farben der neuen indischen Flagge, während Sophie Clarrie half, zum Mittagessen Omelettes, Pellkartoffeln, Salate und Dhal zuzubereiten. Zum Nachtisch gab es Reispudding, Obstsalat und einen Ingwerkuchen, den Mohammed Din schon am Vortag hatte backen lassen.

Clarries alter Freund Dr. Hemmings, der ihre beiden Kinder auf die Welt geholt hatte, kam aus Shillong, um mitzuessen und sich mit ihnen zur Feier des Tages eine Flasche Champagner zu teilen, die schon über ein Jahrzehnt vergessen in Wesleys Weinkeller gelegen hatte. Die Aufseher, Banu und Daleep, waren gemeinsam mit ihren Familien ebenfalls eingeladen. Harry war glücklich, dass Manzur sich entschieden hatte, über den Feiertag in Belguri zu bleiben und nicht nach Bengalen zu fahren, um ihn mit seinen Eltern zu verbringen.

Am Nachmittag organisierten Sophie und Harry ein Tennisturnier auf dem frisch gewalzten Rasen. Libby und Manzur halfen einigen der Kinder aus dem Dorf dabei, Tennisschläger zu schwingen und Bälle über das behelfsmäßige Netz zu schlagen. Nitin und seine Brüder stürzten sich begeistert in das Spiel. Libby freute sich, von Nitin zu hören, dass er mit seiner neuen Stellung als Unter-*mohurer* im Manufakturbüro sehr zufrieden war. Sie hatte in Kalkutta Schreibmaschinenfarbbänder zum Wechseln für ihn gekauft.

Am Abend gingen die Frauen des Hauses zusammen mit Harry und Manzur ins Dorf hinunter, um sich die Feier anzusehen. Die Trommeln dröhnten schon seit dem frühen Morgen. Jetzt wurden die schmalen Straßen vom Aufblitzen des Feuerwerks erhellt. Überall knallten Böller. Ein Feuerschlucker trat am Flussufer auf, und es wurde viel gesungen und musiziert. Allgemein herrschte Fröhlichkeit.

Clarrie führte sie zu einem umfriedeten Hof im Dorf. »Hier hat früher Ama, meine alte Kinderfrau, gelebt. Sie war Banus Großmutter und damals die wichtigste Frau im Dorf. Heute ist ihre Tochter Shimti Dorfvorsteherin. Ich würde sie gern besuchen.«

Libby war fasziniert davon, das Innere der Einfriedung und den Kreis von Hütten zu sehen zu bekommen, die die einfache Heimstatt bildeten. In der Luft lagen der Rauch der Kochfeuer und das Geplauder der Menschen, die herumsaßen, aßen, tranken und rauchten. Libby war beeindruckt davon, wie ungezwungen Clarrie mit den Ortsansässigen umging und wie schnell sie in deren Sprache reden konnte.

Clarrie überreichte der zahnlosen alten Frau, die auf einer Matte am Feuer saß, Tabak und einen Wollschal als Geschenke. Shimtis dünne Arme glänzten vor Silberarmreifen, die klimperten, als sie die Hände zu einer ausdrucksvollen Dankesgeste hob.

Sie wies ihre Gäste an, sich zu ihr zu setzen und *paan* zu kauen, während einige ihrer Urenkel zu ihren Ehren tanzten. Nach einer Weile begann Libby von der Musik und der Droge der Kopf zu schwirren; plötzlich empfand sie Euphorie und Optimismus für die Zukunft. Das hier war der erste Tag eines neuen Indien, und sie war dabei, um ihn mitzuerleben.

»Ich bin ja so froh, dass ich nicht mit Dad nach Hause gefahren bin«, plapperte Libby an Clarrie gewandt. »Das hier hätte ich um keinen Preis verpassen mögen. Die Leute hier lieben dich so sehr, Clarrie. Ich finde, du bist ein wunderbarer Mensch, und es tut mir leid, dass ich erst eifersüchtig auf dich war, weil du so viel Zeit mit Dad verbracht hast – ich weiß, dass es nicht deine Schuld war, sondern daran lag, dass Dad nicht nach Hause wollte. Aber jetzt wird alles gut. Dad und Mutter. Ich freue mich wirklich darauf, sie zu sehen – aber ich wollte zur Feier der Unabhängigkeit hier sein – Dad hatte Verständnis dafür. Das ist alles so wunderbar.«

Verblüfft bemerkte Libby, dass sie in Tränen aufgelöst war. »Ich bin glücklich, ja, das bin ich wirklich. Nur, dass ich Ghulam vermisse. Das ist das Einzige, worüber ich wirklich traurig bin.«

Libby erinnerte sich später nur noch verschwommen daran, dass Manzur und Harry sie aus der Einfriedung und die Einfahrt hinauf zurück zum Bungalow geführt hatten. Sie glaubte, dass sie sie wahrscheinlich geküsst und ihnen gesagt hatte, dass sie die beiden wie Brüder liebte. Sie wusste auch noch, dass sie darauf bestanden hatte, sich auf eine Decke auf der Veranda zu legen, um die Sterne betrachten zu können. In ihrem Kopf drehte sich alles – und dann erinnerte sie sich an gar nichts mehr.

* * *

Libby erwachte mit pochenden Kopfschmerzen. Sie lag im Bett, wusste aber nicht, wie sie dorthin gekommen war. Nur schwach war ihr noch im Gedächtnis geblieben, wie der Abend zu Ende gegangen war. Was um alles in der Welt hatte die alte Shimti in ihr *paan* gemischt? Oder lag es an der Schale mit starkem Reisbier, die man Libby aufgenötigt hatte, dass sie am Ende so berauscht gewesen war?

Als sie sich endlich hervorwagte, war das Frühstück schon vorbei, und nur Harry war noch im Haus.

»Mum ist in die Manufaktur gegangen, und Sophie reitet mit Banu aus«, erklärte er ihr. »Möchtest du mit Manzur und mir Tennis spielen? Er kommt bald vorbei.«

Libby presste die Finger gegen ihre pochenden Schläfen. »Ich glaube, ich setze mich lieber einfach eine Weile in den Schatten und schreibe ein paar Briefe.«

»Hast du Kopfschmerzen?« Harry grinste. »Du warst gestern Abend sehr lustig, Libby.«

Libby stöhnte. »Wirklich?«

»Ja. Du hast den ganzen Heimweg über aus vollem Hals gesungen – alberne Lieder wie *Daddy Wouldn't Buy Me a Bow-Wow*. Und du hast mir gesagt, dass ich so gut aussehe wie mein Vater, und dann hast du Manzur auf die Nase geküsst und ihm erzählt, dass er perfekte Ohren hat.«

»Hör auf!«, rief Libby. »Das ist einfach zu peinlich. Ich weiß nicht, wie ich mich so betrinken konnte.«

»Es hat nicht an dem Getränk gelegen«, erklärte Harry, »sondern am *bhang*, das Shimti zu besonderen Gelegenheiten ins *paan* mischt. Es ist sehr stark.«

»Wieso kennst du dich mit solchen Dingen aus?«, fragte Libby überrascht.

»Es besteht aus gemahlenen Hanfblättern – Nitin hat es mir erzählt«, erwiderte Harry lässig, »und ich habe schon miterlebt, wie fröhlich Leute davon werden.«

Libby lachte schwach. »Du genießt eine erstaunliche Erziehung, Harry. In deinem Alter habe ich noch im Internat festgesessen und versucht, mir Toffees zu verdienen, indem ich die Hausaufgaben für die anderen Mädchen gemacht habe.«

»Toffees sind mir jederzeit lieber als *paan*«, sagte Harry lächelnd. Dann schwang er sich die Verandastufen hinunter und sauste davon, den bellenden Breckon dicht auf den Fersen.

Beim Anblick des alten Hundes ihres Vaters wurde Libby von Rührung ergriffen. Wie kam ihr Dad in Newcastle wirklich zurecht? Sie wünschte, er schriebe ihr, um ihr davon zu erzählen. Es war ein Brief von Tilly gekommen, aber der enthielt nur ihr übliches oberflächliches Geplauder über die Familie und ihr vielbeschäftigtes Leben. James wurde kaum erwähnt, abgesehen von der Bemerkung, dass er seine Zeit damit verbrachte, mit Major Gibson auszureiten, und davon sprach, einen Hund zu kaufen. Der Brief verriet ihr auch nicht, wie ihre Brüder darauf reagierten, ihren so lange abwesenden Vater wieder in ihrem Leben zu haben. Bestimmt waren sie darüber doch glücklich? Vielleicht war alles gut, und Libby machte sich unnötig Sorgen. Sie würde sich ja bald genug mit eigenen Augen davon überzeugen können.

Libby ging, um Papier und einen Stift zu holen; sie würde ihm trotzdem schreiben. Sie schilderte die Feier in Belguri und ihre Zeit in Kalkutta und erwähnte, dass sie mit den Khans im Flüchtlingszentrum geholfen hatte, und auch, dass sie bei den Dunlops übernachtet hatte und mit Flowers und George ausgegangen war. Aber sie erzählte ihrem Vater weder, dass sie fast ertrunken war, noch von dem Mord vor dem Wohnblock der Khans.

Libby legte den Umschlag von Flowers bei, der Einzelheiten über Danny Dunlop enthielt.

> *… Kannst Du bitte feststellen, ob der alte Mr Fairfax noch irgendwelche Erinnerungen an Mr Dunlops Familie hat? Er ist so erpicht darauf, etwas über sie herauszufinden, auch, ob er Verwandte in Großbritannien hat. Ich glaube,*

er hegt den Traum, sich in Großbritannien niederzulassen, auch wenn Mrs Dunlop dagegen ist. Ich bin mir nicht sicher, was Flowers will – sie lässt sich nicht in die Karten schauen, was ihre Privatangelegenheiten betrifft. Aber ich glaube, sie möchte Indien auch nicht verlassen, obwohl sie sich nicht sicher ist, wie das Leben für die Anglo-Inder von nun an wird.

Oh, Dad, es wird mir so schwerfallen, von hier abzureisen – nicht nur aus Belguri, sondern auch aus Assam und Kalkutta. Ich habe Indien als Erwachsene schätzen gelernt, nicht mehr nur auf Grundlage meiner Kindheitserinnerungen (in denen ich manches, wie ich zugeben muss, auch durch die rosarote Brille betrachtet habe). Ich liebe so viel an Indien und habe ein paar gute Freunde gewonnen – es wird sehr hart für mich, das alles zurückzulassen. Ich kann gar nicht ermessen, wie schwer es für Dich gewesen sein muss, nachdem Du Dein ganzes Leben hier verbracht hast.

Aber ich versuche, alles positiv zu sehen. Ich freue mich darauf, bei Dir, Mutter und den Jungs zu sein – wir alle nach so langer Zeit endlich wieder zusammen! Wir werden wieder eine Familie sein. Ist es Euch gelungen, das Haus auf dem Willowburn Estate zu mieten? Können wir frühmorgens zusammen ausreiten? Ganz wie in alten Zeiten!

Bitte schreib mir bald und erzähl mir alle Neuigkeiten von zu Hause. Ich bleibe wahrscheinlich noch ein paar Wochen hier, bis Sophie in den Pandschab abreist – oder nach

Westpakistan, wie wir es jetzt wohl nennen. Flowers sagt, ich darf bei ihnen wohnen, während ich alles für meinen Flug nach Hause arrangiere.

Dürfte ich Dich um einen Gefallen bitten? Könntest Du mir wohl eine Dose Toffees schicken, die ich einem guten Freund schenken möchte?

In ganz, ganz viel Liebe
Deine Dich verehrende Tochter
Libby xxx

33

Newcastle, Mitte August 1947

Am Freitag, dem fünfzehnten August, kehrten Adela und Sam mit einem halben Dutzend übrig gebliebener Törtchen, die mit gelber, weißer und grüner Lebensmittelfarbe verziert waren, aus dem Café zurück. Sie trafen Tilly, James und Mungo gegen Ende ihres Nachmittagstees im Wohnzimmer an. Josey war nirgendwo zu sehen. In den letzten paar Wochen war Adela aufgefallen, dass Tillys Mitbewohnerin sich abseitshielt, weil sie nicht in die Streitereien zwischen Tilly und James hineingezogen werden wollte.

»Kuchen!« Mungo grinste und nahm sich sofort ein Törtchen. »Was feiern wir?«

»Heute ist der Unabhängigkeitstag Indiens«, antwortete Sam mit erstaunter Miene. »Das wusstest du doch sicher?«

»Ach ja, stimmt«, sagte Mungo. »Sollten wir den denn wirklich feiern?«

»Libby feiert ihn«, warf James ein.

»Nun ja, wir begehen den Tag zumindest, auch wenn wir ihn nicht wirklich feiern«, schränkte Adela mit einem Lächeln ein.

Daraufhin stand Tilly schnell auf. »Das überlasse ich dann euch. Ich muss mich für ein Treffen meines Komitees fertig machen. Wir sehen uns alle beim Abendessen.«

Während Tilly davoneilte, bot Adela James ein Törtchen an. Sie bemerkte, wie verhärmt er wirkte. Er hockte unbeholfen auf einem zierlichen gepolsterten Stuhl, der zu klein für seinen breiten Körperbau war, und sah verloren aus.

Er nahm das Törtchen mit dankbarem Gesichtsausdruck. »Danke, Adela. Schön zu wissen, dass heute noch jemand an Indien denkt. Ich frage mich, was wohl in Belguri los ist.«

Adela hörte die Sehnsucht in seiner Stimme und ahnte, dass er, ganz wie sie, an solch einem Tag lieber dort gewesen wäre.

»Wenn Libby und Sophie noch bei Mutter sind«, erwiderte sie lächelnd, »dann geben sie ganz bestimmt eine Party.«

Mungo nahm sich ein zweites Törtchen vom Teller, während er schon zur Tür spazierte. »Richtet Freda aus, dass die wirklich gut schmecken«, sagte er mit vollem Mund.

»Wo willst du hin?«, fragte James.

»Tennisclub«, antwortete Mungo. »Doppel. Rechnet zum Abendessen nicht mit mir.«

»Sag deiner Mutter Bescheid, bevor sie weggeht«, wies James ihn an.

»Sie weiß es schon!«, rief Mungo über seine Schulter und verschwand.

James seufzte. »Ich scheine immer der Letzte zu sein, der erfährt, was hier vorgeht.«

Adela setzte sich aufs Sofa und klopfte auf den Platz neben sich, um James aufzufordern, sich zu ihr zu setzen. »Warst du heute oben in Willowburn?«

»Ja«, sagte James, während er neben ihr Platz nahm. Seine Miene hellte sich auf. »Ich habe den Mietvertrag für das Haus für sechs Monate unterschrieben. Kommt ihr bald einmal mit und seht es euch an?«

»Natürlich«, versprach Adela. »Das würden wir sehr gern machen, nicht wahr, Sam?«

Sam nickte, ließ sich in dem Sessel nieder, in dem Mungo soeben noch gesessen hatte, und streckte die langen Beine aus. »Meinst du, wir könnten dort oben auch einen Nachmittag lang reiten gehen?«, fragte er.

»Das ließe sich sicher einrichten«, meinte James mit einem begeisterten Nicken. »Ihr werdet den Major und seine nette junge Frau mögen. Es ist seine zweite Frau. Gus ist in Burma jung verwitwet. Seine neue Frau ist Amerikanerin. Ich habe versucht, Tilly zu überreden, sie kennenzulernen, aber ich glaube, sie ist schon fest entschlossen, sie nicht zu mögen, nur weil ich sie sympathisch finde.«

»Bist du da nicht ein bisschen unfair?«, wandte Adela ein. »Tilly ist sehr tolerant, was Menschen angeht – wahrscheinlich hat sie einfach nur zu viel um die Ohren.«

»Da hast du recht«, sagte James. »Ich habe nur so viel Angst davor, ins Fettnäpfchen zu treten, was Tilly betrifft. Es kommt mir so vor, als ob ich einfach nicht das Richtige tun oder sagen kann.«

Adela überkam Mitgefühl mit dem unglücklichen Mann. »Hab einfach Geduld«, riet sie. »Ihr müsst euch doch wieder ganz neu kennenlernen.«

»Ja«, sagte James und setzte eine tapfere Miene auf. »Ich bin sehr froh, dass du und Sam hier seid – ihr beiden wisst, wie es ist, zu versuchen, sich hier einzuleben. Manchmal wache ich morgens auf und frage mich, wo um alles in der Welt ich nur bin. Und ich ertappe mich dabei, nach Breckon zu rufen. Lächerlich, oder?«

»Nicht lächerlich«, widersprach Sam. »Es ist ganz natürlich, dass du Dinge aus deinem alten Leben vermisst – es wäre seltsam, wenn du es nicht tätest.«

»Mutter sagt, dass Harry dich vermisst«, warf Adela ein. »Sie lässt Breckon in seinem Zimmer schlafen, weil ihn das tröstet.«

James Augen waren plötzlich feucht vor Rührung. »Wirklich?«

»Ja.« Adela lächelte. »Mutter ist sehr dankbar, dass du dich so viel um meinen Bruder gekümmert hast, nachdem Dad gestorben war.«

»Er ist ein guter Junge«, sagte James, »und macht deiner Mutter alle Ehre – deinen beiden Eltern.« Er sah sie mit glänzenden Augen an. »Wie geht es Clarrie? Ich habe ihr geschrieben, aber nichts mehr von ihr gehört, seit sie mir die kurze Mitteilung geschickt hat, dass Manzur Lehrer wird. Vielleicht glaubt sie, sie sollte nicht …«

Adela unterbrach ihn sanft: »Es geht ihr gut. In ihrem letzten Brief hat sie geschrieben, dass sie und Sophie sich darauf freuen, dass Libby zu ihnen kommt.«

»Gut«, sagte James. Seine Stimme klang heiser. »Ich kann gar nicht abwarten, von Libby zu erfahren, was es Neues gibt. Ich hoffe, sie kommt rechtzeitig nach Hause, um im September mit uns nach St Abbs zu fahren. Wir werden bei Johnny und Helena wohnen.«

»Ja«, sagte Adela, »es wäre schön, sie noch einmal zu sehen, bevor …« Sie unterbrach sich.

»Bevor?«, hakte James nach.

Adela tauschte einen Blick mit Sam. Sie hatte ihre Pläne eigentlich nicht ausplaudern wollen; sie hatten sich darauf geeinigt, den anderen nichts zu sagen, bis alles in trockenen Tüchern war. Sie hatten James und Tilly nicht von ihren Entscheidungen über ihre eigene Zukunft ablenken wollen. Allerdings verfolgten beide hartnäckig weiter ihren jeweiligen Plan, das Haus zu mieten, das jeder von ihnen am liebsten mochte: James das in Willowburn und Tilly jenes in Jesmond. Adela machte sich Sorgen um beide – vor allem um James –, hatte aber das Gefühl, dass sie sich nicht einmischen durfte. Es stand ihr wohl kaum zu, anderen Vorträge über die Ehe zu halten, wenn man bedachte, dass sie ihre eigene fast ruiniert hätte. Sie hoffte, dass Tilly und James mit der Zeit schon noch alles klären würden, so wie es Sam und ihr gelungen war.

James sah sie besorgt an. »Erzähl mir, was du sagen wolltest. Überlegt ihr etwa auszuziehen? Ich könnte es euch nicht verdenken.«

»Nicht nur auszuziehen, Großonkel James«, sagte Adela, »sondern ganz wegzuziehen.«

Er musterte sie verwirrt. »Wohin denn?«

Sam ergriff das Wort, da er Adelas Zögern bemerkte. »Wir planen, wieder nach Indien zu gehen – erst einmal nach Belguri. Dann werden wir weitersehen.«

»Wann?«, stieß James hervor. Adela konnte seine am Boden zerstörte Miene kaum ertragen.

»Das hängt alles davon ab, wann meine Cousine Jane Brewis – oder Latimer, wie sie mittlerweile heißt – das Café übernehmen kann.«

»Ihr gebt das Herbert's auf?«

»Ja«, sagte Adela. »Ich wollte es ohnehin nie auf längere Sicht führen. Jane möchte gern zurück nach Newcastle, und ihr Mann unterstützt sie bei ihrem Vorhaben. Janes Vater geht bald in den Ruhestand und ist nicht bei bester Gesundheit. Außerdem macht sie sich Sorgen, dass ihre Mutter nun wieder in Depressionen versinken könnte, nachdem Joan und Bonnie nach Willowburn gezogen sind. Meine Tante Olive hängt sehr an Bonnie.«

James nickte. »Sie ist ein liebenswertes Kind. Ich sehe sie immer in den Ställen mit ihrem neuen Stiefvater – sie ist eine kleine Plaudertasche, genau wie Libby früher.«

»Ich bin froh, dass das Mädchen sich gut an das neue Leben auf dem Lande gewöhnt«, meinte Adela. »Im Café vermissen wir Bonnie alle – auch wenn wir Joan keine Träne nachweinen.« Sie warf Sam einen prüfenden Blick zu. »Dennoch hoffe ich wirklich, dass sie in Willowburn glücklich ist.«

»Das scheint sie zu sein«, sagte James. »Joan ist schon gut mit Martha Gibson befreundet. Sie machen gemeinsam mit ihren Kindern Picknick, und der Gibson-Junge bringt Joan Krocketspielen bei.«

»Das macht Joan sicher großen Spaß«, bemerkte Adela augenrollend, »mit dem Landadel auf Du und Du zu sein.«

»Adela«, ermahnte Sam sie und drohte ihr mit dem Finger, »sei nicht so unfreundlich. Ich wette, Joan bietet Mrs Gibson muntere Gesellschaft.«

»Ja, bestimmt«, räumte Adela ein.

»Aber warum wollt ihr gerade jetzt weg?«, fragte James, der immer noch Mühe hatte, die schockierende Neuigkeit zu verwinden. »Ich dachte, du wärst gerade dabei, dir als Fotograf hier etwas aufzubauen, Sam?«

»Das kann ich auch in Indien tun«, antwortete Sam. »Aber ich hoffe, dass Adelas Mutter mir etwas über Teeherstellung beibringt, sodass ich mich in Belguri nützlich machen kann.«

James zuckte zusammen. »Du willst mit Clarrie in Belguri zusammenarbeiten?«

Sam lächelte. »Na ja, ich hoffe, dass ich es darf.«

»Ich habe an Mutter geschrieben«, erklärte Adela, »und rechne damit, bald von ihr zu hören. Ich weiß, dass sie Ja sagen wird. Sie wird sich über Sams Hilfe freuen.«

»Ich beneide dich, Sam«, platzte James heraus. Adela sah ihn überrascht an. Er schluckte schwer. »Ich meine, ich beneide dich darum, jung genug zu sein, eine Karriere in den Teegärten zu beginnen. Das kann ein wunderschönes Leben sein.«

Eine Welle des Mitleids brach über Adela herein. »Bitte sag den anderen nichts, bis alles endgültig feststeht. Ich wollte eigentlich noch gar nichts davon erzählen.«

James stieß einen tiefen Seufzer aus. »Natürlich nicht. Aber Tilly wird das sehr treffen. Sie hat dich unglaublich gern, Adela – euch beide.«

»Sie wird ja Libby haben, die bald nach Hause kommt«, meinte Adela, »also hat sie auch etwas, worauf sie sich freuen kann.«

James schüttelte den Kopf. »Nun, ich werde jedenfalls nicht derjenige sein, der es Tilly sagt«, erklärte er. »Das müsst ihr selbst übernehmen.«

Plötzlich stand Tilly in der offenen Tür, damit beschäftigt, sich den Hut festzustecken. Sie musste im Flur gewesen sein und gehört haben, wie ihr Name fiel. Ihr rundes Gesicht lag in Sorgenfalten.

»Der mir was sagt?«, fragte sie.

34

Belguri, August/September 1947

Es dauerte mehrere Tage, bis es Nachrichten über die endgültigen geografischen Pläne für die Trennung Pakistans von Indien gab: die Teilung. Die Frauen studierten die Karten, die in einer Ausgabe des *Statesman* abgedruckt waren, die Manzur ihnen mitgebracht hatte.

»Kalkutta bleibt bei Indien«, bemerkte Libby.

»Srimangal liegt jetzt in Ostpakistan«, hob Clarrie hervor. »Da ist Flowers aufgewachsen; ihr Vater war dort Stationsvorsteher. Ein Teeanbaugebiet. Es ist eine seltsame Vorstellung, dass es jetzt kein Teil von Assam mehr ist.«

»Seht euch den Pandschab an«, sagte Sophie entsetzt. »Die Grenze verläuft direkt zwischen Lahore und Amritsar – das wird die Sikhs am härtesten treffen. Rafi sagt, dass sie Land und Geschäfte überall im heutigen Pakistan haben.«

»Das ist keine große Überraschung«, erwiderte Libby. »Sie kämpfen ja nun schon seit Monaten darum. Das hier bestätigt nur ihre schlimmsten Befürchtungen.«

»Der arme Sundar Singh«, sagte Sophie. Ihre Augen glänzten vor Tränen.

»Rafis Freund aus der Armee?«, vergewisserte Libby sich.

Sophie nickte. »Ich hoffe, es ist ihm gelungen, seinen Sohn nach Delhi in Sicherheit zu bringen. Rafi sagt, dass Sundar jetzt dort heimisch werden will.«

»Aber er hat in Pakistan doch so viele Freunde wie Rafi«, wandte Libby ein. »Bestimmt ist es doch ungefährlich für ihn, dort zu bleiben?«

Sophie sah sie traurig an. »Du hast genauso viel über die gewaltsamen Ausschreitungen gelesen wie ich. Die Sikhs und Muslime brennen sich gegenseitig die Häuser nieder, um einander zu vertreiben – besonders in Lahore.«

»Hoffen wir«, sagte Clarrie, »dass jetzt, da die Unabhängigkeit gekommen ist, in beiden Ländern wieder Frieden unter den Nachbarn einkehren wird, ganz gleich, welcher Religion sie angehören.«

* * *

Aber im Laufe der folgenden Woche wurden die Nachrichten immer erschreckender. Statt die Gemüter zu besänftigen, schien die Teilung sie noch mehr zu erhitzen. Zehntausende von Menschen waren über die neuen Grenzen geflohen, und es gab keine Anzeichen dafür, dass der Exodus bald ein Ende haben würde. Gerüchte über barbarische Exzesse im Pandschab erreichten die abgelegene Teeplantage: Massaker, Entführungen, Vergewaltigungen und Verstümmelungen. Nachbarn wandten sich gegeneinander, und marodierende Banden nutzten jede Gelegenheit zu Vergeltungsmorden.

Sophie verlor ihren für sie typischen Optimismus und konnte sich auf nichts konzentrieren. Immer wieder stand sie angespannt auf der Veranda, rauchte und starrte in den Monsunregen hinaus, während sie vergeblich auf die Nachricht wartete, dass Rafi in Sicherheit war.

Clarrie weigerte sich, sie abreisen zu lassen. »Du fährst nicht in den Pandschab, solange wir nicht sicher sein können, dass es ungefährlich für dich ist, dorthin zu gehen.«

Libby machte sich weiter Sorgen um Ghulam und Fatima, aber die Nachrichten aus Kalkutta waren ermutigend. Es hatte keine Wiederholung des Blutvergießens vom letzten August gegeben, und die Stadt schien ruhig zu sein. Die Nachrichtenredakteure führten das auf Gandhis Anwesenheit und die beruhigende Wirkung seiner friedlichen Koexistenz mit Suhrawardy, dem führenden Muslim-Politiker der Stadt, zurück; die beiden beteten und fasteten gemeinsam.

Libby sehnte sich danach, von Ghulam zu hören – er hatte versprochen, ihr zu schreiben –, aber vielleicht hatte er es sich mittlerweile anders überlegt. Jetzt, da sie fern voneinander waren, hatte er vielleicht beschlossen, dass es besser war, ihre Korrespondenz nicht fortzusetzen. Libby würde bald nach Großbritannien zurückkehren, und Ghulam konzentrierte bestimmt all seine Gedanken und Anstrengungen darauf, sich daran zu beteiligen, die Zukunft des frisch befreiten Landes zu gestalten.

Sie zwang sich, nicht von sich aus zu schreiben. Sie wollte nicht fordernd oder vorwurfsvoll wirken. Deshalb würde sie abwarten, bis er ihr schrieb, weil er es wollte, und nicht nur aus Pflichtgefühl.

Während der Monsun ihr Leben auf das Haus oder die Manufaktur beschränkte, wandte Libby ihre Gedanken der Heimat zu und fragte sich wieder, wie ihr Vater dort wohl zurechtkam. Hatte der Umzug zurück nach Großbritannien seine Albträume und seine düstere Stimmung verbannt? Hatte er seinen Seelenfrieden gefunden? War er glücklich? Irgendwie konnte sie sich einfach nicht vorstellen, wie er in dem Reihenhaus in Newcastle lebte, eingeengt, inmitten vom lärmenden Straßenverkehr. Aber sie sah ihn vor sich, wie er in Willowburn ausritt oder mit einem neuen Retriever im Schlepptau Feldwege entlangspazierte. Sie hoffte, dass es ihm gelungen war, ihre Mutter zu überreden, ein wenig Zeit auf dem Land zu verbringen. Sie versuchte, vor ihrem inneren Auge ein Bild heraufzubeschwören, wie ihre Eltern gemeinsam Picknick machten, aber es glückte ihr nicht. Tilly hasste es, auf einer Decke zu sitzen und von ihrem Schoß zu essen, und sie beschwerte sich immer über die Fliegen.

Ein paar Tage später, als Libby im Manufakturbüro war und Nitin half, seine Schreibmaschine zu reparieren, kam Clarrie strahlend herein und schwenkte Briefe.

»*Dak* von zu Hause.«

»Gute Nachrichten?«, fragte Libby.

»Ja«, bestätigte Clarrie und konnte gar nicht aufhören zu lächeln. »Wunderbare Nachrichten.«

»Nun sag schon«, drängte Libby sie.

Clarrie bedeutete Libby, ihr ins Freie zu folgen. Draußen sagte sie leise: »Ich will es vor den Angestellten noch nicht erwähnen – nicht bevor ich Harry davon erzählt habe.«

»Kannst du es mir denn sagen?«, wollte Libby wissen.

»Komm mit mir zurück zum Haus hinauf«, bat Clarrie und hakte sich bei Libby ein. Als sie außer Hörweite der Büroangestellten waren, blieb Clarrie stehen und drehte sich zu Libby um. Sie konnte ihre freudige Erregung kaum zügeln. »Adela und Sam kommen zurück nach Belguri.«

»Zu Besuch?«

»Nein, um hier zu *leben*!«, rief Clarrie. »Sam will Teepflanzer werden. Sie haben sich in England nicht richtig eingelebt.«

Libby wurde das Herz schwer. Sie hatte sich darauf gefreut, dass Adela und Sam bei ihrer Rückkehr in Newcastle wohnen würden. Das würde es ihr selbst erleichtern, sich wieder an das Leben in Großbritannien zu gewöhnen. Sie könnte mit ihnen über Indien und die Leute, die sie kannten, reden, ohne zu hören zu bekommen, was für eine Langweilerin sie war. Aber sie merkte, wie begeistert Clarrie angesichts der Vorstellung war, dass ihre Tochter und ihr Schwiegersohn zurückkehren würden. Deshalb versuchte Libby, sich fröhlich zu geben.

»Das freut mich ja so für dich – und für Harry. Wann planen sie denn zurückzukommen?«

»Womöglich schon Ende September«, erklärte Clarrie. »Es geht nur noch darum, das Café wieder in die Hände meiner Nichte Jane zu übertragen.«

»Also … also ist Adela genauso erpicht darauf wie Sam?«, fragte Libby.

Clarrie begegnete ihrem Blick. »Ja, warum sollte sie es nicht sein?«

Libby antwortete: »Du musst wissen, dass mir klar ist, warum Adela so wild entschlossen war, nach Newcastle zurückzukehren. Ich weiß von ihrem Baby – ich kenne die ganze Geschichte.«

Clarrie errötete. »Oh, hat Adela etwa …? Sie hat dir erzählt, dass …?«

»Ja, bevor ich Newcastle verlassen habe«, bestätigte Libby. »Ich war in Lexys Wohnung, als Adela plötzlich die Fassung verloren hat. Lexy hat daraufhin gemeint, sie könne mir doch genauso gut erklären, warum.«

Clarrie kamen die Tränen. Sie sah beiseite. Libby merkte, dass es ihr schwerfiel, etwas zu sagen, und bekam ein schlechtes Gewissen, weil sie ihr wehgetan hatte.

»Es tut mir leid. Ich hätte nicht erwähnen sollen, dass …«

»Nein, Libby, entschuldige dich nicht. Ich bin froh, dass Adela dich hatte, um sich dir anzuvertrauen.« Clarrie holte tief Luft. »Sie hat beschlossen, nicht länger nach dem Jungen zu suchen. Ich glaube, sie und Sam wollen beide einen Neuanfang wagen und früher oder später – wenn sie denn das Glück haben – eigene Kinder bekommen.«

Libby drückte Clarrie tröstend den Arm. »Vielleicht ist es das Beste so. Sam liebt Adela heiß und innig, aber es muss ihre Beziehung doch belastet haben, dass sie die ganze Zeit nach dem Kind eines anderen Mannes gesucht hat, meinst du nicht?«

Clarrie nickte. Sie legte Libby eine Hand an die Wange. »Woher nimmst du in deinem Alter nur solche Weisheit?«

Libby sah kläglich drein. »Es ist einfach, weise zu sein, wenn es um die Angelegenheiten anderer Leute geht – meine eigenen vermassele ich ja doch nur ständig.«

Unvermittelt sagte Clarrie: »Tut mir leid, Libby, das hatte ich ganz vergessen: Es war auch ein Brief für dich im *dak*. Wegen der Neuigkeiten von Adela war mir das ganz entfallen.«

Libbys Puls begann zu rasen, als Clarrie den Poststapel durchsah.

»Ist er aus Kalkutta?«, fragte sie erwartungsvoll.

Clarrie schenkte ihr einen mitleidigen Blick. »Nein, tut mir leid. Er ist von zu Hause. Es sieht nach der Handschrift deiner Mutter aus.«

Libby unterdrückte ihre Enttäuschung und nahm den Brief entgegen. »Trotzdem vielen Dank.«

Schweigend gingen sie zurück zum Bungalow, während Libby Tillys Brief las. Er enthielt alle möglichen Neuigkeiten über ihre üblichen Tätigkeiten, ihr soziales Engagement, Jamies Arbeit und Mungos mit Sport angefüllte Sommerferien. Libbys jüngerer Bruder spielte jeden Tag Cricket oder Tennis. Aber Tilly erwähnte nicht, ob Mungo mit ihrem Vater reiten ging oder überhaupt Zeit mit ihm verbrachte; James kam bis ganz zum Schluss des Briefs fast gar nicht vor.

> *… Dein Vater ist in der Frage, wo wir leben sollen, wirklich sehr anstrengend. Das Haus, das ich in Jesmond gefunden habe, ist absolut perfekt, mit reichlich Platz, einem wunderschönen*

Garten und freier Aussicht auf den Dene – mein Liebling, Du wirst begeistert davon sein! Aber er beharrt auf seiner Idee, uns alle aufs Land hinausziehen zu lassen, um in einem zugigen Cottage zu leben wie irgendwelche bukolischen Bauern in einem Shakespeare-Stück.

Es wird höchste Zeit, dass Du nach Hause kommst und ihn zur Vernunft bringst, Libby. Wann fährst Du zurück? Ich verstehe nicht, warum Du noch länger in Belguri bleiben musst. Was um alles in der Welt gibt es dort schon für Dich zu tun? Außerdem darfst Du nicht länger bei Clarrie bleiben, als Du willkommen bist – sie war bisher wirklich schon viel zu freundlich zu herumstromernden Robsons. Komm nach Hause, Liebling – wir alle vermissen Dich. Wenn Dir das Geld ausgegangen ist, überweist Dir Dein Vater telegrafisch welches, damit Du Flüge nach Hause buchen kannst. Versuch nicht, nach Bombay zu fahren und eine Schiffspassage zu ergattern – die Nachrichten von dort klingen viel zu riskant, und ich vermute, dass die Schiffe brechend voll mit Soldaten und Zivilisten sind, die versuchen, nach Großbritannien zurückzugelangen.

Was gibt es Neues bei Sophie und Rafi? Ich mache mir wirklich Sorgen um die beiden. Wenn Sophie noch da ist, grüß sie lieb von mir – und Clarrie auch.

In Liebe
Mutter x

»Erwähnt sie irgendetwas von Adela und Sam?«, fragte Clarrie sie, als sie das Haus erreichten. Libby schüttelte den Kopf. »Hier, du kannst ihn gern lesen. Sie findet, dass ich schon länger hier bin, als ich willkommen bin.« Sie reichte Clarrie den Brief. »Und Dad treibt sie offensichtlich in den Wahnsinn.«

»Oje, die arme Tilly«, sagte Clarrie, »und der arme James.« Sie legte Libby voller Zuneigung eine Hand auf den Kopf und lächelte. »Aber du bleibst ganz gewiss nicht länger, als du willkommen bist. Ich genieße es, dich hier zu haben, und du kannst hier wohnen, solange du willst.«

* * *

Der September brach an, aber es gab immer noch keine Neuigkeiten von Rafi. Libby wusste, dass sie alles hätte arrangieren sollen, um nach Hause zu fliegen, aber sie wollte Belguri nicht ohne Sophie verlassen. Angesichts der Unruhen im übrigen Land hatten sie sich darauf geeinigt, gemeinsam zu reisen. Dann kamen eines Morgens, als die Frauen und Harry gerade mit dem Frühstück fertig wurden, zwei Briefe: einer für Libby von James und einer für Sophie von Rafi.

Sophie riss ihren dem *chaprassi* förmlich aus der Hand und öffnete ihn eilig. Während Harry sich entschuldigte und mit Breckon an seiner Seite davonlief, warteten Libby und Clarrie aufgeregt darauf zu erfahren, was Rafi schrieb.

Sophies Miene erhellte sich. »Er hat die Stelle in Pindi! Sie ist ihm garantiert sicher.«

»Das sind großartige Neuigkeiten«, sagte Clarrie.

»Gut gemacht, Rafi«, fügte Libby hinzu.

»Und er hat ein Haus«, fuhr Sophie aufgeregt fort. »Oje, es ist eines, das früher einem Ingenieur bei der Baubehörde gehört hat – einem Sikh.« Sophie sah mit schuldbewusstem Blick zu ihnen auf. »Glaubt ihr, dass das häufiger vorkommt? Dass verlassene Häuser requiriert werden?«

»Ich fürchte, das ist nur allzu wahrscheinlich«, sagte Clarrie seufzend.

»Aber Rafi sollte sich nicht schuldig fühlen«, meinte Libby. »Er hat doch niemanden von irgendwo vertrieben.«

Sophie las weiter. Libby wartete damit, ihren eigenen Brief zu öffnen, falls Sophie noch mehr Neues von den Khans zu erzählen hatte. Plötzlich keuchte Sophie auf und ließ sich auf einen Stuhl fallen.

»Was ist denn?«, fragte Libby.

Sophie schrie erschrocken auf. »Oh nein! Rafis Vater ist sehr krank. Rafi fährt nach Lahore. Ich wünschte, das täte er nicht …«

»Wie krank?«, wollte Libby wissen. »Was stimmt nicht mit ihm?«

Sophie las den Brief noch einmal. »Herzinfarkt. Er ist zu Hause. Die Krankenhäuser sind zu überlastet mit Verwundeten. Das hat Rafi wörtlich geschrieben: *zu überlastet.*« Sophie verdrehte die Augen.

Libby und Clarrie eilten beide zu ihr, um ihr den Arm um die Schultern zu legen.

»Ich sollte bei ihm sein!«, rief Sophic. »Rafi sollte das alles nicht allein durchstehen müssen. Er hat seine Familie seit Jahren nicht gesehen. Und Lahore! Dort ist es so gefährlich.«

»Was schreibt er darüber, wann du zu ihm kannst?«, fragte Clarrie.

»Er sagt, ich darf jetzt noch nicht kommen«, antwortete Sophie. »Aber wie kann ich hierbleiben, wenn ich weiß, wie sehr er mich braucht? Clarrie, was soll ich tun?«

»Bleib hier«, sagte Clarrie mit Nachdruck. »Ich weiß, dass es schwer für dich ist und all deine Instinkte dir raten, nach

Lahore zu eilen. Aber wenn dir unterwegs etwas zustößt, inwieweit würde ihm das helfen?«

»Die Züge sind nicht sicher«, ergänzte Libby. »Auf der Strecke von Delhi nach Lahore werden Menschen niedergemetzelt – jeden Tag stehen Geschichten darüber in der Zeitung.«

»Ich weiß!«, schrie Sophie. »Aber ich könnte nach Kalkutta fahren und von dort aus fliegen.«

Clarrie drückte ihr die Hand. »Unternimm jetzt noch nichts«, riet sie. »Schreib Rafi und schlag es ihm vor, aber bitte stürz dich nicht überhastet in die Gefahr, bevor die Situation klarer ist. Vielleicht hat sich sein Vater schon erholt oder …«

Clarrie und Libby tauschten einen Blick. Libby wusste, dass sie das Gleiche dachten: Vielleicht war Rafis Vater schon tot, und in aller Eile nach Lahore zu reisen, würde sich als zwecklos herausstellen.

Sophie seufzte tief. »Du hast recht. Ich darf nichts tun, was Rafi noch mehr Sorgen bereitet.«

Libby erkundigte sich: »Schreibt er, ob Ghulam und Fatima Bescheid wissen, dass ihr Vater so krank ist?«

Sophie schüttelte den Kopf. »Nein.«

»Bestimmt hat Rafi sie doch davon unterrichtet?«, meinte Clarrie.

Sophie zuckte die Schultern. »Vielleicht will sein Vater nicht, dass er das tut. Mr Khan spricht nicht mehr mit Ghulam, seit er ihn als Jugendlichen aus dem Haus geworfen hat – und er will auch nichts mehr mit Fatima zu tun haben, seit sie sich geweigert hat zu heiraten. Er ist kein Mann, der vergibt und vergisst.«

»Aber sie haben ein Recht darauf, es zu erfahren«, beharrte Libby. »Ghulam tut ja vielleicht so, als ob es ihm gleichgültig ist, aber ich weiß, dass es ihn bedrückt, dass er sich seinem Vater entfremdet hat. Er hat mich ermuntert, Dad zu besuchen, als er sich hier erholt hat, um nicht zuzulassen, dass sich eine Kluft zwischen uns auftut. Ich glaube, Ghulam würde seinem Vater gern eine Nachricht schicken, bevor es zu spät ist.«

»Dann schreib ihm«, schlug Clarrie vor. »Er und Fatima sollten es erfahren.«

* * *

Libby begann mehrfach einen Brief an Ghulam, aber die richtigen Worte wollten ihr einfach nicht einfallen. Sie klangen entweder zu förmlich, als wäre sie eine Beamtin, die Informationen über seinen Vater an ihn weitergab, oder sie schürten zu viel Panik, als müsste er sofort ans Krankenbett seines Vaters eilen. Sie wollte nicht, dass er das tat – sie war sogar sehr dagegen, dass er persönlich hinfuhr, wenn man bedachte, welch ein Blutvergießen im Pandschab herrschte. Doch sie wusste, dass er es würde erfahren wollen. Was, wenn sein Vater starb, bevor er Gelegenheit hatte, Frieden mit ihm zu schließen? Wie schrecklich wäre es für Ghulam, später herauszufinden, dass sie Bescheid gewusst und doch keinen Versuch gemacht hatte, ihn davon in Kenntnis zu setzen?

Das Problem war, dass Libby Ghulam gern ihr Herz ausschütten wollte, aber nicht in solch einem Brief. Sollte sie zwei verschiedene schreiben? Verärgert über sich selbst legte sie ihren Schreibblock beiseite und streckte sich auf ihrem Bett aus, um noch einmal den Brief ihres Vaters zu lesen.

Er war unerwartet liebevoll; er schrieb ihr, dass er sie vermisste. Zugleich war er erstaunlich offen: Obwohl er von seiner lieben Familie umgeben war, fühlte er sich sehr einsam. Niemand wollte hören, wie er von Assam oder von den Teegärten erzählte – und überhaupt fiel es ihm schwer, sich mit ihren Brüdern über irgendetwas zu unterhalten. James kritisierte ihre Mutter nicht, und seine Einstellung zu dem bevorstehenden Umzug war fatalistisch:

... Mir ist klar, dass ich mich dem Plan Deiner Mutter beugen muss, unser Heim nach Jesmond zu verlagern. Sie hat ihr Herz daran gehängt, und wer bin ich, es ihr zu verweigern, nachdem sie all die Jahre allein zurechtkommen musste? Dennoch bin ich entschlossen, bis zum Winter das Haus in Willowburn zu mieten, damit ich die Reitmöglichkeiten ausnutzen kann. Ich genieße Major Gibsons Gesellschaft sehr. Er ist zehn Jahre jünger als ich, aber wir scheinen die gleiche Weltsicht zu haben, und er geht auf mich ein, wenn ich von Indien erzähle – und wie! Du und ich, Libby, werden den Herbst damit verbringen, durchs Tyne Valley zu reiten und so zu tun, als machten wir Jagd auf Schnepfen und Hirschziegenantilopen, bevor wir zu einem chota hazri *aus Kedgeree und Assamtee zurückkehren. Das klingt doch gut, oder?*

Schreib mir und erzähl mir vom Leben in Belguri. Wie geht es der lieben Clarrie und Harry? Benimmt Breckon sich? Geht es Manzur gut? Und Sophie – ist sie noch bei euch? Ich denke so viel an sie alle. In mancherlei Hinsicht ist Belguri für mich realer als mein Leben in Newcastle. Ich vermisse meine frühmorgendlichen Ausritte mit Clarrie und meine Gespräche mit Harry über das Angeln – Deine Brüder interessieren sich kein bisschen dafür. Was würde ich nicht um einen Tag in Belguri geben, darum, die Teegärten mit Clarrie zu inspizieren, während Breckon an meiner Seite bellt, und dann den Abend mit einem chota peg *ausklingen zu lassen, während die Sonne untergeht und ich mich auf ein anständiges Curry freuen kann!*

Meine Güte, das hier muss sich nach ganz schönem Geschwafel anhören. Es tut mir leid, aber ich habe noch nichts unternommen, um die Informationen zu erhalten, die Danny Dunlop gern hätte. Ich verspreche, mich bald darum zu kümmern. Ich gehe Fairfax besuchen. Wenigstens können wir über unsere Zeit in Indien plaudern – und womöglich erinnert er sich an etwas, das ich nicht mehr weiß.

Schreib mir bald, liebste Tochter – oder, besser noch, komm nach Hause! Deine Mutter erwartet Dich rechtzeitig für die jährliche Reise nach St Abbs Mitte September zurück.

Dein Dich liebender Vater

Libby seufzte und schob den Brief unter ihr Kopfkissen. Sie stand auf und machte sich auf die Suche nach den anderen. Clarrie und Sophie pflückten im Garten Obst. Einen Moment lang blieb Libby stehen und beobachtete, wie sie Seite an Seite arbeiteten. Sophie erntete mit behandschuhten Händen Stachelbeeren, während Clarrie ihr den Korb hinhielt. Was für eine friedvolle häusliche Arbeit. Es war fast unmöglich, sich vorzustellen, dass anderswo im Land Frauen aus ihren Häusern geschleift und vergewaltigt oder zerstückelt wurden. Libby wurde übel. Ihr Magen zog sich zusammen. Was würde die Zukunft ihnen allen bringen?

Unbehagen erfasste sie. Wie sicher war es für Clarrie, allein mit dem dreizehnjährigen Harry und ihren Angestellten hier draußen zu bleiben, bis Adela und Sam zurückkehrten?

Würden sie dann sicherer sein? Clarrie behauptete immer wieder, sie hätten inmitten der Khasi nichts zu befürchten, auch wenn sie angeboten hatte, ihrem *khansama* Mohammed Din und seiner Familie die Heimreise nach Kaschmir zu bezahlen, falls sie Bedenken hätten hierzubleiben. Doch Mohammed Din und die Seinen hatten das Angebot abgelehnt. Der *khansama* hatte verkündet, dass er Robson Memsahib bis zu seinem letzten Atemzug nicht verlassen würde.

Clarrie erspähte Libby und winkte sie heran. »Fällt es dir schwer, diesen Brief zu schreiben?«, fragte sie.

Libby verzog bekümmert das Gesicht. »Woher weißt du das?«

Clarrie lächelte sie mitfühlend an, antwortete aber nicht.

»Lasst mich euch helfen«, sagte Libby.

Ein paar Minuten lang pflückten die drei Frauen stumm Obst. Dann ergriff Clarrie das Wort. »Hat dein Vater etwas davon erwähnt, dass Adela und Sam fortgehen wollen?«

»Nein«, erwiderte Libby, »aber er hat den Brief auch schon vor fast zwei Wochen geschrieben.«

»Ist mit James alles in Ordnung?«, wollte Clarrie wissen.

Libby schüttelte den Kopf. »Nein, ich glaube nicht. Er klingt unglücklich und scheint Heimweh zu haben.«

»Heimweh nach Cheviot View?«, vermutete Sophie.

Libby sah Clarrie an. »Nein, nach Belguri.«

Sie bemerkte, dass Clarrie und Sophie vielsagende Blicke tauschten.

»Dad vermisst Breckon und Harry, die Ausritte durch die Teegärten und sogar das Curry«, erklärte Libby. »Er fragt nach euch beiden. Aber besonders nach dir, Clarrie. Dich vermisst er am meisten.«

Clarrie wurde unter ihrem Sonnenhut rot. »Schreibt er das?«

»Nicht wortwörtlich«, schränkte Libby ein, »aber es ist offensichtlich, dass es so ist. Er erwähnt dich immer wieder und will Neuigkeiten hören.«

»Ich habe dir ja gleich gesagt, dass es so kommen würde«, murmelte Sophie.

Clarrie senkte den Kopf. »Was kann ich da schon tun?«, fragte sie. Ihre Stimme war voller Kummer.

Sophie legte ihr die Hand auf die Schulter. »Nichts. Er ist zu Tilly zurückgekehrt, und du musst ihn einfach machen lassen.«

Libby war schockiert. Es klang, als hätten sie schon vorher über ihren Vater gesprochen – und als empfände Clarrie etwas für ihn.

Sie platzte heraus: »Bist du verliebt in meinen Vater?«

Clarrie sah Libby in die Augen. »Nicht verliebt«, sagte sie leise, »aber dein Vater liegt mir sehr am Herzen. Wenn du mich vor zehn Jahren gefragt hättest, dann hätte ich dir geantwortet, dass wir einander nicht besonders mögen. Er war damals ein typischer trinkfreudiger Teepflanzer, der fand, dass Frauen ins Haus gehörten und ganz gewiss keine Kritik an anderen Pflanzern üben sollten, wie ich es tat.« Clarrie lachte trocken. »Ich fand James aufgeblasen, und er hielt mich für rechthaberisch. Aber das hat sich alles geändert, als Wesley gestorben war und der Krieg kam. Seitdem haben wir einander unterstützt.« Clarries Blick war nachdenklich. »Ich habe deinen Vater sehr lieb gewonnen. Wenn er mich vermisst, dann vermisse ich ihn auch – mehr, als ich im Voraus erwartet hätte.«

Libby spürte, wie sie sich innerlich verkrampfte. Sie hatte die ganze Zeit schon den Verdacht gehabt, dass Clarrie und ihr Vater sehr aneinander hingen. Für sie war es offensichtlich gewesen. Sie wartete darauf, dass im Namen ihrer Mutter Eifersucht in ihr aufsteigen würde, aber das geschah nicht. Sie war nur sehr traurig für alle drei. Keiner von ihnen war besonders glücklich; alle versuchten sie nur, so gut weiterzumachen, wie sie irgend konnten.

»Ich glaube, Dad liebt dich mehr, als er Mutter liebt«, sagte Libby. »Und du warst auch viel freundlicher zu ihm.«

Sie sah Tränen in Clarries Augen.

»Ich hoffe, dass das nicht wahr ist«, erwiderte Clarrie. »Bitte, was auch immer du tust, verrate James nicht, was ich gerade über ihn gesagt habe. Das verändert die Dinge nicht zum Besseren.«

Unvermittelt wurde ihr Gespräch vom Geräusch eines Motors unterbrochen. Ein Auto kämpfte sich die Einfahrt herauf. Sie sahen einander überrascht an.

»Das kann doch wohl nicht Rafi sein, oder?«, rief Sophie, von plötzlicher Hoffnung ergriffen.

Sie rannte los, quer durch den Garten und um den Bungalow herum. Libby und Clarrie eilten ihr nach.

Libby kannte den Mann nicht, der aus einem alten Chevrolet-Cabrio stieg. Er war mittleren Alters und recht hochgewachsen, ging aber leicht gebeugt, war adrett in eine weiße Uniform gekleidet und hielt einen altmodischen *topee* umklammert. Er war schon dabei, Sophie die Hand zu schütteln.

Als Libby und Clarrie hinzustießen, hörte Libby Sophie nervös fragen: »Aber woher wussten Sie, dass ich hier bin?«

»Es war naheliegend«, antwortete er, »dass Sie bei Freunden Zuflucht suchen würden.«

Sophie stellte ihn vor. »Das hier ist Mr Robert Stourton, der Resident aus Gulgat«, erklärte sie in gepresstem Ton.

»Ex-Resident«, verbesserte er mit einem steifen Lächeln. »Seit zwei Wochen bin ich offiziell pensioniert und nicht mehr im Regierungsdienst.« Er schüttelte Clarrie die Hand.

»Ich kannte Ihren verstorbenen Gatten. Ein guter Mann. Schreckliche Geschichte.«

»Ja«, bestätigte Clarrie, wahrte aber die Fassung. »Ich glaube, Sie waren auf der Tigerjagd auch dabei, Mr Stourton.«

Er warf ihr einen besorgten Blick zu. »J… ja, das war ich in der Tat. Wir haben getan, was wir konnten. Es tut mir furchtbar leid.«

»Bitte entschuldigen Sie sich nicht«, sagte Clarrie. »Niemand hätte Wesley retten können. Es war ein tragischer Unfall.« Sie drehte sich um und ging voran. »Kommen Sie doch bitte herein. Darf ich Ihnen eine Erfrischung anbieten? Dann können Sie uns erzählen, was Sie nach Belguri führt.«

* * *

Während er seinen Durst mit mehreren Tassen Tee löschte, erzählte der britische Beamte ihnen von der unberechenbaren Lage in Gulgat.

»Die Unruhen dauern an«, sagte er. »Es gab Proteste in der Hauptstadt – die Polizei des Radschas hat sie niedergeschlagen, aber …«

»Was für Proteste?«, hakte Clarrie nach.

»Antimohammedanische«, erwiderte Stourton. »Der Radscha wollte, dass ich Sie und Rafi warne, falls Sie noch in der Gegend sind.«

»Sanjay hat Sie geschickt, um uns zu warnen?«, fragte Sophie aufgeregt. »Das kann ich kaum glauben. Er hat nichts getan, um unsere Sicherheit zu gewährleisten, als wir noch in Gulgat waren.«

Stourton warf ihr einen missmutigen Blick zu. »Wenn Sie ihm mehr vertraut hätten oder sich mit Ihren Sorgen an mich gewandt hätten«, tadelte er, »dann hätten wir Sie schützen können.«

»Rafi hat alles versucht, um Sanjay dazu zu bringen, die Angriffe auf Muslime ernst zu nehmen«, wandte Sophie ein, »aber der Radscha wollte nicht auf ihn hören. Und Sie, Robert, haben schon immer dazu geneigt, sich auf die Seite der alten Rani und des Palasts zu stellen. Nachdem Radscha Kishan gestorben und Rita weggezogen war, hatten wir das Gefühl, keine Freunde mehr bei Hofe zu haben. Rafi wollte nicht fort, aber wir konnten ja sehen, dass sich Ärger zusammengebraut hat.«

»Dass Sie geflüchtet sind, hat nicht geholfen«, sagte Stourton. »In den Augen der Rani und der Höflinge bestätigt das nur, dass man Ihrem Mann nicht vertrauen konnte.«

»Mr Stourton«, entgegnete Clarrie empört, »das ist äußerst unfair.«

»Es ist nicht das, was ich denke, Mrs Robson«, antwortete er, »aber es spielt der Rani geradewegs in die Hände. Sie schürt den Hass auf die Mohammedaner in Gulgat – das sieht sie als ihre Möglichkeit, ihre Autorität in einem Staat, der jetzt ein Teil von Indien ist, neu zu stärken.«

»Und Sanjay ist bereit, da einfach mitzuziehen?«, sagte Sophie verächtlich.

»Der *Radscha*, der er nun ja ist«, erwiderte Stourton spitz, »hat mich hergeschickt, um Sie zu warnen, dass die Gefühle hochkochen und dass Sie besser nicht so bald nach Gulgat zurückkehren sollten.«

»Was das betrifft, hat er nichts zu befürchten«, sagte Sophie. »Wir werden nie nach Gulgat zurückkehren.«

»Gut«, antwortete Stourton und wirkte erleichtert. »Ich will nicht, dass Ihnen oder Ihrem Mann etwas zustößt; ich hoffe, das glauben Sie mir?«

»Das tut sie bestimmt«, warf Clarrie rasch ein.

»Wo ist Rafi denn?«, fragte er.

Die Frauen tauschten misstrauische Blicke.

»Sie können mir vertrauen«, versicherte Stourton. »Ich kehre auch nicht nach Gulgat zurück. Ich habe eine Schiffspassage gebucht, die in einer Woche von Kalkutta aus geht.«

»Er ist im Pandschab«, sagte Sophie. »Er hat eine Stelle bei der pakistanischen Forstbehörde bekommen. Ich soll bald zu ihm stoßen.«

Stourton riss überrascht die Augen auf. »Ich dachte, Sie würden nach Schottland zurückkehren.«

»Und wir dachten, wir würden den Rest unseres Lebens in Gulgat verbringen«, erwiderte Sophie. Ihre Augen umwölkten sich vor Traurigkeit. »Aber es hat nicht sollen sein.«

Er nickte. »Ich hatte eigentlich selbst auch damit gerechnet, viel länger dort zu bleiben. Ich bin froh, dass Rafi eine neue Stelle gefunden hat. Ich bin nur ...«

»Nur was?«, fragte Clarrie.

Er zögerte und sagte dann: »Ich bin besorgt, dass Sie noch in der Gegend sind, Sophie. Ich hatte gehofft, Sie wären längst fort.«

Libbys Inneres verkrampfte sich. »Warum denn das, Mr Stourton?«, erkundigte sie sich.

»Es gibt Banden aus Gulgat, die Unruhe stiften«, erklärte er. »Ich habe sie unterwegs gesehen. Ich fürchte, Sophie könnte hier in Gefahr sein – und Sie auch, wenn Sie ihr Unterschlupf gewähren.«

»Unterschlupf gewähren?«, rief Clarrie. »Sie ist doch kein Flüchtling! Sie ist Britin, und niemand hier würde ihr etwas zuleide tun.«

»Sie ist die Ehefrau eines prominenten Mohammedaners – und selbst Mohammedanerin. Genau die Art von Sündenbock, nach der die Ultranationalisten, von der Rani aufgepeitscht, suchen.«

»Das kann doch wohl nicht sein!« Libby schnappte nach Luft. »Und überhaupt liegt Gulgat doch kilometerweit von hier entfernt.«

»Ich habe nur einen halben Tag gebraucht, um mit dem Auto herzufahren«, gab Stourton zu bedenken. »Diese Banden sind bewaffnet, und irgendjemand rüstet sie mit Lastwagen aus.«

Libbys Herz begann vor Schreck heftiger zu klopfen. Sophie wurde aschfahl.

Clarric sagte ruhig: »Hier ist niemand in Gefahr – die Menschen von Belguri sind loyal und werden uns gegen alle Unruhestifter verteidigen.«

Stourton schüttelte den Kopf. »Ich bewundere Ihren Mut, Mrs Robson, und Ihr Vertrauen in diese Leute. Aber wir Briten können den Inder nie wirklich verstehen, und auch nicht, welche Leidenschaften ihn dazu anstacheln zu tun, was er tut.«

»Das ist absoluter Unsinn!«, schrie Libby. »Sie klingen wie ein viktorianischer Imperialist!«

Er bedachte sie mit einem verächtlichen Blick und wandte sich an Sophie.

»Trotz des Wagemuts Ihrer Freundinnen lege ich Ihnen nahe, eher früher als später zu Ihrem Ehemann zu reisen. In dem neuen mohammedanischen Staat werden Sie sicherer sein.«

Der Resident hielt sich nicht länger auf. Sie verabschiedeten sich steif voneinander. Die Frauen standen an der Verandabrüstung und sahen zu, wie sich sein Auto die Einfahrt hinab entfernte, bis es außer Sicht war. Als es verschwunden war, sagte Sophie: »Ich bin mit Robert nie warm geworden. Er hatte es immer ein bisschen zu eilig damit, sich beim Palast lieb Kind zu machen, und es wird ihm zuwider sein, dass er seinen luxuriösen Lebensstil aufgeben muss, aber vielleicht hat er diesmal recht. Was er über die Banden auf der Landstraße sagt, macht mir wirklich Angst – ich habe schon gesehen, wie Muslime in Gulgat angegriffen worden sind. Ich glaube, ich sollte abreisen. Meine Anwesenheit hier bringt euch alle in Gefahr.«

Clarrie legte ihr eine Hand auf die Schulter. »Der Mann kennt die Khasi nicht so gut wie ich. Bei ihnen bist du sicher. Ich habe Rafi versprochen, hier auf dich aufzupassen.«

»Clarrie hat recht«, pflichtete Libby ihr bei. »Du kannst noch nicht nach Pakistan fahren. Es wäre jetzt sogar noch riskanter zu reisen, da auf der Landstraße Männer unterwegs sind, die Böses im Schilde führen.« Sie schauderte bei dem Gedanken.

»Außerdem«, fügte Clarrie hinzu, »wer soll schon wissen, dass du hier bist? Wir werden uns unauffällig verhalten, aber wie üblich weitermachen, bis wir etwas von Rafi hören. Was meinst du?«

Sophie lächelte, aufgemuntert von ihrer Unterstützung. »Danke, Clarrie«, sagte sie. »Und auch dir vielen Dank, Mädel.« Sie umarmte Libby.

Nach dem Besuch des ehemaligen Residenten war Libby gereizt; Stourton hatte ihr nicht gefallen. Vielleicht lag es an dem, was Adela ihr einmal über den schrecklichen Tag der Tigerjagd in Gulgat erzählt hatte. Als Adela im Auto neben ihrem verletzten Vater gekauert hatte, war ihr beim letzten Blick, den sie auf das Lager der Jäger erhascht hatte, Stourton aufgefallen, der überwacht hatte, wie der Tiger, den er geschossen hatte, gehäutet wurde. Was für ein egoistischer, gefühlskalter Mann wandte sich einfach ab und tat so etwas, während ein Jagdgenosse lebensgefährlich verletzt in aller Eile mit dem Auto ins Missionskrankenhaus transportiert wurde?

Aber nach dem Zusammentreffen mit Stourton fand Libby endlich die richtigen Worte, um Ghulam zu schreiben und ihn über den kritischen Zustand seines Vaters zu unterrichten.

Keiner von ihnen wusste, was der nächste Tag bringen würde. Genau wie Ghulam sie gedrängt hatte, ihre Beziehung zu ihrem Vater neu zu beleben, wollte sie, dass er seinerseits die Chance bekam, seinem Vater eine Nachricht zu schicken, bevor es zu spät war.

Sie hielt den Brief kurz und schloss mit einer liebevollen Botschaft:

> *… ich denke immer an Dich, und ich will, dass Du eines weißt, wenn es nicht schon seit Monaten für Dich offensichtlich ist: Ich liebe Dich von ganzem Herzen, Ghulam, und werde Dich immer lieben. Mir ist klar, dass es kaum etwas gibt, was ich da tun kann – oder was Du tun kannst. Ich bitte Dich auch nicht darum. Aber ich könnte Indien nicht verlassen, ohne dass Du erfährst, was ich empfinde. Meine Erinnerungen an unsere gemeinsame Zeit werde ich für den Rest meines Lebens wie einen Schatz hüten.*
>
> *Bitte pass gut auf Dich auf, mein liebster verlorener Sohn – und auch auf Fatima.*
>
> *In Liebe für immer*
> *Libby xxx*

In den folgenden Tagen, nachdem sie den Brief abgeschickt hatte, grübelte Libby immer wieder über Stourtons plötzliches Erscheinen nach. Warum war er überhaupt gekommen? Wenn er sich solche Sorgen um Sophies Sicherheit gemacht hatte, warum hatte er dann nicht angeboten, sie selbst noch am gleichen Tag mit dem Auto von Belguri wegzubringen? Sie verlieh ihrem Unbehagen den anderen gegenüber keinen Ausdruck, aber es nagte an ihr, wann immer sie an den undurchschaubaren Beamten im weißen Anzug dachte. Noch etwas anderes störte sie. Warum reiste er, wenn er Gulgat verlassen hatte und auf dem Heimweg nach Großbritannien war, in einem Cabrio, in dem sich kein Gepäck befand?

Während sie auf Neuigkeiten warteten und in der feuchten Hitze des Monsuns förmlich zerflossen, wurde Libby mit jedem Tag stärker bewusst, dass sich Unheil über ihnen zusammenbraute wie die tintenschwarzen Wolken eines Tropensturms.

35

Newcastle, Anfang September 1947

James war froh, einen Vorwand zu haben, um aus dem Haus zu kommen. Tilly und Josey waren eifrig mit dem Packen beschäftigt, und Mungo war schon eine Woche früher als die anderen nach St Abbs gefahren, um bei seinem Onkel Johnny zu wohnen und segeln zu gehen. Seit Tilly erfahren hatte, dass Adela und Sam aus Newcastle wegzogen, war sie entschlossener denn je, den Umzug nach Jesmond voranzutreiben, so als befürchtete sie, dass auch James es sich anders überlegen könnte. Auf unergründliche Art hatte James das Gefühl, dass seine Frau ihm die Schuld an der Entscheidung des jungen Paars gab, nach Indien zurückzukehren. »Wenn du nicht ständig von Belguri geschwärmt hättest …«, hatte ihm Tilly vorgeworfen.

James war genauso traurig wie Tilly darüber, dass Adela und Sam bald abreisen würden. Sie hatten zum Monatsende eine Schiffspassage von Marseille aus gebucht und sprachen davon, unterwegs noch ein paar Tage in Paris zu verbringen. James musste sich stets aufs Neue beherrschen, nicht vor seiner Frau in Erinnerungen an Belguri zu schwelgen. Das zumindest war leichter, seit Adela und Sam ausgezogen waren. Statt mit ins neue Haus der Robsons zu kommen, würden sie die letzten paar Wochen bei Sams Mutter in Cullercoats verbringen. James beneidete die beiden um ihre Nähe und ihren entspannten Umgang miteinander – um die Art, wie Adelas Augen leuchteten, wenn Sam ins Zimmer kam – und fragte sich, ob es mit Tilly je wieder so sein würde. Vielleicht war es ja auch nie so gewesen; jetzt war es das bestimmt nicht mehr. Tilly sah ihn weiter an, als wäre er ein lästiger Gast, der ihr andauernd im Weg stand – wenn sie ihn denn überhaupt einmal ansah.

Deshalb hielt James sich in den Tagen vor dem Umzug nach Jesmond von ihr fern. In dieser Woche war er schon zweimal oben in Willowburn gewesen und wollte nun endlich seinen alten Teepflanzerfreund Fairfax, der inzwischen hoch in den neunzig war, in seinem Altersheim in Tynemouth besuchen.

In dem Gebäude roch es durchdringend nach Urin und gekochtem Gemüse. James fand den alten Mann in seinem Zimmer, wo er dösend in einem Sessel am Fenster saß. James sah sich um, bevor er ihn weckte. Das Zimmer war ein Schrein für Fairfax' Zeit in Indien. Das Bett und mehrere Stühle waren mit verblassten Wolldecken aus Kaschmir bedeckt. Überall standen indische Tische herum, auf denen Sporttrophäen, Messingschalen und Ziergegenstände aus Elfenbein zur Schau gestellt waren. An den Wänden hingen gerahmte Fotografien aus Assam: Jagdausflüge mit Männern, die vor Zelten standen oder stolz die Füße auf Tiere gesetzt hatten, die sie gerade erlegt hatten. Ein Bild zeigte auch ein Poloteam. James erschrak, als er sowohl sich selbst als auch seinen Neffen Wesley auf dem Foto erkannte.

Wesley war ein besserer Reiter gewesen als James und hatte sich schnell ins Polospielen eingefunden, so wie er sich auch voller Begeisterung ins ganze Teepflanzerleben gestürzt hatte, sobald er in Assam eingetroffen war. Trauer um seinen jüngeren Verwandten überkam James. Sie hatten sich oft über geschäftliche Angelegenheiten in den Haaren gelegen, auch über Wesleys Ehe, von der James angenommen hatte, dass sie eine Katastrophe werden würde. Aber später hatte er Wesleys Gesellschaft mehr und mehr genossen und allmählich erkannt, dass sein Neffe das perfekte Leben in Indien führte: mit einer attraktiven, temperamentvollen Frau, umgeben von seiner Familie. Der arme, liebe Mann!

»Bist du das, Ali?«

James wirbelte herum und bemerkte, dass sein alter Mentor wach war und ihn aus kurzsichtigen Augen anstarrte. Fairfax' Kopf war noch mit ein paar spärlichen Haarsträhnen bedeckt, und seine fleischigen Wangen hingen nach unten wie die Lefzen eines Bluthunds. Aber unter seiner Hakennase hatte er immer noch einen buschigen, tabakfleckigen Schnurrbart.

»Nein, Sir. Ich bin es, Robson.« Er durchquerte das Zimmer. »James Robson.«

Er streckte die Hand zum Gruß aus.

Fairfax runzelte verwirrt die Stirn. »Robson?«, wiederholte er.

»Von den Oxford Estates«, rief ihm James ins Gedächtnis. »Wir haben vor dem Ersten Weltkrieg zusammengearbeitet, und Sie waren mein Trauzeuge hier in Newcastle, wissen Sie noch?«

Wiedererkennen blitzte in den verblassenden braunen Augen des alten Mannes auf. »Der junge Robson!« Er packte James' Hand mit einem erstaunlich festen Griff. »Wie schön, Sie zu sehen.«

»Die Freude ist ganz meinerseits, Sir.« James fand es unpassend, im Alter von siebzig Jahren noch als *jung* bezeichnet zu werden, aber er war dennoch sofort wieder in die Rolle des Jüngeren verfallen, indem er den alten Junggesellen, mit dem er befreundet gewesen war, mit *Sir* angeredet hatte.

»Was führt Sie her, Robson? Heimkehr oder Urlaub? Wie sieht es im alten Assam so aus? Ich höre ja dieser Tage von niemandem mehr etwas. All meine Altersgenossen liegen schon lange unter der Erde.« Fairfax wedelte mit seiner spindeldürren Hand. »Ziehen Sie sich einen Stuhl heran, Robson. Setzen Sie sich dicht zu mir und sprechen Sie laut – mein Gehör ist auch nicht mehr, was es einmal war.«

James setzte sich auf den Stuhl gegenüber von ihm. »Ich bin jetzt auch im Ruhestand«, erklärte er. »Seit Juli bin ich wieder in Newcastle.«

»Also noch nicht lange«, bemerkte Fairfax.

»Nein, vermutlich nicht, auch wenn es sich so anfühlt.«

Fairfax prustete. »Warten Sie zehn Jahre ab, dann gehören Sie zum Inventar. Aber ich träume immer noch von Assam …« Der alte Mann blickte nachdenklich drein.

James spürte eine vertraute Anspannung in seinem Bauch. Seine erschreckend lebendigen Träume von der Plantage plagten ihn kaum noch, seit er nach England zurückgekehrt war. Allein aus dem Grund würde er in Newcastle bei Tilly durchhalten. Er konnte mit ihrer Unnahbarkeit ihm gegenüber leben, solange er seinen Seelenfrieden hatte. Die körperliche Nähe würde mit der Zeit schon noch zurückkehren.

»Ihre nette Frau«, sagte Fairfax, »ist mich besuchen gekommen, während Sie weg waren. Sie hat ein fröhliches Gemüt, Ihre Polly.«

»Tilly«, verbesserte James.

»Was?«

»Meine Frau heißt Tilly.«

»Ja, freundlich von ihr. Man kann die Leute, die mich besuchen, an einer Hand abzählen – oder an zwei Daumen!« Er brach in röchelndes Gelächter aus.

James bekam ein schlechtes Gewissen, weil er nicht früher gekommen war. Es war nicht so gewesen, dass er nicht gewollt hätte, aber irgendwie hatte er es vor sich hergeschoben. Lag es an seinem Widerwillen, über Danny Dunlops Herkunft zu reden – daran, wohin Fragen danach führen mochten? Ironischerweise war es Tilly gewesen, die ihm den Besuch vorgeschlagen hatte, bestimmt, damit James ihr nicht im Weg stand, während sie den Umzug organisierte.

»Trinken wir doch einen *chota peg*«, schlug Fairfax vor. »Gläser und Flasche sind in dem Nachttisch da drüben versteckt. Die Pflegerin lässt mich das sonst nicht vor dem Mittagessen anrühren, aber es ist doch ein besonderer Anlass, oder?«

Nachdem James ihnen jeweils einen großzügig bemessenen Whisky eingeschenkt hatte, schwelgten sie in Erinnerungen an längst vergangene Tage auf der Teeplantage. Eine Stunde verging, und der alte Mann wurde allmählich müde. Sein Kopf sank auf seine Brust, und er verlor immer häufiger den Gesprächsfaden. James erkannte, dass er, wenn er jetzt nicht nach den Dunlops fragte, keine Gelegenheit mehr dazu haben würde.

Er wappnete sich und zog aus seiner inneren Jackentasche den Umschlag, der zerknittert war, weil er ihn schon so lange mit sich herumtrug. Er hatte ihn noch nicht geöffnet.

»Nur noch eines, bevor ich gehe«, sagte James. »Ein Bekannter hat mich gebeten, festzustellen, ob Sie sich aus Ihrer Zeit in Indien an irgendwelche Teepflanzer namens Dunlop erinnern können.«

»Dunlop?« Fairfax runzelte die Stirn.

»Ich habe die Einzelheiten hier«, fuhr James fort. »Der Mann ist darauf aus, seine britische Abstammung zu belegen – aber ich mache mir Sorgen, dass das ein Stich ins Wespennest wird. Er ist Anglo-Inder, verstehen Sie?«

»Anglo-Inder«, wiederholte Fairfax.

»Ja, was wir früher als Eurasier bezeichnet haben«, erklärte James.

»Ach so«, sagte der alte Mann und nickte verstehend. »Was die angeht, war in den alten Zeiten ja eine Menge los. Ganz schön falsch natürlich. Unfair den Kindern gegenüber.

Was sollte man nur mit ihnen machen? Das war immer das Problem.«

James spürte, dass sein Herz aus dem Takt geriet. »Ja, in der Tat.«

»Na, lesen Sie es mir vor«, forderte Fairfax ihn auf. »Allerdings fällt mir kein Dunlop in Assam ein.«

James griff nach dem Brieföffner aus Elfenbein, schlitzte den Umschlag auf und setzte sich die Lesebrille auf. Er starrte die ordentliche Liste von Fakten über Danny Dunlop an. Das war unmöglich! Vor Schock verschlug es ihm den Atem.

»Jedenfalls erinnere ich mich an keinen Teepflanzer dieses Namens«, setzte Fairfax hinzu und kramte weiter in seinem Gedächtnis. »Aber ich kannte einen Reverend Dunlop in Shillong. Oder war er vielleicht doch Arzt?«

James schloss die Augen, aber er sah den Namen weiterhin vor sich, als wäre er in seinen Augenlidern eingebrannt. Aidan Dunlop: geboren circa 1896, verwaister Sohn eines schottischen Teepflanzers in Assam, von Schwester Placid in den Konvent der Schwestern vom Heiligen Kreuz aufgenommen.

Ihm trat der Schweiß auf die Stirn. Sein Herz raste. Das Einzige, woran er sich die ganze Zeit geklammert hatte, war die Überzeugung gewesen, dass Danny für Daniel stand. Aber Danny war offensichtlich die Koseform von Aidan, dem Namen, den er dem Logan-Jungen gegeben hatte. Es konnte sich um kein anderes Kind handeln. Vielleicht hatte die freundliche Schwester Placid den schottischen Nachnamen für ihn ausgewählt, um ihm einen Anschein von Ehrbarkeit zu verleihen.

»Ist alles in Ordnung mit Ihnen, alter Junge?«, fragte Fairfax und musterte ihn besorgt.

James knüllte den Brief zusammen. »Nein – ja – ich …« Er versuchte, seine Gedanken zu ordnen. »Das Schreiben verrät uns eigentlich nicht viel mehr. In Shillong zur Schule gegangen – später bei der Eisenbahn gelandet.«

Der Whisky wurde in seinem Magen sauer. James hatte das Gefühl, dass ihm schlecht werden würde.

»Da haben Sie's«, meinte Fairfax. »Dr. Dunlop in Shillong – wahrscheinlich ein Verwandter.«

»Ja«, sagte James und stopfte sich den Brief in die Tasche, während er aufstand. »Na, ich gehe dann besser. Tilly hat mich überredet umzuziehen, also sollte ich besser zurückkehren, um alles im Auge zu behalten.«

»Dunlop, Dunlop ...« Fairfax' Blick ging wieder in weite Ferne; er verlor sich in der Vergangenheit.

James bereute, das Thema angesprochen zu haben. Warum um alles in der Welt hatte er den Brief nicht früher geöffnet? In seinem tiefsten Innern wusste er, warum: Er hatte befürchtet, dass sein Inhalt Geister der Vergangenheit wecken würde. Plötzlich konnte er nicht mehr schnell genug das stickige, nach Tabak riechende Zimmer mit seinen unzähligen Erinnerungsstücken an die Oxford Estates verlassen.

Er schüttelte Fairfax die Hand. »Bitte stehen Sie nicht auf, Sir; ich finde allein den Weg nach draußen. Es war schön, Sie zu sehen.«

»Ich habe unsere Plauderei über die alten Zeiten genossen, Robson.« Der alte Mann lächelte. »Sie kommen doch wieder und besuchen mich noch einmal, nicht wahr? Niemand hier drinnen hat auch nur die leiseste Vorstellung von Assam.«

»Ja, natürlich«, versprach James und machte sich hastig auf den Weg zur Tür.

»Was für ein Leben wir doch hatten, was?«, sprach Fairfax weiter, als James ging. »*Feste arbeiten, aber noch fester feiern ...!*«

James spürte, wie ihm bei den Worten die Galle in die Kehle stieg. Eine Erinnerung an den abscheulichen Bill Logan, der genau dasselbe gesagt hatte, kämpfte sich in seinen Verstand vor. Er verschwand aus dem Altersheim, so schnell er konnte.

* * *

Die nächtlichen Albträume begannen wieder. James versetzte Tilly damit so in Angst und Schrecken, dass er anbot, in das Zimmer umzuziehen, in dem die Jackmans gewohnt hatten.

»Ich will dich nicht stören«, sagte er, als Tilly ihn fragte, was die Albträume auslöste.

»Liegt es an dem Umzug?«, erkundigte sie sich eines Abends besorgt und folgte ihm ins Gästezimmer. »Wenn du darüber so unglücklich bist … Bin ich zu egoistisch?«

»Nein, damit hat es nichts zu tun«, versicherte James. »Wahrscheinlich nehme ich zu oft einen Schlummertrunk vor dem Schlafengehen – oder es liegt am Käse oder so.«

»James«, sagte Tilly und blieb in der Tür stehen. Ihre Miene wurde weicher. »War es auch so, als …? Warst du so, als du deinen … Erschöpfungszustand hattest … als du zu Clarrie gezogen bist?«

James wurde rot. Er wollte die Vermutung erst zurückweisen, entschloss sich dann aber doch, ehrlich zu sein. »Ja.« Er wandte den Blick ab. »Ich konnte nicht schlafen, und wenn doch, dann hatte ich diese schrecklichen Träume, die so echt waren, dass ich dachte, ich würde alles wirklich erleben.«

Tilly kam zu ihm und setzte sich neben ihm aufs Bett. »Libby hat mir geschrieben und mir davon erzählt. Ich dachte, sie würde wie üblich ein zu großes Drama aus allem machen.« Sie legte die Hand auf seine – sacht und nur kurz. »Es tut mir leid. Ich hätte ihre Sorgen nicht so einfach abtun sollen.«

»Ich wollte mich Libby anvertrauen«, gestand James. »Sie ist in vielerlei Hinsicht so reif. Aber es kam mir nicht angemessen vor, sie damit zu belasten …«

»Sie womit zu belasten?«, fragte Tilly sanft. »James, wir waren so lange getrennt, und ich habe eigentlich keine Ahnung, wie es für dich war. Gibt es etwas, das wir tun können?«

Zuneigung zu seiner Frau wallte in James auf, als er diesen Blick auf die alte Tilly erhaschte, die ihn umsorgt hatte und der er wichtig gewesen war. Hier saß sie nun, in einen fadenscheinigen Morgenmantel aus Seide gehüllt, der früher ihm gehört hatte, mit offen über die Schultern fallendem Haar, und machte sich doch wieder Gedanken um ihn. Im Lampenschein wirkte sie fast mädchenhaft. Wie vermisste er doch ihre frühere Kameradschaft! Vor Jahren war einer der Gründe dafür, dass er sich zu Tilly hingezogen gefühlt hatte, der gewesen, dass es ihm so leichtfiel, mit ihr offen zu reden. Sie hatte einen warmherzigen Charakter und war eine gute Zuhörerin.

Er holte tief Luft. »Die Vergangenheit macht mir zu schaffen, Tilly«, vertraute er ihr an. »Sie geht mir einfach nicht aus dem Kopf.«

»Der Krieg?«, vermutete Tilly.

James schüttelte den Kopf. »Etwas, das viel länger zurückliegt. Noch bevor ich dich kennengelernt habe.«

»Also gewissermaßen in der Antike«, bemerkte Tilly trocken.

James schenkte ihr ein flüchtiges Lächeln. »Ja, als ich als junger Mann auf den Oxford Estates war.«

»Es hat doch nichts mit Sophies Vater zu tun, oder?«

James zuckte zusammen. »Wie kannst du denn nur wissen …?«

»Schatz, ich war diejenige, die damals alles zutage gefördert hat, weißt du nicht mehr? Ich habe meine Nase in die Angelegenheit gesteckt, um herauszufinden, warum die Logans in Belguri waren, als Sam geboren wurde und Sophie noch ein kleines Mädchen war.«

James seufzte tief. »Nein, Tilly, darum geht es nicht. Aber es hat wirklich mit Logan zu tun – bevor er verheiratet war. Mein Gott, ich wünschte, ich hätte nie für diesen bösartigen Mann gearbeitet!«

»James!«, sagte Tilly tadelnd. »So etwas darfst du nicht sagen. Er war krank, als er diese schreckliche Sache getan hat.«

»Du meinst, als er seine Frau umgebracht und dann Selbstmord begangen hat?«, gab James zornig zurück. »Nein, Logan war nicht krank; er war ein gehässiger, eifersüchtiger, versoffener Dreckskerl, der seine Frau misshandelt hat und dafür bekannt war, sich an den Teepflückerinnen zu vergreifen.«

Schockiert starrte Tilly ihn mit offenem Mund an. James spürte, dass er am ganzen Leib zitterte. All der alte Hass auf Logan und sein Selbstekel dafür, dass er seinen Befehlen gehorcht hatte, stürzten auf ihn ein. Er wartete darauf, dass Tilly Sophies Vater mit irgendwelchen Ausreden verteidigen wollte. Seine Frau sah immer nur das Gute in allen Menschen – außer, wenn es um Libby und um ihn ging.

»Erzähl es mir«, bat Tilly leise. »Ich verspreche auch, Sam und Sophie nichts davon zu verraten.«

James spürte, dass ihm die Augen vor Tränen brannten. Er schluckte schwer und begann, Tilly die Geheimnisse anzuvertrauen, die er seit Jahrzehnten tief in seinem Innern begraben hatte, die ihn aber jetzt keinen Frieden mehr finden ließen.

* * *

Es munterte Adela auf zu sehen, dass in dem frostigen Verhältnis zwischen Tilly und James Tauwetter eingesetzt hatte. Seit sie vor ein paar Tagen in das Haus in Jesmond gezogen waren, schienen sie besser miteinander auszukommen.

Josey mahnte zur Vorsicht: »Es herrscht nicht eitel Sonnenschein, aber wenigstens haben sie aufgehört, einander in Gegenwart anderer ständig anzufahren.«

»Das ist doch ein Anfang«, meinte Adela. »Und ich bin froh, dass sie sich auf das Haus in Jesmond geeinigt haben. Bestimmt lässt Major Gibson James jederzeit in Willowburn ausreiten – und lädt ihn auch zur Jagd ein.«

»Halali und so weiter«, sagte Josey augenzwinkernd.

»Und was ist mit dir, Josey?«, wollte Adela wissen. »Bist du weiterhin zufrieden damit, im Haushalt der Robsons zu leben, auch wenn James jetzt zurück ist?«

Josey zögerte. »Ich mag James nicht besonders«, räumte sie ein. »Aber der Mann tut mir leid. In Newcastle geht es ihm wie einem Fisch auf dem Trockenen … Und ich weiß, dass er Albträume hat – ich habe ihn nachts schon mehr als einmal schreien hören.«

»Wirklich?«, fragte Adela besorgt.

»Ja. Tilly meint, es hat etwas mit einem Vorfall auf der Plantage vor vielen Jahren zu tun, aber sie will mir nicht sagen, was es ist. Infolgedessen ist sie jetzt freundlicher zu ihm. Deshalb habe ich beschlossen, weiter bei ihnen zu bleiben und Tilly zu helfen. Sie und die Kinder – na ja, sie sind jetzt auch meine Familie. Ich bringe ihnen mehr Zuneigung entgegen, als ich es bei meinen eigenen Verwandten jemals konnte. Ich möchte nirgendwo anders hinziehen – und Tilly besteht darauf, dass ich bleibe.«

Adela lächelte. »Das überrascht mich nicht; du bist ihr eine wunderbare Freundin.«

Josey sah sie verschmitzt an. »Trotz allem freue ich mich auf meine Woche allein, in der ich auf das Haus aufpasse, während die Familie in St Abbs ist. Hättet du und Sam Lust, einen Abend zum Essen vorbeizukommen?«

»Danke, liebend gern.«

»Ich werde versuchen, euch Curry zu kochen, ja?«, schlug Josey vor. »Oder wenigstens etwas Currypulver in die Fischpastete streuen.«

Adela verzog das Gesicht. »Eigentlich mag ich im Moment nicht so gern …« Abrupt brach sie ab. Aber Josey schöpfte sofort Verdacht. Sie kniff die Augen zusammen.

»Nicht so gern Curry? Sag mal, bist du etwa …?«

Adela errötete.

»Du bist schwanger!«, rief Josey voller Freude.

Adela grinste und bedeutete ihr, still zu sein. »Ich glaube ja. Aber behalt das für dich. Ich habe es Sam noch nicht erzählt, und er hat es bisher nicht erraten. Ich will mir erst ganz sicher sein.«

Josey stürzte auf Adela zu und schlang freudestrahlend die Arme um sie. »Das ist eine ganz wunderbare Neuigkeit!«

Adela kamen die Tränen. Sie lachte und stieß hervor: »Ja, nicht wahr?«

Josey löste sich von ihr und zückte ihre Zigaretten. »Rauchen wir zur Feier des Tages eine?«

Adela verzog das Gesicht. »Nein danke; die schmecken mir auch nicht mehr.«

Josey lachte leise. »Süße, Sam wird nicht lange brauchen, um dahinterzukommen, warum. Sag es ihm.«

»Bald«, versprach Adela. »Wenn wir einen ruhigen Moment unter vier Augen haben. Wir haben so viel um die Ohren. Jane ist erst seit einer Woche wieder da, und im Café herrscht gleich wieder mehr Betrieb.«

»Überlass das ihr«, riet Josey. »Du musst anfangen, die Beine hochzulegen.«

»Noch nicht«, widersprach Adela. »Und Joan beehrt uns dieses Wochenende mit ihrem Besuch. Ich habe ihr vorgeschlagen, im Café eine vorgezogene Feier zu Bonnies viertem Geburtstag zu geben. Ich will das Mädchen sehen, bevor wir abreisen – und im Oktober, wenn Bonnie Geburtstag hat, werden wir nicht mehr hier sein. Jane freut sich darauf, ihre Nichte wiederzusehen, und ist entschlossen, Kontakt zu Georges Tochter zu halten.«

Josey lachte trocken. »Nur, dass wir beide wissen, dass Bonnie genauso wenig Georges Tochter wie die des Königs ist.«

Adela bedachte sie mit einem warnenden Blick. »Was aber keine von uns je ausplaudern wird.«

»Meine Lippen sind versiegelt, Süße«, sagte Josey mit einem herzhaften Lachen, während ihr der Rauch aus der Nase stieg.

* * *

Mit jedem Tag wuchs Adelas Ungeduld, wieder nach Indien zu reisen. Sie wusste, dass viele Leute sie und Sam für verrückt hielten, weil sie zurück in ein Land wollten, von dem Großbritannien sich so schnell losgesagt hatte, und das seit der Teilung von einer Welle der Gewalt erfasst wurde. Aber für sie und Sam würde Indien immer ihre Heimat sein. In ihrem tiefsten Innern wusste sie auch, dass sie aus Newcastle fortmusste, um den Schmerz darüber, dass sie John Wesley nicht gefunden hatte, hinter sich zu lassen. Vielleicht würde der Abstand ihr helfen, schneller mit der Vergangenheit abzuschließen.

Jetzt, da sie sich fast sicher war, wieder schwanger zu sein, war Adela von neuer Vorfreude erfüllt und konnte es kaum abwarten, nach Hause zu ihrer Mutter und nach Belguri zu kommen. Es würde ein Neuanfang für sie und Sam sein. Er würde sich so freuen, endlich Vater zu werden, und diesmal würde sie ihre Schwangerschaft genießen. Sie würde sich nicht schämen oder ihren Zustand verbergen müssen, und es würde auch keine grausame Trennung von ihrem Baby geben. Dieses hier würde bedingungslos geliebt werden. Ihre Gefühle schwankten zwischen Melancholie und Euphorie, wenn sie über die Zukunft nachdachte.

Adelas Plan, das Café an Jane zu übergeben, lief glatt, und es machte ihr zusätzlich Freude zu sehen, dass Jane immer noch die fürsorgliche und unerschütterliche, wenn auch etwas reservierte Frau war, die Adela in Erinnerung hatte.

Sie hatten ihre alte Freundschaft sofort wiederaufgenommen, aber diesmal war Jane eher bereit als früher, Adela ihrerseits zu necken. Ihre Cousine war selbstbewusster geworden, seit sie weggezogen war. Sam äußerte, dass ihm die Familienähnlichkeit zwischen Adela und ihrer dunkelhaarigen Cousine ins Auge stach.

»Mutter sagt, dass wir beide nach unserer Großmama Jane kommen, die mit unserem Großvater Jock Belhaven verheiratet war«, erzählte Adela ihm. »Er war der erste Teepflanzer in Belguri. Mutter hat eine Fotografie von ihren Eltern, und meine Cousine sieht unserer Großmutter sehr ähnlich – mehr als ich.«

Adela mochte auch Janes fröhlichen, rotwangigen Mann mit seinem derben Yorkshire-Humor. Charlie Latimer hatte ein Talent dafür, die Angestellten zu beschwatzen, zu tun, was Jane wollte, während er sie mit sensationslüsternen Kantinengeschichten aus seiner Armeezeit unterhielt. Er war doppelt so geduldig wie Adela. Sie schrieb an Clarrie, dass sie darauf vertraute, dass das Café unter seinen neuen Besitzern nicht nur überleben, sondern sogar zu neuer Blüte gelangen würde.

Da Adelas Gedanken sich immer stärker Indien und Belguri zuwandten, dürstete sie nach Neuigkeiten von dort. Aber ihre Mutter hatte ihr zuletzt kurz nach den Feierlichkeiten anlässlich des Unabhängigkeitstags geschrieben.

»Deine Mutter schuftet doch um diese Jahreszeit bestimmt ständig in den Teegärten«, versuchte Sam, sie zu beruhigen. »Die Manufaktur arbeitet sicher gerade auf Hochtouren.«

Adela legte die Hände um sein Gesicht und küsste ihn voller Zuneigung. »Du klingst ja schon wie ein Teepflanzer«, zog sie ihn auf.

Er umfasste ihre Taille und drückte sie enger an sich. »Ich kann es gar nicht abwarten, wieder in Indien zu sein.« Er grinste und erwiderte kraftvoll ihren Kuss.

Am Nachmittag von Bonnies Geburtstagsparty war Adelas Übelkeit noch stärker als gewöhnlich. Sie war den ganzen Morgen damit beschäftigt gewesen mitzuhelfen, das Café zu dekorieren, und hatte kaum eine Pause gemacht, um etwas zu essen oder zu trinken.

»Setz dich für eine Minute hin«, befahl Jane, »und iss ein Sandwich. Du bist ja ganz blass. Ich hoffe, du wirst mir nicht krank?«

»Danke.« Adela widersprach nicht. »Ein wenig Ruhe ist alles, was ich brauche.«

»Mam will nicht kommen. Du weißt ja, wie sehr sie Menschenmengen hasst. Ich überrede Joan, mit Bonnie bei ihr vorbeizugehen und sie zu besuchen, bevor sie zurück nach Willowburn fahren«, fügte Jane noch hinzu, bevor sie selbst sich wieder an die Arbeit machte.

Bald füllte sich das Café mit Kindern und ihren Müttern: Freundinnen und Verwandten von Joan. Adela musste zugeben, dass Georges Exfrau beliebt war, und bekam ein schlechtes Gewissen, weil sie ihr so grollte. Es lag nicht nur an der Loyalität zu ihrem Cousin George, dem Joan Adelas Ansicht nach mit ihrer Untreue Unrecht getan hatte. Adela war aus einem ganz anderen Grund immer noch neidisch auf Joan. Während Adela sich beschämt versteckt hatte, als sie schwanger gewesen war, und ihr Baby weggegeben hatte, war Joan mit ihrer Affäre durchgekommen. George hatte sie großmütig geheiratet und das Kind eines anderen Mannes als seines anerkannt. Adela schluckte ihren Groll hinunter, als die aufgeregte Bonnie eintraf. Sie war in ein knöchellanges rosafarbenes Rüschenkleid gehüllt. Joan hielt sie an der Hand, aber Bonnie entzog sich ihrem Griff und hüpfte zu ihrer Tante Jane hinüber, die sofort viel Aufhebens um ihre Nichte machte.

Unvermittelt überkam Adela so heftige Sehnsucht nach John Wesley, dass sie glaubte, ohnmächtig zu werden. Sie hielt sich den Bauch und versuchte, ihre Verzweiflung zu überspielen. Sie würde schon vergehen; das tat sie immer. Sie musste sie nur noch ein, zwei Augenblicke lang ertragen. Sie wusste nie im Voraus, wann das Verlustgefühl sie packen würde. Kleine Dinge lösten es aus: der Anblick eines Babys, das in einem Kinderwagen geschoben wurde, oder eines Jungen, der in einer Seitengasse mit einem Fußball spielte. Aber die Anfälle von Trauer waren seltener geworden, seit sie sich entschlossen hatte, ihre Suche aufzugeben.

Wahrscheinlich war es die Schwangerschaft, die ihr plötzlich so weinerlich zumute sein ließ. Der Gedanke, dass sie ihr und Sams Baby erwartete, tröstete sie sofort. Adela stand auf, ging zu ihrem Mann und schob ihre Hand in seine. Er lächelte sie fragend an, drückte ihr die Hand und wandte sich ab, um sich um zwei kleine Jungen zu kümmern, die sich schon jetzt um einen Luftballon stritten.

Während Charlie am Klavier *Three Blind Mice* anstimmte, setzte Adela ein Lächeln auf und begrüßte Joan und ihren neuen Mann Tommy. Sie mochte Major Gibsons Stallmeister, obwohl sie ihn bisher nur wenige Male kurz getroffen hatte. Joan genoss es, ihn herumzuzeigen und die feine Dame vom Land zu spielen. Sie trug eine adrette Tweedjacke über einem Leinenkleid. Ihr blondes Haar war perfekt frisiert, und sie hatte nur einen Hauch von Make-up aufgelegt.

»Joany hat mir erzählt, dass Sie wieder nach Indien gehen«, bemerkte Tommy.

»Ja«, antwortete Adela. »Wir ziehen zu meiner Familie und helfen im Teegarten mit.«

»Das ist großartig«, sagte er, »nicht wahr, Joany?«

Joan bedachte Adela mit einem Blick, den diese schon immer verstörend gefunden hatte: halb abschätzig, halb leer, als hörte sie nur mit halbem Ohr zu.

»Großartig, ja«, stimmte sie zu.

»Sie müssen mal mit in die Ställe kommen, bevor Sie abreisen«, schlug Tommy vor. »Mr Robson hat mir erzählt, wie gern Sie und Mr Jackman reiten. Sie wären mir beide sehr willkommen. Nicht wahr, Joany?«

»Danke«, sagte Adela. »Wir wollten auch immer schon einmal vorbeischauen, haben bisher aber noch nicht die Zeit gefunden.«

»Ich lerne jetzt reiten«, erzählte Joan und legte besitzergreifend die Hand auf den Arm ihres Mannes. »Tommy bringt es mir bei, damit ich Martha Gibson auf ihren Ausritten begleiten kann.«

Adela sah sie überrascht an. Sie hatte geglaubt, Joan hätte übertrieben, als sie damit angegeben hatte, mit der Frau des Majors befreundet zu sein.

»Du kannst gern mit Martha und mir ausreiten«, bot Joan lächelnd an.

Adela erwiderte das Lächeln. »Sehr gern. James hat mir von ihr erzählt. Sie klingt wie eine nette Frau.«

»Das ist sie auch«, bestätigte Joan. »Sie ist nicht so versnobt wie die anderen Landadligen. Bestimmt, weil sie Amerikanerin ist. Und sie ist auch großzügig. Sie hat mir dieses Kleid hier geschenkt; es ist aus New York. Das steht auf dem Etikett.«

»Es steht dir«, sagte Adela.

»Und ich helfe ihr, sich zu frisieren«, erzählte Joan weiter. »Sie hat ihr Haar früher sehr altmodisch getragen.«

»Sie sind schon die besten Freundinnen«, verkündete Tommy. »Und der Sohn der Gibsons ist auch ganz begeistert von Joan – er folgt ihr wie ihr Schatten.«

»Wie mein Schatten«, wiederholte Joan.

»Joan kann so gut mit Kindern umgehen«, verkündete Tommy stolz.

Adelas Übelkeit kehrte zurück. »Nehmt euch doch bitte Tee und Sandwiches, ja? Ich muss Sam bei den Spielen helfen.«

»Und Mrs Gibson hat das Kleid gekauft, das Bonnie trägt«, fuhr Joan fort. »Wunderschön, nicht wahr?«

Adela fand das Kleid ziemlich übertrieben, und das kleine Mädchen stolperte beim Herumlaufen über den Saum.

»Bonnie sieht sehr hübsch aus«, antwortete Adela dennoch, als sie sich zum Gehen wandte.

Inmitten von Kreischen und Gelächter ordnete Sam die Kinder für das Singspiel *Oranges and Lemons* zu Paaren. Bonnie rannte zu Adela und packte sie an der Hand. »Du spielst mit mir, Tante Delly!«

»Liebend gern«, sagte Adela und küsste Bonnie auf das rosafarbene Haarband, das zu ihrem Kleid passte.

Sie marschierten chaotisch im Kreis, und Sam führte das übermütige Singen an. Bonnie quietschte vor Entzücken, als sie und Adela in Sams Armen landeten, sobald die Musik endete.

»Noch mal! Noch mal!«, schrie Bonnie.

Danach spielten sie Reise nach Jerusalem und Sam versuchte, den Kindern den Tanz Hokey-Cokey beizubringen. Die Kinder rannten einander absichtlich um, und ein älterer Junge trat Bonnie aufs Kleid, sodass sie strauchelte und sich das Knie stieß. Sie brach in Tränen aus. Sam hob sie hoch und verkündete, dass es nun Zeit für den Geburtstagskuchen wurde.

Als sie sah, wie Jane einen großen, mit Zuckerguss verzierten Kuchen voll brennender Kerzen hereintrug, hörte Bonnie schnell zu weinen auf. Während Sam sie ans Kopfende des Tisches setzte und Bonnie die Kerzen auspustete, suchten sich die anderen Kinder rasch Sitzplätze und machten sich bald über den Geburtstagstee her.

Adela versuchte, ihr Unwohlsein zu unterdrücken, indem sie am Tee nippte und Kuchen aß. Der Geruch der Sandwiches mit Aufstrich und der Schweinefleischpasteten drehte ihr den Magen um. Sie sah zu, wie Sam den Kindern einen Zaubertrick mit den Händen vorführte, der es aussehen ließ, als fiele ihm der Daumen ab. Er konnte so gut mit Kindern umgehen; er würde ihrem Baby ein liebevoller Vater sein. Adela konnte nicht abwarten, dass die Party vorbei war, um ihn für sich allein zu haben und ihm die Neuigkeit mitteilen zu können. Jetzt hatte sie keinerlei Zweifel mehr, dass sie ein Kind von ihm erwartete.

Charlie saß während des Tees weiter am Klavier und spielte alle möglichen populären Melodien. Ein paar der Eltern scharten sich um ihn und sangen mit.

»Bringt Adela dazu, für euch zu singen!«, rief Sam und lächelte seiner Frau aufmunternd zu.

Lexy, die neben dem Klavier saß und im Takt der Musik klatschte, rief: »Komm schon, Süße, leg einen Toodle-Pips-Auftritt hin!«

Adela ließ sich nicht lange bitten; ihre alten Lieblingslieder zu hören, weckte in ihr den Wunsch, aufzuspringen und zu tanzen. Bald sang sie *Don't Sit Under the Apple Tree,* gefolgt von anderen Liedern, die während des Kriegs beliebt gewesen waren. Das Café tönte vor Stimmen, die in den Refrain mit einfielen, und von Charlies enthusiastischer Klavierbegleitung. Niemanden schien es zu stören, dass die Kinder durchs Café tobten, von den Stühlen sprangen und Fangen spielten, während die Erwachsenen ihre nostalgischen Lieder sangen.

Die Stunden verflogen, und es wurde Zeit, das Café zu schließen und das Fest zu beenden. Bonnie brach in Tränen aus. »Ich w… will aber nicht nach Hause!«, schluchzte sie. »Ich w… will bei Onkel Sam bleiben!«

Joan und Tommy mussten sie mit dem Versprechen fortlocken, dass Sam und Adela sehr bald zu Besuch kommen würden. Bonnies Tante Jane zauberte einen klebrigen Liebesapfel hervor, der das Lächeln zurück auf das Gesicht ihrer Nichte lockte.

Als die Gäste fort waren, begannen sie aufzuräumen.

»Wir können das auch allein bewältigen«, sagte Jane, »wenn ihr beide gehen wollt. Ihr habt euch nach den Spielen und dem Gesang eure Ruhe redlich verdient.«

Sam half Lexy auf die Beine. Sie musterte Adela und bemerkte: »Ja, du siehst völlig geschafft aus, Süße. Mach schon, dass du nach Hause kommst!«

Sam sah Adela besorgt an. »Geht es dir nicht gut?«

»Es ist alles in Ordnung mit mir; wir bleiben«, erwiderte Adela. »Es dauert nicht lange, wenn wir mit anpacken.«

»Kommt noch nach oben und verabschiedet euch von mir, bevor ihr geht«, bat Lexy und machte sich auf den Weg zur Treppe, während Adela anfing, Krümel von den Tischdecken zu fegen. Sam und Charlie stellten die Tische und Stühle zurück an ihre üblichen Plätze. Charlie bückte sich, um etwas vom Boden aufzuheben.

»Die muss wohl einem der Kinder heruntergefallen sein, als sie gespielt haben«, sagte er und hielt eine Halskette ins Licht. »Oder vielleicht gehört sie auch einer der Mütter.«

Adela drehte sich zu ihm um. Ihr war aufgefallen, dass auch Lexy innegehalten hatte und den Anhänger anstarrte, den Charlie hochhielt.

»Gib die Kette Jane«, schlug Sam vor. »Wenn jemand bemerkt, dass er sie verloren hat, kommt er schon zurück, um sie zu holen.«

»Die sieht nicht aus, als ob sie der Mühe wert wäre«, meinte Charlie. »Nur so eine Art Kiesel.«

Adela sah die Kette im Licht glitzern. Ein zartrosafarbener Stein hing daran. Irgendetwas ließ sie zweimal hinschauen.

»Gib sie mir!«, bat sie.

Charlie hielt ihr die Kette hin. »Ist es deine?«

Adela bekam Herzflattern. Sie nahm ihm die Kette ab und legte sie auf ihre Handfläche. Jetzt hämmerte ihr Herz. Sie fuhr mit Finger und Daumen über den glatten rosafarbenen Stein.

Er war fast herzförmig. Adela stockte der Atem. Auch die Kette mit dem altmodischen Verschluss war ihr vertraut. Sie setzte sich schnell hin. Wie war das möglich? Es ergab keinen Sinn.

»Schatz, geht es dir gut?«, fragte Sam sofort und setzte sich neben sie.

Lexy wandte sich von der Treppe ab. »Adela?«

Adela starrte die Halskette an und rang nach Atem.

»Was ist?«, wollte Sam wissen und hielt Adela eine Hand an die klamme Stirn. »Wirst du krank?«

Adela konnte nicht sprechen. Druck baute sich in ihrer Brust auf, als lastete ein eisernes Gewicht darauf und erdrückte sie.

»Hol ein Glas Wasser!«, forderte Lexy Charlie auf, während sie sich schweren Schritts zu Adela schleppte. Charlie eilte in die Küche, wo Jane und Doreen den Abwasch erledigten.

»Lass mal sehen«, sagte Lexy und nahm die Kette aus Adelas zitternder Hand. Lexy musterte das Schmuckstück genau. Dann sah sie Adela mit schreckgeweiteten Augen wieder an.

»Die gehört Clarrie, oder?«, fragte sie leise. »Ich erinnere mich, dass sie sie getragen hat.«

Adela nickte. Ihre Kehle war vor Ergriffenheit zugeschnürt.

Sam sah verwirrt drein. »Wie kann das sein? Gehört die Kette dir, Adela? Ich habe nie gesehen, dass du sie getragen hast.«

Adela hatte Schwierigkeiten zu sprechen. »Ja, es ist meine«, krächzte sie. »Mutter hat sie mir geschenkt …«

»Wann hast du sie denn verloren?«, fragte Sam.

»Vor dem Krieg«, flüsterte sie.

»Sie liegt doch bestimmt noch nicht die ganze Zeit hier?«, sagte Sam erstaunt.

»Nein«, bestätigte Adela. Sie spürte, dass sie am ganzen Körper zu zittern begann. Sie war sich nicht sicher, ob sie ohnmächtig werden oder sich übergeben würde.

Sam legte den Arm um sie. »Na, wenigstens hast du sie jetzt ja zurück.«

»Sag es ihm!«, forderte Lexy leise.

»Was soll sie mir sagen?«, erkundigte sich Sam stirnrunzelnd.

Im selben Moment kehrte Charlie mit einem Glas Wasser zurück. Lexy nahm es ihm ab.

»Lass uns kurz eine Minute allein, ja?«, bat sie. Charlie nickte und zog sich durch die Küchentür zurück, die hinter ihm nachschwang.

Adela sah Lexy an. Ihr Herz klopfte dumpf.

»Komm schon, Mädel«, sprach ihre alte Freundin ihr Mut zu.

Adela schluckte schwer. »Mutter hat diesen Stein von dem *swami* bekommen, der auf der Lichtung oberhalb von Belguri gelebt hat – als Glücksbringer und zum Schutz. Als ich 1938 nach England gegangen bin, hat sie ihn mir aus den gleichen Gründen geschenkt.« Sie rang damit, wie sie ihm die nächste Einzelheit anvertrauen sollte.

»Und?«, fragte Sam sanft.

Adela erwiderte seinen Blick. Seine Augen waren so voller Mitgefühl, dass sie den Mut aufbrachte, ihm die Wahrheit zu sagen. »An dem Tag, als John Wesley abgeholt wurde, habe ich Maggie die Halskette gegeben und ihr gesagt, dass sie die Frauen von der Mission bitten sollte, sie für ihn aufzubewahren. Die Kette war meine wichtigste Habseligkeit und alles, was ich ihm schenken konnte. Ich habe gehofft, sie würde ihn beschützen …«

Sie verkrampfte sich und rechnete damit, statt des Mitgefühls Enttäuschung oder Groll in seinem Gesichtsausdruck zu sehen, weil sie John Wesley wieder erwähnt hatte. Aber Sam legte ihr zärtlich die Hand auf den Kopf, zog sie an sich und wiegte sie an seiner starken Schulter. Adela standen Tränen in den Augen.

»Aber wie ist die Kette hierhergekommen?«, fragte Lexy verwirrt.

»Ich weiß es nicht«, sagte Adela. »Hast du gesehen, ob eine der Mütter sie getragen hat?«

»Nein«, erwiderte Lexy und schüttelte den Kopf. »Aber irgendjemand, der heute hier war, muss wissen, woher die Kette stammt.«

Adelas Herz begann erneut zu hämmern. Sie versuchte, sich an die Kinder zu erinnern, die auf der Party gewesen waren. Vielleicht war eines der Mädchen John Wesleys Stiefschwester? Oder war eine der Frauen, die vorhin rings um das Klavier gesungen hatten, die zweite Adoptivmutter ihres Sohns? Doch vielleicht hatte keine von ihnen etwas mit ihrem Jungen zu tun und die Kette war schon vor Jahren verschenkt worden – oder gar verkauft, um Geld für die Mission zu sammeln.

Aber etwas, das Tilly über die Segals aus Belgien gesagt hatte, verlieh Adela die Hoffnung, dass sie den Stein des *swami* für ihren Sohn aufbewahrt hatten. Als Tilly das Kind nach dem Bombenangriff aus dem Anderson Shelter gerettet hatte, war es ihren Worten nach mit einer kleinen Kassette voller Habseligkeiten gefunden worden; nach allem, was sie in Erinnerung hatte, waren eine Handvoll Fotos, ein schlaffer Miniaturteddybär und andere Erinnerungsstücke darin gewesen.

Adela war sich sicher, dass die freundlichen Segals die Kette behalten hatten und sie so an diejenigen weitergegeben worden war, die ihren Sohn als Nächste aufgenommen hatten. Was, wenn es jemand war, der heute Nachmittag hier gewesen war? Der Schock war zu viel für Adela. Galle stieg ihr in die Kehle. Sie riss sich aus Sams Griff los und rannte zur Küchentür.

Adela hielt sich eine Hand vor den Mund und blieb erst stehen, als sie im Hinterhof war und die frische Luft einsog. In ihrem Kopf drehte sich alles. Adela krümmte sich und würgte in den Rinnstein. Sie konnte nicht wieder aufhören. Sie übergab sich, bis ihr Inneres sich leer und wund anfühlte. Obwohl sie die Augen fest zukniff, spürte sie, dass Sam bei ihr war, ihr die Haare aus dem Gesicht hielt und ihr den Rücken streichelte.

Als die Krämpfe endlich zum Erliegen kamen, fühlte Adela sich so schwach, dass sie zusammengebrochen wäre, wenn Sam sie nicht fest in den Armen gehalten hätte. Er streichelte ihr die Haare. Adela wurde klar, dass sie die Kette immer noch so fest umklammert hielt, dass sie sich in ihre Hand grub – eine schmerzliche Erinnerung an alles, was sie verloren hatte. Ihre Sehnsucht, John Wesley zu finden, kehrte mit voller Wucht zurück. Aber würde ihre Ehe es überleben, wenn sie wieder auf die Suche nach ihm ging? Was um alles in der Welt sollten sie jetzt bloß machen?

»Du darfst dich nicht so aufregen, Adela«, sagte Sam mit sanftem Tadel.

Adela sah ihn in einer Mischung aus Zärtlichkeit und Kummer an.

»Sam, es liegt nicht nur daran, dass ich mich aufrege«, sagte sie und fühlte sich vollkommen ausgelaugt. »Sondern auch daran, dass ich schwanger bin.«

36

Belguri, Mitte September 1947

Nachdem sie eine Woche ängstlich abgewartet hatten, ob marodierende Banden im Distrikt auftauchen würden, war noch nichts geschehen. Libby begann zu hoffen, dass Stourtons verstörender Besuch nichts weiter zu bedeuten gehabt hatte.

Doch im Teegarten machten Gerüchte die Runde, dass es im benachbarten Gulgat zu entsetzlichen Gräueltaten gekommen war. Ganze Dörfer waren in Brand gesteckt worden, und viele Angehörige der muslimischen Minderheit waren entweder niedergemetzelt worden oder nach Ostpakistan entkommen. Verlassene Häuser, die noch standen, wurden Hinduflüchtlingen überlassen, die nach Gulgat geflohen waren. Es gab Geschichten darüber, dass diese Bengalen mit schrecklichen Wunden und Verstümmelungen eintrafen. Jede neue Welle entwurzelter, traumatisierter Hindus löste weitere Attacken auf die schrumpfende muslimische Minderheit in Gulgat aus.

Libby schickte ein Telegramm nach Hause: *Tut mir leid, verpasse Ferien – Stopp – noch mit Sophie in Belguri – Stopp – alles gut – Stopp – in Liebe Libby.*

Sie wollte ihrer Familie keinen Anlass zur Sorge um ihre Sicherheit geben oder enthüllen, dass sie in Belguri festsaßen, weil sie Angst hatten, dass die Unruhen sich über Gulgat hinaus ausbreiten würden. Libby würde das später in einem Brief erklären, wenn die Situation sich wieder beruhigt hatte. Sophie ritt nicht mehr aus und hielt sich größtenteils im Haus oder in dessen unmittelbarer Umgebung auf. Libby leistete ihr Gesellschaft, bestand aber darauf, Clarrie jeden Morgen im Büro zu helfen.

»Ich muss etwas tun«, beharrte sie. »Und ich bin nicht das Ziel.«

Clarrie sah sie besorgt an. »Ein Haufen zorniger Männer weiß nicht unbedingt, wie die Frau von Rafi Khan aussieht – nur, dass sie Britin ist«, warnte sie Libby. »Ich will, dass auch du nicht weiter als bis zur Manufaktur gehst.«

Clarrie hatte sich lange mit der Frage gequält, ob sie Harry erlauben sollte, für das neue Schuljahr nach Shillong zurückzukehren, oder ob sie ihn zu Hause behalten und wieder von Manzur unterrichten lassen sollte. Am Ende hatte sie beschlossen, dass es das Beste war, alles so normal wie möglich zu halten, und der Junge war wieder zur Schule gegangen. Er hatte sich schon darauf gefreut, seine Freunde wiederzusehen. Alles wurde so arrangiert, dass er bis Weihnachten in Shillong logieren konnte. Bei seiner Abreise waren die Frauen alle traurig gewesen. Harry hatte ihre Versuche abgewehrt, ihn zu umarmen und zu küssen, aber er hatte sich an Breckon geklammert und Tränen vergossen, als er sich von dem Hund hatte trennen müssen.

Jeden Tag suchte Libby im *dak* nach einer Antwort von Ghulam, aber es kam keine. Sie wusste, dass die Unruhen im Volk und das Chaos der Teilung den öffentlichen Dienst schwer getroffen hatten. In manchen Landesteilen blieb Post unabgeholt liegen. Züge standen still und warteten auf Heizer, die Kohlen hineinschaufeln konnten. Die Polizeikräfte waren weniger geworden. Milch wurde nicht ausgeliefert. Vielleicht hatte Ghulam ihren Brief nie erhalten. Oder war ihm etwas zugestoßen? Wie sehr sie sich doch um seine Sicherheit in Kalkutta sorgte!

Als Libby und Sophie dann an einem schwülen Nachmittag auf der Veranda dösten, schreckte Libby plötzlich aus dem Schlaf hoch. Der Lärm eines fernen Feuerwerks hatte sie geweckt. Sie setzte sich auf und lauschte. Im Dschungel jenseits des Anwesens flogen Vögel kreischend auf. Ein Geräusch wie ein Donnergrollen vor einem Wolkenbruch war zu hören, aber anders als sonst vor einem Monsungewitter strich kein Wind durch die Bäume.

»Was ist?«, fragte Sophie und setzte sich ebenfalls auf.

»Dieses Geräusch ...«, erwiderte Libby.

Sie spitzten beide die Ohren.

»Das klingt wie Gewehrfeuer«, meinte Sophie.

Sie sprangen auf und liefen zur Verandabrüstung, um nachzuschauen. Das grelle Licht blendete Libby. Erst sah sie nichts. Dann stach ihr etwas ins Auge: eine Bewegung am perlmuttfarbenen Himmel. Es sah wie eine Wolke aus. Verspätet wurde ihr klar, was es in Wirklichkeit war.

»Irgendetwas brennt«, stieß sie hervor. »Da drüben, auf dem Hügel.« Sie zeigte darauf.

Sophie blieb ruhig. »Es könnten einfach nur Köhler sein.« Aber sie ging nach drinnen, um ein Fernglas zu holen.

Als sie zurückkehrte, betrachtete Sophie die ferne Rauchwolke durch das Fernglas. »Es ist schwer zu erkennen, was es ist.«

»Die Straße nach Gulgat verläuft da drüben«, sagte Libby. »Ich gehe Clarrie holen.«

»Schick lieber Alok zu ihr«, riet Sophie.

Aber Libby war schon dabei, die Verandastufen hinunterzuspringen, und rannte den Gartenweg entlang. Als sie die

Einfahrt halb hinunter war, hörte sie wieder Schüsse, diesmal aus größerer Nähe. Atemlos traf sie in der Manufaktur ein. Clarrie war im Teeverkostungsraum.

»Ich glaube, auf der Straße nach Gulgat ist irgendetwas los«, stieß Libby atemlos hervor.

In der kurzen Zeit, die die Frauen brauchten, um das Gebäude zu verlassen, hatte sich schon aus dem Dorf bis hierher herumgesprochen, dass es in etwa zwanzig Kilometern Entfernung Ausschreitungen gab.

Banu kam von den Teegärten heraufgeritten. »*Goondas* aus Gulgat«, berichtete er mit besorgter Miene.

Libbys Herz hämmerte vor Furcht. Clarrie begann ruhig, Anweisungen zu erteilen. Sie bat Nitin, die Polizei in Shillong anzurufen und zu informieren. Sie schloss Manufaktur und Büro und schickte die Angestellten nach Hause. Dann teilte sie Feuerwaffen an ihre Verwalter aus. Banu ging in die Teegärten, um die Teepflückerinnen zu warnen und seine Familie ins Haus zu rufen. Er schickte Nitin mit den Robsons mit, um sie zu beschützen. Während Clarrie und Libby mit Nitin zurück zum Bungalow eilten, befahl Clarrie, die Einfriedung zu sichern.

Sie trafen Sophie auf der Veranda an. Sie hatte von dort aus nervös das Geschehen verfolgt.

»Banu glaubt, dass es zwei Lastwagenladungen *goondas* sind«, erklärte Clarrie. »Vielleicht um die zwanzig Unruhestifter. Das ist nichts, womit wir nicht fertigwerden können.«

»Es ist alles meine Schuld«, sagte Sophie gequält. »Ich hätte abreisen sollen, als Stourton mich dazu bringen wollte.«

»Wieso ist es deine Schuld?«, entgegnete Clarrie. »Sie können nicht wissen, dass du hier bist. Das ist ein bezahlter Mob, der Unruhe stiften soll, wo es bisher keine gab.«

Sie hatten mit Nitins Hilfe gerade eben die mit Maschendraht bewehrten Tore der Einfriedung geschlossen, als sie Lärm auf der Teegartenstraße hörten. Männer schrien und brüllten. Es war kaum eine halbe Stunde her, dass Libby bei den ersten Anzeichen von Unruhe erwacht war. Sie war entsetzt, wie schnell die Gefahr vor ihrer Tür aufgetaucht war.

Clarrie befahl Mohammed Din, seine Familie im Haus zu verstecken, und reichte ihm dann ein Gewehr, damit er seine Leute beschützen konnte.

»Wo ist Manzur?«, rief Libby.

Die Frauen sahen einander erschrocken an. Die Plantagenschule lag außerhalb der Einfriedung.

»Banu wird darauf achten, dass ihm nichts passiert«, meinte Clarrie. »Und er hat Breckon bei sich.«

Sie reichte den beiden anderen Frauen Jagdgewehre. »Ihr wisst doch, wie man damit umgeht, oder?«, fragte sie.

»Ja«, bestätigte Sophie.

»Nicht wirklich«, gestand Libby.

Clarrie lächelte sie beruhigend an. »Es wird nicht so weit kommen. Hier, nimm Wesleys alten Revolver – nur, um sie in die Flucht zu schlagen.«

Libby war übel vor Furcht. Das gleiche Gefühl von Hilflosigkeit überkam sie, das sie in den Amelia Buildings empfunden hatte, als sie entdeckt hatte, dass ein Mann brutal und grundlos auf der Straße unter ihr ermordet worden war. Was hätte sie darum gegeben, jetzt wieder bei Ghulam in Kalkutta zu sein! Sie hatte sich noch nie verletzlicher gefühlt.

Der Lärm wurde lauter, als immer mehr Männer eintrafen. Als sie durchs Fernglas von der Veranda spähte, sah Libby, wie sie sich vor dem Haupttor drängten. Die meisten waren jung und trugen schmuddelige *dhotis* und Westen. Sie schwenkten *lathis* und Messer und schrien wutentbrannt. Einer feuerte mit einem Gewehr in die Luft. Andere packten den Maschendraht des Tors, rüttelten heftig daran und versuchten, es zu öffnen.

Libby bekam vor Angst weiche Knie. Sie staunte darüber, wie ruhig Clarrie und Sophie blieben, die nun nach ihren Gewehren griffen.

»Erkennst du einen von ihnen?«, fragte Clarrie Sophie.

Sophie warf einen Blick durchs Fernglas. »Der ältere Mann da – der mit der Armeejacke – gehört zur Palastpolizei. Er heißt Sen.« Sie reichte den Feldstecher an Clarrie weiter.

»Er hält sich heraus und lässt die Situation außer Kontrolle geraten«, bemerkte Clarrie angewidert.

»Aber er führt bestimmt das Kommando«, vermutete Sophie.

Die Forderungen der Männer gingen in einen Sprechgesang über.

»Was rufen sie da?«, fragte Libby.

Clarrie antwortete nicht, sondern hielt weiterhin konzentriert Wache.

Sophie schluckte schwer. »Sie rufen nach mir.«

Libby begann zu zittern. Jetzt konnte sie es hören: Es wurde nach Khan Memsahib geschrien. Ungläubig starrte sie Sophie an.

»Stourton hat dich verraten«, stieß Libby hervor. »Warum hat er das nur getan?«

Sophie schüttelte den Kopf. »Das hier kann nicht Roberts Werk sein. So etwas spricht sich schnell herum, das ist alles.«

Genau in dem Moment durchschnitt ein Schuss die Luft. »Geht in Deckung!«, fuhr Clarrie die beiden an.

Libby und Sophie duckten sich hinter die Möbel. Libby hörte Triumphgeheul. Sie spähte hervor. Einer der jungen Männer war mithilfe anderer auf den steinernen Torpfosten geklettert und hatte die Mauer schon fast überwunden. Voller Entsetzen beobachtete sie, wie Clarrie die Stufen der Veranda hinuntereilte und dabei nach Alok rief.

»Hol die alte Flüstertüte – die, die wir für die Teegartensportfeste verwenden!«

»Clarrie, nicht!«, schrie Sophie.

Nitin begleitete Clarrie. Als Alok mit dem Megafon auf die Veranda trat, entriss Libby es ihm und rannte den beiden nach, den Revolver in der anderen Hand. Clarrie sah sie erschrocken an.

»Auf mich schießen sie wahrscheinlich weniger schnell als auf Alok«, erklärte Libby.

Der junge Mann auf dem Torpfosten sah sie mit im Anschlag gehaltenen Waffen herankommen, sprang hinab und brachte sich auf der anderen Seite des Haupttors in Sicherheit. Auf halbem Weg zum Tor blieb Clarrie stehen und rief mit klarer Stimme durch das Megafon: »Ich bin Robson-Mem. Was tun Sie auf meinem Anwesen? Die Polizei ist schon unterwegs. Kehren Sie nach Hause zurück. Wir sind friedliche Leute. *Jai Hind*!«

Dann wiederholte sie ihre Worte auf Hindi.

Der Lärm legte sich ein wenig, aber die Angreifer setzten ihren Sprechgesang fort und hämmerten weiter auf das Haupttor ein.

Clarrie versuchte es noch einmal: »Ich möchte mit Sen Sahib sprechen. Bitte treten Sie vor und erklären Sie mir, warum Sie meinen Besitz angreifen.«

Nach ein paar Augenblicken teilte sich die Menge, um ihren Anführer vortreten zu lassen. Er hob die Hand, um sie zur Ruhe zu mahnen. Clarrie ging auf ihn zu.

»Wir möchten Ihnen nichts tun, Robson Memsahib«, sagte er, »aber Sie verstecken eine Flüchtige aus meinem Staat – die Khan-Frau –, und wir fordern, dass Sie sie herausgeben.«

»Ich weiß nicht, wovon Sie sprechen«, antwortete Clarrie. »Hier gibt es keine Flüchtlinge.«

»Wir wissen, dass das nicht stimmt«, gab Sen zurück. »Man hat sie hier gesehen. Sie muss nach Gulgat zurückkehren, um sich vor Gericht zu verantworten. Die Khans haben Staatseigentum entwendet – ich kann das Palastauto von hieraus sehen.« Er nickte durch die Tore zu Rafis altem Ford hinüber, der neben den *godowns* geparkt war.

»Das Auto gehört Gulgat nicht«, entgegnete Clarrie, »und Sie haben keine Gerichtshoheit hier. Bitte rufen Sie Ihre Männer zurück und gehen Sie. Sonst sind Sie es, der mit einer Anklage rechnen muss, wenn die Polizei hier eintrifft.«

»Geben Sie sie besser sofort heraus, sonst kann ich für nichts mehr garantieren«, drohte Sen. »Diese Männer wollen, dass der Gerechtigkeit Genüge getan wird.«

Libby war plötzlich fuchsteufelswild. »Sie nennen es Gerechtigkeit, Frauen zu terrorisieren?«, fauchte sie. Clarrie legte ihr eine Hand auf den Arm, um sie zurückzuhalten, aber Libby machte weiter: »Sie sind schlecht über Mrs Khan informiert. Sie war hier, aber sie ist längst wieder weg.« Sie sah, wie Zweifel über sein Gesicht huschten. Obwohl ihr Herz hämmerte, fuhr Libby in so ruhigem Ton fort, wie sie nur konnte: »Es war sogar jemand aus dem Palast in Gulgat, der hergekommen ist und ihr gesagt hat, dass sie abreisen und niemals zurückkehren soll. Sie ist seinem Rat gefolgt und weggefahren. Also haben Sie die Reise leider umsonst unternommen, Mr Sen.«

Er musterte sie voller Abneigung. »Ich glaube Ihnen nicht – es ist noch eine Britin im Haus, ich habe sie gerade eben gesehen.« Er konzentrierte sich wieder auf Clarrie. »Und woher sonst sollten Sie meinen Namen kennen, Robson-Mem? Bitte sagen Sie Khan Memsahib, dass sie jetzt mitkommen soll, dann geschieht niemandem sonst etwas.«

»Wir haben Ihnen nichts mehr zu sagen«, antwortete Clarrie, »bis die Polizei hier eintrifft.«

Er lachte freudlos auf. »Es wird Stunden dauern, wenn die Polizei denn überhaupt kommt. Bis dahin sind wir längst über alle Berge.«

Clarrie wandte sich ab und zischte Libby und Nitin zu, dass sie ihr folgen sollten. Sie gingen zurück zum Bungalow. Libbys Brustkorb war so zugeschnürt, dass sie kaum Luft bekam. Sie rechnete jeden Augenblick damit, dass durch das Haupttor auf sie geschossen werden würde, während sie sich zurückzogen.

Kaum dass sie das obere Ende der Verandastufen erreicht hatten, gab es hinter ihnen auf der Einfahrt eine Explosion. Die Frauen hielten einander schockiert fest. Ein Böller war über die Umfriedungsmauer geworfen worden. Weitere folgten. Das Geschrei hinter dem Tor setzte erneut ein. Clarrie versuchte noch einmal, der tobenden Meute durch das Megafon gut zuzureden, aber ohne Erfolg. Sen war nicht mehr zu sehen; er musste sich auf einen der Lastwagen zurückgezogen haben. Mohammed Din wollte aus seinem Gewehr einen Warnschuss abfeuern, aber Clarrie untersagte es ihm.

»Nicht schießen!«, befahl sie. »Ich will sie nicht noch mehr provozieren. Die Polizei sollte bald hier sein.«

Aber der Mob machte keine Anstalten, sich zu entfernen. Die Schatten im Garten wurden länger. Libby spitzte vergeblich die Ohren, um zu hören, ob etwas auf eine baldige Rettung hindeutete, aber die Polizei kam nicht. Sen hatte recht: Es konnte Stunden dauern, bis die Polizei hier eintraf. Sie war überlastet. Die britischen Beamten waren aus dem Dienst ausgeschieden, die muslimischen nach Pakistan versetzt. Vielleicht würde die Polizei also erst Tage später anrücken.

Sophie stand auf. »Ich lasse nicht zu, dass ihr alle meinetwegen zu Schaden kommt. Wenn ich mich bereit erkläre, das Auto an Gulgat zurückzugeben …«

»Du gehst nirgendwohin«, wurde sie von Clarrie unterbrochen. »Was auch immer kommt, wir stehen es gemeinsam durch. Das hier ist mein Zuhause, und ich lasse mir nicht von einem dahergelaufenen Beamten aus Gulgat vorschreiben, was ich zu tun habe.«

Im selben Moment hörte Libby eine Veränderung in dem Sprechgesang. Oder war es ein ganz anderes Geräusch? Stück für Stück wurde ein Chor von Stimmen lauter, der nicht aggressiv, sondern melodiös klang.

»Was ist das?«, zischte Libby.

Sophies nervöse Miene wich Überraschung. »Das sind singende Frauen.«

Clarrie schnappte sich das Fernglas vom Tisch. Libby hielt den Atem an und sah sie an. Sie wartete auf eine Erklärung.

»Das ist Shimti«, keuchte Clarrie. »Sie führt die Teepflückerinnen an. Es sind Hunderte von ihnen!«

Libby und Sophie eilten an ihre Seite. Sogar ohne Fernglas konnte Libby erkennen, dass Frauen aus dem Dorf herbeiströmten. Sie rückten zwischen den Bäumen vor, eine bunte Armee, die Glocken läutete, auf Töpfe trommelte und aus vollem Hals sang. Binnen weniger Minuten hatten sie die Lastwagen und die *goondas* umzingelt.

Libby sah mit verkrampftem Magen und hämmerndem Herzen zu. Sie hatte Angst, dass die Männer mit Gewalt reagieren würden. Die Männer schrien die Frauen an und bedrohten sie mit ihren langen Messern. Shimti baute sich vor ihnen auf. Sie hielt nur einen dicken Stab in der Hand, aber sie sagte ihnen die Meinung.

Clarrie stand voller Anspannung neben Libby. »Sophie«, flüsterte sie. »Du darfst weiterhin nicht gesehen werden.«

Widerwillig duckte sich Sophie hinter der Balustrade der Veranda. »Erzählt mir, was vorgeht«, flehte sie.

»Shimti stellt sich vor das Tor«, sagte Libby staunend. »Die anderen Frauen folgen ihr.«

Immer noch schrien und drängelten die Männer. Einige der Frauen wurden zu Boden gestoßen. Die Situation drohte zu eskalieren. Libby hatte das Gefühl, dass die Gewalt sich jede Minute in einem Blutbad entladen konnte. Die Frauen hatten nicht mehr als Töpfe und Stöcke, um sich zu schützen. Die Konfrontation schien eine Ewigkeit zu dauern.

Plötzlich sah Libby im Augenwinkel eine Bewegung. Der Garten unter ihnen lag nun komplett im Schatten. Aber jemand schlich sich hindurch.

»Clarrie!«, rief Libby, um sie zu warnen.

Clarrie drehte ihr Gewehr herum und zielte auf die Gestalt, die nun auf den Pfad hinaustrat.

»Warte!« Libby schnappte nach Luft. »Das ist Ayah Mimi.«

Ungläubig sahen sie zu, wie die gebrechliche Frau entschlossen die Einfahrt hinunterging.

»Mimi!«, schrie Sophie. Sie eilte aus dem Halbdunkel hervor.

Clarrie packte sie. »Nein, Sophie, nicht du.« Sie wandte sich an Nitin. »Geh und halt *mataji* auf.«

Libby stockte der Atem, als sie zusah, wie Nitin die Stufen hinab der alten *sadhvi* hinterherlief. Sie beobachtete, wie er auf sie einredete. Aber einen Augenblick später stützte sie sich schon auf seinen Arm, und er half ihr weiter den Weg entlang Richtung Haupttor.

»Was tut er nur?«, rief Clarrie.

»Das, was Mimi verlangt«, antwortete Sophie.

Entsetzt standen sie da und beobachteten, wie die alte *ayah* das Tor erreichte. Einen Moment lang blieb sie stehen, um Atem zu schöpfen. Dann hob Nitin sie auf seine Schultern. Von dort aus kletterte sie auf einen der Torpfosten und richtete sich gerade auf. Libby erkannte erstaunt, wie gelenkig sie noch immer war. In ihrem schlichten Sari aus selbst gesponnenem Garn verströmte sie die heitere Ruhe einer Statue aus.

Das Herz klopfte Libby bis zum Hals, als sie durch das Fernglas verfolgte, wie die alte Frau die Hände zu einem frommen Gruß an die Menschen unter ihr faltete und dann zu sprechen begann. Sie war zu weit entfernt, als dass sie ihre Worte hätten verstehen können, aber Libby war zutiefst beeindruckt vom Anblick ihrer zarten würdevollen Gestalt, die im Licht der untergehenden Sonne erstrahlte.

Der Lärm jenseits des Tors legte sich nach und nach. Libby war sich sicher, Furcht in den Gesichtern der Männer zu sehen – im schwindenden Licht wirkten sie sogar noch jünger als zuvor. Ayah Mimi blieb auf ihrem Posten und betete über der Menge, während der Himmel violett wurde und die Sonne hinter den Teesträuchern versank. Abrupt verließ aller Kampfgeist die Angreifer – sie wichen zurück, sei es nun aus Angst oder aus Beschämung.

Gleich darauf befahl Sen ihnen, wieder auf die Lastwagen zu steigen. Die Frauen bildeten eine Gasse, um sie durchzulassen. Die Männer stiegen auf und schüttelten zwar noch ein paar Mal die Fäuste, verschwanden dann aber in einer Wolke aus Auspuffgasen. Der Gesang der Frauen ertönte in der plötzlich einsetzenden Dunkelheit; sie hatten die *goondas* aus Belguri vertrieben.

* * *

Sophie war die Erste, die die Einfahrt hinunterrannte und Ayah Mimi von ihrem Torpfosten herunterhalf. Die alte Frau brach nach der Anstrengung in ihren Armen zusammen, und Sophie weinte und dankte ihr dafür, dass sie mitgeholfen hatte, sie zu retten. Sie und Nitin trugen die gebrechliche *sadhvi* zurück in ihre Hütte im Garten. Sie hatte darauf bestanden, dorthin gebracht zu werden, und bat nur um Milch und darum, nicht viel Aufhebens um sie zu machen.

In der Nacht entschieden sich die drei Britinnen, gemeinsam im selben Zimmer zu schlafen, während Nitin, Banu und Mohammed Din abwechselnd patrouillierten und das Haus bewachten. Banu erklärte, dass Shimti den Widerstand der Frauen organisiert hatte. Sie hatte ihm verboten, den Männern aus Gulgat mit Feuerwaffen entgegenzutreten. Clarrie war dankbar für die Weisheit der Dorfvorsteherin und die loyale Unterstützung der tapferen Khasi. Zu Libbys großer Erleichterung hatte Banu auch Manzur unbeschadet in die Einfriedung geholt. Sie gingen hinaus, um ihn zu begrüßen.

»Bis die Situation sich bessert«, sagte Clarrie, »möchte ich, dass die Kinder innerhalb der Mauer unterrichtet werden.«

Die Frauen fanden kaum Schlaf. Sie blieben bis spät in der Nacht auf, um zu besprechen, was sie jetzt tun sollten.

»Sie werden wiederkommen«, sagte Sophie. »Ein Mann wie Sen lässt sich nicht von einer Handvoll Frauen überlisten.«

Libby sprach aus, was sie alle befürchteten: »Und vielleicht kehren sie in größerer Zahl zurück.«

»Wir müssen dich so schnell wie möglich von hier wegbringen«, meinte Clarrie zu Sophie. »Euch beide.« Sie musterte Libby. »Du warst vorhin da draußen tapfer, aber ich lasse nicht zu, dass du dich ein zweites Mal in Gefahr bringst.«

»Ich lasse dich hier nicht allein«, protestierte Libby.

»Liebe Libby, ich bin nicht allein«, sagte Clarrie. »Ich bin hier von Freunden umgeben – und bald habe ich ja auch Sam und Adela.«

»Aber was, wenn Sen irgendwo an der Landstraße im Hinterhalt liegt?«, fragte Libby besorgt.

»Wenn die Polizei kommt«, erklärte Clarrie, »bringe ich sie dazu, euch nach Shillong zu eskortieren.«

»Und wenn sie nicht kommt?«, fragte Sophie leise.

»Das wird sie«, beharrte Clarrie beherzt. »Und wenn nicht, dann bringen Banu und Daleep euch unbeschadet von hier weg.«

Sie lagen hinter geschlossenen Fensterläden im Schlafzimmer. Ihnen war heiß, und sie konnten nicht schlafen. Mitten in der Nacht kam Libby ein Gedanke.

»Warum überzeugen wir sie nicht davon, dass wir jemand anders sind?«

»Und das heißt?«, fragte Clarrie.

»Wir verkleiden uns.«

»Als wer?«

Libby schlug vor: »Wir könnten Sophie als Mann verkleiden.«

Trotz des Ernsts der Lage kicherte Sophie amüsiert. »Als was für einen Mann?«

»In Uniform oder so. Hat Adela nicht einen Koffer voller Kostüme hiergelassen, als sie bei der ENSA aufgehört hat?«

»Ja«, bestätigte Clarrie, »aber ich glaube, das sind überwiegend Abendroben und Federboas.«

»Hat Sam Kleider hiergelassen?«

»Nun, ja …«

»Sehen wir sie uns an«, sagte Libby und schwang sich aus dem Bett. »Keine von uns kann schlafen, also können wir genauso gut etwas Nützliches tun.«

Sie gingen gemeinsam in Harrys Zimmer, wo Adela und Sam Habseligkeiten zurückgelassen hatten, die sie in Newcastle nicht brauchten. Die drei Frauen verbrachten die nächste Stunde damit, Adelas Koffer und Harrys Schrank zu durchsuchen, hielten Kleidungsstücke hoch und ließen sie Sophie anprobieren. Am Ende entschieden sie sich für eine Hose von Harry und ein Buschhemd und eine Jacke von Sam. Libby fand Adelas Militärmütze, die Sophie passte.

»Wir müssen dir die Haare noch kürzer schneiden«, meinte Clarrie und berührte voller Zuneigung Sophies zum Bob geschnittenen Schopf.

»Und färben«, fügte Libby hinzu. Sie zog einen Kasten mit Theaterschminke hervor und wühlte darin. »Und wie wäre es damit?« Sie hielt einen falschen Schnurrbart hoch. »Wir müssen dich männlicher aussehen lassen. Was hältst du von einer Augenklappe?«

Sophie lachte. »Damit sehe ich aus wie der Schurke in einem Weihnachtsmärchen.«

»Na gut.« Libby schnitt eine Grimasse. »Dann trage ich eben die Augenklappe.«

»Wen willst du denn darstellen?«, fragte Sophie.

»Einen Teepflanzer«, sagte Libby. »Ich stecke mir die Haare unter einem *topee* hoch und binde mir ein Kissen vor den Bauch, um die hier zu verbergen.« Sie zeigte auf ihre Brüste.

Clarrie verschwand für eine Minute. Als sie zurückkehrte, hielt sie ein Jackett von Wesley hoch. »Das hier passt dir vielleicht.«

»Stört dich das nicht?«, fragte Libby. »Ich will es nicht nehmen, wenn es etwas Besonderes für dich bedeutet.«

»Es ist bloß ein Jackett«, erwiderte Clarrie brüsk. »Und wenn es dir hilft, dich zu verkleiden, und dich so schützt, dann ist das die beste nur denkbare Verwendung.«

Nachdem sie auch Libby eingekleidet hatten, musterte Clarrie beide prüfend. »Ich habe noch eine Idee«, sagte sie. »Wir legen euch beiden Verbände an und tun so, als müsstet ihr nach einem Reitunfall schnell ins Krankenhaus gefahren werden.«

Als Clarrie mit ihnen fertig war, hatte Sophie ein Auge verbunden, während Libby Bandagen am Kiefer und einen Arm in einer Schlinge vor ihrer Brust trug.

Kurz vor der Morgendämmerung sank Libby in den Schlaf der Erschöpfung. Sie wurde von Clarrie geweckt – es kam ihr vor, als wäre es nur Minuten später –, aber der Gesang der Vögel erfüllte die Luft, und der Tag brach an.

»Es wird Zeit aufzubrechen«, sagte Clarrie leise. »Auf der Veranda steht *chota hazri*, und dann verkleiden wir euch.«

Libby sah sie schlaftrunken an. »Ist die Polizei gekommen?«

Clarrie schüttelte den Kopf. »Daleep fährt euch mit meinem Auto nach Gauhati, und Banu begleitet ihn schwer bewaffnet.«

Sie verbrachten ihre letzte Stunde in Belguri in einer Atmosphäre der Anspannung, während sie ihr Frühstück hinunterwürgten und ihre Verkleidungen anlegten. Clarrie nannte ihnen die Kontaktdaten von Freunden in Gauhati, bei denen sie wohnen konnten, während sie ihre Weiterreise nach Kalkutta organisierten.

»Ich kenne alte Armeefreunde von Rafi, die uns aufnehmen werden, sobald wir in Kalkutta sind«, sagte Sophie.

»Schickt mir eine Nachricht, wenn ihr heil dort angekommen seid«, bat Clarrie.

Sophie wurde verwandelt: Ihre Haare wurden kurz geschnitten und mit Stiefelwichse geschwärzt, der Bühnenschnurrbart wurde angeklebt, und der dicke Augenverband machte ihr Gesicht unkenntlich. Libby schwitzte jetzt schon in ihrer ausgestopften Garderobe. Sie hatte ihr Haar unter einem *topee* festgesteckt und ihren Kiefer verbunden, als hätte sie sich ihn ausgerenkt. Sie konnte nur undeutlich sprechen, aber sie war so nervös und bewegt, weil sie Abschied von Clarrie nehmen musste, dass sie ohnehin kaum die richtigen Worte fand, um ihr angemessen zu danken.

Als es Zeit für den Aufbruch wurde, umarmte Clarrie sie und sagte: »Liebste Libby, ich werde dich so sehr vermissen. Ich kann dir gar nicht sagen, wie viel Freude es mir gemacht hat, dich hier zu haben. Und danke für all deine Hilfe im Büro. Ich schicke dir deine Schreibmaschine nach.«

Libby schüttelte den Kopf. »Gib sie Nitin«, flüsterte sie.

Clarrie küsste sie auf die Wange und ließ sie los. Libby sah zu, wie Sophie ihre Freundin umarmte und sich unter Tränen von ihr verabschiedete. Keine von beiden wusste, ob oder wann sie einander wiedersehen würden.

»Gott behüte euch«, sagte Clarrie. Sie ließ nicht zu, dass sie sich noch lange aufhielten, sondern führte sie zum Auto hinunter, wo ihr Gepäck schon in den Kofferraum geladen wurde.

In dem Moment erschien Manzur, um auf Wiedersehen zu sagen. Er riss die Augen auf, als er Libby zu Gesicht bekam. Er starrte sie angestrengt an. Dann, als er sie endlich erkannte, breitete sich Heiterkeit in seinem Gesicht aus.

»Bist du das wirklich, Libby-Mem?«

Sie nickte und versuchte zu lächeln, aber die Bandage hinderte sie daran.

»Du bist eine tapfere Robson«, stellte er fest. »Schon immer die tapferste.«

Libbys Augen brannten vor Tränen. Sie murmelte ihm einen Abschiedsgruß zu.

»Auf Wiedersehen und viel Glück«, antwortete Manzur.

Schnell stiegen Libby und Sophie auf die Rückbank des Autos. Das Haupttor wurde geöffnet, als sie die Einfahrt hinunter aufbrachen. Libby suchte angespannt den dunklen Weg vor ihnen nach Anzeichen dafür ab, dass jemand im Hinterhalt lag. Alles wirkte friedlich; die einzigen Geräusche stammten von Vögeln und anderen Tieren des Dschungels, die sich so früh schon regten.

Das Tor schwang rasch wieder hinter ihnen zu, und Libby erhaschte einen letzten flüchtigen Blick auf den Bungalow, vor dem Clarrie und Manzur standen und ihnen nachwinkten.

Sie fuhren die Teegartenstraße hinunter. Sophie streckte den Arm aus und nahm Libbys freie Hand. Sie drückte sie zur Aufmunterung fest. Libby blinzelte Tränen fort und erwiderte die tröstliche Geste.

37

Newcastle, September 1947

Am Tag nach Bonnies Party fühlte Adela sich so elend und ihr war derart schlecht, dass Sam und seine Mutter sie Bettruhe halten ließen. Marjory war entzückt, als sie den Grund für den Übelkeitsanfall ihrer Schwiegertochter erfuhr.

»Mein erstes Enkelkind! Ich wünschte, ihr könntet bleiben, bis das Baby geboren ist«, sagte sie mit flehentlichem Blick zu Sam.

Adela war dankbar, als sie Sam antworten hörte: »Ich weiß, dass du es dir wünschst, aber unsere Überfahrt ist schon gebucht, und Adela will bei ihrer eigenen Mutter sein, wenn es so weit ist. Wir versprechen aber, zu Besuch wiederzukommen.«

Doch alles, woran Adela denken konnte, war die Frage, ob jemand sich in Herbert's Café gemeldet hatte, um Anspruch auf die Halskette zu erheben. Sie hatte ein schlechtes Gewissen angesichts dieser Gedanken und zögerte, diese Sam zu offenbaren, um nicht zu riskieren, ihren alten Streit wieder anzufachen. Aber Sam war ihr gegenüber besorgt und aufmerksam. Legte er in einem Moment noch höchsten Wert darauf, dass sie sich ausruhte, grinste er im nächsten schon wieder vor Freude über ihre Schwangerschaft.

Nach vier Tagen im Bett konnte Adela es nicht mehr ertragen, auch nur noch einen Augenblick in der Wohnung in Cullercoats festzusitzen.

»Ich bin nicht krank«, beharrte sie, »und ich fühle mich schon viel besser.«

Sie kehrten ins Café zurück, um dort zu helfen, obwohl es für Adela allmählich offensichtlich war, dass die zupackende Jane und der extrovertierte Charlie sie nicht wirklich brauchten. Jane hatte eine ehemalige Kellnerin, Nance, überredet, zurückzukommen und für sie zu arbeiten. Nance begrüßte Adela mit einem entzückten Aufschrei, und sie tauschten Neuigkeiten aus. Adela hatte Nance als freundlich, tüchtig und einem kleinen Flirt mit den Werftarbeitern nie abgeneigt in Erinnerung.

»Ich habe mich während des Kriegs zweimal verlobt, aber sie sind mir alle beide entschlüpft!«, erzählte Nance mit ihrem ansteckenden Kichern. Sie nickte anerkennend zu Sam hinüber. »Ich hätte ja wissen sollen, dass du dir einen gut aussehenden Burschen angeln würdest.«

Als nach einer Woche noch immer niemand gekommen war, um die Kette abzuholen, musste Adela sich eingestehen, dass Charlie wahrscheinlich recht hatte. Wer auch immer sie verloren hatte, fand nicht, dass es die Mühe wert war, nach ihr zu suchen. Der Stein war nur für Adela und ihre Mutter so kostbar gewesen.

Adela war im Kleingarten und pflückte grüne Bohnen, während Sam Zwiebeln erntete, als Joan auftauchte.

»Jane hat gesagt, ich würde euch hier finden«, erklärte sie und strich sich eine blonde Haarsträhne aus der Stirn.

»Hallo«, grüßte Adela, stellte ihren Bohnenkorb ab und hielt Ausschau nach Joans Tochter. »Hast du Bonnie zu Besuch mitgebracht?«

»Nein, ich bin allein in der Stadt, um ein paar Einkäufe zu erledigen«, erwiderte Joan. »Ich wollte nur vorbeischauen und mich bei euch für die Party bedanken.«

Sam stützte sich auf seinen Spaten und schob sich den Hut in den Nacken, um sich die Stirn abzuwischen. »Da musst du dich nicht bedanken«, sagte er. »Wir hatten auch unseren Spaß daran.«

»Bonnie hört gar nicht auf, darüber zu reden«, sagte Joan. »Ich weiß nicht, was wir an ihrem richtigen Geburtstag machen sollen. Der wird sehr langweilig für sie. Ich kenne noch nicht viele Leute oben in Willowburn.«

»Mrs Gibson wird sich doch bestimmt sehr um Bonnie bemühen«, vermutete Adela.

Joans Blick huschte von Sam zu Adela. »Ja.« Sie stand da und zögerte. »Wisst ihr, da ist noch eine andere Sache.«

»Was genau?«, hakte Adela nach und fragte sich, ob Joan hier war, um sie einzuladen, ihre neue Freundin kennenzulernen.

»Ich … äh … na ja …« Joan suchte nach Worten. »Ich habe mir gewissermaßen etwas von Mrs Gibson geliehen, damit Bonnie es auf der Party tragen konnte. Es passte zu ihrem Kleid, versteht ihr? Und Jane hat gesagt, Charlie habe es gefunden, aber du hättest es, und ich will es zurückhaben.«

»Die Kette?« Adela schnappte nach Luft. »Bonnie hat sie getragen?«

Joan lief krebsrot an. »Ja, ich weiß. Es ist nur alter Plunder, aber sie sah damit so süß aus …«

»Wem gehört sie?«, fragte Adela. Ihr Puls raste. »Woher hast du sie?«

Joan wirkte verblüfft über ihre unvermittelten Fragen. »In Mrs Gibsons Schlafzimmer steht ein altes Kästchen«, sagte sie. »Ich habe einmal einen Blick hineingeworfen, als ich ihr die Haare frisiert habe.«

Adelas Herz hämmerte. »Erzähl mir mehr über dieses Kästchen. Sind alte Fotos darin?«

»Ja«, bestätigte Joan verwirrt. »Woher weißt du das?«

Adela tastete in ihrer Tasche nach dem Stein des *swami* und zog die Kette heraus. »Ist es das hier, was du aus Mrs Gibsons Kästchen genommen hast?«

»Ja, genau«, sagte Joan erleichtert und streckte die Hand danach aus. »Ich nehme die Kette wieder mit, vielen Dank.«

Adela hielt den Stein fest umklammert. Ihr war bewusst, dass Sam sich neben sie stellte. Sie begann zu zittern und biss die Zähne zusammen, unfähig zu sprechen. Sam legte ihr beruhigend die Hand auf den Rücken. Besorgnis huschte über Joans Gesicht.

»Bitte, Adela«, flehte sie. »Ich muss sie zurück in das Kästchen legen, bevor Mrs Gibson bemerkt, dass sie nicht mehr da ist.«

»Du hast die Kette genommen, ohne zu fragen?«, sagte Sam missbilligend.

»Ja, aber ich wollte sie von Anfang an gleich nach der Party zurücklegen«, behauptete Joan. Ihr kamen die Tränen. »Ich bin keine Diebin.«

»Hat Mrs Gibson dir gesagt, woher das Kästchen stammt?«, fragte Sam.

Joan schüttelte den Kopf. »Aber sie hat es auf ihrem Frisiertisch stehen, also weiß ich, dass es etwas Besonderes sein muss. Früher oder später wird ihr auffallen, dass die Kette nicht mehr da ist. Bitte, Sam, sag Adela, dass sie mir die Kette zurückgeben soll. Ich will keinen Ärger, und Mrs Gibson ist schon die ganze Zeit so gut zu Bonnie und mir.«

»Ihr Sohn«, sagte Adela mit zitternder Stimme. »Wie alt ist er?«

Joan sah verständnislos drein. »Was hat das denn damit zu tun?«

»Antworte ihr einfach«, forderte Sam.

»Er ist acht, glaube ich.«

Adelas Knie wurden weich. Sam packte sie um die Taille.

»Wie heißt er?«, fragte Sam.

»Jack. Aber sie sprechen es komisch aus.«

Adela stöhnte leise.

»Was ist los?« Joan sah sie erschrocken an. »Habe ich etwas Falsches gesagt?«

Adelas Zähne begannen zu klappern, als wäre ihr eiskalt, obwohl der Tag mild und warm war. Sam hielt sie fest an sich gedrückt. Er sprach nicht. Er würde ihr nicht sagen, was sie tun sollte. Adela sah, dass Joan Tränen übers Gesicht liefen, und wusste, dass sie entsetzliche Angst davor hatte, dass sie ertappt werden und die Freundschaft der Frau des wohlhabenden Majors verlieren würde.

Nach kurzem Zögern streckte Adela den Arm aus und öffnete ihre geballte Faust.

»Nimm sie«, sagte sie mit heiserer Stimme.

Erleichtert schnappte Joan sich die Halskette. »Vielen Dank.« Sie sah zerknirscht drein. »Ihr kommt uns doch aber besuchen, bevor ihr nach Indien geht, nicht wahr?«

Als weder Sam noch Adela antwortete, wandte Joan sich ab und eilte davon. Als sie außer Sicht war, sagte Sam: »Es war großmütig von dir, ihr die Kette zurückzugeben.«

Sie drehte sich zu ihm und sah ihn verzweifelt an. »Er ist es, nicht wahr? Der Junge, den sie Jack oder Jacques nennen«, flüsterte sie. »Es ist John Wesley.«

In gepresstem Ton erwiderte Sam: »Das klingt wahrscheinlich.«

»Oh, Sam, was soll ich nur tun?«

Er umfasste ihr Gesicht mit beiden Händen und sah ihr in die Augen. »Ich glaube, du musst hinfahren und dich selbst davon überzeugen, ob er dein Sohn ist. Es ist vielleicht nicht richtig, aber ich weiß, dass du es immer bereuen wirst, wenn du es nicht tust.« Seine Augen waren voller Traurigkeit. »Ich werde nicht versuchen, dich aufzuhalten. Es würde nur einen Keil zwischen uns treiben.«

Adela schluckte die Tränen hinunter. »Komm mit«, flehte sie ihn an. »Bitte, Sam. Ich schaffe das nicht ohne dich.«

Er seufzte und nickte. Sie legte die Arme um ihn und schmiegte sich an ihn.

»Danke.«

* * *

Es war Sam, der vorschlug, dass sie James bitten sollten, sie mit nach Willowburn zu nehmen, um die Gibsons zu besuchen. Nach seiner Rückkehr aus St Abbs arrangierte James schnell für sie einen Ausritt am folgenden Montag und freute sich, dass sie ihn begleiten wollten. Adela war erschrocken, als sie sah, wie verkniffen und niedergeschlagen James nach seinem Urlaub wirkte, aber ihr Vorschlag, in Willowburn gemeinsam auszureiten, ließ ihn sofort aufleben. Seine Freude darüber war ihr peinlich, aber sie brachte es nicht über sich, ihm den wahren Grund für den Wunsch nach einem Besuch im Haus der Gibsons zu offenbaren. Sie ging davon aus, dass Tilly ihm nie erzählt hatte, dass sie ein uneheliches Kind bekommen hatte, weil sie wusste, dass er den Skandal in der Familie nicht gebilligt hätte.

Die ganze Woche lang versuchte Adela, sich beschäftigt zu halten und ihre nervöse Erregung zu zügeln, konnte sich aber nie lange auf eine Aufgabe konzentrieren. Jane bemerkte bald, dass sie abgelenkt war, und bat Sam, sie vom Café fernzuhalten, indem er leichte Arbeit für Adela im Kleingarten fand. Als der Tag des Besuchs näher kam, überfielen Adela Zweifel. Was, wenn sich herausstellte, dass der Junge doch nicht John Wesley war? Es gab vielleicht eine andere Erklärung dafür, dass Mrs

Gibson an den Stein des *swami* gekommen war. Dann drängte sich eine alte Befürchtung wieder an die Oberfläche: Was, wenn sie ihren Sohn nicht erkannte?

Am Sonntagabend unternahm Sam mit ihr spät einen Spaziergang die Promenade entlang Richtung Whitley Bay, weil er wusste, dass sie in der kommenden Nacht kaum ein Auge zutun würde. Adela redete sich ihre größte Angst von der Seele.

»Wenn es tatsächlich John Wesley ist«, sagte sie, »wie soll ich wissen, ob er es ist? Ich meine, *wirklich* wissen. Er ist ein achtjähriger Junge. Er ähnelt dem Baby, das ich zuletzt gesehen habe, bestimmt überhaupt nicht mehr.«

Sam blieb stehen und sah sie aus müden Augen an. Adela wurde schlagartig klar, welchen Tribut das Warten und die Ungewissheit auch von Sam fordern mussten. Sie wusste, dass er nichts anderes tun wollte, als ihr künftiges Familienleben in Indien zu planen, und doch war er jetzt hier und unterstützte sie, während sie nach ihrem Sohn suchte.

»Adela, ich weiß es nicht«, antwortete er. »Wir müssen die Dinge einfach nehmen, wie sie kommen. Aber wir stehen es gemeinsam durch.«

Adela empfand plötzlich Dankbarkeit. Sie legte ihm die Arme um die Taille. »Danke, Sam. Ich weiß nicht, was ich getan habe, um dich zu verdienen.«

Er schloss sie in die Arme und ließ das Kinn auf ihrem Kopf ruhen. »Oh, Adela«, seufzte er. »Ich will dich deswegen nicht verlieren. Das ist meine größte Angst. Deshalb komme ich morgen mit dir mit und tue, was ich kann, um dir beizustehen.«

Seine Worte erschütterten sie. »Sam, mein Schatz, du wirst mich nie verlieren – dazu liebe ich dich viel zu sehr. Ganz gleich, was morgen passiert, meine Zukunft liegt bei dir und unserem Baby, das verspreche ich dir.«

Er drückte sie an sich, und sie standen stumm da und beobachteten, wie die abendlichen Sterne am dunkler werdenden

Himmel erschienen, erwartungsvoll und ängstlich zugleich, was der nächste Tag bringen würde.

* * *

Adela hatte den Eindruck, dass James mit den Gedanken woanders war, als er sie nach Westen das Tyne Valley hinauffuhr. Sie drängte ihn, vom Familienurlaub in St Abbs zu erzählen.

»Es war kein voller Erfolg«, gestand er. »Tilly war immer noch wütend auf Libby, weil sie nicht rechtzeitig zurückgekommen ist und nur ein Telegramm ohne irgendeine Erklärung geschickt hat. Ich habe die ganze Woche über ständig eins auf den Deckel bekommen, als wäre ich irgendwie mitschuldig an ihrer verzögerten Abreise aus Indien. Johnny hat Tilly gesagt, dass sie aufhören soll, andauernd davon zu reden, und dass Libby offensichtlich in Belguri ihren Spaß hat.« James seufzte. »Natürlich hat das Tilly nur noch mehr verärgert. Aber Gott sei Dank war Johnny da. Wir haben einen Großteil der Woche draußen beim Angeln verbracht. Er hat ein Boot. Wir haben mit der Langleine Kabeljau gefangen. Mungo sagt, dass das mehr Vergnügen macht, als mit der Angelrute stundenlang bis zu den Oberschenkeln in einem Fluss zu stehen. Er genießt es, seinen Onkel um sich zu haben, und Johnny scheint besser als ich zu wissen, wie er mit Mungo umgehen muss.«

Sie passierten Corbridge, bogen dann nach Norden ab und fuhren bergauf.

»Ich habe es Tilly überlassen, zum zigsten Mal die Möbel umzustellen«, fuhr James verdrossen fort. »Und sie hat jetzt einen Hund – ein albernes, flauschiges Ding namens Fluff, das nach jedem Spaziergang gewaschen werden muss und mir als Jagdhund nicht das Geringste nützen wird.«

Adela antwortete geistesabwesend und war dankbar, dass sie hinten im Auto saß, während Sam auf dem Beifahrersitz das Gespräch am Laufen hielt. Als sie durch die Tore von Willowburn Estate fuhren, war Adela schlecht vor Aufregung. Sie befürchtete, dass sie ihre Gefühle vor den Gibsons nicht in den Griff bekommen würde; seit sie wieder schwanger war, war sie anscheinend sehr nah am Wasser gebaut.

Am Ende der Einfahrt lag ein neogotisches Herrenhaus mit Zinnen und Türmen, das laut James in viktorianischer Zeit von jemandem gebaut worden war, der in der Eisenherstellung und im Schiffbau zu Geld gekommen war. James fuhr am Haupteingang vorbei bis unter einen Torbogen, über dem ein Uhrtürmchen aufragte, und parkte im Hof bei den Stallungen.

Eine kleine, schlanke Frau mit hellblonder Dauerwelle, die in Reithose und Jackett gekleidet war und gegen die helle Spätsommersonne eine dunkle Brille trug, empfing sie mit einem Winken und einem »Hey!«. James stellte sie Martha Gibson vor. Sie schob sich ihre Sonnenbrille ins Haar und schenkte ihnen ein strahlendes Lächeln. Das war also John Wesleys Adoptivmutter! Adelas Herz hämmerte, und sie konnte nicht aufhören, Martha anzustarren. Die Amerikanerin hatte schöne graue Augen, wie Adela auffiel.

»Es freut mich ja so, Sie kennenzulernen«, sagte Martha und schüttelte Adela und Sam die Hand. »Darf ich Sie Adela nennen?«, fragte sie. Adela nickte, zu sprachlos, um zu antworten. »Und Sie müssen Martha zu mir sagen. Wir legen hier keinen Wert auf Förmlichkeit. Gus reitet leider nicht mit uns aus – er hat einen Termin mit dem Gutsverwalter oder so. Aber wir bekommen ihn später noch zu fassen. Sie bleiben doch zum Tee nach unserem Ausritt, nicht wahr?«

Martha wandte sich von Adela ab und hakte sich bei James ein. Adela versuchte, ihre beschleunigte Atmung zu verlangsamen. »Und, James«, fuhr Martha fort, »ich will alles über St Abbs und das Angeln dort hören. Haben Sie etwas

Großes gefangen? Und sind Sie mit den jungen Leuten von der Kaimauer gesprungen?«

James lachte. »Leider sind die Tage, in denen ich in der Nordsee geschwommen bin, schon lange vorbei.«

»James!«, sagte sie tadelnd. »Sie sind ja so verweichlicht, seit Sie in Übersee gelebt haben. Ich dachte, ein Mann von Ihrer Vitalität würde jeden Tag vor dem Frühstück im Meer baden.«

Adela sah, wie er vor Freude über ihre Neckerei errötete. Kein Wunder, dass ihr Großonkel es genoss, nach Willowburn zu kommen und Schmeicheleien von der attraktiven Amerikanerin zu hören. Martha wirkte freundlich und extrovertiert, aber war sie auch herzensgut und liebevoll? Sam schien ebenfalls von ihr bezaubert zu sein. Binnen weniger Minuten hatte sie ihn schon dazu gebracht, ihr alles über seine Zeit als Missionar in den Ausläufern des Himalaja und seine Apfelbaumpflanzungen zu erzählen.

»Einige der Setzlinge kamen aus Amerika«, erklärte er ihr, als ob das ihr persönlich zu verdanken wäre.

»Na, ist das nicht wunderbar?«, rief sie. »Ich kenne auch Missionare in Indien: die Hakings. Wo wohnen sie doch gleich? Madras, glaube ich. Haben Sie von ihnen gehört?«

Adela konnte sich nicht verkneifen zu bemerken: »Indien ist ein sehr großes Land.«

»Natürlich, wie dumm von mir«, antwortete Martha lachend.

Sam warf Adela einen tadelnden Blick zu, bevor er Martha anlächelte und sagte: »Nein, ich kenne sie nicht, aber erzählen Sie mir mehr. Sind die Hakings schon lange in Indien?«

Adela holte tief Luft, um sich zu beruhigen. Sie wollte diese Frau mögen; wenn Martha John Wesleys Adoptivmutter war, dann war es wichtig, dass sie sie mochte. Die Amerikanerin war alles andere als spießig – ganz wie Joan gesagt hatte –, aber ihre übermäßige Vertraulichkeit hatte auch etwas leicht Lästiges. Sie war so selbstsicher, während Adela nun überhaupt nicht mehr wusste, was sie sagen sollte, und unfähig war, höflich zu plaudern. Aber wie verhielt sich Martha ihrem Sohn gegenüber? Adela hielt Ausschau nach einer Spur von dem Gibson-Jungen, aber es gab keine.

Tommy begrüßte sie fröhlich und behielt dann die Stalljungen im Auge, die die Pferde bereitmachten. Joan war anscheinend für den Tag mit Bonnie nach Hexham gefahren. Adela fragte sich, ob Joan ihnen absichtlich aus dem Weg ging, weil ihr der Vorfall mit der Halskette immer noch zu peinlich war.

Sie verließen das Gelände, James und Martha ritten voran, und machten sich zu dem höher gelegenen Terrain im Norden auf. Je länger sie ritten, desto mehr legte sich Adelas Nervosität; sie genoss es, zum ersten Mal seit ihrer Abreise aus Belguri im Januar wieder auf dem Pferderücken zu sitzen. Sie füllte ihre Lunge mit der frischen Luft und verdrängte alles bis auf den Gesang der Feldlerchen und das Blöken der Schafe aus ihrem Verstand.

Als sie dicht an einem Gehölz aus windschiefen Bäumen vorbeikamen, erlaubte Adela sich, an eine Zukunft zu denken, in der sie und Sam nicht so bald nach Indien zurückkehrten. Vielleicht konnte sie ihm helfen, sich als Fotograf zu etablieren, indem sie für seine Arbeit warb und neue Kontakte herstellte. Sie könnten regelmäßig nach Willowburn kommen, und sie würde die Chance haben, ihren Sohn aufwachsen zu sehen, auch wenn sie ihm nie mehr sein konnte als eine Freundin seiner amerikanischen Mutter …

Adela betrachtete Sam, der vor ihr ritt. Er saß entspannt im Sattel. Sein langer, schlanker Rücken und seine muskulösen Beine waren im Einklang mit dem Tier, auf dem er saß. Würde Sam in der Lage sein, die Verstellung durchzuhalten, Nennonkel und -tante für Sanjays Sohn zu sein? Adela wurde das Herz schwer, wenn sie an die Spannungen dachte, die sich wegen John Wesley zwischen ihrem Mann und ihr anbahnen könnten. Sie fragte sich, wie sich der Junge – wenn überhaupt – in ihr gemeinsames Leben einfügen würde. Wie bald schon würde Sam ihr grollen, weil sie seine Zukunft in Indien und seine Pläne, Teepflanzer zu werden, zunichte gemacht hatte?

»Sam hat mir gerade erzählt, dass Sie bei den Toodle Pips waren.«

Adela war so in Gedanken gewesen, dass sie gar nicht bemerkt hatte, dass Martha sich zu ihr hatte zurückfallen lassen, als sie unterhalb des Walds wieder ins offene Land kamen.

Sie errötete und riss ihre Gedanken von ihrem Sohn los. »Ja, während des Kriegs habe ich bei der ENSA gesungen – das war die Unterhaltungsabteilung der Truppenbetreuung.«

»Ja, ich weiß«, sagte Martha. »Ich habe die Toodle Pips in Newcastle auftreten sehen. Sie waren fantastisch. Ich erinnere mich an eine Frau mit großartiger Stimme. Sie war dunkelhaarig, also waren Sie es wahrscheinlich.«

Adela starrte sie überrascht mit offenem Mund an und lachte. »Wirklich?«

Martha lächelte. »Ja, Gus hat mir dann und wann einen Abend freigegeben, und dann habe ich immer gemacht, dass ich in die Stadt kam, um mir eine Aufführung anzusehen.«

»Einen Abend freigegeben? Wovon?«, fragte Adela.

»Von den Kindern.«

Adela drehte sich der Magen um. »Sie haben mehr als ein Kind? Ich weiß von Joan, dass Sie einen Sohn haben.«

Martha schüttelte den Kopf. »Nein. Ich meine die Evakuierten. Gus und ich haben während des Kriegs Dutzende von Kindern aufgenommen – einige mit ihren Müttern. Gus kam mir vor wie der Rattenfänger von Hameln, wenn er sie alle über das Gut geführt hat, um Pilze zu suchen, sie Huckepack zu nehmen oder ihnen zu zeigen, wie man auf Bäume klettert. Mein Mann ist im Herzen selbst noch ein großes Kind.«

Adela sah plötzlich vor sich, wie der Major einen kleinen John Wesley auf dem Rücken trug und der Junge vor Vergnügen kicherte. Ihr Puls raste, als sie fragte: »Wie ist Ihr Sohn Jack denn mit den anderen Kindern zurechtgekommen? War er nicht ein bisschen eifersüchtig?«

Martha antwortete nicht sofort. Adela konnte ihren Gesichtsausdruck hinter ihrer dunklen Sonnenbrille nicht erkennen. Dann wurde Marthas Tonfall weniger heiter und klang eher so, als vertraute sie Adela etwas an.

»Jacques war auch einer der Evakuierten«, sagte sie leise. »Seine Eltern sind bei einem Luftangriff auf Tyneside ums Leben gekommen. Er hat uns so leidgetan. Er hat geweint und lange Zeit ins Bett genässt – sogar nachdem er gelernt hatte, aufs Töpfchen zu gehen –, aber er hat solch ein sonniges Gemüt, dass er der Liebling aller anderen Kinder und ihrer Mütter war. Wir konnten es nicht übers Herz bringen, ihn wieder herzugeben; wir mochten Jacques am liebsten von ihnen allen; also haben wir ihn adoptiert. Er weiß, dass wir nicht seine leiblichen Eltern sind – damit sind wir immer offen umgegangen. Ich halte nichts davon, solche Geheimnisse vor einem Kind zu haben, ganz gleich, wie klein es noch ist.«

Adela umklammerte die Zügel; sie zitterte so heftig, dass sie Angst hatte, ohnmächtig zu werden und gleich vom Pferd zu fallen. Es gelang ihr zu fragen: »A… also gab es in Tyneside keine entfernten Verwandten, die ihn aufnehmen konnten?«

»Nein.« Martha seufzte. »Alles, was wir herausfinden konnten, war, dass seine Eltern aus Belgien stammten und Segal hießen. Jacques hat ein Kästchen voller Erinnerungsstücke, die seine Eltern für ihn gesammelt hatten. Ich bewahre es für ihn auf, bis er älter ist.«

Adela musste sich von innen auf die Wange beißen, um nicht zu weinen. Das war Beweis genug: Jacques Gibson war ihr lange verlorener Sohn. Jetzt war der richtige Augenblick, um Martha zu sagen, wer die leiblichen Eltern des Jungen waren. Adelas Beweisstück lag im Kästchen der Segals: ein indischer Stein an einer goldenen Kette, den sie ihrem Sohn kurz nach seiner Geburt geschenkt hatte. Sie würde Martha alles erzählen; Martha, die eine unvoreingenommene Frau war, würde Adela glauben. Der Sinn der Amerikanerin für Gerechtigkeit würde Adela erlauben, ihren Sohn wieder zu sich zu nehmen; Martha würde traurig sein, auf ihn verzichten zu müssen, aber wenn die Frau des Majors Jacques so sehr liebte, wie sie behauptete, dann würde sie ihn gehen lassen. Adela war wie berauscht, als sie sich die Zukunft ausmalte: Sie und Sam, wie sie John Wesley und ihr künftiges Kind großzogen. John würde der Halbbruder ihres Babys sein – und er würde einen Bruder oder eine Schwester haben und nicht als Einzelkind aufwachsen müssen. Sam würde ihn früher oder später genauso lieben wie ihr anderes Kind, weil John Wesley ein kleiner Sonnenschein und leicht zu lieben war. Ihre Familie würde vollständig sein und ihr Leben voller Freude.

Adela wandte den Blick ab und blinzelte die Tränen fort. Sie machte sich doch selbst etwas vor! Wenn Martha die Frau war, für die Adela sie hielt, würde sie wie eine Tigerin kämpfen, um ihren Jacques zu behalten. Unter der zur Schau getragenen Gutmütigkeit versteckte sich Kraft. Wenn Adela ihr jetzt alles anvertraute, würde Martha vielleicht so erschrocken sein, dass sie sich weigerte, sie John Wesley auch nur treffen zu lassen. Womöglich würde Martha sie wegschicken und ihr sagen, dass sie nie mehr auch nur in die Nähe von Willowburn kommen sollte. Adela wusste, dass sie es nicht ertragen konnte, das Gut zu verlassen, ohne ihren Sohn mit eigenen Augen gesehen zu haben.

Sie räusperte sich und fragte, so ruhig sie konnte: »Wo ist Jacques heute? Leistet er dem Major Gesellschaft?«

»Nein«, erwiderte Martha mit einem liebevollen Lächeln, »er ist in der Schule.«

Adela wurde das Herz schwer. Natürlich war er an einem Montag in der Schule. Warum hatte sie daran nicht gedacht? Würde sie jetzt bis zum Wochenende warten und sich einen Vorwand einfallen lassen müssen, um zurückzukehren? Oder vielleicht war er auch im Internat und würde das ganze Halbjahr weg sein. Der Gedanke, nach Indien abzureisen, ohne ihn auch nur ein einziges Mal zu sehen, war unerträglich.

»Im Internat?«, fragte Adela atemlos.

»Du meine Güte, nur das nicht!«, rief Martha. »Ich habe Gus gesagt, dass kein Kind von mir wochenlang fortgeschickt werden soll. Es ist bei Ihnen in Großbritannien vielleicht so Sitte, aber ich könnte es nicht ertragen. Nein, Jacques geht in der Nähe von Hexham zur Schule. Zum Tee ist er wieder zu Hause.«

Ein Schluchzen stieg in Adelas Kehle auf. Sie musste es als Hustenanfall tarnen. Danach war sie unfähig, etwas zu sagen, und parierte ihr Pferd in den Schritt, sodass Martha vorausritt und bald wieder mit James plauderte. Sam ließ sich zurückfallen, um Adela Gesellschaft zu leisten. Ihr Gesichtsausdruck verriet ihm, dass etwas vorgefallen war.

»Erzähl es mir«, murmelte er.

Als Martha außer Hörweite war, berichtete Adela Sam alles, was sie herausgefunden hatte. Sie konnte nicht verhindern, dass ihr Tränen übers Gesicht liefen; sie trockneten im Wind, aber ihre Haut spannte und ihre Augen brannten.

»Also hast du nichts gesagt?«, fragte Sam sanft.

Adela schüttelte den Kopf. Sam nickte und streckte die Hand aus, um Adela die Schulter zu drücken. »Schaffst du das?«, erkundigte er sich. »Du darfst vor dem Jungen nicht zusammenbrechen. Es wäre ihm gegenüber nicht fair, Adela.«

Adela schluckte die Tränen hinunter. »Ich weiß«, krächzte sie, »aber ich *muss* ihn sehen.«

* * *

Major Gibson kam mit einem breiten Lächeln auf sie zu, als sie den Hof bei den Stallungen verließen. Er erinnerte Adela an einen jüngeren James: Sein Körperbau war kräftig, sein Teint rötlich. Sein Handschlag brach einem fast die Knochen, und sein Lachen war laut. Er entschuldigte sich dafür, den Ausritt verpasst zu haben.

»Martha, ich habe den Tee auf die Terrasse bestellt«, dröhnte er. »An solch einem Tag ist es draußen viel zu schön, um drinnen zu sitzen.«

»Da stimme ich dir zu, Schatz«, pflichtete sie ihm bei und gab ihm einen Kuss auf die Wange. »Aber lass unseren Gästen erst die Zeit, sich frisch zu machen.«

Die Männer wurden in ein Gästebad im Erdgeschoss geschickt, während Martha Adela in ein Badezimmer im ersten Stock führte. »Kommen Sie nach unten, wenn Sie fertig sind«, sagte sie und ließ Adela allein.

Adela spritzte sich kaltes Wasser ins Gesicht und trocknete es sich mit einem abgenutzten Leinenhandtuch ab. Einige der Fliesen im Bad hatten Risse, und die Wasserleitungen schepperten. Das Haus verströmte eine Atmosphäre verblasster Pracht; es war verwohnter und heimeliger, als sie es sich vorgestellt hatte. Es entsprach nicht dem Klischee, dass alle Amerikanerinnen, die britische Landadlige heirateten, schwerreiche Erbinnen waren. Nach allem, was sie von den Gibsons gesehen und über sie gehört hatte, war ihre Ehe eindeutig eine Liebesheirat.

Als Adela auf den Treppenabsatz hinauskam, fühlte sie sich schwach, und ihr war übel. Sie sehnte sich nach etwas Süßem zu essen, am besten mit Ingwer darin, um ihr Unwohlsein zu unterdrücken. Genau in dem Moment hörte sie eine Tür hinter sich zufallen. Schritte eilten den Gang entlang. Sie drehte sich um und sah einen kleinen Jungen in grauen Shorts und grauem Hemd, das daraus hervorgerutscht war, auf sich zulaufen. Atemlos blieb er vor ihr stehen.

»Hallo, ich bin Jacques. Sind Sie die Dame, die mit Mummy ausgeritten ist?«

Adela erstarrte. Sie schaute auf ihn hinunter. Es war, als würde sie ihren Bruder Harry vor wenigen Jahren vor sich sehen. Er hatte dunkles, zerzaustes Haar und dichte Augenbrauen. Die Augen, die neugierig ihren Blick erwiderten, waren genauso grünbraun wie ihre. Das verblüffte sie. In ihrer Erinnerung hatte John Wesley Sanjays dunkle, fast tintenschwarze Augen gehabt.

»Hallo, Jacques«, sagte Adela heiser vor Rührung, »ich habe mich darauf gefreut, dich kennenzulernen.«

Er grinste. »Wirklich?«

Sie streckte die Arme aus, um ihn an sich zu ziehen. Verwirrung huschte über sein Gesicht, und er reichte ihr die Hand. Adela zügelte sich gerade noch rechtzeitig und schüttelte ihm stattdessen die Hand. Ihr Herz zog sich zusammen, als sie die warme Hand des Jungen in ihrer spürte, knochige Finger – zerbrechlich, feingliedrig – und Haut, die die gleiche Farbe wie ihre hatte.

»Ich heiße Adela«, sagte sie.

»Muss ich Sie nicht Mrs Sowieso nennen?«, fragte er und runzelte leicht die Stirn, so wie Harry es tat, wenn er nachdachte.

Adela lachte. »Ja, vermutlich. Ich bin Mrs Jackman, wenn dir das lieber ist.«

Er entwand ihr seine Hand. »Oh, sind Sie verwandt mit dem Mr Jackman unten?«

Adela nickte. »Er ist mein Mann.«

»Daddy sagt, dass er ein Kriegsheld ist, der Flugzeuge gesteuert hat und die Japaner besiegt hat«, sagte Jacques aufgeregt. »Ich will Pilot werden, wenn ich groß bin. Hat Mr Jackman ein eigenes Flugzeug?«

»Nicht mehr«, erwiderte Adela, »aber ich bin mir sicher, dass er gern mit dir über Flugzeuge sprechen würde.«

Der Junge fragte: »Spielt er Cricket?«

»Ja, Sam liebt Cricket.«

»Oh, gut.« Er grinste. »Meinen Sie, er spielt nach dem Tee vielleicht mit mir?«

»Bestimmt.«

Die Art, wie er sie prüfend musterte, verschlug Adela den Atem. »Haben Sie geweint?«, fragte er.

Adela schluckte. »Das lag nur am Wind auf dem Ausritt«, behauptete sie. »Er hat mir die Augen tränen lassen.«

»Oh, dann ist es ja nicht so schlimm«, meinte er.

Plötzlich rief Martha von unten: »Adela, haben Sie sich verlaufen?«

Ihr Magen verkrampfte sich. »Nein«, rief sie zurück, »ich habe gerade Jacques kennengelernt.«

»Ich komme schon, Mummy!«, rief der Junge.

Adela legte ihrem Sohn kurz die Hand auf den Kopf, als er an ihr vorbeilief. »Zeigst du mir den Weg zur Terrasse, Jacques?«

»Kommen Sie, Mrs Jackman«, meinte er fröhlich. »Folgen Sie mir.«

Adela fiel auf, dass Jacques, als er das sagte, genau wie Major Gibson klang.

* * *

Adela war sich nicht sicher, wie sie den Nachmittagstee überstehen sollte. Sie schwankte dazwischen, davoneilen zu wollen, um sich zu übergeben, und zu bleiben, wo sie war, um keine Sekunde mit John Wesley zu verpassen. Er plapperte ununterbrochen über die Schule, Spiele und ein zahmes Eichhörnchen namens Bunty. Er stellte Sam Dutzende von Fragen über Cricket und Flugzeuge. Seine Eltern sahen nachsichtig zu und lachten über seine Bemerkungen; offensichtlich hielten sie absolut nichts von der altmodischen Einstellung, dass man Kinder in Gesellschaft von Erwachsenen nur sehen, aber nicht hören sollte.

Gegen Ende des Tees deutete James höflich an, dass sie jetzt wahrscheinlich gehen sollten. Adela geriet in Panik.

Jacques protestierte: »Aber Mrs Jackman hat gesagt, dass Mr Jackman Cricket mit mir spielen würde!«

»Dafür haben wir jetzt leider keine Zeit«, erklärte James. »Vielleicht ein andermal.«

»Aber kann ich Mr Jackman wenigstens mein Baumhaus zeigen, bevor Sie gehen? *Bitte*, Mr Robson; es dauert nicht mal eine Minute.«

»Ich glaube, die Zeit können wir uns gerade noch nehmen«, lenkte James lächelnd ein.

Adela atmete erleichtert auf. James hatte es wahrscheinlich in Wahrheit nicht sehr eilig, zu Tilly und ihrem Getue um das neue Haus und den Hund zurückzukommen.

Jacques klatschte in die Hände und sprang von seinem Stuhl auf.

»Warte kurz, du kleiner Schlingel«, hielt ihn Martha auf. »Was hast du zu sagen vergessen?«

Jacques setzte sich schnell wieder hin. »Darf ich bitte schon aufstehen?«

»Darfst du«, sagte Martha augenzwinkernd.

Jacques kam schnell wieder auf die Beine. »Kommen Sie, Mr Jackman.«

»Darf ich auch mitkommen?«, fragte Adela und hielt den Atem an.

Jacques sah sie im Licht der Spätnachmittagssonne aus zusammengekniffenen Augen an. »Natürlich. Solange Sie keine Höhenangst haben wie Mummy.«

Adela lachte. »Als Mädchen bin ich in Indien ständig auf Bäume geklettert.«

Jacques riss die Augen auf. »Meine Güte, wirklich? Waren sie so hoch wie Häuser? Haben Affen und Tiger darin gelebt?«

Sam und Adela tauschten amüsierte Blicke. »Affen, ja«, sagte Adela.

Sie bedankten sich schnell für den Tee und folgten Jacques, der Adela mit weiteren Fragen über wilde Tiere in Indien bombardierte. Das Herz ging ihr vor Liebe auf, als sie sein lebhaftes Gesicht sah und sein fröhliches Geplapper hörte. Er war so klug und neugierig. Sie suchte nach Spuren von Sanjay in den Gesichtszügen ihres Sohnes. Vielleicht die Form seiner Augen oder seine gerade Nase – sicherlich der beigefarbene Ton seiner Haut –, aber es konnte kein Zweifel daran bestehen, dass er ein Robson war.

Sam schlug unvermittelt vor: »Lasst uns ein Wettrennen zum Baum machen.«

Jacques lachte freudig erregt, als sie die letzten paar Meter rannten und Sam zunächst so tat, als erreichte er das Baumhaus als Erster, nur um dann langsamer zu werden und den Jungen gewinnen zu lassen. Adela beeilte sich, sie einzuholen. Sie kletterten alle die Leiter zum Baumhaus hinauf, einer Plattform, die auf Höhe der unteren Äste gebaut war und zwar schützende Wände, aber kein Dach hatte. Sie setzten sich im Schneidersitz hin und schöpften Atem. Adela bemerkte, dass Sam seine Kamera um den Hals hängen hatte; sie hatte gar nicht bemerkt, dass er sie mitgenommen hatte.

»Hier wohnt Bunty«, erzählte ihnen Jacques. »Bald fängt sie an, Nüsse für den Winter zu sammeln und zu verstecken. Gibt es in Indien auch Eichhörnchen, Mrs Jackman?«

»Ja«, sagte Adela. »Wir haben Palmenhörnchen in unserem Garten zu Hause.«

»Wie sehen sie aus?«, fragte er. »Sind sie rötlich wie unsere?«

»Nein, sie haben braune und weiße Streifen«, erklärte sie, »und machen Geräusche, die fast so wie eine Rassel klingen.«

Er sah sie staunend an. »Meine Güte! Ich wünschte, ich könnte sie sehen.«

Adela sah Sam an. Ihre Augen brannten. »Ich auch«, murmelte sie.

Sams Blick war voller Mitgefühl. Er sagte: »Vielleicht kommst du ja eines Tages einmal nach Indien und besuchst uns?«

Jacques schenkte ihm ein breites Lächeln. »Meinen Sie, das könnte ich? Das wäre toll.«

In seiner Begeisterung verriet seine Sprechweise einen leicht amerikanischen Einschlag. Adelas Inneres verkrampfte sich. Jacques übernahm erkennbar Eigenheiten von beiden Elternteilen.

»Ja«, sagte Sam, »das wäre es.«

»Können Sie mir zeigen, wie Ihre Kamera funktioniert, Mr Jackman?«, fragte Jacques.

»Natürlich.« Sam nahm die Kamera ab, hängte den Riemen dem Jungen um den Hals und entfernte die Hülle. Er zeigte Jacques, wo er durch den Sucher sehen und welchen Knopf er drücken musste, und half ihm, die Kamera ruhig zu halten.

Nach ein paar Aufnahmen bat Jacques: »Sagen Sie *cheese*, Mrs Jackman!«

Adela lachte und tat es. Dann nahm Sam die Kamera wieder an sich und sagte: »Ich mache ein Foto von dir und Adela, ja?«

»In Ordnung«, stimmte Jacques zu.

Er rutschte an Adela heran, und sie legte ihm den Arm um die schmalen Schultern. Sie beugte sich dicht zu ihm und sog seinen Jungengeruch nach ungewaschenen Haaren und Marmelade ein. Sie widerstand dem Drang, ihren Finger anzulecken und ihm die Marmelade am Kinn abzuwischen, wie ihre Mutter es früher bei Harry und ihr gemacht hatte. Einen kurzen, idyllischen Moment lang, als sie für Sam in die Kamera lächelten, war Adela wieder Mutter und saß mit ihrem Sohn im Arm da.

Es war im Handumdrehen wieder vorbei, als Jacques sich ihrem Griff entzog und ihnen davon zu erzählen begann, wie er in der Schule eine Lochkamera gebastelt hatte.

Allzu bald rief Major Gibson nach seinem Sohn: »Jacques, Junge, es wird Zeit, unsere Gäste nach Hause fahren zu lassen.«

Adelas wurde es schwer ums Herz, als sie die Leiter wieder hinunterstieg. Sam bot ihr seine Hand, als sie unten ankam. Jacques stürmte schon voraus und winkte mit einer glänzenden Rosskastanie, die er auf dem Boden gefunden hatte. »Guck mal, Daddy, die erste Kastanie! Können wir sie auf eine Schnur ziehen?«

Sam hielt Adelas Hand auf dem Rückweg zum Haus die ganze Zeit fest und ließ sie nur los, damit sie den Gastgebern zum Abschied die Hand schütteln konnten.

»Ich habe den heutigen Tag sehr genossen«, sagte Adela zu Martha und kämpfte mit den Tränen.

Martha lächelte und musterte sie fragend. »Es war sehr schön, Sie kennenzulernen. Sie kommen doch hoffentlich noch einmal vorbei, bevor Sie nach Indien abreisen? Jacques mag Sie und Sam sehr gern.«

Adela zwang sich zu sagen: »Vermutlich haben wir keine Zeit, noch einmal zu kommen, aber vielen Dank.«

Sie wandte sich rasch ab und wappnete sich, um sich von Jacques zu verabschieden.

»Danke, dass du uns dein Baumhaus gezeigt hast. Möchtest du, dass ich dir ein Foto von einem Palmenhörnchen schicke, wenn ich wieder in Indien bin? Sam könnte eines mit seiner Kamera aufnehmen.«

Jacques grinste. »Ja, bitte, Mrs Jackman. Dann kann ich es mit in die Schule nehmen und meinen Freunden zeigen.«

»Gut«, sagte Adela und setzte ein tapferes Lächeln auf.

Sie betrachtete ihren Sohn und versuchte, sich jede noch so kleine Einzelheit an ihm einzuprägen, um sie im Gedächtnis zu bewahren und sich später daran zu erinnern. Sie musste sich zügeln, um ihn nicht zu packen und in einer inbrünstigen Umarmung an sich zu ziehen. Wie sehnte sie sich doch danach, ihn zu küssen und ihm zu sagen, dass sie ihn liebte – immer geliebt hatte und immer lieben würde. Stattdessen streckte sie kurz die Hand aus, berührte seinen Kopf und fuhr durch die weichen, seidigen, dunklen Haarwirbel, die genauso kreuz und quer wuchsen wie bei ihrem Vater Wesley und bei ihrem Bruder Harry.

Dann wandte Adela sich von ihm ab, und Sam nahm ihren Arm und führte sie zum Auto. Wenige Augenblicke später saß sie mit Sam an ihrer Seite hinten im Auto. James fragte nicht nach, warum Sam nicht wie bei der Hinfahrt vorn einstieg.

Als das Auto vom Haus wegfuhr, starrte Adela aus dem Fenster und sog den Anblick ihres Sohns in sich auf, der winkte und lächelte. Aber noch bevor sie die Einfahrt auch nur halb hinunter waren, erregte etwas anderes Jacques' Interesse, und der Junge sauste über die Terrasse davon und war außer Sicht.

Während sie sich rasch weiter von Willowburn und ihrem Sohn entfernten, lehnte Adela sich zurück und versank in Traurigkeit. Sam hielt ihre Hand fest in seiner. Sie sah ihm ins Gesicht und erkannte, dass auch in seinen Augen Tränen standen.

»Er ist ein guter Junge«, murmelte Sam.

»Er ist glücklich«, flüsterte Adela, obwohl es ihr das Herz brach, daran zu denken, dass eine andere Frau ihn als ihren Sohn großziehen würde. Aber sie hatte gesehen, wie innig die Gibsons John Wesley liebten, und sie wusste, dass mit der Zeit das Wissen, wie wichtig ihnen ihr Junge war, ihrem schmerzenden Herz ein gewisser Trost werden würde.

Sam legte ihr den Arm um die Schultern und zog sie an sich. Er flüsterte in ihr Haar: »Er sieht genauso aus wie du, Adela.«

Sie lächelte unter Tränen. »Ja, das tut er, nicht wahr?«

Sie fragte sich, ob Martha die Ähnlichkeit bemerkt hatte und ob sie darüber nachgrübelte, wie das sein konnte.

Adela schloss die Augen. Heute hatte sie ihren Sohn wiedergefunden, nach dem sie gesucht hatte, und die Fragen, die sie so lange gequält hatten, waren endlich beantwortet. Sie hatte immer gewusst, dass es ihr wahrscheinlich genauso viel Schmerz wie Erleichterung bringen würde, die Wahrheit herauszufinden; sich von John Wesley losreißen zu müssen, war fast unerträglich gewesen. Aber wenigstens hatte sie jetzt erfahren, was aus ihm geworden war und dass er sicher in einem liebevollen Zuhause aufwuchs. Sie musste sich an den Gedanken klammern. Sie würde alles für ihren Sohn tun – und das größte Opfer von allen war, ihn loszulassen. Adela wusste, dass es das war, was ihre Liebe zu John Wesley ihr abverlangte. Zum ersten Mal brachte sie es über sich, ihrem achtzehnjährigen Ich dessen Unreife zu verzeihen. Sie konnte die Vergangenheit nicht ändern, aber sie würde einen Weg finden, sie zu akzeptieren und zu ertragen, so schmerzlich es auch sein mochte.

Von ihrem Verlust am Boden zerstört, empfand sie noch etwas anderes, das Balsam für ihre wunde Seele war – Dankbarkeit gegenüber Sam. Ihr Mann hatte ihr heute beigestanden, obwohl es auch für ihn schwer gewesen sein musste. Mehr noch: Sam hatte John Wesley gemocht und war freundlich zu dem Jungen gewesen. Unter anderen Umständen hätte der großherzige Sam ihr uneheliches Kind ohne Zögern angenommen, das wusste sie.

Adela reckte sich, küsste Sam auf die Lippen und lehnte dann den Kopf an seine Schulter. Sie mussten nichts mehr sagen. Beide wussten sie, was der jeweils andere dachte und wie sehr sie einander liebten. James, der ihre Traurigkeit vielleicht spürte, fuhr weiter, ohne zudringliche Fragen zu stellen. Schweigend kehrten sie nach Newcastle zurück.

38

Kalkutta, Ende September 1947

Zwei Wochen nachdem sie Belguri verlassen hatten, trafen Libby und Sophie in Kalkutta ein. Sie hatten ihre Verkleidung kurz nach Shillong abgelegt, euphorisch darüber, unbeschadet der Gefangennahme durch Sens Bande entgangen zu sein. Allerdings hatte es mehrere Tage gedauert, bis es Sophie gelungen war, sich alle Schuhcreme aus den Haaren zu waschen. Mit ihrem strengen Haarschnitt sah sie immer noch jungenhaft aus, aber das schien sie nicht zu stören.

»Das wächst bald genug wieder nach«, sagte sie. »Ich bin bloß dankbar, dass wir unterwegs nicht in Schwierigkeiten geraten sind.«

Libby war überzeugt, dass Stourton Sophie gegen Geld verraten hatte und sein schlechtes Gewissen vermutlich damit beschwichtigt hatte, dass er Sophie vorgewarnt hatte, obwohl er gewusst haben musste, dass sie keine Möglichkeit hatte, zu Rafi im Pandschab zu stoßen. Aber sie behielt ihren Verdacht für sich. Libby und Sophie waren bei Clarries Bekannten in Gauhati untergekommen, einem alten Teepflanzerfreund von Wesley. Sophie erinnerte sich, ihn auf Wesleys Beerdigung kennengelernt zu haben. Am Ende hatten sie einen Zug nach Shiliguri und von dort nach Westbengalen genommen, weil die alte Dampfschiffroute nach Süden aufgrund der neuen Grenze zu gefährlich war.

Sie trafen erschöpft, aber in Hochstimmung in Kalkutta ein – bis sie die Flüchtlingslager am Bahnhof Sealdah sahen. Libby war fassungslos. Sie hatte schon vor der Unabhängigkeit die Zustände in den Lagern für erbärmlich gehalten, aber jetzt sah die Situation noch schlimmer aus. Obdachlose drängten sich, so weit das Auge reichte; alle Bahnsteige waren besetzt, und provisorische Unterstände säumten die Gleise. Die Menschen glichen einer geschlagenen, versprengten Armee. Tat Ghulam noch immer sein Bestes, den heimatlosen Familien zu helfen? Hatte er vom Leiden seines eigenen Vaters erfahren, und hatte er überhaupt jemals ihren Brief erhalten? Libby sehnte sich danach zu wissen, wo er war und wie es ihm ging.

Sophie, die seit Kriegsende nicht mehr in der Stadt gewesen war, war sprachlos vor Entsetzen. Sie bekam kein Wort heraus, bis sie schon fast in Baliganj und im Haus von Rafis Armeekameraden im Ruhestand, Captain Ranajit Roy, und seiner Frau Bijal waren.

Als sie an dem Abend um den Esstisch saßen und düstere Neuigkeiten austauschten, sagte der Captain: »Ich weiß nicht, wann es ein Ende nehmen wird. Mit jedem Tag kommen mehr Leute in die Stadt.«

»Es werden zusätzliche Lager am Stadtrand errichtet«, fügte Bijal hinzu, »aber die sind völlig unzureichend.«

»Besteht das Flüchtlingszentrum noch, das von den Ärztinnen des Eden Hospital geführt wird?«, erkundigte Libby sich.

Bijal zuckte die Schultern. »Das weiß ich nicht. Viele Leute versuchen zu helfen, aber die Zahl der Flüchtlinge ist einfach zu groß.«

Erschöpft von den langen Reisetagen zogen Libby und Sophie sich früh ins Bett zurück. Es war fast zwei Monate her, dass Libby zuletzt in Kalkutta gewesen war, aber es kam ihr noch länger vor. Der alles durchdringende mineralische Geruch der Kohlenkochfeuer war angenehm vertraut, aber sie schlief mit schwerem Herzen ein, als sie daran dachte, wie viel Elend jenseits der Mauern des umfriedeten Hauses der Roys herrschte.

* * *

Libby wurde von einer seltsamen Lethargie ergriffen. Zwei Tage lang konnte sie nicht mehr tun, als im Garten der Roys zu sitzen, zu dösen und Zeitungen zu lesen, um zu versuchen, etwas über Ghulam in Erfahrung zu bringen. Aber es erschienen keine Artikel unter seinem Namen. Es gelang Sophie, mit einem Anruf bis ins Büro in Belguri durchzudringen, um Clarrie zu versichern, dass sie heil und gesund in Kalkutta angekommen waren. Zu Sophies und Libbys Erleichterung berichtete Clarrie ihnen, dass es im Teegarten keine weiteren Ausschreitungen gegeben hatte. Libby wechselte rasch ein paar Worte mit ihr.

»Ist Post für mich gekommen?«, fragte sie hoffnungsvoll.

»Nein, tut mir leid«, antwortete Clarrie. Die Leitung knisterte so sehr, dass eine Fortsetzung des Gesprächs zwecklos war. »Schreib mir, wenn du nach Hause kommst«, bat Clarrie, und dann: »Sag James …« Aber die Leitung war schon tot, bevor sie ausführen konnte, was Libby ihrem Vater ausrichten sollte.

Sophie schrieb an Rafi und erklärte ihm, dass sie jetzt in Kalkutta war und es nicht abwarten konnte, zu ihm zu stoßen. Sie schickte den Brief an die neue Adresse in Rawalpindi und hoffte, dass ihr Mann dort in Sicherheit und nicht immer noch in Lahore war. Ungeduldig begann sie alles zu arrangieren, um über Delhi nach Karatschi in Westpakistan zu fliegen und dann von dort nach Rawalpindi weiterzureisen.

»Libby«, sagte Sophie, als sie im schattigen Garten saßen, »wird es nicht Zeit, dass du auch deine Reise buchst?«

Alles in Libby sträubte sich bei dem Gedanken, Indien zu verlassen. »Du meinst, um nach Großbritannien zurückzukehren?«

»Ja, Mädel«, bestätigte Sophie. »Ich weiß, dass die Roys dich so lange bleiben lassen würden, wie du möchtest, aber ich kann mir vorstellen, dass deine Eltern es kaum abwarten können, dich wieder zu Hause zu haben.«

Libby nickte. Jetzt, da die gefahrvolle Flucht hinter ihr lag und sie nicht mehr nur von Augenblick zu Augenblick lebte, verspürte sie eine seltsame Ernüchterung. Der Gedanke, dass ihr indisches Abenteuer vorbei war, belastete sie. Jetzt hatte sie keine Ausrede mehr, um nicht nach Hause zurückzukehren. Das Schlimmste war, dass sie sich der Tatsache stellen musste, dass auch ihre Beziehung mit Ghulam zu Ende war.

Doch die Erkenntnis, dass ihr die Zeit davonlief, spornte Libby an, ihre Freunde zu besuchen, um sich zu verabschieden. Ghulam hatte für sie Priorität; sie musste wissen, ob er heil und gesund war. Sie nahm die Straßenbahn die Park Street entlang und stieg nahe der Hamilton Road aus. Mitten am Tag fand Libby sich einmal mehr mit klopfendem Herzen vor den Amelia Buildings wieder.

Sofort fiel ihr auf, wie viele Menschen sich im Flur drängten. Der *chowkidar* am Empfangstresen war nicht mehr da. Eine Familie von Hausbesetzern hatte sich unter der Treppe eingerichtet. Die Leute starrten Libby an. Sie zögerte und wandte sich beinahe wieder zum Gehen. Dann schalt sie sich selbst, weil sie so feige war. Wenn sie diesen letzten Besuch nicht machte, um Ghulam zu treffen, dann würde sie wahrscheinlich nie mehr Gelegenheit haben, ihn wiederzusehen. Zielstrebig marschierte sie zur Treppe.

Als sie die Stufen hinaufstieg, überkamen sie Zweifel. Fatima wohnte vielleicht immer noch im Krankenhaus, und

Ghulam war sicher bei der Arbeit. Aber wenigstens konnte sie bei Sitara eine Nachricht hinterlassen. Als sie die Tür der Khans erreichte, hörte sie Stimmen dahinter, und Hoffnung keimte in ihr auf.

Eine in einen Sari gehüllte Frau, die sie noch nie zuvor gesehen hatte, machte auf Libbys Klopfen hin die Tür auf. Sie musterte Libby mit argwöhnischer Miene durch die halb geöffnete Tür.

Libby starrte sie verwirrt an und fragte sich eine Sekunde lang, ob sie vor der falschen Wohnung stand.

»Hallo«, grüßte Libby, »ist Dr. Khan oder ihr Bruder zu Hause?«

Die Frau schüttelte den Kopf und antwortete in einer Sprache, die Libby für Bengali hielt.

»Es tut mir leid«, sagte Libby beschämt, »aber ich verstehe Sie nicht.«

Die Frau rief etwas über ihre Schulter und sprach dann schnell mit jemandem, der nicht zu sehen war. Einen Moment darauf erschien ein hochgewachsener Mann mit ergrauendem Haar, der schlecht sitzende westliche Kleidung trug.

»Kann ich Ihnen helfen?«, fragte er mit misstrauischer Miene.

»Ich bin eine Freundin der Khans«, erklärte Libby. »Ich bin hier, um mich zu verabschieden. Ich verlasse Indien. Ich wollte mich nur vergewissern, dass es ihnen gut geht.«

»Bedaure, aber hier wohnt niemand dieses Namens«, erwiderte der Mann ein wenig frostig.

»Aber diese Wohnung gehört doch ihnen«, wandte Libby ein.

»Das ist nicht der Fall«, erwiderte der Mann und wurde gereizt. »Wir haben die Wohnung schon seit einem Monat gemietet. Wir kennen diesen Dr. Khan und seinen Bruder nicht.«

»Ihren Bruder«, verbesserte Libby. »Dr. Khan ist eine Frau.«

»Wir kennen sie nicht«, beharrte er. »Es tut mir leid, aber wir können Ihnen nicht helfen.« Damit schlug er ihr die Tür vor der Nase zu.

Vollkommen verwirrt über die Begegnung stand Libby da. Was hatte das zu bedeuten? Hatte Ghulams Vermieter ihn hinausgeworfen? Nach den Geräuschen zu urteilen, die aus der Wohnung drangen, teilten mehrere Familien sie sich jetzt miteinander. Vielleicht waren es Einwanderer aus Ostbengalen, und der Vermieter zwängte sie alle in die Wohnung, um so viel Geld wie möglich an ihnen zu verdienen. Libby wandte sich ab. Sie fühlte sich entmutigt und machte sich große Sorgen um ihre Freunde.

Libby brach zum Eden Hospital auf. Dort herrschte sogar noch mehr Betrieb als bei ihrem letzten Besuch. Sie wartete eine Ewigkeit, bis die mitgenommen wirkende Fatima aus einer der Abteilungen auf den Flur kam. Sie erspähte Libby und eilte auf sie zu.

»Libby!«, rief sie. »Man hat mir nicht gesagt, dass du es bist. Ich hätte nicht gedacht, dass du noch in Indien bist. Wie geht es dir?« Sie umfasste Libbys Hände, und Libby empfand Dankbarkeit, dass Fatima erfreut wirkte, sie zu sehen.

»Mir geht es gut«, antwortete Libby. »Aber was ist mit dir? Ich war an der Wohnung und habe Fremde in eurem Zuhause angetroffen. Was ist passiert?«

Fatima sah sich nervös um. »Lass uns für einen Augenblick auf die Terrasse gehen, dann erkläre ich es dir.«

Draußen, unter dem Verandavorbau, erzählte Fatima ihr schnell alles.

»Seit ich dich zuletzt gesehen habe, wohne ich im Krankenhaus. Nachdem der arme Mann ermordet worden war, hat der Vermieter die Miete für alle Muslime im Gebäude heraufgesetzt. Ghulam hat gesagt, das sei Wucher, und sich geweigert zu zahlen, also hat man ihn hinausgeworfen.«

»Wohin ist er gegangen?«, fragte Libby. Ihr Magen verkrampfte sich.

»Er hat bei Sanjeev gewohnt«, sagte Fatima.

»Hat gewohnt?«, wiederholte Libby fragend.

»Bis wir von Rafi vom Herzinfarkt unseres Vaters gehört haben«, fuhr Fatima fort, das Gesicht von Trauer umwölkt.

»Von Rafi?«

Fatima nickte. Ihre Augen glänzten vor Ergriffenheit. »Er hat mir ein Telegramm ins Krankenhaus geschickt. Ich habe unserem Vater geschrieben, aber Ghulam hat sich in den Kopf gesetzt zu versuchen, nach Lahore zu gelangen, um ihn noch einmal zu sehen, bevor …« Sie brach ab und presste sich eine Hand auf die Lippen.

»Ghulam ist nach Lahore gefahren?«, fragte Libby fassungslos. »Ist er in Sicherheit? Geht es eurem Vater gut?«

Fatima schüttelte den Kopf und schluckte. »Mein Vater ist tot.«

Libby drückte ihrer Freundin den Arm. »Das tut mir so leid. Ist Ghulam zu spät gekommen?«

Fatima schluchzte auf. Libbys Herz geriet ins Stolpern.

»Was ist?«, fragte sie angstvoll. »Ist Ghulam etwas zugestoßen?«

Fatima rang darum, ihre Stimme unter Kontrolle zu bringen. »Ich weiß es nicht«, krächzte sie. »Er hat versprochen, mir Bescheid zu geben, wenn er in Lahore angekommen sei, aber ich habe seit drei Wochen nichts von ihm gehört.«

»Hat Rafi oder deine Familie sich bei dir gemeldet?«

»Ich habe nur unmittelbar nach Ghulams Abreise ein Telegramm bekommen, das mich über den Tod meines Vaters informiert hat«, sagte Fatima. »Ich habe Nachrichten ins Haus meines Vaters geschickt und nachgefragt, und ich habe versucht anzurufen, bin aber nie durchgekommen. Alles ist so chaotisch. Ich weiß nicht einmal, ob Rafi noch dort ist.«

»Also wäre Ghulam selbst, wenn er in Lahore angekommen wäre, zu spät dran gewesen, um seinen Vater noch einmal zu sehen?«, erkundigte sich Libby.

Fatima nickte verzweifelt. »Ich habe ihn angefleht, nicht hinzufahren, aber er wollte nicht auf mich hören. Er hat gesagt, er müsste Frieden mit seinem Vater und seiner Familie schließen, bevor es zu spät sei.«

Libby wurde flau im Magen; sie wagte kaum zu fragen: »Ist er mit dem Zug gefahren?«

»Mit dem Zug nach Delhi, ja«, bestätigte Fatima. »Aber er hat mir versprochen, von dort nach Lahore zu fliegen und es nicht zu riskieren, die Grenze im Zug zu überqueren.«

Libby wurde übel bei dem Gedanken, dass Ghulam es riskiert haben könnte, in einen der berüchtigten Todeszüge zwischen Delhi und Lahore zu steigen. Bestimmt wäre er doch nicht so leichtsinnig gewesen, wenn sein Ziel gewesen war, seinen Vater zu erreichen, bevor dieser starb? Sie sah, wie sehr das Thema Fatima aufregte. Die Ärztin wirkte ausgelaugt. Ihr Gesicht war verhärmt, und vor Erschöpfung hatte sie dunkle Ringe unter den Augen. Libby suchte nach tröstlichen Worten.

»Wahrscheinlich ist er in Lahore, kann dir aber keine Nachricht schicken«, meinte sie. »Wie du schon sagtest, ist ja alles so chaotisch. Bald hörst du bestimmt etwas.«

Fatimas besorgtes Stirnrunzeln ließ etwas nach. »Ja, du hast sicher recht.«

Libby wollte ihre Sorge nicht aussprechen, dass selbst dann, wenn Ghulam in Lahore war, nicht feststand, wie er sicher nach Kalkutta zurückkehren konnte. Oder würde er sich entscheiden, in seiner Geburtsstadt zu bleiben und seiner Familie und den anderen Pandschabis zu helfen, die so sehr litten?

»Ich muss jetzt zurück in die Abteilung, aber vielleicht können wir uns noch einmal treffen, bevor du abreist? Ich habe dich noch gar nicht nach deiner Zeit in Belguri gefragt«, sagte Fatima.

»Gern«, erwiderte Libby. Sie erklärte der Ärztin, wo sie derzeit wohnte. »Du musst zum Essen kommen – die Roys werden dich mit offenen Armen empfangen, und dann könntest du auch Sophie noch einmal sehen, bevor sie nach Pakistan fliegt.«

Sie gingen gemeinsam zum Eingang zurück. Als Fatima sich zum Gehen wandte, fragte Libby noch: »Also hat Ghulam meinen Brief wohl gar nicht bekommen?«

Fatima bedachte sie mit einem Blick voller Mitleid. »Es tut mir leid, Libby, aber wenn du ihn an die Amelia Buildings geschickt hast, dann bezweifle ich es.«

Der Gedanke, dass er ihn gar nicht gelesen hatte und vielleicht auch nie mehr würde lesen können, tat Libby in der Seele weh. Sie musste der Wahrheit ins Gesicht sehen: Es war nun einmal das Schicksal ihrer Beziehung mit Ghulam, dass nie mehr als eine flüchtige Affäre daraus werden würde. Während sie dastand und Fatima nachsah, brach Bedauern über Libby herein. Sie hatte sich nach so viel mehr gesehnt!

Sie wandte sich ab. Angst um Ghulam regte sich in ihr. Wo war er? Sie würde keinen inneren Frieden finden, bevor sie wusste, was aus ihrem Geliebten geworden war.

***

Libby konnte nicht schlafen. Sie verbrachte die lange, feuchtschwüle Nacht damit, sich Sorgen um Ghulam zu machen, und versuchte, das Schreckensbild zu vertreiben, wie er aus einem Zug gezerrt und niedergemetzelt wurde. War er etwa angegriffen worden, bevor er überhaupt in Delhi angekommen war? Wenn er Delhi erreicht hatte und nach Lahore geflogen war, dann musste er schon vor über zwei Wochen im Haus seiner Familie eingetroffen sein. Vielleicht hatte er vom Tod seines Vaters gehört und beschlossen, gar nicht weiterzureisen. Womöglich war er noch immer in Delhi.

Ihr kam ein verstörender Gedanke. Ghulams frühere Geliebte stammte aus Delhi. Was, wenn er die Gelegenheit genutzt hatte, um sie zu besuchen und ihre Freundschaft zu kitten? Was, wenn der Funke zwischen ihnen wieder aufgeflammt war und Ghulam beschlossen hatte, in der indischen Hauptstadt zu bleiben? Sie stellte sich vor, wie er zusammen mit der Frau, die er so sehr geliebt und deren Ideale er in den Tagen ihres Kampfs gegen die Briten geteilt hatte, mithalf, ein gerechtes, von Gleichheit geprägtes Indien aufzubauen.

Bei der Vorstellung überkam Libby Verzweiflung. Aber es war ihr immer noch lieber, wenn Ghulam am Leben und in Sicherheit war, sogar wenn das hieß, dass er zu dieser Frau zurückkehrte. Sie würde sich mit dem Schmerz abfinden, Ghulam nie wiederzusehen, wenn ihm nur nichts zugestoßen war.

Während sie sich ruhelos unter dem Moskitonetz wälzte, wurde Libby klar, dass all ihre Spekulationen zwecklos waren. Als Sophie am vergangenen Abend davon erfahren hatte, dass Ghulam sich auf die gefährliche Reise gewagt hatte, war sie zunächst entsetzt gewesen, aber dann hatte sie Libby mit vernünftigen Worten beruhigt.

»Es hat keinen Sinn, gleich das Schlimmste anzunehmen«, hatte sie gemeint, »wenn es durchaus möglich ist, dass Ghulam in Lahore eingetroffen und nun bei seiner Familie ist. Du hast gesagt, dass Fatima sie noch nicht erreichen konnte, also müssen wir optimistisch sein.« Sie hatte Libby die Hand gedrückt. »Ich schreibe sofort an Rafi in Pindi, weil ich davon ausgehe, dass er jetzt wieder dort ist. Ich bitte ihn, mich hier bei den Roys anzurufen.«

Libby klammerte sich an die Hoffnung, dass sie bald von Rafi hören würde, dass Ghulam im Haus der Khans in Lahore war. Sie beschloss, dass sie keine Reisepläne machen würde, bis sie über Ghulam Bescheid wusste. Vorher konnte sie Indien beim besten Willen nicht verlassen.

* * *

Am nächsten Tag schickte Libby den Dunlops eine Nachricht, um ihnen mitzuteilen, dass sie wieder in Kalkutta war, und erhielt zur Antwort eine Notiz von Flowers, die sie am folgenden Tag, den sie freihatte, zum Nachmittagstee einlud.

Libby wurde begeistert von Danny und Winnie Dunlop willkommen geheißen. Sie entschuldigten sich dafür, dass Flowers ein bisschen später kommen würde. Libby war überrascht, sie so gut gelaunt anzutreffen; bei ihrem letzten Besuch hatten sie sich noch solche Sorgen wegen der bevorstehenden Unabhängigkeit gemacht. Libby genoss es, wieder in ihrem vollgestellten, betulich eingerichteten Wohnzimmer zu sein. Winnie nötigte ihr Sandwiches und Kuchen auf, während Danny verlangte, alle Einzelheiten über ihren Aufenthalt in Belguri zu hören. Libby erzählte ihm von ihrer Party zum Unabhängigkeitstag, vermied es aber, die traumatische Belagerung durch die Männer aus Gulgat und ihre tollkühne Flucht mit Sophie zu erwähnen.

»Erzählen Sie mir von der Plantage«, bat Danny eifrig, »bevor Flowers herkommt. Sie macht mir immer Vorwürfe, dass ich Ihnen mit Fragen über das Teepflanzerleben auf die Nerven gehe. Ich vermute, Ihr Vater konnte noch nicht mehr über die Dunlops herausfinden?«

Bei seinem hoffnungsvollen Blick packte Libby das Mitleid. »Es tut mir leid, Mr Dunlop, ich glaube nicht. Ich habe ihm die Informationen weitergeleitet, und er hat mir versprochen, seinen alten Teepflanzerfreund, Mr Fairfax, besuchen zu wollen, um ihn zu fragen. Ich bin mir sicher, dass er es versucht hat.«

Danny wirkte niedergeschlagen, aber er versuchte, eine tapfere Miene aufzusetzen. »Ich weiß, dass Ihr Vater bestimmt sein Bestes getan hat. Es spielt ja wohl auch eigentlich keine Rolle mehr. Nicht mehr jetzt, da …«

»Danny!«, fiel Winnie ihm mit einem warnenden Ausruf ins Wort. »Es steht dir nicht zu, die Neuigkeit zu verkünden.«

Bevor Libby fragen konnte, was sie meinte, schwang die Tür auf, und in einer Parfümwolke kam Flowers hereinspaziert. Libby stand auf, um sie zu begrüßen, und erkannte dann entzückt, dass Flowers George im Schlepptau hatte.

Libby lächelte. »Wie schön; ich hätte nicht gedacht, dass ich euch beide zu sehen bekommen würde.«

Die Frauen küssten sich auf die Wange. Dann hielt Flowers die linke Hand hoch, um sie Libby zu zeigen. Ein Ring mit Smaragden und Diamanten funkelte im elektrischen Licht.

Libby war völlig verblüfft. »Du bist verlobt?«

Ein breites Lächeln erschien auf Flowers' hübschem Gesicht, und sie hakte sich bei George ein. »Darf ich dir meinen Verlobten vorstellen?«

»Das ist eine wunderbare Neuigkeit!«, rief Libby.

Sie küsste George auf die Wange. Er grinste wie ein Honigkuchenpferd.

»Ja, nicht wahr?«, fragte er. »Ich kann immer noch nicht glauben, dass dieses wunderschöne Mädel Ja gesagt hat.«

Libby hatte kurz ein ungutes Gefühl. Vor noch nicht allzu langer Zeit hatte Flowers sie davor gewarnt, sich auf George einzulassen, weil er ein Frauenheld war. Aber als sie sich zum Plaudern niederließen, verflogen Libbys Zweifel. George und Flowers sahen beide so glücklich aus, und Libby wusste, dass Flowers zu vernünftig war, aus einer Laune heraus einen Heiratsantrag anzunehmen.

»Wir heiraten in einem Monat«, sagte Flowers. »Eigentlich wollten wir es ja schon eher tun, aber als wir gehört haben, dass Adela und Sam zurückkommen, haben wir beschlossen zu warten, damit sie unsere Trauzeugen sein können.«

Libby fragte sich, ob Flowers und ihre Eltern enttäuscht waren, dass sie wegen Georges erster Ehe nicht kirchlich heiraten konnten. Aber die Dunlops schienen von ihrem angehenden Schwiegersohn sehr angetan zu sein. Als Libby aufstand, um zu gehen, boten Flowers und George an, sie zur Straßenbahn zu begleiten.

Erst jetzt konnte sie ihnen von den Unruhen in Belguri und ihrer Flucht mit Sophie erzählen.

»Das ist ja entsetzlich!«, sagte George schockiert. »Ich hätte doch zu Besuch kommen sollen – ich hätte da sein sollen, um euch und Tante Clarrie zu beschützen.«

»Es geht ihr gut«, versicherte Libby ihm. »Es gibt niemanden, der so stark und entschlossen wie Clarrie ist. Du hättest nicht mehr tun können, als sie schon unternommen hat, um unser aller Sicherheit zu gewährleisten.«

»Sie ist eine erstaunliche Frau«, meinte Flowers. »Weiß Adela, was passiert ist?«

»Inzwischen vielleicht schon«, vermutete Libby. »Clarrie wollte ihr alles in einem Brief erklären, nachdem wir unbeschadet entkommen waren. Sie wollte nicht, dass Sam sich Sorgen um seine Schwester macht, wenn er zu weit weg ist, um zu helfen.«

»Was sind denn jetzt deine Pläne, Libby?«, fragte Flowers. »Du hast dich ein bisschen vage ausgedrückt, als Daddy gefragt hat.«

Libbys Augen brannten vor Tränen. Sie redete sich ihre Angst um Ghulam von der Seele. Den Blick voller Mitleid, den Flowers ihr daraufhin schenkte, konnte sie kaum ertragen. Ihre Freundin hatte kritisiert, dass Ghulam eine kurze Affäre mit ihr gehabt und sie dann nach Belguri fortgeschickt hatte. George schien das Gespräch über den Inder peinlich zu sein – auch er hatte nicht viel von Ghulam gehalten –, und Libby fragte sich, wie viel Flowers ihm über die Liaison erzählt hatte. Aber Libby wusste auch, dass George sie nie geliebt hatte, und war froh, dass ihre mädchenhafte Schwärmerei für ihn sich inzwischen gelegt hatte. Außer milder Zuneigung empfand sie nichts mehr für George.

»Es tut mir leid«, sagte Flowers. »Ich hoffe, du hörst bald von ihm.«

»Versprich uns, zu unserer Hochzeit zu kommen, wenn du Ende Oktober noch in Indien bist«, lud George sie ein.

Libby lächelte. »Danke, ich würde sehr gern kommen.«

39

Südfrankreich, Anfang Oktober 1947

Adela saß auf ihrem Hotelbalkon im milden Herbstsonnenschein und ließ den Blick über den geschäftigen Hafen von Marseille schweifen. Der aromatische Duft von französischem Tabak wehte aus dem Café unter ihr zu ihr herauf und überdeckte den Gestank der Docks. Sam war unterwegs, um die letzten Einzelheiten ihrer Überfahrt nach Osten zu arrangieren und zu überwachen, wie ihr Gepäck verladen wurde. Bevor sie den Zug nach Süden genommen hatten, hatten sie sich vier Tage in Paris gegönnt. Die Stadt trug noch die Narben der Besatzung durch die Nazis, aber die Atmosphäre war voller Optimismus und Lebensfreude. In Südfrankreich waren sie angenehm überrascht vom reichen Lebensmittelangebot und der Kuchenauswahl in vielen Bäckereien gewesen, die einem das Wasser im Munde zusammenlaufen ließ.

»Hier wird der Zucker nicht rationiert«, hatte Sam mit einem trockenen Lächeln bemerkt, während er ein Erdbeertörtchen hinuntergeschlungen hatte.

Bald würden sie an Bord gehen und ihre Seereise über das Mittelmeer antreten. Adela hatte keine Ahnung, wann sie das nächste Mal Europa wiedersehen würde. Sie bereute nicht, dass Sam und sie die Entscheidung gefällt hatten, nach Indien zurückzukehren – im Gegenteil, sie freute sich auf ihr Eheleben dort und darauf, in Belguri eine Familie zu gründen. Ihre Schwangerschaftsübelkeit ließ allmählich nach, und mittlerweile wölbte sich ihr Bauch dort, wo das Baby wuchs, schon etwas. Sam legte gern die Hand darauf und redete aufgeregt davon, dass er ihrem Kind – ob nun Junge oder Mädchen – Angeln und Cricketspielen beibringen würde.

Nur eines trübte ihr Glück: John Wesley zurücklassen zu müssen. Adela spürte immer noch den vertrauten Schmerz in sich, wenn sie an ihn dachte. Jetzt war er nicht mehr nur eine Erinnerung an ein flaumhaariges Baby. John Wesley war ein redefreudiger, neugieriger Junge mit glänzenden Augen und einem Grinsen zum Dahinschmelzen, der keine Minute still sitzen konnte.

Adela zog die Fotografie hervor, die Sam von ihr und ihrem Sohn gemacht hatte. Es brachte sie schon zum Lächeln, ihn einfach nur in die Kamera grinsen zu sehen. Sie wirkten zusammen so natürlich und sahen einander so ähnlich. Ihre Augen brannten vor Tränen. Sie küsste das Foto und schob es dann wieder in das Buch, das sie gerade las. Sie nahm das Bild überallhin mit.

Sie starrte auf das geschäftige Treiben unter sich. Bald würde Sam zurück sein, und sie würden das Hotel für eine letzte Mahlzeit auf französischem Boden verlassen, bevor sie an Bord des Schiffs gingen. Die Zeit lief ihr davon. Adela fällte eine Entscheidung. Sie ging in ihr Schlafzimmer und zog ihre Aktentasche aus ihrem Handgepäck hervor. Mit etwas Briefpapier und ihrem Füller kehrte Adela auf den Balkon zurück und setzte sich an den Tisch.

Liebe Martha,

noch einmal möchte ich Ihnen für Ihre Freundlichkeit Sam und mir gegenüber danken, als Sie mit uns ausgeritten sind und uns zum Tee eingeladen haben. Es tut mir leid, dass wir Sie nicht noch einmal besuchen konnten, bevor wir abgefahren sind, aber wenn ich Ihnen erkläre, warum nicht, werden Sie sicher Verständnis dafür haben.

Sie und Ihren Mann – und noch mehr Ihren lieben Sohn Jacques – kennenzulernen, bedeutete mir sehr viel. Sie haben mir gesagt, dass Sie es nicht für richtig halten, vor Jacques Geheimnisse über seine Abstammung zu haben, und deshalb schreibe ich Ihnen jetzt.

Es ist folgendermaßen, Martha: Ich bin Jacques' leibliche Mutter. Er wurde am 17. Februar 1939 in Cullercoats geboren. Ich war erst achtzehn und unverheiratet. Jacques' Vater war Inder und wusste nichts von der Schwangerschaft, weil ich nach Newcastle gereist war, bevor ich bemerkte, dass ich ein Kind von ihm erwartete. Ich nannte meinen Sohn John Wesley (nach meinem Großvater und meinem Vater) und gab ihn zur Adoption frei. Heute bereue ich bitter, das getan zu haben, aber damals sah ich keine andere Alternative. Ich gab ihm ein Erinnerungsstück mit – einen an einer goldenen Kette befestigten rosafarbenen Stein, den meine Mutter von einem heiligen Mann erhalten hatte –, und ich hoffe, dass Jacques ihn noch hat.

Ich bin mit Sam nach England zurückgekehrt, um meinen Sohn zu suchen

(Sam weiß alles), und habe herausgefunden, dass er von den Segals adoptiert worden war. Jetzt ist er in Ihrer Obhut. Verzeihen Sie mir, dass ich Ihr Zuhause unter dem Vorwand aufgesucht habe, einen Ausritt unternehmen zu wollen. Was ich wirklich mehr als alles andere auf der Welt wollte, war, John Wesley mit eigenen Augen zu sehen – festzustellen, ob er wirklich mein Junge ist. Er sieht seinem Großvater Wesley und meinem jüngeren Bruder Harry sehr ähnlich. Ich habe keinen Zweifel daran, dass er der Sohn ist, den ich weggegeben habe.

Es tut mir leid, wenn das alles für Sie ein entsetzlicher Schock ist – aber vielleicht ist Ihnen die Familienähnlichkeit ja aufgefallen? Es geht mir nicht darum, Unruhe zu stiften oder irgendjemandem wehzutun. Ich muss zugeben, dass ich Tagträume darüber hatte, John Wesley zu finden und ihn aus einem schrecklichen Kinderheim oder unglücklichen Zuhause zu retten, weil ich glaubte, er könne nur bei mir, seiner leiblichen Mutter, wirklich glücklich sein.

Aber jetzt weiß ich, dass das nicht wahr ist. Ich habe gesehen, wie sehr er von Ihnen und Major Gibson geliebt wird – und auch, wie überaus glücklich er ist. Jacques ist ein entzückender Junge, und das ist Ihnen zu verdanken. Ich weiß, dass er von Ihnen und Ihrem Mann auch weiter geliebt, umsorgt und angeleitet werden wird. Das macht es mir möglich zu ertragen, von ihm getrennt zu sein.

Wenn ich Sie um etwas bitten darf, dann um Folgendes: Wenn Jacques volljährig wird, sagen

Sie ihm dann bitte, was ich Ihnen mitgeteilt habe? Ich weiß, dass Sie ihm gegenüber offen waren, was die Segals betrifft, weil Sie dachten, sie wären seine echten Eltern gewesen, aber ich finde, es hat keinen Zweck, Jacques zu verletzen oder zu verwirren, indem man ihn von seiner wahren Abstammung erzählt, bevor er alt genug ist, es zu verstehen. Es würde mich sehr freuen, wenn er als erwachsener Mann Gelegenheit hätte, mich aufzusuchen und seine Familie in Indien kennenzulernen – die Robsons.

Bis dahin hoffe ich, dass Sie Sam und mir erlauben werden, ihm dann und wann einen Brief zu schreiben – Jacques war sehr erpicht darauf, dass wir ihm ein Bild von einem Palmenhörnchen schicken! Ich habe auch Verständnis dafür, wenn es Ihnen lieber wäre, dass wir dies unterlassen, aber es wäre sehr freundlich von Ihnen, wenn Sie erlauben würden, dass ich Kontakt zu ihm halte.

Wie auch immer Sie sich entscheiden, Martha, ich möchte Ihnen dafür danken, dass Sie Jacques so lieben, wie Sie es tun. Es bedeutet mir die Welt.

Herzliche Grüße
Adela Jackman

Adela legte ihre Adresse in Belguri in der Hoffnung bei, dass Martha antworten würde, und klebte den Briefumschlag zu. Sie würde ihn aufgeben, bevor sie an Bord gingen.

»Ahoi da oben!«, rief eine Stimme fröhlich von unten.

Adela beugte sich über die Balkonbrüstung und sah Sam zu sich heraufgrinsen. Er hatte sich einen neuen Hut gekauft – einen braunen Trilby –, der nun auf seinem Hinterkopf saß. Ihr ging das Herz vor Zuneigung auf. Sam schien unfähig zu sein, einen Hut im richtigen Winkel aufzusetzen, und sie liebte ihn dafür.

»Bereit für *le déjeuner, Madame*?«, fragte er.

»*Oui, Monsieur!* Ich bin schon unterwegs.«

Sie steckte sich den Brief in die Tasche und eilte nach unten zu ihrem Mann.

40

Newcastle, Anfang Oktober 1947

James saß in einer der hinteren Kirchenbänke, wo er nicht im Weg war, während Tilly geschäftig mit Mrs Marshall, der Frau des Vikars, umhereilte, um die Blumendekoration für den sonntäglichen Gottesdienst zu arrangieren. Das Herbstlicht fiel durch die hohen Buntglasfenster und malte farbige Flecken auf die kalten Steine des Bodens. Adela und Sam mussten jetzt schon an Bord ihres Schiffs nach Indien sein. Sie würden an Malta vorbeifahren, auf Ägypten und den Suezkanal zu. Nächste Woche würden sie schon in Aden sein und nach Osten in die Arabische See abbiegen …

Sehnsucht nach Indien überfiel James, und er zwang seine Gedanken, in die eisige Kirche zurückzukehren. Tilly war überrascht über seinen Vorschlag gewesen, sie zu begleiten – und dann etwas erschrocken, dass er am nächsten Tag auch noch mit ihr in den Gottesdienst kommen wollte.

»Bist du dir sicher?«, hatte sie gefragt.

»Ja«, hatte James mit mehr Überzeugung verkündet, als er eigentlich verspürt hatte. »Ich glaube, es wird Zeit, dass ich mehr mit dir unternehme, Tilly, und vielleicht ein paar deiner Freunde kennenlerne.«

Er brachte es nicht über sich, ihr zu sagen, dass er immer verzweifelter versuchte, das klaffende Loch in sich zu füllen, das seine Abreise aus Indien aufgerissen hatte. Adelas Aufbruch – die Vorstellung, dass sie und Sam nach Belguri zurückkehren würden – hatte seine Gefühle der Leere und Nutzlosigkeit nur verschlimmert.

Tilly hatte ihm ein verblüfftes Lächeln geschenkt und zustimmend genickt. So war er nun hier, saß im Halbdunkel der Kirche und wartete darauf, dass man ihn aufforderte, etwas Nützliches zu tun, wie etwa schwere Vasen hochzuheben oder Tische zu verrücken. Doch die Frauen schienen ohne ihn zurechtzukommen. Deshalb schweiften seine Gedanken immer wieder zu Adela und Sam und ihrer Reise nach Indien.

Unwillkürlich dachte er an Belguri und Clarrie. Woran lag es, dass er sich mehr danach sehnte, mit Clarrie und ihrer Familie zusammen zu sein als mit seiner eigenen? Clarrie und Harry standen ihm einfach näher – er konnte sich vorstellen, was sie zu jedem Zeitpunkt des Tages taten oder dachten –, während seine eigene Frau und seine Kinder ihm gegenüber so distanziert waren. Die langen Jahre der Trennung hatten ihr einst enges Verhältnis zerstört. Außer bei Libby. Oh, Libby! Wie sehr er auch sie vermisste!

James stand auf. Es war nicht gesund, an Indien zu denken. Besser war es, die Vergangenheit aus seinem Verstand zu verdrängen, so gut er konnte. Je mehr er sich zwang, etwas mit Tilly zu unternehmen, desto weniger würde sein schlechtes Gewissen wegen Aidan Dunlop und der traumatischen Ereignisse während seiner frühen Zeit auf den Oxford Estates ihn quälen. Seit er sich seiner Frau gegenüber alles von der Seele geredet hatte, hatten die Albträume etwas nachgelassen – dafür war er ihr dankbar –, aber völlig verschwunden waren sie nicht.

»Kann ich irgendwie helfen?«, rief er. Seine Stimme hallte von den Säulen wider.

Tilly sah sich erschrocken um, als hätte sie ganz vergessen, dass er da war.

»Ich glaube nicht, Liebling«, sagte sie.

»Na ja, vielleicht könnten Sie die verwelkten Blumen nach draußen bringen und auf den Komposthaufen werfen?«, schlug Mrs Marshall vor.

»Natürlich«, stimmte James zu und ging schnell zur Sakristei hinüber, in die sie, wie er gesehen hatte, die welken Blumen gebracht hatten.

Er ließ sich draußen Zeit, zog die Aufgabe in die Länge und hoffte, dass Tilly bald bereit sein würde, nach Hause zu gehen. Vielleicht konnten sie mit Fluff zusammen einen Spaziergang im Dene unternehmen, bevor es dunkel wurde. Als er die Kirche wieder betrat, hörte er Musik, die Melodie einer Hymne. Der Organist übte offenbar für den nächsten Tag. James blieb im Kirchenschiff stehen und lauschte, während Tilly einen Chrysanthemenstrauß zurechtrückte. Eine Pause im Orgelspiel trat ein, und dann füllte sich die Kirche mit einem anderen Klang – einer langsamen, würdevollen Melodie, die James zutiefst vertraut vorkam.

Die Musik nahm Fahrt auf, und die Töne stiegen in die Luft empor und hallten im dunklen Gewölbe über ihm wider. James spürte, wie sich ihm die Brust zuschnürte. Pachelbel. Das Stück war auf ihrer Hochzeit gespielt worden. Er wandte sich Tilly zu. Sie hatte aufgehört, an den Blumen herumzuzupfen, und sah sich um. Ihre Blicke begegneten sich. James verschwamm alles vor den Augen. Er tastete nach einer nahen Kirchenbank. Ein Schluchzen stieg in ihm auf. Tilly kam auf ihn zugeeilt.

»James, reg dich nicht auf!«

Es war zu spät. Unvermittelt begann James vor Verzweiflung zu heulen. Tränen strömten ihm übers zerfurchte Gesicht. Er verstand nicht, warum, aber er konnte einfach nicht mit dem Weinen aufhören. Tilly schob ihn an der erstaunten Mrs Marshall vorbei.

»Kann ich irgendetwas tun …?«, fragte sie.

»Nein danke«, gab Tilly zurück. »Er braucht frische Luft, das ist alles.«

James hätte über die kernige Antwort seiner Frau gelacht, wenn er nicht so hilflos geweint hätte. Er empfand in gleichem Maß Verzweiflung und Beschämung.

Tilly führte ihn hinaus und zur rückwärtigen Mauer des umliegenden Kirchhofs.

»Setz dich hin, Schatz«, sagte sie und nötigte ihn, sich auf einer feuchten, verwitterten Bank niederzulassen.

James tat wie geheißen. Endlich, nachdem er noch mehrere Minuten lang geschluchzt und sich die Nase mit einem Taschentuch geputzt hatte, gewann er die Kontrolle über seine Emotionen zurück.

»Es t… tut mir so leid«, entschuldigte er sich. »Ich weiß auch nicht, was in mich gefahren ist. Die Musik …«

»James«, sagte Tilly sanft. »Es liegt doch nicht nur an der Musik, nicht wahr? Bei Pachelbel bist du auch sonst nie sentimental geworden.«

»Es hat mich an unsere Hochzeit denken lassen«, erklärte James, »daran, wie glücklich wir früher waren.«

»Ja.« Tilly seufzte. »Ich glaube, wir waren einmal glücklich, nicht wahr?« Sie nahm seine Hand und hielt sie zwischen ihren rundlichen Händen. »Die Musik hat ja vielleicht den Damm brechen lassen, James, aber ich glaube nicht, dass du unseretwegen geweint hast. Warum ziehst du nicht einmal in Erwägung, einen Arzt aufzusuchen? Ich weiß, dass Jamie sich Sorgen um dich macht …«

»Nein! Ich könnte unseren Sohn niemals mit meinen Problemen belasten«, wehrte James ab.

»Dann Johnny?«, schlug Tilly vor. »Könntest du nicht mit ihm sprechen? Er hat Verständnis für Indien. Erzähl ihm, was du mir über die Danny-Dunlop-Affäre erzählt hast. Vielleicht kann er dich behandeln.«

»Mich behandeln?«, wiederholte James fassungslos. »Ich brauche keine Behandlung.«

»Oh doch, ich glaube, du brauchst eine«, antwortete Tilly schroffer als zuvor.

»Ich muss einfach ein Mann sein und es ertragen«, erwiderte James und biss die Zähne zusammen. »Und ich will wirklich nicht mit meinem Schwager darüber reden – sosehr ich Johnny auch mag. Ich hätte auch dir das alles nicht aufbürden sollen.«

»Aber du hat es getan«, hob Tilly hervor. »Und ich bin froh, dass du es getan hast. Ich will dir helfen, deinen Seelenfrieden zu finden, aber ich bin keine Expertin. Für dich zu beten, scheint nicht geholfen zu haben.«

Ihre Besorgnis rührte James. Er wusste, dass sie ihn nicht mehr so liebte wie früher. In dem Moment, als sie einander in der Kirche angesehen hatten, als die Musik ihn überwältigt hatte, hatte er das mit Gewissheit erkannt. Und die Trostlosigkeit, die er empfunden hatte, hatte ihm verraten, dass auch er seine Frau nicht mehr liebte. Dennoch war sie bereit, ihn zu ertragen und ihm zu helfen, sich von seinen düsteren Gedanken zu befreien.

»Es sind nur diese fürchterlichen Träume«, gestand er.

Sie packte seine Hand fester. »Dann unternimm etwas dagegen«, bestürmte sie ihn.

»Was kann ich denn beim besten Willen schon tun?«, gab er verunsichert zurück.

Tilly wandte den Blick ab. Er wusste, dass sie gründlich über etwas nachdachte, aber Angst vor dem Ergebnis hatte. Er wartete darauf, dass sie etwas sagen würde. Nach einer langen Pause drehte sie sich wieder zu ihm um und sah ihm in die Augen.

»Wenn du dich weigerst, einen Arzt aufzusuchen«, sagte Tilly, »dann sehe ich nur eine einzige Alternative.«

»Und die wäre?«, brachte er mühsam hervor.

»Du musst Danny Dunlop alles gestehen, was du weißt. Solange du das nicht tust«, schloss Tilly und ihre haselnussbraunen Augen füllten sich mit Mitleid, »wirst du deine Albträume niemals los.«

41

Kalkutta, Anfang Oktober 1947

Libby und Sophie tranken Tee auf der Veranda der Roys, als ein Anruf für Sophie aus Rawalpindi einging. Libbys Herz geriet ins Stolpern, als sie Sophie nach drinnen eilen sah. Ihr Puls raste, bis ihr schwach wurde. Sie wollte ihr folgen. Das Warten dauerte endlos. Die freundliche Bijal Roy versuchte, sie mit einem Gespräch abzulenken.

»Du hast doch erwähnt, dass du in Belguri Schreibmaschinenunterricht gegeben hast«, sagte sie. »Nun, ich habe eine Freundin, deren Nichte nach einer Anstellung in einem Büro sucht, aber dafür muss sie tippen können. Ich weiß, dass es eine Zumutung ist, dich darum zu bitten, aber …«

»Natürlich«, stimmte Libby sofort zu. »Ich würde gern helfen. Ich kann nicht versprechen, für wie lange, aber solange ich noch in Kalkutta bin, unterrichte ich sie gern – wenn es euch nichts ausmacht, dass ich länger bleibe?«

»Wir haben dich sehr gern hier, Libby. Es ist jetzt so still, seit unsere eigenen Töchter geheiratet haben und nicht mehr bei uns wohnen.« Bijal lächelte. »Du musst nicht ausziehen, sobald Sophie geht.«

Libby überkam eine Welle der Dankbarkeit. »Es gibt nur ein Problem«, sagte sie. »Ich habe meine Schreibmaschine in Belguri gelassen, also muss ich erst eine neue kaufen.«

»Lass uns das übernehmen«, drängte Bijal.

Libby wollte gerade protestieren, als Sophie wieder erschien. Es war unmöglich, ihren Gesichtsausdruck zu deuten. Ihre Wangen waren gerötet, und ihre Augen glänzten, als hätte sie geweint. Aber waren es Freudentränen oder zeugten sie von Kummer?

»Wie geht es Rafi?«, fragte Libby und stand auf.

»Ihm geht es gut«, sagte Sophie. Erleichterung huschte über ihr Gesicht. »Er hat seine neue Stelle vor einer Woche angetreten. Er hat meinen Brief erhalten.«

»Und?« Libbys Herz hämmerte.

»Geh ein paar Schritte mit mir«, bat Sophie und streckte ihr die Hand hin wie einem Kind.

Libby eilte zu ihr. Sophie hakte sich bei Libby ein und führte sie in den Garten. Als sie außer Hörweite waren, wandte sie sich Libby zu und räusperte sich.

Leise sagte sie: »Rafi hat erzählt, dass Ghulam nie in Lahore angekommen ist. Sie wussten nicht einmal, dass er dorthin unterwegs war – keine Nachricht war durchgekommen. Rafi hat durch meinen Brief zum ersten Mal davon erfahren. Er ist direkt zurück nach Lahore gefahren, um festzustellen, ob Ghulam sich dort aufhielt, aber das war nicht der Fall. Niemand hat ihn gesehen oder von ihm gehört. Rafi regt sich sehr auf. Er macht sich Vorwürfe, weil er Ghulam vom Herzinfarkt seines Vaters erzählt hat, ohne auch nur einen Augenblick lang damit zu rechnen, dass Ghulam versuchen würde, den alten Mann zu besuchen.«

Libby hatte das Gefühl, dass ihr gleich schlecht werden würde. All ihre schlimmsten Befürchtungen brachen wieder über sie herein.

»Das heißt aber nicht, dass Ghulam …« Sophie brach ab.

Libby sah sie verzweifelt an. »Ghulam hätte nicht zugelassen, dass Fatima sich die ganze Zeit um ihn sorgt. Er hätte ihr eine Nachricht geschickt. Das kann nur bedeuten, dass ihm etwas Entsetzliches widerfahren ist.«

Sophie legte die Arme um Libbys Schultern und zog sie an sich. »Es tut mir so leid, Mädel«, flüsterte sie. »Ich weiß, wie sehr er dir am Herzen liegt.«

Libbys Entschlossenheit, tapfer zu sein, schwand bei Sophies zärtlicher Geste und ihren Worten. Sie vergrub ihr Gesicht in Sophies Schulter und schluchzte. Sophie hielt sie und streichelte ihr den Rücken, während Libby weinte. Nach einer Weile versuchte Libby, sich zu fassen. Sie löste sich von Sophie und wischte sich die Augen.

»Oh, Sophie«, rief sie mit bleischwerem Herzen, »wie soll ich das nur Fatima beibringen?«

* * *

Am Ende suchten Sophie und Libby Fatima gemeinsam auf, um ihr die bedrückende Neuigkeit mitzuteilen, dass Ghulam nie in Lahore aufgetaucht war. Fatima brach schockiert zusammen. Libby machte sich Vorwürfe, dass sie so unvermittelt damit herausgeplatzt war, aber Sophie meinte, dass es keine andere Möglichkeit gegeben hätte. Fatima war in einem Zustand völliger Erschöpfung, weil sie sich bei der Arbeit unaufhörlich überanstrengt und noch dazu die doppelte Bürde der Trauer um den Tod ihres entfremdeten Vaters und der Sorge um Ghulam getragen hatte.

Die Roys bestanden darauf, Fatima in ihr Haus zu holen, damit sie sich ausruhen und genesen konnte. Libby behielt die Ärztin gut im Auge, leistete ihr Gesellschaft, wenn sie es wollte, und ließ sie in Ruhe, wenn sie schlief. Libby selbst schlief nur unruhig, lag nachts stundenlang wach und dachte über Ghulam nach. Sie empfand tiefe Trostlosigkeit und war überzeugt, dass ihrem Geliebten etwas Schreckliches zugestoßen war. Die Erinnerung an den Mob in Gulgat spukte ihr im Kopf herum. Die Männer hatten nach Sophies Blut geschrien und waren drauf und dran gewesen, sie zu lynchen, weil sie Muslima war. Hatte etwa eine ähnlich rachsüchtige Bande Ghulam gefangen genommen und umgebracht? Libby musste sich ihr tränennasses Taschentuch in den Mund stopfen, um ihre Schluchzer zu unterdrücken. Mit dem Morgengrauen kam die Erleichterung, aufstehen und sich beschäftigt halten zu können. Dadurch verdrängte sie die Schrecken ihrer Gedanken in den Hinterkopf, bis die Nacht wieder anbrach.

Stück für Stück kehrte Fatimas Kraft zurück und damit ihre starrsinnige Überzeugung, dass ihr geliebter Bruder doch noch am Leben sein könnte.

»Er könnte in irgendeinem Flüchtlingslager helfen«, vermutete sie. »Das würde ihm ähnlichsehen. In seiner Zeit als politischer Aktivist ist er manchmal monatelang verschwunden, ohne sich zu melden.«

Libby wollte ihr nur allzu gern glauben. Aber die düstere Realität der Wochen nach der Teilung war die, dass Zehntausende von Menschen vermisst wurden und unauffindbar waren, weil sie im Blutbad der Zwangsumsiedlung niedergemetzelt worden waren. Es war viel wahrscheinlicher, dass Ghulam ums Leben gekommen war wie zahllose andere. Sie bewunderte Fatima für ihren Optimismus, aber ihr Herz war erfüllt von Trauer. In ihrem tiefsten Innern war ihr klar, dass sie Ghulam verloren geben musste. Sie wusste, dass sie nicht auf unbestimmte Zeit bei den Roys oder in Indien bleiben konnte, aber es war für sie undenkbar, das Land jetzt schon zu verlassen – nicht solange Fatima sie brauchte und sie sich für andere nützlich machen konnte, und auch nicht, solange es auch nur die geringste Hoffnung gab, herauszufinden, was Ghulam zugestoßen war.

Libby bewältigte ihr Leid wegen Ghulams Verschwinden, indem sie sich durch Unterrichten ablenkte. Sie hatte begonnen, der Nichte der Freundin der Roys Maschinenschreiben beizubringen. Die achtzehnjährige Parvati kam jeden Morgen in das Haus in Baliganj, um zu üben, war dank der Förderung durch Libby bald sachkundig und wurde immer schneller.

An Sonntag ging Libby jetzt wieder in die Duff Church, wohin ihr Onkel Johnny sie in den ersten Tagen ihrer Rückkehr nach Indien mitgenommen hatte. Es war zu einem Exodus britischer Gemeindemitglieder gekommen, aber mehrere Anglo-Inder und Gurkha-Familien, mit denen sie sich in der kalten Jahreszeit angefreundet hatte, empfingen sie mit offenen Armen.

Am Ende jedes Gottesdiensts, wenn Libby im Sonnenschein auf den Kirchenstufen stand und dem Geplauder der Leute lauschte, dachte sie wehmütig an den Augenblick, in dem sie mit Ghulam hier gesessen und Kuchen gegessen hatte. Ein paar kostbare, bittersüße Momente lang fühlte sie sich ihm dann näher.

Nach ein paar Wochen war Fatima wieder bei Kräften und entschlossen, ihre Arbeit im Krankenhaus wieder aufzunehmen. Libby verbarg, dass es ihr widerstrebte, die Ärztin ziehen zu lassen. Fatimas Gesellschaft ließ Libby mehr als die jedes anderen Menschen Ghulams Gegenwart empfinden. Sie unterhielten sich über ihn, und Libby ermunterte Fatima immer, in Erinnerungen zu schwelgen und ihr Geschichten über ihren Bruder zu erzählen. Manchmal mussten sie lachen, wenn ihnen eine Kleinigkeit einfiel – wie sein unersättlicher Appetit auf Toffees oder die Art, wie er als Bowler beim Cricket immer mit dem Arm wedelte, ohne es überhaupt zu bemerken.

»Mittlerweile tut es mir leid, dass ich dir deine Beziehung mit meinem Bruder ausreden wollte«, gestand Fatima Libby.

»Mir war nicht klar, wie viel er dir bedeutet.« Sie drückte Libby die Hand. »Danke, dass du auf mich aufpasst und meine Freundin bist. Wir stärken einander weiter, bis er zu uns zurückkommt.«

Libby wünschte sich von ganzem Herzen, dass diese Vorstellung Wirklichkeit werden würde. An Fatimas Seite konnte sie fast glauben, dass Ghulam zurückkehren könnte. Sie musste sich zwingen, Fatima nicht anzuflehen, weiter bei den Roys zu bleiben. Libby rief sich für ihre düsteren Gedanken zur Ordnung. Wenn die tapfere Fatima sich weigerte, die Hoffnung aufzugeben, dass Ghulam noch am Leben war, dann musste sie es auch tun.

* * *

Nachdem Fatima wieder ins Krankenhaus gezogen war, machte Sophie, die ihre Reise zu Rafi aufgeschoben hatte, solange seine Schwester krank gewesen war, rasch Pläne, sich nach Rawalpindi zu ihrem Mann zu begeben. Libby musste sich wappnen, um bald Abschied von der Schottin zu nehmen, die einer der wenigen Menschen war, die wirklich Verständnis für ihre Liebe zu Ghulam hatten und, anders als die meisten, ihre Beziehung mit Rafis Bruder immer gefördert hatte.

An Sophies letztem Abend in Kalkutta fragte sie Libby: »Was machst du jetzt?«

Libby antwortete: »Ich bleibe hier, bis Flowers heiratet. Abgesehen davon, dass ich an der Hochzeit teilnehmen möchte, will ich Adela und Sam sehen, bevor ich nach Hause fahre. Ich kann nicht leugnen, dass ich traurig bin, dass sie nicht mehr in England sein werden, wenn ich dorthin zurückkehre.«

»Ich sehne mich auch danach, sie zu sehen«, gestand Sophie. »Aber nach allem, was passiert ist, will ich jetzt einfach so schnell wie möglich zu Rafi.«

»Sam wird Verständnis dafür haben«, versicherte Libby ihr.

»Du weißt, dass du jederzeit herzlich willkommen bei Rafi und mir bist«, sagte Sophie. »Es ist so schwer, dir auf Wiedersehen zu sagen, Mädel. Wir haben binnen kurzer Zeit so viel zusammen durchgemacht.«

»Ich weiß«, erwiderte Libby. Ihr kamen die Tränen. »Ich werde dich ja auch so sehr vermissen.«

Sophie sagte: »Gib die Hoffnung nicht auf, Ghulam wiederzufinden. Das hat Fatima auch nicht getan. Wir werden weiter Nachforschungen im Pandschab anstellen, falls er doch so weit gekommen ist. Irgendwann werden wir herausfinden, was ihm zugestoßen ist.«

Libby konnte nur zustimmend nicken; das Herz ging ihr über, und ihre Kehle war zu zugeschnürt, um zu sprechen.

Nach Sophies Abreise ging Libby mit neuer Entschlossenheit daran, jede Stunde auszufüllen. Indem sie dafür sorgte, dass sich herumsprach, dass sie Schreibmaschinenunterricht gab, gewann Libby noch ein paar weitere Schülerinnen: junge Anglo-Inderinnen, die erpicht darauf waren, gute Stellen in der Stadt zu ergattern. Auch wenn die Roys behaupteten, dass sie gern bei ihnen unterrichten könnte, suchte Libby ihre Schülerinnen lieber zu Hause auf. Auf die Art fand sie mehr über sie und ihre Bedürfnisse heraus. Sie hatte eifrige Schülerinnen, und als zwei von ihnen schnell eine Anstellung fanden, wuchs die Zahl ihrer Kundinnen.

Im Laufe des Oktobers ließ Libby sich in die Aufregung um Flowers' bevorstehende Hochzeit hineinziehen. Wie früher ging sie wieder an manchen Abenden mit Flowers, George und ihrem jungen Freundeskreis aus, aber nicht so oft, wie die beiden sie darum baten. Libby begleitete Flowers und ihre Mutter auch auf Einkaufstouren, um Flowers' Aussteuer zu besorgen. Das Brautkleid wurde von einer mit den Dunlops befreundeten

Schneiderin genäht, aber Flowers wollte auch noch Kleidung für die Hochzeitsreise kaufen.

»Ich soll es ja eigentlich noch gar nicht wissen«, gestand Flowers, »aber ich habe George zu Eddy sagen hören, dass es nach Ceylon geht. George war während des Kriegs dort stationiert, und er will noch einmal zurück und sich die Insel richtig ansehen.«

Libby wusste, dass George während seiner Zeit beim Fleet Air Arm auf Ceylon gewesen war. Aber erst als Erwachsene hatte Libby erfahren, dass Georges Freundin Joan während dieser Zeit eine Affäre gehabt hatte und schwanger geworden war. Im Heimaturlaub war George so anständig gewesen, Joan schnell zu heiraten. Als sie sah, wie glücklich Flowers war – und wie sehr George seiner neuen Liebe zu Füßen lag –, musste Libby sich eingestehen, dass sie George vielleicht für sein Verhalten im vergangenen Jahr zu schnell verurteilt hatte.

Er hatte Joan nie wirklich geliebt und nie Gelegenheit gehabt, eine Bindung zu der kleinen Bonnie zu entwickeln, die nicht sein leibliches Kind war. Von seinen Verpflichtungen Frau und Kind gegenüber befreit, hatte George fast hektisch versucht, die verlorene Zeit wieder wettzumachen und das Leben zu genießen. Vielleicht hatte Joans Untreue ihn tiefer verletzt, als Libby klar geworden war. George war von Natur aus gesellig und flirtete gern – aber abgesehen von dem einen enthusiastischen Kuss am Ufer des Sees nach dem Picknick im Botanischen Garten hatte er in Libby nie Hoffnungen geweckt, dass sie mehr als Freundschaft von ihm zu erwarten hatte.

Als sie an die Zeit vor sechs Monaten und die verschiedenen Bälle und Abendessen, an denen sie teilgenommen hatte, zurückdachte, fiel ihr auf, dass es immer die attraktive, eigensinnige Krankenschwester gewesen war, die George zu umwerben versucht hatte. Er hatte mit Flowers öfter als mit allen anderen getanzt und es so eingefädelt, dass sie immer die Letzte war, die er zu Hause absetzte. Flowers hatte sich zunächst vor George in Acht genommen und nicht gewollt, dass er sich nach seiner Scheidung mit ihr oder mit Libby tröstete. Irgendwie hatte George Flowers aber doch noch überzeugt, dass er es mit ihr ernst meinte.

Vielleicht hatten die Verwerfungen und die Ungewissheit der Unabhängigkeit dafür gesorgt, dass Flowers sich Gedanken darüber gemacht hatte, was sie wirklich vom Leben wollte – und sie hatte sich für George entschieden. Die Eltern Dunlop waren zweifelsohne erleichtert, dass ihre einzige Tochter nun fest vergeben war, und dann auch noch an einen jungen Engländer. Wenn George je beschloss, mit seiner frischgebackenen Ehefrau nach Großbritannien zurückzukehren, um dort zu leben und zu arbeiten, würden die Dunlops ihnen folgen können. Danny Dunlop brauchte seine unbewiesene Verbindung zu irgendeinem Teepflanzer nicht mehr; bald würde er einen Schwiegersohn mit britischem Pass haben.

* * *

Während Libby sich von ihrer Trauer um Ghulam durch so viele Unternehmungen wie möglich ablenkte, konnte sie nicht vermeiden, das Leid in den Straßen ringsum wahrzunehmen. Sogar an den großen Einkaufsmeilen schien die Anzahl der mittellosen Bettler, die kein Dach über dem Kopf hatten, jede Woche zuzunehmen. Nachts suchten sie Schutz in Hauseingängen und sammelten Abfälle von Straßenständen aus dem Rinnstein. Ihr Anblick bedrückte Libby, aber was konnte sie schon tun, um auch nur das Geringste zum Besseren zu ändern? Die Zahlen waren einfach zu erdrückend. Dann dachte sie an Ghulam und daran, dass er ihr Vorwürfe für ihre defätistische Haltung gemacht hätte.

Das brachte Libby auf die Idee, Fatima zu fragen, wo Sanjeev wohnte. Von Ghulams ganzen Genossen war der fröhliche Sanjeev immer der größte Optimist gewesen. Sie fragte sich, ob er es immer noch war. Vielleicht würde er ein paar Vorschläge haben, wie sie helfen konnte. Libby wusste, dass auch er kein Licht ins Dunkel um Ghulams Aufenthaltsort bringen konnte, weil er der erste Mensch gewesen war, den Fatima kontaktiert hatte, als sich Ghulam nicht aus Pakistan bei ihr gemeldet hatte und sie begonnen hatte, sich Sorgen zu machen.

Ein paar Tage vor Flowers' Hochzeit spürte Libby Sanjeev in einer Wohnung in der Lindsay Street hinter dem Hogg Market in der Nähe des Wohnorts der Dunlops auf. Sanjeev bat sie herein und zeigte nicht so viel Überraschung darüber, sie zu sehen, wie Libby erwartet hatte. Die kleine, spartanisch eingerichtete Wohnung hatte nur wenige Möbel, lediglich ein *charpai* und einen alten Schreibtisch in der Ecke, der mit Büchern überhäuft war. Das einfache Bett erinnerte Libby an Ghulams Schlafzimmer in den Amelia Buildings. Der Gedanke daran tat ihr weh.

Sanjeev kochte Tee, und sie setzten sich auf Teppiche, tauschten Neuigkeiten aus und unterhielten sich über alles, was geschehen war, seit sie sich im Flüchtlingszentrum außerhalb von Kalkutta zuletzt begegnet waren. Sie erzählte ihm davon, dass sie jungen Frauen das Maschinenschreiben beibrachte, sich aber auch gern engagieren wollte, um den Mittellosen zu helfen.

Am Ende bat Libby: »Erzähl mir, wie es war, als Ghulam hier gelebt hat.« Sie hatten das Thema des Verschwindens ihres gemeinsamen Freunds bisher vermieden, abgesehen davon, dass Sanjeev ganz zu Anfang erwähnt hatte, traurig darüber zu sein. »War er guter Laune oder deprimiert über das, was nach der Teilung passiert ist?«

»Er war voller Hoffnung, dass alles besser werden würde«, antwortete Sanjeev und rieb sich die Schläfen. »Das waren wir beide. Trotz der Feindseligkeit mancher Leute ihm gegenüber wollte Ghulam sich von der Kommunistischen Partei als Kandidat für den Stadtrat aufstellen lassen, und er hat an einer Artikelserie darüber gearbeitet, was man in Kalkutta alles verbessern könnte.«

»Hatte er aufgehört, für den *Statesman* zu arbeiten?«, fragte Libby. »Ich hatte darin schon eine Weile nichts mehr von ihm gesehen.«

»Nein, er war dort immer noch in Teilzeit beschäftigt. Sein Chefredakteur war sehr entgegenkommend und hat ihm so viel Urlaub gegeben, wie er brauchte, um nach Lahore zu reisen und seinen kranken Vater zu besuchen. Er hat Ghulam sogar genug Geld geschenkt, um ein Flugticket von Delhi aus zu bezahlen, und ihm gesagt, dass er bloß nicht den Zug nehmen soll.«

Libby haderte mit dem Schicksal. Ghulam hatte so viele hehre Ziele, für die es sich zu leben lohnte. Sie zwang sich, die Frage zu stellen, die sie Fatima gegenüber nicht hatte äußern können.

»Meinst du, er könnte nach Delhi gefahren und dann aus irgendeinem Grund dortgeblieben sein? Wegen einer bestimmten Person …?«

Libby bemerkte, dass Sanjeev sie aufmerksam musterte. Sie errötete.

»Warum glaubst du das?«

Mit brennenden Wangen sagte Libby: »Ich weiß, dass seine große Liebe eine Frau war, die aus Delhi stammte. Vielleicht hat er die Gelegenheit genutzt, sie zu suchen, und ist deshalb nie bis Lahore gekommen.«

»Cordelia?«, fragte Sanjeev erstaunt.

»Vermutlich – ich kannte ihren Namen nie, sondern weiß nur, dass sie ihm sehr viel bedeutet, ihn dann aber wegen seiner Haltung während des Kriegs zurückgewiesen hat.«

Sanjeev erwiderte: »Sie hat ihn an der Nase herumgeführt, so viel steht fest. Ghulam hat sie einmal geliebt, aber das ist lange her.«

»Fatima schien der Meinung zu sein … Sie hat mich gewarnt, dass Ghulam sich auf keine andere Frau einlassen könnte.«

»Fatima wollte, wie alle Schwestern das nun einmal tun, ihren Bruder beschützen. Sie hat miterlebt, wie er tief verletzt worden ist. Aber sie wusste nicht über Ghulams wahre Gefühle Bescheid.«

»Warum bist du dir dann so sicher, dass diese Cordelia ihm nicht mehr wichtig war?«

»Weil er es mir gesagt hat«, erklärte Sanjeev. »Wir haben darüber gesprochen, bevor er nach Lahore aufgebrochen ist.«

»Wirklich? Was hat er gesagt?« Libby hielt den Atem an.

Sanjeev antwortete nicht sofort. Er stand auf, ging durchs Zimmer, zog eine Schreibtischschublade auf und wühlte darin herum. Als er zurückkehrte, hielt er einen Briefumschlag in der Hand.

»Bevor Ghulam abgereist ist, hat er mir diesen Brief anvertraut. Er hat mir gesagt, wenn er nicht heil zurückkäme und du je nach ihm suchtest, sollte ich dir das hier geben.« Er hielt ihr den Brief hin.

Libbys Herz teilte in ihrer Brust Boxhiebe aus. »Für mich?«

»Ja«, sagte Sanjeev. »Nimm ihn.«

Libby griff mit zitternden Fingern danach. Der Anblick der vertrauten Handschrift erschütterte sie zutiefst. Einen Moment lang konnte sie nicht sprechen.

Sanjeev sagte sanft: »Ich weiß, dass er sich nicht auf die Suche nach Cordelia gemacht hat, weil er mir gestanden hat, wie sehr er dich liebt, Libby. Er hat gesagt, er müsse es jemandem erzählen. Er wusste, was für eine gefahrvolle Reise vor ihm lag. In der letzten Nacht, die er hier verbracht hat, ist er wach geblieben und hat den Brief geschrieben. Ganz gleich, was darin steht, es kam von Herzen. Ich habe daran gedacht, ihn dir zu schicken, aber er hat ausdrücklich darauf bestanden, dass ich ihn dir nur geben sollte, wenn du herkämst, um ihn aufzusuchen.«

Libby steckte den Brief in die Hosentasche. »Danke, Sanjeev«, sagte sie heiser vor Rührung.

Sie stand schnell auf, um zu gehen. Sie wollte allein sein, um Ghulams Worte zu lesen. An der Tür zögerte sie. »Hat er einen Brief von mir bekommen, bevor er abgereist ist? Ich habe ihm aus Belguri geschrieben und ihm von seinem Vater erzählt.«

Sanjeev schüttelte den Kopf. »Ich bin mir sicher, dass er es erwähnt hätte, wenn er solch einen Brief bekommen hätte.«

Libby nickte; es brach ihr das Herz, dass Ghulam ihre Liebeserklärung nie gelesen hatte. Im Gehen sagte sie: »Wenn ich die Flüchtlinge, denen du hilfst, irgendwie unterstützen kann – vielleicht mit kostenlosen Schreibmaschinen- oder Rechenkursen –, dann lass es mich bitte wissen.«

»Das tue ich«, versprach Sanjeev. »Danke.«

* * *

Der Weg vom Hogg Market zur Duff Church war nicht weit. Libby ging noch einmal die Strecke, die sie an dem Tag mit Ghulam zurückgelegt hatte, als ihr klar geworden war, dass sie sich in ihn verliebt hatte. Auf den Stufen der Kirche zog sie den Brief hervor und riss mit zitternden Händen den dünnen Umschlag auf.

Meine geliebte Göttin,

morgen breche ich nach Lahore auf, um meinen kranken Vater zu besuchen. Ich habe den Verdacht, dass ich vielleicht schon zu spät komme, um ihn noch bei Bewusstsein anzutreffen und Frieden mit ihm zu schließen, aber ich muss es versuchen. Heute Nacht werde ich keinen Schlaf finden, denn ich habe beschlossen, die dunklen Stunden damit zu füllen, an all die Menschen zu denken, an denen ich am meisten hänge.

Ganz besonders an meine Schwester Fatima – sie hat mir durch so viele Erlebnisse hindurch Kraft verlieren. Rafi und seine treue Sophie – ich wünschte, ich hätte sie besser kennengelernt. Mein guter Genosse Sanjeev, der an schlechten Tagen meine Moral stärkt. Die freundliche Sitara, die Fatima und mich immer so gut versorgt hat und meiner Schwester nun im Krankenhaus weiter dient. Andere gute und wahre Freunde bei der Zeitung und in der Partei. Aber es gibt eine Person, die sich immer wieder in meine Gedanken drängt und mir den Schlaf raubt. Sie ist der Grund für viele schlaflose Nächte, nicht nur für diese letzte in Kalkutta. Du musst wissen, dass Du es bist, Libby – meine Göttin im grünen Satinkleid.

Ich liebe Dich mit ganzem Leib und von ganzem Herzen – jeder Teil von mir sehnt sich in diesem Augenblick nach Dir. Ich wünschte, Du würdest hier neben mir liegen, mich mit der Intensität lieben, die wir so kurz, aber so vollkommen miteinander geteilt haben. Ich denke immer noch an die beiden Male, die wir im Liebesspiel beieinandergelegen haben. So lebendig habe ich mich sonst nie gefühlt. Ich werde diese Momente immer in glücklicher Erinnerung behalten.

Aber mehr noch, Libby, bist Du mir eine wahre Freundin gewesen. Ich glaube, mit der Zeit hätten wir gemeinsam noch mehr Gutes auf der Welt bewirken können. Vielleicht hätte ich eine Zeitung gründen können, und Du hättest die satirischen Karikaturen dafür gezeichnet! Oder vielleicht hätten wir hier in Kalkutta, wo es so viel Ungerechtigkeit und Not gibt, eine Schule aufbauen können – die Straßen sind voll von verlorenen oder ausgesetzten Kindern. Ich hätte ihnen Lesen und Schreiben beibringen können, während Du ihnen Rechenunterricht gegeben und ihre Stundenpläne erstellt hättest.

Seit Du mich verlassen hast, um nach Belguri zu fahren, habe ich oft davon geträumt, wie eine gemeinsame Zukunft hätte aussehen können. Ich stelle mir vor, dass Du mittlerweile nach Großbritannien zurückgekehrt bist. Ich hatte halb gehofft, Du würdest mir davor noch einmal schreiben – oder vor meiner Tür auftauchen. Ich weiß, dass ich Dir versprochen habe, Dir zu schreiben, aber es kam mir unfair vor, das zu tun, obwohl Du beschlossen hattest heimzukehren.

Ich rechne nicht damit, dass Du diesen Brief je zu lesen bekommen wirst. Ich schreibe ihn eher für mich selbst – als Möglichkeit, mitten in der Nacht mein Herz auszuschütten. Aber ich lasse ihn bei Sanjeev, nur für den Fall, dass Du je versuchst, mich oder ihn zu finden. Denn wenn Du das getan hast und diese Zeilen liest, heißt das, dass Du Dich dafür entschieden hast, in Kalkutta zu bleiben, wenigstens für eine Weile

– und das bedeutet, dass Indien Dir immer noch wichtig ist, und das nicht nur als nostalgischer Ort, der nur in Deinen Kindheitserinnerungen existiert.

Aber es heißt wahrscheinlich auch, dass es mir nicht gelungen ist, heil nach Kalkutta zurückzukehren. Ich weiß, dass mir Gefahren bevorstehen, aber ich habe so viel mehr Glück als die meisten meiner Landsleute. Das sinnlose Morden der letzten paar Wochen hat mich vor Verzweiflung fast aufgeben lassen.

Doch ich gestatte mir nicht aufzugeben – nicht, solange es noch engagierte Menschen wie Dich, Sanjeev und Fatima gibt, die jeden Morgen aufs Neue in der Absicht aufstehen, die Welt zu einem besseren Ort zu machen.

Meine geliebte Libby, die Morgendämmerung schleicht sich allmählich zum Fenster herein. Ich muss mich für die Reise bereitmachen, die vor mir liegt. Wo Du auch bist – und wohin auch immer Du in Zukunft gehst –, genieße Dein Leben, Libby. Bitte lass Dir gesagt sein, dass ich unsere Freundschaft zu schätzen wusste und dass ich Dich innig geliebt habe.

Ghulam x

Libby saß auf den Kirchenstufen, während ihr die Tränen übers Gesicht liefen, und las den Brief wieder und wieder. Seine Liebeserklärung und die Aufrichtigkeit seiner Gefühle für sie berührten sie zutiefst. Wenn er doch nur in der Lage gewesen wäre, all das zum Ausdruck zu bringen, als sie noch die Gelegenheit dazu hatten! Vielleicht hätte sie ihn nie in Kalkutta zurückgelassen, um nach Belguri zu gehen. Auch sie hätte ihm ihr Herz ausgeschüttet, statt ihm ihre wahren Gefühle erst in einem Brief zu offenbaren, den er nie erhalten hatte.

Es machte sie unbeschreiblich traurig, dass Ghulam nie ihren Liebesbrief an ihn lesen würde. Doch es war ihrem wunden Herzen ein Trost, dass er solch zärtliche Worte ohne jeden Anstoß von ihrer Seite und auch nicht nur aus Pflichtgefühl, entsprechend antworten zu müssen, geschrieben hatte. Seine leidenschaftliche Nachricht kam aus tiefstem Herzen. Sie zweifelte jetzt nicht mehr daran, dass Ghulam Khan sie geliebt hatte – zutiefst und vollkommen.

Libby stand mit zitternden Beinen auf, von dem, was sie gelesen hatte und nun über Ghulams Gefühle wusste, am Boden zerstört und doch gleichermaßen getröstet. Sie küsste den Brief und schob ihn sich in die Bluse, sodass er dicht an ihrem Herzen liegen konnte. Dann ging Libby fort aus dem Schatten der Palmen in den späten Oktobersonnenschein hinaus.

42

Flowers und George heirateten an einem milden Tag Ende Oktober, zwei Tage nachdem Adela und Sam in Kalkutta angekommen waren. Das Ehepaar war aufgehalten worden, als es in Bombay von Bord gegangen war, und schaffte es fast nicht mehr rechtzeitig zur Hochzeit. Sophie hatte vor ihrer Abreise mit den gastfreundlichen Roys abgemacht, dass ihr Bruder und seine Frau ein paar Tage bei ihnen in Baliganj verbringen durften.

Die Hochzeit wurde mit einem Mittagessen im Firpo's gefeiert, wo ein Großteil von Georges Werben um Flowers stattgefunden hatte. Hier hatte er ihr auch bei einem Abendessen zu zweit einen Antrag gemacht und sie endlich überzeugt, ihn zu heiraten.

Es munterte Libby sehr auf, Adela und Sam wiederzusehen. Als die Hochzeit vorbei war und sie dem glücklichen Paar nachgewinkt hatten, das in einem Taxi auf dem Weg zum Flughafen war, um nach Colombo auf Ceylon zu reisen, kehrten Libby und ihre Freunde zu den Roys zurück und verbrachten den Abend damit, im Garten zu sitzen und sich gegenseitig auf den neuesten Stand zu bringen.

Adela schilderte Libby aufgewühlt ihre Suche nach John Wesley und den Schock, ihn in Willowburn zu finden, nachdem sie es schon aufgegeben hatte, ihn aufspüren zu wollen.

»Am Ende sind wir zu dem Schluss gekommen, dass es grausam wäre, ihn seinem neuen Zuhause zu entreißen«, erklärte sie unter Tränen. »Er ist bei den Gibsons so glücklich. Aber ich hoffe, dass Martha Gibson ihm eines Tages sagen wird, wer ich wirklich bin, und dass er mich dann vielleicht besser kennenlernen möchte …«

Sam hielt ihr die Hand. »Verrat Libby die andere große Neuigkeit«, bat er mit einem zärtlichen Lächeln.

Adela wischte sich ihre Tränen ab und lächelte ihren Mann an. »Sag du es ihr – es betrifft dich ja genauso wie mich.«

Sam grinste. »Adela erwartet ein Kind. Ich werde Vater.«

Libbys Augen brannten vor Tränen, als sie den Stolz und das Glück in seinem Gesicht sah. »Das ist wunderbar!«, rief sie. »Ich freue mich ja so für euch beide. Ich kann mir kein Paar vorstellen, das besser geeignet ist, Eltern zu sein. Sophie und Rafi werden auch überglücklich sein, wenn sie es erfahren.«

Adela strahlte. »Danke, Libby.«

Sam sagte: »Ich wünschte, Sophie wäre noch ein paar Wochen hiergeblieben, um uns zu sehen, aber ich habe Verständnis dafür, dass sie es nicht abwarten konnte, nach der langen Zeit der Trennung wieder bei Rafi zu sein.«

»Und nach dem entsetzlichen Vorfall in Belguri«, meinte Adela. »Wir waren zutiefst schockiert über Mutters Brief, obwohl sie die Sache heruntergespielt hat. Erzähl uns, was wirklich passiert ist.«

Libby berichtete ihnen von den Unruhen in Gulgat, dem Versuch, Sophie aus Belguri zu entführen, ihrer Flucht und ihrer Erleichterung, wieder in Kalkutta zu sein, die von der schrecklichen Neuigkeit von Ghulams Verschwinden überschattet worden war. Adela und Sam saßen stumm da, wie betäubt von der Neuigkeit. Libby hatte es ihnen bisher nicht erzählt, um Flowers' Hochzeit nicht zu verderben. Aber jetzt sprudelte die ganze Geschichte aus ihr heraus: wie sie und Ghulam sich nähergekommen waren, wie sehr sie ihn vermisste und dass sie den Brief in Ehren hielt, den er ihr in der Nacht vor seiner Reise geschrieben hatte.

»Es ist sechs Wochen her, dass zuletzt jemand von ihm gehört hat«, berichtete Libby verzweifelt. »Fatima gibt die Hoffnung nicht auf, dass er noch am Leben ist, aber ich glaube nicht daran. Ich weiß, dass zwar wortwörtlich Millionen von Menschen unterwegs sind, aber ich bin mir sicher, dass Ghulam sich inzwischen bei seiner Familie gemeldet hätte, wenn ihm nichts passiert wäre.«

Adela stand auf, ging zu Libby und legte die Arme um sie. »Das tut mir so leid«, sagte sie. »Es bricht mir um deinetwillen das Herz.«

Libby umarmte sie fest. Ihr Schmerz ließ ein wenig nach, weil sie sich ihren Freunden anvertraut hatte. Adela war die Person gewesen, der sie sich in Newcastle als Kind und Jugendliche am nächsten gefühlt hatte, und auch diejenige, die der erwachsenen Libby etwas sehr Persönliches – den Verlust ihres Babys – anvertraut hatte. Aber mehr noch: Adela und Sam hatten Ghulam gemocht und bewundert. Libby weinte an Adelas Schulter, während ihre Verwandte ihr übers Haar strich und sich bemühte, sie zu trösten.

* * *

Zwei Tage später reisten Adela und Sam ab; sie konnten es nicht abwarten, nach Belguri zurückzukehren und wieder mit Clarrie vereint zu sein. Libby gab ihnen Wesleys alte Jacke und eine Dankesnachricht an Adelas mutige Mutter mit. An dem Tag ging Libby, nachdem sie ihre Schreibmaschinenstunden gegeben hatte, ins Flüchtlingszentrum, wo Sanjeev Lebensmittel verteilte, und begann, in einem Raum voller Kinder jeden Alters diesen Rechnen beizubringen. Der Gestank in dem übel riechenden, stickigen Zimmer ließ ihr fast schlecht werden. Aber der Ausdruck von Vertrauen und Erwartungsfreude in den Gesichtern der Kinder spornte sie an. Es waren überwiegend Jungen und nach allem, was Sanjeev ihr erzählt hatte, Flüchtlinge vom Lande, die sich noch nicht an die Stadt gewöhnt hatten.

Mithilfe der Roys lernte Libby etwas Bengali, aber sie unterrichtete ihre Schüler weiterhin auf Englisch und gestikulierend im Rechnen. Es gab weder Hefte noch Bleistifte oder auch nur Schiefertafeln für die Kinder. Aber als die Roys herausfanden, dass Libby improvisieren musste, indem sie mit einem Stock Zahlen in den Sand zeichnete, spendeten sie eine Tafel und Kreide.

Libby dachte an Ghulams Wunschtraum, gemeinsam eine Schule für die Armen von Kalkutta aufzubauen. Sie kannte die Worte aus seinem Brief auswendig: *Die Straßen sind voll von verlorenen oder ausgesetzten Kindern. Ich hätte ihnen Lesen und Schreiben beibringen können, während Du ihnen Rechenunterricht gegeben und ihre Stundenpläne erstellt hättest.* Sie fühlte sich innerlich hohl, wenn sie daran dachte, dass sie es jetzt allein tat. Aber Ghulams Vision verlieh ihr den Mut, damit weiterzumachen, den Kindern zu helfen, so gut sie konnte.

Nach einer anstrengenden Woche voller Schreibmaschinenstunden und Rechenunterricht kehrte Libby eines Abends nach Hause zurück und hörte, dass die Roys auf der Veranda einen Gast hatten. Als sie den Gartenweg halb hinauf war, blieb Libby erstaunt stehen, als sie den Klang einer vertrauten Stimme erkannte, die aus dem Schatten hervordröhnte. Aber das war doch nicht möglich!

Libby rannte los. »Dad?«, rief sie und stürmte auf die Veranda.

Sie konnte es nicht fassen, aber es war tatsächlich ihr Vater, der sich aus einem Rattansessel erhob und ein Whiskyglas in der Hand hielt.

»Wie …? Wann …?« Libby starrte ihn mit offenem Mund an. Dann bekam sie plötzlich Angst. »Ist Mutter oder einem der Jungs etwas zugestoßen?«

»Nein, keine Sorge«, beruhigte James sie schnell. Er stellte seinen Drink ab und breitete die Arme aus. »Ich habe geschäftlich in Kalkutta zu tun, das ist alles. Und deine Mutter wollte, dass ich auch nach dir sehe.«

Libby eilte zu ihm, um ihn zu umarmen. Ihre Augen brannten vor Tränen. Ihr Vater fühlte sich fest, tröstlich und liebenswert vertraut an. Sie klammerte sich an ihn, bis er sie tätschelte und »Na, na« sagte, was, wie sie wusste, hieß, dass er genug von der Zuneigungsbekundung hatte.

Sie setzte sich neben ihn und konnte immer noch kaum glauben, dass er da war, während er über seine Flüge und das Wetter unterwegs sprach.

»Dein Vater ist heute Morgen gelandet«, erklärte Ranajit.

»Er wollte sich in einem Hotel einmieten«, setzte Bijal hinzu, »aber wir haben darauf bestanden, dass er bei uns wohnt, damit er dich möglichst oft sehen kann.«

»Ich verstehe, warum du nicht nach Hause willst, Libby«, sagte James mit einem Lächeln, »da du doch von diesen freundlichen Leuten wie eine Prinzessin behandelt wirst.«

»Sie hat nicht weniger als das verdient«, behauptete Bijal, »da sie doch den ganzen Tag über so hart arbeitet.«

»Die Roys haben mir von deiner ehrenamtlichen Arbeit erzählt«, sagte James.

»Nicht nur ehrenamtlich«, antwortete Libby. »Allmählich kann ich mir meinen Lebensunterhalt mit dem Schreibmaschinenunterricht verdienen.«

Sie wartete darauf, dass er mit ihr schimpfen würde, weil sie noch in Kalkutta herumbummelte, obwohl sie schon vor Wochen wieder in Newcastle hätte sein sollen. Aber das tat er nicht. Er nahm das Gespräch mit dem Captain wieder auf, das sie unterbrochen hatte, und fragte ihn nach seiner Arbeit während des Kriegs. Ranajit erzählte von der Holzzufuhr und davon, wie innovativ Rafis Idee gewesen war, Mangrovenholz aus den Sundarbans zu nutzen, als die Teakholzlieferungen aus Burma zum Erliegen gekommen waren. Das rief bei James Erinnerungen an seine Beteiligung an den Kriegsanstrengungen an der burmesischen Front hervor.

Nach wie vor verwirrt beobachtete Libby ihren Vater. Was um alles in der Welt hatte ihn dazu gebracht, diese weite Reise zu unternehmen? Anteile am Teegeschäft? Vielleicht war er von der Chefetage der Oxford Estates gebeten worden, irgendetwas Geschäftliches für sie zu erledigen. Ihr Vater hatte womöglich die Chance ergriffen, Indien so bald noch einmal zu besuchen. Sie sehnte sich danach, ihn unter vier Augen zu sprechen und danach zu fragen; er zögerte offensichtlich, vor den Roys darüber zu reden.

Sie gingen zum Abendessen hinein, und danach zog James, der übermüdet wirkte, sich ins Bett zurück.

»Wir reden morgen früh weiter«, versprach er Libby und gab ihr einen Kuss auf die Stirn.

* * *

Libby stand in der Morgendämmerung auf. James war schon rasiert und angekleidet; er trank Tee auf der Veranda. Sein Gesicht wirkte grau und verhärmt, als hätte er gar nicht geschlafen.

»Geh mit mir im Garten spazieren, Libby«, sagte er.

Ein paar Minuten lang erzählte er von der Familie in der Heimat, dem neuen Haus in Jesmond und den Ferien in St Abbs, die sie verpasst hatte. Libby lauschte seinem Geplauder und zügelte ihre Ungeduld, den wahren Anlass für seinen Besuch zu erfahren.

Am Ende fragte sie: »Bist du wirklich geschäftlich hier, oder geht es nur darum, sicherzustellen, dass ich nach Hause komme?«

Er blieb stehen und sah sie an. »Kommst du denn nach Hause?«

Libby rang mit ihren Gedanken. Ein Teil von ihr hatte das Gefühl, dass sie nur auf Zeit spielte und den Moment hinauszögerte, Indien zu verlassen. Sie hatte jede wache Minute mit Aktivitäten ausgefüllt und ihre Abreise hinausgeschoben. Aber als sie im Licht der Morgendämmerung dastand und die Geräusche der Stadt hinter der Gartenmauer ertönten, erschien ihr die Antwort einfach.

»Nein, Dad«, sagte sie leise. »Es tut mir leid. Ich weiß, dass ich es versprochen habe. Ich habe euch beide schon wieder enttäuscht. Aber ich betrachte Newcastle nicht als mein Zuhause. Für mich ist das hier jetzt mein Zuhause – Kalkutta.«

Er fragte sanft: »Liegt das an deinem indischen Freund – Rafis Bruder? Die Roys haben mir erzählt, was los war. Ich weiß, dass ich mich verächtlich über deine Freundschaft mit ihm geäußert habe, aber es tut mir sehr leid zu hören, dass er vermisst wird.«

Libbys Herz tat vor Trauer weh. Es gab jeden Tag kaum einen wachen Moment, in dem sie nicht an Ghulam dachte.

»Nein, es ist nicht wegen Ghulam.« Sie versuchte, ihrem Vater ihre Gefühle zu erklären. »Ich vermisse ihn schrecklich – ich habe ihn sehr geliebt und er mich. Aber ich mache mir keine Hoffnungen mehr, dass er noch am Leben ist.« Sie schluckte die Tränen hinunter. »Ich will trotzdem in Indien bleiben. Ich habe das Gefühl, mich hier nützlicher machen zu können. Was sollte ich in Newcastle schon tun? Der Gedanke allein, wieder in der Bank zu arbeiten oder überhaupt nach der Pfeife irgendeines Chefs tanzen zu müssen, ist zu deprimierend. Ich passe nicht so gut dorthin wie meine Brüder.«

Daraufhin schenkte James ihr ein verständnisvolles Lächeln. »Oh, Libby, du bist mir so ähnlich. Kein Wunder, dass deine Mutter an uns verzweifelt.«

Libby wollte ihn fragen, wie es für ihn zu Hause wirklich war. Aus dem Wenigen, was er über das Haus in Jesmond gesagt hatte, schloss sie, dass er sich bemühte, sich mit ihrer Mutter zu versöhnen. Aber seine nächste Frage überraschte sie.

»Libby, kannst du mich mit Danny Dunlop bekannt machen?«

Sie starrte ihn an. »Ja, aber warum? Hast du Informationen für ihn?«

James nickte.

»Also hat Mr Fairfax sich an die Familie erinnert?«, fragte Libby.

James seufzte tief. »In gewisser Weise ja. Aber ich bin derjenige, der das Erklären übernehmen muss.«

Libby war verblüfft. »Wie meinst du das?«

»Etwas Bestimmtes geht mir schon eine Weile nicht aus dem Kopf«, antwortete er, »etwas, dem ich mich schon vor langer Zeit hätte stellen sollen …« Sein Gesichtsausdruck war angespannt. »Deshalb bin ich zurückgekommen.«

Libby ahnte, dass es etwas mit dem kürzlich so angegriffenen psychischen Zustand ihres Vaters zu tun haben musste, aber sie hielt es für besser, nicht noch weiter in ihn zu dringen. Wenn er es ihr erzählen wollte, würde er es früher oder später schon tun.

»Natürlich nehme ich dich mit zu ihm«, versprach Libby. »Mr Dunlop war schon früher erpicht darauf, dich kennenzulernen. Er wird entzückt sein.«

James bedachte sie mit einem seltsamen melancholischen Blick, sagte aber nichts weiter. Sie hakte sich bei ihm ein, und gemeinsam kehrten sie zum Haus zurück.

* * *

Zur Antwort auf ihre Anfrage erhielten sie eine Einladung in die Sudder Street. Am folgenden Tag nahm Libby ihren Vater zu den Dunlops mit.

»Flowers ist bestimmt noch nicht von ihrer Hochzeitsreise zurück«, meinte sie, »also werden nur die Eltern da sein. Möchtest du, dass ich bei dir bleibe, oder wollen wir uns hinterher wieder treffen?«

»Bleib«, sagte James mit Nachdruck. »Du musstest mit meinem verwirrenden Verhalten fertigwerden – du hast ein Recht darauf, zu erfahren, was ich zu sagen habe.«

Libby wurde bei seinen Worten nervös, aber er behandelte sie wie eine Erwachsene, und sie würde ihm alle Unterstützung bieten, die er brauchte.

Die Dunlops hießen sie begeistert mit breitem Lächeln und einem üppigen Nachmittagstee willkommen. Danny versuchte aufzustehen, um seinen wichtigen Gast zu begrüßen.

»Es ist mir eine Ehre, Sie hier zu empfangen, Sir«, sagte Danny.

Libby hatte den Eindruck, dass er seit der Verlobung seiner Tochter viel glücklicher wirkte und besser bei Kräften zu sein schien.

»Bitte, das ist doch nicht nötig«, wehrte James ab, dem die Ehrerbietung des jüngeren Mannes peinlich war.

»Und es war so überaus freundlich von Ihnen, unsere Tochter in Assam in Ihrem Haus willkommen zu heißen«, setzte Winnie hinzu.

Beim Tee stellte Danny eine Reihe von Fragen über das Leben in Newcastle.

»Wir hoffen, eines Tages zu Besuch mit unserem frischgebackenen Schwiegersohn George dorthin zu fahren«, sagte Danny, »nicht wahr, Liebes?«

Winnie nickte. »Er ist so ein netter Junge. Wir freuen uns sehr für Flowers. Es tut mir leid, dass Sie sie nun gar nicht hier antreffen. Bleiben Sie lange in Kalkutta?«

»Nein«, antwortete James, »nicht lange.«

»Schade«, meinte Danny.

Libby bemerkte, dass ihr Vater versuchte, allen Mut zusammenzunehmen, um zu sagen, was er zu sagen hatte. Ihr graute davor zu hören, was es war, und sie befürchtete doch zugleich, dass er wieder gehen würde, ohne sich von der Seele geredet zu haben, was ihn so sehr belastete.

»Dad«, drängte sie, »hast du Mr Dunlop nicht noch etwas über Mr Fairfax zu erzählen?«

James warf ihr einen erschrockenen Blick zu. Dannys Miene hellte sich voller Erwartungsfreude auf.

»Sie haben etwas über meinen Vater, den Teepflanzer, herausgefunden?«, fragte er.

James zückte ein Taschentuch und wischte sich die Stirn; er war der Einzige, der schwitzte.

»Ich … ich habe Ihnen etwas zu sagen«, begann er stockend. »Ich bin mir nicht sicher, ob Sie mir dafür danken werden – es ist vielleicht nicht das, was Sie hören wollen … Aber als ich Ihre Zusatzinformationen gesehen habe, ist mir klar geworden …«

Libby, die neben ihrem Vater saß, legte aufmunternd die Hand auf seine. »Du meinst die Einzelheiten in Flowers' Brief über Mr Dunlop?«

Er schaute sie an, und einen Moment lang sah sie die Furcht in seinen Augen.

»Also hast du dich an etwas erinnert?«, hakte sie nach.

James nickte. Er holte tief Luft und richtete den Blick auf Danny.

»Erinnern Sie sich an irgendetwas aus Ihrer frühesten Kindheit?«, fragte James.

Danny strich sich über den Schnurrbart. »Nur an sehr wenig. Ich bin mir aber sicher, mich an Teesträucher zu erinnern – und daran, dass ich auf einer breiten Veranda gespielt und neben dem *punkah-wallah* gesessen habe.« Er lachte leise auf. »An die Namen meiner Eltern erinnere ich mich nicht, aber an seinen sehr wohl; ist das nicht seltsam? Sunil Ram.«

Libby schnappte nach Luft und sah ihren Vater an. Das war der Name, den er in seinen Albträumen in Cheviot View geschrien hatte.

»Ich kannte Sie, als Sie ein kleiner Junge waren«, sagte James mit zitternder Stimme, »bis Sie ungefähr drei Jahre alt waren.«

Danny sah ihn erstaunt an. »Wirklich? Wo war das?«

»Auf den Oxford Estates. Dort sind Sie geboren worden.«

»Grundgütiger Himmel!«, rief Danny. »Haben Sie mit meinem Vater zusammengearbeitet?«

»Ja«, bestätigte James. Libby sah, wie sich frische Schweißperlen auf seiner Stirn bildeten.

»Na, sieh mal einer an!« Danny lächelte verwirrt. »Aber ich dachte, Sie würden gar keine Dunlops kennen?«

»Ihr Vater hieß nicht Dunlop«, sagte James und redete dann schnell weiter: »Sein Name war Logan, Bill Logan. Er war in den 1890er-Jahren mein Chef, als ich nach Assam gekommen bin.«

Libby überspielte ihre Überraschung. Bill Logan war Sophies und Sams Vater.

»Logan hatte eine …« James zögerte. »Bevor er verheiratet war, hatte er eine Beziehung mit Ihrer Mutter. Sie war ein schönes Mädchen aus den Bergen – eine Teepflückerin namens Aruna.«

Libby sah, dass Danny rosig anlief. »Nein, ich glaube nicht, dass das stimmt – meine Eltern waren beide Briten, das hat man mir immer erzählt.«

»Es tut mir leid, aber das ist nicht wahr. Ihr Vater hat beschlossen, Sie wegzugeben, bevor er seine frisch angetraute Frau auf die Plantage geholt hat. Sie sahen ihm zu ähnlich, und er dachte, es würde peinlich werden.«

»Sie irren sich«, widersprach Danny, nunmehr rot vor Empörung. »Sie verwechseln mich mit einem anderen Jungen.«

»Nein«, beharrte James. »Es gibt keinen Irrtum. Ich war der Mann, dem die Aufgabe zufiel, Sie ins Waisenhaus in Shillong zu bringen. Ich habe Sie im Konvent der Schwestern vom Heiligen Kreuz Schwester Placid übergeben. Ich habe Ihnen sogar Ihren Namen gegeben, Aidan. Ich habe ihn spontan ausgewählt und Sie nach einem örtlichen Heiligen aus meiner Heimat Northumberland benannt – denn bis dahin hatten Sie keinen Taufnamen. Schwester Placid muss Ihnen Ihren Nachnamen gegeben haben. Auf den Plantagen in Assam hat damals niemand namens Dunlop gearbeitet.«

Danny starrte James an, als versuchte er, eine ferne Erinnerung heraufzubeschwören. »Da war ein großer Mann, der mich ins Kloster geführt hat …?«

»Das war ich. Ich glaube, Sie erinnern sich an mich, nicht wahr?«, sagte James. »Ich habe Sie jedenfalls niemals vergessen.«

Danny wirkte wie betäubt. Er war sprachlos.

Winnie fragte empört: »Warum erzählen Sie meinem Mann das? Warum unternehmen Sie solch eine weite Reise, nur um ihn so zu verletzen? Ich hatte recht: Es führt zu nichts Gutem, die Vergangenheit aufzustören. Schlafende Hunde soll man nicht wecken, das finde ich jedenfalls.«

Danny hob die Hand, um ihre Kritik zu unterbinden. »Was war mein Vater für ein Mensch?«

James zögerte. »Der Teeanbau war damals ein hartes Leben, und Logan war ein harter Mann. *Feste arbeiten, aber noch fester feiern,* das war seine Devise. Aber er mochte Sie. Wenn Logan in seinem Leben überhaupt jemanden geliebt hätte, dann Sie, Aidan. Er mochte Sie jedenfalls mehr als die Kinder aus seiner Ehe.«

Seine Unverblümtheit ließ Libby zusammenzucken. Sie war genauso schockiert wie Danny über die Enthüllung: Der Mann, der ihr gegenübersaß – Flowers' Vater –, war Sophies und Sams unehelicher Halbbruder.

Unvermittelt barg Danny das Gesicht in den Händen und schluchzte auf. Winnie eilte zu ihm, um ihn zu trösten.

»Ich k… komme mir so d… dumm vor!«, weinte Danny. »Zu denken, ich sei d… durch und durch Brite. Ich sch… schäme mich so.«

Winnie warf James einen verzweifelten Blick zu. »Ich glaube, es ist das Beste, wenn Sie jetzt gehen. Ich möchte nicht, dass Sie meinen Mann so sehen.«

Libby stand auf, aber James beugte sich über den Tisch und umfasste Dannys Arm. »Sie sollten sich nicht schämen! Logan war derjenige, der sich falsch verhalten hat, nicht Ihre Mutter und auch nicht Sie. Sie waren ein lebhafter, glücklicher Junge. Sie haben immer gesungen und im *burra bungalow* gespielt, Sunil Ram mit dem *punkah* geholfen, und Sie sind Ihrem Vater wie sein Schatten gefolgt.«

Libby beobachtete die Wirkung der Worte ihres Vaters auf den am Boden zerstörten Mann; Tränen liefen ihm über die Wangen.

»Dad«, sagte sie mahnend.

James' Tonfall wurde dringlicher. »Ich erzähle Ihnen das alles nicht, um mir die Schuldgefühle von der Seele zu reden, die ich all die Jahre lang dafür hatte, die Drecksarbeit für Logan erledigt zu haben – auch wenn Gott weiß, dass sie mich seitdem quälen. Ich erzähle es, weil Sie ein Recht haben, es zu erfahren, und das Nichtwissen Ihnen Ihr Leben lang zu schaffen gemacht hat, da bin ich mir sicher. Das Schlimmste ist es, Geheimnisse in sich hineinzufressen und sie gären zu lassen. Das habe ich getan, und es hat mein Leben vergiftet. Ich kann nicht länger mit derart zerstörerischen Geheimnissen leben.«

Er hielt Dannys Arm weiter fest. »Also möchte ich Ihnen Folgendes erzählen: Sie hatten zwar einen Mann, der viele Fehler hatte, zum Vater, aber Ihre Mutter war eine gute Frau. Sie hat Sie von Herzen geliebt und hätte alles getan, um Sie zu beschützen. Ich habe nie eine Mutter erlebt, die ihr Kind so abgöttisch geliebt hat wie die Ihre, Aidan.«

Danny sah ihn ungläubig an. »Aber sie hat mich nicht beschützt, nicht wahr? Sie hat zugelassen, dass ich weggegeben wurde.«

»Sie hat alles versucht, um Sie zu behalten«, beharrte James, »hat Sie in den Zeilen versteckt, in der Hoffnung, dass Logan vergessen würde, Sie zu verbannen, aber Sie sind immer wieder in den *burra bungalow* zurückgekehrt. Logan hat mir schließlich befohlen, Sie wegzubringen. Ihre tapfere Mutter ist uns nachgerannt, hat nach Ihnen gerufen und war am Boden zerstört, Sie zu verlieren.«

»Wirklich?«, fragte Danny.

James nickte und sank, als wäre ihm plötzlich alles zu viel, in seinen Stuhl zurück. Libby erkannte erschrocken, dass auch er den Tränen nah war.

»Ich erinnere mich, hoch über den Teesträuchern dahingefahren zu sein«, flüsterte Danny. »Es war ein freundlicher Mann da, der mich festgehalten hat, damit ich nicht fiel.«

»Aslam«, krächzte James, »mein Diener.«

Libby spürte, wie ihr bei der Erwähnung von Manzurs Vater selbst die Tränen in die Augen schossen. James räusperte sich.

»Ihre Mutter konnte ohne Sie nicht leben, Aidan. Sie ist nie darüber hinweggekommen, dass Sie weggegeben worden waren – und hat auch nie verstanden, warum die Sahibs so grausam waren. Als Logan fort war, um seine junge Braut zu holen, hat Aruna sich das Leben genommen. So sehr hat sie Sie geliebt.«

Danny senkte den Kopf und brach weinend zusammen. Winnie legte den Kopf neben seinen und murmelte begütigend: »Es ist vorbei, Danny. Jetzt weißt du Bescheid. Es gibt nichts, worum du dir noch Gedanken machen müsstest. Du hast die Liebe einer Mutter erfahren. Du hast immer erzählt, dass du dich vage an eine freundliche *ayah* erinnerst. Das muss deine Mutter gewesen sein, Danny – deine Mutter.«

James stand auf, klopfte Danny auf die Schulter und wandte sich zum Gehen. Libby folgte ihm. Als sie die Tür erreichten, rief Winnie: »Mr Robson!«

James blieb stehen und hielt Libby die Tür auf.

»Danke, dass Sie gekommen sind und Danny die Wahrheit gesagt haben«, sagte Winnie.

James nickte, während Libby vor ihm aus der Wohnung ging.

* * *

An dem Abend erzählte James, nachdem die Roys sich ins Bett zurückgezogen hatten, Libby bei einem Schlummertrunk die ganze Wahrheit über die Logan-Affäre. Sie konnte immer noch nicht fassen, was er über Dannys Abstammung und seine grausame Verbannung enthüllt hatte. Wie konnte Sophies und Sams Vater nur solch ein gefühlloser Mensch gewesen sein?

»Sunil Ram hat damals wegen Aruna Alarm geschlagen«, erinnerte James sich. »Ich dachte, alles wäre unter Kontrolle und die Angelegenheit könnte vergessen werden. Bis er mich zum Bungalow geführt hat.«

»Zur Lodge?«, vermutete Libby.

»Ja, oder zum Dunsapie Cottage, wie es in den Tagen hieß.« Es fiel James schwer zu beschreiben, was er vorgefunden hatte. »Sie muss sich an Sunil Ram vorbeigeschlichen haben. Sie … sie war … Aruna lag da – das Bett war blutgetränkt – sie hatte sich die Pulsadern aufgeschnitten. Oh Gott! Der Blutgeruch!«

Libby hatte den Eindruck, dass ihr Vater sich gleich übergeben würde, so lebhaft war die Erinnerung. Sie kämpfte selbst mit der Übelkeit.

»Es war in dem Zimmer links, nicht wahr?«, fragte sie.

»Ja«, bestätigte James. »Woher weißt du das?«

»Flowers hatte darin ein ungutes Gefühl. Sie war wirklich erschüttert – erinnerst du dich nicht mehr?«

James seufzte. »Ich war in solch schlechter Verfassung, dass ich schon nicht mehr weiß, was wirklich passiert ist und was ich nur geträumt habe. Ich war so weit, dass ich alles jede Nacht noch einmal durchlebt habe – wann immer ich die Augen geschlossen habe, tauchten die Bilder auf und gingen mir einfach nicht aus dem Kopf.«

Libby streckte den Arm aus und nahm seine Hand. »Oh, Dad, was für eine schreckliche Bürde hast du nur all die Jahre mit dir herumgetragen! Hast du es nie jemandem erzählt?«

James schüttelte den Kopf. »Ich habe versucht, es zu vergessen. Weißt du, was das Schlimmste war? Logan hat nie mehr auch nur nach Aruna oder dem Jungen gefragt – *nie*! Er war ein Monster.«

Libby schüttelte angewidert den Kopf. »Wie konnte ein Mann wie er nur so liebevolle Kinder wie Sophie und Sam zeugen – oder Flowers' Vater?«

»Vielleicht, weil sie liebevolle Mütter hatten«, antwortete James. »Nicht, dass auch nur einer von den dreien lange etwas von seiner Mutter hatte. Die Armen! Ich habe solche Schuldgefühle, weil ich keine der beiden unglücklichen Frauen vor Logan retten konnte. In Jessie Andersons Fall habe ich mich zumindest bemüht – ich habe sie aufgesucht und sie angefleht, Bill Logan zu verlassen. Aber Aruna habe ich erbärmlich im Stich gelassen.« Er seufzte gequält. »Flowers hat mich an ihre Großmutter Aruna erinnert – sie hat die gleichen Augen …«

»Also war es dir deshalb so unbehaglich, Flowers im Haus zu haben?«, vermutete Libby. »Wahrscheinlich hat das deine schlimmen Erinnerungen wieder an die Oberfläche geholt. Im Nachhinein tut es mir leid, dass ich sie mitgebracht habe.«

»Nein, du warst nicht schuld daran«, versicherte James rasch, »und Flowers auch nicht. Sie ist eine entzückende junge Frau. Es lag daran, dass ich solch ein Feigling war und mich meinem Fehlverhalten nicht stellen wollte. Ich habe einen Großteil meines Lebens damit verbracht, so zu tun, als wäre Aruna nie zu Tode gekommen.«

Libby saß da und musste erst mal verdauen, was ihr Vater gestanden hatte. Am Ende fragte sie: »Weiß Mutter, aus welchem Grund du diese weite Reise unternommen hast?«

James lächelte melancholisch. »Tilly war sogar diejenige, die sie deswegen vorgeschlagen hat.«

»Wirklich?«, rief Libby.

»Nachdem ich Fairfax besucht hatte«, erklärte James, »setzten die Albträume wieder ein. Deine Mutter hat mir so lange Fragen gestellt, bis ich ihr erzählt habe, was mir so zusetzte. Tilly hat mir klargemacht, dass ich dem, was mich quälte, nicht entkommen konnte, indem ich Tausende von Kilometern zwischen mich und die Quelle meiner Seelenqualen brachte. Vor meiner Vergangenheit wegzulaufen, war keine Lösung. Tilly ist genauso beharrlich wie du, Libby. Und wie du kann sie andere dazu bringen, ihr ihre Geheimnisse anzuvertrauen.«

»Das hat Mutter gut gemacht«, sagte Libby bewundernd. »Sie hatte dort Erfolg, wo ich gescheitert bin. Flowers wusste, dass irgendetwas ganz und gar nicht stimmte und dass du Hilfe brauchtest.« Nach einem Moment setzte sie hinzu: »Wird es dir jetzt besser gehen?«

James drückte ihr die Hand. »Du musst dir keine Sorgen um mich machen.«

»Es ist gut, dass du und Mutter reinen Tisch gemacht habt«, stellte Libby fest. »Das wird alles einfacher machen, wenn du zurückkehrst.«

James entzog ihr seine Hand. Er trank einen Schluck von seinem Whisky. Leise sagte er: »Ich kehre nicht zurück.«

Libby glaubte, sich verhört zu haben. »Was?«

James fuhr erklärend fort: »Deine Mutter und ich trennen uns. In aller Freundschaft. Na ja – damit meine ich, dass es kein Gerangel darum geben wird, wer was behält.«

»Dad!«, rief Libby entsetzt.

James hielt ihrem Blick stand. »Du kannst nicht so tun, als wäre es ein großer Schock. Du musst doch gespürt haben, dass deine Mutter und ich schon seit Jahren uneins miteinander sind. Sie ist glücklich in Newcastle – sogar sehr glücklich – mit dem neuen Haus, ihren Komitees, den Jungs in der Nähe und Josey als Gesellschaft – und mit einem lächerlichen neuen Hund namens Fluff. Sie braucht mich nicht, und ich brauche sie auch nicht. Es hat lange gedauert, bis mir das klar geworden ist. Wir hatten ein paar sehr glückliche Ehejahre miteinander, und wir lieben unsere Kinder. Wir sind einander auch immer noch wichtig – aber nicht wichtig genug, um jetzt noch zusammenzubleiben.«

Libbys Herz hämmerte bei der verstörenden Neuigkeit. Das, was sie die ganze Zeit befürchtet hatte, seit der Krieg ihre Eltern getrennt hatte, trat jetzt endgültig ein: das Scheitern ihrer Ehe. Sie hatte sich danach gesehnt, dass Tilly und James sich miteinander versöhnten – hatte beide bestürmt, wieder zusammenzuleben –, aber es hatte nicht funktioniert. Hatte Libby sich genug darum bemüht? Sie hätte mit ihrem Vater nach Hause reisen sollen, dann hätte sie ihm vielleicht helfen können, sich besser in Newcastle einzuleben. Sie hätte ihrem Vater angesichts der Kritik ihrer Mutter den Rücken stärken können.

Aber vielleicht war das unfair gegenüber Tilly. So, wie es sich anhörte, hatte sie versucht, James' tiefen Kummer zu verstehen – hatte ihn sogar dazu gebracht, endlich über das zu sprechen, was ihn bedrückte, und hatte ihn ermutigt, Danny Dunlop mit der Wahrheit gegenüberzutreten. Ihre Mutter hatte mehr Verständnis für den Geisteszustand ihres Vaters bewiesen als Libby selbst – und ein gerüttelt Maß an Toleranz für seinen Wunsch, sie zu verlassen. Tilly würde zu Hause bestimmt zur Zielscheibe von Klatsch und Tratsch werden, wenn sie sich von ihrem Mann trennte. Sie riskierte es, von ihren Kirchenfreundinnen und ihren Kolleginnen in ihren Wohltätigkeitskomitees verurteilt zu werden. Doch statt die Risse in ihrer Ehe zu übertünchen, erlaubte Tilly James, frei zu sein und nach Indien zurückzukehren.

Libby versuchte, das ganze Ausmaß dessen zu verstehen, was das bedeutete. Sie schluckte schwer und versuchte, die Panik zu unterdrücken, die diese grundlegende Veränderung im Verhältnis ihrer Eltern zueinander in ihr auslöste.

»Was machst du jetzt?«, fragte sie.

»Ich bleibe hier«, sagte er mit einem müden Lächeln, »wie du.«

»In Kalkutta?«, fragte Libby in plötzlicher freudiger Erregung.

James nippte noch einmal an seinem Drink und antwortete: »Ich spiele mit dem Gedanken, mich in Shillong niederzulassen. Die Percy-Barratts sind nach da oben gezogen, und ich habe andere alte Freunde in der Gegend.«

Libby warf ihm einen verschmitzten Blick zu. »Zum Beispiel Clarrie?«

Trotz des schlechten Lichts auf der Veranda erkannte sie, dass das Gesicht ihres Vaters sich rötete. »Ich nehme an, Clarrie ist auch in der Nähe – ja, das stimmt wohl.«

Libby lachte über seine Schüchternheit. »Sie vermisst dich auch, Dad«, sagte sie. »Sogar sehr.«

»Woher zum Teufel willst du das wissen?«, polterte James.

»Weil sie es mir gesagt hat«, erwiderte Libby lächelnd. »Sie hat erwähnt, wie lieb sie dich gewonnen hat – und das gilt auch für Harry. Er redet mit Breckon über dich, das habe ich selbst gehört. Wenn du nach Shillong gehst, wirst du ihn oft sehen, da er ja dort zur Schule geht. Viel häufiger als deine eigenen Kinder.«

»Grollst du uns immer noch dafür, dass wir euch weggeschickt haben?«, fragte James. »Ich weiß, dass es für dich besonders schwer war, Libby. Es war nicht die Schuld deiner Mutter – sie hätte dich hierbehalten, wenn sie gekonnt hätte. Ich war derjenige, der dachte, es würde euch allen guttun. Das bereue ich mittlerweile.«

Traurigkeit überfiel Libby. Das bestätigte, was ihr immer stärker bewusst geworden war: Ihre Mutter war nicht schuld an ihren langen, einsamen Jahren im Internat. Tilly hatte genauso sehr unter der Trennung gelitten wie ihre Kinder – auch unter der Trennung von Libby. Die regelmäßigen, liebevollen Briefe ihrer Mutter waren der Beweis dafür.

»Es hat keinen Zweck, euch noch länger zu grollen«, antwortete Libby, »das ist mir inzwischen klar. Und ich tue ja jetzt, was ich will.«

»Du bist in Shillong willkommen, wenn du dich entscheidest, dort unterrichten zu wollen«, sagte James. »Du weißt, dass du bei mir immer ein Zuhause haben wirst.«

Eine Welle der Zuneigung zu ihm überkam sie. »Danke, Dad. Aber ich werde versuchen, mir hier etwas aufzubauen. Bald habe ich genug zurückgelegt, um mir ein eigenes Zimmer zu mieten. Flowers hat zwei Freundinnen, die eine dritte Person suchen, die sich eine Wohnung mit ihnen teilt, also werde ich den Roys nicht viel länger zur Last fallen.«

James streckte den Arm aus und drückte ihre Hand mit seiner großen. Einen Moment lang hielt er sie einfach nur fest, aber dann räusperte er sich.

»Ich war nicht sehr freundlich, was deinen jungen Mann angeht«, sagte er. »Auch das tut mir mittlerweile leid.«

Libbys Verlustgefühl kehrte zurück. »Ghulam?«

»Ja, Ghulam.« Seine Augen glänzten vor Mitgefühl. »Das ist noch etwas, das deine Mutter mir beigebracht hat – nicht so vorschnell ein Urteil über Menschen zu fällen. Oder vielleicht ist das auch Clarrie zu verdanken.«

Libbys Augen brannten. »Ich glaube, du hättest mehr mit Ghulam gemein gehabt, als auch nur einem von euch beiden klar war«, sagte sie nachdenklich. »Die Zielstrebigkeit in eurer Arbeit und die leidenschaftliche Liebe zu Indien. Ich wünschte, ihr hättet einander kennengelernt.«

James fragte sanft: »Besteht wirklich nicht die geringste Hoffnung, dass er noch am Leben ist?«

Tränen strömten Libby über die Wangen. »Es ist mein größter Wunsch, dass er es ist«, stieß sie heiser hervor. »Ich werde nie mehr jemanden so sehr lieben wie ihn.«

Sie rechnete damit, dass ihr Vater darauf mit irgendeiner tröstlichen Plattitüde reagieren würde, wie etwa, dass sie doch noch so jung sei und sich bestimmt wieder verlieben würde. Aber er überraschte sie.

»Wenn du ihn so sehr geliebt hast, Libby, dann muss er ein guter Mann gewesen sein. Es tut auch mir leid, dass ich ihn nie kennengelernt habe.«

»Danke«, flüsterte sie.

Er drückte ihr erneut die Hand. Sie saßen schweigend da und hingen beide ihren eigenen Gedanken nach. Libby hatte sich ihrem Vater nie näher gefühlt als in dem Moment. Es war nicht das Gleiche wie ihre kindliche Bewunderung für ihn; es war ein reifes Gefühl der Liebe und des gegenseitigen Verständnisses.

Nach einer Weile hob James mit der freien Hand das Glas. »Auf dich, Libby«, sagte er mit einem zärtlichen Lächeln. »Auf meine wunderbare, unerschrockene Tochter!« Er stürzte den Rest seines Drinks hinunter.

Erschöpft von den Ereignissen des Tages gingen sie beide rasch zu Bett. Trotz der schockierenden Enthüllungen der letzten paar Stunden schlief Libby zum ersten Mal seit Tagen tief und fest.

43

Anfang November brach James nach Shillong auf. Libby versprach ihm, ihn zu Weihnachten dort zu besuchen. Sie hatte einen Brief von Clarrie erhalten, die ihr versicherte, dass die Lage in Gulgat sich beruhigt hatte. Nach ihrer Beschwerde bei der Polizei hatte der Radscha Sen zur Verantwortung gezogen und versprochen, dass niemand aus dem Fürstenstaat ihr mehr Schwierigkeiten machen würde. Zur Entschuldigung hatte er Clarrie als Geschenk einen Bentley voller Blumen und Obst gesandt.

Dieses Auto ist auf den Straßen von Belguri vollkommen unpraktisch!, hatte Clarrie amüsiert geschrieben. *Aber ich kann es verkaufen und das Geld in die Manufaktur investieren.*

»Vielleicht können wir uns mit Clarrie und ihrer Familie treffen?«, schlug Libby ihrem Vater vor seiner Abreise vor. »Sie und Harry werden so glücklich sein, dass Adela und Sam wieder zu Hause sind. Und Belguri ist für mich jetzt wie ein zweites Zuhause.«

James schien sich über den Vorschlag zu freuen. »Vielleicht könnten wir uns ja für ein paar Tage auf *shikar* selbst einladen?«

»Weiß Clarrie überhaupt schon, dass du wieder in Indien bist?«, fragte Libby.

Ihr Vater wurde rot. »Ich hatte noch keine Zeit … Wenn ich mich erst einmal eingelebt habe, melde ich mich bei ihr … Ich will ihr ja auch nicht lästig fallen.«

Sobald James fort war, schrieb Libby an Clarrie und berichtete ihr, dass ihr Vater nach Shillong ziehen würde. Sie wollte nicht, dass Clarrie einen Schock erlitt, wenn James einfach ohne Vorwarnung aus heiterem Himmel bei ihr auftauchte. Ihr Vater würde ihr vielleicht ein wenig grollen, weil sie sich einmischte, aber das war für ihn eigentlich nichts Neues. Der Brief würde Clarrie Zeit geben, die Neuigkeit zu verdauen, dass James und Tilly sich getrennt hatten, und ihr ermöglichen, sich über ihre eigenen Gefühle klar zu werden.

Libby schrieb auch ihrer Mutter, um sie wissen zu lassen, dass ihr die Trennung leidtat, dass sie aber keinem Elternteil die Schuld daran gab; die langen Jahre des Auseinanderentwickelns waren der Grund dafür. Ermutigt vom Mitgefühl ihres Vaters, was Ghulam betraf, vertraute sie sich auch ihrer Mutter an und schrieb sich den Schmerz über ihren Verlust von der Seele. Es war ein langer, liebevoller Brief, in dem sie Tilly auch von Flowers' und Georges Hochzeit, ihren Schreibmaschinenstunden und ihrem Umzug in eine Wohnung in der Theatre Road mit neuen Freundinnen berichtete – und auch davon, wie mutig ihr Vater gewesen war, Danny Dunlop von seiner Vergangenheit zu erzählen.

> *… Was für ein schrecklicher Mann Bill Logan doch war! Ich glaube nicht, dass wir Sophie oder Sam je von den kaltherzigen Dingen erzählen sollten, die er getan hat. Er hat ihnen ohnehin schon genug angetan; wir dürfen sie nicht auch noch damit belasten.*
>
> *Dad hat gesagt, Du seist diejenige gewesen, die ihn davon überzeugt hat, nach Indien*

zurückzukehren und Mr Dunlop die Wahrheit über seine Eltern zu sagen. Das war auch von Dir tapfer, Mutter – Dad zu helfen, sich seiner Vergangenheit zu stellen und die Dinge nicht einfach unter den Teppich zu kehren, und Dad ziehen zu lassen. Schon vor seiner Abreise aus Kalkutta sah er besser aus, jünger, als sei ihm eine gewaltige Last von den Schultern genommen. Er scheint in Shillong glücklich zu sein. Ich hoffe, Du bist auch glücklich, Mutter.

Was mich betrifft, werde ich erst einmal in Kalkutta bleiben. Ich habe hier eine interessante Arbeit und hoffe, das Leben der Kinder, die ich unterrichte, zum Besseren wenden zu können, so winzig mein Beitrag auf das große Ganze bezogen auch sein mag. Ghulam hätte gewollt, dass ich es tue – und in Kalkutta fühle ich mich ihm näher, deshalb ist es mir ein gewisser Trost, hier zu sein.

Vielleicht komme ich nächstes Jahr zu Besuch nach Newcastle. Bitte grüß die Jungs und Josey lieb von mir – und die liebe Lexy, wenn Du sie triffst. Aber vor allem sende ich Dir meine Liebe, Mutter, und hoffe, dass Du verstehst, warum ich weiter in Indien bleibe.

Deine Dich liebende Tochter
Libby xxx

* * *

Libby nahm ihre Arbeit wieder auf und hielt sich rund um die Uhr beschäftigt. Sie erhöhte ihre Stundenzahl in Sanjeevs kostenloser Schule und nahm weitere Schülerinnen im Maschinenschreiben und in Buchhaltung an. Sie zog aus dem gemütlichen Haus der Roys aus, besuchte sie aber weiterhin einmal die Woche, weil sie wusste, wie sehr die beiden ihre eigenen Töchter vermissten, die Hunderte von Kilometern entfernt wohnten.

Sie bekam eine Antwort von Tilly. Der Brief ihrer Mutter war emotional: voller Dankbarkeit für Libbys Verständnis bezüglich der Trennung und mit warmherzigen Worten des Beileids zu ihrer Trauer um Ghulam.

> *… natürlich vermisst Du ihn! Er war Deine große Liebe – und wie es sich anhört, warst Du auch seine. Mein Herz fliegt Dir zu, mein Liebling. Aber es gibt Frauen auf dieser Welt, die nie solch eine tiefe Liebe zu einem Mann empfunden haben, und wenigstens hast Du das erlebt. Liebste Libby, ich kann nicht leugnen, dass ich enttäuscht bin, dass Du nicht nach Hause kommst, aber ich gebe die Hoffnung nicht auf, dass Du es irgendwann doch noch tust! Dein Zimmer im neuen Haus in Jesmond ist bereit und erwartet Dich, ganz gleich, wann Du beschließt zu kommen. Leider betrachtet Fluff es als ihres, und ich erwische sie oft zusammengerollt auf Deinem Bett – es ist ein ganz warmes Zimmer, da es allen Sonnenschein von Süden abbekommt.*
>
> *Liebes Mädchen! Pass auf Dich auf. Versuch, nicht zu traurig zu sein. Genieß Deine Zeit in Kalkutta – und hab ein Auge auf Deinen Vater, wenn Du kannst. Ich will, dass Du weißt, dass*

mir durchaus wichtig ist, was aus ihm wird, auch wenn ich nicht mehr mit ihm zusammen sein möchte.

In aller Liebe
Mutter x

Libby legte den Brief zu ihren kostbarsten Habseligkeiten – ihren geliebten Briefen von Ghulam und einem Foto von ihm, grinsend und rauchend in Cricketkleidung. Sanjeev hatte es ihr geschenkt.

* * *

An einem Novembernachmittag, als das Licht schon verblasste und Libby am Ende des Unterrichts der Kinder die Tafel abwischte, trat plötzlich jemand in die Tür des Klassenzimmers. Libby sah sich um. Sie brauchte einen Moment, um zu erkennen, dass es Fatima war. Sie wirkte äußerst aufgeregt. Libbys Herz tat vor Besorgnis einen Sprung.

»Fatima, was ist los?« Libby eilte zu ihr.

Die Ärztin zitterte und schluckte, als sie zu sprechen versuchte. »Er … Er ist …«

Libby spürte, wie die Angst die Klauen in ihr Inneres schlug. Das war der Moment, vor dem sie sich gefürchtet hatte: der, in dem sie endlich von Ghulams Schicksal erfuhr.

»Sag schon«, drängte Libby. »Geht es um Ghulam? Ist er tot? Bitte sag es mir!«

Fatima streckte die Arme aus und umfasste Libbys Hände, wie um Halt zu finden. Sie begann zu schluchzen. Libby hielt sie stützend umfangen. Ihr Herz hämmerte so sehr, dass sie kaum Luft bekam.

Fatima unternahm die größten Anstrengungen, sich zu fangen und zu sprechen. »Er lebt«, stieß sie heiser hervor. »Mein Bruder ist am Leben!«

Libby wurde vor Schock fast ohnmächtig. »Ghulam ist am Leben?«, brachte sie mit Mühe hervor.

»Ja!«, schrie Fatima, halb schluchzend, halb lachend.

Plötzlich war Libbys Kehle vor Ergriffenheit wie zugeschnürt. Ghulam lebte? Das war nicht möglich! Sie klammerte sich an Fatima fest.

»Woher weißt du das?«, fragte Libby. »Wo ist er?«

»Komm!«, sagte Fatima. »Komm sofort mit. Er ist bei Sanjeev. Er fragt ständig nach dir.« Fatima ergriff ihre Hand und zog sie Richtung Tür.

Die Straßenkinder drängten sich um sie und musterten die weinenden Frauen erstaunt. Libby stolperte hinter Fatima her. Zwischen gerührten Schluchzern sprudelte eine wahre Flut an Fragen aus ihr hervor.

»Wie geht es ihm? Ist alles in Ordnung? Wie ist er hergekommen? Wo war er?«

»Er ist sehr schwach«, sagte Fatima unter Tränen und eilte die Straße entlang. »Er hat eine fürchterliche Zeit hinter sich. Er ist in Delhi ausgeraubt worden. Ich habe seine Wunden gerade vorhin neu verbunden.«

»Wunden?«, entfuhr es Libby entsetzt.

»Aber er ist am Leben«, wiederholte Fatima triumphierend. »Ich habe die Hoffnung ja nie aufgegeben.«

Binnen weniger Minuten waren sie bei Sanjeevs Wohnung. Fatima stieß Libby förmlich durch die Tür. Das Zimmer war schon von einer Lampe erhellt. Libby starrte hinein. Halb ausgestreckt und an ein Kissen gelehnt lag auf Sanjeevs *charpai* ein Mann, der Ghulam ähnelte. Er war dünner, sein hageres Gesicht unrasiert, sein Haar lang und ungepflegt. Aber als er sie erspähte und lächelte, ging Libby das Herz vor Rührung auf.

»Ghulam!« Sie eilte zu ihm.

»Libby«, flüsterte er und versuchte, sich aufzusetzen. Er zuckte vor Schmerz zusammen.

»Beweg dich nicht!«, bat sie, setzte sich sanft auf die Bettkante und nahm seine Hand. Die Haut war rau und mit Wunden übersät. Sie hielt sich seine Hand zärtlich an die Wange. Tränen brannten ihr in den Augen. »Wie ist das möglich?«

Er betrachtete sie; seine gelbgrünen Augen wirkten in seinem verhärmten, ausgezehrten Gesicht übergroß. »Du bist hiergeblieben«, stellte er staunend fest. »Ich dachte, du wärst schon längst abgereist.«

»Ich gehöre hierher«, antwortete sie und küsste ihn auf die Handfläche.

Sie fing seinen Blick auf und wollte nicht blinzeln, um auch ja keinen Moment zu verpassen, in dem sie ihn sehen konnte, damit ihre ungläubigen Augen den Beweis hatten, dass das hier ihr geliebter Ghulam war und dass er wirklich noch lebte.

»Was ist dir zugestoßen?«, fragte sie. »Ich dachte, du wärst t… tot.« Bei dem Wort schluchzte sie auf.

Ghulam nahm ihre Hand und küsste sie seinerseits. »Nach menschlichem Ermessen sollte ich das auch sein«, sagte er. Schmerz huschte über sein Gesicht. »Man hat mich liegen lassen, weil man mich für tot hielt …«

»Du musst jetzt nicht darüber sprechen«, unterbrach ihn Libby hastig. »Es ist genug, dass du zu mir zurückgekommen bist – zu uns.« Sie schaute sich um, aber Fatima und Sanjeev hatten sie allein gelassen. Sie konnte die beiden auf dem Flur reden hören.

Libby beugte sich näher zu Ghulam und strich ihm das Haar aus der Stirn.

»Sanjeev hat mir deinen Brief gegeben«, sagte sie mit einem zärtlichen Lächeln. »Ich kenne ihn auswendig. Er ist das Kostbarste, was ich besitze. Ich habe dich so vermisst. Wann immer ich niedergeschlagen war, habe ich ihn gelesen. Allein das Wissen, dass du mich liebst …«

Tränen liefen Libby übers Gesicht.

»Du bist hiergeblieben«, wiederholte er und wischte ihr mit rauen Fingern die Tränen weg. »Heißt das, dass du nicht nach Großbritannien zurückkehrst?«

»Nein, ich kehre nicht dorthin zurück«, bestätigte Libby. »Ich habe mich entschlossen, in Kalkutta zu leben. Hier habe ich Arbeit und Freunde – und jetzt auch dich.«

»Also empfindest du das Gleiche?«, fragte Ghulam mit forschendem Blick.

»Natürlich«, antwortete Libby. »Ich habe dir aus Belguri einen Brief geschrieben, um dich darüber zu informieren, dass dein Vater krank war – aber auch, um dir zu sagen, wie sehr ich dich liebe und immer lieben werde. Ich habe ihn an die Amelia Buildings geschickt, weil ich dachte, du wärst noch dort.«

Ghulam lächelte sein breites, ungleichmäßiges Lächeln, und Libbys Herz schmolz dahin.

»Dann lieben wir einander«, befand er schlicht.

»Ja.« Libby lächelte, beugte sich zu ihm und küsste ihn auf die aufgesprungenen Lippen.

Er legte seine Arme um sie, und sie erwiderte die Umarmung. Plötzlich zuckte er zusammen, und Libby erkannte, dass er unter seinem Hemd Verbände trug.

»Entschuldige bitte.« Sie wich zurück. »Bist du schwer verletzt?«

»Ich kann jeden Schmerz ertragen, solange du nur bei mir bleibst«, sagte Ghulam mit einem gequälten Lächeln.

Sie rollte sich neben ihm zusammen und streichelte sein Gesicht, bis er einschlief.

* * *

Die Dunkelheit senkte sich herab, und Fatima brach zu ihrer Unterkunft im Krankenhaus auf, bevor es zu spät wurde. Libby stand auch auf, um zu gehen, aber Ghulam wurde unruhig.

»Geh nicht, Libby«, murmelte er.

Sanjeev sagte zu ihr: »Ich schlafe nebenan bei Freunden. Klopf an, wenn ihr irgendetwas braucht.«

Mit Libby allein gelassen, seufzte Ghulam zufrieden und schlief wieder ein.

In der Stunde vor Anbruch der Morgendämmerung fragte Ghulam mit heiserer Stimme: »Bist du wach?«

Libby, die kaum geschlafen hatte, weil sie bei ihm gewacht hatte, flüsterte: »Ja, brauchst du irgendetwas? Wasser?«

Er nickte. Sie half ihm zu trinken. Dann begann er stockend zu erzählen, was ihm zugestoßen war. Er war unbeschadet in Delhi angekommen, war aber entsetzt über den Anblick der riesigen Flüchtlingslager gewesen, die sich in der glühend heißen Ebene erstreckten. Fassungslos über das Ausmaß des Elends und über die hektischen Bemühungen von Familien am Flughafen, Indien Richtung Pakistan zu verlassen, hatte Ghulam zu zweifeln begonnen.

Als er gerade an Bord des Flugzeugs nach Lahore hatte gehen wollen, hatte er seinen Platz einer verzweifelten jungen Frau abgetreten, die Angst gehabt hatte, von ihrer Familie getrennt zu werden. Ghulam wurde klar, dass sein Wunsch, seinen Vater ein letztes Mal zu sehen, angesichts der Panik und des Schreckens ringsum egoistisch war. Er besetzte einen wertvollen Platz im Flugzeug, nur um sich weiter dem Tagtraum hingeben zu können, sich mit seinem vor langer Zeit mit ihm zerstrittenen Vater zu versöhnen. Dagegen hing das Leben dieser Frau davon ab, ob sie heil nach Pakistan gelangte oder in Delhi zurückblieb.

»Also habe ich ihr mein Ticket gegeben. Ich wusste, dass mein Vater das gutgeheißen hätte. Wir waren uns nie über viele

Dinge einig, aber er hat zutiefst an Wohltätigkeit und daran, Fremden zu helfen, geglaubt.«

»Das war sehr großherzig von dir«, sagte Libby.

»Ich habe meinem Vater und der Familie einen kurzen Brief geschrieben«, fuhr Ghulam fort, »und die Frau gebeten, ihn bei ihnen abzugeben, wenn sie nach Lahore kommen würde. Erst viel später ist mir klar geworden, dass der Brief meine Familie nie erreicht hat. Ich hatte sie gebeten, Fatima auszurichten …« Gequält biss Ghulam die Zähne zusammen. »Ich wollte meiner Schwester nie so viel Kummer bereiten.«

Libby küsste ihn auf die Wange. »Das weiß Fatima doch.«

Nach einem Augenblick fuhr Ghulam fort: »Ich wusste, dass mein Chef bei der Zeitung mich erst in etwa einem Monat zurückerwartete, deshalb beschloss ich, in Delhi zu bleiben und in den Flüchtlingslagern zu helfen. Es war größtenteils körperliche Arbeit – Latrinen ausheben und so –, aber ich hatte das Gefühl, dass ich für die Flüchtlinge am nützlichsten war, wenn ich in ihrer Muttersprache Pandschabi mit ihnen sprach. Sie hatten solches Heimweh und waren von dem, was sie durchgemacht hatten, traumatisiert. Um mich zu schützen, gab ich vor, Christ zu sein. Ich wusste noch genug aus der Schule, um als Christ durchzugehen. Die Geschichten, die sie erzählt haben … Unaussprechliche Dinge …«

Ghulam brach ab. Libby legte sanft den Arm um ihn und hielt ihn eng an sich gezogen. Er schluckte.

»Dann, nach ungefähr sechs Wochen, kam ich zu dem Schluss, dass es Zeit wurde, nach Kalkutta zurückzukehren. Ich hatte gerade noch genug Geld, um mir eine Fahrkarte zu kaufen. Als ich auf dem Weg war, um mir eine zu besorgen, wurde ich niedergestochen und ausgeraubt.« Seine Atmung beschleunigte sich, als er den Angriff noch einmal durchlebte. »Ich erinnere mich, dass ich hilflos auf der Straße lag, und dann muss ich das Bewusstsein verloren haben.«

Er wandte sich ihr zu und sah sie mit glänzenden Augen an. »Mein Leben verdanke ich einem *chai-wallah,* der mir zu Hilfe gekommen ist – er hat mich mit in das Zimmer genommen, das er sich mit einem Dutzend anderer teilte, und hat die Blutung gestillt. Sie waren eine Hindufamilie. Sie müssen gewusst haben, dass ich Muslim bin – sie haben mich schließlich vierzehn Tage lang gepflegt –, aber als Banden auf der Suche nach Muslimen vorbeigekommen sind, hat kein Einziger von ihnen mich verraten.«

»Wie tapfer und anständig von ihnen«, sagte Libby und empfand unendliche Dankbarkeit gegenüber diesen Menschen, die sie nie kennenlernen würde.

»Sobald ich wieder stehen und gehen konnte«, fuhr Ghulam fort, »war mir klar, dass ich wegmusste – sie hatten selbst kaum genug zum Leben – ich wollte ihnen nicht länger zur Last fallen.«

»Aber wie um alles in der Welt bist du nach Kalkutta zurückgelangt?«, wollte Libby wissen. »Du warst doch mittellos.«

»Ja. Ich dachte schon, ich müsste an der Tür einer alten Freundin betteln«, sagte er mit grimmiger Miene.

»Bei Cordelia?«, erkundigte sich Libby.

Er erschrak. »Woher weißt du das?«

»Ich weiß, dass sie aus Delhi stammt«, antwortete sie. »Ich hätte dir keine Vorwürfe gemacht.«

»Aber ich habe es nicht getan«, sagte Ghulam, »weil dann etwas ganz Außergewöhnliches geschehen ist: Ich war auf dem Weg zu ihrem Haus in Neu-Delhi und hatte gerade am Connaught Circus haltgemacht, um mich auszuruhen, als ein Auto neben mir anhielt und ein Mann in Uniform ausstieg. Er war ein Sikh, und ich erkannte seine Uniform: Es war die des Lahore Horse – die von Rafis altem Regiment. Er starrte mich an und fragte mich, ob ich Ghulam Khan sei.«

»Wer war er?«, fragte Libby.

»Rafis alter Freund Sundar Singh«, erklärte Ghulam. »Rafi hatte ihn gebeten, Delhi nach mir abzusuchen, für den Fall, dass ich noch dort und am Leben war …« Ghulam unterdrückte ein Aufschluchzen. »Er war schon seit Wochen auf der Suche nach mir. Erst zu dem Zeitpunkt wurde mir klar, dass meine Familie meinen Brief nie bekommen hatte …«

»Wir dachten, du hättest den Zug nach Lahore genommen«, sagte Libby. »Ich glaubte nicht, dass du noch am Leben sein könntest – du wurdest schon zu lange vermisst. Aber Rafi und Fatima haben die Hoffnung nie aufgegeben, dass du noch irgendwo da draußen warst.«

»Wenn Rafi Sundar nicht gebeten hätte, nach mir zu suchen«, stieß Ghulam heiser hervor, »dann wäre ich vielleicht nie zurückgekehrt.«

Plötzlich waren die Erleichterung, überlebt zu haben, und das Wissen um die Liebe seines Bruders zu viel. Ghulam begann zu weinen. Libby hielt ihn eng an sich gezogen, bis er die Kontrolle über seine Emotionen zurückgewann und seine Geschichte beenden konnte.

Sundar hatte ihn gerettet, ihm eine warme Mahlzeit und Kleider zum Wechseln besorgt und Ghulam dann mit genug Proviant und Geld für die Heimreise in einen Zug nach Kalkutta gesetzt. Mittlerweile hatte Rafi wohl schon von Sundar gehört, dass sein Bruder gerettet war. Wenn nicht – so versicherte Libby ihm –, würde Fatima Rafi und dem Rest der Familie in Pakistan schon eine Nachricht geschickt haben.

Als das Licht der Dämmerung durch die Fensterläden drang, wandte Ghulam Libby das Gesicht zu und musterte sie innig. Seine Stimme klang tief und zitterte nicht, als er wieder das Wort ergriff.

»Ich will, dass wir nie mehr voneinander getrennt sind«, sagte er.

Ein Ruck ging durch ihr Herz. Sie umfasste sein bärtiges Gesicht. »Das will ich auch. Ich kann nicht beschreiben, wie glücklich ich bin, dass wir jetzt hier zusammen sind. Ich dachte, ich würde dich nie mehr neben mir spüren.«

Ghulam beugte sich zu ihr und küsste sie auf den Mund. Er bedachte sie mit einem liebevollen Blick. »Ich weiß, dass das arg bürgerlich klingt, aber ich will dich heiraten, Libby.«

Sie schenkte ihm ein schelmisches Lächeln. »Gut – denn das will ich auch.«

»Wirklich?« Er sah sie entzückt an. »Bist du dir sicher?«

»Ghulam, wenn das heißt, dass ich für immer bei dir bleiben kann, dann ja!« Sie grinste.

»Oh, meine geliebte Göttin!« Ghulam presste die Lippen auf ihre und küsste sie so inbrünstig, wie er nur konnte, um ihr Eheversprechen zu besiegeln.

Libbys Herz barst schier vor Freude. Sie erwiderte seinen Kuss. Neuer Optimismus erfüllte sie: für die Zukunft, ihre Pläne und die Träume, die Ghulam ihr in seinem Liebesbrief geschildert hatte. Sie würden zusammen arbeiten und leben, Seite an Seite im neuen Indien, die guten Augenblicke genießen und die schlechten gemeinsam durchstehen.

Sie war bereit gewesen, sich ohne ihn einer Zukunft in Kalkutta zu stellen, aber wie viel reicher würde ihr Leben jetzt sein, da Ghulam zu ihr zurückgekehrt war! Während Libby ihn küsste und überwältigende Liebe zu ihm empfand, wusste sie mit absoluter Gewissheit, dass sie ineinander wahre Seelenverwandte gefunden hatten.

Epilog

Belguri, Anfang Dezember 1947

Im Morgengrauen ritt Clarrie den Pfad entlang durch den Dschungel zur Lichtung mit der Tempelruine hinauf. Sie kannte die Strecke so gut, dass jeder Baum und jede Biegung des Wegs ihr vertraut war. Der Dschungel tönte vor Vogelstimmen. Als sie die noch überwiegend schattige Lichtung erreichte, glänzte an den Stellen, an denen die Sonne schon darauf fiel, der Tau auf den Farnen und dem Gras.

Clarrie stieg ab und legte ein Blumensträußchen auf die Steine des Hanuman-Tempels, der vor langer Zeit zu einer Ruine zerfallen war.

»Für dich, liebe Ayah Mimi«, murmelte Clarrie.

Sie betrachtete die baufällige Hütte, in der Sophies einstige *ayah* als heilige Frau gelebt hatte, bevor Clarrie sie vor über zwanzig Jahren mit nach Belguri genommen hatte. Die alte Frau hatte sich von ihren Anstrengungen am Tag des Angriffs aus Gulgat nicht mehr erholt. Erschöpft war die *sadhvi* in ihre Hütte zurückgetragen worden. Sie war nie wieder daraus hervorgekommen. Zwei Wochen später, als Clarrie Ayah Mimi ihre tägliche Schale Milch gebracht hatte und ihr unbedingt hatte mitteilen wollen, dass Sophie sicher in Kalkutta angekommen war, hatte sie die alte Frau kalt und leblos auf ihrer Schlafmatte vorgefunden.

Die *ayah* hatte ihre geliebte Sophie bis zum Schluss beschützt. Vielleicht hatte sie das Gefühl gehabt, das Leben loslassen zu können, weil sie gespürt hatte, dass Sophie unbeschadet entkommen war. Clarrie war sich sicher, dass die *sadhvi* es gewusst hatte, ohne dass man es ihr erst hatte sagen müssen.

Clarrie setzte sich auf einen feuchten Stein und atmete den erdigen Geruch der Vegetation ein, während sie beobachtete, wie der Himmel im Osten sich zu einem leuchtenden Pfauenblau verfärbte.

Es schien ihr eine Ewigkeit her zu sein, dass sie als impulsive Achtzehnjährige auf ihrem Pony Prince hergeritten und aus dem Sattel gefallen war – nur um von dem gut aussehenden Wesley Robson gerettet zu werden.

Clarrie lächelte melancholisch. Wie arrogant er doch an dem Tag gewesen war – er hatte sie zur Weißglut getrieben. Zugleich war er aber auch so attraktiv und voller Leben gewesen. Sie waren beide so jung und töricht selbstbewusst gewesen, weil sie nicht ahnen konnten, welche Prüfungen ihnen noch bevorstanden: Trennung und Krieg, Verlust und gebrochene Herzen. Aber Clarrie hätte all das lieber noch einmal durchgemacht, als auf nur eine Minute ihrer kostbaren Zeit mit Wesley zu verzichten. Als sie nun über vierzig Jahre später wieder an der Stelle saß, an der sie sich damals ineinander verliebt hatten, fühlte Clarrie sich noch immer so lebendig und jung im Herzen wie damals.

Wie sehr sie ihn doch vermisste! Sie wünschte, er hätte noch erfahren können, dass Adela den freundlichen Sam geheiratet hatte – und dass das junge Paar ein Baby erwartete. Clarrie ging das Herz auf, als sie daran dachte, dass im Frühling ein kleiner Mensch in Belguri zur Welt kommen würde. Der Beginn der nächsten Generation. Sie hatte immer noch so viel, wofür sie dankbar sein konnte.

Sie wusste, wie sehr ihre leidenschaftliche Tochter um den Sohn trauerte, den sie in Großbritannien zurückgelassen hatte. Adela hatte ihr das für sie so kostbare Foto gezeigt, das Sam von ihr und John Wesley aufgenommen hatte – die Ähnlichkeit mit seinem Großvater Wesley war herzzerreißend. Doch ein Brief von Martha Gibson hatte Adela aufgemuntert. Die Amerikanerin hatte versprochen, dass Jacques, wenn er einundzwanzig wurde, von seiner wahren Abstammung und der Herkunft des Steins des *swami* erfahren sollte. Niemand von ihnen konnte einschätzen, wie der Junge darauf reagieren würde, dass er John Wesley war, der Sohn eines indischen Prinzen und der Tochter eines Teepflanzers. Das lag weit in der Zukunft, aber Clarrie wusste, dass es Adela Trost und Hoffnung spendete.

Clarrie spürte, wie die Wintersonne stärker wurde und ihr das Gesicht wärmte. Harry würde bald über die Weihnachtsferien nach Hause kommen. Das vertraute Gefühl inniger Liebe zu ihrem dunkelhaarigen, lebhaften Sohn ergriff Besitz von ihr. Und dann war da ja noch James …

Clarrie war verunsichert gewesen, als sie Libbys Brief erhalten hatte – die liebe, großherzige Libby, die sich ständig einmischen musste, hatte ihr von James' Rückkehr berichtet. Clarrie war tagelang nicht zur Ruhe gekommen, weil sie so sehr über diese Entwicklung nachgegrübelt hatte. Was hatte das zu bedeuten? Warum Shillong? Ging es James darum, in der Nähe seiner alten Teepflanzerfreunde zu sein, um mit ihnen zu angeln und zu jagen? Oder hatte er sich dafür entschieden, weil Shillong nur wenige Stunden von Belguri und ihr entfernt lag?

Sie würde es bald genug erfahren. Clarrie hatte Libbys Wink mit dem Zaunpfahl verstanden, dass sie sie und James über Weihnachten nach Belguri einladen sollte. Sie hatte sofort geantwortet und darauf bestanden, dass Libby und ihr Vater schon am Heiligabend kommen und die Feiertage bei ihr verbringen sollten. Erst vor zwei Tagen hatte sie einen Anruf von der überglücklichen Libby bekommen, die ihr aufgeregt von Ghulams wundersamer Rückkehr und ihrer schnellen Verlobung erzählt hatte. Sofort hatte Clarrie auch Ghulam eingeladen. Libby hatte ihr Glück so sehr verdient! Trotz der Ungewissheit in dieser Zeit gab es dieses Jahr zu Weihnachten so viel, wofür man dankbar sein und was man feiern konnte. Clarrie hatte nicht damit gerechnet, James so schnell wiederzusehen – wenn überhaupt.

Vor freudiger Erregung bekam Clarrie Schmetterlinge im Bauch. Ihr verlegenes Auflachen hallte von der Felsklippe wider, in deren Schutz die Lichtung lag. Sie benahm sich wirklich wieder wie die achtzehnjährige Clarrie Belhaven und nicht wie die auf die zweiundsechzig zugehende Matrone, die sie war! Sie stand auf. Sie hatte lange genug herumgebummelt. Es gab viel zu tun. Die letzte Herbsternte musste verarbeitet werden, bevor sie die Maschinen für die kalte Jahreszeit abstellte.

Genau in dem Moment hörte sie das Knacken von Zweigen und leise, dumpfe Hufschläge. Clarrie drehte sich um und sah nach, ob Adela oder Sam ihr gefolgt war. Der Reiter erschien am Rande der Lichtung, ein Mann im Gegenlicht. Clarrie keuchte auf. Einen schockierenden Augenblick lang glaubte sie, es wäre Wesley. Er saß aufrecht im Sattel, eine Silhouette mit welligem Haar und breiten Schultern. Clarrie schlug sich die Hand vor den Mund, um ein Aufschluchzen zu unterdrücken.

Eine tiefe Stimme durchbrach die Stille. »Clarrie? Geht es dir gut?«

Ein Hauch von Trauer überkam Clarrie. Wesley hätte sie Clarissa genannt.

Ihr war nie so deutlich wie in diesem Moment aufgefallen, dass die Robson-Männer sich ziemlich ähnelten.

»James«, stieß Clarrie hervor. »Was machst du hier?«

Er stieg ab und trat ins Licht. Jetzt sah sie, dass sein dichtes Haar weiß war und dass sein bulliges Gesicht nicht so hübsch wie Wesleys war. Aber der durchdringende Blick seiner blauen Augen war verstörend; er glich dem eines viel jüngeren Mannes.

»Ich suche natürlich nach dir«, antwortete er. »Adela hat mir gesagt, dass du hier bist, aber das hatte ich schon geahnt.«

»Du musst sehr früh aus Shillong aufgebrochen sein«, erwiderte sie und versuchte, sich zu beruhigen.

»Also weißt du über Shillong Bescheid?«, fragte James überrascht.

»Libby hat mir davon geschrieben«, sagte Clarrie.

James brummte: »Typisch.«

Er stand mehrere Meter entfernt, als hätte er Angst, näher zu kommen. Clarrie wurde klar, dass James sich unsicher war, was sie für ihn empfand – genau wie sie umgekehrt.

»Was hat sie dir sonst noch erzählt?«, wollte er wissen.

»Alles«, sagte Clarrie. »Zumindest über dich und Tilly. Es tut mir leid.«

»Das muss es nicht«, erwiderte James. »Tilly tut es nicht leid, und mir auch nicht.«

Clarrie wurde plötzlich verlegen. »Nun ja, dann freue ich mich, dich wiederzusehen«, erwiderte sie. Sie standen da und musterten einander. »Hast du schon gefrühstückt? Du musst nach der Fahrt doch hungrig sein«, plapperte sie drauflos. »Du bist so früh aufgestanden. Sollen wir …«

»Clarrie«, platzte James heraus. »Libby sagt, du hättest dich ihr anvertraut, was mich betrifft – dass du mich vermisst hast – mich sogar sehr vermisst hast.«

Clarrie errötete. »Das hätte sie nicht weitererzählen sollen. Ich habe ihr diese Dinge im Vertrauen gesagt und sie gebeten, nicht …«

»Nein, es war richtig von ihr«, unterbrach James sie ungeduldig. »Libby hat meistens recht, was Herzensangelegenheiten angeht. Sie wusste, dass ich ohne eine kleine Ermunterung nichts unternehmen würde.«

»Nichts unternehmen?«, wiederholte Clarrie.

»Na, dir sagen, wie sehr du mir am Herzen liegst«, erklärte James und kam näher. »Ich weiß, dass ich nicht einmal halb so ein Mann bin, wie Wesley es war – und dass ich ihn in deinem Herzen nie ersetzen kann –, aber ich liebe dich, Clarrie.« Er streckte die Arme aus und nahm ihre Hände. »Ich erwarte im Gegenzug nichts von dir – ich hoffe nur, dass du mich ein bisschen magst, genug, um zu dulden, dass ich dann und wann vorbeikomme, um dich zu besuchen und etwas Zeit mit dir zu verbringen.«

Eine Flut der Liebe zu ihm brach über Clarrie herein. Er war in ihrer Gegenwart so jungenhaft unbeholfen. Sie wusste, dass in diesem siebzigjährigen Mann ein junger, kraftvoller James seiner Leidenschaft für sie Ausdruck verlieh. Sie trat näher auf ihn zu.

»Lieber James.« Sie lächelte. »Natürlich möchte ich, dass wir Zeit miteinander verbringen.«

»Ja?« Er wirkte erstaunt.

»Ja.« Sie lachte. »Viel Zeit.«

Sie reckte sich, zog sein Gesicht zu ihrem herab und gab ihm einen langen Kuss auf die Lippen, sodass er keine Zweifel mehr daran haben konnte, was sie empfand. Sie sah Begehren in seinen Augen auflodern. James stieß einen Jubelruf aus.

»Mein Gott, was habe ich doch für ein Glück!«

Er zog sie an sich, schlang seine starken Arme um ihren schlanken Körper und küsste sie leidenschaftlich. Clarrie wurde plötzlich schwindlig. Sie hatte nie damit gerechnet, je wieder solch eine körperliche Reaktion auf einen Mann zu verspüren. Seltsam, dass es nun ausgerechnet auf derselben romantischen Lichtung geschah, auf der sie sich vor so langer Zeit zum ersten Mal verliebt hatte. Stumm dankte sie Gott für all die zweiten Chancen und für den Zauber, den dieser magische Ort auf die im Herzen jung Gebliebenen ausübte. Sie war auch zutiefst dankbar für Belguri, ihr geliebtes Belguri.

Sie lösten sich voneinander, aber sie hielt seine Hände weiter fest, während sie ihn liebevoll betrachtete.

»Ich möchte diesen Ort mit dir teilen«, erklärte Clarrie, »wenn du auch willst. Es gibt keinen anderen lebenden Mann, der so gut wie du versteht, was Belguri mir bedeutet, James.«

Sie sah seine Augen feucht werden. »Mit mir teilen? Was sagst du da?«

»Komm her und zieh bei mir ein«, bestürmte Clarrie ihn. »Ich will nicht mehr allein sein.«

Als er antwortete, schwang Rührung in seiner Stimme mit. »Oh, mein Schatz, nichts würde mir mehr Freude machen. Bist du dir auch sicher, dass du das wirklich willst?«

Plötzlich war Clarrie sich sehr sicher. Sie liebte James – nicht mit der tiefen Leidenschaft, die sie für Wesley empfunden hatte, aber mit einer Zärtlichkeit, die sich aus einer engen Freundschaft entwickelt hatte. Sie hatten gemeinsam so viel durchgestanden, und sie wusste, dass sie einander glücklich machen würden. Clarrie war auch überzeugt davon, dass ihre Familie diesen lieben Mann in ihrem Haus mit offenen Armen empfangen würde – Harry würde begeistert über die Neuigkeit sein.

Clarrie schenkte James ein breites Lächeln. »Ja, James, das will ich mehr als alles andere.« Sie reckte sich und küsste ihn noch einmal.

James lachte entzückt, und wie ein Mann, der halb so alt war wie er, hob er sie hoch und trug sie zu ihrem Pony.

Die Sonne füllte jetzt die gesamte Lichtung aus und wärmte Clarrie und James den Rücken, als sie sich auf den Weg den Dschungelpfad hinab zum Teegarten und zum Bungalow von Belguri machten – auf den Weg nach Hause.

Geburtsanzeige
Mrs Adela und Mr Samuel Jackman wurde am 21. April 1948 auf dem Belguri Tea Estate, Assam, eine Tochter geboren: Samantha Clarissa Robson Jackman. Mutter und Kind sind wohlauf.

Einige anglo-indische Begriffe

ayah: Kindermädchen
bidi: indische Zigarette
bhang: gemahlene Cannabisblüten und -blätter
boxwallah: Händler (pejorativ: Brite, der einem Gewerbe und keinem akademischen Beruf nachgeht)
burra: groß, Haupt-
burra bungalow: Hauptbungalow
burra memsahib: ranghohe Dame
bustee: Slum
chaprassi: Bote
charpai: einfaches Bett
chota: klein, jung
chota hazri: Frühstück
chota peg: alkoholisches Getränk, Sundowner
chowkidar: Wachmann, Torwächter, Portier
dak: Post
dak bungalow: Rasthaus für Reisende
dhoti: Lendenschurz, lockere Wickelhose
ghat: Kai
godown: Lagerschuppen
goondas: gedungene Schläger
Hindu Mahasabha: rechtsgerichtete nationalistische Partei

jaldi!: schnell!
-ji: Suffix, das besonderen Respekt ausdrückt
khansama: Butler, Hausverwalter
khitmugar: Tischdiener, Unterbutler
koi hai!: Ist jemand da? (Gewöhnlich ein Ruf, der Dienern gilt)
(alter) koi hai: Veteran des Diensts in Indien
kurta: kragenloses, weit geschnittenes Männerhemd, das bis zu den Knien reicht
lathi: langer Stock, Knüppel
lungi: Sarong, Wickelrock
mali: Gärtner
mataji: verehrte Mutter
mofusil: Landgebiete, Provinz
mohurer: Buchhalter
nimbu pani: Zitronengetränk
paan: Mischung aus Betelnüssen, Betelblättern und Gewürzen zum Kauen
pukka: erstklassig, einwandfrei
punkah: Deckenfächer aus Stoff
punkah-wallah: Mann, der mithilfe eines Seils den *punkah* bedient
sadhvi: heilige Frau
sahib-log: Briten in Indien
shikar: Jagd
sola topee: Sonnenhut (Kurzform: topee)
swami: Asket, heiliger Mann
swaraj: Freiheit
syce: (Pferde-)Knecht

Nachwort

Mein Großvater, Robert Maclagan Gorrie (der auch Bob oder von der britischen Elite in Indien etwas verächtlich Jungli-Gorrie genannt wurde), diente von 1922 bis zur Unabhängigkeit 1947 im Indian Forest Service, der indischen Forstbehörde. Er war Forstbeamter im Pandschab, erst in Lahore, Changa Manga und Rawalpindi, später in Simla und der Bashahr-Provinz (in den Ausläufern des Himalaja). Vorübergehend wurde er auch als Dozent ans Forest Institute in Dehradun und in den 1930er-Jahren zum *Auslandsdienst* im unabhängigen Fürstenstaat Mandi abgeordnet. Er entwickelte sich zum Experten für Bodenerosion und Naturschutz, aber unter der britischen Kolonialherrschaft wurde er bei den großen Beförderungen übergangen, vielleicht, weil er als freimütiger Schotte auf nicht immer allzu diplomatische Art seine Meinung sagte. Seine Vorgesetzten, die ihn als *Tiger bei der Arbeit* bezeichneten, erkannten zwar seine große Begeisterung, Energie und Tatkraft an, bemerkten aber, dass er *in seinen Anfangsjahren als jemand galt, der viel zu sehr von sich eingenommen war und einen Dämpfer bekommen musste* und *ein Talent dafür hatte, den Dienstweg und finanzielle Konsequenzen zu ignorieren.*

Meine Großmutter, Sydney Easterbrook, war gleichermaßen furchtlos. 1923 reiste sie von Edinburgh aus nach Lahore, um zu heiraten und das Nomadenleben einer Forstbeamtenfrau zu führen. Sie setzte sich gegen einen von Bobs Vorgesetzten durch, indem sie darauf bestand, ihren Mann monatelang ins Forstlager zu begleiten, statt wie andere britische Ehefrauen die endlose Zeit in einer Garnisonssiedlung totzuschlagen. Als meine Mutter Sheila geboren wurde, nahmen ihre Eltern sie mit und ließen sie zusammen mit der Zeltausrüstung in die Berge transportieren!

Abgesehen davon nahmen meine Großeltern aber am gesellschaftlichen Leben teil, das typisch für die Briten in den Kolonien war: Beide waren eifrige Tennisspieler und trafen sich gern mit einem großen Freundeskreis. Ihre Briefe und Tagebücher erwähnen zahlreiche Kostümbälle und Abendessen, besonders in der Weihnachtszeit und zu Neujahr. Mein Onkel Duncan – ihr zweites Kind – meinte in der Rückschau, dass seine Eltern wohl etwas ungewöhnlich waren, weil sie zu einer Zeit indische Freunde hatten, als in der Kolonialgesellschaft strikte Rassentrennung herrschte. Anscheinend hatten sie die verschiedensten Bekanntschaften in Lahore, das damals eine kosmopolitische Stadt mit reichem kulturellen Erbe und einem wahren Völkergemisch war.

Während des Zweiten Weltkriegs wurde Bob zur Armee abgeordnet, um bei der Holzversorgung und -verarbeitung zu helfen. Von seiner Basis in Jabalpur aus reiste er beruflich durch ganz Indien. Meine Großmutter, die im Sommer 1939 nach Edinburgh zurückgekehrt war, um ihre kranken Eltern zu besuchen, war für die Dauer des Kriegs von Bob getrennt. Sie blieb in Schottland, um ehrenamtlich zu arbeiten und den Kindern ein Zuhause zu bieten, wenn sie nicht im Internat waren. Nach dem Krieg kehrte Bob als Deputy Conservator of Forests in den Pandschab zurück und war für die Abteilung Forstwirtschaftsforschung zuständig. Als die Unabhängigkeit näher rückte, war Bob (anders als viele andere Briten) entschlossen, den Versuch zu wagen, sich eine Arbeitsstelle im neuen Indien zu sichern. Aufgrund seiner Erfahrung im Pandschab war es der neu gegründete Staat Pakistan, der ihm einen Posten anbot. Am 15. August 1947 war mein Großvater auf seinem neuen Posten und nahm *während eines heftigen Regenschauers* in Rawalpindi an den Feierlichkeiten zum Unabhängigkeitstag teil.

Während Sydney sich entschloss, in Edinburgh zu bleiben, arbeitete Bob bis Ende 1949 weiter für die pakistanische Regierung. Mitte Dezember nahmen achtzig Menschen an seinem Abschiedsessen teil. Am folgenden Tag reiste Bob mit einem Kloß im Hals ab, nachdem er allen Mitarbeitern die Hand geschüttelt hatte. Er hatte einen Schild bei sich, auf dem die Namen von dreiundzwanzig Kollegen und eine Inschrift zum Dank für seine Dienstjahre verzeichnet waren:

Für R Maclagan Gorrie, D Sc., F.R.S.E., I.F.S.
Pionier des Bodenschutzes
auf dem indisch-pakistanischen Subkontinent
von
seinen pakistanischen Kollegen
zum Zeichen
der Hochachtung und Wertschätzung
anlässlich seines Ruhestands und seines Wegzugs aus Pakistan
17. Dezember 1949

Die Reihe *Die Frauen der Teeplantage* basiert zwar nicht direkt auf der Geschichte meiner Großeltern, schöpft aber Inspiration aus ihren Erfahrungen als Briten in Indien, ihren Beobachtungen, ihrem täglichen Leben, dem indischen Hintergrund und den Handlungsorten – und aus der emotionalen Bindung, die sie weiter an den Subkontinent hatten, lange nachdem sie sich in Schottland zur Ruhe gesetzt hatten.

Mehr über Bob und Sydney in Edinburgh aus meiner Kindersicht können Sie in meinen Kindheitserinnerungen *Beatles & Chiefs* lesen.